中华传统文化百部经典

儒林外史（节选）

吴敬梓 著
李汉秋 解读

国家图书馆出版社

图书在版编目（CIP）数据

儒林外史：节选 /（清）吴敬梓著；李汉秋解读．—北京：国家图书馆出版社，2021.6（2025.7 重印）
（中华传统文化百部经典 / 袁行霈主编）
ISBN 978-7-5013-6353-7

Ⅰ．①儒… Ⅱ．①吴… ②李… Ⅲ．①章回小说－中国－清代 Ⅳ．①I242.4

中国版本图书馆 CIP 数据核字（2021）第 089987 号

国家图书馆出版社官方微信

书　　名	儒林外史（节选）
著　　者	（清）吴敬梓 著　李汉秋 解读
责任编辑	潘肖蔷
特约编辑	石　雷
封面设计	敬人设计工作室
出版发行	国家图书馆出版社（北京市西城区文津街 7 号　100034） 010-66114536　63802249　nlcpress@nlc.cn（邮购）
网　　址	http://www.nlcpress.com
印　　装	北京科信印刷有限公司
版次印次	2021 年 6 月第 1 版　2025 年 7 月第 2 次印刷
开　　本	710×1000　1/16
印　　张	40
字　　数	512 千字
书　　号	ISBN 978-7-5013-6353-7
定　　价	120.00 元（精装）

本书列入

2017年国家社会科学基金重大委托项目
“十三五”国家重点图书出版规划项目

本册审订

黄　霖　　张国风　　廖可斌

中华传统文化百部经典

编纂办公室

张　洁　　梁葆莉　　张毕晓　　马　超　　华鑫文

编纂缘起

文化是民族的血脉，是人民的精神家园。党的十八大以来，围绕传承发展中华优秀传统文化，习近平总书记发表了一系列重要讲话，深刻揭示出中华优秀传统文化的地位和作用，梳理概括了中华优秀传统文化的历史源流、思想精神和鲜明特质，集中阐明了我们党对待传统文化的立场态度，这是中华民族继往开来、实现伟大复兴的重要文化方略。2017 年初，中共中央办公厅、国务院办公厅印发《关于实施中华优秀传统文化传承发展工程的意见》，从国家战略层面对中华优秀传统文化传承发展工作作出部署。

我国古代留下浩如烟海的典籍，其中的精华是培育民族精神和时代精神的文化基础。激活经典，熔古铸今，是增强文化自觉和文化自信的重要途径。多年来，学术界潜心研究，钩沉发覆、辨伪存真、提炼精华，做了许多有益工作。编纂《中华传统文化百部经典》（简称《百部经典》），就是在汲取已有成果基础上，力求编出一套兼具思想性、学术性和大众性的读本，使之成为广泛认同、传之久远的范本。《百部经典》所选图书上起先秦，下至辛亥革命，包括哲学、文学、历史、艺术、科技等领域的重要典籍。萃取其精华，加以解读，旨在搭建传统典籍与大众之间的桥梁，激活中华优秀传统文化，用优秀传统文化滋养当代中国人的精神世界，提振当代中国人的文化自信。

这套书采取导读、原典、注释、点评相结合的编纂体例，寻求优秀传统文化与社会主义核心价值观之间的深度契合点；以当代眼光审视和解读古代典籍，启发读者从中汲取古人的智慧和历史的经验，借以育人、资政，更好地为今人所取、为今人所用；力求深入浅出、明白晓畅地介绍古代经典，让优秀传统文化贴近现实生活，融入课堂教育，走进人们心中，最大限度地发挥以文化人的作用。

《百部经典》的编纂是一项重大文化工程。在中宣部等部门的指导和大力支持下，国家图书馆做了大量组织工作，得到学术界的积极响应和参与。由专家组成的编纂委员会，职责是作出总体规划，选定书目，制订体例，掌握进度；并延请德高望重的大家耆宿担当顾问，聘请对各书有深入研究的学者承担注释和解读，邀请相关领域的知名专家负责审订。先后约有500位专家参与工作。在此，向他们表示由衷的谢意。

书中疏漏不当之处，诚请读者批评指正。

2017年9月21日

凡　例

一、《中华传统文化百部经典》的选书范围，上起先秦，下迄辛亥革命。选择在哲学、文学、历史、艺术、科技等各个领域具有重大思想价值、社会价值、历史价值和学术价值的一百部经典著作。

二、对于入选典籍，视具体情况确定节选或全录，并慎重选择底本。

三、对每部典籍，均设“导读”“注释”“点评”三个栏目加以诠释。导读居一书之首，主要介绍作者生平、成书过程、主要内容、历史地位、时代价值等，行文力求准确平实。注释部分解释字词、注明难字读音，串讲句子大意，务求简明扼要。点评包括篇末评和旁批两种形式。篇末评撮述原典要旨，标以“点评”，旁批萃取思想精华，印于书页一侧，力求要言不烦，雅俗共赏。

四、原文中的古今字、假借字一般不做改动，唯对异体字根据现行标准做适当转换。

五、每书附入相关善本书影，以期展现典籍的历史形态。

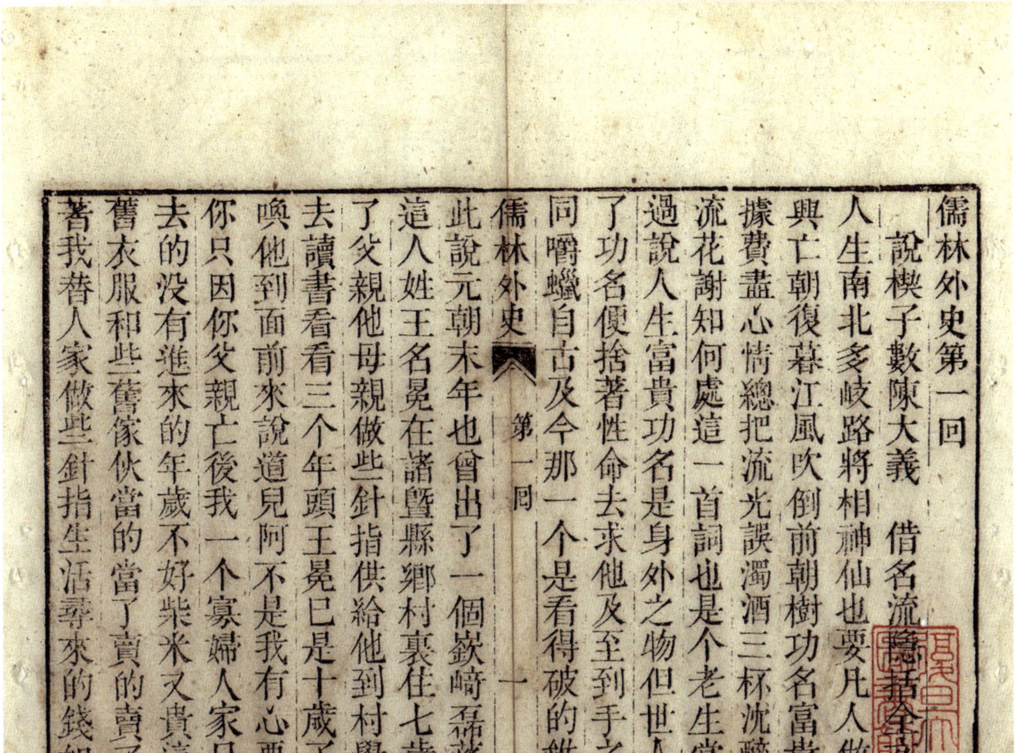
儒林外史第一回
說楔子敷陳大義　借名流隱括全文
人生南北多歧路將相神仙也要凡人做百代興亡朝復暮江風吹倒前朝樹功名富貴無憑據費盡心情總把流光誤濁酒三杯沈醉去水流花謝知何處這一首詞也是个老生常談不過說人生富貴功名是身外之物但世人一見了功名便捨著性命去求他及至到手之後味同嚼蠟自古及今那一个是看得破的雖然如

儒林外史　第一回　一

此說元朝末年也曾出了一個嶔崎磊落的人這人姓王名冕在諸暨縣鄉村裏住七歲上死了父親他母親做些針指供給他到村學堂裏去讀書看看三个年頭王冕已是十歲了母親喚他到面前來說道兒阿不是我有心要耽誤你只因你父親亡後我一个寡婦人家只有出去的沒有進來的年歲不好柴米又貴這幾件舊衣服和些舊傢伙當的當了賣的賣了只靠著我替人家做些針指生活尋來的錢如何供

儒林外史五十六回　（清）吴敬梓撰
清嘉庆八年（1803）卧闲草堂刻本　复旦大学图书馆藏

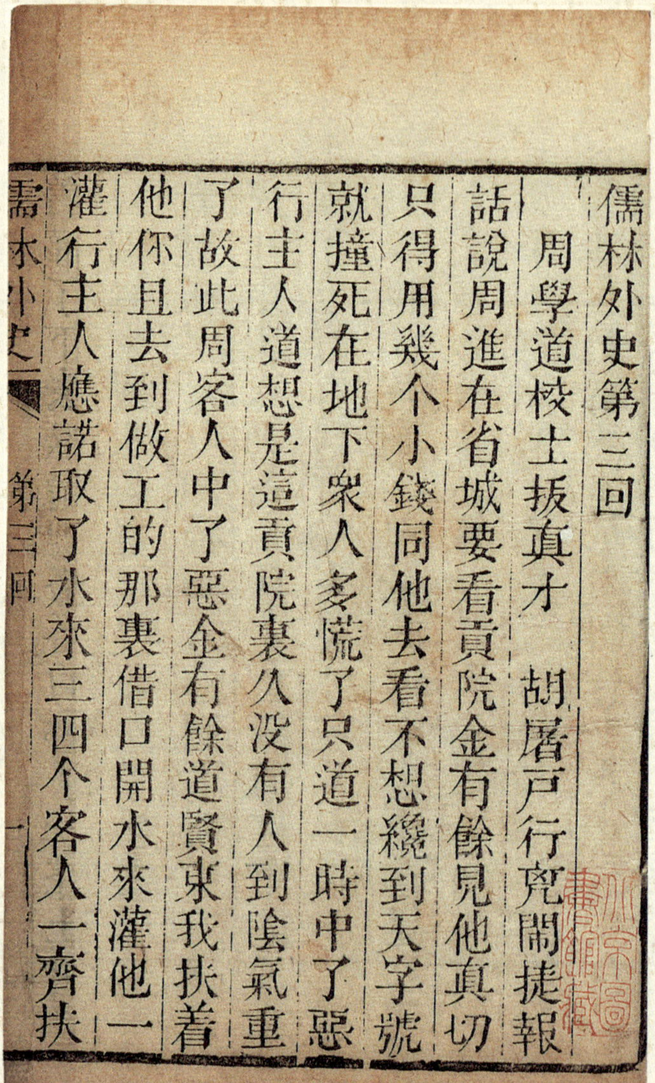
儒林外史第三回

周學道校士拔真才　胡屠戶行兇鬧捷報

話說周進在省城要看貢院金有餘見他真切只得用幾个小錢同他去看不想纔到天字號就撞死在地下衆人多慌了只道一時中了惡行主人道想是這貢院裏久沒有人到陰氣重了故此周客人中了惡金有餘道賢東我扶着他你且去到做工的那裏借口開水來灌他一灌行主人應諾取了水來三四个客人一齊扶

儒林外史一　第三回　一

儒林外史五十六回　（清）吴敬梓撰

清嘉庆二十一年（1816）清江浦注礼阁刊本　国家图书馆藏

目　录

导　读

儒林外史

导 读

清康熙四十年（1701）夏，当安徽全椒一带火红的石榴花燃红大地之时，“哇”的一声，一代文豪吴敬梓降生了。十来年后，另一位大文豪曹雪芹也降生了。他们一个捧着《儒林外史》，一个捧着《红楼梦》，共同构筑了中国小说史的又一个高峰。中国古典长篇小说中被鲁迅称过“伟大”的就是这两部。

一、吴敬梓的生平和思想发展

吴敬梓（1701—1754）字敏轩，一字文木，幼名学枤，号粒民，安徽全椒人，斋名“文木山房”，迁居南京秦淮河后自称秦淮寓客，及老称“文木老人”。《儒林外史》之外，他还留下四卷本的《文木山房集》，近百年陆续发现集外佚诗佚文四十篇，以及经学著作《诗说》四十三则，俱收入李汉秋著《吴敬梓诗传》[①]。

（一）慕魏晋风度　嫉科举八股

他出身于由科举而飞黄腾达的官宦世家，曾祖“兄弟五人，四成进士”，“五十年中，家门鼎盛”。少年时他基本上生活在家风祖德的气场中。“十四随父宦”（以上皆引自吴敬梓《移家赋》），随父吴霖起赴苏北赣榆县教谕任所，二十二岁时陪侍病父回家乡。自幼聪慧的他，心高气傲，追求卓越，“穿穴文史窥秘函”（金榘《次半园韵为敏轩三十初度同仲弟两铭作》），还读了不少笔记小说之类的杂书。

二十三岁时父亲吴霖起逝世，他的生活面临一个转折，逐渐踏上违悖的程途。此后他独担门户，种种矛盾丛集一身。首先是遭逢“家难”——族人蓄意侵夺其祖遗财产。由此，他从近亲身上发现了劣绅的贪婪冷酷，看到了争财夺产的丑恶、传统道德的沦丧、人情世态的炎凉（在《儒林外史》的严贡生谋夺弟产、五河县势利熏心等篇章里，还可以看到他对势利劣绅的切齿痛恨）。年轻人单纯而和谐的精神状态被打破了，处在青春躁动期的他，产生了逆反心理，不满和愤慨以极端的形态表现出来：你们嗜财贪富，我就轻财好施；你们虚伪狡诈，我就任达放诞。表面看来这时的吴敬梓一派纨绔习气，骨子里却另有蕴含。共高祖的族兄吴檠、表兄兼连襟金榘、表兄金两铭为贺他三十初度而各写的贺寿诗（《为敏轩三十初度作》及和作，以下简称吴檠贺寿诗、金榘贺寿诗、金两铭贺寿诗），对他此前几年的心态状貌有真切描述。吴檠贺寿诗说得很清楚：吴敬梓原先是“少年志卓荦，涉猎群经诸史函”的，何时发生转变呢？——“浮云转眼桑成海，广文（秋按：指吴霖起）身后何喈含！他人入室考钟鼓，怪鸮恶声封狼贪！”吴霖起逝后，面对如“怪鸮”和“封狼”的夺产族人，他由愤世嫉俗激而为纵情悖礼，放浪不羁，于是“一朝愤激谋作达，左骥史妠（秋按：乐人）恣荒耽”。金两铭的贺寿诗也说：“迩来愤激恣豪侈，千金一掷买醉酣。”这种“愤激”就是对丑恶现实的强烈愤恨而激发出来的逆反情绪。

再加上这几年他在科场受蹇，眼看才智不如自己的人反而得手，对他刺激尤大，使他觉得八股科举无凭。对于一向恃才傲物的吴敬梓，当时能够显现自己价值的最有效办法就是科场告捷。二十九岁时逢乡试年，按清朝的科举制度规定，为乡试作准备须先进行乡试前的资格考试“科考”，这年五月，他到滁州参加科考，抱着志在必得的心态，拼力一搏。谁知他已被谤“文章大好人大怪”，文章做得再好也有被黜之虞。他见情势不妙，竟不惜忍辱降志，向考官“匍匐乞收”，用极屈辱的方式挽救危机。结果科考虽然过了关，但到秋闱乡试时还是铩羽惨败！这对向来心高气傲的吴敬梓，打击极大，他被甩出科举轨道之外，逼他睁大眼睛看看历来惯走的科举之路到底值不值得信赖。吴敬梓从自身的乡试经历，打破了对科举拔才的信赖，“有瑰意与琦行，无捷径以窘步”（《移家赋》），“恩不甚兮轻绝，休说功名”（《内家娇》），这使他愈益走上违逆之路。后来他的好友程晋芳写的《文木先生传》[②] 说他由此发展到“独嫉时文士如仇”。

此后几年，逆反情绪随着接踵而至的不平事而日益增长，祖遗财产却随着逆反情绪的增长而加速散尽，家族长老跟他的冲突越来越尖锐，他对“长老”“两眉如戟声如虓”（吴檠贺寿诗），被封建势力视作瘟疫的传染源加以防范排斥，“乡里传为子弟戒”。但他决不妥协，到三十三岁时怀着“逝将去汝”的决绝情怀，愤然离开故土。他自己经常以阮籍自比，一而再再而三地自比阮籍之哭穷途，《移家赋》写自己移家南京时就犹如：

阮籍之哭穷途，肆彼猖狂。

当人受到刺激或伤害打击时，就会产生抵抗力，会产生精神抗体，给自己找到精神支撑力量。在吴敬梓就表现为：愤而慕魏晋风度，蹇而嫉科举八股。忧愤可以抑而为沉默郁闷，也可以激而为愤世嫉俗、狂放纵恣，以阮籍、嵇康为代表的魏晋风度，就是后一趋向的突出表现。吴敬梓景仰他们，从那里找到同调，乐于仿效他们的放诞性行。他的放达任诞和愤世嫉俗，二十七岁至二十九岁间最厉害。从此他逸出常轨，以“看破”的清醒对待功名富贵，以批判眼光观察社会，以违逆心态感悟人生，以探寻精神摸索前行，以文学创作宣泄激愤；他狂狷而豁达，以白眼睥睨群丑，以嬉笑轻蔑流俗。正是这样的气质和禀赋，才孕育出《儒林外史》的讽刺艺术。

（二）移家南京谙士林

三十三岁时吴敬梓离开故土全椒，去南京寻找新的天地。

《儒林外史》第三十二回“娄焕文临去遗言”对杜少卿说：“南京是个大邦，你的才情到那里去，或者还遇着个知己，做出些事业来。”吴敬梓的挚友程廷祚序《文木山房集》说：六朝之都的“顾、陆、谢、王皆自他郡徙居”而来，吴敬梓和他自己从外地卜居于此，都是想“追往昔之流风余韵”。此处之“往昔”即指六朝。另一位他敬服的好友吴培源说：“钟阜秦淮，喜坐啸六朝名郡，仿佛见：旧时王谢，风流东晋。”③在吴敬梓心目中，谢安是“旧时王谢，风流东晋”的突出代表。吴敬梓移家南京时，特地买宅秦淮水亭，“诛茅江令（秋按：指江总）之宅，穿径谢公（秋按：指谢安）之墩”，感受“乌衣巷口”的流风余韵。

程晋芳说：“敏轩生近世，而抱六代情；风雅慕建安，斋栗怀昭明。”④程晋芳这里的“六代情”涵盖魏晋六朝，包括从开一代宗风的建安时期（以“建安风骨”著称）至偏安江左的东晋和南朝（“昭明”指以梁昭明太子萧统为代表的南朝）。如前所述，移家南京前仰慕阮籍等的魏晋风度已成为吴敬梓“六代情”的重要内涵；南京是六朝故都，魏晋六朝的遗迹随处可见，不断强化着他对魏晋风度的企慕。搬进秦淮水亭，欢宴友朋，写《买陂塘》词说：

身将隐矣，召阮籍嵇康，披襟箕踞，把酒共沉醉。

辛酉（乾隆六年，1741）正月上弦，与吴培源联句，吴培源出句说：“狎客谁江总”，他对曰：“佯狂忆步兵”[⑤]。“步兵”，忆念的是佯狂的阮籍，也隐隐以之自比。一直到临死前一两年，在《咏金陵景物图诗》写凤凰台时，他想到的还是“凤凰台以李白之诗而名”，“台下有阮籍墓”，并以思慕这两位“酒星”作为全诗的主旨：

后先两酒人，千秋动欣慕。

真可谓拳拳服膺，终生不已。在诗词文赋里，我粗略统计，他或明或暗援引的魏晋六朝人物就有一百七十多个！连与朋友会诗，也用《南史·隐逸传》人物分咏，其中就有隐于茅山的陶弘景。魏晋风度的影响，渗透在吴敬梓的为人和《儒林外史》中。

迁居南京后不久，他的经济境况日益恶化，“田庐尽卖”后，社会地位也随之下降，继而被肥马轻裘的年少耻笑。有时寻找机会“卖文”度日，有时只好忍痛拿了心爱的藏书去换米，或拿衣服去典当。有年秋天霖潦三四日，姻亲程丽山叫人持米三斗、钱二千来看他，他已经断炊两天了！在由富贵跌落到贫困的逆境里，他备尝了人情冷暖、世态炎凉，对世风的势利、社会的不平、政教的黑暗，有了更深切的感受，也更多地体会到贫穷的苦痛。这使他一方面更能同情民众的疾苦，在生活和思想感情上接近了普通民众，所以后来写《儒林外史》每以爱抚的笔触描写下层小人物，温煦之气直拂人面；另一方面也更迫切需要找到精神的支撑，用以克服生活的艰辛，砥砺前行。

吴敬梓一边逸出传统之路，一边在寻找精神归依，追求理想。毋庸置疑，孔孟等原始儒家是他从小浸染的底色，孔子的仁爱心怀、礼乐理念，孟子的仁义主张和提倡的“士”的人格精神，在他小说中都有明显表现。

吴敬梓在南京一带，一方面广交士林，接触到时代的先进思潮；一方面转益多师，“笙簧六艺，渔猎百家”，广泛涉猎丰富多彩的传统文化，举凡先秦的儒道诸家、两汉经学、魏晋玄学、佛禅、宋明理学、晚明士风、明末清初进步思潮里的顾黄王颜李、乾隆朝甫兴的经学考据等等，他都有所探测；对诸如《史记》《汉书》《南史》《北史》《明史》等也相当熟悉。

清初进步思想家的理论和主张虽各不同，但大多批评八股科举的弊端，在不同程度和不同方面批评宋明理学的流弊。其中颜（元）李（塨）学派的旗帜最鲜明，他们把程朱理学的弊端和八股科举的弊端联系在一起进行批判。这无疑给吴敬梓提供了理论武器，启迪他去揭露互为表里的八股和理学的弊端。从他的思想和交游考察，他受顾炎武以及颜李学派的影响比较明显。他的好友程廷祚，就是颜李学派在南方的重要代表人物。康熙五十九年（1720）李塨南游金陵，程廷祚屡次过从问学，当时理学家骂他们“共诋程朱”，视为异端。程晋芳所作之传说吴敬梓“与余族祖绵庄（廷祚）为至契。绵庄好治经，先生晚年亦好治经”，可见程廷祚对他的影响。

颜李学派提倡礼乐兵农，主张培养博学而有实践能力的“通儒”，这也成为吴敬梓提倡的正面理想。《儒林外史》中至少有三次直接提到“礼乐兵农”这一颜李学派的核心观念。他不仅在小说的高潮大写泰伯祠大祭的礼乐盛典，而且安排萧云仙全面践行兵农礼乐。在现实生活中他也身体力行，与迟衡山等好友在南京捐赀倡修先贤祠，崇祀吴泰伯等先贤，经济艰难的他，为此把全椒的老屋都卖掉了。

总之，从全椒移家南京，犹如汩汩襄水汇入浩浩大江，生活向他敞开了广阔的天地。他的思想也随着恣肆汪洋，向纵深发展。在愤世嫉俗中滋长着违逆情绪，在贫穷病困中接近了下层人民，在广泛交游中接受了进步思潮，又在进步思潮的影响下发展了人民性：种种因素交错渗透，吴敬梓的人生观也在不断发展。

（三）未竟鸿博弃功名

为延揽人才和笼络汉族知识分子，清廷在定期的科举之外，于康熙十八年己未（1679）首次开博学鸿词科试，乾隆元年（1736）再次开办。吴敬梓应荐参加了乾隆元年丙辰科鸿博之试的地方考试。

地方考试的程序是：先学院考试，次抚院考试，再次督院考试。地方考试毕，由督抚荐举赴京参加御试（廷试）。吴敬梓参加了在南京的学院考试，接着赴安庆参加了抚院考试，督院考试只留下一首试帖诗未留试帖赋，估计没参加完，当然也就未赴京参加廷试。为何未赴廷试？历来有“因病”和“托病辞”两种说法，吴敬梓当时的诗作也没有说明确，这反映了他自己非常复杂矛盾的心情，也反映了他的思想发展有个过程。

那个时代的读书人，出仕之路，科举之外，鸿博是难得一遇的机会，对一般士子而言，被推荐是殊荣。吴敬梓对此虽然心存犹豫，但还是半违半就地参加了南京和安庆的地方考试，而在往返途中写的十几首诗词中仍在向往“何日丹炉锻灶，结庐林薄”那样魏晋竹林名士式的生活境界。或许还真有了“采薪忧”的小病，于是就半真半假地“因病”未赴廷试了。这在他的一生是个决定性的转折。

《易·系辞上》：“君子之道，或出或处。”“君子之道”，或出或处都要恪守，而在“出”与“处”的选择上尤其集中地表现了出来。封建时代正直知识分子讲究进退出处的操守，用《儒林外史》里的话说就是“儒者爱身，遇高官而不受”。能做官而不做，就意味着不与无道的当权者同流合污，就意味着弃绝官定的功名富贵之途。因此，出与处的抉择是

“君子之道”和人生取向的关键性表现。在这方面，吴敬梓的抵拒态度是日益鲜明的。他没有赴京参加鸿博的廷试，心情十分复杂。至乾隆元年（1736）秋，王溯山来访，以其“天怀澹泊”影响了吴敬梓。在《题王溯山左茅右蒋图》里，吴敬梓后悔自己本来“著书仰屋差自娱，无端拟献金门赋”，他立意要像王溯山那样，“浮云富贵非所好，爱山成癖乐其真”——王溯山所爱之茅山是道家的名山，吴敬梓选定了：“只此蓬瀛共瑶岛（秋按：都是道家仙境），休言绿野与平泉（秋按：指代达官贵人的别墅）！”

至乾隆二年（1737），在《美女篇》里，他庆幸自己没有像被荐入宫的富家女那样见嫉受困，而能够像汉皋女那样保持着自由之躯。在连续的一组诗里表明，他的抉择已经明晰：弃绝富丽朝堂，走向自由草野。这与《儒林外史》中杜少卿辞征辟时说的“麋鹿之性，草野惯了”是同一个意思。

从此，他索性连秀才籍也放弃掉，再也不参加一切科举考试。顾云《盋山志·吴敬梓传》记述当时有人责备他辞征辟，他回答说：“吾既生值明盛，即出，其有补斯世耶否耶？与徒持词赋博一官，虽若枚马，曷足贵耶？”⑥话说得很委婉，其实“生值明盛”云云，只是为避免惹祸而用的饰词。《论语·泰伯》云：“天下有道则见，无道则隐。邦有道，贫且贱焉，耻也。”若果“明盛有道”，岂能甘居贫贱藏而不用？这里所说出去无补于世，也就是《儒林外史》里杜少卿说的：“走出去做不出甚么事业”；就像庄绍光说的，在当时“我道不行”，因此拒绝与臧仓小人为伍。在这里，儒家的出处原则中关于“处”的态度，已与道家的人生态度互融。

他的批判精神进一步发展，解剖的刀刃由家族移向社会，考虑的范围由个人命运扩至士林前途，逐渐对朝廷功令、统治思想、社会风气，日益抵触不满。中年以后的吴敬梓不仅是以恣情任性的个人生活态度与封建世俗相牴牾，而且已经发展成为在整个价值取向上与统治思想异趋；他已不仅是自己家族富贵之路的出离者，而且已发展成为朝廷功令的背离者。他的忧愤更加深广了。当追求功名富贵之风越来越炽、讲求人品学问之风越来越弱的时候，他敢于在小说中斩钉截铁地宣称："讲学问的只讲学问，不必问功名；讲功名的只讲功名，不必问学问！"他蒲履青衫却器宇轩昂地屹立于天地间，昂起头傲然走上自己选择的道路。此际，他酝酿着挥动如椽巨笔创作《儒林外史》。

（四）《外史》却成不朽史

吴敬梓志存高远，没有停止过人生的探索和实现人生价值的努力。生命之火如何延续？什么样人生的精神能够流芳千古？古人的回答是立德、立功、立言"三不朽"（《左传·襄公二十四年》）。正己立身就是基本的立德，中年后的吴敬梓是很注重立身操守，讲究出处之道的。

吴敬梓掂量自己的条件，"千户之侯，百工之技，天不予梓也，而独文梓焉"（《移家赋》），着重选择以"文""立言"，以实现自己的人生价值。他在《〈玉剑缘传奇〉叙》里，说李蘧门"穿穴百家，方立言以垂于后"⑦，实则是道出了吴敬梓自己"立言"垂后的志向，"穿穴百家"，应包括小说，他也正是这么实践的。秉承中华文化重"史"的传统，他采取撰史的传统方式，但他却自外于"正史"，不是撰写以帝王将相为主体的"正史"，而是刻绘以普通士人为主体的"外史"，《儒林外史》以活生生的形象劝诫世人要调节好功利心、士人要过好功名富贵关，这是人类长久的课题，具有立言传世的长远价值。

这时期吴敬梓已沦为衣食难周、飘泊无定的文人，实际生存状态是颇凄惨的。在艰难竭蹶之中，他的精神如何支撑？

一方面他秉承儒家"富贵不能淫，贫贱不能移"的精神安贫乐道。另一方面，他进一步发展了儒道互补的倾向，儒主立身、道辅宽心。魏晋风度就是以崇尚自然的道家思想作为自己的重要理论根据的，援道入儒是魏晋玄学的基本思想倾向，被列为魏晋玄学核心内容的“三玄”，既有儒家经典《周易》，又有道家经典《老子》《庄子》，魏晋玄学原有道家的血脉。宁楷是和他非常亲近的好友，在《挽吴赠君敏轩四首》第一首记载：“赠君方欲注《云笈七签》，未果。”《云笈七签》是大型道教类书，几乎录尽宋以前的全部古道书，共122卷，153万多字，吴敬梓欲注释之，可见热衷之深！以儒为根又深慕魏晋风度的吴敬梓，儒道互补的倾向进一步发展，这既有其思想发展的内在脉络，又有其现实的精神需要：贫病交加、艰难竭蹶中的他，在执着地持守儒家人生“三不朽”的理念的同时，也需要寻求超越艰难尘世的精神宽解方和润滑剂，在坚守儒家立身之道的同时，他汲取了道家崇尚自然、旷达任情的思想营养，用以宽解愤激、适性生存，靠近了儒道互补的人生态度。应当说他已经能够以超脱的精神境界来宽解现实的困厄，他才有心情来创作《儒林外史》，并以如何对待功名富贵作为全书之“骨”，塑造出王冕、虞博士等具有儒道互补情愫的人物形象。

至迟在乾隆十四年（1749）秋《儒林外史》已基本写成，程晋芳已经看到，在《勉行堂诗集》卷二《春帆集·怀人诗》（十八首之十六）记曰：“《外史》纪儒林，刻画何工妍！吾为斯人悲，竟以稗说传。”程晋芳能预卜吴敬梓会以这部稗说“传”世不朽，这是高明的一面；但他囿于传统偏见而生的“悲”，于今则应改为其反义：“吾为斯人喜，能以稗说传。”

（五）人生立命亦治经

程晋芳说吴敬梓晚年把治经也当作“人生立命处”，这应该是脱自“为天地立心，为生民立命，为往圣继绝学，为万世开太平”。

其实他之治经，如写《诗说》，并不自晚年始，他有意识地用治经对抗“于经生制举业外未尝寓目”的八股颓风，用经学批判“独好窃虚谈性命之言"的宋明理学流弊，所以他治经刻意要突破前人的窠臼，"不在宋儒下盘旋，亦非汉、晋诸贤所能笼络"（吴敬梓《尚书私学序》），务要说出前人不曾说过的话，表现了探求真理的顽强努力，这是他追求人格自立、精神自适的一个组成部分。现只留下手抄本《文木山房诗说》四十三则。据记载他还有二十卷本的《文木山房集》和尚未成书的《史汉纪疑》，惜未发现。

乾隆十九年（1754），54 岁的吴敬梓在贫困中突然病发逝于扬州，一代巨星陨落了。他一生都在努力探索，他的探索反映了十八世纪中国一部分优秀知识分子不断追求真理、不断前进的艰难历程。《儒林外史》既是他一生心血的结晶，也是反映他探索前进的一面镜子。书名"外史"，自外于"正史"，实是正史儒林传、文苑传之外的士林传、士林史，主要表现了以下三方面的内容。

二、功名富贵场的精神危机

过往的历史上产生过种种"功利驱动"的体制机制，在中国古代，功利集中体现在富与贵。孔子曰："富与贵，是人之所欲也，不以其道得之，不处也。"（《论语·里仁》）功利富贵的体制机制是把双刃剑，一方面它有正面效应，激励人发挥积极性，能推动生产力和社会的发展；另一方面它又有负面效应，为了追求功利，如果调适不当，惟功利富贵是求，价值观会偏颇，造成人性的扭曲异化、人格的分裂甚或堕落。关键是要以道义原则来导引和调节功利心。

如何对待功利富贵，是人类的恒久课题（至今仍有现实意义），也是文学的世界性主题。十九世纪欧美出现了一些关涉此题旨的批判现实主义杰作，而在它们之前一个世纪，中国就出现了《儒林外史》，以小说的形式警醒世人：功利心失调、失范、失控，必致人性异化。

功名，原指功绩声名、建功立业而得名。在明清科举时代，功名常用以指称科第及由科第取得官职。明清统治者以前代的科举制度为基础，积累了运用功利体制机制的丰富经验，把获取富贵之途与功名相捆绑，使得“功名”与“富贵”之间的联系达到前所未有的紧密状态。当“富贵”与“功名”的后一种意义连用时，也就与科举做官结下不解之缘。所以，“功名富贵”作为集合概念，在明清科举时代，它的核心是做官，有官就有权势和钱财，就又贵又富。八股科举制度是获取功名富贵的基本阶梯。

明清时期，被大力强化了的八股科举制度既是官员选拔制度，又深刻影响着教育的内容和体制，特别是把读书与功名富贵联结在一起，“学而优则仕”，成为士子往上爬的正途，成为士人的群体价值取向。如果说金钱资本是资产阶级围绕着旋转的轴心，那么，可以说功名富贵是明清社会上层尤其是士人围绕着旋转的轴心，而且主宰了世俗社会。对待功名富贵的态度是对明清文人的一个试金石，也是烛照他们灵魂的最佳点，以此为聚焦点，足以烛幽索隐，使其灵魂最深处的纹理都纤毫毕露，无所遁形。《儒林外史》通过对一代文士精神状态的生动描写，使他们声态并作地现身纸上，从而深刻揭示出在明清的功名富贵体制机制下，精神道德和文化教育的严重危机，并探求疗救的出路。

八股科举只是获取功名富贵的官定“正途”，功名富贵才是内生动力的追求目标。对待功名富贵的态度当然包括了对待八股科举的态度，但比后者的包涵要深，外延也广，既可以统帅对科场士人、儒士的描写，也可以统摄对各色“名士”的剖析；既可以包涵对士子灵魂的勾画，也可以连带对社会陋俗进行掊击。

《儒林外史》以功名富贵作为中心题旨，这不等于说它的主题思想是批判功名富贵。如以走马灯作比，功名富贵只是旋转的轴心，全盏灯围绕这个轴心展开了一代文人生活的风俗画卷，其中有批判的画面，也有颂美的画面。它所批判的八股腐儒、贪劣官绅、无耻假儒、赝假名士、无聊纨绔、刁滑讼棍、清客帮闲……固然表现了没落地主阶级精神道德和文化教育（包括八股科举和程朱理学弊端）的腐朽糜烂；它所颂美的正面人物，有的沉抑不伸，有的愤激不平，理想终归破灭，客观上仍然反映了封建政教已经病入膏肓无可救治。这轴画卷的形象总体深刻表现了封建社会后期上层建筑的严重危机，这种危机反映在士林中，根子却在统治者推行的政教里。

《儒林外史》第一回借王冕之口说八股取士“这个法却定的不好”，他是从什么角度出发批评的呢？——他认为“将来读书人既有此一条荣身之路，把那文行出处都看得轻了”——“荣身之路”也就是获取功名富贵之路，士如果不持守“义以为上”“以义制利”的道义原则，惟功名富贵是钻是窥，那就会不讲“文行出处”。这是王冕也是作者的着眼点。可见如何对待功名富贵和文行出处，是一种功利观，而且已成为人生观、价值观的核心，成为人品、人格的试金石。从这角度看，《儒林外史》教人如何对待功名富贵，也就是教人如何做人。叶楚炎教授说得好：“《儒林外史》……是一部需要全身心地投入，将自己所有的生命体验和小说文本的阅读相融通，才能读出其意蕴、读懂其‘伟大’的经典之作。”⑧

儒士和名士纷然杂处，真伪并现，但各有自己的特征和文化渊源。儒士原指崇信儒家学说的士大夫，儒家是讲经世的，因而儒士指入世求仕的士人。名士则与道家靠近。本书以儒士与名士对举，先讲儒士。在褒贬对比结构的否定性人物一侧，吴敬梓首先成功地塑造了一批八股科举制度哺育的无智陋儒。

通过一定的考试制度选拔人才和官吏，这本身是无可非议的。对于选拔制度和政策，首先要看它服务于什么样的政治和经济，其次要看它本身的合理程度，这一切都要根据其社会效果和影响进行检验。选拔和褒奖的制度对于读书人乃至整个社会的人心习尚，具有指路标的作用。《儒林外史》首先着力从八股科举对儒士精神的毒害着手，解剖这种文化。

汉代实行察举制度，主要设贤良方正与孝廉；途径则由州郡根据“乡曲”的“清议”（舆论）保荐。魏晋南北朝实行九品官人法，选拔、任用官吏专重门第、身份，造成“上品无寒门，下品无世族”的状况。隋唐时出现了科举制度，按科目考试，优者举用为官，这给庶族地主和其他阶层的士人参与政治提供了一些机会；士凭考试成绩可以跻身仕途，这至少在理论逻辑上肯定了士的知识价值高于贵族的世袭身份，比起门阀制度来说，无疑是历史的进步，在当时历史条件下是较合理的，被称为世界上最早的文官考试制度。

历史上出现的选拔考核制度往往是有一利有一弊。读书、考试与获得地位名利挂上钩，从正面效应说，可以起激励作用，但同时又产生负面效应。一些人过分追求名利，功利心恶性膨胀，心理失去平衡，诱发出种种人格堕落。八股科举制度对士的品行本来就缺乏评估机制，对知识的评估也越来越失去科学性。制定统一的标准，本是考试制度规范化的要求，但明清统治者把科举制度套上八股制艺的僵硬躯壳，规定以《四书》《五经》的语句命题，以朱熹的注释解读为立论的根据和标准。封建统治阶级愈是走下坡路，就愈要用严厉的办法禁锢思想，不让士子接触现实。他们只准应考者按题阐述经文的义蕴，揣摩孔孟程朱的语气，“代圣贤立言”，窒息科学和创造精神。文章的结构也有刻板的程式，一篇要分为八股，字数有一定的限制，句法要求排偶，死守固定的格式。他们就用这样的八股制艺桎梏和摧残着一代代文人。

“一代文人有厄”体现在下列几种情况。

（一）沉迷功名富贵之陋儒

封建统治者利用功名富贵的体制机制，引诱士人“入我彀中”。因此，要冲破封建束缚就要摆脱功名富贵的羁縻。可惜太多士子往八股科举的彀中是钻是窥，一味知进而不知退，成为八股科举制度的沉迷者。第四十九回庄绍光以《周易》上的“亢龙”比喻马二的“知进而不知退”，这透露了：周进、范进取名“进”，表明他们与马二一样，在通过八股科举的阶梯追逐功名富贵的道路上，都是只“知进而不知退”的沉迷者。与他们相对照的虞博士则是“难进易退”“天怀淡定”，这才是“知进退存亡而不失其正者”。

且看上述三个沉迷者。

《儒林外史》善于抓住人物最有文化意义和生命意义的特异言行加以凸现，如周进哭号板、范进中举发疯、马二拜御书，写的虽然只是瞬间，却是以人物的整个生命作底蕴，含有丰富的文化内涵。

科举制度是多等级的阶梯，在明清两代，最基本的等级有四级；童生、秀才、举人、进士。这些科举的等级，在很大程度上也成为士人社会地位的等级。秀才是指已被录取进入县学、州学、府学的生员，所以获得秀才资格叫“进学”（不能像“中举”那样称“中秀才”）。秀才已被承认是知识分子，可以戴方巾，称“相公”，在政治、经济方面开始享有一点特权，如可以免掉一些差役，可以到县衙门见官、说事等等，就是去当塾师，馆金（工资）也比童生高。更重要的是，秀才有资格到省城的贡院参加乡试考举人。童生是最低的一级，指还没有录取进学的考生，没有资格进贡院考举人。第二回写周进考到六十多岁还是个童生，当不上秀才，他只“知进而不知退”，都几十年了，没资格到贡院考举人，这造成他的心病——心理创伤。秀才再爬上一个阶梯，中了举人，叫作“发了”，可称“老爷”，这是承认他已具有“官”的身份了，即使不做官，也已挤入特权阶级的范围，那就到了“范进中举”后的境遇了。举人经过会试中式者称为贡士，就有资格参加殿试。殿试是皇帝主试的考试，那就有机会像马二拜御书时所幻觉的那样面君参拜了。参加殿试的贡士取中后统称为进士，为以后进一步飞黄腾达铺平道路。

周进贡院哭号板

小说第二回：周进是个老童生，作品以精准细腻的白描，写出“哭的四幕剧”，展示他如何受秀才、举人欺凌：先是孙子辈年龄的新秀才梅玖，挖空心思，残忍地当众奚落、嘲讽、挖苦他还不是秀才，就像利刃，一刀刀刺着他的精神创伤，侮弄得他欲哭无泪；接着又被儿子辈年龄的新举人王惠，百般踩压，压得他喘不过气、抬不起头，精神创伤愈深愈痛。他都只有捺定性子，以无奈的卑顺默默忍受，谁叫你爬不上科举阶梯呢！而忍受越久，心理所承担的压力就越大，他的精神消耗就越厉害。当他到贡院参观，挨近秀才考举人的号板，这与创伤相联系的因子，一下子击中他神经最敏感的伤口，引起对创伤的再感受，痛苦至极，产生创伤应激障碍，长久郁结在心的辛酸、苦楚、屈辱和绝望之情，顿时像冲决堤坝的洪水倾泻出来，大脑机能活动发生紊乱，心理活动的协调遭到严重损害，导致情绪失调、性格偏离、行为异常，精神活动出现了障碍。于是不顾羞耻，“长叹一声，一头撞在号板上，直僵僵不省人事”。被灌醒后，还连续猛撞号板，嚎啕痛哭，“直哭到口里吐出鲜血来”。“撞号板”这一神经失常的情节，出人意表而实在理中，大多数精神危机都在潜意识中潜伏很长时间，不断往上涌而终于涌上来爆发出精神危机，通过这种爆发出来的激烈举动，作家把犀利的笔锋一直伸进人物最深的精神褶缝里去，以震撼人心的艺术力量，揭露了功名富贵体制统驭下的八股科举制度，如何使士人深陷其中而不能自拔，竟致痛哭得神志失常！

范进中举发疯癫

周进是在家外受到的屈辱，在家内亲属间又如何呢？第三回起以喜剧的“笑的三重奏”奏出范进中举前后的巨大变化，通过岳父胡屠户对他的前倨后恭，表现了弥漫家庭内外、让人无处遁身的势利世风，如何使未得手的科场士人失却做人的起码尊严。他“知进而不知退”，连续不断考了二十多次，次次失败。按精神分析学常理，人的一切心理、行为活动，在意识和潜意识的本能协同协作下，遵循“欲求－努力－进展－奖赏”规律，进行着有欲求和努力、有进展和奖赏的过程，这样，人脑才能体验到自信、愉悦等积极的情绪，才能健康正常。如果长期努力而毫无进展，没有奖赏，不能获得愉悦，就要产生负面的消极情绪，乃至发展为心理疾患。如果受到心理压力与生活压力的双重作用，就更易导致心理疾患。范进由于，一是精神压力过大，二是持续时间长，三是频度高，四是无处倾诉越积越沉，从而破坏了脑功能的完整性和个体与外部环境的统一性。他不堪重负，像周进一样精神濒临崩溃的边缘，一旦意外地出现梦寐以求而久不可得的自己中举的报帖，这个因子一下击中他的神经痛点，使他突然地兴奋、冲动、产生幻觉、行为紊乱，哭笑无常。这种幻觉中的怪异举动，也是出人意表而实在理中的。他自己说：“我这半日，昏昏沉沉，如在梦里一般。”梦的本质是潜意识的象征性表现或曲折反映，泄露出潜意识中的秘密，它可以不像现实的常态那么平实，它的超常态的举止就被称作发疯。吴敬梓写发疯的夸张笔触，钻进人物心灵的深处，如同钻探机钻进地心一样，能够探及平常的生活描写所无法触及的深度，把人物灵魂最深的隐秘挖掘出来，产生令人战栗的艺术力量。我们不能不惊叹：他确是位擅长揭示心理的小说大师！他不像西方小说常用的那样，由全知全能的叙述者剖析人物心理如何，而是中国式的，通过人物本身心理疾患性的奇异言行显示深层的心理活动。

周进、范进的每一根神经都被功名富贵所牵动：一个为科场偃蹇，深感绝望，撞号板大哭，寻死觅活；一个为科场侥幸，喜出望外，见报帖大笑，发疯发狂。“二进”互相衔接，构成一个互补的结构，显示出在科举制度下，尽管各个儒生的具体遭际有别，他们都已被簸弄得神魂颠倒，失去正常的人性，表现了“不合理制度把人变成鬼”的思想。作者虽也刻画了他们灵魂的空虚麻木和猥琐丑陋，但对于吴敬梓来说，揭露庸俗是洞察社会的结果，他的批判矛头始终是指向造成人性异化的社会和制度。

马二迷幻拜御书

马二形象继续深化这一题旨。马二一出场，就对蘧公孙宣讲举业做官论：

> 举业二字，是从古及今人人必要做的。……就是（孔）夫子在而今，也要念文章、做举业，……何也？就日日讲究“言寡尤，行寡悔”，那个给你官做？孔子的道也就不行了。

鲁迅称赞这段“不特尽揭当时对于学问之见解，且洞见所谓儒者之心肝”⑨。马二毫无讳饰地讲出了老实话：做举业，就是为了做官。他是八股举业的虔诚信奉者和宣教者，因信得真，所以中毒也深。写周进、范进那样的八股迷，写足了取士制度和势利风气对寒士的煎迫；写马二呢，则写足了八股对士子思维感受能力的斫伤与蔽锢。写“二进”是从外在势利环境着笔，写马二是从内在心理精神下手。当功名富贵变成了内在的至高欲求，偏执迷幻便难于避免了。

鲁迅说马二游西湖对美景“全无会心”，显出“迂儒之本色”。那是被八股窒息了审美情趣。同时还斫伤了心智，除了被压抑的“食”“色”本能之外，他心心念念的惟有功名，对功名富贵表现出异常的敏感：在“片石居”，他只注意有人在请仙，想道：“这是他们请仙判断功名大事，我也进去问一问。”及至听见请的是什么李清照、苏若兰、朱淑真，他想道：“这些甚么人？料想不是管功名的了，我不如去罢。”与八股功名无关的人，不管你是什么才女，他不但茫无所知，而且压根儿就拒绝理睬。到了丁仙祠，他又想“求个签，问问可有发财机会”，正是怀着富贵的欲望，高高兴兴地钻入洪憨仙的圈套。“马秀才山洞遇神仙”生动反映了富贵如何迷人心窍，偌大一个八股选家，居然还相信自己见到的洪憨仙是活了三百多岁的“仙”，相信这样的神仙有“缩地腾云之法”，有“点铁成金之术”，心悦诚服地冒充神仙的表弟，充当行骗的工具。富贵令他迷惘，功名更令他迷幻。

在花港御书楼，迷幻发生了：当他蓦然撞见仁宗皇帝的御书时，深植潜意识的功名心病大发作，鬼使神差地把前朝天子的字当作天子本人出现，居然像梦游病患者似的如梦如幻：

> 马二先生吓了一跳，慌忙整一整头巾，理一理宝蓝直裰，在靴桶内拿出一把扇子来当了笏板，恭恭敬敬，朝着楼上扬尘舞蹈，拜了五拜。

吴敬梓只写他奇异的动作，没写台词，评点家天目山樵补上台词写道，马二念念有词地说：“历考一等案首，臣马纯上见驾，愿吾皇万岁，万岁，万万岁！”[10]

天评是合理的发挥，“靴桶内拿出一把扇子来当了笏板”，忒像孩童玩“过家家”游戏，做得特别认真，有模仿的道具、有模仿的举动，认乎其真，这哪是正常成年人的行为？

西班牙塞万提斯创作的堂吉诃德，脑袋里充满了对游侠骑士的憧憬和幻想，由幻想产生幻觉，鬼使神差地把许多现象想象成行侠仗义的对象。那是世界文学中的经典。在马二的脑袋里充满了对功名富贵的热望，憧憬着“朝为田舍郎，暮登天子堂”的幻梦，与“天子”有关的因子一旦激活他潜意识中的相关夙愿，就容易产生迷幻。在功名欲念充斥大脑的境况下，马二确实存在着堂吉诃德似的精神迷乱、精神幻觉：把潜意识中的欲望和感情，“投影”在外部事物上，把主观愿望中想要殿见的天子，套到偶遇的天子御书上；把潜意识中艳羡的面君大礼，加到自己身上，把幻觉与现实混淆起来。犹如堂吉诃德把羊群当作千军万马，在迷幻中煞有介事地去冲锋陷阵；马二在迷幻中也一本正经地朝拜天子，总算过了一把功名富贵的瘾。

综上三个形象可见，封建功名富贵体制统驭下的八股科举取士制度和教育制度，如何把士人逼哭、逼疯、逼迂，逼成庸陋委琐的“非人”——“一代文人有厄”！

（二）倚仗功名富贵之贪劣官绅

——“出”则为庸贪官吏，“处”则为劣绅假儒

周进、范进、马二都心心念念要做官，那时的官场充斥着什么货色呢？兹以同以上三人有联系的三个官为例。

王惠、高翰林、张静斋们的贪官猾吏网

按正统儒家理想，出仕之士应当遵大道、行仁义、兴礼乐，可是实际却大不然。在薛家集欺凌周进的举人王惠，几年后果然前梦应验了，他与比自己小十几岁的荀玫同榜中进士。不巧此时荀玫的祖母去世，按制荀玫准备报丁忧，他却劝“同科”匿丧不报，已显出此人的品行，日后降宁王不是偶然的。选了南昌知府，刚到任就打听“地方人情，可还有什么出产？词讼里可也略有些甚么通融？”——这让人想到，严贡生在关帝庙里急于想通过范进和张静斋向高要县新知县推销自己的本领，也就是如何在“钱粮耗羡”各项“出产”的税收以及“词讼”里找“通融”、做手脚、捞油水，一年可以“不下万金”。他与严贡生倒真是心有灵犀一点通，贪官猾吏正可以沆瀣一气，他们本来就是易位而皆然，出则为贪官猾吏，处则为土豪劣绅。王知府就这么抱着“三年清知府，十万雪

花银”的宏伟目标，决心让自己衙门里充满“戥子声、算盘声、板子声”，一边“钉了一把头号的库戥”，用戥子、算盘聚敛财富，一边“用的是头号板子”，以酷刑张威，“衙役百姓一个个被他打得魂飞魄散。合城的人，无一个不知道太爷的利害，睡梦里也是怕的。因此，各上司访闻，都道是江西第一个能员”。请注意：不是个别上司看中他，而是“各上司……都”，说明他是那个官僚藤架的正宗毒瓜，是那个官僚体制所需要的，体现了那个官僚体制的本质，所以，“做到两年多些，各处荐了”。如果不是“适值江西宁王反乱”，他在这个体系中是前程无量的。那位在朝廷当权的太保，欲收应征辟的庄征君为“门墙桃李”，拉拢新进，结党营私；庄绍光不识抬举不肯就范，如果换上王惠，不正好可以“同寅协恭”，共掌朝纲了吗！上有权臣太保，辅以王惠，下有严贡生，乃至翟买办（传唤王冕者）、夏总甲（在周进教馆的薛家集作威作福者）、宦成（敲榨马二者）、潘三（教唆匡超人者）等众多公差爪牙，这张天罗地网，竟被区区吴敬梓识破天机，漏泄了出来！

高高在上的高翰林，虽非权要却也算是“天子近臣”，八股举业是送他上青云的好风，他根本瞧不起马二那样毕生讲举业而不得中的老秀才，轻蔑道：“此中的奥妙他全然不知。他就做三百年的秀才，考二百个案首，进了大场总是没用的。”是了，他自己不仅深知举业的“奥妙”，而且深知做官的“奥妙”，到封建社会走下坡路时，官僚集团整体的腐败，他也失去了儒家的信仰，兼济天下成为猎取功名富贵的遮羞布，依靠官僚推行的选拔制度也随之腐败。传统的儒家伦理政治道德观念已经失去实现的可能，高翰林很知道这一点，他嘲笑杜少卿的父亲“做官的时候，全不晓得敬重上司，只是一味希图着百姓说好；又逐日讲那些‘敦孝弟，劝农桑’的呆话。这些话是教养题目文章里的词藻，他竟拿着当了真。惹的上司不喜欢，把个官弄掉了”。这个八股宠儿在自诩时说漏了天机，露出真面目，原来他认为：第一，“敦孝弟，劝农桑”等传统儒家大道理是“呆话”，只是说着好听的“教养题目文章里的词藻”，只能说说哄人，不能当真，当真了上司不喜欢；第二，做官时“敬重上司”与“希图着百姓说好”二者之间是矛盾的，做官的“奥妙”是不要希图百姓说好，只求上司喜欢。他已经不信儒“道”，没有信仰，没有操守，没有治国平天下的抱负，平日“最好顽要”，乐与优伶钱麻子厮混，眼前坐着“制礼作乐之才”迟衡山，他不以为雅，听说钱麻子不能来就大叫：“没趣！没趣！今日满座欠雅矣！”“雅”与“俗”竟倒错到这般程度！这些话语竟出于本应讲究礼乐道统的天子近臣翰林侍读之口，而且说得那么自然，仿佛已是天经地义的社会公论，可见仁义礼乐之道已经崩坏到什么程度！他只是随波逐流，讨好上司，安富尊荣，尸位素餐，是甜得发腻的御用文人。他既不同于王惠式的酷吏，又不同于太保式的奸臣，是八股科甲孵育出来的又一个品种：庸官。吴敬梓撕下他假风雅的外衣，还他个本来面目。在古代和近代小说中“刺贪刺虐”之形象甚多，而高翰林形象是着眼于刺入其丧失信仰之心，马二尚知孔子做官为要“行道”，高翰林已没有了这种信仰。由这种人充斥官场，只能让王惠、张静斋们出头当“能员”，与太保们上下一气，搞得天下一片黑了。

张静斋是“做过官的”，深谙官场，带挈范进在丁忧期间违制到南海打秋风，让范进见习他如何教唆南海的汤奉知县以酷邀名、以小民的鲜血染红顶戴，汤奉果然如法炮制酷虐百姓，是张静斋“出”仕在官的影子。致仕“处”乡他就是劣绅，设下圈套讹诈僧官和佃户何美之，手段颇类下述的严贡生。僧官说“他没脊骨的事多哩”，劣绅的“没脊骨”更充分展现在严贡生形象中。

严贡生骨肉、严监生姻亲间的利害算计

严贡生：攀附在封建官僚藤架的毒瓜

地主阶级出身的士人，在乡里之间本来就有相当地位，再在八股科

场中取得贡生、举人之类的头衔，或游幕、坐馆于官府公卿之门，甚或做过官再回到乡梓，就成为高人一等的乡绅贵人。按照正统儒家的要求，他们应当承道统、行仁义、兴礼乐；但实际上许多人却弃道而嗜势、忘义而贪利，成为狼奔豕突、横行霸道的土豪劣绅，是封建统治的墙脚。张静斋之外，五河县的方乡绅、彭乡绅、唐二棒椎、唐三痰之辈，像蛆虫一样张皇，“礼义廉耻，一总都灭绝了”！他们依仗权势为非作歹，仁义礼乐抛诸脑后，是儒林中腐朽的一部分。对他们，吴敬梓毫不掩饰自己的愤怒，满怀憎恶向他们喷射讽刺的烈焰。把这号人的恶德恶行表现得最充分的是严贡生。

吴敬梓笔下，“坏人完全是坏的”为数很少，严贡生是难得的一个毒汁饱满的毒瓜。要作恶就必须倚官仗势，他削尖脑袋往权力机构里钻，充当官府的幕僚心腹，他凭着钱谷“师爷”的刁钻，刑名讼棍的狡诈，为“父母官”的贪赃枉法出谋划策，成为攀附在封建官僚藤架的毒瓜；他运用乡绅贡生的势力，无赖无耻的手段，工于心计，一门心思作恶，每个毛孔都渗出罪恶的毒汁；他刻薄鄙吝成性，损人利己之性已经深入骨髓，无时无刻不想着如何从别人的钱袋里掏一把，眉头一皱就能生出讹人赚人的诡计，做任何事他都要占便宜，大利小利都要赚，忍心从船工、农民等劳苦人中计赚血汗钱。

《儒林外史》属社会小说，以大社会为舞台，而在严贡生、严监生兄弟及其姻亲王德、王仁这一板块，把笔锋伸进宗法家庭内部，掀开帷幕的一角，曝出房份间、妻妾间、姻亲间的矛盾，写出赤裸裸的利害关系如何撕破亲属间温情脉脉的面纱。这里当然积贮着作者早年以来对自己家族中种种矛盾的痛切感受。

赵氏原是严贡生惟一的亲弟弟严监生之妾，生了个儿子。正室王氏无子，她弥留之际，赵氏经过处心积虑的营谋，终于由妾扶正。不久严监生病逝，赵氏之子是合法继承人，赵氏掌管十万家私，严贡生虽虎视眈眈却也无计下手。突然赵氏之子夭折，在“母以子贵”的宗法家庭里，赵氏的地位岌岌可危。严贡生立即抓住时机，首先从“宗嗣大事”下手，要让自己的二儿子过继二房承嗣。又在“正名分”上大做文章，否认赵氏已扶正的填房地位，一口咬定“赵新娘是没有儿女的，二相公只认得他是父妾……称呼他‘新娘’”，俨乎其然地宣称：“我们乡绅人家，这些大礼，都是差错不得的。”在“务必要正名分”的冠冕堂皇旗号下，施展鬼蜮伎俩夺产夺权。严贡生是个假纲常名教以行恶的衣冠禽兽，在谋夺弟产中，他之所以如此气焰嚣张，那是因为按传统的宗法观念，“他到底是个正经主子”。他也正是依仗这种宗法关系，终于把十分之七的弟产攫夺到手。他这只毒瓜不仅攀附在封建官僚制的藤架上，而且植根于封建宗法制的土壤里，沐浴着封建衰世的妖风毒雾，长得毒汁饱满，味浓性烈。

严监生的愔弱守财

普希金在《普希金论莎士比亚》里说：“莎士比亚创造的人物，不像莫里哀的那样，是某一种热情或某一种恶行的典型，而是活生生的、具有多种热情、多种恶行的人物，环境在观众面前把他们多方面的多种多样的性格发展了。莫里哀的悭吝人只是悭吝而已，莎士比亚的夏洛克却是悭吝、机灵、复仇心重、热爱子女，而且锐敏多智。”⑪《儒林外史》里的严监生，不是像莫里哀的阿巴贡那样只有悭吝一种感情，不复顾及人的复杂万端的七情六欲；他更接近莎士比亚的夏洛克，具有由他的社会关系所决定的多种多样的情感：对贪兄严贡生的防范、埋怨，对幼子前途的操心，对妾赵氏的迁就，对妻王氏的悼念，是个愔弱郁闷、软善可欺、孤僻多愁的活生生的人。

纵观对严监生的全部描写，作者写其性格特征实不单是吝啬，该花的钱他还是很肯花的。当然他的肯花销，都是为在宗法家族的斗争中，守护私产、护卫幼子能继承私产而作的。严监生形象有双重性：以其受欺，鞭笞欺他、负他的严大、二王，揭示宗法家庭中和亲族间人际关系的异化；同时，鄙弃其为守财而畏葸的生活态度。

王德、王仁的伪妄

理学官学化并被著为功令之后，士子便以修持理学为进身之阶。那些儇薄奸诈之士，口头上高谈纲常伦理，背地里狗苟蝇营。明中叶后，由于市场经济的发展和人们价值观念的变化，更出现一大批“假道学”，败坏了理学的名声。李贽怒斥他们“阳为道学，阴为富贵，被服儒雅，行若狗彘”[⑫]。吴敬梓最恨势利和伪妄，既塑造了一系列势利眼又刻画了一些伪君子假道学。理学家把纲常说成是天理，王德、王仁就打着这面大旗，而实际所为与之反差越大，讽刺就越尖刻。作者有意放大他俩言与行之间的尖锐矛盾以显其伪。

宗法社会讲究名分，严嫡庶之大防。正室、侧室（妾）名分不同，政治地位、经济地位就有很大的差别。正室只能有一个，正室未死就将侧室扶正，这简直就是“篡逆”，是对纲常名教的大不敬。二王之妹是严监生的正室，病重之时，不等她死就急于要把赵妾扶正，这必须得到亲党的认可。商之于二王，二王先是“把脸本丧着，不则一声”，既不首肯，也不抗议，这是在待价，看对方出多少价。

严监生请他们吃饭，又请他们“到一间密屋里”，给足了价，并且立即拿出两封白花花的银子，每位一百两，递与二位。这时候，二位忙不迭“双手来接”。接了之后，变戏法般的效果马上就出现了，严监生回头只见：

> 二位舅爷哭得眼红红的。……王仁拍着桌子道：“我们念书的人全在纲常上做工夫，……趁舍妹眼见，你两口子同拜天地祖宗，立为正室，谁人再敢放屁！”严致和又拿出五十两银子来交与，二位义形于色去了。

赚到高价就主动把纲常名教出卖了，但还必须打着纲常的旗号，装作义形于色，说得铮铮有理。

扶立之后赵氏仍“死命的巴结两位哥哥”（天评），她的意图很明显，为自己找个可以依靠的靠山。但她却莫测二王之高深，像这样的假儒，岂肯信守诺言、仗义扶助弱小？当初做买卖时主动许下的承诺早都抛到爪哇国去了！他们只知道趋炎附势，见风使舵，连一点亲情戚谊都没有，有的只是冷冰冰、赤裸裸的利害关系。为了银子，他们既可以打着纲常的旗号，冷酷地出卖亲妹妹于病危之际；为了一己私利，他们同样可以打着纲常的旗号，毫不犹豫地出卖赵氏于危难之时，任凭屏风后的赵氏“数了又哭。哭了又数，捶胸跌脚，号做一片”，他们也不动恻隐之心，不赞一词；任凭严贡生威胁赵氏，要把她“揪着头发臭打一顿，登时叫媒人来领出发嫁”，他们也无动于衷，做了亏心事半丝愧疚感都没有！连怕事的族长都写履呈说：“赵氏本是妾，扶正也是有的”，二王却推说：“身在黉宫，片纸不入公门”，不肯列名。干任何卑鄙龌龊的事，都要打出仁义道德的幌子，干任何亡德亡仁的事，都要装出于据于依的道学模样，这就是二王假道学、伪君子的典型意义。

（三）假托无意功名富贵之赝名士

——莺脰湖、西湖、莫愁湖三群“名士”

功名富贵的负面效应显现后，很早就产生一种抵拒和制衡的意识：不屑功利，远离甚至鄙弃功名富贵。反映在社会中的人，也就有了不同的类型。大部分士人受朝廷功令的牵引进入功利体制，走功名富贵的“正途”。也有一部分人士，不被朝廷功令所驱使，不为权势所笼络，保持独立的人格，令人颇有“举世皆浊惟其独清”之感，因而博得清誉、被赞为清高，被称为逸士高人。这种逸士高人型概称为名士。对于干禄之儒士，朝廷铺设科举制度这个“正路功名”之阶，羁縻他们。对于高蹈之名士，朝廷则另设有一套体制。

汉代名士蜂起，是由察举所促成。察举制度由“乡举里选”荐举选拔官吏，标榜以德行为标准，“荐举征辟，必采名誉”。与之相配合的有所谓“清议”，博得清议的赞许，获得社会声誉，就是进身的阶梯、做官的捷径，于是好名之风大炽，大批“名士”应运而生。“扬名养誉”、惟名是求者既多，“纯盗虚名”的假名士也就成为伴生物而层出不穷。

隋唐以降主要实行科举制度，但察举、荐举、征辟等办法一直相辅而行并没有绝迹。清统治者更是兼容并收，用各种办法为朝廷政治服务。例如，清代把汉代的孝廉和贤良方正两科合并为孝廉方正科，雍正元年（1723）诏令各级地方机构进行荐举，赐六品服备用，以后每遇皇帝即位就荐举一次。汉代中央和地方的高级官吏可以直接“征辟”名士充任职务，清代也沿例经常实行征辟，《儒林外史》里的庄绍光就是应征辟的“征君”。汉代开始设置临时性的制科（制举），宋高宗以后设博学鸿词科，清代也沿设，康熙十八年（1679）、乾隆元年（1736）曾两次举行鸿博，网罗和笼络有声誉的学者、名士，吴敬梓自己乾隆元年就受到荐举，并把这种亲身经历写入杜少卿形象里。就在八股科举制度中，也有贡举等含有荐举因素的名目，匡超人被温州学政“题了优行，贡入太学”；马二也被学道保题了优行，万中书羡慕地说：“这一进京，倒是个功名的捷径。”可见以名取士这条路，即使在实行八股取士的清代也没有中断，这就为形形色色“名士”提供了夤缘的阶梯，他们想造成虚假的声望，沿着名士这条“终南捷径”，谋求“异路功名”。

不仅于此，中国的幕府制度秦汉时已渐形成，明清时期更普遍，清朝由科举出身的许多官员实务能力差（尤其旗人），更需要幕僚。雍正初年朝廷明发上谕，要节度观察皆征辟幕僚；乾隆初年后又有增设。文人游幕获利颇丰，而要获得幕职也需有名气。不仅游幕，在吴敬梓的时代，文士替官人富人代撰往来文牍、酬赠文字、序跋、碑铭、诗文等以获取酬金“润笔”，已成为公开的带有一定商业化的行事，名气越大润笔资越高。其他诸如坐馆授徒、书院谋职等等莫不如此。势要豪门，巨贾富室，都以与文士相交标榜高雅，养士养客之风很盛。文人有了名望，高则可以为官作幕，机缘巧合甚至平步青云；低则可以依附权门、富室，充僚佐，作食客，当帮闲。牛浦郎就艳羡：与“相国、督学、太史、通政以及太守、司马、明府”等“现任老爷们”往来，“何等荣耀”！这些“附庸风雅小名家”（蒋士铨语）只求猎取名士之声誉以获得功利，与名士的真精神背道而驰，是欺世盗名的赝名士、假名士，他们也充斥于士林中。《儒林外史》集中写了三组他们的群体活动。

第一群：莺脰湖的堂吉诃德娄公子及其心目中的高人名士杨执中、权勿用

人们总是从自己所向往的文化境界、道德人格来虚拟自己的超我形象，有时候这种虚拟的超我与客观实在的自我有相当大的距离，但他不是有意骗人或自骗。如前所说西班牙塞万提斯创作的堂吉诃德，脑袋里充满了对游侠骑士的憧憬和幻想，也把自己虚拟于游侠骑士，鬼使神差地把许多现象想象成行侠仗义的对象。《儒林外史》里的娄三、娄四公子，脑袋里充满了对战国四公子的憧憬和幻想，由景仰进而仿效，堂吉诃德式地把一些人想象成自己求贤的对象。

每个时期常有一些话题为人们所乐谈乐议，有的人只把它作为茶余酒后的闲谈，有的人却把它作为显示自己才识和卓见的机会。明朝洪武后发生了燕王（后为永乐帝）举兵“靖难”、建文帝“逊国”的重大事变。有关它的评说和争论，延续于明清两朝。娄三、娄四是道地的豪门贵胄，荣华富贵已是不求自有，所差的只是“不得早年中鼎甲，入翰林，激成了一肚子牢骚不平”，于是酒酣耳热之际，便就本朝的热门话题，故出惊人之语：非议“永乐篡位之后，明朝就不成个天下”以表明自己有高

超的见解。以贵胄的身份荣归湖州故里，偶然从看祖坟的老人嘴里听到有一个杨执中，同自己有相似的议论，草野遇知音！喜出望外。人们常愿意把将遇的对象想象为自己所希望的样子。二娄立即调动虚幻的想象力，根据自己梦寐以求想当信陵君的主观需要，编织了一个稀世贤才的幻影，并且决计抓住这个能显扬自己识拔贤才、“礼贤好士”的好机会。他们立即行动起来，不声不响地为这位被押在牢中的贤士还债赎罪，出名保释，施予莫大的恩惠。但过了一个多月也不见此人前来道谢。“弟兄在家，不胜诧异。想到越石甫故事，心里觉得杨执中想是高绝的学问，更加可敬。”反常的现象更加刺激了他们的幻觉，在他们的主观想象中，这个杨执中俨然成了春秋时受大恩却不称谢的越石甫。在娄公子主观需要的支配下，幻觉中的杨执中就不能不担任当今越石甫的角色，如此这般自己也就成为当今的晏子。他们又要模仿信陵君的“礼贤好士”，不惜屈尊去登门求贤，像“三顾茅庐”的美谈那样把杨执中恭请回府。娄家公子在自己主观的幻觉中完成了一桩求贤的伟业，纵使这只是个“幻象”，他们也已“认幻为真”了，活在幻象中领略着无限的精神胜利。

二娄供为高人的杨执中是个复杂的精神现象。弗洛伊德的精神分析学把人的精神活动或心理活动分为三个领域：意识、前意识、潜意识（无意识），它们分别处于精神活动的表层、中间层和最底层。杨执中形象就包含着这三层：意识中的科名干禄、前意识中的名士高人、潜意识中的粗鄙俗人，互相杂糅，争相呈现，其多面相叫人莫衷一是。而在娄公子的幻觉里他是越石甫式的高贤。

杨执中像大多数读书人那样，选择了要沿着科举求仕干禄的“正途”，进学成秀才之后又补廪、又考举人，乡试过十六七次，不幸都未能中举。既然走科举正途渺茫，储存在前意识里朦朦胧胧的高人名士的梦幻，被召唤到主意识上来，高人名士也可以享有一定的社会声望受到尊重，可以以之作为一种心理补偿和心理期待。人一旦想成为某种角色，无意中自己的思维意识也会随着角色的要求而跟着改变，行为举止也会跟着仿效。于是不时也要露一露惊人之论，向邹吉甫那样怀旧的老人说一通“本朝的天下要同孔夫子的周朝一样好的，就为出了个永乐爷就弄坏了”。虚拟中的高人要清高旷达，于是他也努力做出无意于功名富贵的样子。在同样有精神梦幻的二娄面前，他逢到知音，在二娄幻觉中的他：自尊自惜不轻谢恩人，自矜自重不轻接贵人。遇上把自己视作高贤的堂吉诃德，他的前意识又趁机回到意识，调动起虚幻的想象力，把自己辞却沭阳县儒学教谕的事加以渲染，说得颇有点不为五斗米折腰的陶潜气概，二娄听得肃然起敬，景仰他的“品高德重”。但清醒的吴敬梓写得却让人一看就要生疑：既然辞官，为何又要把封官的报帖长久地高悬在客座？这岂不是仍然把芝麻大的小官看得千钧重，岂不是把辞官当作卖弄高蹈的资本？再联系三顾之前的真相：他之不登门谢恩是出于“老阿呆”的糊涂和慵惰，二顾茅庐时他的回避只是因为惧怕县里原差来讨债。

杨执中推荐来了权勿用、权勿用带来了张铁臂，娄公子给杨执中、权勿用、张铁臂戴上贤士、高人、侠客的桂冠，又由他们簇拥着自己腾云驾雾般升上晏婴、信陵君的宝座。如果说杨执中、权勿用是娄府的侯嬴，那么张铁臂俨然就是朱亥了。娄府的门客虽不及信陵君门下的三千之夥，但毕竟文武俱全，也算小具规模了。于是娄公子举办了莺脰湖大会，炫耀礼贤好士的巨大成绩。二娄没有实际的行动目标，只凭虚幻的诱导，谋取虚幻的声誉，作出虚幻的表演，终于落得虚幻的下场。虽非可恶，却只剩下可笑。

第二群：杭州西湖斗方名士

这群“名士”的“发言人”景兰江称：“我杭城多少名士都是不讲八股的。……各处诗选上都刻过我的诗”，他们常常结社诗会，颇像诗酒风流的名士做派。他们“旗亭雅集”，煞有介事地论辩做进士好还是做名士好，得出共识是：诗名是异路功名！代表“杭城名坛”最高成就的赵雪斋引以自豪的不过是可以同“中翰”“通政”“御史”等官帽沾边。他们仰望终身的最高境界还是脱不了功名富贵。卧闲草堂本评点（以下简称“卧评”）直接点明：“斗方名士，自己不能富贵而慕人之富贵，自己绝无功名而羡人之功名，大则为鸡鸣狗吠之徒，小则受残杯冷炙之苦，人间有个活地狱正此辈当之，而尤欣欣然自命为名士。岂不悲哉！”（第十七回）

第三群：杜慎卿及南京莫愁湖名士

这群“名士”的翘楚杜慎卿颇有才情，立意要超俗逞雅，矫情矫行，弃诗酒风流而办花酒风流，帮闲季苇萧帮他筹办了莫愁湖“花”会，不过他的“花”是男伶花旦，是当时士大夫变态的嗜好——男风。而他心心念念的依然是：“我就在这一两年内要中”，志在中进士，已经准备有几千现银子，就是要留着做这一件事！

（四）功名富贵黑缸染出的匡超人

匡超人形象仿佛是把前三类人串连起来，作个小收束。

匡超人作为温州乐清的农村青年，在乡土人伦文化环境中，是个敦伦的孝悌后生。他父亲教导的人生之路是：“功名到底是身外之物，德行是要紧的。……不可因后来日子略过的顺利些，就添出一肚子里的势利见识来，……万不可贪图富贵，攀高结贵。”

来到杭州城，进修“社会大学”，他秉性“乖巧”，门门课都一学就会。第一门课“科举做官”，导师马二先生指引的人生路与父亲嘱咐的路迥异：“奉事父母，总以文章举业为主。人在世上，除了这事，就没有第二件可以出头。……‘书中自有黄金屋，书中自有千钟粟，书中自有颜如玉。’”一句话：通过八股科举走进官场谋得功名富贵。

第二门课“名士招牌”，西湖斗方名士景兰江辈教他开了眼界，原来在马二老师教的之外，还有“异路功名”也可攀富贵。与此同时在书坊实习“商品牟利”课，算作辅课。

第三门主课“倚官作黑”，导师是官衙的衙吏潘三爷，经导师言传身带，他很快学会倚官作黑的种种伎俩，功利心恶性膨胀，迅速失调、失范、失控，继道德防线失守之后，法律底线也失守了，充当潘三的帮凶，作奸犯科，一应黑恶作案来者不拒。吊诡的是，正是他恶行累累之时，他被“题了优行（标准是品学兼优），贡入太学”！他迅速飙升，混到京城官场，研修“官场厚黑学”。他谎称未婚，借裙带风登青云路，他在京城这边“燕尔新婚”，拥着“颜如玉”时，在老家那边被抛弃的发妻活活吐血闷死！

原本同为淳良的农村青年，王冕与匡超人一正一反是鲜明对照。好端端的一个孝悌青年被黑缸染黑，匡超人的蜕变不仅宣告了马二劝学之路的谬误，而且是对那个功名富贵体制的一纸控告状。

三、贤人礼乐场的无奈萧瑟

如何既保护和引导人的进取精神，又克服和消弭因热衷功名富贵而致人性异化？从古至今人们都在探索。《儒林外史》既从反面来揭示，又从正面来探讨。

《儒林外史》不以正反两类人物的直接冲突构成情节，而是让两类人物在各自的世界里活动，以人物思想性格的内在含义来承担情节及其容量，两类人物文化品格是互成反照的，从而建构起一个褒贬对比的深层基本结构框架。

从单项要素机械整体的观念来看，《儒林外史》没有一个贯串全书的中心要素——人物和故事。若从有机整体的系统观念来看，《儒林外史》像是个“系统集成”。以系统思维、系统分析的方法就可以发现:《儒林外史》是以对待功名富贵和文行出处的态度为中心，在深层建构起一个褒贬对比的基本结构框架，两种人分居有机整体的两侧：一侧是钻营功名富贵、不讲文行出处的人物，另一侧是淡泊乃至弃绝功名富贵、注重文行出处的人物；一侧是陋儒、假儒，另一侧是真儒、贤人；一侧是赝名士、假名士，另一侧是真名士、奇人；这两侧形成鲜明的对照，从而把主题思想凸显出来。

《儒林外史》的人物又常是成双成对地出现，居于同一侧的一双人物常是互补关系，其中很多是兄弟，如“二王”王德、王仁，“二娄”娄三、娄四，“二余”余特、余持，“二余”余敷、余殷，“二汤”汤由、汤实，“二唐”唐二棒椎和唐三痰……；有的并非兄弟，如“二进”周进和范进、伊昭和储信、隋岑庵和卫体善、辛东之和金寓刘、余美人和萧姑娘……他们多是相近而互补。居于异侧的人物则有多种多样的对比和对照关系，贤人、奇人形象都是反光镜，反照出功名富贵场狼奔豕突的丑态。如同是科举出仕，虞博士之“难进易退”对比马二之“知进而不知退”，对比范进之中举发疯；同是兄弟，“二余”余特、余持手足情深对比“二严”严贡生、严监生手足相残；同是知县，向鼎与汤奉形成对比；同是出身农村的青年，王冕与匡超人的道路形成对比；同是杜府少爷，杜少卿与杜慎卿的性行形成对比……

如果说前半部（楔子之外）主要是从贬抑面着笔，写出因热衷功名富贵而致的人性异化，在褒贬对比的深层基本结构框架中大多属于贬性一侧；那么，从第三十一回杜少卿出场起的后半部，基干情节是从正面描写礼乐事业的倡导及其衰落，主要写能够正确对待功名富贵的人物，在褒贬对比的深层基本结构框架中大多属于褒性一侧。两侧之间又往往相互对比对照。从系统论的眼光观照，《儒林外史》的形象体系不仅是个体形象的机械组合或简单相加，这个体系对个体形象起着支配作用，

“整体大于部分之和”，在形象体系里的个体，由于相互联系、相互作用，产生了在孤立存在的状态下所没有的在系统整体中的功能性和质的新颖性。《儒林外史》里的有些贤人、奇人和各种肯定性形象，作为孤立的个体来看似不甚值得重视，但从形象体系的有机整体来看，他们却是举足轻重的有机组成部分。作为相互对比的两侧中的一侧，在与否定性人物的对比中，获得了在孤立状态下所不具有的性质和功能，在全书的思想主题构筑中，他们的存在具有艺术安排上的必要性和合理性。离开任何一侧都无法充分理解另一侧。

（一）泰伯祠祭礼及其倡导人迟衡山

儒家原旨的核心是“仁”及与其相表里的“礼”。《礼记·曲礼上》：“道德仁义，非礼不成；教训正俗，非礼不备。”仁是礼的内核，礼是仁的外在体现。没有仁，礼就失去价值目标；没有礼，仁就无以发挥作用。儒家重教化，把礼乐作为一对互为依存的范畴统一提倡，成为治国的基本方略。祭泰伯就体现了儒家的礼乐传统。

由杜少卿逐渐引出迟衡山、庄绍光以及虞博士一班贤人，第三十一回至三十七回就以此四人为主角，以筹建泰伯祠为鹄的，正面铺写礼乐教化的理想。

制礼作乐原是儒士的本分。迟衡山体现了儒士的这种原始的基本性能，是原本意义上的真儒。当正统儒家的理想已被假儒高翰林认为只能充当修饰文章的“词藻”、不能“当真”的时候，迟衡山仍然迂执地以制礼作乐为己任。他不满意“而今读书的朋友，只不过讲个举业，若会做两句诗赋，就算雅极的了，放着经史上礼、乐、兵、农的事，全然不问！”他标举的“礼乐兵农”，是后儒们强化农业文明的模式，成为《儒林外史》中真儒的政治理想。在以农为本的时代，富国之路主要是发展农业。如果说“兵农”讲的是富国强兵，那么“礼乐”就是精神文明了，是传统的政治型文化。迟衡山说，朱元璋“定了天下，大功不差似汤武，却全然不曾制作礼乐”。庄绍光朝见时，小说通过皇帝之口，也把“士大夫亦未见能行礼乐”作为当世的两大不足之一。在礼乐式微之时，迟衡山秉承儒家的正统，继绝学、兴礼乐。他决计弘扬泰伯精神，他说：

> 我们这南京，古今第一个贤人是吴泰伯，却并不曾有个专祠……要约些朋友，各捐几何，盖一所泰伯祠，春秋两仲，用古礼古乐致祭。借此大家习学礼乐，成就出些人才，也可助一助政教。

习学礼乐、成就人才、俾助政教，这是儒家“为国以礼”的礼治思想的正宗，也体现了儒家内修圣德、外行王道的总思路。

儒家的圣人、贤人很多而且多样，何故独独抬出泰伯呢？除了地方性和吴敬梓家族性的原因之外，是否还有其他因素？

泰伯是西周太王的长子，按嫡长子继承制，他理所当然地是王位的继承人。当他觇知太王属意于三弟季历之子姬昌（即后来的周文王）时，便主动与二弟仲雍一道出走，避到今无锡一带的吴地，按当地习俗断发文身，而把王位让给季历再传给姬昌，以此他被历代儒家塑造成“揖让而治天下”的楷模。他是东南礼乐的奠基人，成为推行礼治的偶像。他弃冕旒而奔荆蛮的行为，同时又颇有点许由逃箕山那样古代高人的气韵。看来是这样的贤人更符合吴敬梓的理想。

《儒林外史》的泰伯祠大祭与儒家借泰伯推行礼治的传统一脉相承。与祭典相呼应，小说描写了虞博士在南京国子监任上“以礼乐化俗”的种种实践。庄绍光、杜少卿都因“我道不行”而辞征辟，只能与迟衡山等贤人共同筹赀建泰伯祠以兴礼乐。在这里，朝廷与泰伯祠正是遥遥相对的两端，庄绍光和杜少卿都是辞却朝堂，走向泰伯，既是“贤人在野”，又是“礼失而求诸野”。第三十三回末了作者特别点明：“一时贤士，同辞爵禄之縻；两省名流，重修礼乐之事。”朝廷只行“爵禄之縻”，不能兴行礼乐，贤人就不出仕，宁可在野自行撑持礼乐事业。在这样的对比中，借泰伯祠大典批判现实政教、朝廷功令，提倡制礼作乐、匡正时弊的意图是昭然若揭的。泰伯祠盛典是这批贤人活动的总汇合，贤人的礼乐活动登上了极盛的顶峰，成为后来不断回顾缅怀的黄金时代。正是在这里鲜明地亮出了礼的旗帜，从而成为全书的中心思想表现得最显豁的地方。

（二）庄绍光的文行出处

正统儒家认为“士志于道”，应当以“道”的承担者自居，以道自任，以“道”为终极依据。这样，在出仕的问题上，所当考虑的应是道的得失而不是个人的利害，即所谓“忧道不忧贫”，进退、出处的大节都应当以道为依归，处理好功名富贵与文行出处的关系。儒家愿意接受“以其道得之”的富贵。孔子说：

> 天下有道则见，无道则隐。邦有道，贫且贱焉，耻也；邦无道，富且贵焉，耻也。（《论语·泰伯》）

是见（现）还是隐，是出还是处，是取富贵还是守贫贱，都有个根本原则，都取决于邦是否有道、出仕能否行道。讲究出处之道成为正统儒家最基本的政治伦理原则，成为“真儒”立身行事的准则和操守，如果舍弃原则一味去追求功名富贵，那就是假儒。

《儒林外史》写了一个“姓庄名尚志，字绍光”的贤人，他克“绍”儒士“尚志”之“光”，注重人格德行的操守和修为，讲究“文行出处”。他是学者，尤精治《易》、治《礼》，不仅讲学问讲“文”，而且把“文”贯彻到“行”中去，治《礼》守礼，治《易》用《易》。

中国古代出现了尊贤、尚贤的思想，“尊贤使能”，“贤者在位”，野无遗贤，被视为政治清明的标志，也是君王圣明的表现；反之，“不信仁贤，则国空虚”，“不用贤则亡”（《孟子》），贤人在野不为所用，标志着政治窳败、君王无道。《儒林外史》第三十三回、第三十四回写杜少卿托病辞征辟之后，第三十四回、第三十五回又集中写“圣天子求贤问道”举行征辟大典，征辟庄绍光。对待征辟，迟衡山、庄绍光、杜少卿三个人表现出三个分明不同的层次。迟衡山对少卿说：

“少卿兄，你此番征辟了去，替朝廷做些正经事，方不愧我辈所学。”杜少卿道：“这征辟的事，小弟已是辞了。正为走出去做不出甚么事业，徒惹高人一笑，所以宁可不出去的好。”

卧评说二人“衡山之迂，少卿之狂”，道出二人性格区别，对征辟的态度迥异。

庄绍光的态度则处于迟、杜二人之间，当膺荐晋京朝见时，他回答妻子的质疑说：

我们与山林隐逸不同，既然奉旨召我，君臣之礼是傲不得的。你但放心，我就回来，断不为老莱子之妻所笑。

他虽愿像老莱子一样同妻隐居江南，但还是要尽一尽君臣之礼。这是治《礼》践礼，此时，这是作为儒士的他，与隐逸名士杜少卿的分界线。

同是回答妻子问，杜少卿的内容与他迥然有别：

娘子笑道：“朝廷叫你去做官，你为甚么妆病不去？”杜少卿道：“你好呆！放着南京这样好顽的所在，留着我在家，春天秋天，同你出去看花吃酒，好不快活！为甚么要送我到京里去？……”

虽是对妻子的亲昵戏言，却很符合他名士的身份和性情。

庄绍光晋京朝见的结果是“辞爵还家”。第三十四回结语道：“朝廷有道，修大礼以尊贤；儒者爱身，遇高官而不受。”这实是理解这两回文字和庄绍光形象的钥匙。乍一看，这联语是对朝廷的颂辞，联系起来一推敲，真是“皮里阳秋”。既然朝廷有道尊贤，此正儒者“贫且贱焉，耻也”，应当出仕兼济天下之秋，何故庄尚志却要辞高官而趋隐遁？这种“爱身”，是只有在“邦无道”之时，儒者为洁身自爱、不与当权者同流合污才采取的呀！作者写庄尚志辞征辟，由于其矛头是直指最高当局的，在“避席畏闻文字狱”的时代，吴敬梓不得不隐而不露地含蓄其词，甚至用象征手法和反语暗含讥讽。庄绍光见驾后，权臣太保公让人传语：“欲收之门墙，以为桃李。”谁都知道这是朝中权臣为拉帮结派培植亲信开的门，如是匡超人辈“竟进”之徒，卖身投靠惟恐不及；但庄绍光却断然拒绝权臣的招致，他明知这一拒绝无异断送自己的出仕前程，但为坚守出处之道，他还是毫不犹豫地这么做了。作者采用象征手法，写他不能容忍螫头顶心的“蝎子”，决不与这种“臧仓小人”为伍，并由此悟出：“看来我道不行了！”贤人出仕，为了行道，这是最高的政治理想；“我道不行”，则是最深的政治失望，话说得很含蓄、冷静，分量却很重，对于坚持出处操守的真儒，已别无选择，只有“恳求恩赐还山”了——被逼走上“山林隐逸”之路，“坚卧烟霞”，躲到钦赐的与世隔绝的世外桃源里去。至此，这位儒士已由“出”转到“处”。“穷则独善其身，达则兼济天下”，一些士大夫，正是从儒家的这条“独善”之路，找到了通往道家思想之门，在按照儒学出仕治国平天下而受到挫折的时候，往往转向道家，以道家的人生哲学作补充，寻求一种超越和解脱。儒和道就这样走向了互补，相反而又相成。吴敬梓让庄绍光走到名士的篱笆前，又继续让道家的思想血液流淌到虞博士以及真名士的形象里。

（三）虞博士的天怀淡定

清代评点家推虞博士为“书中第一人”“上上人物”。现代人理解这个人物形象，需要了解他所体现的传统文化。

如果说庄绍光形象显示如何处理“出”与“处”之间的大节，那么虞博士形象则显示“出”应当怎么样。虞博士身为执掌教化的学官，身体力行礼乐教化，主祭泰伯祠是他的职守。他的社会思想是儒家的礼乐仁政，人格修养虽仍以儒家为主，但这并不妨碍他具有道家的某些情愫。小说中以吴敬梓自己为原型的人物杜少卿说：虞博士“襟怀冲淡，上而伯夷、柳下惠，下而陶靖节一流人物”。虞博士形象确是按柳下惠、陶渊明的范型来塑造的，其出仕的态度尤其如此，只是以仕代耕，养家糊口，心境是恬淡的。所以余大先生说他：“难进易退，真乃天怀淡定之君子。”（庄绍光评马二是“知进而不知退”）没有功名热望，入仕而超脱，身仕而心隐，把道家精神渗透于儒家生涯中，以不执不拒对待仕途，作者悬以为镜，反照功名富贵场中的狼奔豕突。内在心性上的澄澈虚净、澹泊寡欲，外在风度上就会表现为雍容大度、宽厚谦和，与人无争、怡然自乐，汰尽浮躁、归复天然。“天怀淡定”的虞博士形象反映了这样的文化人格追求，所以被广为推崇。虞博士精神，在抑制贪欲、促进和谐、讲求德性、平衡身心等方面，它有可汲取的合理养分；而在推进社会变革、个体进取等方面，它缺少驱动作用，显得保守。

（四）王玉辉的礼学悲音

王玉辉是在余特（大先生）携弟余持（二先生）到徽州当府学训导时出现的。这“二余”到徽州府当学官，要效法虞博士，推行礼乐教化，王玉辉“志于道”的精神最令二余赏识。但境况已经大不同了。

王玉辉是一介寒士，抚养一子四女，生活相当艰难，当时秀才坐馆比童生（如周进）馆金高得多，秀才王玉辉舍去这坐馆教书谋生养家的机会，立志要纂三部书，“因这三部书，终日手不停披，所以没的工夫做馆”。第一部是礼书，“将三礼分起类来，……教子弟们自幼习学”。他所说的“三礼”，是最早记载古代礼制的《周礼》《仪礼》《礼记》，历代儒家都希望通过对礼的整理和阐释，教化人心，发挥规范社会和个人的作用。到了宋明理学，认为“天理”是宇宙的规律，也是世人所必须遵循的人世伦常。他们强调“存天理，灭人欲”，“饿死事极小，失节事极大”，都是为了突出“天理”本体的主宰、命令作用。在理论上理学是肯定感性自然的生存发展的，但实际上，封建统治阶级的意识，不重视礼学中仁爱的情感因素，把“理”抬到高于仁的至高无上的地位。一些理学家把封建统治秩序、行为规范当作“天理”，用来禁锢、压制，甚至扼杀人的感性自然欲求；并且要人们把这种“天理”当作自我完成的主动欲求，变为道德自律，主动强制灭绝正常人的一些欲念，以完全适应封建秩序。这种偏颇被扭曲利用就产生了严重的弊端，突出表现在强加于妇女的节烈观。宋之前，“刘向传列女，取行事可为鉴戒，不存一操。范氏宗之，亦采才行高秀者，非独贵节烈也”（《明史・列女传》）。宋之后所旌表者大多为节妇烈女们守节殉夫了。理学的“模范区”徽州也成为受“节烈”毒害最深的地区，有幸被旌表为节妇烈女，方志载之，正史列之，祠堂供之，牌坊彰之，碑文镌之，墓志纪之，子孙崇敬之，文人歌颂之……这就是“青史留名”！这就是死的“好题目”。经过王玉辉纂作的“礼书”，从他所透露的端倪和实践的效果看，那已变成理学的布道书。

第二部是字书，第三部是乡约书，“不过是添些仪制”，看来是结合徽州农村实际，把理学教条仪制化、普及化。王玉辉是全身心地投入，专注不怠，以至失去现实感。孔子说：“三年学，不至于榖，不易得也。”（《论语・泰伯》）。王玉辉不是三年而是三十年，在穷山村里，甘守清贫，孜孜不倦，有种不惜献身的宗教情怀和殉道精神。

王玉辉以他的礼书“教子弟们自幼习学”果然出现“成效”：大女儿

年轻丧偶“守节在家”；三女儿出嫁不到一年就丧夫，她哭得天昏地惨，要绝食殉夫。正如黄小田评点（以下简称“黄评”）所说：“其女在家想习闻其迂执之论，故商量殉节。”公婆听了泪如雨下，好言抚慰，加意劝阻；亲生父亲王玉辉非但不加劝阻，反而怂恿说：“你竟是这样做罢。”老妻痛哭流涕骂他呆，他反而说老妻呆。结果三姑娘饿了八日，硬是活活饿死。女儿死讯传来，老妻哭得死去活来，他却：

仰天大笑道：“死的好！死的好！”大笑着，走出房门去了。

这使人想到范进听到中举的喜讯，拍手大笑：“我中了！”“我中了！”《儒林外史》善于抓住人物最有文化意义和生命意义的特异言行加以凸现，写的虽然只是瞬间，却是以人物的整个生命为潜台词并且含有丰厚的文化内蕴。周进撞号板、范进中举发疯都是他们平生追求的或不得或得时的精神状态，王玉辉的特异言行也是如此，三姑娘之殉节是自己礼书教育的成果，“青史留名”也是自己追求的目标，如今实现了不能不叫“死的好”。

在人的伦理生活实际中，人的内心常常交织着道德观念与感性自然欲求的冲突，道德活动的基本特征是用道德意识评判、裁制感性自然欲求。王玉辉之怂女殉夫是他以理学的偏颇自律的结果，王玉辉之失态是他以理学弊端自虐的表现，他所表现之残忍，是他所偏执的理学弊端之残忍。这种偏颇和弊端也使笃信者自己的精神陷入内心分裂和自我虐待之中，女儿殉节后王玉辉的悲悼痛苦心态就表现出这种“良心与礼教之冲突”（鲁迅语）。

难能可贵的是，吴敬梓在称扬虞博士等奉行的礼乐文化和礼乐化俗的实践的同时，不仅能批判王德、王仁那种伪道学的假纲常以行污，高翰林那种对儒学的“不当真”、不真信，而且还能够洞察并批判由王玉辉式的“迂”“呆”偏执所致的理学流弊的祸害。王玉辉形象客观上显示：尽管他忍苦殉教，但他所偏执的理学弊端，对礼乐文化是一种扭曲。指摘言伪行污的伪妄品性易，洞穿正经人所迂执的理念之误难，吴敬梓指摘的锋芒是透过王玉辉个人指向理学流弊。这是吴敬梓思想的进步。这同他在《诗说》中努力冲破以体悟人伦“天理”为指归的理学治学途径，在小说中让杜少卿说“只依朱注，这是后人固陋”，思想认识是一致的。这种思想也与时代的一股进步思潮一致：明中叶后，“王学日益倾向于否认用外在规范来人为地管辖‘心’禁锢‘欲’的必要”，出现过“制欲非体仁”之类的说法，这样也就走向或靠近了近代的自然人性论。“无论是泰州学派或蕺山学派，总倾向都如此。”⑬

王玉辉形象所反映的理学偏颇，是造成礼乐式微的内部原因。吴敬梓特别把“徽州府烈妇殉夫”与“泰伯祠遗贤感旧”并列为第四十八回的回目，不是没有深意。

是的，如前所述泰伯祠盛典是贤人的礼乐活动登上的顶峰，成为后来不断回顾缅怀的黄金时代。越过了全书结构的这个顶点，就开始了下降的过程。卧评第三十七回说：“本书至此卷，是一大结束……譬之作乐，盖八音繁会之时，以后则慢声变调而已。”在以后的“慢声变调”里，泰伯祠大典的音符不断重复出现，但却如辽远历史的回音，越来越微弱，越来越凄清，勾起的是往事如烟的无名惆怅。

大祭之后萧云仙靖边、劝农、兴学，全面践行礼乐兵农，但却落得削职破产，“广武山赏雪”已充满抑郁悲伤的气氛。到第四十六回“三山门贤人饯别”，结束了下降的第一个阶段。此时，在秋风萧瑟的背景上，贤人们洒泪饯别礼乐事业的主持人虞博士，这具有浓厚的象征意义。“老叔已去，小侄从今无所依归矣！”杜少卿伤感的话语代表了贤人们的悲凉情怀，崇尚礼乐的贤人都已经“无所依归”，犹如秋风里的黄叶，被吹得四散飘零。

王玉辉抱着礼书到邓尉山拜访“最爱这部书”的好友，那位好友已是柩内的僵尸，他只得把礼书与香纸牲醴“一同摆在灵柩前祭奠”——礼书只能作祭奠僵尸的祭品了。他拿着余大先生的介绍信到南京找庄绍光、迟衡山诸贤人，寻求他们支持将礼书付刻，而“这些贤人君子，风流云散”，已经无人支持他了。他跑去瞻拜泰伯祠，那里又是尘封冷落，满目荒凉，“迟衡山贴的祭祀仪注单和派的执事单还在壁上”，但曾几何时，已经成了明日黄花，无人闻问，当年致祭的乐器祭器，也被锁在八张大柜里，被人遗忘。作者正是从这番“泰伯祠遗贤感旧”写出贤人礼乐事业的凋零。这是下降的第二阶段。

第五十三回，狎妓的陈木南和国公府徐九公子酒酣耳热之际谈论道：因为未及参加泰伯祠大祭，已经不知道“古人的制度了”——礼已失传了。到五十五回，盖宽和邻居老爹来到泰伯祠，那里更已是断壁残垣，破败不堪，连放乐器祭器的八张柜子也已无影无踪。瞻仰终于变成凭吊，无限伤感，“所谓曾几何时而江山不可复识矣！感叹苍凉”（齐省堂评点，以下简称“齐评”）。二人怏怏离开泰伯祠，登上雨花台绝顶，只见“那一轮红日，沉沉的傍着山头下去了”，仿佛一个时代的尽头。

儒林之中礼已失传，“那知市井中间，又出了几个奇人”。不仅在朝的当权者不讲“礼”，连在野讲“礼”的贤人也“销磨尽了”，这不又是一层“礼失而求诸野”的意思么？“薪尽火传，工匠市廛都有韵”，难得吴敬梓能把希望的目光从士林拓展到“市井中间”。“市井奇人”与杜少卿、沈琼枝都有逸出旧轨之“奇”，但在当时还来不及形成救世之力、无补于颓世，看来只有期待未来了。小说末尾，荆元的琴声虽然有时“铿铿锵锵，声振林木”，而高山流水知音者稀，终于“忽作变徵之音，凄清宛转”，于老者“听到深微之处，不觉凄然泪下”。这是笼罩小说三十七回以后的总情调。

这显然已经不是礼乐的颂歌，而是礼乐的哀歌。吴敬梓亲手编织起礼乐的花环，又亲笔记下它的枯黄萎败。既然明知要萎败，为何还要编织呢？这就是吴敬梓的悲剧了。十八世纪上半叶的中国，虽然已从传统文化中氤氲化生出早期启蒙文化，但还处于中国传统文化转型的开端，吴敬梓还没来得及迎来它的转化，他还只能像颜李学派那样，一方面对当时的官方哲学——程朱理学的流弊进行尖锐的揭露，另一方面又把古代儒家的一些政治和道德规范理想化，当作矫世变俗良方，使自己的思想蒙上一层很厚的历史尘埃。好在吴敬梓毕竟是个忠实于现实的小说家，一旦现实生活证明他从娘胎里带来的儒家思想无济于事，虽然含着无限哀婉和依恋，他还是毅然写出这种理想的破灭。也许这也算是一种"现实主义的伟大胜利"吧，吴敬梓以他诗人的敏感，已经觉察到并且显示出，以儒家为主干的传统文化已无力救治社会的沉疴痼疾，泰伯祠所代表的礼乐理想的破灭，就是象征性的标志。

四、奇人嵚崎场的氤氲化生

——王冕、杜少卿、沈琼枝和"市井四奇人"

中国封建社会发展到十八世纪，各种矛盾累积愈久，愈益严重，引起广大人民的不满和反抗；不合理的功名富贵体制机制、八股科举制度的流弊、理学的弊端，激起有识之士的不满，有一部分更从封建牢笼内部分化出来；传统文化中蕴藏的民主性的思想传统和现实主义的文学传统，也随着时代的发展而发展，并在文学上展露端倪。在《儒林外史》里，民主性的思想成分虽还没有形成新的社会理想、凝练出鲜明的思想旗帜，但"形象大于思想"，它却已在嵚崎的奇人形象中氤氲化生着，我们要辨识其中新的思想因素。

（一）借王冕敷陈大义

世间的功利机制体制，是一定历史阶段的必然产物，它是一把“双刃剑”，既有积极的一面，又有负面作用：诱发物欲横流，使人过分热衷追求功利，追求官（势）、追求钱（利），势利心膨胀，造成人性异化。一物降一物，于是就出现了抑制功利心膨胀的道德仰慕——淡泊功名富贵，与之联袂的是痛嫉“势利眼”。吴敬梓从功名富贵场中跳出，并且反戈一击，遂写出“楔子”中的王冕以“敷陈大义”。王冕形象的塑造，受孔孟儒家思想的影响至深，仁义就是其社会思想的核心。朱元璋立为吴王后，到诸暨乡下拜访王冕，征询“浙人久反之后，何以能服其心？”王冕则如孟子见齐王那样“以仁义与王言”，说：“若以仁义服人，何人不服？”

“仁义”，不仅用于政治，而且用于人伦。“仁”在孔子和儒家思想中既是至高的精神境界，又是社会理想，成为中华文明核心价值发展的首要概念。孟子不仅重视“仁”，还强调“义”，特别重视义利之辨。“义”和道义就是指道德原则，“利”就是功利原则和私利要求。义以为上、以义制利，就是坚持道义高于功利，以仁义价值观指导出处进退。王冕批评八股取士的“荣身之路”会使一代文人看轻“文行出处”而造成精神危机，这成为全书的突出题旨。这题旨具有超时空的价值，从古至今全世界都有处理义与利的课题。

如果说在社会理想方面王冕基本上是儒家的，那么，在人格理想方面则是儒道互补的。他人格自立，精神自适，“遇着花明柳媚的时节，把一乘牛车载了母亲，他便戴了高帽，穿了阔衣，执着鞭子，口里唱着歌曲，在乡村镇上，以及湖边，到处顽耍，惹的乡下孩子们三五成群跟着他笑，他也不放在意下”。向往人与自然相融的任诞自适。朱元璋成为皇帝后，传说“朝廷……要征聘王冕出来做官”，他“连夜逃往会稽山中”。待到“朝廷果然”要授他官职时，他已是“久矣不知去向了”。比杜少卿之“辞征辟”还要坚决。他以段干木、泄柳为取法的榜样。泄柳是春秋时鲁人，穆公就而见他，他闭门不纳。段干木是战国时魏人，魏文侯就而造其门，他逾墙逃走。王冕与他们一样成为弃绝功名富贵而隐居山林的逸士、高人，贤者人格与隐者人格已融通，小说称他为“嵚崎磊落的人”。

（二）杜少卿的“真”“奇”和“狂”

士自觉为具有独立精神之个体，便不欲混同、淹没于庸常。从崇尚老庄的魏晋名士就崇尚自然，并以人的天然性情为一种自然，人应按照他生来具有的品性生活，从而喜欢率真的个性，进而形成一种观念：有高名之士必当有个性、有异行。于是名士竞求以特立独行超迈凡庸，于是标奇立异、企慕奇人异行遂成为名士的传统。到明代中叶，古老的中国封建社会出现了早期启蒙思潮，个性的觉醒是其重要内容之一。自泰州学派到李贽和晚明士风，从自然人性论出发，主张冲决封建的一些束缚，自由地发展人的天性，以人文觉醒对抗伦理异化，崇“真”尚“奇”蔚为风气，清初的傅山张扬个性自由解放最力，顾炎武等呼唤“豪杰”和“豪侠”精神，黄宗羲强调学者要具有不为权势和流俗所左右的学术个性。凡此都充实和发展了“奇”的内涵。继承这种传统，吴敬梓也把真名士杜少卿以及与他气质相近的人称为奇人。迟衡山说：“少卿是自古及今难得的一个奇人。”第三十回回末联语预报杜少卿出场也称“风流才子之外更有奇人”。

杜少卿一边追求超世脱俗的格调，一边充满愤世嫉俗的情怀，表面上洒脱风流，内心里悲愤苦闷，因此，他的恣情任性带有狂诞不经的色调，伴生出过当的言行，透露着内心的愤激和痛苦，表现出激而为怒、愤世嫉俗的“狂”的特征。这使他的名士风度有了深刻的一面，具有了不满封建黑暗的叛逆内涵。“狂”是强烈的不满在受压抑情况下的爆发形态，是一种喷射式的宣泄。第三十二回卧本评语有言“少卿之狂”，以“狂”字概括他的特点。

无独有偶，曹雪芹也称他心爱的贾宝玉“似傻如狂”。这都不是偶然的。明万历年间出现李贽学说，标志着早期启蒙思潮进入飞跃发展的时期。李贽本身就是狂人，汤显祖《寄石楚阳》说：“卓吾……虽未必是圣人，可肩一‘狂’字，坐圣人第二席。”（《玉茗堂全集》尺牍卷一）朱国桢《涌幢小品》谈到李贽学说时说：“今日士风猖狂，实开于此。”晚明个性解放的思想，更滥觞于对王阳明提倡“狂者胸次”的学说的改造和发挥。泰州学派创始人王艮也是一位“狂者”，三十八岁那年，戴着纸糊的五常冠，穿着自制的奇装异服（《儒林外史》里的王冕也自制奇异衣冠），到南昌去见巡抚王阳明，招摇过市，轰动全城。王阳明的另一高足王畿，青年时代就放浪不羁，“宁为狂狷，毋为乡愿”，极力提倡“狂”。在文学艺术家中，不愿受封建习俗约束的才子加浪子式的人物出现得更多，他们中有些人是很有叛逆色彩的。曹雪芹提到的唐寅、祝允明，与文徵明、徐祯卿合称“吴中四才子”，他们就被视为“狂逸不羁”，表现了吴中的狂诞士风。徐渭、郑板桥等，都珍重自己的人格和真性情，傲世抗俗，藐视权势。徐渭被视为狂人，当道官僚求他一字而不可得。郑板桥自喻“青藤门下走狗”，崇拜至极。郑板桥提出“学者当自树其帜”，并说自己“束狂入世犹嫌放”（《自遣》，《郑板桥集》），同样不肯为“天下安享之人”作书画。他们的书画艺术“不受前人束缚，自辟蹊径”[14]，表现了独特的创作个性和独创的才能。当时就有人把郑板桥比作阮籍[15]。他们这些人构成了明清时代具有早期启蒙特征的“狂人”谱系，他们鄙夷权威，挣脱禁锢，言行狂狷而不成熟，犹如血气方刚的青少年郎，为超逸封建秩序而血脉贲张，但还来不及磨砺好武器。他们继魏晋名士之后，为中国的名士传统增添了时代的新内容。作为小说形象，杜少卿之狂，概括了更多的时代新质素，表现了一些与社会环境不协调、为庸众所不解的新性格。一直到“五四”时期，鲁迅还把标志新文学诞生的重要作品称为《狂人日记》，仍然以“狂”相标，这大概不是偶然的吧。

儒者庄绍光接到征召之旨，立即就晋京，他自觉地意识到，“我们与山林隐逸不同，既然奉旨召我，君臣之礼是傲不得的”。后来证实“我道不行”，是为践履儒家出处之大节，才辞爵还家；即便如此，也要恳得皇帝的“允令还山”旨后才启行。名士奇人杜少卿则不同，他不把自己纳入什么“君臣之礼”中，自称“麋鹿之性，草野惯了”，不愿受羁勒；为了要“逍遥自在，做些自己的事”，竟冒欺君之罪，装病辞征辟，根本不去，乐守人格自立、精神自适的人生境界。并且从此连秀才籍都抛弃掉，再不参加科举的各类考试，鄙弃八股功名，不守家声祖业，背离了科举世家和封建阶级为他设置的人生道路，被高翰林视作“杜家的第一个败类”。如果说贤人的两只脚还站在传统文化的藩篱之内，那么，奇人却已有一只脚试步跨出传统的门槛，表现出与封建环境不协调的异端倾向，闪烁着具有民主思想的火花。如果说贤人的活动尚不过多触忤世俗，那么，奇人的叛离就或多或少对封建秩序起疏离和瓦解的作用，因而常为御用文人所不容。高翰林就像发现瘟疫病源一样，立即向社会敲起警钟，戒饬青年：“不可学天长杜仪！”恨不得把这个祸胎剿灭。但这正像迟衡山说的：高翰林“分明是骂少卿，不想倒替少卿添了许多身分”——从反面证明这些违逆者刺痛了封建统治的神经，是他们的逆子。清代评点家推“虞博士是书中第一人”（黄评），如果说虞博士是书中融通传统优秀文化的第一人，那么，杜少卿是书中开始试步超逸传统藩篱的第一人。

吴敬梓最关注的是士的人格，功利观的核心是义与利的关系，这是人类社会的永恒课题，在《儒林外史》里表述为功名富贵与文行出处的关系。任何文化，一旦沦为获取功名富贵的敲门砖，便要丧失原有精神。士人一旦罔顾文行出处专逐功名富贵，便要被异己力量所异化，丧失人格与自尊。面对以功名富贵牢笼士人的朝廷功令，他要造就的是士的独立人格和学问，他自己著《诗说》和小说中杜少卿著《诗说》都刻意追求学术自立从而培育和体现人格自立，以品行学问抵排功名的异化；面对扼杀人格、人性的统治哲学，他要争取的是人的一定程度的自适和舒展，以合乎自然的原始民主与人道精神，抵排过苛的理学流弊。他不是不想有所作为，只是看透了“走出去做不出甚么事业”，他只好“在野”与贤人合作，要“成就出些”既能制礼作乐、讲究文行出处，又能尊重人格、看重自由的人才，“助一助政教”——最终落实到改造腐败的政治和社会风气上。由于当时他还接触不到新的思想文化体系，还只能在传统的思想文化体系中搜寻抉剔，对于符合他理想的优秀文化因素，不论是儒家还是道家，他都兼容并收，并注入自己的思想血液，积淀在自己的情感深处，氤氲化生着，从而陶熔出一个个肯定性的“真儒”“贤人”和“名士”“奇人”形象，寄托自己的理想和探求。

（三）女奇人沈琼枝和“市井四奇人”

“奇人”除杜少卿外，还有女奇人沈琼枝，她不甘“伏低做小”、作人之妾，携带扬州盐商宋为富家的财物逃奔南京，凭手艺和文才——靠刺绣卖诗自谋生计，独撑门户，人格自立，并仗武术防身自卫，颇有一股侠气；什么礼教的清规，妇道的戒律，庸众的不解，人言的中伤，喇子的讹诈，官府的迫害，她都夷然不顾！闪现出妇女解放的朦胧思想火花，与殉夫的王三姑娘是鲜明的对比。

吴敬梓还把探索的目光从士林拓向“市井中间”，小说写了会写字的季遐年、卖火纸筒子的王太、开茶馆的盖宽、手工业者裁缝荆元，合称“市井四奇人”。他们的形象中虽有士人气质的投影，但毕竟身份不同，因微贱而被世俗所轻，萌生反抗意识激为狂狷。他们都有独立营生的能耐，能够自食其力，不依赖别人，自己找到安身立命的支点，过着精神自适的日子。正是由于摆脱经济依附性，所以可以人格自立、精神自适地发展。此中盖已渗入了商品经济发达的城市中市民的意识，至少是其萌芽。这种生活情趣具有摆脱封建束缚、抵制权钱异化、冀求人的自由发展的积极因素。从中华土地上生长出来的自由平等思想（不是从西方舶来的）正在脱茧而出！

所谓“近代”，是以“人”的觉醒为标志的。五四文学革命的重大功绩之一在于“人的重新发现”，其内涵就是尊重每个人的人格、权利和意志。这对于只强调君权、族权、父权、夫权而不尊重个人权利的封建观念来说，是价值观上的巨大变化，是人文精神现代化的重要标志。1920年，胡适的《吴敬梓传》说，吴敬梓的用意是：“叫人觉得‘人’比‘官’格外可贵，学问比八股文格外可贵，人格比富贵格外可贵。”强调的正是“人”和“人格”。同年同在亚东版《儒林外史》卷首，陈独秀、钱玄同分别写了《〈儒林外史〉新叙》，陈独秀说：吴敬梓“思想已经和当时的人不同了”；钱玄同说：吴敬梓“在当时是一个很有新思想的人”。五四新文化运动的三位早期倡导者都从人文精神现代化的视角，异口同声地高度评价《儒林外史》，可见吴敬梓的努力是朝这个方向前进的。他的努力虽然受到历史的限制，同我们的认识有很大距离，但他为建构健康的民族灵魂而辛勤探索的伟大精神，却永远值得我们崇敬。

五、感而能谐婉而多讽：喜剧性与悲剧性相融合

（一）中国古代讽刺小说的典范

鲁迅说“迨吴敬梓《儒林外史》出……说部中乃始有足称讽刺之书”。《儒林外史》把我国古典小说的讽刺艺术发展到了最高峰，它的讽刺服从于客观地、真实地再现现实生活的原则，服从于严肃的社会批判的任务。作者充分运用讽刺以加强批判、揭露的力量，同时也就将讽刺

提高到近代现实主义美学的高度，极大地扩展了讽刺的美学功能，为讽刺艺术在我国小说中的发展作出了卓越的贡献，同时丰富了世界讽刺艺术的宝库。

对《儒林外史》的讽刺艺术，鲁迅概括为“感而能谐，婉而多讽”八个大字。此处的“谐”指谐谑，按《现代汉语词典》的释义是滑稽而略带戏弄。这是喜剧艺术的基本特征之一。鲁迅说讥讽是喜剧变简的一个支流。“能谐”是说吴敬梓能在生活中发现喜剧性因素，并巧妙地运用喜剧方法进行讽刺，使《儒林外史》的讽刺艺术具有鲜明的喜剧美学特征。如果说《红楼梦》着重于对现实作悲剧性的批判，那么《儒林外史》的突出贡献是通过喜剧性的讽刺进行批判，两位现实主义小说家感应生活的审美气质和进行心灵外射的审美方式是各具个性特征的。

《儒林外史》的喜剧艺术突出地表现在塑造出一大批具有讽刺意味的喜剧人物，这在讽刺小说的发展史上是空前的成就。《儒林外史》中的一系列喜剧人物形象，已不像在过去的小说中那样以“庸人”的面目来“衬托俊士”（鲁迅语），他们的审美价值主要决定于自身的真实与深度：他们本身就是主角。这些喜剧性格已成为独立自主的小说主体，已成为作家精雕细琢的重要审美对象，已成为作家艺术创造的重大目的，已成为作家评判生活、展示美丑的重要艺术载体。这样一大批独立自主、富于讽刺性的喜剧形象的出现，正是《儒林外史》作为讽刺小说的重大美学成就，也是讽刺派小说在艺术上完全成熟的重要标志。

（二）喜剧性讽刺的艺术表现

喜剧性多产生于对不和谐（不谐调）状态的尖锐揭露中：本质与现象的不一致，内容与形式的不协调，动机与效果的适得其反，自我感觉与实际状况的悬隔，前后态度的自相矛盾，性格片面的、不和谐的畸形发展等等，都会构成不和谐。鲁迅说喜剧是“将那无价值的撕破给人看”

（《再论雷峰塔的倒掉》）。我们可以再细一些说是：将那无价值东西的不和谐真相，以诙谐的方式艺术地撕破给人看。假、恶、丑是无价值的，却以有价值的真、善、美的假象出现，这就是不和谐之一种，把其矛盾尖锐地撕破，就可以使人蓦然之间发现不和谐，从而产生喜剧性。喜剧的审美效果是笑，它让人在大笑之中受到震撼，让人在笑声中看到旧世界、旧事物内在的空虚和无价值，用笑表示对它的鄙弃；同时也增强追求美的愿望，继而引起对人生、对社会的严肃思考，并从中有所领悟。这种笑，是作家引导读者进行社会评价、审美评价的结果，不是单纯的生理现象。

《儒林外史》中不和谐的喜剧性多姿多彩，试举其大端：

本质与现象不一致

丑的本质是内在的空虚和无意义，但它却要自炫为美：或是假装为美，或是自以为美。

丑而假装为美的喜剧人物，他们丑却不安其位，试图以美的假象来掩饰自己丑的本质，竭力显示自己不但不是丑，而且是难得的美。结果，他们总是弄巧成拙，被撕出真相：有的是由自身的行动来撕破，例如范进在母亲热丧期间外出打秋风，这本来就大违“礼”，却在汤知县的宴席上借不用象牙筷子而装出翼翼尽礼的模样，结果在吃大虾元子上露了马脚；王德、王仁自吹“全在纲常上做工夫”，却大违纲常。有的不但被暴露出丑的真相，而且还常常大吃苦头，遭到生活应有的惩罚，例如匡超人吹嘘自己的八股文选本已远销外国，吹嘘山东、山西等五省的读书人家，家家供着“先儒匡子之神位”，结果被人当场拆穿；成老爹地位卑下，却要攀高结贵，仿佛自己也是一个什么尊贵的大阔佬，夸耀有彭乡绅请他吃饭，作者给予的惩创是：让他空着肚子在酒筵旁喝“消食的陈茶”，越喝越饿，越看着人家吃越难受；万里假冒中书到处打秋风，正在秦中书家看戏饮酒，猝然被一条锁链锁去；严贡生正吹嘘自己从不占人寸丝半粟便宜，他的小斯来报邻居来讨被他霸占的猪。这些人偏偏要强装出一副自己是美的、合理的、有价值的、真实的样子，来遮盖丑的、不合理的、无价值的、虚妄的本质。作者既婉曲而又尖锐地巧妙撕破其伪妄，把丑的本质揭露给人看，让人感到鄙陋荒谬之可笑。

丑而自以为美的喜剧人物，他们虽然是丑却并不自知，相反，他们倒是用盲目的自我确信，替自己虚构出一幅美的假象，从而沉醉在自以为美的幻觉之中。如杭州的景兰江等斗方名士，陶醉在“做诗”的风光里，让初来的匡超人听了他吹嘘“诗友”的势力，“不胜骇然”；但当原不会做诗的匡超人，看了一本《诗法入门》就做出的诗，竟不比那些诗人差，这就戳破了“斗方诗人”吹起的气泡。接着，“斗方诗人”伙里的支剑锋自以为像李太白“衣锦夜行”，口吐狂言，妄自尊大，结果被当场锁去。高翰林颟顸无知，仅仅因为会写几篇八股文，便自以为才绝一时，自负得很。马二先生也是不自觉地把已失去历史价值的八股举业当作神圣事业。胡屠户地位卑微低下，却自视甚高，认为连范进中举也是由他“带挈”的，他不仅自我感觉与实际状况相悬隔，而且对范进前倨后恭的突变特别刺眼，多种不协调丛集一身。这些人一般都真诚地相信自己是美的，因此他们是自然地甚至天真地让自己的本性显露出来，但正如柏格森所说：对丑的“‘心不在焉’的程度越高，喜剧的格调也就越高”⑯。

形式与内容的矛盾

美总是形式与内容的圆融统一。形式与内容的对立，不论是内容压倒形式，还是形式压倒内容，都必定是不美的乃至是丑的。对这种丑，《儒林外史》也常常给予喜剧性的描写。如写鲁小姐的闺房：闺房，顾名思义是小姐们的独有天地，那里本应是一个脂红粉香秀雅的地方，但鲁小姐的闺房却别有一番景象："晓妆台畔，刺绣床前，摆满了一部一部的文章；每日丹黄烂然，蝇头细批。"倘若是其他文章倒也不坏，可以显现小姐的博雅，而偏偏这里所摆设的不过是八股文！把"须眉浊物"们用以博取功名的"俗学"八股文摆满在小姐的闺房里，显得是那么不伦不类，很不协调，内容与形式的冲突极富于喜剧情致。马二先生游西湖，把看到的御书当作皇帝，并取出自己的扇子充作笏板，扬尘舞蹈，拜了五拜，内容与形式的脱节表现出人物形象的颟顸与迷幻。迎亲排场照例应有吹有打，为主人渲染喜庆的气氛，但严贡生为儿子娶亲，又要"臭排场"，又不给钱，结果迎亲的仪仗队居然没一个吹手，只有四个戴红黑帽子的一递一声地喝道，看了也令人不禁哑然失笑。上述对环境和人物行为的描写都是紧扣着人物性格的喜剧性来进行的，是为表现喜剧性格服务的。

动机与效果的脱节甚至适得其反

喜剧性格往往不顾客观实际和主观条件，盲目自信地花费巨大的努力去追求不可能实现的虚幻目的。结果他们越是积极、认真地投入行动，就越见出动机与效果的不协调，形成尖锐的喜剧性对比。娄三、娄四公子返归故里，"广招俊杰"，几经访贤问能，先后延揽杨执中、权勿用、张铁臂等人居于相府，连同常过从的蘧公孙、牛布衣、陈和甫，似乎是人才济济，俨然有战国四公子爱贤养士之遗风。但好景旋被撕破，先是张铁臂以猪头虚设人头会骗去五百两银子，不久权勿用又因涉嫌奸拐被差人一条链子锁走。娄氏兄弟孜孜以求的一场美梦就这么成了一场笑柄。牛玉圃一心一意要讨好东家盐商万雪斋，胡诌万雪斋的前主人程明卿是自己的"拜盟的好兄弟"，其效果却与动机恰恰相反，反被万氏斥为"结交匪类"，予以革除。杜慎卿到神乐观一心要渔猎"飘逸风流"的"男美"，但约到的却是一个"一副油光光的黑脸，……满脸胡须"的肥胖道士。

对牛玉圃、杜慎卿，作者是鄙夷的，借动机与效果的悖反，开了个不大不小的玩笑。

环境气氛的不协调

第十回蘧公孙在鲁编修府举行婚礼，大摆宴席，高朋满座，又是张乐又是演戏，吉庆热闹。突然屋梁上掉下一只老鼠，“端端正正掉在燕窝碗里，将碗打翻……爬起就从新郎官身上跳了下去……众人都失了色”。一波未平一波又起，端菜的小使把两碗粉汤打碎在地，又把一只钉鞋踢起丈把高，席中的陈和甫张口正待吃，忽然“一个乌黑的东西的溜溜的滚了来，‘乒乓’一声，把两盘点心打的稀烂”。这两个插曲与婚礼的吉庆完全不协调，预示着在鲁编修功名观念笼罩下的这婚姻和家庭必将不和谐。第四十七回五河县的暴发户方家节孝入祠，在尊经阁大举行礼，这是极庄重的礼仪，却有卖花的牙婆“权卖婆一手扶着栏杆，一手拉开裤腰捉虱子，捉着，一个一个往嘴里送”。余大先生看着气道：“我们县里，礼义廉耻一总都灭绝了！”这也道出了作者讽刺此败礼之举，正是要与泰伯祠祭礼遥相对照，显示礼崩乐坏。

（三）感而能谐——悲剧性与喜剧性相融合

《儒林外史》讽刺艺术的特色不仅在于“能谐”，即通过种种谐谑的笑声来揭示喜剧性格的种种不和谐的矛盾，展露丑的真实面目；而且这个“谐”（喜剧性）常常与“感”（悲剧性）水乳交融，浑然一体。普希金说：“崇高的喜剧不是只依靠嘲笑，而是依靠性格的发展，并且这种喜剧往往接近于悲剧。”[17]《儒林外史》也是“喜剧往往接近于悲剧”。

吴敬梓生活的时代，封建社会已进入后期，疮痍满目，败象丛生。特别是经过清初诸大家的广泛思想批判与社会批判，时代的悲凉之雾笼罩士林，忧患意识乃至危机意识这时已不可避免地成为清醒思想者的群体意识乃至社会意识。吴敬梓身处这悲剧性的氛围里，作为有思想家气质的敏感作家，呼吸而领会之，很难单纯地创作出明朗的、纯净的笑。《儒林外史》打破传统的思想和写法，它显示出：否定性人物的恶德恶行是统治制度和政策的产物，制度不改变，他们不一定会受到“恶报”；而肯定性人物却恰恰与势利的社会环境格格不入，他们往往不是始困终亨、否极泰来，而是蹭蹬失意、幻灭悲伤。吴敬梓通过对不同人物命运遭际的描写，把批判的锋芒都指向社会。他井然有序地解剖着社会的肌体，深入地探查病源，分析病因。他的小说就是一份社会病理解剖报告，而他的总诊断无异于是给病入膏肓的古老封建制度写了一份“病危通知书”。他嘲笑丑的、不合理的事象，却又找不到出路，于是难免失望与悲凉。及至他把解剖刀伸向士林中的喜剧性格时，总是逼视到隐藏于其中的、悲剧性的生活本质。柏格森说：“过分深入人格，将外部效果和过分深植的内因结合起来，就将损害外部效果的可笑之处，最后将使它荡然无存。”⑱ 对于一般的喜剧作家，这不失为一个很有价值的忠告。但吴敬梓并不甘心于只逗读者一笑，他解剖生活中的可笑事物，正是要揭示产生这些可笑事物的社会造因，他怎么肯未达目的而罢手呢？当然，作家的进一步开掘并没有导致喜剧效果的“荡然无存”，相反，它倒是向人们提供了一种新的审美对象，这就是悲喜融合的艺术形象。这种悲喜融合的艺术形象在反映生活上达到一个新的层面，在审美欣赏上则给读者提供了更为丰富的美感享受。

在《儒林外史》中喜剧性与悲剧性往往是形影不离，你中有我，我中有你，完满融合。周进寻死觅活，嚎啕痛哭，固然可笑，但只要我们抉根寻源，想一下：周进考了几十年，不要说中举，就连考举人的贡院也没资格进；联想一下他一碟老菜叶、一壶白开水的贫困落魄生活；联想一下他在梅玖、王惠等秀才、举人面前所受到的羞辱……我们的笑就不得不掺入一股怜悯的涩味。范进疯疯癫癫，狼狈不堪，自然也使人发笑，但想一想这么个本来忠厚、本分的寒儒，被社会的大石挤压得如此渺小、麻木、愚昧，我们的悲悯之情不是油然而生了么？小说的深刻之处正在于，几乎在每一个最富于喜剧性的人物及其情节里，都融合着悲剧性的因素，范进的疯笑、周进的痛哭、王玉辉的强笑……这瞬间的可笑是以他们整个生命的可悲为底蕴的，这最匪夷所思的举止恰恰是最令人惊悚的痛点，作家总是迫使你在笑声中把思绪从喜剧性伸向造成这种可笑的社会环境，领会“一代文人有厄”的历史悲剧，咀嚼作品蕴含的对人生、对生活、对社会的深刻思虑。

马二先生也是悲喜交融的一个成功的艺术典型。作家一方面着重表现他迷信八股的迂腐气：他至虔至诚地礼赞八股，诚诚恳恳地奉劝别人栖心举业，虽身处佳山丽水之中，犹一心系在功名富贵、八股刻本之上，沉迷陷溺不可自拔。同时，作品也刻画了他古道热肠的君子风。慷慨倾囊，主动为朋友消灾泯祸；奖掖后生，馈银赠言，温煦之气直拂人面。这两个性格侧面在马二先生形象中不是割裂乖背的，而是既彼此对立，又互相渗透，不可分割地融为一体。作者通过其君子风捕捉其迂腐气，通过其迂腐气来托衬其君子风。君子风说明他本来是可以有价值的，迂腐气则说明他已无价值。撕破其迂腐气是喜剧性的，这嘲讽了八股制的毒害；君子风的被贬损则是悲剧性的，这也批判了八股制。正是在否定八股制对人性的戕害这一点上，马二先生形象的喜剧性与悲剧性高度融合，凝为一体。这样一个悲喜交融的艺术形象给人的审美感受是双重的，显然要比单一的喜剧性丰富得多。

如果说，《儒林外史》前半部（第三十一回之前，“楔子”除外），是以喜剧形象世界为主，潜藏着悲音，那么后半部，基本上是一个悲剧形象世界，这就是作者用悲剧的笔调写出的贤人的风流云散和奇人的如阮籍“哭穷途”般的悲凉。而且这份悲凉意识正是作者臧否人物潜在的价值标准，也是创作心境，这是《儒林外史》喜剧深刻别致的原因之一。

果戈理说他的作品有个看不见的主人公是“笑”,《儒林外史》的这个主人公则是又笑又哭，前半部笑里藏哭，后半部基本上是哭。没有这个“哭”，便很难“公心讽世”，之所以能“感而能谐，婉而多讽”，正因为这部喜剧巨著深层的、支配性的底色是悲剧。

（四）公心讽世　婉而多讽

与“感而能谐”相辅相成的是“婉而多讽”。

鲁迅很赞赏吴敬梓的“公心讽世”，他以唐初的《补江总白猿传》为例，说明“假小说以施诬蔑之风，其由来亦颇古矣”。明代有讽刺倾向的小说中，仍不免有“私怀怨毒，乃逞恶言，非于世事有不平，因抽毫而抨击”者，到吴敬梓，“乃秉持公心，指擿时弊”，使讽刺小说同“泼秽水的工具”划清了界限。“公心讽世”者有着为人生的动机，怀着真、善、美的理想，去否定假、恶、丑，“他的讽刺，在希望他们改善”，倘“毫无善意，也毫无热情，只使读者觉得一切世事，一无足取，也一无可为，那就并非讽刺了”[19]。可见吴敬梓的“公心讽世”是他写出“足称讽刺之书”的基础，也是“感而能谐，婉而多讽”的先决条件。

鲁迅很赞赏《儒林外史》作为讽刺小说的“旨微而语婉”，他批评明末清初的《钟馗捉鬼传》“词意浅露，已同谩骂，所谓‘婉曲’，实非所知”。他又批评清末之谴责小说“辞气浮露，笔无藏锋”，达不到含蓄蕴藉。在他看来，《儒林外史》做到这一点，所以“足称”讽刺小说，而那些小说则近于谩骂。

作为讽刺小说总不免要夸张，但过分“张大其词，又不能穿入隐微”，便会“失实”，“失了文艺上底价值”，因此鲁迅特别强调“讽刺的生命是真实”，“非写实决不能成为所谓讽刺”，在他看来，“用了精炼的，或者简直有些夸张的笔墨——但自然也必须是艺术地——写出或一群人的或一面的真实来，这被写的一群人，就称这作品为讽刺”[20]。

吴敬梓就是这种现实主义讽刺的圣手，他以讽刺家的心态对现实生活有深刻而独特的体察和感受，从现实生活中特选了富有喜剧性讽刺意味的“或一群人的或一面的真实来”，用白描的手法似乎纯客观地把它们摹写出来，既不张皇，又不指斥，更不谩骂，而结果却使那些长久“行下来了，习惯了，虽在大庭广众之间，谁也不觉得奇怪”了的可鄙可笑现象，“现在给它特别一提，就动人”㉑。这种“动人”的讽刺效果，是读者从作者所提供的形象中自己咀嚼体味出来的，作家反映生活愈真实愈深刻，就愈耐人咀嚼，令人回味不尽，达到了“婉而多讽”的高水平，鲁迅赞扬说：“无一贬词，而情伪毕露，诚微辞之妙选，亦狙击之辣手矣。”㉒

六、作为古典小说经典的历史地位和影响

（一）迈向近现代的小说艺术

在古代小说中《儒林外史》与现代的小说观念很为接近，其表现是多方面的，兹略举大端。

小说作者的独创性空前加强

以《三国演义》《水浒传》《西游记》为杰出代表的以往长篇说部，其故事经说书人演唱在民间长期流传，不断繁衍，又几经文人作家加工书写，在一定意义上可以说是民间与文人相结合的集体创作。《金瓶梅》已是主名作者的创作；《儒林外史》完全是作家自己对社会生活积极观察、体验、感应，进行审美创造的产物，深深烙上作家审美个性的印记，作家个人风格鲜明突出。

吴敬梓以自觉的创作精神，从自己吸纳生活和感应生活的独特角度，对亲历的生活进行审美的观照和心灵的外射，作出符合自己审美感受的

选择和反映，从而进入独特的艺术构思和具体的创作过程。“江左烟霞，淮南耆旧，写入残编总断肠！”他是蘸着自己的血液和胆汁写下《儒林外史》的。其中有血有肉的人物，不管是以特定的亲朋故旧做模特儿，还是“杂取”多人的特征而铸造，都有着他自己独特的审美发现，都有着他自己心灵外射的投影。

说书体小说由说书人直接出面陈述、诠释、评论，“看官听说”如何如何，说书人仿佛表演傀儡戏的艺人，对上场的傀儡进行摆布和介绍。吴敬梓在很大程度上摆脱了这种模式，尽力把自己隐蔽起来，形成第三人称，隐身人客观观察的叙述方式，从而大大缩短了小说形象与读者之间的距离，不使有叙述人横亘在它们之间，作者只是给读者提供一个观察角度，由人物形象自己呈现在读者面前，正如卧闲草堂本评点所云“直书其事，不加断语，其是非自见也”。《儒林外史》向叙事艺术的客观性和真实性迈进，正是近代现实主义小说艺术的趋势和要求。吴敬梓已经能够把叙述角度从叙述者（作为隐身人的作者）转换为小说中的人物，通过不同人物的不同视角和心理感受，写出为他们所分别对象化了的客观世界，这样的形象既具备一定的客观特征，又渗透着观察者的个性色彩，作家独特的创作个性深隐在客观的呈现之中。

小说进一步接近现实人生；生活化描写中又有一些奇特的情事，继承了传奇的优点；人物多有原型，小说的一部分具有纪历性特点

在瓦舍说书基础上发展起来的历史演义、英雄传奇小说，从总体上说，主要写超群人物的不凡故事，对世俗人生日常生活的描写还不充分，传奇色彩很浓。《儒林外史》则发展了明代以来如《金瓶梅》《醒世姻缘传》等世情小说的优点，把目光从奇人异事转向现实社会普通人日常的真实生活，客观地、精确地摹绘世故人情，卧闲草堂本评点就引友人的话说：“慎毋读《儒林外史》，读竟乃觉日用酬酢之间无往而非《儒林外

史》。”在当时就被当作世态人情的一面镜子。

现实主义首先是按照生活的本来面目真实地再现生活，把平常人的日常生活作为审美对象如实描写。但好奇心是人的天性，面向大众的叙事文学艺术，如能引逗人的好奇心，就易吸引人的眼球。中国古典小说在情节上讲究“奇”成为传统，对吴敬梓影响很大的《世说新语》，就记述魏晋名士文人的奇特言行。吴敬梓没有丢弃这个传统，他在生活化描写中往往又能写出一些“耳目之内，日用起居”中的奇特情事，保持着传奇的优点。他一方面能把非常生活化的现实情事写得逼真、细腻、有味，同时又继承传奇的传统，努力在平淡的日常生活中，搜寻发掘出人物最有文化意义和生命意义的“奇”的言行加以凸现，以耸动视听。写的虽然只是瞬间，却是以人物的整个生命为潜台词并且含有丰厚的文化内蕴。吴敬梓的创作个性决定他是奇谈逸事的敏感者，他经常采撷社会和书本上的趣闻逸事，作为自己小说的情节素材，按小说的构思经加工改造融入小说。拙著《〈儒林外史〉研究纵览》在前辈学者搜讨的基础上辑得五十余条，《儒林外史研究资料集成》又继续辑至六十六条之多。《儒林外史》的高明之处更在于：把非常平淡无奇的生活化描写和一些奇特的情节结合得特别好，融通无痕，使你在看小说时不觉出那些“奇”很突兀。范进中举而发疯，需被搧一巴掌，“喜”得出奇。周进那么一大把年纪的塾师，当着众人撞号板，“满地打滚”嚎啕痛哭，“直哭到口里吐出鲜血来”，哭得出奇。马二游西湖，一路叙来颇平实，但到了御书碑前却像孩童玩过家家似的，行起叩拜皇帝的大礼，迂得出奇。王玉辉见亲生女儿活活饿死的惨剧，却大呼“死的好！死的好！”浑得出奇。他如：严监生临终竖两指、严贡生装病讹船家、鲁小姐制义难新郎、娄公子虚设猪头会、杜慎卿访美却遇丑、杜少卿装病辞征辟、虞博士忠恕遮丑行、沈琼枝逃南京卖文、虞华轩戏弄成老爹……在在具有奇特的意趣，但是在大量生活化的描写中，你又不觉得它有什么离谱。事出常态之外，却在情理之中。《儒林外史》照生活本来的样子来摹写生活，又有从生活中提炼出来的奇特情节，平实中有奇崛，意料外蕴情理，这两者融通无痕，浑然一体。

现实主义艺术家在塑造艺术典型时，一般都或此或彼地有生活原型作依据，鲁迅说“小说也如绘画一样，有模特儿”，“《儒林外史》所传人物，大都实有其人”，也就是说，有生活中的真实人物作为创造艺术形象的模特儿，这是吴敬梓塑造人物的重要特点，后来为晚清的许多小说所继承。当然，生活原型只是艺术创造的基础和艺术构思的启发，经过作家典型化创造的艺术形象与最初据以进行艺术构思的生活原型之间，已经不能画等号了。

有些正面人物的思想性格虽然已与其生活原型不完全一样，但吴敬梓还是在他们形象里保留了原型的基本身世、经历和某些事迹的大致轮廓、某些性情的突出特色，这在以作者及其亲朋为原型的杜少卿、庄绍光、迟衡山、虞博士、杜慎卿、余大先生、马二先生、季苇萧、武书等形象里表现得最明显，小说中凡写他们及其相互之间交往的情节，基本上是按照生活中原有的时间顺序安排的。所以我认为：在写杜少卿和与他相关联的情节里，多按原型人物生活的顺序，使这部分带有自传体小说的纪历性特点。当然仅体现在这一部分。从总体上说作者是按照主题思想和结构的需要来安排情节的。

从故事小说型到性格小说型，小说艺术发展到更高层次

在说书基础上发展起来的小说，有丰富完整的故事情节，以故事进展的时间顺序为线索进行叙述，生动而完整地把它自然正常的逻辑进程表现出来，就完成了结构的主要任务。《儒林外史》把故事淡化，既没有完整的主干故事，又没有贯串始终的中心人物，不以它们的自然进程作小说结构的中心线，作家是按照自己的创作意图，刻绘和展出种种儒

林世相，建构起一组组情节单元。每一单元甚至每一人物之间，往往缺乏外显情节的自然联系和故事完整性，但却具有深隐意蕴的必然联系和内在统一性。表层情节缺乏自然的逻辑联系，完全靠作家把它们排列组合起来，构成有机的序列，涵蕴创作意图，这样的作品特别需要结构的功力。就在写一个人物时，吴敬梓描写的重心也不在于写出其故事，也无意于交代其来龙去脉写出一生的完整传记，只是截取他一生中的一个阶段。而就在某个阶段中，吴敬梓也只是撷取几个典型场面，把它们组合衔接起来，犹如“拼贴画”，每个场面间跳跃的跨度较大，其外显联系无意多顾，前后的因果关系也比较沉隐，需要读者细细思索体味。

故事型说部，情节多戏剧化，讲究尖锐紧张的矛盾冲突，激烈的交锋，强烈的动作。《儒林外史》却写的是日常的平凡生活，只是淡淡写来，没有激烈冲突，没有紧张情节，不追求戏剧化效果。它不是靠情节的戏剧性吸引读者，而是着力开掘人物思想性格的内在含蕴，把对儒林命运的反思深入到儒士性格灵魂的层次，把一个时代的危机化为儒林的精神危机。在全书的构架上，不是让正反面人物互相冲突，而是让两类人物的思想灵魂进行互相反照、互相映衬、互相对比，从而突出了中心创作意图。

语言艺术的巨大进步，“五四”时期被誉为“模范国语读本”

《儒林外史》的语言晚清以来备受称赏。1919 年民权出版部印本《古今小说评林》中，南社小说家张冥飞说，“纯粹之白话小说，以《儒林外史》为最”。“五四”时期致力于提倡白话文的钱玄同，在《〈儒林外史〉新叙》中，系统回顾了我国白话文学的发展后，既认同胡适说的“《水浒传》是中国白话文学完全成立的一个大纪元”，更强调指出《儒林外史》又有发展，“是中国国语的文学完全成立的一个大纪元”，可以“列入现在中等学校的‘模范国语读本’之中”[23]。

以画作比，如果说《水浒传》主要是大笔触的轮廓画，那么，《儒林外史》可比简劲的钢笔画，与其相应的语言是精准简劲、生动传神。

《儒林外史》是已很接近现代的古典小说。吴敬梓在中国近代史大门前停下脚步，但他在《儒林外史》里展露的现实主义的光芒，却直融入以后的时代，蔚为万道霞光，照耀着文学前进的途程。

（二）在中国近代被推为批判性的社会小说的标范

十九世纪末，甲午战败，戊戌变法不成，义和团被镇压……封建社会败象丛生，国家民族危亡迫近，而中国资产阶级在帝国主义侵略和封建压迫的夹缝中有所发展。晚清小说理论家，把小说看作改造社会人生的有力武器，大力提倡“写社会之恶态而警笑训诫之”的“社会小说”（《小说丛话》中侠人语）。在这种情况下，《儒林外史》被作为社会小说的楷模，受到空前的重视和推崇。梁启超在《新小说》第一期发表《论小说与群治之关系》提出“小说界革命”，其主张包括注重小说的社会功能，要求广泛深入揭露晚清的社会现实。在这一思潮中《儒林外史》更是倍受推崇，光绪二十八年十月初一日（1902 年 10 月 31 日）《新民丛报》第十九号登载《新小说社征文启》提出标范，称：“如《儒林外史》之例，描写现今社会情状，借以警醒时流、矫正弊俗，亦佳构也。”效法之作如雨后春笋，光绪二十九年（1903），晚清“四大谴责小说”的前三部《官场现形记》《二十年目睹之怪现状》《老残游记》同年开始出现，再过一两年第四部《孽海花》也开始出现，顿然蔚为大观，成为近代小说的主潮。阿英的《晚清小说史》认为，揭露、抨击现实的“此类小说，在全数量中，所占至少在百分之九十以上”。

《儒林外史》被公认为社会小说的样板。光绪三十一年（1905）仲春忏绮词人在《梼杌萃编》序中说：“说部中之工于摹写世俗情状者，莫如《儒林外史》。”[24] 光绪三十三年（1907）《时报》登载的《旅行述异》小说广告中说：“我国小说中能写社会情景者向以《儒林外史》为最。”[25]

陶佑曾在评论《二十年目睹之怪现状》时说："吾国旧时社会小说，当推《儒林外史》为第一。诚以人情之险伪，世态之炎凉，惟该书纪述綦详，讽嘲有以，劝惩隐寓，大可为改良缺点之针砭。"[26]《清朝野史大观》卷十一《清代述异》总结当时的情况说："近日社会小说盛行。如《孽海花》《怪现状》《官场现形记》，其最著者也。然追溯源委，不得不以《儒林外史》一书为吾国社会小说之嚆矢也。"包天笑回忆说："当时写社会小说的人，最崇奉《儒林外史》一书，因此人人都模仿《儒林外史》。"（《钏影楼笔记》）可以为此论断作佐证的材料不少：韩邦庆自述《海上花列传》"全书笔法自谓从《儒林外史》蜕化出来"。李伯元的朋友写《谭瀛室随笔》说《官场现形记》"其体裁仿《儒林外史》"。《枕亚浪墨·哑哑录》说《二十年目睹之怪现状》的作者"吴趼人……其为人绝类著《儒林外史》之吴敬梓"。曾朴在《〈孽海花〉修改后要说的几句话》里也承认他的小说受《儒林外史》影响而加以发展变化。《箬帽山王》的作者姚民哀说自己小说的写法"乃是脱胎于《儒林外史》"。[27]张恨水《斯人记·自序》说："这种社会章回小说，从最远说，应该是以《儒林外史》为始祖。满清末年，这类作品，风行一时，直到'五四'前后，其风未戢，我必须承认，是受了这个影响，并承袭了这个作风。……我的《春明外史》，和这篇《斯人记》，以及《春明新史》《新斩鬼传》，甚至最近所作的《牛马走》等篇，都走的是这一条路。"[28]李铎《李涵秋〈广陵潮〉序四》说："《广陵潮》直可媲美吴敬梓之《儒林外史》，刻划社会人物，描摩诡异形状，无不绘影绘声，惟妙惟肖，使之毫发无遗。"[29]杨世骥《文苑谈往》说："《文明小史》后《官场现形记》二年（1903）作。这是一部较《官场现形记》更浓厚地染受着《儒林外史》的作风的小说。在讽刺的笔调上，这部比较《官场现形记》还要大胆，在写实的技术上，这部比较《官场现形记》尤为进步。"[30]但是，当时人就已经看出来，这类小说虽然学习《儒林外史》，却又都望尘莫及。他们常常针对当时小说的弱点，以《儒林外史》为典范，阐述小说创作的一些基本原理。

（三）对中国现代小说的深刻影响

《儒林外史》在现代社会仍有深刻影响。首先，五四新文化运动倡导者的推赞和亚东版的传播与有功焉。

还在1917年，《新青年》上陈独秀、胡适、钱玄同等人就发表了一系列文章和通信，倡导新文化，举起了“文学革命”的大旗。在反对旧文学提倡新文学、反对文言文提倡白话文的历史潮流里，《儒林外史》受到一致的推崇。1917年，刊于《新青年》第二卷第五期上的，系统地提出文学改革主张的文章——胡适的《文学改良刍议》，就一扫“鄙夷白话小说为文学小道者”的传统，奉白话小说为“文学正宗”，并认为当时的白话小说的代表作家吴趼人等，“皆得力于《儒林外史》”等优秀小说。同年《新青年》第三卷第一期上，钱玄同的《寄陈独秀》，赞同“小说诚为文学正宗”，认为“旧小说之有价值者”不过《儒林外史》《红楼梦》等六部，到《〈儒林外史〉新叙》里更称“中国近五百年来第一流的文学作品，只有《水浒》《儒林外史》和《红楼梦》三部书”。同年《新青年》第三卷第四期上，胡适的《再寄陈独秀答钱玄同》，认为“吾国第一流小说，古人惟《水浒》《西游》《儒林外史》《红楼梦》四部”（这是当时的“四大名著”）。1918年《新青年》第四卷第四期上，胡适的《建设的文学革命论》，称扬《儒林外史》是“有价值有生命的”“活文学”，是“模范的白话文学”；赞扬它的“写人物的画工本领。……书中的人物，如严贡生，如马二先生，如杜少卿，如权勿用……个个都是活的人物”。这是新文化运动的倡导者们，以新的眼光整理和重新评价古代文学时，对《儒林外史》的价值作出的判断。

随着五四新文化运动的开展，在《儒林外史》的传播和评论中也注入了批判封建主义、宣传民主主义的新鲜思想血液。1920年12月，与陈独秀、胡适关系密切的上海亚东图书馆，作为新文化运动的传播阵地，出版《儒林外史》，加新式标点并分段分节，陈独秀、钱玄同分别写了新叙，胡适作的《吴敬梓传》也载于卷首。这集中地显示了新文化运动的倡导者们对《儒林外史》的重视，是《儒林外史》研究史上值得重视的一页，标志着这项研究的新起点——已经跨进现代的门槛。

由于《儒林外史》在现代文坛有很高地位、很大影响，一些小说家在为自己的小说取名时，就借助于它的名著效应。参照“儒林外史”命名的小说可以分为两种：一种是仍写“儒林”，只是对“儒林”的内容作了变化，如《儒林别史》（连载于1917年的《小说画报》）。名《新儒林外史》的就有几部：顾佛影的《新儒林外史》问世于1926年，在小说开首和结尾处明言此书是参照了吴敬梓的《儒林外史》，以记录现代学界中人光怪陆离的故事。张金寿的《新儒林外史》，在抗战年间的北方沦陷区出现，主要反映新闻出版界的种种丑行。

一种是《春明外史》《梨园外史》《留东外史》《新新外史》等，题目沿用“外史”二字，表明它们借鉴了《儒林外史》[31]。

对鲁迅等现代小说家的影响

《儒林外史》对中国现代文学的影响是更深入到精神内里的，这里只讲几个受其影响有迹可循的著名小说家。

鲁迅对《儒林外史》的现实主义本质有独到的理解和真切的领会。“五四”时期，鲁迅具有以小说参与历史发展的自觉性。他提倡为人生的、清醒的现实主义，因此他也看重正视人生的现实主义古典小说。他赞扬《儒林外史》“烛幽索隐，物无遁形”，“使彼世相，如在目前”，这是对《儒林外史》现实主义艺术精义的精粹论述。鲁迅自觉运用小说狙击封建文化，批判旧制度、旧伦理、旧思想，因此他特别重视讽刺。从他强调“讽刺的生命是真实”等言论来看，他推重讽刺实际上是在提倡清醒的、批判的、战斗的现实主义。正是在这种思想指导下，鲁迅发现了《儒林外史》的现实主义讽刺艺术之高明，认为“迨吴敬梓《儒林外史》出……说部中乃始有足称讽刺之书”。鲁迅对《儒林外史》《红楼梦》的高度评价，正是对我国古典小说现实主义传统的体认。这种传统与西方近代现实主义传统，在鲁迅的小说创作中发生了自觉而又独特的交融，从而开创了我国现代文学的主潮。鲁迅以《儒林外史》为标的衡量小说作品，也以同样的精神从事自己的小说创作，甚至还一度“对友人表示：要写一部《儒林外史》式的小说，揭露绍兴社会生活的黑暗面”[32]。他的小说确实深受《儒林外史》的影响，孔乙己简直就如周进的后代。此不俱详。鲁迅在 20 世纪 30 年代的杂文里也时常论及《儒林外史》，例如《叶紫作〈丰收〉序》说：“《儒林外史》作者的手段何尝在罗贯中下，然而留学生漫天塞地以来，这部书就好像不永久，也不伟大了。伟大也要有人懂。”被鲁迅许以“伟大”的古典小说，除此之外只有《红楼梦》。

另一位现代小说大师茅盾（1896—1981）也很重视《儒林外史》，在 20 世纪 20 年代就写过《〈红楼梦〉〈水浒〉〈儒林外史〉的奇辱》一文，驳斥当时出现的歪曲这三部古典小说名著的言论。20 世纪 30 年代他在《谈我的研究》里说：

> 本国的旧小说中，我喜欢《水浒》和《儒林外史》……至于《红楼梦》，在我们过去的小说发展史上自然地位颇高，然而对于现在我们的用处会比《儒休外史》小得多了。如果有什么准备写小说的年青人要从我们旧小说堆里找点可以帮助他“艺术修养”的资料，那我就推荐《儒林外史》。[33]

他以小说家的慧眼，看出《儒林外史》是古代小说中与现代小说观念最接近的作品，因而对小说创作最有借鉴作用。事实上他自己的小说创作也多有《儒林外史》的滋养。

张天翼（1906—1985）在20世纪30年代就以写讽刺小说而名噪文坛。和茅盾一样，他觉得《儒林外史》比《红楼梦》更接近现代生活。他特别擅长刻绘知识分子及由其出身的灰色人物，其中有些简直就是《儒林外史》人物的后代。1941年在《谈人物描写》里，他介绍自己“在小学中学里的时候怎样贪看小说……在那些书里面结识了马二先生”等人物，“一经结识，就叫我忘不了”，“发生了一种很密切的关系”。我看到华威先生匆忙的身影就会想到赵雪斋的来去匆匆。1942年他写了一篇别具一格的三万字长文《读〈儒林外史〉》，这是“五四”之后三十年中系统剖析《儒林外史》的最详尽的论著。

吴组缃先生（1908—1994）跟张天翼一样是20世纪30年代就成名的小说家，两人是老朋友，1959年我还在组缃先生的北大镜春园82号家里看到这两位小说家惺惺相惜的情景（1981年有《吴组缃谈张天翼》载《新文学史料》第2期）。我一读到组缃先生的名作《一千八百担》里的宋氏祠堂，就想起《儒林外史》开头薛家集的观音庵。1954年以纪念吴敬梓逝世二百年为契机掀起《儒林外史》研究的高潮，组缃先生的长文《儒林外史的思想和艺术》成为那时代高水平研究论著的代表。

美国著名汉学家夏志清著有《中国古典小说导论》《中国现代小说史》，对古今小说都深有研究，他在后书中率先对钱锺书（1910—1998）的长篇小说《围城》作出极高的评价，认为这部描写知识分子的长篇“作为讽刺文学，它令人想起像《儒林外史》那一类的著名中国古典小说”。田仲济等《中国现代小说史》说《围城》“在塑造人物和反映现实的方法上，与《儒林外史》很相似”，“是现代的《儒林外史》”。

1992年，今日中国出版社出版台湾著名作家寒爵（本名韩道诚）著《儒林新传》120万字，共五十二章，所反映的时代背景是20世纪

60—80 年代台湾社会政治、世态、道德、风尚的没落与沉沦。书中重笔浓墨地描绘了一群知识分子的生活和精神状态，进而讽刺台湾官场的腐朽、污吏的昏聩。被认为是明显受《儒林外史》影响的现代讽刺小说。

以上介绍了几位现代小说大家对《儒林外史》的爱好、学习和高度评价，所述虽只是挂一漏万，已反映出《儒林外史》在现当代仍有重要地位和影响，作为古典小说经典，其精神和成就哺育着中国一代又一代的小说家。

（四）渐隆的世界声誉

《儒林外史》的外文译本渐多；英、德、法、俄、日、越、西班牙、罗马尼亚、捷克、匈牙利等国都已有译本。

世界许多大百科全书对《儒林外史》及其作者有很高评价：英国大百科全书在“清朝时期的中国文学”条目中说：“吴敬梓（1701—1754）撰写的反映他所处时代现实生活的小说《儒林外史》，共五十五回，是一部杰出的讽刺文学作品。这部小说以封建社会的一个浪荡公子为中心，把许多故事贯串起来，不论对故事情节和人物性格的描绘，都远远超过了前人。”法国大百科全书在“中国小说”条目中说：“《儒林外史》是一部最优秀的讽刺小说，它由一个个生动的短篇故事组成。作者吴敬梓具有深厚的文学修养，他通过小说尖锐地讽刺了由于官吏的僵化而造成的极端腐败的社会，这个社会充满了虚伪和出卖灵魂的人物。”美国大百科全书在“中国小说的发展”条目中说：“《儒林外史》由一个个精彩的讽刺故事组成，它对后来的中国讽刺文学产生了极大的影响。”日本大百科事典有小川环树撰写的关于《儒林外史》的专门词条，该词条中说：“《儒林外史》的结构仿效《水浒传》，是采取许多故事相连接的形式，这种形式直接影响了后来的以暴露社会现实为主题的小说。它的登场人物大半是读书人、名士、官吏、诗人、学者，也包括市井细民和非凡的人物，许多人物都有鲜明的个性。它的文笔看似平淡而满含讽刺，在一连串如波浪起伏的故事里，从各个侧面反映出十八世纪初的中国社会风貌。”

世界对《儒林外史》的研究和评价也渐隆，略举数例：

《论儒林外史》，美国亨利 W. 韦尔斯著。《中国文学与外国文学之比较研究》1971 年 4 月第十一卷。这是对《儒林外史》的综合评述，着重于小说内容的解释。他认为：《儒林外史》是一部极为出色的著作，为不争之实，其风格活泼生动，刻画中国文人阶级及广泛社会众生相，实无出其右者。全书充满浓郁之人情味，足堪跻身世界文学史杰作之林，它可与意大利薄伽丘、西班牙塞万提斯、法国巴尔扎克或英国狄更斯等人的作品相抗衡。

俄文《儒林外史》全译者和研究专家德·沃斯科列辛斯基（Дмитрий Николаевич Воскресенский，1928—2017），汉名华克生，1957 年在莫斯科大学亚非学院获得副博士学位后，作为苏联教育部首派中国的留学生，来到北京大学进修中国文学，曾与我同班听课，在我老师吴组缃先生的指导下，他开始着手翻译《儒林外史》，完成了研究生毕业论文《伟大的讽刺小说〈儒林外史〉》，成为苏联在北大攻读中国文学学位的第一人；后来长期执掌莫斯科国立大学亚非学院汉学教席，在明清及现当代小说译介和研究方面成就卓著且久负盛名。1984 年他一获悉上海古籍出版社出版我的《儒林外史研究资料》《儒林外史会校会评》，就去函购，读后给我来信称赞：“佳作，妙哉！”

他的毕业论文称《儒林外史》伟大，并认为：“吴敬梓是可与中国历史上最伟大的作家并驾齐驱的。他曾写过许多诗歌，足以代表他的艺术成就的是讽刺小说《儒林外史》。这部小说是作家卓越天才的里程碑，直到今天它仍是中国古代文学的典范作品之一。”

日本昭和时期著名的汉学家青木正儿（1887—1964），在1921年弘文堂出版的《支那学》第一卷第一号上就发表了《读新式标点儒林外史》，后来受鲁迅《中国小说史略》的影响，十分重视《儒林外史》，对其表现形式与嘲世讽俗的批判精神给予很高评价，他说："（《儒林外史》）客观地描写了当时文人阶层的情况，也描写了作者自身及其周围文人的生活，……其嘲世讽俗之深刻，书生气概之昂扬，却是他书所不及者。可与《红楼》并称为清代小说之双璧。清初李渔之后，多以《三国演义》《水浒传》《西游记》《金瓶梅》并举，称为四大奇书；今时今日我们亦可在其上加入《红楼梦》《儒林外史》两本，一并称为六大奇书。"[34]

濑沼三郎《〈儒林外史〉とその作者》说：吴敬梓与许多于我国（日本）文坛有重大贡献的世界著名的作家们——雨果、屠格涅夫、托尔斯泰、陀思妥耶夫斯基及福楼拜、莫泊桑、易普生、左拉等相比，他早于他们一个乃至一个半世纪之前，生活在十八世纪的前半叶，在大诗人歌德诞生之时，《儒林外史》既已刊行初版。

随着国际文化交流的广泛和深入，像鲁迅所希望的那样，懂得《儒林外史》伟大的人将越来越多。

七、本书编纂说明

《儒林外史》自吴敬梓完成后，即以抄本传阅，据说乾隆年间金兆燕在扬州刊印过初刻本，但迄无踪影，不知是否真有过。现存最早的刻本是清嘉庆八年（1803）的卧闲草堂本（简称"卧本"），实为今见诸本的祖本，因以为底本。

卧本在文字上存有一些阙衍讹误，须进行校勘。今择定校本六种，为：

1. 清嘉庆二十一年（1816）清江浦注礼阁刻本；

2. 清嘉庆二十一年（1816）艺古堂刻本；

3. 清嘉庆咸丰间苏州潘氏抄本（简称“抄本”）；

4. 清同治八年（1869）苏州群玉斋活字本（简称“苏本”）；

5. 清同治十三年（1874）上海申报馆第一次排印本（简称“申一本”）；

6. 清光绪七年（1881）上海申报馆第二次排印本（简称“申二本”）。

另择定参校本四种，为：清同治十三年（1874）齐省堂增订本（简称“齐本”）；清光绪十二年（1886）徐允临校阅上海宝文阁刊天目山樵《儒林外史评》本；清光绪间上海徐允临从好斋辑校本；清光绪十四年（1888）上海鸿宝斋增补齐省堂本（简称“增补齐本”）。

本书校勘不敢妄改，凡底本错讹，则据校本改正；若校本亦误，则据参校本改正。个别底本显误而无本可据者，则慎重径改。本书不作校记，底本的刊误字、异体字、俗体字，均以通行的规范简体字予以统一。读者欲了解校改依据可参阅上海古籍出版社《儒林外史汇校汇评》本。

限于篇幅，本书从《儒林外史》五十六回中选取三大板块另加三回，总共二十五回进行注解和品评，主要精彩章回和人物略已具陈，三大板块都保持板块的完整性，可觇见全书风貌。具体内容如下：

第一—七回写王冕、周进、范进、胡屠户、张静斋、严贡生、严监生、王德、王仁等；

第十三—二十回的前半回主要写马二先生、匡超人、西湖斗方名士等；

第三十一—三十七回的前半回写杜少卿、迟衡山、庄绍光、虞博士等肯定性人物和泰伯祠大祭；

第四十回后半—四十一回写沈琼枝；

第四十八回写王玉辉及其殉夫的三女儿；

第五十五回写市井四奇人。

导读似鸟瞰全书，需照看到各主要方面，既不能缺，又不能详。各回末的点评就本回品评，可略详，与导读中的相应部分，尽量避免简单重复，我努力从不同角度阐发，使两者成互补关系，相辅相成。小说正文的旁批，深入到文本肌里，起具体的点睛作用，需要言不烦。以上三者犹如从全局到中区再到小点，三帧图，需要配套成龙，互补相赅，成一系统；但也不排除必要的重叠。本书的注释重在典实，尽量详备而不多考证。注释部分得叶楚炎教授协作，特志谢。三位高水平的审订专家张国风、黄霖、廖可斌教授，花了很多时间认真细读，提出中肯宝贵意见；中华传统文化百部经典编纂办公室张毕晓女士和国家图书馆出版社潘肖蔷责编都为此书付出辛劳，谨表衷心谢忱！

① 李汉秋：《吴敬梓诗传》，百花洲文艺出版社，2019 年。本书所引吴敬梓及其亲朋诗文凡不注明出处者均见该书。

② （清）程晋芳：《勉行堂文集》卷六，嘉庆庚辰（二十五年，1820）镌。本书以下简称“程传”。

③ （清）吴培源：《会心草堂集》诗余《满江红·除夕和敏轩韵》，清乾隆刻本。

④ （清）程晋芳：《勉行堂诗集》卷五《白门春雨集·寄怀严东有》，嘉庆戊寅（二十三年，1818）镌。

⑤ （清）吴培源：《会心草堂集》诗四，清乾隆刻本。

⑥ （清）顾云：《盋山志》卷四《人物上》，光绪癸未（九年，1883）盋山精舍版。

⑦ （清）李本宣：《玉剑缘传奇》卷首，清乾隆刻本。

⑧ 叶楚炎：《〈吴敬梓诗传〉与李汉秋“吴学”》，载《人民政协报》2019 年 9 月 9 日，第 10 版。

⑨ 鲁迅：《中国小说史略》，北新书局，1925 年 9 月版。以下所引鲁迅文凡不注明出处者，均见该书。

⑩ 本书所引清人评点皆据李汉秋《儒林外史汇校汇评》本，上海古籍出版社的十几种版次。

⑪ 《文艺理论译丛》第 3 期《普希金论莎士比亚》，知识产权出版社，2010 年。

⑫ （明）李贽：《续焚书》卷二《三教归儒说》。

⑬ 李泽厚：《华夏美学·第六章·走向现代》，安徽文艺出版社，1999 年版《美学三书》第 405 页。

⑭ （清）张维屏：《松轩随笔》，见商务印书馆 1935 年版马宗霍编撰《书林藻鉴》卷十二清。

⑮ （清）郑方坤：《郑燮小传》，（清）李桓《国朝耆献类征初编》卷二三三。

⑯ ［法］亨利 · 柏格森:《笑——论滑稽的意义》，中国戏剧出版社，1980 年。
⑰ 《普希金全集》俄文版第 7 卷。
⑱ ［法］亨利 · 柏格森:《笑——论滑稽的意义》中国戏剧出版社，1980 年。
⑲ 鲁迅:《什么是“讽刺”》,《且介亭杂文二集》，人民文学出版社，2006 年。
⑳ 同上书。
㉑ 同上书。
㉒ 鲁迅:《中国小说史略》，北新书局，1925 年 9 月。
㉓ （清）吴敬梓:《儒林外史》，上海亚东图书馆本，1920 年第 1 版。
㉔ （清）诞叟:《梼杌萃编》，上海古籍出版社，1997 年，第 1 页。
㉕ 陈大康:《中国近代小说编年史》，人民文学出版社，2004 年，第 3 册，第 1280 页。
㉖ 陈大康:《中国近代小说编年史》，人民文学出版社，2004 年，第 4 册，第 1765 页。
㉗ 张恨水:《张恨水全集》，北岳文艺出版社，1993 年，第 1 页。
㉘ 《红玫瑰》第 6 卷第 1 期，1930 年 3 月版
㉙ 李涵秋:《广陵潮》，湖南文艺出版社，1998 年，第 5 页。
㉚ 杨世骥:《文苑谈往》第一集,《文明小史》，中华书局，1946 年。
㉛ 张蕾:《儒林外史的现代波澜》,《中国现代文学研究丛刊》2011 年第 5 期。
㉜ 鲍昌、邱文治:《鲁迅年谱》上卷，天津人民出版社，1979 年，第 105 页。
㉝ 茅盾:《印象、感想、回忆》，文化生活出版社，1936 年。
㉞ 本文初次发表于 1935 年，收录于《支那文学概说》第五章剧曲小说学第四节白话小说。后收入《青木正儿全集》第一卷，春秋社，1969 年，第 364 页。

儒林外史

第一回　说楔子敷陈大义　借名流隐括全文[1]

人生南北多歧路，将相神仙，也要凡人做。百代兴亡朝复暮，江风吹倒前朝树。　　功名富贵无凭据，费尽心情，总把流光误。浊酒三杯沉醉去，水流花谢知何处？

“功名富贵无凭据”，点出小说之题旨。

词牌名《蝶恋花》，系采用当时已流传的他人词作。

[注释]

[1] 楔子：古代戏曲剧本和长篇小说一种结构手段的名称。戏

曲中指加在第一折之前的引子或加在折与折之间的过场，功能是简单交代人物、情节，或加紧前后折联系。长篇小说则指用在开头引起正文的小故事，类似于话本小说中的“入话”。敷陈：敷演铺叙，陈述并申说。隐括：本为“檃栝”，是矫正竹木邪曲的工具。引申为就原有人物故事加以剪裁、改写，用以撮摄涵括全书。

再次强调点明“富贵功名，是身外之物”。

这一首词，也是个老生常谈。不过说人生富贵功名，是身外之物；但世人一见了功名，便舍着性命去求他，及至到手之后，味同嚼蜡。自古及今，那一个是看得破的！

以当时士林常态衬托出王冕是“看得破的”，是“嵚崎磊落的人”。这是定性之语。一开始就把王冕定位在摆脱功名富贵羁縻的位置上。

吴敬梓是根据自己的创作意图，凭借自己所感受到的历史人物王冕的性格气质，发挥想象力，通过虚构重新塑造出自己小说中的王冕形象。

虽然如此说，元朝末年，也曾出了一个嵚崎磊落的人[1]。这人姓王[2]，名冕，在诸暨县乡村里住[3]。七岁上死了父亲，他母亲做些针指，供给他到村学堂里去读书。看看三个年头，王冕已是十岁了。母亲唤他到面前来说道：“儿阿，不是我有心要耽误你。只因你父亲亡后，我一个寡妇人家，只有出去的，没有进来的；年岁不好，柴米又贵；这几件旧衣服和些旧家伙，当的当了，卖的卖了；只靠着我替人家做些针指生活寻来的钱，如何供得你读书？如今没奈何，把你雇在间壁人家放牛，每月可以得他几钱银子，你又有现成饭吃，只在明日就要去了。”王冕道：“娘说的是。我在学堂里坐着，心里也闷；不如往他家放牛，倒快活些。假如我要读书，依旧可以带几本去读。”当夜商议定了。

善体亲心。

［注释］

[1] 嵚（qīn）崎：原指山峰高峻，此用以形容人物品格卓异、不同凡俗。　[2]“这人姓王”二句：王冕（1287—1359），字元章，元末工诗善画的高人逸士。诸暨人，幼贫为人放牛（曾号放牛翁），常入学舍听诵书，后随韩性学，成为通儒（曾号会稽外史）。元朝秘书卿泰不花荐他入翰林院，他力辞不就，在九里山隐居。擅长画梅花，自号梅花屋主。也画竹石，诗存《竹石斋集》。小说中的王冕是经作者创作悬为理想的士人形象。　[3] 诸暨：即今浙江诸暨，在浙江省中北部，明清属绍兴府。

第二日，母亲同他到间壁秦老家。秦老留着他母子两个吃了早饭，牵出一条水牛来交与王冕，指着门外道：“就在我这大门过去两箭之地[1]，便是七泖湖。湖边一带绿草，各家的牛都在那里打睡。又有几十棵合抱的垂杨树，十分阴凉。牛要渴了，就在湖边上饮水。小哥，你只在这一带顽耍，不必远去。我老汉每日两餐小菜饭是不少的，每日早上，还折两个钱与你买点心吃。只是百事勤谨些，休嫌怠慢。”他母亲谢了扰要回家去，王冕送出门来，母亲替他理理衣服，口里说道：“你在此须要小心，休惹人说不是；早出晚归，免我悬望。”王冕应诺，母亲含着两眼眼泪去了。

亲子之爱。

［注释］

[1] 两箭之地：古人用箭射出的距离做长度的度量，一箭的射程称为“一箭路”，有一百五十步、一百三十步、一百二十步等不同的说法。“两箭之地”指两三百步的距离，相距不远的地方。

王冕自此只在秦家放牛，每到黄昏，回家跟着母亲歇宿。或遇秦家煮些腌鱼、腊肉给他吃，他便拿块荷叶包了来家，递与母亲。每日点心钱，他也不买了吃，聚到一两个月，便偷个空，走到村学堂里，见那闯学堂的书客[1]，就买几本旧书。日逐把牛拴了[2]，坐在柳阴树下看。

孝亲。小说中肯定性形象均具此德。

［注释］

[1] 书客：指四处流动销售书籍文具的书商、书贩。 [2] 日逐：

每日。

弹指又过了三四年。王冕看书，心下也着实明白了。那日，正是黄梅时候[1]，天气烦躁。王冕放牛倦了，在绿草地上坐着。须臾，浓云密布，一阵大雨过了。那黑云边上镶着白云，渐渐散去，透出一派日光来，照耀得满湖通红。湖边上山，青一块，紫一块，绿一块。树枝上都像水洗过一番的，尤其绿得可爱。湖里有十来枝荷花，苞子上清水滴滴，荷叶上水珠滚来滚去。王冕看了一回，心里想道："古人说，'人在画图中'，其实不错。可惜我这里没有一个画工，把这荷花画他几枝，也觉有趣。"又心里想道："天下那有个学不会的事，我何不自画他几枝？"

自然灵动，生气灌注，充满了生命的情趣、灵动的情志，是用白话散文写景的范文。

人与自然浑然相融，天人合一，这是作者创造的意境，也是作者追求的王冕人格境界。

［注释］

[1] 黄梅时候：指春末夏初梅子成熟的季节。此时江南多有雨水，俗称"黄梅雨"。

正存想间，只见远远的一个夯汉[1]，挑了一担食盒来，手里提着一瓶酒，食盒上挂着一块毡条[2]，来到柳树下，将毡铺了，食盒打开。那边走过三个人来，头戴方巾[3]，一个穿宝蓝夹纱直裰[4]，两人穿玄色直裰，都有四五十岁光景，手摇白纸扇，缓步而来。那穿宝蓝直裰的是个胖子，来到树下，尊那穿玄色的一个胡子坐在上面，那一个瘦子坐在对席；他想是主人了，坐在下面把酒来斟。吃了一回，那胖子开口道："危老先生回来了[5]。新买了住宅，比京里钟楼街的房子还大些，值得二千两银子。因老先生要买，房主人让了几十两银卖了，图个名望体面。前月初十搬家，太尊、县父母都亲自到门来贺[6]，留着吃酒到二三更天。街上的人那一个不敬！"那瘦子道："县尊是壬午举人[7]，乃危老先生门生[8]，这是该来贺的。"那胖子道："敝亲家也是危老先生门生，而今在河南做知县。前日小婿来家，带二斤干鹿肉来见惠，这一盘就是了。这一回小婿再去，托敝亲家写一封字来，去晋谒晋谒危老先生；他若肯下乡回拜，也免得这些乡户人家放了驴和猪在你我田里吃粮食。"那瘦子道："危老先生要算一个学者了。"那胡子说道："听见前日出京时，

开口前貌似雅士。此三人不著姓名，以见其是全书势利士绅之共影，其谈风是全书势利谈之共式。

开口不离大老。

开口不离钱。

开口不离官。

攀高结贵以吓唬百姓。为后面严贡生以及西湖斗方名士等势利人物口吻之模式。

皇上亲自送出城外，携着手走了十几步，危老先生再三打躬辞了，方才上轿回去。看这光景，莫不是就要做官？”三人你一句，我一句，说个不了。

胡吹得太离谱，成为笑话，适见出其无知。（后面五河县人艳谈彭老四亲昵皇帝，皇帝还拍他一下，类此。）

还是归结到做官。

[注释]

[1]夯汉：干力气活的壮汉。　[2]毡条：指成张的毡子，可用做屏挡或铺垫。　[3]方巾：明代秀才以上文士所戴的方形软帽，后垂二带，是他们身份的标志，以区分于工商、医卜、星相及其他以方技谋生者等杂流。　[4]宝蓝：指像蓝宝石一般鲜亮的蓝色。直裰（duō）：古人穿的便服，是种斜领大袖、四围镶边、腰间无线道的直筒袍子。俗称直身或道袍。　[5]危老先生：危素（1303—1372），字太朴，金溪（今属江西）人，元末曾官至翰林学士承旨、岭北行省左丞等职。入明后任翰林侍讲学士，兼弘文馆学士。后被谪居和州，不久郁郁而终。　[6]太尊：由于明清时知府以及直隶州知州职位略同于古时的郡太守，因而有此尊称。县父母：对知县的尊称。　[7]壬午举人：明清科举考试分为三级，即乡试、会试、殿试，都是每三年举行一次。一般说，子、午、卯、酉年举行乡试，辰、戌、丑、未年举行会试及殿试。乡试在每省的省城举行，通过乡试的士人称为“举人”，并获得参加会试的资格。会试在京城举行，通过会试的士子称为“贡士”，可参加殿试并有机会成为“进士”。壬午举人即壬午年考中的举人。此壬午年应指元顺帝至正二年（1342）。　[8]门生：乡试以及会试考试及第者对考官自称“门生”。

人不如牛，听得腻味、反感，反感到厌弃他们所恃之书、所走之路。

王冕见天色晚了，牵了牛回去。自此，聚的钱不买书了，托人向城里买些胭脂铅粉之类[1]，学画荷花。初时画得不好，画到三个月之后，那荷花精神颜色无一不像，只多着一张纸，就像是湖里长的，又像才从湖里摘下来贴在纸上的。乡间人见画得好，也有拿钱来买的。王冕得了钱，买些好东好西，孝敬母亲。一传两，两传三，诸暨一县都晓得是一个画没骨花卉的名笔[2]，争着来买。到了十七八岁，不在秦家了，每日画几笔画，读古人的诗文，渐渐不愁衣食，母亲心里欢喜。

历史上王冕以画梅花著称，此改为画荷，盖显崇尚自然也。

经济自立是人格自立的物质基础。书末之“市井四奇人”亦然。

[注释]

[1] 胭脂铅粉：指用于作画的颜料。 [2] 没骨花卉：国画中不用墨勾线而直接以色彩或水墨点染而成的花卉绘画技法，类似于水彩画。

这王冕天性聪明，年纪不满二十岁，就把那天文、地理、经史上的大学问，无一不贯通。但他性情不同，既不求官爵，又不交纳朋友，终日闭户读书。又在《楚辞图》上看见画的屈原衣冠[1]，他便自造一顶极高的帽子，一件极阔的衣

真学问是“文行出处”的基础内容，是贤人的基本素养。

服。遇着花明柳媚的时节，把一乘牛车载了母亲，他便戴了高帽，穿了阔衣，执着鞭子，口里唱着歌曲，在乡村镇上，以及湖边，到处顽耍，惹的乡下孩子们三五成群跟着他笑，他也不放在意下。只有隔壁秦老，虽然务农，却是个有意思的人，因自小看见他长大，如此不俗，所以敬他爱他，时时和他亲热，邀在草堂里坐着说话儿。

人格自立、精神自适，颇有魏晋名士的任诞风度。此王冕之“载母游春”与杜少卿之“携妻游山”，皆不同凡俗。

［注释］

[1]《楚辞图》：指根据屈原《楚辞》作品所绘的诗意图。屈原（约前340—约前278）：名平，字原，又名正则，字灵均。战国楚人，伟大的诗人。曾任左徒、三闾大夫等职，因为主张革除弊政，联齐抗秦，遭奸佞谗毁，被放逐，长期浪迹于沅水湘水流域。秦军攻破郢都后，自投汨罗江而亡。主要作品有《离骚》《九歌》《天问》《九章》等，均收入《楚辞》。

一日，正和秦老坐着，只见外边走进一个人来，头戴瓦楞帽[1]，身穿青布衣服。秦老迎接，叙礼坐下。这人姓翟，是诸暨县一个头役[2]，又是买办[3]。因秦老的儿子秦大汉拜在他名下，叫他干爷，所以常时下乡来看亲家。秦老慌忙叫儿子烹茶，杀鸡、煮肉款留他，就要王冕相陪。彼此道过姓名，那翟买办道："这位王相公，可就是会画没骨花的么？"秦老道："便是了。亲家，你怎得知道？"翟买办道："县里人那个不晓得！因前日本县老爷吩咐，要画二十四幅花卉册页送上司[4]，此事交在我身上。我闻有王相公的大名，故此一径来寻亲家。今日有缘，遇着王相公，是必费心大笔画一画。在下半个月后，下乡来取。老爷少不得还有几两润笔的银子[5]，一并送来。"秦老在傍，着实撺掇[6]。王冕屈不过秦老的情，只得应诺了。回家用心用意，画了二十四幅花卉，都题了诗在上面。翟头役禀过了本官，那知县时仁发出二十四两银子来。翟买办扣克了十二两，只拿十二两银子送与王冕，将册页取去。时知县又办了几样礼物，送与危素，作候问之礼。

衙门常态，雁过拔毛。

［注释］

[1] 瓦楞帽：又作"瓦垅帽""瓦棂帽"。明代庶民所戴的一种帽子，以别于士大夫之方巾，因帽顶折叠似瓦楞而得名。 [2] 头役：官府中的高级差役。 [3] 买办：衙门里负责采购或兼理杂务的差役，私宅中的仆役有时也可称"买办"。 [4] 册页：也作"册叶"，书画作品的一种装裱形式，将单页小幅字画装裱成册。 [5] 润笔：指付给作诗文书画之人的报酬。 [6] 撺掇：鼓动、

怂恿。

危素受了礼物，只把这本册页看了又看，爱玩不忍释手。次日，备了一席酒，请时知县来家致谢。当下寒暄已毕，酒过数巡，危素道："前日承老父台所惠册页花卉[1]，还是古人的呢，还是现在人画的？"时知县不敢隐瞒，便道："这就是门生治下一个乡下农民，叫做王冕，年纪也不甚大，想是才学画几笔，难入老师的法眼[2]。"危素叹道："我学生出门久了[3]，故乡有如此贤士，竟坐不知[4]，可为惭愧。此兄不但才高，胸中见识，大是不同，将来名位不在你我之下。不知老父台可以约他来此相会一会么？"时知县道："这个何难？门生出去，即遣人相约。他听见老师相爱，自然喜出望外了。"说罢，辞了危素，回到衙门，差翟买办持个侍生帖子去约王冕[5]。

以"名位"衡人。

[注释]

[1]老父台：对知县的尊称。 [2]法眼：指极高的眼力。 [3]学生：明清读书人或官场中人自称的谦辞。 [4]竟坐不知：自责失

察的意思，客套话。 [5] 侍生：明清两代官场中后辈对前辈的自称，一般用于名帖。平辈之间，或地方官员拜访乡绅，也有以此作为谦称，以示对对方的尊重。

这是前见之无名三秀才巴望的事，王冕逆势而行。

翟买办飞奔下乡，到秦老家，邀王冕过来，一五一十向他说了。王冕笑道："却是起动头翁[1]，上覆县主老爷，说王冕乃一介农夫，不敢求见。这尊帖也不敢领。"翟买办变了脸道："老爷将帖请人，谁敢不去！况这件事，原是我照顾你的，不然，老爷如何得知你会画花？论理，见过老爷，还该重重的谢我一谢才是！如何走到这里，茶也不见你一杯，却是推三阻四，不肯去见，是何道理？叫我如何去回覆得老爷！难道老爷一县之主，叫不动一个百姓么？"王冕道："头翁，你有所不知。假如我为了事，老爷拿票子传我，我怎敢不去？如今将帖来请，原是不逼迫我的意思了；我不愿去，老爷也可以相谅。"翟买办道："你这都说的是甚么话！票子传着倒要去，帖子请着倒不去，这不是不识抬举了？"秦老劝道："王相公，也罢，老爷拿帖子请你，自然是好意，你同亲家去走一回罢。自古道，'灭门的知县'[2]，

脱自《孟子·万章下》。显现人格自立。

你和他拗些甚么？”王冕道：“秦老爹！头翁不知，你是听见我说过的。不见那段干木、泄柳的故事么[3]？我是不愿去的。”翟买办道：“你这是难题目与我做，叫拿甚么话去回老爷？”秦老道：“这个果然也是两难。若要去时，王相公又不肯；若要不去，亲家又难回话。我如今倒有一法，亲家回县里，不要说王相公不肯，只说他抱病在家，不能就来，一两日间好了就到。”翟买办道：“害病，就要取四邻的甘结[4]！”彼此争论了一番。秦老整治晚饭与他吃了，又暗叫了王冕出去问母亲秤了三钱二分银子，送与翟买办做差钱，方才应诺去了，回覆知县。

［注释］

[1]头翁：对于府州县等衙役的敬称，也称之为“头役”。　[2]灭门的知县：旧时谚语，指知县虽然官职不高，但由于直接管辖百姓，有让人家破人亡的权势。　[3]段干木、泄柳：都是古时著名的隐士。战国时魏文侯曾经登门拜访段干木，他越墙逃避。春秋时鲁穆公曾亲自拜访泄柳，请他做官，他闭门不见。　[4]甘结：古时由个人或多人联名交给官府的一种画押字据，多为保证某事，并声明若保证不实则甘愿受罚。

对时知县的心理剖析，步步推进，层层深入，婉曲入微，深揭“时人”的官场“哲学”。吴敬梓不常用这样的心理描写。

知县心里想道：“这小厮那里害甚么病[1]！想是翟家这奴才走下乡狐假虎威，着实恐吓了他一场。他从来不曾见过官府的人，害怕不敢来了。老师既把这个人托我，我若不把他就叫了来见老师，也惹得老师笑我做事疲软。我不如竟自己下乡去拜他。他看见赏他脸面，断不是难为他的意思，自然大着胆见我，我就便带了他来见老师，却不是办事勤敏？”又想道：“一个堂堂县令，屈尊去拜一个乡民，惹得衙役们笑话。”又想道：“老师前日口气，甚是敬他，老师敬他十分，我就该敬他一百分。况且屈尊敬贤，将来志书上少不得称赞一篇[2]。这是万古千年不朽的勾当，有甚么做不得！”当下定了主意。

后文娄三娄四公子也存此想、仿此行。

[注释]

[1] 小厮：多指年纪较小的男仆，这里意近“小家伙”，是对王冕的蔑称。 [2] 志书：即地方志。指按一定体例，记载某一时期某一地域的疆域沿革、典章、山川、古迹、人物、物产、风俗等内容的书。若地方官有为善一方的德政，也会被记录在志书中。

次早，传齐轿夫，也不用全副执事[1]，只带八个红黑帽夜役军牢[2]，翟买办扶着轿子，一直下乡来。乡里人听见锣响，一个个扶老携幼，挨挤了看。轿子来到王冕门首，只见七八间草屋，一扇白板门紧紧关着。翟买办抢上几步，忙去敲门。敲了一会，里面一个婆婆，拄着拐杖出来说道："不在家了。从清早晨牵牛出去饮水，尚未回来。"翟买办道："老爷亲自在这里传你家儿子说话，怎的慢条斯理！快快说在那里，我好去传！"那婆婆道："其实不在家了，不知在那里。"说毕，关着门进去了。

与其子同样不慕势利。

[注释]

[1] 全副执事：全副仪仗。明清知县因公出门，轿前的全副执事是：开道锣一，蓝伞（后改红伞）一，棍二，槊二，肃静牌二，青旗四，掌扇（一名遮阳）一。如果在非正式场合，一般只用锣、伞开道，而不用全副执事。　[2] 红黑帽：明代地方官府的衙役戴红帽和黑帽，因此用作衙役代称。夜役军牢：衙门里做事的差役，官员出门时在前面喝道，官员坐堂时则站在两边排班。

说话之间，知县轿子已到。翟买办跪在轿前禀道："小的传王冕，不在家里，请老爷龙驾到公馆里略坐一坐[1]，小的再去传。"扶着轿子，景观自然，不经雕凿。

过王冕屋后来。屋后横七竖八几棱窄田埂，远远的一面大塘，塘边都栽满了榆树、桑树。塘边那一望无际的几顷田地，又有一座山，虽不甚大，却青葱，树木堆满山上。约有一里多路，彼此叫呼，还听得见。知县正走着，远远的有个牧童，倒骑水牯牛，从山嘴边转了过来。翟买办赶将上去，问道："秦小二汉，你看见你隔壁的王老大牵了牛在那里饮水哩？"小二道："王大叔么？他在二十里路外王家集亲家家吃酒去了。这牛就是他的，央及我替他赶了来家。"翟买办如此这般禀了知县。知县变着脸道："既然如此，不必进公馆了！即回衙门去罢！"时知县此时心中十分恼怒，本要立即差人拿了王冕来责惩一番，又想恐怕危老师说他暴躁，且忍口气回去，慢慢向老师说明此人不中抬举，再处置他也不迟。知县去了。

[注释]

[1] 龙驾：一般指天子的车驾。翟买办用此语表达对知县的奉承，衬托出翟买办的谄媚与不知礼仪。公馆：指公家所造的或临时布置的馆舍，用来给官员休息或住宿。

王冕并不曾远行，即时走了来家。秦老过来抱怨他道："你方才也太执意了。他是一县之主，你怎的这样怠慢他？"王冕道："老爹请坐，我告诉你。时知县倚着危素的势要，在这里酷虐小民，无所不为。这样的人，我为甚么要相与他[1]？但他这一番回去，必定向危素说；危素老羞变怒，恐要和我计较起来。我如今辞别老爹，收拾行李，到别处去躲避几时。只是母亲在家，放心不下。"母亲道："我儿，你历年卖诗卖画，我也积聚下三五十两银子，柴米不愁没有。我虽年老，又无疾病，你自放心出去躲避些时不妨。你又不曾犯罪，难道官府来拿你的母亲去不成？"秦老道："这也说得有理。况你埋没在这乡村镇上，虽有才学，谁人是识得你的？此番到大邦去处，或者走出些遇合来也不可知[2]。你尊堂家下大小事故[3]，一切都在我老汉身上，替你扶持便了。"王冕拜谢了秦老，秦老又走回家去，取了些酒肴来替王冕送行，吃了半夜酒回去。

这"酷虐小民"是贪劣官绅的要害，站在"小民"方面才能指出这点。还是孟子的传统"不以贤事不肖"——不拿自己贤人的身份去服事不肖之人。

仿效段干木、泄柳，高人之风。

与娄老劝杜少卿去大邦同调。

[注释]

[1] 相与：结交、交往。 [2] 遇合：际遇能赏识人的尊长、能合作共事的伙伴，泛指机遇。 [3] 尊堂：对他人母亲的敬称。

次日五更，王冕起来收拾行李，吃了早饭，恰好秦老也到。王冕拜辞了母亲，又拜了秦老两拜，母子洒泪分手。王冕穿上麻鞋，背上行李，秦老手提一个小白灯笼，直送出村口，洒泪而别。秦老手拿灯笼，站着看着他走，走的望不着了方才回去。

秦老乡邻之义，古风可鉴。

王冕一路风餐露宿，九十里大站，七十里小站，一径来到山东济南府地方。这山东虽是近北省分，这会城却也人物富庶[1]，房舍稠密。王冕到了此处，盘费用尽了，只得租个小庵门面屋，卖卜测字[2]，也画两张没骨的花卉贴在那里，卖与过往的人。每日问卜卖画，倒也挤个不开。弹指间，过了半年光景。济南府里有几个俗财主，也爱王冕的画，时常要买，又自己不来，遣几个粗夯小厮，动不动大呼小叫，闹的王冕不得安稳。王冕心不耐烦，就画了一条大牛贴在那里，又题几句诗在上，含着讥刺。也怕从此有口舌，正思量搬移一个地方。那日清早，才坐在那里，只见许多男女啼啼哭哭，在街上过。也有挑着锅的，也有箩担内挑着孩子的，一个个面黄肌瘦，衣裳褴褛。过去一阵，又是一阵，把街上都塞满了。也有坐在地上就化钱的，问其所以，都是黄河沿上的州县，被河水决了，田庐房舍尽行漂没。这是些逃荒的百姓，官府又不管，只得四散觅食。王冕见此光景，过意不去，叹了一口气道："河水北流，天下自此将大乱了。我还在这里做甚么！"将些散碎银子收拾好了，拴束行李，仍旧回家。入了浙江境，才打听得危素已还朝了，时知县也升任去了，因此放心回家，拜见母亲。看见母亲康健如常，心中欢喜。母亲又向他说秦老许多好处。他慌忙打开行李，取出一匹茧绸，一包耿饼[3]，拿过去拜谢了秦老。秦老又备酒与他洗尘。自此，王冕依旧吟诗作画，奉养母亲。

心怀"天下"。

[注释]

[1] 会城：省会城市。 [2] 卖卜测字：即通过给人测字算卦的方式谋生。 [3] 耿饼：山东菏泽耿庄出产的柿饼，不仅味醇甘甜，而且有一定的药用价值，是有名的土产。

与马二劝学之主旨相反；与匡超人父母嘱儿的论调一致。

戒做官竟成为瞑目之愿。

又过了六年，母亲老病卧床。王冕百方延医调治，总不见效。一日，母亲吩咐王冕道："我眼见得不济事了。但这几年来，人都在我耳根前说你的学问有了，该劝你出去做官。做官怕不是荣宗耀祖的事，我看见这些做官的都不得有甚好收场。况你的性情高傲，倘若弄出祸来，反为不美。我儿可听我的遗言，将来娶妻生子，守着我的坟墓，不要出去做官。我死了，口眼也闭。"王冕哭着应诺。他母亲淹淹一息，归天去了。王冕擗踊哀号[1]，哭得那邻舍之人无不落泪。又亏秦老一力帮衬，制备衣衾棺椁[2]。王冕负土成坟，三年苫块[3]，不必细说。

［注释］

[1] 擗踊（pǐ yǒng）：也作"辟踊"。捶胸且以脚顿地，形容极度悲哀。擗，捶胸。踊，顿足。　[2] 棺椁：古代的棺木有两重，在内者称为"棺"，在外者称为"椁"。　[3] 苫（shān）块："寝苫枕块"的简称。三年都要铺草苫，枕土块，是古时居父母或君师之丧的礼仪。

到了服阕之后[1]，不过一年有余，天下就大乱了。方国珍据了浙江[2]，张士诚据了苏州[3]，陈友谅据了湖广[4]，都是些草窃的英雄。只有太祖皇帝起兵滁阳[5]，得了金陵[6]，立为吴王，乃是王者之师。提兵破了方国珍，号令全浙，乡村镇市，并无骚扰。

［注释］

[1] 服阕（què）：服丧期满，除去孝服。　[2] 方国珍（1319—1374）：名珍，字国珍。台州黄岩（今浙江黄岩）人，元末浙东武装割据势力首领。世以贩盐浮海为生，至正八年（1348）打劫元政府的漕运粮食，进攻浙东沿海。后降元，割据温州、台州、庆元三路。元至正二十七年（1367）投降朱元璋，明初授广西行中书省左丞衔。　[3] 张士诚（1321—1367）：泰州白驹场（今江苏大丰西南白驹）人，元末割据江浙一带的武装首领，元至正十四年（1354），自称诚王，立国号大周，年号天祐。至正二十三年（1363），杀死红巾军领袖刘福通，自称吴王。后在与朱元璋的交战中屡屡落败。至正二十七年（1367），朱元璋军攻破平江城，张士诚被俘后自缢死。　[4] 陈友谅（1320—1363）：沔阳（今属湖北）人。渔民出身，曾为县吏。至正十一年（1351），参加徐寿辉红巾军。至正二十年（1360），杀徐寿辉，称帝，国号汉，年号大义。至正二十三年（1363），与朱元璋大战于鄱阳湖，兵败，在九江口中流矢而死。　[5] 太祖皇帝：即朱元璋（1328—1398），濠州钟离（今安徽凤阳东）人，明朝的开国皇帝。父、母、兄相继去世后孤无所依，曾入皇觉寺为僧。元至正十二年（1352）加入郭子兴的红巾军，逐渐成为起义军中的重要将领。至正十六年（1356），称吴国公。至正二十四年（1364）即吴

王位。在先后消灭了陈友谅、张士诚、方国珍等势力后，于公元1368年建都南京，定国号为“明”，年号“洪武”。洪武三十一年（1398），朱元璋去世，谥曰高皇帝，庙号太祖。 [6] 金陵：即今江苏南京。战国时楚威王曾筑金陵邑于今南京之清凉山，后金陵便成为南京的别称。

写朱元璋皆从正面着笔。

一日，日中时分，王冕正从母亲坟上拜扫回来，只见十几骑马竟投他村里来。为头一人，头戴武巾[1]，身穿团花战袍[2]，白净面皮，三绺髭须，真有龙凤之表。那人到门首下了马，向王冕施礼道：“动问一声，那里是王冕先生家？”王冕道：“小人王冕，这里便是寒舍。”那人喜道：“如此甚妙。特来晋谒。”吩咐从人都下了马，屯在外边，把马都系在湖边柳树上。那人独和王冕携手进到屋里，分宾主施礼坐下。王冕道：“不敢拜问尊官尊姓大名？因甚降临这乡僻所在？”那人道：“我姓朱，先在江南起兵，号滁阳王；而今据有金陵，称为吴王的便是。因平方国珍到此，特来拜访先生。”王冕道：“乡民肉眼不识，原来就是王爷。但乡民一介愚人，怎敢劳王爷贵步？”吴王道：“孤是一个粗卤汉子，今得见先生儒者气象，不觉功利之见顿消。孤在江南，即慕大名，今来拜访，要先生指示：浙人久反之后，何以能服其心？”王冕道：“大王是高明远见的，不消乡民多说。若以仁义服人，何人不服，岂但浙江？若以兵力服人，浙人虽弱，恐亦义不受辱，不见方国珍么？”吴王叹息，点头称善。两人促膝谈到日暮。那些从者都带有干粮。王冕自到厨下烙了一斤面饼，炒了一盘韭菜，自捧出来，陪着。吴王吃了，称谢教诲，上马去了。这日，秦老进城回来，问及此事。王冕也不曾说就是吴王，只说是军中一个将官，向年在山东相识的，故此来看我一看。说着就罢了。

“仁义”是儒家思想的重要核心。

与全书势利眼之瞎吹攀结高贵形成鲜明对比。

[注释]

[1] 武巾：武士所戴的头巾。　[2] 团花：指外轮廓为圆形的装饰纹样。战袍：为古代便于骑射的一种长军衣。

不数年间，吴王削平祸乱，定鼎应天[1]，天下一统，建国号大明，年号洪武。乡村人各各安居乐业。到了洪武四年，秦老又进城里，回来向王冕道：“危老爷已自问了罪，发在和州去了。

命降臣守忠臣墓是嘲弄性的惩罚，嘲弄危素也就嘲弄了前面的无名三秀才。

“古来荣禄开而文行薄，岂特八股为然。”（天目山樵评）作者的重心落在“有此一条荣身之路，把那文行出处都看得轻了”。士为获取功名富贵而看轻“文行出处”，就造成一代文人的精神危机——“有厄”。这是王冕也是作者的着眼点。《儒林外史》要写出一代文人之厄，而非个人之厄，所以是“史”；是官定“正史”所不愿写也写不出的史“外之史”。

象征着小说所写的肯定性人物。可见看此小说不单要看否定性人物。

我带了一本邸抄来与你看[2]。”王冕接过来看，才晓得危素归降之后，妄自尊大，在太祖面前自称老臣。太祖大怒，发往和州守余阙墓去了[3]。此一条之后，便是礼部议定取士之法[4]：三年一科，用《五经》、《四书》、八股文[5]。王冕指与秦老看，道：“这个法却定的不好！将来读书人既有此一条荣身之路，把那文行出处都看得轻了[6]。”说着，天色晚了下来。此时正是初夏，天时乍热，秦老在打麦场上放下一张桌子，两人小饮。须臾，东方月上，照耀得如同万顷玻璃一般。那些眠鸥宿鹭，阒然无声。王冕左手持杯，右手指着天上的星，向秦老道：“你看贯索犯文昌[7]，一代文人有厄！”话犹未了，忽然起一阵怪风，刮的树木都飕飕的响，水面上的禽鸟格格惊起了许多，王冕同秦老吓的将衣袖蒙了脸。少顷，风声略定，睁眼看时，只见天上纷纷有百十个小星，都坠向东南角上去了。王冕道：“天可怜见，降下这一伙星君去维持文运，我们是不及见了！”当夜收拾家伙，各自歇息。

[注释]

[1] 定鼎应天：明太祖朱元璋将元代的集庆路改名为应天府，并在此登基。明成祖朱棣迁都北京后，将北京称为京师，将原来的京师作为留都，并保留了一套中央机构，称为“南京”。　[2] 邸抄：汉代地方权贵在京城设“邸”，邸中抄录朝廷诏令章奏等文件给他们看，称“邸钞”，或邸报，历代相沿。　[3] 和州：明清时的直隶州，辖境相当今安徽和县、含山等地。余阙（1303—1358）：元人，以淮南行省右丞之职镇守安庆，被陈友谅等人攻破城池后自刭而亡，明初追谥忠宣。危素身为元臣却又降明为臣，明太祖贬他去守余阙墓，对他是一种嘲弄性的惩罚。　[4] 礼部：中央机构所设六部之一，管理国家的典章制度、祭祀、学校、科举及接待四方宾客等事。　[5]《五经》《四书》：《五经》指《诗》《书》《礼》《易》《春秋》五部儒家经典。《四书》是《大学》《中庸》《论语》《孟子》的合称。从北宋熙宁四年（1071）开始，科举考试改变了其前以考试诗、赋为主的状况，以考试经义为主。而专取《五经》《四书》进行命题则从元代开始。明清科举乡试、会试都要考三场，第一场考《五经》《四书》。《四书》需要考生全部掌握，而《五经》则只需学习通晓其中一经，并在考场中选取所学经书的考题作答便可。八股文：即明清科举考试中考《五经》《四书》所必须采用的文体，由破题、承题、起讲、入手、起股、中股、后股、束股八部分组成，在后四个部分中，每股又都有两股排比对偶的文字，合共八股，故有此称。又被称为制艺、制义、经义、时文、时艺、八比文、四书文等，是宋元以降在科举考试中长期发展而形成的产物。　[6] 文行出处（chǔ）：指文章（学问），德行的修为，对待出仕、退处的伦理大节。　[7] 贯索犯文昌：即贯索星侵犯了文昌星，象征世上文人将有灾难。贯索，星座名，属天市垣，共九星，连锁在一起，有“天牢”之称，同时也喻意

牢狱。文昌，星座名，共六星，在斗魁之前，形成半月形状。文昌六星，又名文曲星，在神话中是主宰功名禄位的，旧时传说也主文运。

自此以后，时常有人传说，朝廷行文到浙江布政司[1]，要征聘王冕出来做官。初时不在意里，后来渐渐说的多了。王冕并不通知秦老，私自收拾，连夜逃往会稽山中[2]。

似段干木、泄柳之为逸士高人。

[注释]

[1] 布政司：明初分全国为十三个承宣布政司，长官称布政使，掌管一省的行政事务，包括民政、田赋、户籍等。后以巡抚主持一省政务，布政使成为巡抚之下专管民政财政的官员，又称"藩司""藩台"等。 [2] 会稽山：山名，在今浙江绍兴东南。

半年之后，朝廷果然遣一员官，捧着诏书[1]，带领许多人，将着彩缎表里[2]，来到秦老门首，见秦老八十多岁，须鬓皓然，手扶拄杖。那官与他施礼，秦老让到草堂坐下。那官问道："王冕先生就在这庄上么？而今皇恩授他咨议参军之职[3]，下官特地捧诏而来。"秦老道："他虽是这里人，只是久矣不知去向了。"秦老献过了茶，领那官员走到王冕家，推开了门，见蟏蛸满室[4]，蓬蒿满径[5]，知是果然去得久了。那官咨嗟叹息了一回，仍旧捧诏回旨去了。

［注释］

[1] 诏书：皇帝布告臣民的命令文书。　[2] 表里：也作“表礼”，指赏赐或赠送给别人的衣料。　[3] 咨议参军：官名。晋代公府均设有咨议参军，为参谋军事、供官长咨询顾问的官员。明初也曾一度设置，据《明史·王冕传》，朱元璋攻下婺州后，曾授予王冕谘议参军之职。　[4] 蟏蛸（xiāo shāo）：蜘蛛的一种，脚很长。这里借指蜘蛛网。　[5] 蓬蒿：蓬草和蒿草，泛指荒草。

王冕隐居在会稽山中，并不自言姓名。后来得病去世，山邻敛些钱财，葬于会稽山下。是年，秦老亦寿终于家。可笑近来文人学士，说着王冕，都称他做王参军，究竟王冕何曾做过一日官？所以表白一番。这不过是个楔子，下面还有正文。

不做官旨在不追求功名富贵。

［点评］

《儒林外史》让正反两类人物在各自的世界里活动，但两类人物文化品格是互成反照的，从而建构起一个褒贬对比的深层结构框架。“楔子”里与王冕成反照的有：朝廷重臣危素品行有亏而装作德高望重，是权势的代表；

“时仁”知县，趋炎附势，巴结权贵，“酷虐小民”，是州县“父母官”的代表；翟买办是“狗眼看人低”的走狗奴才，因无知而把无耻表现得很直露，是夏总甲一流人物；三个无名秀才胖子、瘦子、胡子，是全书势利士绅的“影子”，“其所谈论又是全部书中言辞之程式”（卧评），令人想起“五河县势利熏心”者的势利谈和西湖斗方诗人等等假名士的自我吹嘘。“楔子”里站在王冕一边的有王母、秦老。这双方的对比，是全书总体结构的一个缩影，是可以“隐括全文”的。而站在舞台中心的是王冕，他如何“敷陈大义”呢？他有三个“自”：

天人交融　崇尚自然

历史上的王冕以画梅著名，吴敬梓何故偏偏别出心裁写他画荷？荷的特性：不沾泥秽心冰洁，不显妖媚溢清香，纯属自然。吴敬梓强调的就是纯任自然，为把王冕的童年塑造成人与自然和谐交融的范例，改为画荷。王冕眼中雨后湖上的荷花，“苞子上清水滴滴，荷叶上水珠滚来滚去”，那么自然、淡雅，充满了生命的情趣，充满了灵动的情志。这不仅陶冶了他幼小的心灵，也是他出淤泥而不染的高洁人格的写照。物的形象是人的情趣的返照，王冕想“人在画图中”，是的，人与自然浑然相融，天人合一，这是作者追求的王冕人格境界，甚至是一种理想的人生境界，把功名富贵等异己力量所异化的人生，拉回到道家的“人的自然化”和儒家的“自然的人化”相融合的状态，让七泖湖畔的湖光荷色对他人生哲学的形成、人生道路的选择、人生境界的追求发挥启蒙性的作用。

仁义为本　人格自立

王冕劝朱元璋要行仁义，说：“若以仁义服人，何人不服？”已见本书导读之三，此不赘述。诸暨县知县时仁命翟买办召见王冕，王冕辞曰：“假如我为了事，老爷拿票子传我，我怎敢不去？如今将帖来请，原是不逼迫我的意思了；我不愿去，老爷也可以相谅。”此义出自《孟子·万章下》：

万章曰：“庶人，召之役，则往役；君欲见之，召之，则不往见之，何也？”曰：“往役，义也；往见，不义也。”……“吾未闻欲见贤而召之也……非其招不往也。”

孟子此语表现了儒家关于贤人人格的理想。孟子认为，在位者必须师事贤人，如有事相商，就要亲自登门拜访，不可大模大样地召贤人来见自己。而贤人呢，则应当拒绝这种召见，“不以贤事不肖”。吴敬梓写王冕拒绝时知县的召见，不仅是“非其招不往”——不是自己所应该接受的召唤之礼，就不去；而且是“不以贤事不肖”，决不屈身去听“酷虐小民”的“不肖”知县之召，他的拒绝和趋避，正是贤人理想人格的表现。

弃绝功名　精神自适

听了三个无名秀才的势利谈，他感到那不是自己愿意走的路，于是也不买他们所凭恃的书了，走自己的自学之路。“年纪不满二十岁，就把那天文、地理、经史上的大学问，无一不贯通。”随着好学勤学，他的天性不断为理性所充实，具备了理性觉悟的条件——广博的知识，能撷取多种思想文化养料，形成自己独特的人生观、价值观，成为坚持自己的“文行出处”的理性依据。他不与“酷虐小民”的官府和富人沆瀣一气，凭自己的一技之长过着人格自立、精神自适的生活。他不受皇帝的封授，仿效段干木、泄柳等逸士高人的风致躲避做官，弃绝功名富贵而隐居山林。他敏锐地批评八股取士的荣身之路会使一代文人看轻文行出处而致精神危机。

正是这位寄托着作者理想和追求的人物，有资格站在百年鸟瞰的时空之巅，充任“先知”和“预言者”的角色。在主干剧情展开之前，他站在大幕前点题：八股科举“这个法却定的不好！将来读书人既有此一条荣身之路，把那文行出处都看得轻了”。这成为贯串全剧的思想线索，确实起了“敷陈大义”的作用。他以深沉的语调预言：“贯索犯文昌，一代文人有厄！”这成为笼罩全剧的悲凉基调。他又指着纷纷坠向东南的百十个小星道：“天可怜见，降下这一伙星君去维持文运，我们是不及见了！”在造成时空的推移感和距离感后，才缓缓拉开大幕，他隐到幕后，而他的话音回荡于全剧始终。

第二回　王孝廉村学识同科
周蒙师暮年登上第[1]

话说山东兖州府汶上县有个乡村，叫做薛家集。这集上有百十来人家，都是务农为业。村口一个观音庵，殿宇三间之外，另还有十几间空房子，后门临着水次。这庵是十方的香火，只得一个和尚住持。集上人家，凡有公事，就在这庵里来同议。

孔子任中都宰的地方，出闵子骞。

薛家集的大会堂。

［注释］

[1] 孝廉：孝指孝悌者，廉指清廉之士，原是汉代选拔人才的两种科目，后往往合为一科。也指被荐举推选的士人。明清两代则成为对于举人的别称。村学：私塾的一种，指乡村办的民间学

堂。同科：即同年，明清科举考试中同科考中的举人、进士互相之间的称谓。蒙师：幼童刚开始接受教育称为“开蒙”，教授蒙童的教师叫“蒙师”。

那时成化末年[1]，正是天下繁富的时候。新年正月初八日，集上人约齐了，都到庵里来议闹龙灯之事。到了早饭时候，为头的申祥甫带了七八个人走了进来，在殿上拜了佛。和尚走来与诸位见节[2]，都还过了礼。申祥甫发作和尚道：“和尚，你新年新岁，也该把菩萨面前香烛点勤些！阿弥陀佛受了十方的钱钞，也要消受。”又叫：“诸位都来看看，这琉璃灯内[3]，只得半琉璃油！”指着内中一个穿齐整些的老翁，说道：“不论别人，只这一位荀老爹，三十晚里还送了五十斤油与你，白白给你炒菜吃，全不敬佛！”和尚陪着小心，等他发作过了，拿一把铅壶，撮了一把苦丁茶叶，倒满了水，在火上燎的滚热，送与众位吃。

总甲的亲家就有偌大气势。

封建社会是“多等级的阶梯”，总甲已如此威风，总甲的亲家就可训斥老和尚。

［注释］

[1] 成化：明宪宗朱见深的年号，1465—1487 年。以八股文为文格始于成化，见顾炎武《日知录》卷十六“试文格式”。 [2] 见

节：拜节的礼仪，此指拜年。 [3] 琉璃灯：用琉璃制作的灯具，多用于寺庙中。

荀老爹先开口道："今年龙灯上庙，我们户下各家须出多少银子？"申祥甫道："且住，等我亲家来一同商议。"正说着，外边走进一个人来，两只红眼边，一副锅铁脸，几根黄胡子，歪戴着瓦楞帽，身上青布衣服就如油篓一般；手里拿着一根赶驴的鞭子，走进门来，和众人拱一拱手，一屁股就坐在上席。这人姓夏，乃薛家集上旧年新参的总甲[1]。夏总甲坐在上席，先吩咐和尚道："和尚，把我的驴牵在后园槽上，卸了鞍子，将些草喂的饱饱的。我议完了事，还要到县门口黄老爹家吃年酒去哩。"吩咐过了和尚，把腿跷起一只来，自己拿拳头在腰上只管捶。捶着，说道："俺如今倒不如你们务农的快活了。想这新年大节，老爷衙门里，三班六房[2]，那一位不送帖子来。我怎好不去贺节？每日骑着这个驴，上县下乡，跑得昏头晕脑。打紧又被这瞎眼的亡人在路上打个前失[3]，把我跌了下来，跌的腰胯

用已近于现代小说的散文语言白描夏总甲肖像，显示其身份性格。可作"《儒林外史》是最接近现代小说的古典小说"之一证。

小人得志，故说反话，装腔作势。

一面倚官仗势，到村里摆出"大人物"的嘴脸；一面向乡人吹嘘自己在城里吃得开，鲁迅写的阿Q亦然。

生疼[4]。”申祥甫道：“新年初三，我备了个豆腐饭邀请亲家[5]，想是有事不得来了。”夏总甲道：“你还说哩。从新年这七八日，何曾得一个闲？恨不得长出两张嘴来，还吃不退。就像今日请我的黄老爹，他就是老爷面前站得起来的班头[6]。他抬举我，我若不到，不惹他怪？”申祥甫道：“西班黄老爹，我听见说他从年里头就是老爷差出去了。他家又无兄弟、儿子，却是谁做主人？”夏总甲道：“你又不知道了。今日的酒，是快班李老爹请，李老爹家房子褊窄，所以把席摆在黄老爹家大厅上。”

戳穿。

妆大。

找个遁词圆谎，强词夺理。

［注释］

[1] 总甲：元明以来乡镇职役名称。明清赋役制度，以一百一十户为一里，里分十甲。每里设总甲一人，负责承应官府分配给一里的捐税和劳役，包括传达公事、催促税粮、摊派公务等。　[2] 三班六房：明清州县衙门中吏役的总称。三班指分掌缉捕罪犯、看守牢狱、站堂行刑等职务的快班、皂班和壮班，属于衙门里的差役；六房指吏、户、礼、兵、刑、工六房的书办、胥吏。　[3] 瞎眼的亡人：詈词，斥骂的话。此处指驴。　[4] 生疼：很疼之意。　[5] 豆腐饭：指简薄的饭菜，自谦之语。　[6] 班头：指衙门中某一班差役的头目。

说了半日，才讲到龙灯上，夏总甲道："这样事，俺如今也有些不耐烦管了。从前年年是我做头，众人写了功德[1]，赖着不拿出来，不知累俺赔了多少。况今年老爷衙门里，头班、二班、西班、快班，家家都兴龙灯，我料想看个不了，那得功夫来看乡里这条把灯？但你们说了一场，我也少不得搭个分子，任凭你们那一位做头。像这荀老爹，田地又广，粮食又多，叫他多出些；你们各家照分子派，这事就舞起来了。"众人不敢违拗，当下捺着姓荀的出了一半[2]，其余众户也派了，共二三两银子，写在纸上。和尚捧出茶盘——云片糕、红枣，和些瓜子、豆腐干、栗子、杂色糖，摆了两桌，尊夏老爹坐在首席，斟上茶来。

见过大世面。

[注释]

[1] 功德：泛指念佛、诵经、布施等佛事。这里指为敬神礼佛闹龙灯之事所认下的捐款。 [2] 捺：原指用手向下按，这里含有软逼之意。

申祥甫又说："孩子大了，今年要请一个先

谀词。夏总甲自己只敢攀到班头黄老爹，还不敢攀到“县主”。

“咱衙门”！口气多大！

“顾老相公”，即下文王举人所称“顾二哥”，活显二人不同声口。

生。就是这观音庵里做个学堂。”众人道：“俺们也有好几家孩子要上学。只这申老爹的令郎，就是夏老爹的令婿，夏老爹时刻有县主老爷的牌票[1]，也要人认得字。只是这个先生，须是要城里去请才好。”夏总甲道：“先生倒有一个。你道是谁？就是咱衙门里户总科提控顾老相公家请的一位先生[2]，姓周，官名叫做周进，年纪六十多岁，前任老爷取过他个头名[3]，却还不曾中过学[4]。顾老相公请他在家里三个年头，他家顾小舍人去年就中了学[5]，和咱镇上梅三相一齐中的[6]。那日从学里师爷家迎了回来[7]，小舍人头上戴着方巾，身上披着大红绸，骑着老爷棚子里的马，大吹大打，来到家门口。俺合衙门的人都拦着街递酒。落后请将周先生来，顾老相公亲自奉他三杯，尊在首席。点了一本戏，是梁灏八十岁中状元的故事[8]。顾老相公为这戏，心里还不大喜欢，落后戏文内唱到梁灏的学生却是十七八岁就中了状元，顾老相公知道是替他儿子发兆[9]，方才喜了。你们若要先生，俺替你把周先生请来。”众人都说是好。吃完了茶，和尚又下了一箸牛肉面吃了，各自散讫。

和尚下牛肉面。

以上算第一幕，以夏总甲为贵人的乡村富贵场，这是周进生活的典型环境。以下转入第二幕：周进与梅秀才。

［注释］

[1] 牌票：旧时官方为某具体目的而填发的固定格式的书面命令，差役执行时持为凭证。 [2] 户总科提控：户总科即州县衙门中的户房。是对于户房中掌管户口钱粮的书办的恭维称呼。 [3] 头名：明清士人必须要在童子试中连续通过县试、府试以及院试三级考试才能考上秀才。这里的头名仅指童子试中县试的第一名，还不是秀才。 [4] 中过学：指考上秀才。童生考上秀才，便在当地的官学中有名籍，又称为“生员”，故称为“进学”。夏总甲以为秀才也是一种科名，因此套用乡试中举人、会试中进士的说法，将考取秀才称为“中过学”，这显现其缺少知识而又自以为是。 [5] 小舍人：宋元以来俗称显贵子弟为舍人。 [6] 梅三相：“梅三相公”的省称，明清时将秀才尊称为相公。 [7] 学里师爷：指县学的学官，又称为“学师”。明代府学有教授，州学有学正，县学有教谕，都是掌管教诲所属生员的学官，另外各级学校还都设有作为学官副职的若干名训导。“师爷”是官府里的幕宾。夏总甲将县学教官与师爷混为一谈，也显示出了其缺少知识。 [8] 梁灏：又作“梁颢”，字太素，郓州须城（今山东东平）人，于北宋雍熙二年（985）中进士。世间有其八十二岁中状元的传说。 [9] 发兆：讨个吉利。

次日，夏总甲果然替周先生说了，每年馆金十二两银子[1]，每日二分银子在和尚家代饭，约定灯节后下乡[2]，正月二十开馆。

[注释]

[1] 馆金：指做学堂老师所得的酬劳。 [2] 灯节：即农历正月十五的上元节，也称元宵节，由于有上元张灯的风俗，因此也叫灯节。另据清富察敦崇所撰之《燕京岁时记》：正月十三以至十七日都称之为"灯节"，而十五日则称为"正灯节"。

到了十六日，众人将分子送到申祥甫家备酒饭，请了集上新进学的梅三相做陪客。那梅玖戴着新方巾，老早到了。直到巳牌时候[1]，周先生才来。听得门外狗叫，申祥甫走出去迎了进来。众人看周进时，头戴一顶旧毡帽，身穿玄色绸旧直裰，那右边袖子同后边坐处都破了，脚下一双旧大红绸鞋，黑瘦面皮，花白胡子。申祥甫拱进堂屋，梅玖方才慢慢的立起来和他相见。周进就问："此位相公是谁？"众人道："这是我们集上在庠的梅相公[2]。"周进听了，谦让不肯僭梅玖作揖[3]。梅玖道："今日之事不同。"周进再三不肯。众人道："论年纪也是周先生长，先生请老实些罢。"梅玖回过头来向众人道："你众位是不知道我们学校规矩，老友是从来不同小友序齿的[4]。只是今日不同，还是周长兄请上。"

新方巾急于显摆，正好对上"旧毡帽"。

狗吠穷人，狗叫声中出场。

塾师职业批改作业和久坐板凳所致。精准白描衣饰肖像。

孙子辈反成"老友"，祖父辈竟成"小友"！

[注释]

[1] 巳牌：上午九时至十一时。古代以十二地支计时，把一昼夜分为十二个时辰，每个时辰合现在两个小时，用子丑寅卯等表示。宋代在每一时辰有官员进牌奏时正，由官府打鼓报时，故称某时为某牌。　[2] 在庠（xiáng）：指已有秀才的身份。庠为古代的学校，科举时代则指府、州、县各级官学，在童生考上秀才后便要进入地方的各级官学。　[3] 僭梅玖作揖：古人在交际场合一般按地位、年纪、辈分等安排先后入座的顺序，尊者先入座，并要向大家作揖或拱手。周进虽然年纪较大，但因为还是童生，所以不肯在秀才梅玖之前作揖入座。僭，僭越本分之意。　[4] 序齿：按年龄长幼排定先后次序。齿，指年龄。

原来明朝士大夫称儒学生员叫做“朋友”[1]，称童生是“小友”[2]。比如童生进了学，不怕十几岁，也称为“老友”；若是不进学，就到八十岁，也还称“小友”。就如女儿嫁人的：嫁时称为“新娘”，后来称呼“奶奶”“太太”，就不叫“新娘”了；若是嫁与人家做妾，就到头发白了，还要唤做“新娘”。

作者直接出面解说，可见是关键处。

比拟不伦，寓有讥诮。

[注释]

[1] 士大夫：指有官职的人，也可用作有声望的读书人的通称，这里指后者。儒学生员：指通过童子试进入县学、州学、府学的秀才。　[2] 童生：未曾考上秀才的士子的称谓，也称为“生

童”“儒童”。

心有不甘，冲撞“规矩”。

闲话休题。周进因他说这样话，倒不同他让了，竟僭着他作了揖。众人都作过揖坐下。只有周、梅二位的茶杯里有两枚生红枣，其余都是清茶。吃过了茶，摆两张桌子杯箸，尊周先生首席，梅相公二席，众人序齿坐下，斟上酒来。周进接酒在手，向众人谢了扰，一饮而尽。随即每桌摆上八九个碗，乃是猪头肉、公鸡、鲤鱼、肚、肺、肝、肠之类。叫一声“请！”一齐举箸，却如风卷残云一般，早去了一半。看那周先生时，一箸也不曾下。申祥甫道：“今日先生为甚么不用肴馔？却不是上门怪人[1]？”拣好的递了过来。周进拦住道：“实不相瞒，我学生是长斋[2]。”众人道：“这个倒失于打点。却不知先生因甚吃斋？”周进道：“只因当年先母病中，在观音菩萨位下许的，如今也吃过十几年了。”梅玖道：“我因先生吃斋，倒想起一个笑话，是前日在城里我那案伯顾老相公家听见他说的[3]。有个做先生的一字至七字诗……”众人都停了箸听他念

称为“宝塔诗”。

诗。他便念道：“呆，秀才，吃长斋，胡须满腮，经书不揭开，纸笔自己安排，明年不请我自来。”念罢，说道：“像我这周长兄如此大才，呆是不呆的了。”又掩着口道：“秀才，指日就是；那‘吃长斋，胡须满腮’，竟被他说一个着！”说罢，哈哈大笑。众人一齐笑起来。周进不好意思。申祥甫连忙斟一杯酒道：“梅三相该敬一杯。顾老相公家西席就是周先生了。”梅玖道：“我不知道，该罚该罚！但这个话不是为周长兄，他说明了是个秀才。但这吃斋也是好事，先年俺有一个母舅，一口长斋，后来进了学，老师送了丁祭的胙肉来[4]，外祖母道：‘丁祭肉若是不吃，圣人就要计较了：大则降灾，小则害病。’只得就开了斋。俺这周长兄，只到今年秋祭，少不得有胙肉送来，不怕你不开哩。”众人说他发的利市好[5]，同斟一杯，送与周先生预贺，把周先生脸上羞的红一块白一块，只得承谢众人，将酒接在手里。厨下捧出汤点来，一大盘实心馒头，一盘油煎的扛子火烧[6]。众人道：“这点心是素的，先生用几个。”周进怕汤不洁净，讨了茶来吃点心。

周进憾恨的是没有秀才资格，新秀才就专拣周进痛极之处猛戳，刻毒！小人初得志，就挖空心思作践未得志之同类，以显自己优越。

言外之意“你周进又不是秀才。”一而再再而三，残忍至极！

在人淌血的伤口再添上一撮盐，以别人之痛苦，作自己之快乐。

不剖析心理，只写观察所见。已显深悲巨痛。此时哭不出声，但眼泪已蓄满待爆。

［注释］

[1] 上门怪人：俗语，意为到别人家做客嫌饭菜不好或是不合胃口。 [2] 长斋：指长期素食。 [3] 案伯：童子试后的录取名单称为“案”，同一年考取的秀才彼此称同案，这是仿照乡试、会试中的同年关系而来。士人将父亲的同年称为“年伯”，但不应将同年的父亲也称为“年伯”。在这里，梅玖在“同案”和“年伯”的基础上创出了“案伯”的称呼用来称呼同案的父亲顾提控，显示出其不学无术并且急于攀附。 [4] 丁祭的胙（zuò）肉：祭祀孔子时所供的生肉。古时于每年农历二月、八月第一个丁日举行春秋二祭，祭祀孔子，称丁祭，也称为祭丁。有秀才身份的人在丁祭后可以分到供肉。 [5] 利市：吉利；好运气。 [6] 扛子火烧：又称为“杠子火烧”，是一种面食，外面有一层金黄色的脆皮。由于做火烧的面很硬，手揉不动，需要用木杠翻压，因此得名。

周进每年馆金仅十二两。

内中一人问申祥甫道：“你亲家今日在那里？何不来陪先生坐坐？”申祥甫道：“他到快班李老爹家吃酒去了。”又一个人道：“李老爹这几年在新任老爷手里着实跑起来了，怕不一年要寻千把银子。只是他老人家好赌，不如西班黄老爹，当初也在这些事里顽耍，这几年成了正果，家里房子盖的像天宫一般，好不热闹！”荀老爹向申祥甫道：“你亲家自从当了门户，时运也算走顺风，再过两年，只怕也要弄到黄老爹的意思哩。”申祥甫道：“他也要算停当的了[1]。若想到黄老爹的地步，只怕还要做几年的梦。”梅相公正吃着火烧，接口道：“做梦倒也有些准哩。”因问周进道：“长兄这些年考校[2]，可曾得个甚么梦兆[3]？”周进道：“倒也没有。”梅玖道：“就是侥幸的这一年[4]，正月初一日，我梦见在一个极高的山上，天上的日头，不差不错，端端正正掉了下来，压在我头上，惊出一身的汗，醒了摸一摸头，就像还有些热。彼时不知甚么原故，如今想来，好不有准！”于是点心吃完，又斟了一巡酒。直到上灯时候，梅相公同众人别了回去。申祥甫拿出一副蓝布被褥，送周先生到观音庵歇宿；向和尚说定，馆地就在后门里这两间屋内。

处心积虑，见缝插针，不放过任何机会再发起攻击。打击别人，抬高自己，品质恶劣。

敢于如此编梦欺人，胡吹胡说，一方面是小人初得志之忘形，另一方面也是他料定周进不敢生疑。

[注释]

[1] 停当：妥当，这里引申为顺当、顺利。　[2] 考校：考试。　[3] 梦兆：梦中所预示的征兆。　[4] 侥幸：指考上秀才，客套话。

直到开馆那日，申祥甫同着众人领了学生来，七长八短几个孩子，拜见先生。众人各自散了。周进上位教书。晚间学生家去，把各家贽见拆开来看[1]，只有荀家是一钱银子，另有八分银子代茶；其余也有三分的，也有四分的，也有十来个钱的，合拢了不够一个月饭食。周进一总包了，交与和尚收着再算。那些孩子就像蠢牛一般，一时照顾不到，就溜到外边去打瓦踢球，每日淘气不了。周进只得捺定性子，坐着教导。

［注释］

[1] 贽见：见面礼。

以下算第三幕：周进与王举人。

不觉两个多月，天气渐暖，周进吃过午饭，开了后门出来，河沿上望望。虽是乡村地方，河边却也有几树桃花柳树，红红绿绿，间杂好看。看了一回，只见蒙蒙的细雨下将起来。周进见下雨，转入门内，望着雨下在河里，烟笼远树，景致更妙。这雨越下越大，却见上流头一只船冒雨而来。那船本不甚大，又是芦席篷，所以怕雨。将近河岸，看时，中舱坐着一个人，船尾坐着两个从人，船头上放着一担食盒。将到岸边，那人连呼船家泊船，带领从人，走上岸来。周进看那人时，头戴方巾，身穿宝蓝缎直裰，脚下粉底皂靴，三绺髭须，约有三十多岁光景。走到门口，与周进举一举手，一直进来，自己口里说道："原来是个学堂。"周进跟了进来作揖，那人还了个半礼道："你想就是先生了。"周进道："正是。"那人问从者道："和尚怎的不见？"说着，和尚忙走了出来道："原来是王大爷。请坐。僧人去烹茶来。"向着周进道："这王大爷就是前科新中的[1]。先生陪了坐着，我去拿茶。"

举人气派。目中无人，连梅玖的假让坐都不屑。

中了举就可以称老爷了。

[注释]

[1] 前科：指前一科的乡试。

那王举人也不谦让，从人摆了一条凳子，就在上首坐了，周进下面相陪。王举人道："你这位先生贵姓？"周进知他是个举人，便自称道："晚生姓周[1]。"王举人道："去年在谁家做馆？"周进道："在县门口顾老相公家。"王举人道："足下莫不是就在我白老师手里曾考过一个案首的[2]？说这几年在顾二哥家做馆[3]，不差不差。"周进道："俺这顾东家，老先生也是相与的？"

点出你只是参加童生考试，还不是秀才，比我差远着呢。

王举人道："顾二哥是俺户下册书[4]，又是拜盟的好弟兄[5]。"

［注释］

[1] 晚生：晚辈对前辈的自谦之称。旧时不论年纪大小，社会地位较低之人在地位较高之人面前都可称"晚生"。 [2] 案首：指童子试中县试的第一名。 [3] 做馆：又称为"坐馆"，指任塾师。 [4] 户下册书："册书"指承包收取若干户钱粮的税吏。王举人户下的钱粮由顾提控承包收取，因此称为"户下册书"。 [5] 拜盟：通过一定仪式结拜成义兄弟的关系。

故弄玄虚，自神其神。

与梅玖一样编梦欺人。

须臾，和尚献上茶来吃了。周进道："老先生的朱卷是晚生熟读过的[1]。后面两大股文章，尤其精妙。"王举人道："那两股文章不是俺作的。"周进道："老先生又过谦了。却是谁作的呢？"王举人道："虽不是我作的，却也不是人作的。那时头场[2]，初九日[3]，天色将晚，第一篇文章还不曾做完，自己心里疑惑，说：'我平日笔下最快，今日如何迟了？'正想不出来，不觉磕睡上来，伏着号板打一个盹[4]，只见五个青脸的人跳进号来，中间一人，手里拿着一枝大笔，把俺头上点了一点，就跳出去了。随即一个戴纱帽、红袍金带的人[5]，揭帘子进来，把俺拍了一下，说道：'王公请起。'那时弟吓了一跳，通身冷汗，醒转来，拿笔在手，不知不觉写了出来。可见贡院里鬼神是有的。弟也曾把这话回禀过大主考座师[6]，座师就道弟该有鼎元之分[7]。"

拙劣的自编自演，意在显示：中举是福有独钟的天命，以此优越感从精神上压垮周进。

[注释]

[1] 朱卷：明清两代，在乡试及会试场内考生都用墨笔作答，称之为"墨卷"。为了防止考官舞弊，试卷收取后先要经历一系列程序，首先是弥封糊名。然后送到誊录所，由专门的誊录生用朱笔誊写一遍，只编号码，不写姓名，称为"朱卷"。此后朱卷和墨卷再送到对读所，由专人对读，对读无误后才将朱卷送与考官评阅。此外，主考官会选刊自己所录取的优秀士子的考卷，考中的士子也会将本人在场中所作之文刊印出来，也叫"朱卷"。这里应指后者。 [2] 头场：明清乡试和会试都要考三场，这是指乡试第一场。 [3] 初九日：明清乡试的第一场在八月初九日举行。 [4] 号板：明清乡试、会试在贡院中进行，贡院中有许多仅能容纳一人的小隔间，按《千字文》编号，称为"号舍"。号舍中有两块可移动的木板，白日一块板当桌子，一块板当凳子，供考生坐着答卷；晚上两块并放当床板，让考生可以伸足而卧，这两块板称为"号板"。 [5] 纱帽：纱制官帽，明代作为文武官员的常用礼服，后泛指官帽，并常作为官员的代称。 [6] 座师：明清两代考中举人、进士之人对主考官的尊称，有时也称为"座主"。 [7] 鼎元：状元的别称。明清科举殿试分三甲录取，一甲三人，依次为状元、榜眼、探花，称为三鼎甲。状元为鼎甲之首，

故有此称。

正说得热闹，一个小学生送仿来批[1]，周进叫他搁着。王举人道："不妨，你只管去批仿，俺还有别的事。"周进只得上位批仿。王举人吩咐家人道："天已黑了，雨又不住，你们把船上的食盒挑了上来，叫和尚拿升米做饭。船家叫他伺候着，明日早走。"向周进道："我方才上坟回来，不想遇着雨，耽搁一夜。"说着，就猛然回头，一眼看见那小学生的仿纸上的名字是荀玫，不觉就吃了一惊。一会儿咂嘴弄唇的，脸上做出许多怪物像。周进又不好问他，批完了仿，依旧陪他坐着。他就问道："方才这小学生几岁了？"周进道："他才七岁。"王举人道："是今年才开蒙？这名字是你替他起的？"周进道："这名字不是晚生起的。开蒙的时候，他父亲央及集上新进梅朋友替他起名。梅朋友说自己的名字叫做'玖'，也替他起个'王'傍的名字发发兆，将来好同他一样的意思。"

白话语言生动。

［注释］

[1] 仿：学生依照字帖习字的作业。

王举人笑道："说起来，竟是一场笑话。弟今年正月初一日梦见看会试榜，弟中在上面是不消说了，那第三名也是汶上人，叫做荀玫。弟正疑惑我县里没有这一个姓荀的孝廉，谁知竟同着这个小学生的名字。难道和他同榜不成！"说罢，就哈哈大笑起来，道："可见梦作不得准！况且功名大事，总以文章为主，那里有甚么鬼神！"周进道："老先生，梦也竟有准的。前日晚生初来，会着集上梅朋友，他说也是正月初一日，梦见一个大红日头落在他头上，他这年就飞黄腾达的。"王举人道："这话更作不得准了。比如他进过学，就有日头落在他头上，象我这发过的[1]，不该连天都掉下来，是俺顶着的了？"彼此说着闲话，掌上灯烛，管家捧上酒饭，鸡、鱼、鸭、肉，堆满春台[2]。王举人也不让周进，自己坐着吃了，收下碗去。落后和尚送出周进的饭来，一碟老菜叶，一壶热

说梦、说鬼神，前后都自相矛盾，信口雌黄，恣意糊弄周进，而周进却都愚信盲从。

拿班做势，借梦发挥，举人不屑与秀才为伍，功名高一等就高一重天！

两种吃食两重天！

水。周进也吃了。叫了安置，各自歇宿。

[注释]

[1] 发过的：指考中举人的，中举又称为“发解”。 [2] 春台：长方形的饭桌。

次早，天色已晴，王举人起来洗了脸，穿好衣服，拱一拱手，上船去了。撒了一地的鸡骨头、鸭翅膀、鱼刺、瓜子壳，周进昏头昏脑，扫了一早晨。

神来之笔！留下什么样的人生况味给周进咀嚼回味？

自这一番之后，一薛家集的人都晓得荀家孩子是县里王举人的进士同年[1]，传为笑话。这些同学的孩子赶着他就不叫荀玫了，都叫他“荀进士”。各家父兄听见这话，都各不平，偏要在荀老翁跟前恭喜，说他是个封翁太老爷[2]，把个荀老爹气得有口难分。申祥甫背地里又向众人道：“那里是王举人亲口说这番话？这就是周先生看见我这一集上只有荀家有几个钱，捏造出这话来奉承他，图他个逢时遇节，他家多送两个盒子。俺前日听见说，荀家炒了些面筋、豆腐干送在庵里，又送了几回馒头、火烧，就是这些原故了。”

众人都不喜欢，以此周进安身不牢；因是碍着夏总甲的面皮，不好辞他，将就混了一年。后来夏总甲也嫌他呆头呆脑，不知道常来承谢，由着众人把周进辞了来家。

飞短流长，往往伤人。

［注释］

[1]进士：会试中式者称为贡士，并参加殿试。殿试定出三甲：一甲三名，赐进士及第；二甲若干名，赐进士出身；三甲若干名，赐同进士出身。他们都通称“进士”。　[2]封翁：古代子孙显贵，父祖按例受朝廷封典，称为封翁，也称为封君。

那年却失了馆，在家日食艰难。一日，他姊丈金有余来看他，劝道：“老舅，莫怪我说你，这读书求功名的事，料想也是难了。人生世上，难得的是这碗现成饭，只管‘稂不稂莠不莠’的到几时[1]？我如今同了几个大本钱的人到省城去买货，差一个记账的人，你不如同我们去走走，你又孤身一人，在客伙内，还是少了你吃的、穿的？”周进听了这话，自己想：“‘瘫子掉在井里——捞起来也是坐。’有甚亏负我？”随即应允了。

进入第四幕：周进撞号板。

点睛“求功名的事”。

周进“孤身一人”，家境凄凉。

[注释]

[1] 稂（láng）不稂莠（yǒu）不莠：稂、莠都是杂草，意为既不像稂也不像莠，比喻不成材、没出息。

金有余择个吉日，同一伙客人起身，来到省城杂货行里住下。周进无事，闲着街上走走，看见纷纷的工匠都说是修理贡院。周进跟到贡院门口，想挨进去看，被看门的大鞭子打了出来。晚间向姐夫说，要去看看。金有余只得用了几个小钱，一伙客人都也同了去看，又央及行主人领着[1]。行主人走进头门，用了钱的并无拦阻。到了龙门下[2]，行主人指道："周客人，这是相公们进的门了。"进去两边号房门，行主人指道："这是天字号了[3]，你自进去看看。"周进一进了号，见两块号板摆的齐齐整整，不觉眼睛里一阵酸酸的，长叹一声，一头撞在号板上，直僵僵不省人事。只因这一死，有分教：

如回末联语所云"累年蹭蹬，终岁凄凉"，累积越深则爆发越烈。

累年蹭蹬，忽然际会风云；终岁凄凉，竟得高悬月旦[4]。

[注释]

[1] 行（háng）主人：城市中的商人有行会组织，常由同乡或同业者组成，设有公馆或会所。这些公馆或会所的管理者称为“行主人”。　[2] 龙门：科举考场的正门。古有鲤鱼跳龙门化为龙的传说，龙门也就是预祝考生能考中科名的意思。唐代以来，考中进士的人也叫“登龙门”。　[3] 天字号：贡院的号舍按《千字文》编号，《千字文》第一个字就是“天”，所以先从“天字号”开始看起。　[4] 月旦：《后汉书 · 许劭传》，汝南许劭与许靖都很有声名，他们喜好一起品评乡党人物，每月初一（月旦）更换品评内容。后称品评人物为“月旦评”，或省称“月旦”。此暗喻科举之考选人物。

未知周进性命如何，且听下回分解。

[点评]

小说正文的头两回就写周进、范进这“二进”，这取名有讲究吗？小说第四十九回庄绍光以《周易》上的“亢龙”比喻马二的“知进而不知退”，原来《易 · 乾》有：“上九，亢龙有悔。”易传的《文言》曰：“亢之为言也，知进而不知退……知进退存亡而不失其正者，其唯圣人乎。”古人把“进退”与“出处”同列为大节，两者之间含义有交叉重叠，如：“‘穷则独善其身，达则兼济天下。’……进退出处，何往而不自得哉？”（唐白居易《与元九书》）；“于出处、进退、取与之大节，未尝敢陨越也。”（清吴定《紫石泉山房记》）。所以“知进而不知退”，在特定领域即：只知一味求进出仕而不知退处。周进、范进这“二进”与马二一样，在八股科举的阶梯上，都是只“知进而不知退”的沉迷者。

天下之大一开始为何选在山东汶上县？原来这是孔子唯一担任过地方官——中都宰的地方，当年经孔夫子兴行教化，庶几成为礼乐之乡，还产生过大孝子闵子骞。成化年间明朝始行八股科举，如今“成化末年”，礼乐之乡已成了势利之乡。

本回像“四幕剧”渐次展开，每幕基本上就一个场景、两三个主要人物，第一、三幕地点都集中在观音庵，很像话剧舞台。

第一幕序幕　乡村的势利场。薛家集的“议院”在观音庵开会议决大事，“议员”们齐集敬候大人物主持。大人物一到，“一屁股就坐在上席”，目中无人，只吩咐把他的“坐驴”喂饱，这里议完事还要赶到“县门口”差役的班长家吃年酒呢。原来他就是县衙的差役、又当了本地的总甲夏某，到乡下来他就是象征权力的贵要，他的亲家倚他的权势在此“为头”，代表他领导首富荀老爹等集资办地方公事。这就是乡里的功名富贵的体制。夏总甲以委屈的口气吹嘘自己作为大人物如何忙得不可开交，活灵活现地表现“倚仗功名富贵而骄人傲人”（闲斋老人序）的丑态。这就是周进生活的势利环境。

第二幕　梅三相戏侮周童生。最低的“富贵”就肆意骄人傲人，最低的“功名”也一样放肆地骄人傲人。开馆那天，薛家集的头面人物在观音庵照惯例设宴招待新塾师。在一阵狗吠声中他出场了：“头戴一顶旧毡帽，身穿玄色绸旧直裰，那右边袖子同后边坐处都破了，脚下一双旧大红绸鞋，黑瘦面皮，花白胡子。”一副落拓、古板的穷塾师肖像，连衣裳的补丁都有鲜明的坐冷板凳和批仿的职业特征。这是多么精确的细节描写！

梅三相找到了一个极好的对象做衬托来夸耀自己。他的“新方巾”与周进的“旧毡帽”恰成鲜明的对比。虽然按年龄，他该是周进的孙辈，但在科举制度的等级上，他却比周进高一等，他的新方巾是周进巴望梦想了几十年而得不到的。他便抓住这个致命的弱点残忍地要侮周进：入席时就用“老友（秀才）是从来不同小友（童生）序齿”的“学校规矩”——制度的力量，压低周进。席间他恶作剧编一首宝塔诗：“呆，秀才，吃长斋……”用反挑的方式挖苦对方还不是秀才。就“吃长斋”又引发出“丁祭的胙肉”（每年春秋两次在丁日参加祭礼，并在祭祀后分领供肉，是秀才的权利和荣誉）。梅玖旁敲侧击地讽刺周进之所以能保持吃斋，是因为没有资格像秀才一样享用“丁祭的胙肉”。他貌似恭维实则挖苦地说：“俺这周长兄，只到今年秋祭，少不得有胙肉送来，不怕你不开哩。”——开空头支票似很慷慨，实则笑你现在穷！一声声一句句都像一把尖刀，刺着了周进精神上最敏感的创伤！周进的眼泪只能往肚里吞，说不出的哑巴苦，其苦更苦！

第三幕　王举人踩压周童生：取得最低科名的秀才就可以把周进踩在脚底下，“发了”的举人老爷王惠，在周进面前就更加飞扬跋扈了。他拿班做势，神气十足，借评论梅玖的梦自吹自擂，夸耀自己的举人身份，从政治地位上压迫周进；他故弄玄虚，说神道鬼，把自己的中举说成是福有独钟的“天命”，以高人一等的优越感，从精神上压垮周进；他趾高气扬，摆尽阔绰，“鸡、鱼、鸭、肉，堆满春台”，自己大吃大喝，让周进在一旁，用“一碟老菜叶，一壶热水”下了饭，进一步从吃喝气派上压倒周进。周进完全被压扁了。如果说，受庸妄子梅玖凌虐时，周进心犹不甘，还敢于僭他先就座，那么，在这位作威作福的王举人面前，他怀着敬畏之心和不可言喻的自卑感，就只有驯顺怯懦，心悦诚服了。王惠走了，“撒了一地的鸡骨头、鸭翅膀、鱼刺、瓜子壳”，让“周进昏头昏脑，扫了一早晨”，这真是神来之笔！王惠不仅留下残渣剩屑让周进打扫，还留下穷塾师和阔举人两种生活的鲜明对照，让周进去仔细咀嚼、回味。此时周进的内心感受如何？作家没作心理剖析，从后来周进撞号板的举动，读者可以自己反窥他此时的辛酸。像周进这样清寒迂拙的腐儒，如果在科场中爬不上去，不仅精神上要受到无穷的折磨，甚至连塾师的饭碗也难保住。在薛家集勉强维持了一年，他终于被解聘，“在家日食艰难”，走到了山穷水尽的末路。这样的人物，如果再过170年，就会变成鲁迅笔下的孔乙己，成为科举制度的殉葬品。但在当时，封建社会和科举制度还没有寿终正寝，穷愁潦倒的周进，还把自己一生的荣辱完全系在它上面。

第四幕　撞号板是高潮：周进为何如此痛不欲生撞号板？作者不作议论，读者联系前三幕他在薛家集的遭际，就可以自己找到解答：长久郁结在他心头的辛酸、苦楚、屈辱和绝望之情，此时被“号板”的因子击中神经，精神堤坝被冲决，洪水倾泻而出，一发而不可收，于是不顾脸面，把潜意识中的悲苦尽情倒出。通过撞号板这一不寻常的举动，作家把犀利的笔锋一直伸进人物最深的精神褶缝里去，以震撼人心的艺术力量，揭露了功名富贵体制统驭下的科举制度，如何使士人沉溺其中而不能自拔，从而造成一代文人精神失落，陷入萎靡庸陋。

第三回　周学道校士拔真才
胡屠户行凶闹捷报

话说周进在省城要看贡院，金有余见他真切，只得用几个小钱同他去看。不想才到天字号，就撞死在地下。众人多慌了，只道一时中了恶。行主人道：“想是这贡院里久没有人到，阴气重了，故此周客人中了恶。”金有余道：“贤东，我扶着他，你且去到做工的那里借口开水来灌他一灌。”行主人应诺，取了水来，三四个客人一齐扶着，灌了下去，喉咙里咯咯的响了一声，吐出一口稠涎来。众人道：“好了！”扶着立了起来。周进看着号板，又是一头撞将去。这回不死了，放声大哭起来。众人劝着不住。金有余道："你看，这不是疯了么？好好到贡院来耍，你家又不死了人，为甚么这号啕痛哭是的？"周进也不听见，只管伏着号板哭个不住。一号哭过，又哭到二号、三号，满地打滚，哭了又哭，哭的众人心里都凄惨起来。金有余见不是事，同行主人一左一右架着他的膀子。他那里肯起来，哭了一阵，又是一阵，直哭到口里吐出鲜血来。

童生没资格碰的号板，是病根所系，是击中神经的因子。

六十多岁的老师竟像小顽童一样满地打滚！精神错乱，近于范进的"发疯"。此是悲极而疯，范进是悲极突喜而疯。两人的病同根同源。

众人七手八脚将他扛抬了出来，贡院前一个茶棚子里坐下，劝他吃了一碗茶，犹自索鼻涕，弹眼泪，伤心不止。内中一个客人道："周客人有甚心事？为甚到了这里，这等大哭起来？却是哭得利害。"金有余道："列位老客有所不知。我这舍舅，本来原不是生意人。因他苦读了几十年的书，秀才也不曾做得一个，今日看这贡院，就不觉伤心起来。"自因这一句话道着周进的真心事，于是不顾众人，又放声大哭起来。又一个客人道："论这事，只该怪我们金老客。周相公既是斯文人，为甚么带他出来做这样的事？"金有余道："也只为赤贫之士，又无馆做，没奈何上

病根。

再次击中精神伤口。

了这一条路。”又一个客人道：“看令舅这个光景，毕竟胸中才学是好的；因没有人识得他，所以受屈到此田地。”金有余道：“他才学是有的，怎奈时运不济！”那客人道：“监生也可以进场[1]。周相公既有才学，何不捐他一个监进场？中了，也不枉了今日这一番心事。”金有余道：“我也是这般想，只是那里有这一注银子！”此时周进哭的住了。那客人道：“这也不难。现放着我这几个弟兄在此，每人拿出几十两银子借与周相公纳监进场，若中了做官，那在我们这几两银子。就是周相公不还，我们走江湖的人，那里不破掉了几两银子？何况这是好事。你众位意下如何？”众人一齐道：“君子成人之美。”又道：“‘见义不为，是为无勇。’俺们有甚么不肯！只不知周相公可肯俯就？”周进道：“若得如此，便是重生父母，我周进变驴变马，也要报效！”爬到地下就磕了几个头，众人还下礼去。金有余也称谢了众人。又吃了几碗茶，周进再不哭了，同众人说说笑笑回到行里。

只要能爬上科举之梯，不惜如此卑贱！

由痛不欲生到“说说笑笑”，为何陡然转变？在一“磕”一“笑”之中显露了作者对他的鄙夷。

[注释]

[1] 监（jiàn）生：明代在南北两京都设有国子监，是全国教育管理机关和最高学府，进入国子监学习的士人称为监生。按照来源的不同，监生可分为贡监、例监、荫监、举监等数种。相对于秀才，监生可以比较便利地获得乡试的资格；此外，即使没有考中举人，监生本身也具有成为官员的资格。而监生可以通过捐纳的方式获得，就算原本不是生员，普通百姓也可以交纳一定数额的钱财来获得监生的身份。

次日，四位客人果然备了二百两银子，交与金有余。一切多的使费，都是金有余包办。周进又谢了众人和金有余。行主人替周进备一席酒，请了众位。金有余将着银子，上了藩库[1]，讨出库收来[2]。正值宗师来省录遗[3]，周进就录了个贡监首卷[4]。到了八月初八日进头场，见了自己哭的所在，不觉喜出望外。自古道："人逢喜事精神爽"，那七篇文字，做的花团锦簇一般。出了场，仍旧住在行里。金有余同那几个客人还不曾买完了货。直到放榜那日，巍然中了。众人各各欢喜，一齐回到汶上县。拜县父母、学师，典史拿晚生帖子上门来贺[5]。汶上县的人，不是亲的也来认亲，不相与的也来认相与。忙了个把月。

八股科举无凭准。

势利之风，催逼士子"舍着性命"去爬功名富贵的阶梯。

申祥甫听见这事，在薛家集敛了分子，买了四只鸡、五十个蛋和些炒米、欢团之类，亲自上县来贺喜。周进留他吃了酒饭去。荀老爹贺礼是不消说了。看看上京会试，盘费、衣服都是金有余替他设处。到京会试，又中了进士，殿在三甲[6]，授了部属[7]。荏苒三年，升了御史[8]，钦点广东学道。

[注释]

[1] 藩库：即省库，布政司所属收付、储藏钱谷的仓库，由于各省布政使别称藩台，所以称为藩库。 [2] 库收：官府库房收到银钱后发给的收据。 [3] 宗师：每省提学官的俗称，也称为“学道”，是主持一省学政的官员。设专门的官员提督地方学校始于宋代，元代在各行省设儒学提举司，明初并未在各省设专门的官员提督儒学，直到正统元年（1436）才开始专设掌管各省学务的提学道。清代沿袭明制，称为提督学院或提督学政。俗称大宗师或是学台。录遗：具有秀才身份的士人在乡试前一年要参加“科考”，从中选拔出成绩优良者参加乡试。因故未参加科考或是未通过科考的一些士人可以参加乡试之前举行的录科以获取参加乡试的资格。录科未录取以及没有参加科考、录科的士人，还可以再参加录遗与大收的考试，通过后同样可以参加乡试。录遗的目的是防止在科考与录科中有遗才，因此通过考试补录名次，以送入乡试考场。 [4] 贡监首卷：录遗的时候所有的监生单列一类，周进在这些人中排名第一。 [5] 典史：官名，元代始设，明清沿

置。知县之下掌管收发公文、缉捕、监狱等的辅佐官。 [6] 殿在三甲：殿试录取在三甲。明清的殿试一般不黜落考生，所有通过会试的考生都会被录取，但名次会有一甲、二甲、三甲的区别。 [7] 部属：担任六部中各司署的属官。 [8] 御史：官名，明清在中央设都察院，主官是都御史，下设各道监察御史，简称御史，行使纠察弹劾等职。

这周学道虽也请了几个看文章的相公，却自心里想道："我在这里面吃苦久了，如今自己当权，须要把卷子都要细细看过，不可听着幕客[1]，屈了真才。"主意定了，到广州上了任。次日，行香挂牌[2]。先考了两场生员，第三场是南海、番禺两县童生[3]。周学道坐在堂上，见那些童生纷纷进来：也有小的，也有老的，仪表端正的，獐头鼠目的，衣冠齐楚的，褴褛破烂的……落后点进一个童生来，面黄肌瘦，花白胡须，头上戴一顶破毡帽。广东虽是地气温暖，这时已是十二月上旬，那童生还穿着麻布直裰，冻得乞乞缩缩，接了卷子，下去归号。周学道看在心里，封门进去。出来放头牌的时节[4]，坐在上面，只见那穿麻布的童生上来交卷，那衣服因是朽烂了，在号

从周进生活的儒学中心区到范进的南海之滨，真是"普天之下"莫非八股王国，莫非势利世界。

范进出场的肖像，衣不暖体，一副可怜相。

科举得手不得手天悬地隔！

口口声声自称"童生"，这是他的痛，已三十多年，却也已无奈成习称。

宝贵年华全献给八股，陷溺至深。

里又扯破了几块。周学道看看自己身上，绯袍金带，何等辉煌。因翻一翻点名册，问那童生道："你就是范进？"范进跪下道："童生就是。"学道道："你今年多少年纪了？"范进道："童生册上写的是三十岁，童生实年五十四岁。"学道道："你考过多少回数了？"范进道："童生二十岁应考，到今考过二十余次。"学道道："如何总不进学？"范进道："总因童生文字荒谬，所以各位大老爷不曾赏取。"周学道道："这也未必尽然。你且出去，卷子待本道细细看。"范进磕头下去了。

［注释］

[1] 幕客：也称为"幕宾"或"幕友"，指官员私人聘请的参谋、顾问人员。 [2] 行香挂牌：指提学道到省任职后例行的公事。行香，到文庙（孔子庙）拈香。挂牌，出牌公告考试的日期、地点及有关考场的规定等。 [3] 南海、番禺：广东省的南海、番禺两县，明清时均属广州府。 [4] 放头牌：乡会试中每场出场之日，汇集有一定数额的考生交卷，便开启贡院大门一次，将考生放出后再次闭上，如此循环，称为"放牌"。午时前放第一牌，午时后放第二牌，至傍晚放第三牌，门就不再关闭。这里的放头牌指童子试的院试中从考场放出已经交卷的第一批考生。

那时天色尚早，并无童生交卷。周学道将范进卷子用心用意看了一遍，心里不喜，道："这样的文字，都说的是些甚么话！怪不得不进学！"丢过一边不看了。又坐了一会，还不见一个人来交卷，心里又想道："何不把范进的卷子再看一遍？倘有一线之明，也可怜他苦志。"从头至尾，又看了一遍，觉得有些意思。正要再看看，却有一个童生来交卷。那童生跪下道："求大老爷面试。"学道和颜道："你的文字已在这里了，又面试些甚么？"那童生道："童生诗词歌赋都会，求大老爷出题面试。"学道变了脸道："'当今天子重文章，足下何须讲汉唐！'像你做童生的人，只该用心做文章，那些杂览[1]，学他做甚么！况且本道奉旨到此衡文[2]，难道是来此同你谈杂学的么？看你这样务名而不务实，那正务自然荒废，都是些粗心浮气的说话，看不得了。左右的，赶了出去！"一声吩咐过了，两傍走过几个如狼似虎的公人，把那童生叉着膊子，一路跟头，叉到大门外。

与后面的马二一样。

[**注释**]

[1] 杂览：既指儒家经典以外的著作，包括诗、词、赋、曲、小说、笔记等，也指与科举考试无关的那些内容。明清科举乡会试考三场，第一场是《四书》义和经义，也就是所谓的八股文；第二场考论、判语、诏、诰、表等，第三场是策。在周进看来，与这些无关的都应是"杂览"或"杂学"。 [2] 衡文：品评文章的高下优劣，指主持考试。

周学道虽然赶他出去，却也把卷子取来看看。那童生叫做魏好古，文字也还清通。学道道："把他低低的进了学罢。"因取过笔来，在卷子尾上点了一点，做个记认。又取过范进卷子来看，看罢，不觉叹息道："这样文字，连我看一两遍也不能解，直到三遍之后，才晓得是天地间之至文，真乃一字一珠！可见世上糊涂试官，不知屈煞了多少英才！"忙取笔细细圈点[1]，卷面上加了三圈，即填了第一名；又把魏好古的卷子取过来，填了第二十名。将各卷汇齐，带了进去。发出案来，范进是第一。谒见那日，着实赞扬了一回。点到二十名，魏好古上去，又勉励了几句"用心举业，休学杂览"的话，鼓吹送了出去。

八股科举无凭准。

这是真的。

[**注释**]

[1] 圈点：品评文章的一种方式。文章中有句读，停顿处用扁点（即逗），整句处用圈。如果看到好句子，就在逗处再加一个扁点，在句处再加一个圈。再好的句子，则句中每个字都加一扁点。更好的，则每个字旁边加一圈。

次日起马[1]，范进独自送在三十里之外，轿前打恭。周学道又叫到跟前，说道："龙头属老成[2]。本道看你的文字，火候到了，即在此科，一定发达。我复命之后，在京专候。"范进又磕头谢了，起来立着。学道轿子一拥而去。范进立着，直望见门枪影子抹过前山[3]，看不见了，方才回到下处[4]，谢了房主人。他家离城还有四十五里路，连夜回来，拜见母亲。家里住着一间草屋，一厦披子[5]，门外是个茅草棚。正屋是母亲住着，妻子住在披房里。他妻子乃是集上胡屠户的女儿。

中举后被胡屠户称为"府"。

[**注释**]

[1] 起马：启程、动身。　[2] 龙头：状元的别称。　[3] 门枪：即旗枪，高级官员出行时的一种仪仗。　[4] 下处：客居之所、临时歇息的地方。　[5] 披子：指在正屋之外倚墙而建的简易的房屋。

秀才的价格。

当面如此辱骂，哪把范进当作有尊严的人？范进还只有默默忍受，谁叫你又穷又不中！中举后胡屠户就自夸慧眼善选东床，自己打自己嘴巴！

秀才不好用“中”。胡屠户自满自足，贪天之功以为己功。

自以为高大。势利见识无孔不入。

范进只有唯唯连声。

范进进学回家，母亲、妻子俱各欢喜。正待烧锅做饭，只见他丈人胡屠户，手里拿着一副大肠和一瓶酒，走了进来。范进向他作揖，坐下。胡屠户道：“我自倒运，把个女儿嫁与你这现世宝穷鬼，历年以来，不知累了我多少。如今不知因我积了甚么德，带挈你中了个相公[1]，我所以带个酒来贺你。”范进唯唯连声，叫浑家把肠子煮了[2]，烫起酒来，在茅草棚下坐着。母亲自和媳妇在厨下造饭。胡屠户又吩咐女婿道：“你如今既中了相公，凡事要立起个体统来。比如我这行事里，都是些正经有脸面的人，又是你的长亲，你怎敢在我们跟前妆大？若是家门口这些做田的，扒粪的，不过是平头百姓，你若同他拱手作揖，平起平坐，这就是坏了学校规矩，连我脸上都无光了。你是个烂忠厚没用的人，所以这些话我不得不教导你，免得惹人笑话。”范进道：“岳父见教的是。”胡屠户又道：“亲家母也来这里坐着吃饭。老人家每日小菜饭，想也难过。我女孩儿也吃些，自从进了你家门，这十几年，不知猪油可曾吃过两三回哩！可怜！可怜！”说罢，婆媳两个都来坐着吃了饭。吃到日西时分，胡屠户吃的醺醺的。这里母子两个，千恩万谢。屠户横披了衣服，腆着肚子去了。

“千恩万谢”的是母子两个。胡屠户高傲自得的神情，跃然纸上。

[**注释**]

[1] 带挈：指携带、顺带提携。 [2] 浑家：对妻子的别称。

次日，范进少不得拜拜乡邻。魏好古又约了一班同案的朋友，彼此来往。因是乡试年，做了几个文会[1]。不觉到了六月尽间，这些同案的人约范进去乡试。范进因没有盘费[2]，走去同丈人商议，被胡屠户一口啐在脸上，骂了一个狗血喷头，道：“不要失了你的时了[3]！你自己只觉得中了一个相公，就‘癞虾蟆想吃起天鹅肉’来！我听见人说，就是中相公时，也不是你的文章，还是宗师看见你老，不过意，舍与你的。如今痴心就想中起老爷来[4]！这些中老爷的都是天上的文曲星！你不看见城里张府上那些老爷，都有万贯家私，一个个方面大耳？像你这尖嘴猴腮，也该撒抛尿自己照照！不三不四，就想天鹅屁吃！趁早收了这心，明年在我们行事里替你寻一

只配用“尿”照脸，只配想天鹅“屁”吃。

范进中举后，他不但不敢训斥，还搜索肥肠说尽肉麻的奉承话。

个馆[5]，每年寻几两银子，养活你那老不死的老娘和你老婆是正经！你问我借盘缠，我一天杀一个猪还赚不得钱把银子，都把与你去丢在水里，叫我一家老小嗑西北风！”一顿夹七夹八，骂的范进摸门不着。辞了丈人回来，自心里想：“宗师说我火候已到，自古无场外的举人，如不进去考他一考，如何甘心？”因向几个同案商议，瞒着丈人，到城里乡试。出了场，即便回家。家里已是饿了两三天。被胡屠户知道，又骂了一顿。

［注释］

[1] 文会：文士饮酒赋诗或切磋学问的聚会，这里特指秀才为准备科举考试切磋八股制艺而举行的聚会。 [2] 盘费：旅途费用、路费，又称为“盘缠”“盘程”等。 [3] 不要失了你的时了：指不要忘记自己的身份，得意忘形。 [4] 老爷：对于官绅阶层士人的敬称。秀才没有任官的资格，而考中举人后则可以做官，故可以称“老爷”。这里的“中相公”“中老爷”都是写出胡屠户的无知可笑。 [5] 行事：指行业，职业的类别。

到出榜那日，家里没有早饭米，母亲吩咐范进道：“我有一只生蛋的母鸡，你快拿集上去卖了，买几升米来煮餐粥吃，我已是饿得两眼都看不见了。”范进慌忙抱了鸡，走出门去。才去不到两个时候，只听得一片声的锣响，三匹马闯将来。那三个人下了马，把马拴在茅草棚上，一片声叫道：“快请范老爷出来，恭喜高中了！”母亲不知是甚事，吓得躲在屋里；听见中了，方敢伸出头来说道：“诸位请坐，小儿方才出去了。”那些报录人道[1]：“原来是老太太。”大家簇拥着要喜钱。正在吵闹，又是几匹马，二报、三报到了，挤了一屋的人，茅草棚地下都坐满了。邻居都来了，挤着看。老太太没奈何，只得央及一个邻居去寻他儿子。

［注释］

[1] 报录人：将某人科举考试考中或复官升官的消息写成报喜帖子，送到其家中以获取酬劳的人，又称为“报喜人”“报子”等。报录的人不止一批，所以后面又有“二报”“三报”。

那邻居飞奔到集上，一地里寻不见；直寻到集东头，见范进抱着鸡，手里插个草标，一步一踱的，东张西望，在那里寻人买。邻居道：“范相公，快些回去！你恭喜中了举人，报喜人挤了一屋里。”范进道是哄他，只装不听见，低着头往前走。邻居见他不理，走上来，就要夺他手里的鸡。范进道：“你夺我的鸡怎的？你又不买。”邻居道：“你中了举了，叫你家去打发报子哩。”范进道：“高邻，你晓得我今日没有米，要卖这鸡去救命，为甚么拿这话来混我[1]？我又不同你顽，你自回去罢，莫误了我卖鸡。”邻居见他不信，劈手把鸡夺了，掼在地下，一把拉了回来。报录人见了道：“好了，新贵人回来了。”正要拥着他说话，范进三两步走进屋里来，见中间报帖已经升挂起来，上写道：“捷报贵府老爷范讳进高中广东乡试第七名亚元[2]。京报连登黄甲[3]。”

他之所以固执不信，不是他不希望，而是他经历了太多的失望。这看似反常，其实很符合生活逻辑，每次都经历了从希望到失望，因此连希望之心都不敢萌生了。他可怜地哀求“高邻”怜悯他，饶过他，不要再开他的玩笑，不要再拿他开涮，不要再戳那淌血的伤口。

[注释]

[1] 混：逗趣、蒙骗、开玩笑的意思。 [2] 亚元：乡试第一名称为解元，因此报子以“亚元”作为对第一名以下举人的恭维称呼。 [3] 京报连登黄甲：报帖上的祝颂语，指新科举人第二年进京参加会试、殿试便能考上进士。殿试揭晓的榜用黄纸书写，故称“黄甲”，也称为“金榜”。

范进不看便罢，看了一遍，又念一遍，自己把两手拍了一下，笑了一声道：“噫！好了！我中了！”说着，往后一交跌倒，牙关咬紧，不省人事。老太太慌了，慌将几口开水灌了过来。他爬将起来，又拍着手大笑道：“噫！好！我中了！”笑着，不由分说，就往门外飞跑，把报录人和邻居都吓了一跳。走出大门不多路，一脚踹在塘里，挣起来，头发都跌散了，两手黄泥，淋淋漓漓一身的水，众人拉他不住，拍着笑着，一直走到集上去了。众人大眼望小眼，一齐道：“原来新贵人欢喜疯了。”老太太哭道：“怎生这样苦命的事！中了一个甚么举人，就得了这个拙病！这一疯了，几时才得好？”娘子胡氏道：“早上好好出去，怎的就得了这样的病！却是如何是好？”众邻居劝道：“老太太不要心慌。我们而今且派两个人跟定了范老爷。这里众人家里拿些鸡蛋酒米，且管待了报子上的老爹们，再为商酌。”

当下众邻居有拿鸡蛋来的，有拿白酒来的，也有背了斗米来的，也有捉两只鸡来的。娘子哭哭啼啼，在厨下收拾齐了，拿在草棚下。邻居又搬些桌凳，请报录的坐着吃酒，商议：“他这疯

一句话代表一个形象。几十年来郁结心头、热切盼望却又不敢置信的事蓦然实现了，眼前突然冒出来的巨大惊喜同几十年来的惯性运动相碰撞，产生了强烈的震动，范进脆弱的神经已经不起撞击，不得不分裂了。

出他洋相就是出科举的洋相，调侃所谓“抡才大典”。

范进喜中举人，范母哭其得病，到底该喜该哭？从面上看是此时的范母不识中举的功利；从作者的寓意看，中举就是得病，从此功名富贵病愈重了。

了，如何是好？”报录的内中有一个人道：“在下倒有一个主意，不知可以行得行不得？”众人问：“如何主意？”那人道：“范老爷平日可有最怕的人？他只因欢喜狠了，痰涌上来，迷了心窍。如今只消他怕的这个人来打他一个嘴巴，说：‘这报录的话都是哄你，你并不曾中。’他吃这一吓，把痰吐了出来，就明白了。”众邻都拍手道：“这个主意好得紧，妙得紧！范老爷怕的，莫过于肉案子上胡老爹。好了！快寻胡老爹来。他想是还不知道，在集上卖肉哩。”又一个人道：“在集上卖肉，他倒好知道了；他从五更鼓就往东头集上迎猪，还不曾回来。快些迎着去寻他。”一个人飞奔去迎，走到半路，遇着胡屠户来，后面跟着一个烧汤的二汉[1]，提着七八斤肉，四五千钱，正来贺喜。进门见了老太太，老太太大哭着告诉了一番。胡屠户诧异道：“难道这等没福？”外边人一片声请胡老爹说话。胡屠户把肉和钱交与女儿，走了出来。众人如此这般，同他商议。胡屠户作难道：“虽然是我女婿，如今却做了老爷，就是天上的星宿。天上的星宿是打不得的！我听

举人的价格，比秀才价格高多了。势利眼能很准确地反映人的权力和钱财的级别，由对方的富贵程度来决定自己对他的态度。范进在科举上地位的每一点变化，在胡屠户态度上都像在晴雨表上那样鲜明地反映出来，甚至可以量化，由他用来贺喜的礼物数字准确地反映出来。

得斋公们说[2]：打了天上的星宿，阎王就要拿去打一百铁棍，发在十八层地狱，永不得翻身。我却是不敢做这样的事！”邻居内一个尖酸人说道：“罢么！胡老爹，你每日杀猪的营生，白刀子进去，红刀子出来，阎王也不知叫判官在簿子上记了你几千条铁棍；就是添上这一百棍，也打甚么要紧？只恐把铁棍子打完了，也算不到这笔账上来。或者你救好了女婿的病，阎王叙功，从地狱里把你提上第十七层来，也不可知。”报录的人道：“不要只管讲笑话。胡老爹，这个事须是这般，你没奈何，权变一权变[3]。”屠户被众人局不过[4]，只得连斟两碗酒喝了，壮一壮胆，把方才这些小心收起，将平日的凶恶样子拿出来，卷一卷那油晃晃的衣袖，走上集去。众邻居五六个都跟着走。老太太赶出来叫道：“亲家，你只可吓他一吓，却不要把他打伤了！”众邻居道：“这自然，何消吩咐。”说着，一直去了。

胡屠户有自己的一套思想方式，在自我感觉里他始终是自满自足的，世界上的事情他都已有圆满的解释，“中老爷的都是天上的文曲星”，打了文曲星就要被罚到十八层地狱等等，就是他睿智的例证。在寒酸的范进面前他显得特别高大，口口声声“我不得不教导你”，范进之所以能当秀才、中举人，也都是他“带挈”的。这一切就像“猪肉好吃”一样是不容怀疑的。

作者设局，难其所难，这叫“嘲弄”。

百忙中不漏写慈母心肠，明里这是显作者心细，暗里还真含深意。有悲悯之心者会产生含泪的笑。

[注释]

[1] 二汉：指男佣工。　[2] 斋公：指在寺庙中掌管香火、做杂务的人或是在家里吃长斋、念经、会做简单佛事的人。　[3] 权

变：随机变通。 [4] 局不过：经不住逼迫。

来到集上，见范进正在一个庙门口站着，散着头发，满脸污泥，鞋都跑掉了一只，兀自拍着掌[1]，口里叫道："中了！中了！"胡屠户凶神一般走到跟前，说道："该死的畜生！你中了甚么？"一个嘴巴打将去。众人和邻居见这模样，忍不住的笑。不想胡屠户虽然大着胆子打了一下，心里到底还是怕的，那手早颤起来，不敢打到第二下。范进因这一个嘴巴，却也打晕了，昏倒于地。众邻居一齐上前，替他抹胸口，捶背心，舞了半日，渐渐喘息过来，眼睛明亮，不疯了。众人扶起，借庙门口一个外科郎中"跳驼子"板凳上坐着[2]。胡屠户站在一边，不觉那只手隐隐的疼将起来；自己看时，把个巴掌仰着，再也弯不过来。自己心里懊恼道："果然天上文曲星是打不得的，而今菩萨计较起来了。"想一想，更疼的狠了，连忙问郎中讨了个膏药贴着。

中举却需挨打。天大的喜事变成飞来的横祸，无上的荣宠却需要挨打挨揍，科举选拔的"真才"竟是一个疯子，"为国求贤"的"抡才大典"不过是一出令人捧腹的滑稽剧！从这些不和谐的音调里人们听到的是嘲笑。

是心里的势利鬼作祟。文曲星和菩萨本不属一家，胡屠户混而为用，

[注释]

[1] 兀自：仍然，还。 [2] 外科郎中"跳驼子"：意指走江湖

的外科医生。跳驼子，焦循《易余籥录》卷十八：“凡人以虚语欺人者，谓之跳驼子。”

范进看了众人，说道：“我怎么坐在这里？”又道：“我这半日，昏昏沉沉，如在梦里一般。”众邻居道：“老爷，恭喜高中了。适才欢喜的有些引动了痰，方才吐出几口痰来，好了。快请回家去打发报录人。”范进说道：“是了。我也记得是中的第七名。”范进一面自绾了头发[1]，一面问郎中借了一盆水洗洗脸。一个邻居早把那一只鞋寻了来。替他穿上。见丈人在跟前，恐怕又要来骂。胡屠户上前道：“贤婿老爷，方才不是我敢大胆，是你老太太的主意，央我来劝你的。”邻居内一个人道：“胡老爹方才这个嘴巴打的亲切，少顷范老爷洗脸，还要洗下半盆猪油来！”又一个道：“老爹，你这手明日杀不得猪了。”胡屠户道：“我那里还杀猪！有我这贤婿，还怕后半世靠不着也怎的？我每常说，我的这个贤婿，才学又高，品貌又好，就是城里头那张府、周府这些老爷，也没有我女婿这样一个体面的相貌。

此处由范进嘴中说出是“如梦”。梦是以象征形式或曲折方式出现的潜意识。“报帖”是个因子，几十年郁积着悲伤，就盼这份中举的报帖，现在蓦然惊现，神经受强烈撞击而紊乱，出现幻觉、梦幻，于是就“昏昏沉沉”做起白日梦，把潜意识里的欲念都借“疯”倒了出来。

“贤婿老爷”，绝妙的称呼，与“现世宝穷鬼”对读。“贤婿”是老丈人称女婿，“老爷”是奴才称主子，把这两样不伦不类地加在一起，本身就极不和谐，把胡屠户的奴性、势利，讽刺得体无完肤。

与“尖嘴猴腮”对读。

神来之笔。范进的破麻布长衫在泥潭里一滚，湿淋淋脏兮兮，何止是皱？扯几十回又怎能扯平？写他这样做正是表现他千方百计地讨好、巴结、秀殷勤、献媚取宠。

你们不知道，得罪你们说，我小老这一双眼睛，却是认得人的。想着先年，我小女在家里长到三十多岁，多少有钱的富户要和我结亲，我自己觉得女儿像有些福气的，毕竟要嫁与个老爷，今日果然不错！”说罢，哈哈大笑，众人都笑起来。看着范进洗了脸，郎中又拿茶来吃了，一同回家。范举人先走，屠户和邻居跟在后面。屠户见女婿衣裳后襟滚皱了许多，一路低着头替他扯了几十回。

［注释］

[1] 绾（wǎn）：系结，或是盘绕成结。

老爷的府第竟是破草房。

到了家门，屠户高声叫道：“老爷回府了！”老太太迎着出来，见儿子不疯，喜从天降。众人问报录的，已是家里把屠户送来的几千钱打发他们去了。范进拜了母亲，也拜谢丈人。胡屠户再三不安道：“些须几个钱，不够你赏人。”范进又谢了邻居。正待坐下，早看见一个体面的管家，手里拿着一个大红全帖[1]，飞跑了进来道：“张老爷来拜新中的范老爷。”说毕，轿子已是到了门口。胡屠户忙躲进女儿房里，不敢出来。邻居各自散了。

[注释]

[1] 全帖：用红纸名帖拜客，单幅的称之为“单帖”，横向十倍于单帖、折叠为十面的称之为“全帖”，用全帖表示最为恭敬的拜客之礼。

范进迎了出去，只见那张乡绅下了轿进来，头戴纱帽，身穿葵花色圆领[1]，金带、皂靴。他是举人出身，做过一任知县的，别号静斋，同范进让了进来，到堂屋内平磕了头，分宾主坐下。张乡绅先攀谈道：“世先生同在桑梓[2]，一向有失亲近。”范进道：“晚生久仰老先生，只是无缘，不曾拜会。”张乡绅道：“适才看见题名录[3]，贵房师高要县汤公[4]，就是先祖的门生，我和你是亲切的世弟兄。”范进道：“晚生侥幸，实是有愧。却幸得出老先生门下，可为欣喜。”张乡绅四面将眼睛望了一望，说道：“世先生果是清贫。”随在跟的家人手里拿过一封银子来，说道：“弟却也无以为敬，谨具贺仪五十两，世先生权且收着。

官而后绅，集官绅特性于一身。号静斋而实不静。

拉关系套近乎的惯伎。

讨好新举人犹如看准奇货投资。

这华居其实住不得，将来当事拜往[5]，俱不甚便。弟有空房一所，就在东门大街上，三进三间[6]，虽不轩敞[7]，也还干净，就送与世先生，搬到那里去住，早晚也好请教些。”范进再三推辞，张乡绅急了，道：“你我年谊世好[8]，就如至亲骨肉一般，若要如此，就是见外了。”范进方才把银子收下，作揖谢了。又说了一会，打躬作别。

［注释］

[1] 圆领：明朝官员的一种常用礼服，由于领呈圆形，故有此称。 [2] 世先生：对上代或数代彼此有世交的平辈人的敬称。桑梓：指乡里。古人在宅旁多种桑树和梓树，因此用桑梓代称家乡故里，有时也指乡亲父老。 [3] 题名录：科举考试之后会将同榜中式之人的姓名、年岁、籍贯等刻成名录，还包括三场题目以及中式名次，主考、同考、监临、提调、监试等官员的籍贯、姓名也一同刻在上面。始于唐“登科记”，宋以后也称为“登科录”。 [4] 房师：乡、会试中除了正、副主考之外，还有分房批阅试卷的同考官，即“房官”。考中的士人将主考官尊称为“座师”，而将批阅和推荐自己考卷的同考官尊称为“房师”。 [5] 当事拜往：指同地方官员往来拜访。 [6] 三进三间：“进”和“间”都为古建筑所用的量词术语，叙述进深单位用“进”，面阔单位则用“间”。房子一宅之内分为前后几排的，一排便称为一进。三进三间指这座房子进深为三进，每进面阔为三间。 [7] 轩敞：宽敞明亮。 [8] 年谊：指科举考试同年登科的关系，也泛指以同

年为基础而延伸出来的各种关系。世好：也称为“世交”，指上代或数代彼此有与科举考试相关的师生或同年的交情。

胡屠户直等他上了轿，才敢走出堂屋来。范进即将这银子交与浑家打开看，一封一封雪白的细丝锭子[1]，即便包了两锭，叫胡屠户进来，递与他道：“方才费老爹的心，拿了五千钱来。这六两多银子，老爹拿了去。”屠户把银子攥在手里紧紧的，把拳头舒过来，道：“这个，你且收着。我原是贺你的，怎好又拿了回去？”范进道：“眼见得我这里还有这几两银子，若用完了，再来问老爹讨来用。”屠户连忙把拳头缩了回去，往腰里揣，口里说道：“也罢，你而今相与了这个张老爷，何愁没有银子用？他家里的银子，说起来比皇帝家还多些哩！他家就是我卖肉的主顾，一年就是无事，肉也要用四五千斤，银子何足为奇！”又转回头来望着女儿说道：“我早上拿了钱来，你那该死行瘟的兄弟还不肯[2]，我说：‘姑老爷今非昔比，少不得有人把银子送上门来给他用，只怕姑老爷还不希罕。’今日果不其然！如

“把拳头舒过来”，用语极精准。

本地富绅已胜似皇帝。井底之蛙，目光短浅如此。

今拿了银子家去骂这死砍头短命的奴才！”说了一会，千恩万谢，低着头，笑迷迷的去了。

千恩万谢的主体换成胡屠户了。

[**注释**]

[1] 细丝锭子：成色很高的银锭。旧时纹银为标准银，表面有细波纹。 [2] 行瘟：骂人的话，传染瘟疫。

自此以后，果然有许多人来奉承他：有送田产的，有人送店房的，还有那些破落户[1]，两口子来投身为仆图荫庇的。到两三个月，范进家奴仆、丫鬟都有了，钱、米是不消说了。张乡绅家又来催着搬家。搬到新房子里，唱戏、摆酒、请客，一连三日。到第四日上，老太太起来吃过点心，走到第三进房子内，见范进的娘子胡氏，家常戴着银丝䯼髻[2]，——此时是十月中旬，天气尚暖——穿着天青缎套，官绿的缎裙，督率着家人、媳妇、丫鬟，洗碗盏杯箸。老太太看了，说道：“你们嫂嫂、姑娘们要仔细些，这都是别人家的东西，不要弄坏了。”家人媳妇道：“老太太，那里是别人的！都是你老人家的。”老太太笑道：“我家怎的有这些东西？”丫鬟和媳妇一齐都说

有贵就有富，一中举身价百倍，怎不让士子“舍着性命”去爬功名的阶梯！

道："怎么不是？岂但这些东西是，连我们这些人和这房子都是你老太太家的。"老太太听了，把细磁碗盏和银镶的杯盘逐件看了一遍，哈哈大笑道："这都是我的了！"大笑一声，往后便跌倒。忽然痰涌上来，不省人事。只因这一番，有分教：

待她知晓功名的厉害了，由哭转笑了，也就得病了！朴实的人生随之终结。

[注释]

[1] 破落户：指没落衰败的人家。　[2] 鬏（jiū）髻：妇女套在发髻上的装饰品。

会试举人，变作秋风之客[1]；多事贡生[2]，长为兴讼之人。

[注释]

[1] 秋风之客：指打秋风的人。秋风也称作"抽丰"，利用各种关系或以各种借口向别人谋取馈赠称为"打秋风"。　[2] 贡生：府、州、县各级学校的秀才在满足一定的条件（如成绩或资历等）后可以通过出贡的方式进入国子监，并能够获得参与选官的资格，这样的士人称之为"贡生"。根据出贡的方式不同，又可分为岁贡、恩贡、拔贡、优贡、副贡等。一般说，与举人、进士相比，贡生所获得的官职都不高，但对于年纪比较大或是长期无法考中举人的秀才而言，出贡也是一条不错的出路。

不知老太太性命如何，且听下回分解。

［点评］

喜剧的审美效果是笑。优秀喜剧引发的笑，不仅是生理上的反应，而且是一种审美评价，具有深刻的社会内容。由于喜剧对象的性质和作者的态度不同，喜剧的笑是多种多样的。《儒林外史》是一部喜剧交响乐，只要我们仔细品味，就可以从中听出“笑的多重奏”。让我们从《范进中举》这一选入中学课本的著名章节，领略其中由三种不同音调的笑组成的笑的三重奏。

第一重奏　滑稽的笑：势利而滑稽可笑的胡屠户

胡屠户：从精神气质层面上看，是势利的典型；从喜剧艺术层面上看，是滑稽的典型。喜剧性笑的重要根源是不和谐。他的势利突出表现在对范进的前倨后恭，前后态度陡然发生了180度的大转变，不和谐被尖锐地揭破，就显得滑稽。而这也恰是最能凸现势利嘴脸的聚焦点。

在中举前他骂范进说：人家中过举的张府、周府上老爷都是“方面大耳”，“像你这尖嘴猴腮，也该撒抛尿自己照照！不三不四，就想天鹅屁吃！”——举凡轻蔑人时，一般说：“你该拿镜子照照”，进一步或说：“你该找水面照照”，而胡屠户却说：“你该撒抛尿照照”，连在水面照都不够格，轻蔑至极，刻薄至极！奚落人时一般说：“癞蛤蟆想吃天鹅肉”，而胡屠户说：“想天鹅屁吃”，这又是极尽鄙薄挖苦之能事，癞蛤蟆还能想吃天鹅肉，而范进只能想吃天鹅屁，连癞蛤蟆的资格都没有，根本就不把范进当作有尊严的人。而知道范进中举后就立即变脸：嘴也不尖了，腮也不像猴了，比“方面大耳”的张老爷、周老爷更有福气。这种尖锐的、鲜明的对照，就是揭破不和谐。

为什么“倨”、为什么“恭”呢？是地位的从贱到贵，可见胡屠户衡量人的唯一标准是对方的地位。待人处事只以势利作标准，这就把自己人格中最卑劣的品性暴露得一清二楚。这种人在奴才面前是主子，表现就“倨”，在主子面前是奴才，表现就要恭。要“倨”得可憎，“恭”得肉麻，前后才能形成鲜明、尖锐的对照。对照越鲜明，不和谐就越尖锐，讽刺就越有力、越深刻。“恭”得肉麻就表现出一种奴性，所以奴性便成了势利的影子，在有权有钱的富贵人面前，势利小人会把奴性发挥得淋漓尽致，丑态百出，充分表现出人格的低贱。势利小人缺少对大写的“人”的起码的尊重，在人之上时，不把别人当人；在人之下时，不把自己当人，自轻自贱，是一副贱骨头，把人的尊严践踏殆尽。他“见女婿衣裳后襟滚皱了许多，一路低着头替他扯了几十回”。到了破茅屋前他还拉长脖子高声唱叫：“老爷回府了！”戏台上的仆人、跟班就是这么吆喝的。老爷的府第总该是气派的好房子吧，而小说里三次交代范进住的是茅草房。破茅草房而称“府”，这又是一个不和谐。这种违背常识的不和谐进一步揭示：胡屠户是在挖空心思地巴结讨好，一副奴颜媚骨。

为了使不和谐进一步尖锐化．吴敬梓巧妙地运用戏剧性的“嘲弄”手法。嘲弄的关键在于造成特定的情势，犹如安排下一个陷阱，“请君入瓮”，被嘲弄者按自己的性格逻辑尽情表演，却把不和谐表现得淋漓尽致。正当胡屠户对新贵人怀着无比敬畏之心，胁肩谄媚唯恐不及的时候，作家故意难其所难，针对他的市侩心理出个难题：需要胡屠户亲手去打范进老爷一巴掌。这样的情势给胡屠户提供了绝妙的喜剧舞台。如在过去，他眼睛不眨就可以打下去，在今天，这简直是要他的命！但情势已经摆好了，这个光荣的使命非他莫属。没办法，他只得连斟两碗酒喝了，借酒力壮了壮胆，这才勉强“将平日的凶恶样子拿出来”，冒着被罚到十八层地狱的危险，硬着头皮去把范老爷打了一下。说也灵，果然立刻觉得“菩萨计较起来了”，登时手就发颤。不想不打紧，越想手越疼，竟至于弄得“把个巴掌仰着，再也弯不过来”。势利眼心里的菩萨也跟自己一样势利。当然不是菩萨起作用，而是他的心理，一方面是愚昧迷信，相信菩萨要保卫新贵人，惩罚不巴结的人；更重要的是势利，怕得罪老爷，所以特别紧张。疑神疑鬼正是因为心里有势利鬼。在这里，眼前的表现同惯常的行径、自我感觉同客观实际，都极端不和谐，作家在嘲弄中使讥笑达到最高度的尖锐性，从而产生了绝妙的喜剧效果，使人忍俊不禁，噗哧一笑。

丑乃是滑稽的根源和本质。丑如能守拙，不出现不和谐，就不可笑，而当丑不安于本分，力求自炫为美的时候，就更显得滑稽。这时它的自我感觉同客观尖锐地不和谐，它越炫耀就越暴露其愚蠢，就越显得滑稽可笑。

范进进学后，胡屠户一面搬出一些“学校规矩”“体统”，“教导”新秀才不要与“平头百姓”“平起平坐”，否则“连我脸上都无光了”；一面大大咧咧地说：“比如我这行事里，都是些正经有脸面的人……你怎敢在我们跟前妆大？”在他那个时代，屠户是很被人不齿的，他却偏要“妆大”，以为比种田的平头百姓高贵。在老爷们面前他却害了软骨病，就像老鼠以为猫是世界上最强大的动物一样，在这个小集镇上的小市侩心目中，县城里买肉的主顾张老爷、周老爷已经是高贵的极品。“他家里的银子，说起来比皇帝家还多些哩！”见到张静斋来到范进家，他“忙躲进女儿房里，不敢出来”。但和小说第二回里的夏总甲以及鲁迅写的阿Q一样，总要在乡下人面前吹嘘自己进过城，见过大世面，是大人物。他装腔作势地说：张老爷、周老爷“只拉着我说闲话，陪着吃酒吃饭……我是个闲散惯了的人，不耐烦作这些事！”炫耀的往往正是现实中缺少而内心企望的。在这个小市侩眼中，能挨上张老爷、周老爷，就是至高荣誉；但他偏要把这巴望而不可得的事，说成是不耐烦做而又摆脱不掉的事，以不屑的口气夸耀自己的伟大。这里的不和谐也是多重的。他越是吹得天花乱坠，就越显得愚妄可笑。吴敬梓把他的自居高贵和实际上卑微鄙俗之间的不相称尖锐地揭示出来，把他的自负言辞和愚蠢本质之间的矛盾尖锐地揭示出来，把丑如何自炫为美鲜明地突现出来，这就使人感到滑稽。

滑稽丑总是不自知的，唯其如此它才能无所顾忌地表现出来。它越是表现得心不在焉，就越滑稽，越是从人物的天性中自然地流露出来，滑稽效果就越大。胡屠户的一切都表现得很自然，他愚昧庸俗而又自命不凡，他有自己的一套思维方式。高度滑稽的话语，是赤裸裸地显示某一缺点的天真的话语，胡屠户的话语之所以具有高度的滑稽性，正是因为这是他思想性情的自然袒露，是“真诚”的表达，如果他是遮遮掩掩，工于藏拙，其滑稽就不是现在这种程度了。

对于胡屠户来说，他的自炫为美，他的坦然自炫，基于他的愚妄无知。正是由于无知，胡屠户觉察不到自己的鄙陋浅薄，敢于肆无忌惮地大吹大擂，殊不知越炫越丑。

滑稽艺术并不把揭示人物内心矛盾的全部深度及其社会根源作为自己的任务，它只要使人感到丑之可笑，就算达到了自己的艺术目的。滑稽对象的愚蠢，人们可以一眼望穿，人们嘲笑他，同时觉得自己比他高明，优越感和自信心得到满足，以居高临下的心态去欣赏幼稚而可笑的表现，这时，对丑的嘲笑超过它对人的刺痛，不快的因素几乎被抛诸脑后。人们觉得胡屠户很可笑，而差不多就不去计较他对别人的伤害了。

滑稽的笑是一种居高临下的笑，大家借助笑声，对胡屠户所凝聚的嫌贫爱富、趋炎附势的鄙俗心理给予了毁灭性的轰击，宣布它已经失去存在的权利，在笑声中愉快地同鄙俗低级诀别：这样的笑，富有幽默的色彩，是明朗的笑。

阿Q概括了一种精神现象：阿Q精神，精神胜利法。胡屠户也概括了一种精神现象：势利。这是嫌贫爱富、趋炎附势、谄上压下的鄙俗心理。这是阶级、等级的体制机制下，人性的扭曲、异化。中国人最恨这种势利小人，但等级的森严又不断大量产生这种势利。对于科举时代的知识分子来说，这就形成一种社会压力、舆论压力、习俗压力。这种压力会压得人喘不过气来。

写胡屠户，作者是一石双鸟、一箭双雕。一方面是抨击鄙俗的社会风气，一方面是揭示造成范进悲喜剧的社会原因。也就是说，这个形象，一方面有他自身的独立的社会意义、艺术生命，另一方面对于塑造范进形象，他又具有不可或缺的意义。《范进中举》写得深刻在于：范进的悲喜剧不是由哪一个特别有权势、或特别坏的个人造成的，而是在当时社会的体制机制中形成的社会风气中产生的。胡屠户既不富更不贵，也不是什么大奸大恶，他既是由势利之风陶冶而成，又显现着弥漫于空气中的势利之风。由这样不起眼的小人物小市侩来显现压迫范进的社会风气，这就比只写由个别大奸大恶造成范进狼狈，要深刻得多。

吴敬梓屡屡以笔作刀解剖势利，无比犀利。《儒林外史》第一、二回就刻画了翟买办、夏总甲的势利嘴脸。第四十六回、四十七回，专写“五河县势利熏心”，对另一个势利人物成老爹进行无情的戏弄，使他出尽洋相；并写了因对此种世风“激而为怒”而产生出虞华轩那样的“愤怒青年”。

第二重奏　含泪的笑：可笑可悲的范进

在《范进中举》里，胡屠户只是最佳配角，真正的主角是范进。与周进相比，范进还幸运一些，从 20 岁考到54岁总算考上秀才，有了去考举人的资格，当年又中了举，就可以称为“老爷”，完全改变了身份。《范进中举》就抓住这关键的前后，来写范进的可悲可笑。

对胡屠户的笑是滑稽的笑，对范进的笑则具有一种悲凉的色调，是含泪的笑，其中隐藏着深沉的哀痛。这是《范进中举》笑的三重奏中最深沉的一重奏。

中举对于封建士子来说是鲤鱼跳龙门，是时来运转大翻身的天大喜事，但吴敬梓首先不是写范进如何荣宠，而是写他如何发疯；不是写他如何脱下布衣换上官服，夸耀乡邦，而是写他洋相出尽、贻笑邻里。从这些不和谐的音调里人们听到的是嘲笑。

但吴敬梓并不以写出表面的可笑为目的，并不停留在写滑稽剧、闹剧，他从范进同周围人物之间的关系着眼，深入地揭示发疯的社会根据和心理根据（如在导言中所阐述的），揭示了范进的病症历史，使《范进中举》成为一份精确的病理解剖报告。胡屠户就是围绕这个题旨活动的，从他对范进的挤压，反映当时的社会以有形无形的巨大压力，催逼士子“舍着性命”去爬举业的阶梯。爬不上去，哪怕亲如翁婿，也要从精神上拳打脚踢，把他踩在脚底。与胡屠户的趾高气扬恰成对比，几十年的科场蹭蹬造成范进浓厚的自卑感，社会习俗的折磨已经养成他自轻自贱、逆来顺受的卑怯屈辱和麻木不仁，他已经丧失自我，任凭胡屠户如何叱骂侮辱，他只有“唯唯连声”，捺定性子，以恭顺的奴才性格默默忍受。与发迹前的周进一样，此时他的性格反映出科举制度重轭下落第文人的辛酸悲苦。

出榜那日，家里已经断炊，范进抱着仅有的一只生蛋的母鸡，手里插个草标，在集市上一步一踱的，东张西望寻售。邻居找来报喜，他却怎么也不肯相信。情况已经发生了根本的变化，他的思想却在旧轨道上机械地运行，表现出僵硬的不协调，使人感到可笑，但同时却也使人感到可悲。作家正是从他的不信，写出他由常年的科场失意所造成的屈辱和痛苦，这是一个饱受创伤的灵魂呵！

但他没有料到这一次却是真的中了。对着中举的报帖，他把两手拍了一下，笑了一声道："噫！好了！我中了！"说着，往后一跤跌倒，牙关咬紧，不省人事。

高尔基曾经惊叹契诃夫，只用一句话就足以创造形象。吴敬梓也有这样的本事，"噫！好了！我中了！"这是从范进几十年的酸咸苦辣中提炼出来的，一句话就足以代表整个形象。眼前突然冒出来的巨大惊喜同几十年来的惯性运动相碰撞，产生了强烈的震动，范进脆弱的神经已经不起撞击，不得不分裂了。心脑血管有病的人受到强烈刺激可能中风，范进是心理有病，受到强烈震动就"精神中风"——发疯。这种发疯，看似畸形的例外，实则具有无比真实的典型力量，反映了科举制度被剥开的本质。作家是从几十年的屈辱来写这喜极的一刻，从这喜极一刻的发疯写出历久以来的悲辛；这是高度浓缩、高度凝练的艺术。这种小说钻进生活和心灵的深处，如同钻探机钻进地心一样，能够把人物灵魂最深的隐秘挖掘出来，产生令人战栗的艺术力量。

喜剧往深一步写，可能成为悲剧。看到范进的狼狈神态和猥琐心理，人们脸上会现出一缕笑痕，但这种笑却与快乐无关，作家写出的不是个别人物偶然的卑琐可笑，而是精神受到严重戕害的受伤的生灵，他要揭发控诉不合理的功名富贵制度把读书人折磨毒害成什么样子！这种对于可悲的人间喜剧的嘲笑，在笑影后面闪动着滚烫的眼泪，是含泪的笑。吴敬梓的嬉笑怒骂不是单纯的愤世嫉俗，而是出于深沉的忧世之心。的确，像传统美学所说，嬉笑之怒甚于裂眦，长歌之哀过于恸哭：有时候用嬉笑表达的愤怒，比裂眦之怒还要尖刻；以长长歌啸的方式表达的悲哀比恸哭更悲痛，也就是说，用喜剧方式表现的悲痛比用悲剧直接表现的悲哀可能更加深沉。这是艺术辩证法。成功的含泪的笑，含泪的喜剧，就能达到这种艺术效果。吴敬梓的笑涂染着对于儒林堕落所感到的痛苦和悲哀，是带血丝的笑。他的忧愤之情感染了读者，人们读后，笑罢低眉长叹息，不能不愤恨封建功名富贵体制中的八股科举制度。

滑稽的笑，人们容易接受，含泪的笑则更为复杂、更加深沉，需要发展了的、成熟了的思想才能领会。这种笑声，喜剧性和悲剧性交织在一起，融合在一道，在多重奏中，它虽不是嘹亮的高音，音色却十分宏厚沉郁，构成《范进中举》的基调，也是整部《儒林外史》的基调。鲁迅称道作者“感而能谐，婉而多讽”，大概主要是指这种笑声吧。

（第三重奏在下一回）

第四回　荐亡斋和尚吃官司
打秋风乡绅遭横事

话说老太太见这些家伙什物都是自己的，不觉欢喜，痰迷心窍，昏绝于地。家人、媳妇和丫环、娘子都慌了，快请老爷进来。范举人三步作一步走来看时，连叫母亲不应，忙将老太太抬放床上，请了医生来。医生说："老太太这病是中了脏，不可治了。"连请了几个医生，都是如此说，范举人越发慌了。夫妻两个守着哭泣，一面制备后事。挨到黄昏时分，老太太淹淹一息，归天去了。合家忙了一夜。

喜事再次变成悲事，是作家对功名富贵的惩创。范母在《范进中举》中充其量只是第三号人物，即如这样着笔不多的人物，也写得很有深度，不仅有形象本身的意义，而且有深含的象征意义。

次日，请将阴阳徐先生来写了七单[1]，老太太是犯三七[2]，到期该请僧人追荐。大门上挂了白布球，新贴的厅联都用白纸糊了。合城绅衿都来吊唁[3]。请了同案的魏好古，穿着衣巾，在前厅陪客。胡老爹上不得台盘，只好在厨房里，或女儿房里，帮着量白布，秤肉，乱窜。

［注释］

[1] 阴阳：指阴阳生。又称为天文生或是风水先生，即旧时以星相、占卜、相宅、相墓、圆梦等为职业的人。七单：即书写死者入殓时间、冲犯禁忌和七七日期的单子。　[2] 犯三七：旧时民俗，逝者去世之时若是初一，过七天便是初七，称之为“犯七”，因此依次有“犯二七”“犯三七”等。或只要逢七的日子里有“七”这个数字，也叫“犯七”。书中所说的“犯三七”应是后一种状况。遇到这种“犯七”的日子就要大肆祭奠一番。　[3] 绅衿：泛指官员或是地方上体面的人物。绅，本为古代士大夫束于腰间的大带，借指绅士，即做过官之人。衿，即青衿，是生员平日穿的常服，借指生员。

到得二七过了，范举人念旧，拿了几两银子，交与胡屠户，托他仍旧到集上庵里请平日相与的和尚做揽头[1]，请大寺八众僧人来念经，拜《梁皇忏》[2]，放焰口[3]，追荐老太太生天。屠户拿着银子，一直走到集上庵里滕和尚家，恰好大寺里僧官慧敏也在那里坐着[4]。僧官因有田在左近，所以常在这庵里起坐。滕和尚请屠户坐下，言及："前日新中的范老爷得病在小庵里，那日贫僧不在家，不曾候得；多亏门口卖药的陈先生烧了些茶水，替我做个主人。"胡屠户道："正是，我也多谢他的膏药。今日不在这里？"滕和尚道："今日不曾来。"又问道："范老爷那病随即就好了，却不想又有老太太这一变。胡老爹这几十天想总是在那里忙，不见来集上做生意。"胡屠户道："可不是么？自从亲家母不幸去世，合城乡绅，那一个不到他家来！就是我主顾张老爷、周老爷在那里司宾[5]，大长日子，坐着无聊，只拉着我说闲话，陪着吃酒吃饭；见了客来，又要打躬作揖，累个不了。我是个闲散惯了的人，不耐烦作这些事！欲待躲着些，难道是怕小婿怪？惹绅衿老爷们看乔了[6]，说道：'要至亲做甚么呢？'"说罢，又如此这般把请僧人做斋的话说了。和尚听了，屁滚尿流，慌忙烧茶、下面。就在胡老爹面前转托僧官去约僧众，并备香烛、纸马、写疏等事[7]。胡屠户吃过面去。

炫耀的往往正是现实中缺少而内心企望的。胡屠户的一切都表现得很自然，是自然流露，他愚昧庸俗而又自命不凡，丑自炫为美，这样喜剧效果才强。

[**注释**]

[1] 揽头：包揽某项事务或某笔买卖的头目。 [2] 拜《梁皇忏》：泛指延请僧人诵经荐亡并且规模较大的仪式。僧道为人礼祷忏悔叫“忏”，《梁皇忏》是忏法的一种，梁皇指南朝梁武帝萧衍，相传他撰有《慈悲道场忏法》十卷。 [3] 放焰口：或省称“焰口”，本是佛教对饿鬼施食的仪式。后成为追荐逝者的佛事之一，一般在黄昏时举行。焰口，又称“面燃”，原指饿鬼。 [4] 僧官：地方上负责管理寺庙和僧尼事务的职官，多由各地大寺庙的主事僧人担任。 [5] 司宾：临时负责接待宾客。 [6] 看乔了：看贱了、看低了。 [7] 疏：指僧人举行拜忏仪式时要焚化的祝告文辞，即“疏词”。

张大房指谁？暂不道明。

由此起插入张静斋暗地里讹诈僧官和佃户何美之的阴谋。

僧官接了银子，才待进城，走不到一里多路，只听得后边一个人叫道：“慧老爷，为甚么这些时不到庄上来走走？”僧官忙回过头来看时，是佃户何美之[1]。何美之道：“你老人家这些时这等财忙[2]！因甚事总不来走走？”僧官道：“不是，我也要来，只因城里张大房里想我屋后那一块田，又不肯出价钱，我几次回断了他。若到庄上来，他家那佃户又走过来嘴嘴舌舌，缠个不清。我在寺里，他有人来寻，我只回他出门去了。”何美之道：“这也不妨。想不想由他，肯不肯由你。今日无事，且到庄上去坐坐。况且老爷前日煮过的那半只火腿，吊在灶上，已经走油了，做的酒，也熟了，不如消缴了他罢[3]。今日就在庄上歇了去，怕怎的？”和尚被他说的口里流涎，那脚由不得自己，跟着他走到庄上。何美之叫浑家煮了一只母鸡，把火腿切了，酒舀出来烫着。和尚走热了，坐在天井内，把衣服脱了一件，敞着怀，腆着个肚子，走出黑津津一头一脸的肥油。

［注释］

[1] 佃户：租种别人土地的农户，这里指的是租种僧官田地的农户。 [2] 财忙：为了发财而忙碌。 [3] 消缴：即吃掉，较为诙谐的说法。

须臾，整理停当，何美之捧出盘子，浑家拎着酒，放在桌子上摆下。和尚上坐，浑家下陪，何美之打横，把酒来斟。吃着，说起三五日内要往范府替老太太做斋。何美之浑家说道：“范家老奶奶，我们自小看见他的，是个和气不过的老人家。只有他媳妇儿，是庄南头胡屠户的女儿，一双红镶边的眼睛，一窝子黄头发，那日在这里住，鞋也没有一双，夏天靸着个蒲窝子[1]，歪腿由她之口，几句话生动地道出范进妻子贫贱时和“做了夫人”后天壤之别的状态；同时又显现了乡邻的观感。

烂脚的，而今弄两件‘尸皮子’穿起来[2]，听见说做了夫人，好不体面！你说那里看人去！”正吃得兴头，听得外面敲门甚凶。何美之道：“是谁？”和尚道：“美之，你去看一看。”何美之才开了门，七八个人一齐拥了进来，看见女人、和尚一桌子坐着，齐说道：“好快活！和尚妇人大青天白日调情！好僧官老爷！知法犯法！”何美之喝道：“休胡说！这是我田主人！”众人一顿骂道：“田主人？连你婆子都有主儿了！”不由分说，拿条草绳，把和尚精赤条条，同妇人一绳捆了，将个杠子穿心抬着，连何美之也带了。来到南海县前一个关帝庙前戏台底下，和尚同妇人拴做一处，候知县出堂报状。众人押着何美之出去，和尚悄悄叫他报与范府。

［注释］

[1] 靸（sǎ）：将鞋的后套压倒，用穿拖鞋的方式穿鞋走路。蒲窝子：用蒲草编制的鞋子。 [2] 尸皮子：古人敛尸多以华贵的衣饰入棺。因此市井小民看到别人穿华贵的衣服，往往说此语，意为“裹尸皮子”，表露心中的嫉妒或不满。

范举人因母亲做佛事，和尚被人拴了，忍耐不得，随即拿帖子向知县说了。知县差班头将和尚解放，女人着交美之领了家去；一班光棍带着[1]，明日早堂发落。众人慌了，求张乡绅帖子在知县处说情。知县准了。早堂带进，骂了几句，扯一个淡[2]，赶了出去。和尚同众人倒在衙门口用了几十两银子。僧官先去范府谢了，次日方带领僧众来铺结坛场，挂佛像，两边十殿阎君。吃了开经面，打动铙、钹、叮当，念了一卷经，摆上早斋来。八众僧人，连司宾的魏相公，共九位，坐了两席。才吃着，长班报[3]：“有客到！”魏相公丢了碗出去迎接进来，便是张、周两位乡绅，乌纱帽，浅色圆领，粉底皂靴。魏相公陪着一直拱到灵前去了。

此时举人的身份已非同小可。

[注释]

[1] 光棍：地痞、流氓。　[2] 扯一个淡：敷衍几句胡乱发落之意。　[3] 长班：雇佣的随身仆从，也称为“长随”。

内中一个和尚向僧官道：“方才进去的，就是张大房里静斋老爷。他和你是田邻，你也该过

至此方点破，是张静斋，是张静斋的阴谋！

去问讯一声才是。”僧官道：“也罢了。张家是甚么有意思的人！想起我前日这一番是非，那里是甚么光棍！就是他的佃户，商议定了，做鬼做神，来弄送我。不过要簸掉我几两银子，好把屋后的那一块田卖与他。使心用心，反害了自身！落后县里老爷要打他庄户，一般也慌了，腆着脸，拿帖子去说，惹的县主不喜欢。”又道：“他没脊骨的事多哩[1]！就像周三房里，做过巢县家的大姑娘[2]，是他的外甥女儿。三房里曾托我说媒，我替他讲西乡里封大户家，好不有钱！张家硬主张着许与方才这穷不了的小魏相公，因他进个学，又说他会作个甚么诗词。前日替这里作了一个荐亡的疏，我拿了给人看，说是倒别了三个字。像这都是作孽！眼见得二姑娘也要许人家了，又不知撮弄与个甚么人[3]！”说着，听见靴底响，众和尚挤挤眼，僧官就不言语了。两位乡绅出来，同和尚拱一拱手，魏相公送了出去。众和尚吃完了斋，洗了脸和手，吹打拜忏，行香放灯[4]，施食散花[5]，跑五方[6]，整整闹了三昼夜，方才散了。

张静斋的为人，一言以蔽之。

安下伏笔。

[注释]

[1] 没脊骨：不正当，不规矩。 [2] 做过巢县：指做过巢县的知县。巢县，今安徽巢县，现属合肥。 [3] 撮弄：胡乱撮合。 [4] 放灯：指放河灯，做佛事时的活动之一。 [5] 散花：僧人在放焰口时散撒花朵以奉佛。 [6] 跑五方：旧时一种驱逐野鬼的民间仪式，几个人扮成画着花脸的鬼卒，拿着钢叉，往各处奔跑。

光阴弹指，七七之期已过，范举人出门谢了孝。一日，张静斋来候问，还有话说。范举人叫请在灵前一个小书房里坐下，穿着衰绖[1]，出来相见，先谢了丧事里诸凡相助的话。张静斋道："老伯母的大事，我们做子侄的理应效劳。想老伯母这样大寿归天，也罢了；只是误了世先生此番会试。看来想是祖茔安葬了[2]？可曾定有日期？"范举人道："今年山向不利[3]，只好来秋举行，但费用尚在不敷。"张静斋屈指一算："铭旌是用周学台的衔[4]。墓志托魏朋友将就做一篇[5]，却是用谁的名？其余殡仪、桌席、执事、吹打，以及杂用、饭食、破土、谢风水之类，须三百多银子。"正算着，捧出饭来吃了。张静斋又道："三载居庐[6]，自是正理；但世先生为安葬

步步教唆，把范进俘虏到官僚阵营。

大事，也要到外边设法使用，似乎不必拘拘。现今高发之后，并不曾到贵老师处一候。高要地方肥美[7]，或可秋风一二。弟意也要去候敝世叔，何不相约同行？一路上舟车之费，弟自当措办，不须世先生费心。”范举人道：“极承老先生厚爱，只不知大礼上可行得？”张静斋道：“礼有经[8]，亦有权，想没有甚么行不得处。”范举人又谢了。

违礼的理论依据。

［注释］

[1] 衰绖（cuī dié）：代指丧服。衰，指用粗麻布制成，缀在胸前的丧服。绖，指古代丧服所用的麻带，包括扎在头上的首绖和缠在腰间的腰绖。 [2] 祖茔：家族的坟地。 [3] 山向：旧时看风水的堪舆家要用罗盘定坟茔的方位。坟茔的朝向，叫作山向。山向确立后，也要看年月日的干支，以决定何时下葬吉利。 [4] 铭旌：也称为“明旌”，按照身份等级，制一面旗幡，上面书写着死者官阶、称呼、年岁等，多请有名望的人题写。 [5] 墓志：放在墓里刻有死者生平事迹等的石刻或砖刻。墓志上所刻的文字，称为墓志铭，包括志和铭两部分。志多为散文，记叙姓名、籍贯、家世、生平事迹、官职履历、卒葬年月、埋葬地点及亲属子女等。铭则用韵文，是对死者的赞扬、悼念之词。这里的墓志，应指墓志铭。 [6] 三载居庐：指守孝三年。古礼遇父母或君师之丧，在墓旁筑屋守墓，称为“庐墓”。 [7] 高要：即今广东肇庆高要，明清皆属肇庆府。 [8]“礼有经”二句：语

出《晋书》："礼有经有变有权"。指守孝之礼有常规，但也有可以变通之处。经，常法。权，变通。

张静斋约定日期，雇齐夫马，带了从人，取路往高要县进发。于路上商量说："此来，一者见老师；二来，老太夫人墓志，就要借汤公的官衔名字。"不一日，进了高要城。那日知县下乡相验去了，二位不好进衙门，只得在一个关帝庙里坐下。那庙正修大殿，有县里工房在内监工[1]，工房听见县主的相与到了，慌忙迎到里面客位内坐着，摆上九个茶盘来。工房坐在下席，执壶斟茶。

[注释]

[1] 工房：州县仿中央六部之职而设的六房。工房为"六房"之一，负责营造修葺工程等事宜。这里指掌管工房的胥吏。

吃了一回，外面走进一个人来，方巾阔服，粉底皂靴，蜜蜂眼，高鼻梁，落腮胡子。那人一进了门，就叫把茶盘子撤了，然后与二位叙礼坐下，动问那一位是张老先生，那一位是范老先生。

严贡生出场，眼鼻很有个性化特征。

素昧平生就从地下钻出来，想通过张、范的推介巴上县官，可谓削尖脑袋钻营。此种钻营者历代层出不穷。

既与“汤父母是极好的相与”，又何须毛遂自荐、要范、张搭桥？又要自抬身价自夸已攀上官府。自相矛盾，说谎惯了。

二人各自道了姓名。那人道：“贱姓严，舍下就在咫尺。去岁宗师案临[1]，幸叨岁荐[2]，与我这汤父母是极好的相与。二位老先生想都是年家故旧？”二位各道了年谊师生，严贡生不胜钦敬。工房告过失陪，那边去了。严家家人掇了一个食盒来，又提了一瓶酒，桌上放下，揭开盒盖，九个盘子，都是鸡、鸭、糟鱼、火腿之类。严贡生请二位老先生上席，斟酒奉过来，说道：“本该请二位老先生降临寒舍，一来蜗居恐怕亵尊[3]，二来就要进衙门去，恐怕关防有碍[4]，故此备个粗碟，就在此处谈谈，休嫌轻慢。”二位接了酒道：“尚未奉谒，倒先取扰。”严贡生道：“不敢，不敢。”立着要候干一杯，二位恐怕脸红，不敢多用，吃了半杯放下。严贡生道：“汤父母为人廉静慈祥，真乃一县之福。”张静斋道：“是。敝世叔也还有些善政么？”严贡生道：“老先生，人生万事，都是个缘法，真个勉强不来的。汤父母到任的那日，敝处阖县绅衿，公搭了一个彩棚，在十里牌迎接。弟站在彩棚门口。须臾，锣、旗、伞、扇、吹手、夜役，一队一队，都过去了。轿子将近，远远望见老父母两朵高眉毛，一个大鼻梁，方面大耳，我心里就晓得是一位岂弟君子[5]。却又出奇，几十人在那里同接，老父母轿子里两只眼只看着小弟一个人。那时有个朋友，同小弟并站着，他把眼望一望老父母，又把眼望一望小弟，悄悄问我：'先年可曾认得这位父母？'小弟从实说：'不曾认得。'他就痴心，只道父母看的是他，忙抢上几步，意思要老父母问他甚么，不想老父母下了轿，同众人打躬，倒把眼望了别处，才晓得从前不是看他，把他羞的要不的。次日，小弟到衙门去谒见，老父母方才下学回来[6]，诸事忙作一团，却连忙丢了，叫请小弟进去，换了两遍茶，就像相与过几十年的一般。"张乡绅道："总因你先生为人有品望，所以敝世叔相敬，近来自然时时请教。"严贡生道："后来倒也不常进去。实不相瞒，小弟只是一个为人率真，在乡里之间，从不晓得占人寸丝半粟的便宜，所以历来的父母官，都蒙相爱。汤父母容易不大喜会客[7]，却也凡事心照[8]。就如前月县考[9]，把二小儿取在第十名，叫了进去，细细问他从的先生

凭空杜撰出知县慧眼识英雄的故事。吹牛大王的本事非凡。

马上被当场戳穿。

夸老师是为了夸自己。范举人已学会自夸。

钱粮师爷的本色。

幕僚之类。

当场戳穿。

是那个，又问他可曾定过亲事，着实关切。”范举人道：“我这老师看文章是法眼，既然赏鉴令郎，一定是英才可贺。”严贡生道：“岂敢，岂敢。”又道：“我这高要，是广东出名县分，一岁之中，钱粮耗羡，花、布、牛、驴、渔、船、田、房税，不下万金。”又自拿手在桌上画着，低声说道：“像汤父母这个做法，不过八千金；前任潘父母做的时节，实有万金。他还有些枝叶，还用着我们几个要紧的人。”说着，恐怕有人听见，把头别转来望着门外。一个蓬头赤足的小厮走了进来，望着他道：“老爷，家里请你回去。”严贡生道：“回去做甚么？”小厮道：“早上关的那口猪，那人来讨了，在家里吵哩。”严贡生道：“他要猪，拿钱来！”小厮道：“他说猪是他的。”严贡生道：“我知道了。你先去罢，我就来。”那小厮又不肯去。张、范二位道：“既然府上有事，老先生竟请回罢。”严贡生道：“二位老先生有所不知，这口猪原是舍下的。”才说得一句，听见锣响，一齐立起身来说道：“回衙了。”

［注释］

[1] 案临：也称为“按临”，指省里的提学官到所管的府州县主持考试考校生员。　[2] 岁荐：出贡的一种，即岁贡，指被荐举成为岁贡生。岁贡指府、州、县各级地方官学的廪生在食饩到一定年限后挨次出贡者。　[3] 亵尊：客套话，亵渎对方的尊严之意。　[4] 关防：设关防范的措施。　[5] 岂弟（kǎi tì）：也作“恺悌”，语出《诗经》，和乐平易之意。　[6] 老父母：父母官为民间对州县地方官的称呼，这里则是严贡生对于汤知县的谀称。下学：指从县学回到县衙。知县到任第二日，循惯例要去县学拜谒孔子牌位，并召集秀才讲书。　[7] 容易：轻易。　[8] 心照：彼此心里有数私下关照。　[9] 县考：即县试，童子试中县一级的考试。参加考试的童生在通过县试后还要接连通过府试、提学道的考试才能成为秀才。

二位整一整衣帽，叫管家拿着帖子，向贡生谢了扰，一直来到宅门口投进帖子去。知县汤奉接了帖子，一个写“世侄张师陆”，一个写“门生范进”，自心里沉吟道：“张世兄屡次来打秋风，甚是可厌，但这回同我新中的门生来见，不好回他。”吩咐快请。两人进来，先是静斋见过，范进上来叙师生之礼。汤知县再三谦让，奉坐吃茶，同静斋叙了些阔别的话[1]，又把范进的文章称赞了一番，问道：“因何不去会试？”范进方才说

此乃张静斋要拉范进同来的奥妙所在。

道："先母见背[2]，遵制丁忧[3]。"汤知县大惊，忙叫换去了吉服[4]，拱进后堂，摆上酒来。席上燕窝、鸡、鸭，此外就是广东出的柔鱼、苦瓜[5]，也做两碗。知县安了席坐下，用的都是银镶杯箸。范进退前缩后的不举杯箸，知县不解其故。静斋笑道："世先生因遵制，想是不用这个杯箸。"知县忙叫换去，换了一个磁杯，一双象牙箸来，范进又不肯举。静斋道："这个箸也不用。"随即换了一双白颜色竹子的来，方才罢了。知县疑惑他居丧如此尽礼，倘或不用荤酒，却是不曾备办。落后看见他在燕窝碗里拣了一个大虾元子送在嘴里，方才放心，因说道："却是得罪的紧。我这敝教[6]，酒席没有什么吃得，只这几样小菜，权且用个便饭。敝教只是个牛羊肉，又恐贵教老爷们不用[7]，所以不敢上席。现今奉旨禁宰耕牛，上司行来牌票甚紧，衙门里都也莫得吃。"掌上烛来，将牌拿出来看着。一个贴身的小厮在知县耳跟前悄悄说了几句话。知县起身向二位道："外边有个书办回话[8]，弟去一去就来。"

鲁迅激赏这段描写："无一贬词，而情伪毕露，诚微辞之妙选，亦狙击之辣手矣。"

[注释]

[1] 阔别：远别，久别。 [2] 见背：父母或长辈去世。 [3] 丁忧：指遭逢父母丧事，也称为“丁艰”。旧制父母死后，子女要守丧三年（实际为 27 个月），其间不做官、不婚娶、不应考等。 [4] 吉服：泛指礼服，这里指拜客时所穿的较为正式的礼服。暗指范进为了见汤知县没有穿孝服，这是违背当时礼制的。因此汤知县在得知此事后大惊，并且要换去吉服。 [5] 柔鱼：即鱿鱼。 [6] 敝教：汤知县对于自己所信奉的伊斯兰教的谦称。 [7] 贵教：尊称对方所信奉的教。 [8] 书办：官府中管办文书的属吏。

去了一时，只听得吩咐道：“且放在那里。”回来又入席坐下，说了失陪，向张静斋道：“张世兄，你是做过官的，这件事正该商之于你，就是断牛肉的话。方才有几个教亲[1]，共备了五十斤牛肉，请出一位老师夫来求我，说是要断尽了，他们就没有饭吃，求我略松宽些，叫做‘瞒上不瞒下’，送五十斤牛肉在这里与我，却是受得受不得？”张静斋道：“老世叔，这话断断使不得的了。你我做官的人，只知有皇上，那知有教亲？想起洪武年间，刘老先生……”汤知县道：“那个刘老先生？”静斋道：“讳基的了。他是洪武三年开科的进士，‘天下有道’三句中的

出则为贪官，处则为劣绅。

刘基是元朝至元年间的进士，连朝代都搞错了。范进插嘴硬说是第三名，强不知以为知，已学会招摇撞骗。

第五名[2]。”范进插口道：“想是第三名？”静斋道：“是第五名。那墨卷是弟读过的。后来入了翰林[3]。洪武私行到他家，就如‘雪夜访普’的一般[4]。恰好江南张王送了他一坛小菜，当面打开看，都是些瓜子金。洪武圣上恼了，说道：‘他以为天下事都靠着你们书生！’到第二日，把刘老先生贬为青田县知县，又用毒药摆死了。这个如何了得！”知县见他说的口若悬河，又是本朝确切典故，不由得不信，问道：“这事如何处置？”张静斋道：“依小侄愚见，世叔就在这事上出个大名。今晚叫他伺候，明日早堂，将这老师夫拿进来，打他几十个板子，取一面大枷枷了，把牛肉堆在枷上，出一张告示在傍，申明他大胆之处。上司访知，见世叔一丝不苟，升迁就在指日。”知县点头道：“十分有理。”当下席终，留二位在书房住了。

刘基刘青田应是青田人而非青田知县。

信口开河，牛头不对马嘴。本朝开国元老的事都信口雌黄。听的两个老爷也全都懵懵。

以酷邀名，酷吏传经，足见官场黑暗。

［注释］

[1] 教亲：指与汤知县一样的伊斯兰教徒。 [2]“天下有道”三句中的第五名：指洪武三年的进士考试以“天下有道”三句出题，刘基在此科考试中考中第五名进士。“天下有道”是出自《论

语·季氏》中的三句话："天下有道，则礼乐征伐自天子出""天下有道，则政不在大夫""天下有道，则庶人不议"。事实上，洪武三年（1370）才颁布《科举诏》，宣布实行科举考试，当年只有乡试而没有会试。并且刘基是元朝至顺年间的进士，洪武三年任弘文馆学士之职，并在当年十一月作为开国功臣被封为开国翊运守正文臣、资善大夫、上护军、诚意伯。后来刘基被丞相胡惟庸所谮，忧愤而死，也有一说是被胡惟庸毒死。这里是在写张静斋的信口开河。　[3] 翰林：在科举考试中，殿试一甲三人都进入翰林院为官，状元任翰林修撰，榜眼、探花任翰林编修。此外，还会在二三甲进士中进行考试，即"馆选"，选出优秀者称为"庶吉士"，进入翰林院学习。三年后，这些庶吉士再进行考试，优秀者留在翰林院任编修、检讨等职，其余则另授给事中、御史等职，这称之为"散馆"。在明清两代，翰林官是包括阁臣在内的高级官员的主要来源，因此受到士人重视。　[4] 雪夜访普：指宋太祖赵匡胤大雪之夜访宰相赵普的故事。据《宋史·赵普传》：开宝六年（973），宋太祖曾到赵普的宅第看望他，正好吴越王钱俶写了书信给赵普，并送来了十瓶海物。宋太祖让赵普将瓶子打开，发现里面都是形如瓜子的金粒。张静斋随口胡扯，将《宋史》所记载的赵匡胤、吴越王钱俶以及赵普之事扯到朱元璋、张士诚（文中所称"江南张王"）、刘基的身上。

次日早堂[1]，头一起带进来是一个偷鸡的积贼[2]，知县怒道："你这奴才，在我手里犯过几次，总不改业！打也不怕，今日如何是好！"因取过朱笔来，在他脸上写了"偷鸡贼"三个字，取一面枷枷了，把他偷的鸡，头向后，尾向前，捆在他头上，枷了出去。才出得县门，那鸡屁股里“刮喇”的一声，痾出一抛稀屎来，从额颅上淌到鼻子上，胡子沾成一片，滴到枷上，两边看的人多笑。第二起叫将老师夫上来，大骂一顿“大胆狗奴”，重责三十板，取一面大枷，把那五十斤牛肉都堆在枷上，脸和颈子箍的紧紧的，只剩得两个眼睛，在县前示众。天气又热，枷到第二日，牛肉生蛆，第三日，呜呼死了。

以意为法，胡作非为，实则无法无天。

酷虐百姓以邀名，以虐杀人命换取升官机会。

［注释］

[1] 早堂：旧时官府早晨坐衙治事，称为“早堂”。 [2] 积贼：惯贼、惯偷。

众回子心里不服，一时聚众数百人，鸣锣罢市，闹到县前来，说道：“我们就是不该送牛肉来，也不该有死罪！这都是南海县的光棍张师陆的主意！我们闹进衙门去，揪他出来，一顿打死，派出一个人来偿命！”不因这一闹，有分教：

惩创。

贡生兴讼，潜踪私来省城；乡绅结亲，谒贵竞游京国[1]。

[注释]

[1] 京国：京城、国都。

未知众回子吵闹如何，且听下回分解。

[点评]

续前回范进中举的

第三重奏　严冷的笑：范进与张静斋沆瀣一气从可悲转而可憎

除了滑稽的笑和含泪的笑，从第三回末延至本回前半出现了第三重奏：严冷的笑。那是随着张静斋的出现而奏出的音响。如果说范进中举前，主要从胡屠户对他的轻贱表现他的辛酸，流露了作者对他的哀怜；那么，中了举变成老爷后，作者则主要写在张静斋的教唆下，范进如何一步步蜕变，笑声里哀怜的音调就逐渐消失，代之而起的是严冷灭裂的讥讽，特别对于欺压平民的张乡绅，作者满怀憎恶，向他喷射讽刺的烈焰。

张静斋拉拢新举人，就像投机商抢夺奇货，他慷慨解囊，又是赠银、又是赠屋，貌似好交游、敦友谊的样子。然而，作者不声不响地夹写了他为侵占田产而设计讹诈僧官的阴谋，其品行为人就已昭然若揭了。他今日之不惜重价，只不过是在新贵人身上投资，为了他日可以从中牟取暴利。他对范进的带挈指点，实际上是腐蚀教唆，把原来尚不失拙朴的八股腐生，俘虏到官僚劣绅阵营中来，濡染成他们的同类。

范进也真没有辜负他的引路人，居丧期间张静斋教唆他去高要县知县汤奉处打秋风。一开头他尚有犹豫，“不知大礼上可行得？”经过张静斋的一番言传身带，他的脸皮很快就厚起来了，在张静斋的“礼有经，亦有权”的理论指导和实际导演下，他出色地扮演了一出吃大虾元子的丑剧：按照当时的丧制，居父母丧应当不饮酒、不吃荤、穿孝服、不远出，范进在母亲刚刚去世的热丧期间，不但远出打秋风，而且脱下孝服穿着吉服去见汤知县。这已经是严重违制了，但在知县的宴席上，看见摆着银镶杯子和筷子，他却要退前缩后扭捏作态不肯用。知县心里着急：他居丧如此尽礼，如果不吃荤菜，那我还没准备素菜呢！后来看到范进“在燕窝碗里拣了一个大虾元子送在嘴里”这才放了心。鲁迅激赏这段描写：“无一贬词，而情伪毕露”。

接着，张静斋在汤知县面前谈古论今信口雌黄，把元朝至顺年间的进士、明朝开国功臣刘基（当时妇孺皆知的人物）说成明洪武三年（1370）才中的第五名进士，其无知不言自明。范进也不甘寂寞，为显示自己有学问，偏偏要凑上去插嘴说：“想是第三名？”这时他已经学会胡吹瞎扯大言不惭，与张静斋沆瀣一气同流合污了。

高要县的回民推举一老师夫做代表，送给汤知县五十斤牛肉，张静斋叫知县抓住这个机会出个“清官”的大名，“升迁就在指日”。汤奉按照以酷刑邀清名的高招，如法炮制，结果把无辜的老师夫活活枷死。作者安排了回民围攻县衙要打死张静斋的情节，逼得张静斋和范进穿着草帽草鞋，翻墙逃窜，狼狈不堪，“忙忙如丧家之狗，急急如漏网之鱼”。这在讽刺艺术中称为惩创，故意设一个局，重重惩罚你一下。这突出地表现了吴敬梓深恶痛绝的愤恨之情，在严冷的笑里听得见作家的切齿之声。

吴敬梓的讽刺艺术至今仍值得我们学习借鉴。对胡屠户、范进、张静斋，态度各有不同；对同一个范进，以其发迹蜕变为界，前后感情也不一样。他能够度量讽刺对象的质地和尺寸，分别用不同的态度和感情，轻拢慢捻，弹奏出不同音调、不同性质的笑声，组成笑的多重奏。读罢《儒林外史》，闭目回味，仿佛可以听到这位古典作家用心弦弹奏的讽刺交响乐，听出他的愤恨和鄙夷、抗议和悲哀，我们还在自己的心底引起深深的共鸣，并且赞叹着：这是一位多么伟大的艺术家呵！

当范进、张静斋到高要县汤知县处打秋风，在关帝庙候见时，不知从哪里闻风钻出一个严贡生来，素昧平生就献上一桌酒菜，显得十分殷勤慷慨。严贡生形象十分丰富，本回先点评两点。

钱粮师爷的伎俩

要作恶就必须倚官仗势。严贡生自己还没有挣到乌纱帽，他想方设法千方百计攀结官府，为“父母官”的贪赃枉法出谋划策，充当幕僚和心腹爪牙，可以直接或间接分得一杯羹。他向范、张介绍自己“与我这汤父母是极好的相与”，凭空杜撰出一个“汤父母”慧眼识英雄的故事，替自己佩戴上用谎言编织的花环，赢来对方表示敬意后，他开始显露“师爷”的真本领：他对一县的“钱粮耗羡”了如指掌，对各个县太爷的“做法”和“枝叶”看得透、估得出，深谙衙门内幕，很像当过衙门钱粮、刑名幕僚的“师爷”(小说后面提到，王惠一到南昌太守任上就急于打探这些事)。这类师爷是“父母官”贪赃枉法、盘剥百姓的“要紧的”帮凶，岁脩也比别种幕僚高出许多。他以前任“父母”身边“要紧的人”的身份，指出新任“父母”的“做法”不到家——可以捞万金的只捞了八千金。此时，他显示师爷干才的意图也就显豁了：希望借重范进和张静斋向汤父母推荐，使他成为汤父母身边“要紧的人”。至此，这个一向吝刻的人，为何慷慨破费设宴款待素昧平生的异乡客人，也就不言自明了。对于当权的父母官，他要想一切办法，往上靠，往上贴，往上攀，他是攀附在封建官僚制藤架上的一只毒瓜，离开官府衙门，他就失去凭恃和依仗，即便汤父母并不认识他，他也要冒充是“极好的相与”，并以此吓唬人、威胁人。

恣睢横暴的劣绅

作为劣绅，他不是一般地横行乡里，鱼肉百姓，而是时时刻刻无孔不入地用最刁钻、最卑劣的诡计榨取别人的血汗。他具有恶讼棍的阴险，满肚子的狡诈，他却要装出一脸的率真，谦逊地向范进、张静斋作口头的自我鉴定：“小弟只是一个为人率真，在乡里之间，从不晓得占人寸丝半粟的便宜。”话音刚落，他家的一个小厮走来告急，当场戳穿了他的自我鉴定。他不仅计赚邻居猪，还以虚钱实契讹诈农民黄梦统，拿着空借约，丧心病狂地要人家的利钱，硬是把黄梦统的驴和米连同稍袋都短回家去。第六回他装病讹船家，使心用心，阴险至极！

第五回　王秀才议立偏房
严监生疾终正寝

话说众回子因汤知县枷死了老师夫，闹将起来，将县衙门围的水泄不通，口口声声只要揪出张静斋来打死。知县大惊，细细在衙门里追问，才晓得是门子透风[1]。知县道："我至不济，到底是一县之主，他敢怎的我？设或闹了进来，看见张世兄，就有些开交不得了。如今须是设法先把张世兄弄出去，离了这个地方上才好。"忙唤了几个心腹的衙役进来商议。幸得衙门后身紧靠着北城，几个衙役，先溜到城外，用绳子把张、范二位系了出去，换了蓝布衣服、草帽、草鞋，严冷灭裂的讽刺。

寻一条小路，忙忙如丧家之狗，急急如漏网之鱼，连夜找路回省城去了。

[注释]

[1] 门子：指县衙里的小衙役。

这里学师、典史，俱出来安民，说了许多好话，众回子渐渐的散了。汤知县把这情由细细写了个禀帖[1]，禀知按察司[2]。按察司行文书檄了知县去[3]。汤奉见了按察司，摘去纱帽，只管磕头。按察司道："论起来，这件事你汤老爷也忒孟浪了些[4]，不过枷责就罢了，何必将牛肉堆在枷上？这个成何刑法？但此刁风也不可长。我这里少不得拿几个为头的来尽法处置，你且回衙门去办事，凡事须要斟酌些，不可任性。"汤知县又磕头说道："这事是卑职不是。蒙大老爷保全，真乃天地父母之恩，此后知过必改。但大老爷审断明白了，这几个为头的人，还求大老爷发下卑县发落，赏卑职一个脸面。"按察司也应承了。知县叩谢出来，回到高要。过了些时，果然把五个为头的回子问成奸民挟制官府，依律枷责，发

任意施法酷虐小民，以酷邀宠。

官官相护虐害百姓。

来本县发落。知县看了来文，挂出牌去。次日早晨，大摇大摆出堂，将回子发落了。

[**注释**]

[1] 禀帖：民众或下级上呈官府的文书。 [2] 按察司："提刑按察使司"的简称，明清各省主管司法刑狱和官员考核的机关，长官为按察使，也称为"臬司"或"臬台"。 [3] 檄：此文指用官方的文书传召。 [4] 孟浪：鲁莽、莽撞。

正要退堂，见两个人进来喊冤，知县叫带上来问。一个叫做王小二，是贡生严大位的紧邻。去年三月内，严贡生家一口才过下来的小猪，走到他家去，他慌送回严家。严家说，猪到人家，再寻回来，最不利市。押着出了八钱银子，把小猪就卖与他。这一口猪在王家已养到一百多斤，不想错走到严家去，严家把猪关了。小二的哥子王大走到严家讨猪，严贡生说，猪本来是他的，"你要讨猪，照时值估价，拿几两银子来，领了猪去"。王大是个穷人，那有银子，就同严家争吵了几句，被严贡生几个儿子，拿拴门的闩，赶面的杖，打了一个臭死，腿都

再返回到严家。

欺压百姓，不仅诡计多端而且穷凶极恶。

打折了，睡在家里。所以小二来喊冤。知县喝过一边，带那一个上来问道：“你叫做甚么名字？”那人是个五六十岁的老者，禀道：“小人叫做黄梦统，在乡下住。因去年九月上县来交钱粮，一时短少，央中向严乡绅借二十两银子，每月三分钱[1]，写立借约，送在严府，小的却不曾拿他的银子。走上街来，遇着个乡里的亲眷，说他有几两银子借与小的，交个几分数，再下乡去设法，劝小的不要借严家的银子。小的交完钱粮，就同亲戚回家去了。至今已是大半年，想起这事来，问严府取回借约，严乡绅问小的要这几个月的利钱。小的说：‘并不曾借本，何得有利？’严乡绅说小的当时拿回借约，好让他把银子借与别人生利；因不曾取约，他将二十两银子也不能动，误了大半年的利钱，该是小的出。小的自知不是，向中人说。情愿买个蹄酒上门取约。严乡绅执意不肯，把小的的驴和米同稍袋都叫人短了家去[2]，还不发出纸来[3]。这样含冤负屈的事，求太老爷做主！”

［注释］

[1] 每月三分钱：指每月三分银子的利息。　[2] 稍袋：厚粗布口袋。短：拦路抢走、截留。　[3] 纸：这里指借约。

知县听了，说道："一个做贡生的人，忝列衣冠[1]，不在乡里间做些好事，只管如此骗人，其实可恶！"便将两张状子都批准，原告在外伺候。早有人把这话报知严贡生。严贡生慌了，自心里想："这两件事都是实的，倘若审断起来，体面上须不好看。'三十六计，走为上计'！"卷卷行李，一溜烟走急到省城去了。

［注释］

[1] 衣冠：缙绅、士大夫的代称。

知县准了状子，发房出了差[1]，来到严家，严贡生已是不在家了，只得去会严二老官。二老官叫做严大育，字致和，他哥字致中，两人是同胞弟兄，却在两个宅里住。这严致和是个监生，家有十多万银子。严致和见差人来说了此事，他是个胆小有钱的人，见哥子又不在家，不敢轻慢，

转入严监生和王德、王仁。名和字都有寓意。

随即留差人吃了酒饭，拿两千钱打发去了，忙着小厮去请两位舅爷来商议[2]。

[**注释**]

[1] 发房出了差：指将案件交给县衙的刑房，并派差役去传唤当事人。　[2] 舅爷：即后文的"阿舅"，对于妻子兄弟的敬称。

做幕僚和坐馆教书，是未仕士人的两大营生。

他两个阿舅姓王，一个叫王德，是府学廪膳生员[1]；一个叫王仁，是县学廪膳生员。都做着极兴头的馆[2]，铮铮有名。听见妹丈请，一齐走来。严致和把这件事从头告诉一遍，"现今出了差票在此，怎样料理？"王仁笑道："你令兄平日常说同汤公相与的，怎的这一点事就吓走了？"严致和道："这话也说不尽了。只是家兄而今两脚站开，差人却在我这里吵闹要人，我怎能丢了家里的事，出外去寻他？他也不肯回来。"王仁道："各家门户，这事究竟也不与你相干。"王德道："你有所不知。衙门里的差人，因妹丈有碗饭吃，他们做事，只拣有头发的抓[3]，若说不管，他就更要的人紧了。如今有个道理，是'釜底抽薪'之法。只消央个人去把告状的安抚住了，众人递个拦词[4]，便歇了。谅这也没有多大的事。”王仁道：“不必又去央人，就是我们愚兄弟两个去寻了王小二、黄梦统，到家替他分说开。把猪也还与王家，再折些须银子给他养那打坏了的腿；黄家那借约，查了还他；一天的事，都没有了。”严致和道：“老舅怕不说的是。只是我家嫂也是个糊涂人，几个舍侄，就像生狼一般，一总也不听教训。他怎肯把这猪和借约拿出来？”王德道：“妹丈，这话也说不得了。假如你令嫂、令侄拗着，你认晦气，再拿出几两银子，折个猪价，给了王姓的；黄家的借约，我们中间人立个纸笔与他，说寻出作废纸无用。这事才得落台，才得个耳根清静。”

狼视眈眈。

[注释]

[1] 廪膳生员：简称为“廪生”，又称为“食饩生”，洪武初年，府、州、县各级学校的生员皆有定额，并且每月给予一定的廪馔月米。后来名额增加，原本有廪禄的生员称为“廪膳生员”，增加的生员称之为“增广生员”，简称“增生”，没有月米的供给。此后名额又进一步增加，称之为“附学生员”，简称“附生”。廪生是生员中的最高层次，不仅每月有一定的廪禄收入，而且还有岁贡等其他生员没有的机会或特权，因此在生员中最难考取。一

般来说，只有成绩最优秀的增生和附生，才能够在廪生名额空出的情况下增补成为廪生。 [2]兴头：兴旺。 [3]只拣有头发的抓：意为只拣容易的并且有好处的地方下手。 [4]拦词：呈请官府请求允许私下和解案件的状子。

拔毛之痛。

当下商议已定，一切办的停妥，严二老官连在衙门使费共用去了十几两银子，官司已了。过了几日，整治一席酒，请二位舅爷来致谢。两个秀才，拿班做势[1]，在馆里又不肯来。严致和吩咐小厮去说："奶奶这些时心里有些不好，今日一者请吃酒，二者奶奶要同舅爷们谈谈。"二位听见这话，方才来。严致和即迎进厅上，吃过茶，叫小厮进去说了。丫环出来请二位舅爷。进到房内，抬头看见他妹子王氏，面黄肌瘦，怯生生的路也走不全，还在那里自己装瓜子、剥栗子办围碟[2]。见他哥哥进来，丢了过来拜见。奶奶抱着妾出的小儿子，年方三岁，带着银项圈，穿着红衣服，来叫舅舅。二位吃了茶，一个丫环来说："赵新娘进来拜舅爷。"二位连忙道："不劳罢。"坐下说了些家常话，又问妹子的病："总是虚弱，该多用补药。"说罢，前厅摆下酒席，让了出去上席。

［注释］

[1] 拿班做势：即故意摆架子、装腔作势之意。　[2] 围碟：摆在席面上装各色干果糕点的碟子。一套中有多个碟子，放在桌上围成一圈，故有此名。

叙些闲话，又提起严致中的话来。王仁笑着问王德道："大哥，我倒不解，他家大老那宗笔下，怎得会补起廪来的[1]？"王德道："这是三十年前的话。那时宗师都是御史出来，本是个吏员出身[2]，知道甚么文章！"王仁道："老大而今越发离奇了，我们至亲，一年中也要请他几次，却从不曾见他家一杯酒。想起还是前年出贡竖旗杆[3]，在他家扰过一席。"王德愁着眉道："那时我不曾去。他为出了一个贡，拉人出贺礼，把总甲、地方都派分子[4]，县里狗腿差是不消说[5]，弄了有一二百吊钱，还欠下厨子钱，屠户肉案子上的钱，至今也不肯还，过两个月在家吵一回，成甚么模样！"严致和道："便是我也不好说。不瞒二位老舅，像我家还有几亩薄田，日

连夏总甲之流也难逃。

严监生节俭成性。

逐夫妻四口在家里度日，猪肉也舍不得买一斤，每常小儿子要吃时，在熟切店内买四个钱的哄他就是了。家兄寸土也无，人口又多，过不得三天，一买就是五斤，还要白煮的稀烂；上顿吃完了，下顿又在门口赊鱼。当初分家，也是一样田地，白白都吃穷了。而今端了家里花梨椅子[6]，悄悄开了后门，换肉心包子吃。你说这事如何是好！”

严贡生奢侈成性。

二位哈哈大笑，笑罢说：“只管讲这些混话[7]，误了我们吃酒。快取骰盆来。”当下取骰子送与大舅爷[8]：“我们行状元令[9]。”两位舅爷，一个人行一个状元令，每人中一回状元吃一大杯。两位就中了几回状元，吃了几十杯。却又古怪：那骰子竟像知人事的，严监生一回状元也不曾中。二位拍手大笑。吃到四更尽鼓，跌跌撞撞，扶了回去。

［注释］

[1] 补起廪来：即由增广生员或是附学生员增补成为廪膳生员。 [2] 吏员出身：指由胥吏出身为官。吏员在任职期满、到达一定年限后，要进行考核，若没有犯过贪赃枉法之类的事情，可参加考试，通过考试后便可担任官职。但胥吏出身的官员往往被

视为“异途”，无论是在官场的地位、前途，还是所得到的评价都远远不如经由“正途”——也就是科举考试出来的官员。 [3] 出贡竖旗杆：秀才出贡之后就可以参加选官，因此在宗祠或是家宅前竖立旗杆，以示尊荣。 [4] 地方：指地保。 [5] 狗腿差：对于衙役的蔑称。 [6] 花梨椅子：用花梨木制作的椅子。花梨木又称花榈木，木色红紫，肌理细腻，木质坚好，是贵重的家具用材。 [7] 混话：闲话。 [8] 骰（tóu）子：即色子，一种赌具。用骨头、象牙等制成正方体小块，每面分刻有一到六点。 [9] 状元令：一种酒令。在行令的时候排列六只酒杯，一个大杯代表四点，五只小杯分别代表其他五个数字，用一颗骰子掷点，掷出哪个点就喝哪个杯子里的酒，掷出四点者喝大杯，称之为中状元。

自此以后，王氏的病渐渐重将起来。每日四、五个医生用药，都是人参、附子，并不见效。看看卧床不起，生儿子的妾在旁侍奉汤药，极其殷勤。看他病势不好，夜晚时，抱了孩子在床脚头坐着哭泣，哭了几回。那一夜道：“我而今只求菩萨把我带了去，保佑大娘好了罢[1]。”王氏道：“你又痴了，各人的寿数，那个是替得的？”赵氏道：“不是这样说。我死了值得甚么！大娘若有些长短，他爷少不得又娶个大娘。他爷四十多岁，只得这点骨血，再娶个大娘来，各养的各疼。自古说：‘晚娘的拳头[2]，云里的日头。’

“生儿子的妾”抱了制胜的法宝作法。

祭起法宝，要引出对方的关键的一句话。

已知其意，不轻易上套，尚不甘心缴械。

继续努力，不折不挠。

这孩子料想不能长大，我也是个死数，不如早些替了大娘去，还保得这孩子一命。”王氏听了，也不答应。赵氏含着眼泪，日逐煨药煨粥，寸步不离。

［注释］

[1] 大娘：妾对于嫡妻的尊称。　[2]“晚娘的拳头”二句：意思是晚娘的拳头就像云里的日头，时不时就出现。晚娘，即继母。

一晚，赵氏出去了一会，不见进来。王氏问丫环道：“赵家的那去了？”丫环道：“新娘每夜摆个香桌在天井里哭求天地[1]，他仍要替奶奶，保佑奶奶就好。今夜看见奶奶病重，所以早些出去拜求。”王氏听了，似信不信。次日晚间，赵氏又哭着讲这些话。王氏道：“何不向你爷说，明日我若死了，就把你扶正做个填房[2]？”赵氏忙叫请爷进来，把奶奶的话说了。严致和听不得这一声，连三说道：“既然如此，明日清早就要请二位舅爷说定此事，才有凭据。”王氏摇手道：“这个也随你们怎样做去。”

就等这句话！目的达到。

配合默契，合谋的共胜也。

［注释］

[1] 天井：这里指宅院中房与房之间，或房与围墙之间所围成的露天空地，由于其形状如井，且无顶盖，可观天，故有此称。　[2] 填房：旧时将嫡妻死后续娶的妻子称为“填房”。

严致和就叫人极早去请了舅爷来，看了药方，商议再请名医。说罢，让进房内坐着，严致和把王氏如此这般意思说了，又道：“老舅可亲自问声令妹。”两人走到床前，王氏已是不能言语了，把手指着孩子，点了一点头。两位舅爷看了，把脸本丧着，不则一声。须臾，让到书房里用饭，彼此不提这话。吃罢，又请到一间密屋里。严致和说起王氏病重，吊下泪来道：“你令妹自到舍下二十年，真是弟的内助！如今丢了我，怎生是好！前日还向我说，岳父岳母的坟，也要修理。他自己积的一点东西，留与二位老舅做个遗念。”因把小厮都叫出去，开了一张橱，拿出两封银子来，每位一百两，递与二位：“老舅休嫌轻意。”二位双手来接。严致和又道：“却是不可多心。将来要备祭桌，破费钱财，都是我这里备齐，请老舅来行礼。明日还拿轿子接两位舅奶奶

迫不及待，乘胜追击，就怕生变也。

尚待出价，不肯轻易抛售。

出价。

就等着呢！

来，令妹还有些首饰，留为遗念。”交毕，仍旧出来坐着。

密室交易成交。

外边有人来候，严致和去陪客去了，回来见二位舅爷哭得眼红红的。王仁道：“方才同家兄在这里说，舍妹真是女中丈夫，可谓王门有幸。方才这一番话，恐怕老妹丈胸中也没有这样道理，还要恍恍忽忽，疑惑不清，枉为男子。”王德道：“你不知道，你这一位如夫人关系你家三代[1]。舍妹殁了，你若另娶一人，磨害死了我的外甥，老伯老伯母在天不安，就是先父母也不安了。”王仁拍着桌子道：“我们念书的人，全在纲常上做工夫[2]，就是做文章，代孔子说话[3]，也不过是这个理；你若不依，我们就不上门了！”严致和道：“恐怕寒族多话[4]。”两位道：“有我两人做主。但这事须要大做，妹丈，你再出几两银子，明日只做我两人出的，备十几席，将三党亲都请到了[5]，趁舍妹眼见，你两口子同拜天地祖宗，立为正室[6]，谁人再敢放屁！”严致和又拿出五十两银子来交与，二位义形于色去了。

是好演员！与“把脸本丧着”对读。

大言不惭！上纲上线到念书人最高使命上。刻绘得入木三分，一句话足以显示一个形象，活现假儒嘴脸。

严监生有意提弦。这是有求于二王的关键处。二王已主动承诺为其“做主”。届时却寒盟背叛。

对假儒之伪妄，吴敬梓切齿痛恨。

[注释]

[1] 如夫人：对别人妾的恭维称呼，即如同夫人之意。　[2] 纲常：即儒家“三纲五常”的简称，三纲指君为臣纲、父为子纲、夫为妻纲，五常即仁、义、礼、智、信。　[3] 做文章，代孔子说话：指做八股文。八股文要代圣贤立言，在文章的主要部分要模拟孔子、孟子的口气立论，设身处地地按照儒家圣贤的口吻去阐发儒家正统思想。　[4] 寒族：对本族族人的谦称。　[5] 三党亲：指父族本家以及母族、妻族的亲戚。　[6] 正室：即嫡妻，又称为“正妻”，妾则称为“侧室”“偏房”等。

过了三日，王德、王仁果然到严家来写了几十幅帖子，遍请诸亲六眷，择个吉期，亲眷都到齐了，只有隔壁大老爹家五个亲侄子一个也不到。众人吃过早饭，先到王氏床面前写立王氏遗嘱。两位舅爷王于据、王于依都画了字。严监生戴着方巾，穿着青衫，披了红绸；赵氏穿着大红，戴了赤金冠子。两人双拜了天地，又拜了祖宗。王于依广有才学，又替他做了一篇告祖先的文，甚是恳切。告过祖宗，转了下来，两位舅爷叫丫环在房里请出两位舅奶奶来，夫妻四个，齐铺铺请妹夫、妹妹转在大边[1]，磕下头去，以叙姊妹之礼。众亲眷都分了大小。便是管事的管家、家

不忘埋下伏笔。

讥刺。

人、媳妇、丫环、使女，黑压压的几十个人，都来磕了主人、主母的头。赵氏又独自走进房内拜王氏做姐姐。那时王氏已发昏去了。

何其忍也！

［注释］

[1] 大边：又称为“上首”，位置较尊的一侧。当时接待宾客、行礼或宴席以左边为大，因此左边为“大边”。

行礼已毕，大厅、二厅、书房、内堂屋，官客并堂客共摆了二十多桌酒席[1]。吃到三更时分，严监生正在大厅陪着客，奶妈慌忙走了出来说道：“奶奶断了气了[2]！”严监生哭着走了进去，只见赵氏扶着床沿，一头撞去，已经哭死了。众人且扶着赵氏灌开水，撬开牙齿，灌了下去，灌醒了时，披头散发，满地打滚，哭的天昏地暗。连严监生也无可奈何。管家都在厅上，堂客都在堂屋候殓，只有两个舅奶奶在房里，乘着人乱，将些衣服、金珠、首饰，一掳精空，连赵氏方才戴的赤金冠子，滚在地下，也拾起来藏在怀里。严监生慌忙叫奶妈抱起哥子来，拿一搭麻替他披着。那时衣衾棺椁，都是现成的。入过了殓，天

一边披红戴金喜庆热闹，一边孤寂地断了气。红与白对比鲜明，有似后来《红楼梦》里一边宝玉婚礼一边黛玉归天。

夫唱妇随，趁火打劫。

才亮了。灵柩停在第二层中堂内[3]，众人进来参了灵，各自散了。次日送孝布[4]，每家两个。

[注释]

[1] 官客并堂客：男宾以及女宾。　[2] 奶奶：仆人对于主母的尊称。　[3] 中堂：厅堂。厅堂位于南北中间的位置，故有此称。　[4] 送孝布：指丧家把做孝服的白布送到需要穿孝服的亲戚家中。

第三日成服[1]，赵氏定要披麻戴孝，两位舅爷断然不肯，道："'名不正则言不顺'[2]。你此刻是姊妹了，妹子替姐姐只带一年孝，穿细布孝衫，用白布孝箍。"议礼已定，报出丧去。自此，修斋、理七、开丧、出殡[3]，用了四五千两银子，闹了半年，不必细说。赵氏感激两位舅爷入于骨髓，田上收了新米，每家两石；腌冬菜，每家也是两石；火腿，每家四只；鸡、鸭、小菜不算。

"义形于色"，遵礼的模范。

又能正名分"代孔子说话"，又能"议礼"，连用什么质料的孝衫、什么颜色的孝箍，都烂熟于胸，一丝不苟，看来真不愧"全在纲常上做工夫"，但骨子里却是做着伤天害理的事。

严监生并不惜费。

[注释]

[1] 成服：古代丧礼，大殓后死者亲属按与死者关系的亲疏，分别穿上礼制规定应穿的孝服，称之为成服。　[2] 名不正则言不顺：语出《论语·子路》，原指名分不正或名实不符，言语就不能顺理成章。这里指从名分上说，赵氏已是正妻，不应再像妾一

样给王氏披麻戴孝。 [3] 修斋：会集僧人或道徒供斋食、作法事。开丧：即发丧。向亲友公告丧事的日程安排。出殡：将灵柩运到埋葬或寄放的地点。

不觉到了除夕，严监生拜过了天地祖宗，收拾一席家宴，严监生同赵氏对坐，奶妈带着哥子坐在底下。吃了几杯酒，严监生吊下泪来，指着一张橱里，向赵氏说道："昨日典铺内送来三百两利钱，是你王氏姐姐的私房。每年腊月二十七八日送来，我就交与他，我也不管他在那里用。今年又送这银子来，可怜就没人接了！"赵氏道："你也莫要说大娘的银子没用处，我是看见的，想起一年到头，逢时遇节，庵里师姑送盒子，卖花婆换珠翠，弹三弦琵琶的女瞎子不离门，那一个不受他的恩惠？况他又心慈，见那些穷亲戚，自己吃不成，也要把人吃；穿不成的，也要把人穿。这些银子，够做甚么！再有些也完了。倒是两位舅爷从来不沾他分毫。依我的意思，这银子也不费用掉了，到开年替奶奶大大的做几回好事[1]，剩下来的银子，料想也不多，明年是科举年[2]，就是送与两位舅

睹物思亲，并非重钱不重人者。

并不吝啬。

爷做盘程[3]，也是该的。”

［注释］

[1] 开年：即开春、开岁，指来年年初。好事：指超度亡灵的法事。 [2] 科举年：举行乡试的年份。 [3] 盘程：即盘缠，应举的路费。

严监生听着他说。桌子底下一个猫就趴在他腿上，严监生一靴头子踢开了。那猫吓的跑到里房内去，跑上床头，只听得一声大响，床头上掉下一个东西来，把地板上的酒坛子都打碎了。拿烛去看，原来那瘟猫把床顶上的板跳蹋一块，上面吊下一个大篾篓子来。近前看时，只见一地黑枣子拌在酒里，篾篓横睡着。两个人才扳过来，枣子底下，一封一封，桑皮纸包着。打开看时，共五百两银子。严监生叹道：“我说他的银子那里就肯用完了！像这都是历年聚积的，恐怕我有急事好拿出来用的。而今他往那里去了！”一回哭着，叫人扫了地，把那个干枣子装了一盘，同赵氏放在灵前桌上，伏着灵床子，又哭了一场。因此，新年不出去拜节，在家哽哽咽咽，不时哭

并非想钱不想人。

不是为得钱而喜，而是为失人而悲，忆念夫妻情义，悼亡情深，竟至于一蹶不振，一病不起！这些都是与“吝啬鬼”相悖的情愫。

泣，精神颠倒，恍惚不宁。过了灯节后，就叫心口疼痛，初时撑着，每晚算账，直算到三更鼓，后来就渐渐饮食不进，骨瘦如柴，又舍不得银子吃人参。赵氏劝他道：“你心里不自在，这家务事就丢开了罢。”他说道：“我儿子又小，你叫我托那个？我在一日，少不得料理一日。”不想春气渐深，肝木克了脾土[1]，每日只吃两碗米汤，卧床不起，及到天气和暖，又强勉进些饮食，挣起来家前屋后走走。挨过长夏，立秋以后病又重了，睡在床上。想着田上要收早稻，打发了管庄的仆人下乡去，又不放心，心里只是急躁。

与其说严监生与莫里哀、巴尔扎克笔下的“吝啬鬼”同类，不如说他更接近莎士比亚的夏洛克，具有由他的社会关系所决定的多种多样的情感，与果戈理《死魂灵》里的守财奴也是同类。

［注释］

[1] 肝木克了脾土：中医用五行来对应五脏，肝属木，而脾属土。“肝木克了脾土”指肝火太盛，以致损伤了脾气，因此会肝气郁积、胸满不食。

那一日，早上吃过药，听着萧萧落叶打的窗子响，自觉得心里虚怯，长叹了一口气，把脸朝床里面睡下。赵氏从房外同两位舅爷进来问病，就辞别了到省城里乡试去。严监生叫丫环扶起来强勉坐着。王德、王仁道："好几日不曾看妹丈，原来又瘦了些——喜得精神还好。"严监生请他坐下，说了些恭喜的话，留在房里吃点心，就讲到除夕晚里这一番话，叫赵氏拿出几封银子来，指着赵氏说道："这倒是他的意思，说姐姐留下来的一点东西，送与二位老舅添着做恭喜的盘费。我这病势沉重，将来二位回府，不知可会的着了？我死之后，二位老舅照顾你外甥长大，教他读读书，挣着进个学，免得像我一生，终日受大房里的气！"二位接了银子，每位怀里带着两封，谢了又谢，又说了许多的安慰的话，作别去了。

一生受气，懦弱成性。

自此，严监生的病，一日重似一日，再不回头。诸亲六眷都来问候。五个侄子穿梭的过来陪郎中弄药。到中秋已后，医家都不下药了。把管庄的家人都从乡里叫了上来。病重得一连三天不能说话。晚间挤了一屋的人，桌上点着一盏灯。严监生喉咙里痰响得一进一出，一声不倒一声的[1]，总不得断气，还把手从被单里拿出来，伸着两个指头。大侄子走上前来问道："二叔，你

是侦察情况，伺机下手。

这就是有名的"临终伸两指"，被有些论者作为吝啬鬼的标志性情节。其实，此不足以涵盖严监生整体形象的意义。

以己腹度人，只关注银子。

莫不是还有两个亲人不曾见面？”他就把头摇了两三摇。二侄子走上前来问道：“二叔，莫不是还有两笔银子在那里，不曾吩咐明白？”他把两眼睁的的溜圆，把头又狠狠摇了几摇，越发指得紧了。奶妈抱着哥子插口道：“老爷想是因两位舅爷不在跟前，故此记念。”他听了这话，把眼闭着摇头，那手只是指着不动。赵氏慌忙揩揩眼泪，走近上前道：“爷，别人都说的不相干，只有我晓得你的意思！”只因这一句话，有分教：

[注释]

[1] 一声不倒一声的：一声连接一声的。

争田夺产，又从骨肉起戈矛；继嗣延宗，齐向官司进词讼。

不知赵氏说出甚么话来，且听下回分解。

[点评]

严贡生（严大）严监生（严二）“二严”之成对组合，与“二王”“二娄”成对组合之意义完全不同。“二严”有共性又有正相对照之一面：严大奢纵，严二节俭；严大心狠手毒，严二畏葸怯懦；严大是贪婪强掠型，严二是守财愔弱型。

兄弟析产后比邻而居，严二克俭守财，家业不匮，但多年无子嗣（临死前三年方得妾生一子）；严大奢侈纵欲，家产日蹙，而子息蕃衍，“吃在碗里，看在碟里”，对弟产长存觊觎之心，虎视眈眈。严二惯受“大房里的气”，与虎为邻，造成极大的心理威胁，更加忧心忡忡。他胆小而无能，对老大赔尽小心，包括白赔银两为老大了结官司，直到临终前都还不忘敬奉老大二百两白银、两套新衣。一面巴结讨好老大，乞求怜悯而饶过自己这房；一面向两位大舅（二王）托孤：“我死之后，二位老舅照顾你外甥长大，教他读读书，挣着进个学，免得像我一生，终日受大房里的气！”说得多么悲伤可怜！

如果按一般文学作品常套，像这样被恃强凌弱的弱者，作者应给予更多的怜恤，写成值得同情的正面人物，在善恶更鲜明的对照中，更可以加强对恶方的鞭挞。但吴敬梓却不肯给予严二充分的正面品性。这是为什么呢？

他的性格与杜少卿也是恰成对照的。杜少卿是慷慨任性豪爽大方；他是一向省俭，恨不能一个铜板掰作两瓣用，“日逐夫妻四口在家里度日，猪肉也舍不得买一斤，每常小儿子要吃时，在熟切店内买四个钱的哄他就是了”。自己病得“饮食不进，骨瘦如柴”，也“舍不得银子吃人参”。临终时他之舍不得点两茎灯草，这是他日常省俭的积习，是数十年来习惯成自然的惯性表现。省俭养成习惯沉入潜意识后，往往会不假思考，不分巨细、轻重，贯彻到各种物事；未遑分辨时机场合，贯彻到各个时空。小说正是从他临终的奇特表现返照他日常的癖性。然而，一家人省吃俭用从牙缝里省下的钱，却要大把大把地拿去喂“生狼般”的严大父子和二王，这是迫不得已的自虐，他内心要承受多大痛苦，他会多么心疼，精神要承受多大的折磨！他的一生为守住这份家私，苦心积虑，如卧评所说“时时忧贫，日日怕事，并不见其受用一天”。他临终还顾及两茎灯草而强竖两指，表明他并没有“生不带来死不带去”的幻灭悲哀，他对家业还无限牵挂，对现实世界还充满留恋。说他是守财奴，才说到了第一层；更深一层看，他的人生态度，畏畏葸葸，窝窝囊囊，萎萎琐琐，伏低做小如小妾般卑微自虐，什么也舍不得、放不下，这才是严监生形象的特质。与杜少卿之洒脱豪爽、嵚崎磊落正相反照。以杜少卿自况的吴敬梓，“性复豪上，遇贫即施”，“未尝为来日计”（程晋芳《文木先生传》），能够对这种愔弱的生命状态有好感吗？能够为他捧上一掬同情泪吗？吴敬梓赞扬的是正与其相背反的沈琼枝的性格：不甘“伏低做小”、不甘为妾，颇有侠气、不惧不怕！

吴敬梓最恨势利和伪妄，不仅塑造了一系列势利眼，而且刻画了一些伪君子假道学，王德王仁是典型的假儒。

宗法社会讲究名分，严嫡庶之大防确是纲常名教的重头戏。正室、侧室（妾）名分不同，政治地位、经济地位就有很大的差别。正室只能有一个，正室未死就将侧室扶正，这简直就是“篡逆”，是对纲常名教的大不敬。二王之妹是严监生的正室，病重之时，严监生不等她死就急于要把赵妾扶正，这必须得到亲党的认可。商之于二王，二王先是“把脸本丧着，不则一声”，既不首肯，也不抗议，这是在等待，看对方出多少价。赚到高价后就主动把纲常名教出卖了，但还必须打着纲常的旗号，装作义形于色，说得铮铮有理。

首先，王仁以血性男子见义勇为的慷慨激昂，称赞“舍妹真是女中丈夫”，批评老妹丈“还要恍恍忽忽，疑惑不清，枉为男子。”这比一般的“首肯”“认可”要加重多少倍；而且老谋深算地事先为老妹丈安排下开脱罪责之计：主动的是“舍妹”，妹丈犹在“恍恍忽忽”中，还是被他们俩激励着才“胁从”的。

接着，王德从宗法家庭的嗣续大计来立论：不这样做双方父母都会“在天不安”，为扶正找到孝义伦理上的依据。

王仁再次慷慨陈词，“拍着桌子”义正辞严，从纲常天理的最高范畴和读书人的神圣使命的高度，上纲上线，完成了全方位的认证。

我们今天厌恶的不是他们违背纲常名教，而是他们打着行道的旗号营谋龌龊私欲的卑鄙嘴脸。这种外仁而内诈、假善而为恶、巧舌如簧而行若狗彘的衣冠禽兽，比起单纯的作恶者又多了一层诈伪，用心更深、更奸，更有欺骗性、更危险，对道义的亵渎更深巨，对人的愚弄更可恶。戳穿他们，就是讽刺。真诚是儒学的生命，吴敬梓嫉伪妄如仇，他用笔如刀，夸饰的语言，巧妙的反话，犀利的笔锋，直逼狼心狗肺。黄评一再惊叹：“作者之笔厉害如此！”“嫉世之深一至于此！”天评也曰：

“极力摹写，甚于杀，甚于剐！”作者的诛心之笔，达到预期的效果，致使卧评曰：“余之恶王于依更甚于恶严老大。”天评响应说：“我亦云然。”

演了一出“二人转”，二王意犹未足，进一步主动出谋划策，“趁舍妹眼见，你两口子同拜天地祖宗，立为正室”。病危之人，一要保持安静的环境，二要得到精神上的安慰和鼓励，才能聚集最后的力量与病魔抗争。亲人总要为此而克尽最后的努力。二王倒好，恰恰反其道而行之，毫无骨肉之情，不顾亲妹妹的死活，一味巴结能给钱的主顾，“索性讨好，送佛送到西天，银子宝贝哉”！（天评）为了银子，偏偏要在病危的“王氏床面前写立王氏遗嘱。两位舅爷王于据、王于依都画了字”。这无异于告诉王氏：你的位置已经卖出去了，你死定了。这给她多大的刺激！紧接着严监生与赵氏披红挂彩行婚礼拜天地祖宗，“王于依广有才学，又替他做了一篇告祖先的文，甚是恳切”。这无异于宣告：王氏回生之门已经关上了。这又给她多大的刺激！及至赵氏行完大礼要拜王氏做“姐姐”时，“王氏已发昏去了”。正如天评、黄评：这是“催死”，“催命”，“忍哉，忍哉”！正当新婚夫妻大宴宾客，“吃到三更时分”，酒酣耳热之际，奶妈慌忙报告：“奶奶断了气了！”王氏之死，两个哥哥与有罪焉！

第六回　乡绅发病闹船家
寡妇含冤控大伯

话说严监生临死之时，伸着两个指头，总不肯断气。几个侄儿和些家人都来讧乱着问[1]，有说为两个人的，有说为两件事的，有说为两处田地的，纷纷不一；只管摇头不是。赵氏分开众人，走上前道："爷，只有我能知道你的心事。你是为那灯盏里点的是两茎灯草[2]，不放心，恐费了油。我如今挑掉一茎就是了。"说罢，忙走去挑掉一茎。众人看严监生时，点一点头，把手垂下，登时就没了气。合家大小号哭起来，准备入殓，将灵柩停在第三层中堂内。

赵氏知他一贯节省的心性。

[注释]

[1] 讧（hòng）乱：乱哄哄。 [2] 灯草：油灯的灯芯。

次早着几个家人小厮满城去报丧。族长严振先领着合族一班人来吊孝[1]，都留着吃酒饭，领了孝布回去。赵氏有个兄弟赵老二在米店里做生意，侄子赵老汉在银匠店扯银炉[2]，这时也公备个祭礼来上门。僧道挂起长旛，念经追荐。赵氏领着小儿子，早晚在柩前举哀。伙计、仆从、丫环、养娘[3]，人人挂孝。门口一片都是白。看看闹过头七，王德、王仁科举回来了，齐来吊孝，留着过了一日去。

[注释]

[1] 吊孝：逝者生前的亲友到灵前祭奠并向死者家属表示慰问的礼仪。 [2] 老汉：方言，将最小的儿子叫“老汉”或“小老汉”。 [3] 养娘：泛指女仆。

再回到严贡生。

又过了三四日，严大老官也从省里科举了回来。几个儿子都在这边丧堂里。大老爹卸了行李，正和浑家坐着，打点拿水来洗脸，早见二房里一个奶妈，领着一个小厮，手里捧着端盒和一个毡包，走进来道："二奶奶拜上大老爹，知道大老爹来家了，热孝在身，不好过来拜见。这两套衣服和这银子，是二爷临终时说下的，送与大老爹做个遗念。就请大老爹过去。"

严贡生打开看了，簇新的两套缎子衣服，齐臻臻的二百两银子，满心欢喜，随向浑家封了八分银子赏封，递与奶妈，说道："上覆二奶奶，多谢，我即刻就过来。"打发奶妈和小厮去了，将衣裳和银子收好，又细问浑家，知道和儿子们都得了他些别敬，这是单留与大老官的。问毕，换了孝巾，系了一条白布的腰绖，走过那边来。到柩前叫声"老二"，干号了几声，下了两拜。赵氏穿着重孝，出来拜谢；又叫儿子磕伯伯的头，哭着说道："我们苦命！他爷半路里丢了去了，全靠大爷替我们做主！"严贡生道："二奶奶，人生各禀的寿数。我老二已是归天去了，你现今有恁个好儿子[1]，慢慢的带着他过活，焦怎的？"赵氏又谢了，请在书房，摆饭请两位舅爷来陪。

喜银而不惜人，毫无兄弟之情。不如严监生见发妻遗下之银而哀思其人。

此时尚称"二奶奶"。

精准白描。

幻想以哀情哀告求来强权的哀怜。

[注释]

[1] 恁（nèn）：这样。

须臾，舅爷到了，作揖坐下。王德道："令弟平日身体壮盛，怎么忽然一病就不能起？我们至亲的也不曾当面别一别，甚是惨然！"严贡生道："岂但二位亲翁，就是我们弟兄一场，临危也不得见一面。但自古道：'公而忘私[1]，国而忘家。'我们科场是朝廷大典，你我为朝廷办事，就是不顾私亲，也还觉得于心无愧。"王德道："大先生在省，将有大半年了？"严贡生道："正是。因前任学台周老师举了弟的优行[2]，又替弟考出了贡。他有个本家在这省里住，是做过应天巢县的[3]，所以到省去会会他。不想一见如故，就留着住了几个月，又要同我结亲，再三把他第二个令爱许与二小儿了。"王仁道："在省就住在他家的么？"严贡生道："住在张静斋家。他也是做过县令，是汤父母的世侄。因在汤父母衙门里同席吃酒认得，相与起来。周亲家家，就是静斋先生执柯作伐[4]。"王仁道："可是那年同一位

假儒对假儒的共同"官话"。以冠冕堂皇的"公话"掩盖私心，是假儒的共用惯伎。他们彼此都心照不宣。

越是劣行越要往"优行"里钻。

回应第四回僧官说周家二姑娘择配事。真是人以群分，沆瀣一气。

只是在衙门外的关帝庙里巴结。由此一端可见其说多虚，不可信真。

姓范的孝廉同来的？”严贡生道：“正是。”王仁递个眼色与乃兄道：“大哥，可记得就是惹出回子那一番事来的了。”王德冷笑了一声。

回应前情，知道严贡生结交的张静斋是什么货色。

［注释］

[1]“公而忘私”二句：语出《汉书·贾谊传》：“国耳忘家，公耳忘私。”意思是为了公事而抛却个人的事情，为了国事而抛却家庭的事情，即大公无私，一心为公、为国。　[2] 优行：品学优良。清代，提学官会同地方官在生员中选取品学兼优之人，通过出贡的方式进入国子监。　[3] 做过应天巢县：指担任过应天府巢县的知县之职。巢县今属安徽。　[4] 执柯作伐：指做媒，语出《诗经·豳风·伐柯》：“伐柯如何？匪斧不克。取妻如何？匪媒不得。”

一会摆上酒来，吃着又谈。王德道：“今岁汤父母不曾入帘[1]？”王仁道：“大哥，你不知道么？因汤父母前次入帘，都取中了些‘陈猫古老鼠’的文章[2]，不入时目，所以这次不曾来聘。今科十几位帘官[3]，都是少年进士，专取有才气的文章。”严贡生道：“这倒不然。才气也须是有法则，假若不照题位[4]，乱写些热闹话，难道也算有才气不成？就如我这周老师，极是法眼，取

此段写劣绅假儒间的对谈，暗地里使心眼斗法，句句机锋相向，话里藏针，勾心斗角，极有讲究也极精采。

在一等前列[5]，都是有法则的老手[6]，今科少不得还在这几个人内中。”严贡生说此话，因他弟兄两个在周宗师手里都考的是二等。两人听这话，心里明白，不讲考校的事了。酒席将阑[7]，又谈到前日这一场官事：“汤父母着实动怒，多亏令弟看的破，息下来了。”严贡生道：“这是亡弟不济。若是我在家，和汤父母说了，把王小二、黄梦统这两个奴才，腿也砍折了！一个乡绅人家，由得百姓如此放肆！”王仁道：“凡事只是厚道些好。”严贡生把脸红了一阵，又彼此劝了几杯酒。奶妈抱着哥子出来道：“奶奶叫问大老爹，二爷几时开丧？又不知今年山向可利，祖茔里可以葬得，还是要寻地？费大老爹的心，同二位舅爷商议。”严贡生道：“你向奶奶说，我在家不多时耽搁，就要同二相公到省里去周府招亲，你爷的事托在二位舅爷就是。祖茔葬不得要另寻地，等我回来斟酌。”说罢，叫了扰[8]，起身过去。二位也散了。

针对严贡生的自吹“相与”汤知县。

恣睢横暴的劣绅。

击中要害。

[**注释**]

[1] 入帘：指担任乡试分房阅卷的同考官。主考、同考官等进入考场中批阅试卷的场所后，要将门封住并隔以帘，故有此

称。 [2] 陈猫古老鼠：陈旧、过时之意。 [3] 帘官：这里指负责批阅试卷的同考官。 [4] 不照题位：指不按照题目的要求、作文的规则写文章。 [5] 一等：明清时期，在提学官所主持的岁考中实行六等黜陟法。将文理平通者列为一等，文理亦通者列为二等，文理略通者列为三等，文理有疵者列为四等，文理荒谬者列为五等，文理不通者列为六等。考居一二三等的生员根据等级的不同会有一定的奖赏，而考居四五六等的生员则会受到责罚。 [6] 法则：写八股文应该遵循的章法。 [7] 阑：残、尽。 [8] 叫了扰：即说“打扰”“叨扰”之类的客套话。

过了几日，大老爹果然带着第二个儿子往省里去了。赵氏在家掌管家务，真个是钱过北斗[1]，米烂陈仓[2]，僮仆成群，牛马成行，享福度日。不想皇天无眼，不祐善人，那小孩子出起天花来，发了一天热，医生来看，说是个险症，药里用了犀角、黄连、人牙，不能灌浆[3]，把赵氏急的到处求神许愿，都是无益。到七日上，把个白白胖胖的孩子跑掉了。赵氏此番的哭泣，不但比不得哭大娘，并且比不得哭二爷，直哭得眼泪都哭不出来。整整的哭了三日三夜，打发孩子出去。叫家人请了两位舅爷来商量，要立大房里第五个侄子承嗣[4]，二位舅爷踌躇道：“这件事，我们做不

为主题需要，对情节操控自如。

“母以子贵”的命根子丢了。

得主。况且大先生又不在家，儿子是他的，须是要他自己情愿，我们如何硬做主？”赵氏道：“哥哥，你妹夫有这几两银子的家私，如今把个正经主儿去了，这些家人小厮都没个投奔，这立嗣的事是缓不得的。知道他伯伯几时回来？间壁第五个侄子才十一二岁，立过来，还怕我不会疼热他，教导他？他伯娘听见这个话，恨不得双手送过来，就是他伯伯回来，也没得说，你做舅舅的人，怎的做不得主？”王德道：“也罢，我们过去替他说一说罢。”王仁道：“大哥，这是那里话？宗嗣大事，我们外姓如何做得主？如今姑奶奶若是急的狠，只好我弟兄两人公写一字，他这里叫一个家人连夜到省里请了大先生回来商议。”王德道：“这话最好，料想大先生回来也没得说。”王仁摇着头笑道：“大哥，这话也且再看，但是不得不如此做。”赵氏听了这话，摸头不着，只得依着言语，写了一封字，遣家人来富连夜赴省接大老爹。

俗话有“娘舅为大”之说，此娘舅欺软怕硬，根本不考虑如何助赵氏一臂之力。

王仁之刁猾更胜乃兄一筹，自非赵氏所能“摸着”。

［注释］

[1] 钱过北斗：形容钱财很多。也称为“钱过壁斗”。 [2] 米烂陈仓：形容米很多。陈仓，指贮存陈谷的粮仓。 [3] 灌浆：指

天花出足，变成脓疱。天花要变成脓疱，然后结痂，才有可能痊愈。 [4] 承嗣：指继承人。

来富来到省城，问着大老爹的下处在高底街。到了寓处门口，只见四个戴红黑帽子的，手里拿着鞭子，站在门口；吓了一跳，不敢进去。站了一会，看见跟大老爹的四斗子出来，才叫他领了他进去。看见敞厅上[1]，中间摆着一乘彩轿，彩轿傍边竖着一把遮阳[2]，遮阳上贴着“即补县正堂”。四斗子进去请了大老爹出来，头戴纱帽，身穿圆领补服[3]，脚下粉底皂靴，来富上前磕了头，递上书信。大老爹接着看了，道：“我知道了。我家二相公恭喜，你且在这里伺候。”来富下来，到厨房里，看见厨子在那里办席。新人房在楼上，张见摆的红红绿绿的，来富不敢上去。

妆官衙官威。

妆官模官样。

［注释］

[1] 敞厅：开敞的房屋，即四面中至少有两面未用实墙封闭的厅房。 [2] 遮阳：遮蔽阳光的大伞，用为仪仗。 [3] 圆领补服：明朝官员所穿的官服，胸前以及后背绣有区别文武、官阶的鸟、兽等补子，因此称为“补服”。

直到日头平西，不见一个吹手来[1]。二相公戴着新方巾，披着红，簪着花，前前后后走着着急，问吹手怎的不来。大老爹在厅上嚷成一片声，叫四斗子快传吹打的。四斗子道："今日是个好日子，八钱银子一班叫吹手还叫不动，老爷给了他二钱四分低银子[2]，又还扣了他二分戥头[3]，又叫张府里抑着他来。他不知今日应承了几家，他这个时候怎得来？"大老爹发怒道："放狗屁！快替我去！来迟了，连你一顿嘴巴！"四斗子骨都着嘴，一路絮聒了出去[4]，说道："从早上到此刻，一碗饭也不给人吃，偏生有这些臭排场！"说罢，去了。

露其吝刻本质。与前对照，原来官样官威的"臭排场"都是用来掩护吝刻、欺负平民的。

怒比官高。

［注释］

[1] 吹手：吹鼓手，指吹奏管乐器以及打鼓的人，也称为"吹打"。 [2] 低银子：成色较差的银子。 [3] 扣了他二分戥（děng）头：少给人二分银子。戥，称量微量贵重物品的小型杆秤，也称为戥子。 [4] 絮聒（guō）：唠叨，埋怨。也写作"絮咶""絮刮"。

直到上灯时候，连四斗子也不见回来，抬新人的轿夫和那些戴红黑帽子的又催的狠，厅上的客说道："也不必等吹手，吉时已到[1]，且去迎亲罢。"将掌扇掮起来，四个戴红黑帽子的开道，来富跟着轿，一直来到周家。那周家敞厅甚大，虽然点着几盏灯烛，天井里却是不亮。这里又没有个吹打的，只得四个戴红黑帽子的，一递一声，在黑天井里喝道，喝个不了。来富看见，不好意思，叫他不要喝了。周家里面有人吩咐道："拜上严老爷，有吹打的就发轿，没吹打的不发轿。"正吵闹着，四斗子领了两个吹手赶来，一个吹箫，一个打鼓，在厅上滴滴打打的，总不成个腔调。两边听的人笑个不住。周家闹了一会，没奈何，只得把新人轿发来了。新人进门，不必细说。

嘲笑，出他洋相。

［注释］

[1] 吉时：指事先请阴阳生选定的适合举行婚礼的吉祥的日子及时辰。

过了十朝[1]，叫来富同四斗子去写了两只高要船[2]。那船家就是高要县的人，两只大船，银十二两，立契到高要付银。一只装的新郎、新娘，一只严贡生自坐。择了吉日，辞别亲家，借了一

由此开始的"装病赖船资"不啻一幕讽刺喜剧。有头有尾逐层展开。手法颇像一段相声，从"包包袱"到"抖包袱"。

倚官仗势，狐假虎威。布置好舞台背景。

副“巢县正堂”的金字牌[3]，一副“肃静”“回避”的白粉牌，四根门枪，插在船上；又叫了一班吹手，开锣掌伞，吹打上船。船家十分畏惧，小心伏侍，一路无话。

[注释]

[1] 十朝（zhāo）：举行婚礼后的第十天。　[2] 写了两只高要船：写契约雇了两只去高要的船。　[3] 正堂：对府县等地方正印官的称呼。

将到目的地了，该按部就班开始表演了。

表演的第一步。

取出法宝，表演的第二步。

第三步抛出诱饵、布下机关。

那日将到了高要县，不过二三十里路了，严贡生坐在船上，忽然一时头晕上来，两眼昏花，口里作恶心，哕出许多清痰来。来富同四斗子，一边一个，架着膊子，只是要跌。严贡生口里叫道：“不好！不好！”叫四斗子快丢了去烧起一壶开水来。四斗子把他放了睡下，一声不倒一声的哼。四斗子慌忙同船家烧了开水，拿进舱来。严贡生将钥匙开了箱子，取出一方云片糕来[1]，约有十多片，一片一片剥着，吃了几片，将肚子揉着，放了两个大屁，登时好了。剩下几片云片糕，阁在后鹅口板上，半日也不来查点。那掌舵驾长害馋痨[2]，左手扶着舵，右手拈来，一片片的送在嘴里了。严贡生只作不看见。

上钩了。

[注释]

[1] 云片糕：一种普通的糕点，由糯米粉、绵白糖、桃仁等制成外形齐整的一块方糕，再切成片，由于片薄、色白，故有此名。　[2] 馋痨：痨病患者食欲强，所以用“馋痨”来讥讽人贪食好吃，有时也写作“馋劳”。

少刻，船拢了马头[1]，严贡生叫来富着速叫他两乘轿子来，摆齐执事，将二相公同新娘先送了家里去；又叫些马头上人来把箱笼都搬了上岸，把自己的行李也搬上了岸。船家、水手都来讨喜钱。严贡生转身走进舱来，眼张失落的，四面看了一遭，问四斗子道：“我的药往那里去了？”四斗子道：“何曾有甚药？”严贡生道：“方才我吃的不是药？分明放在船板上的！”那掌舵的道：“想是刚才船板上几片云片糕。那是老爷剩下不要的，小的大胆就吃了。”严贡生道：“吃了好贱的云片糕！你晓的我这里头是些甚么东西？”掌舵的道：“云片糕无过是些瓜仁、核桃、

摆足威风才好演戏。

就是为了对付这一关。该图穷匕首见了。该抖包袱了。

你吐出来看看！要么开肠破肚来查证！

到高潮，该撒泼了。

洋糖、粉面做成的了，有甚么东西？”严贡生发怒道：“放你的狗屁！我因素日有个晕病，费了几百两银子合了这一料药，是省里张老爷在上党做官带了来的人参[2]，周老爷在四川做官带了来的黄连！你这奴才！‘猪八戒吃人参果——全不知滋味’！说的好容易！是云片糕？方才这几片，不要说值几十两银子，‘半夜里不见了枪头子——攮到贼肚里’[3]；只是我将来再发了晕病却拿甚么药来医？你这奴才，害我不浅！”叫四斗子开拜匣[4]，写帖子：“送这奴才到汤老爷衙里去，先打他几十板子再讲！”掌舵的吓了，陪着笑脸道：“小的刚才吃的甜甜的，不知道是药，只说是云片糕。”严贡生道：“还说是云片糕！再说云片糕，先打你几个嘴巴！”

做官带来的！你能做官吗？

你赔得起吗？你这不是要害我的命吗！

权势官威拿出来了。

［注释］

[1] 马头：即“码头”，船只停泊的地方。 [2] 上党：秦置上党郡，治所在今山西长治。 [3] 半夜里不见了枪头子——攮（nǎng）到贼肚里：歇后语。“攮”是戳、刺之意，这里与“馕”谐音，指拼命往嘴里塞食物。这句话即吃到贼肚子里之意。 [4] 拜匣：拜客、送礼时用来放置名帖、礼金等物的长方形木匣。

说着，已把帖子写了，递给四斗子。四斗子慌忙走上岸去，那些搬行李的人帮船家拦着，两只船上船家都慌了，一齐道："严老爷，而今是他不是，不该错吃了严老爷的药；但他是个穷人，就是连船都卖了，也不能赔老爷这几十两银子。若是送到县里，他那里耽得住？如今只是求严老爷开恩，高抬贵手，恕过他罢。"严贡生越发恼得暴躁如雷。搬行李的脚子走过几个到船上来道[1]："这事原是你船上人不是，方才若不如是着紧的问严老爷要喜钱、酒钱，严老爷已经上轿去了，都是你们拦住那严老爷，才查到这个药。如今自知理亏，还不过来向严老爷跟前磕头讨饶！难道你们不赔严老爷的药，严老爷还有些贴与你不成？"众人一齐捺着掌舵的磕了几个头。严贡生转湾道[2]："既然你众人说，我又喜事匆匆，且放着这奴才，再和他慢慢算账！不怕他飞上天去！"骂毕，扬长上了轿，行李和小厮跟着，一哄去了。船家眼睁睁看着他走去了。

惹不起官呀！

话里有话，表面上是在责备船家，其实是旁敲侧击，揭破黑心，戳穿严贡生挖空心思装病讹船家，只不过是为了赖掉十二两船钱。

达到赖船钱的目的了。班师回家。下一场是谋夺弟产的大戏。

［注释］

[1] 脚子：脚夫。 [2] 转湾：也可写作“转弯”，转过话头。

严贡生回家，忙领了儿子和媳妇拜家堂[1]，又忙的请奶奶来一同受拜。他浑家正在房里抬东抬西，闹得乱哄哄的。严贡生走来道：“你忙甚么？”他浑家道：“你难道不知道家里房子窄鳖鳖的[2]？统共只得这一间上房，媳妇新新的，又是大家子姑娘，你不挪与他住？”严贡生道：“呸！我早已打算定了，要你瞎忙！二房里高房大厦的，不好住？”他浑家道：“他有房子，为甚的与你的儿子住？”严贡生道：“他二房无子，不要立嗣的？”浑家道：“这不成，他要继我们第五个哩。”严贡生道：“这都由他么？他算是个甚么东西！我替二房立嗣，与他甚么相干？”他浑家听了这话，正摸不着头脑，只见赵氏着人来说：“二奶奶听见大老爹回家，叫请大老爹说话，我们二位舅老爷，也在那边。”严贡生便走过来，见了王德、王仁，之乎也者了一顿，便叫过几个管事家人来吩咐：“将正宅打扫出来[3]，明日二

以浑家作反衬。

蓄谋已久，怎肯放过鲸吞的机会。

根本不与二王商量。

相公同二娘来住。”赵氏听得，还认他把第二个儿子来过继[4]，便请舅爷，说道：“哥哥，大爷方才怎样说？媳妇过来，自然在后一层，我照常住在前面，才好早晚照顾，怎倒叫我搬到那边去？媳妇住着正屋，婆婆倒住着厢房[5]，天地世间，也没有这个道理！”王仁道：“你且不要慌，随他说着，自然有个商议。”说罢，走出去了。彼此谈了两句淡话，又吃了一杯茶。王家小厮走来说：“同学朋友候着作文会。”二位作别去了。

明知不妙，不肯为赵氏说话。

［注释］

[1] 拜家堂：新婚夫妇拜祖宗神位以及父母。家堂，安放祖先神位的堂屋。　[2] 窄鳖鳖：方言，形容非常狭窄。　[3] 正宅：住宅的正屋。　[4] 过继：也称为立嗣或“过房”。古代男子无子者可将同宗兄弟之子立为后嗣；或将别人之子认作儿子。这里是前一种情形。过继的目的是传宗接代、承继祖业，承继人称为嗣子或“过继子”，立嗣人称为嗣父母或“过继父母”。嗣子取得嫡子的法律地位，有继承宗祧、继承遗产的权利，同时也有抚养嗣父母的义务。　[5] 厢房：正房两旁的房屋。

严贡生送了回来，拉一把椅子坐下，将十几个管事的家人都叫了来，吩咐道：“我家二相公，置二王设计并主持的扶正之典于不顾。

正名分，也是纲常大礼。

口口声声不离“汤老爷衙门”。

明日过来承继了，是你们的新主人，须要小心伺候。赵新娘是没有儿女的，二相公只认得他是父妾，他也没有还占着正屋的，吩咐你们媳妇子把群屋打扫两间[1]，替他搬过东西去；腾出正屋来，好让二相公歇宿。彼此也要避个嫌疑：二相公称呼他‘新娘’，他叫二相公、二娘是‘二爷’‘二奶奶’。再过几日，二娘来了，是赵新娘先过来拜见，然后二相公过去作揖。我们乡绅人家，这些大礼，都是差错不得的。你们各人管的田房、利息账目，都连夜攒造清完，先送与我逐细看过，好交与二相公查点；比不得二老爹在日，小老婆当家，凭着你们这些奴才朦胧作弊！此后若有一点欺隐，我把你这些奴才，三十板一个，还要送到汤老爷衙门里追工本饭米哩！”众人应诺下去，大老爹过那边去了。

［注释］

[1] 群屋：正房以外的房屋，也称为群房或群室。

这些家人、媳妇领了大老爹的言语，来催赵氏搬房，被赵氏一顿臭骂，又不敢就搬。平日嫌赵氏装尊，作威作福，这时偏要领了一班人来房里说："大老爹吩咐的话，我们怎敢违拗？他到底是个正经主子。他若认真动了气，我们怎样了得？"赵氏号天大哭，哭了又骂，骂了又哭，足足闹了一夜。次日，一乘轿子抬到县门口，正值汤知县坐早堂，就喊了冤。知县叫补进词来[1]，次日发出："仰族亲处覆[2]。"

［注释］

[1] 补进词：补写状纸。词，即状纸。　[2] 仰族亲处覆：令同族本家和亲戚先行商议，然后将处理的结果回复到县衙。仰，公文用语，表示命令。

赵氏备了几席酒，请来家里。族长严振先[1]，乃城中十二都的乡约[2]，平日最怕的是严大老官，今虽坐在这里，只说道："我虽是族长，但这事以亲房为主[3]，老爷批处，我也只好拿这话回老爷。"那两位舅爷王德、王仁，坐着就像泥塑木雕的一般，总不置一个可否。那开米店的赵老二、扯银炉的赵老汉，本来上不得台盘，才要开口说话，被严贡生睁开眼睛，喝了一声，又不

曾记否？二王在主动倡议并亲自导演赵氏的"扶正大典"时，拍着胸脯，"义形于色"地说："有我两人做主"，"立为正室，谁人再敢放屁！"

敢言语了。两个人自心里也裁划道："姑奶奶平日只敬重的王家哥儿两个，把我们不偢不倸；我们没来由，今日为他得罪严老大，'老虎头上扑苍蝇'怎的？落得做好好先生。"把个赵氏在屏风后急得像热锅上蚂蚁一般，见众人都不说话，自己隔着屏风请教大爷，数说这些从前已往的话。数了又哭，哭了又数，捶胸跌脚，号做一片。严贡生听着不耐烦，道："像这泼妇，真是小家子出身！我们乡绅人家，那有这样规矩！不要恼犯了我的性子，揪着头发臭打一顿，登时叫媒人来领出发嫁！"赵氏越发哭喊起来，喊的半天云里都听见，要奔出来揪他，撕他，是几个家人媳妇劝住了。众人见不是事，也把严贡生扯了回去。当下各自散了。

二王也不动恻隐之心，不赞一词。仿佛他不曾承诺要为护卫赵氏的正室地位"做主"。

二王仍无动于衷，仿佛他不曾寒盟背叛。做了亏心事半丝愧疚感都没有！

［注释］

[1] 族长：一族的尊长，也称为"宗长"。是一个家族的首领，通常由家族内辈分高、年龄大的人担任。族长有权处理族内发生的纠纷，也能够根据宗规族约制裁违犯族规的人。　[2] 十二都："都"是城镇下的行政单位，相当于区或乡，十二都即指第十二区。乡约：由县官任命，负责传达政令，调解纠纷，以及处理本区的细微事故并按时做劝善宣传等事务。　[3] 亲房：指家族中

的近支。

次日，商议写覆呈，王德、王仁说："身在黉宫[1]，片纸不入公门。"不肯列名。严振先只得混账覆了几句话[2]，说："赵氏本是妾，扶正也是有的；据严贡生说与律例不合，不肯叫儿子认做母亲，也是有的。总候太老爷天断。"那汤知县也是妾生的儿子，见了覆呈道："'律设大法[3]，理顺人情'，这贡生也忒多事了！"就批了个极长的批语，说："赵氏既扶过正，不应只管说是妾。如严贡生不愿将儿子承继，听赵氏自行拣择，立贤立爱可也[4]。"严贡生看了这批，那头上的火直冒了有十几丈，随即写呈到府里去告，府尊也是有妾的，看着觉得多事，"仰高要县查案"。知县查上案去，批了个"如详缴"[5]。严贡生更急了，到省赴按察司一状，司批："细故赴府县控理。"严贡生没法了，回不得头，想道："周学道是亲家一族，赶到京里，求了周学道在部里告下状来，务必要正名分！"只因这一去，有分教：

总能冠冕堂皇。仿佛他们之寒盟背叛是为了遵守圣贤之道，仿佛他们是最遵守圣贤之道的生员，从来不干预词讼，"片纸不入公门"。但人们记忆犹新的是，他们如何为严二出谋划策，包揽严大的词讼。

原来汤父母并不"相与"。

还是打着儒家"正名分"的冠冕堂皇旗号，"被服儒雅，行若狗彘"！

[注释]

[1] 黉（hóng）宫：即官学。 [2] 混账：模糊敷衍。 [3]“律设大法”二句：南朝宋范晔《后汉书·卓茂传》：“律设大法，礼顺人情。”意为律令设定了大的法则，而礼的具体践行要顺乎人之常情。 [4] 立贤立爱可也：指赵氏可以自行选择继子的人选，无论是贤能的还是她所喜欢的都可以。 [5] 如详缴（jiǎo）：按照原来上报的方式处理案件，并销案。详，一种公文，用于下级向上级汇报请示。缴，指缴销。

多年名宿[1]，今番又掇高科；英俊少年，一举便登上第。

[注释]

[1] 名宿：素有名望的人。

不知严贡生告状得准否，且听下回分解。

[点评]

第四回已点评严贡生形象的两个要点，此回续点评两个要点：

诡计多端的骗子

严贡生的二儿子果然攀上了做过巢县知县的周家老爷的二女儿，迎亲时严贡生倚官仗势克扣吹打手的工钱，出了洋相。娶过亲，严贡生雇两只船送新郎新娘回高要县，与船家立契到高要后付银。快到目的地时，他按部就班开始表演：首先突然头晕起来，口里唠出许多清痰，让仆人“架着膊子，只是要跌”。病情有人可证后，接着就取出一方云片糕来，“吃了几片，将肚子揉着，放了两个大屁，登时好了”。第三步，将剩下的几片云片糕故意放在舵工身旁，“半日也不来查点”，好像不要了，引诱舵工顺手拈来，“一片片的送在嘴里”，“严贡生只作不看见”。最后，船拢码头，他命令着速将新郎新娘先送家去，待船家水手来讨喜钱时，他忽然眼张失落地要找“药”。众人不解，说：“何曾有甚药？”他说：“方才我吃的不是药？分明放在船板上的！”舵工老实，说：“想是刚才船板上几片云片糕。那是老爷剩下不要的，小的大胆就吃了。”吃者既已当众承认，这就可以摊牌了：“好贱的云片糕！”那是“费了几百两银子”合成的一料药！不信么？刚才我患晕病已经有目共见，此药立即治好我晕病的疗效也已经有目共睹。有那么贵重么？那是“省里张老爷在上党做官带了来的人参，周老爷在四川做官带了来的黄连”！都是稀罕之物，得来不易，钱是小事，“只是我将来再发了晕病却拿甚么药来医？”你这不是要害我的命吗！说到这里，不能不怒发冲冠，命令四斗子开拜匣，写帖子，“送这奴才到汤老爷衙里去，先打他几十板子再讲”！

戏演到这里，不是药也得认作药，船家只有自认倒霉，谁叫你吃下去？又不能开肠破肚来化验，是药是云片糕如何辨得清！最重要的是人家有“巢县正堂”的金字牌匾，有老爷衙门的板子，船家不但不敢要那十二两船钱和喜钱，还要“求严老爷开恩，高抬贵手”。搬行李的脚夫看在眼里，过来说道："方才若不如是着紧的问严老爷要喜钱、酒钱，严老爷已经上轿去了，都是你们拦住那严老爷，才查到这个药。"表面上是在责备船家，其实是旁敲侧击，戳穿严贡生挖空心思装病闹船家，只不过是为了赖掉十二两船钱。

从严贡生讹船家的纯熟谋划和炉火纯青的表演可以看出，他惯于讹人。讹人，在他就像呼吸一样自然，他可以不假思索，眼睛一眨就有一个诡计产生。讹船家对他来说只不过是略施小计，与此同时，他已经制订好上岸后如何吞并二房严监生遗产的非凡韬略了。

植根封建宗法制土壤上的毒瓜

在本书的导读里已阐明严贡生是攀附在封建官僚藤架的毒瓜，本回的谋夺弟产进一步表明他还植根于封建宗法制家族的土壤上。封建阶级的宗法家庭，高悬纲常名分的大旗，笼罩温情脉脉的面纱，而内里明争暗斗，骨肉相残，尽显封建衰世从里到外的精神危机。《儒林外史》对封建家族内部尔虞我诈的揭橥，篇幅虽短，却成一景观。导读的严贡生部分与此互补，此不赘述。

第七回　范学道视学报师恩
王员外立朝敦友谊

话说严贡生因立嗣兴讼，府、县都告输了，司里又不理，只得飞奔到京。想冒认周学台的亲戚，到部里告状。一直来到京师，周学道已升做国子监司业了[1]。大着胆，竟写一个“眷姻晚生”的帖[2]，门上去投。长班传进帖，周司业心里疑惑，并没有这个亲戚。正在沉吟，长班又送进一个手本[3]，光头名字，没有称呼，上面写着“范进”。周司业知道是广东拔取的，如今中了，来京会试，便叫快请进来。范进进来，口称恩师，叩谢不已。周司业双手扶起，让他坐下，开口就

与汤知县的关系是冒认，与周学台的关系也是冒认！此人一贯冒认，是招摇撞骗的惯骗。跟牛浦郎之冒认是一路货，只是身份地位更高，也就更卑劣。

问："贤契同乡[4]，有个甚么姓严的贡生么？他方才拿姻家帖子来拜学生，长班问他，说是广东人，学生却不曾有这门亲戚。"范进道："方才门人见过，他是高要县人，同敝处周老先生是亲戚，只不知老师可是一家？"周司业道："虽是同姓，却不曾序过[5]，这等看起来，不相干了。"即传长班进来吩咐道："你去向那严贡生说，衙门有公事，不便请见，尊帖也带了回去罢。"长班应诺回去了。

彻底揭穿严贡生的骗子面目。对严氏家族的描写基本完成。

交待了周进、范进之后，就转入荀玫、王惠，与第二回薛家集旧事相呼应。

[注释]

[1] 国子监司业：国子监的副长官。辅佐正长官国子监祭酒执掌教育行政及考试国子诸学生徒等事。 [2] 眷姻晚生：谦称，指对方是由婚姻关系而结成的亲属，自己是他的晚辈。 [3] 长班：官绅所雇的仆从。手本：即折叠成册的全帖，位卑者谒见位尊者时所使用。投帖者通常在姓名前写上自己的卑称，例如门下、晚生、卑职等，由于朝廷禁止考中举人、进士的人与考官攀师生关系，所以范进的手本上是"光头名字，没有称呼"。 [4] 贤契：对学生或朋友子侄辈的客气称呼。 [5] 不曾序过：指同姓的人没有按照宗族关系联过宗。

周司业然后与范举人话旧，道："学生前科看广东榜，知道贤契高发，满望来京相晤，不想何以迟至今科？”范进把丁母忧的事说了一遍，周司业不胜叹息，说道：“贤契绩学有素，虽然耽迟几年，这次南宫一定入选[1]。况学生已把你的大名常在当道大老面前荐扬，人人都欲致之门下。你只在寓静坐，揣摩精熟。若有些须缺少费用，学生这里还可相帮。”范进道：“门生终身皆顶戴老师高厚栽培。”又说了许多话，留着吃了饭，相别去了。

“静坐”是理学弊端所讲究，“揣摩”是八股科场中的“金针”。

［注释］

[1] 南宫一定入选：指参加会试一定能考中进士。南宫是指主持会试的礼部。

会试已毕，范进果然中了进士。授职部属，考选御史。数年之后，钦点山东学道，命下之日，范学道即来叩见周司业。周司业道：“山东虽是我故乡，我却也没有甚事相烦；只心里记得训蒙的时候，乡下有个学生，叫做荀玫，那时才得七岁，这又过了十多年，想也长成人了。他是个务农的人家，不知可读得成书，若是还在应考，贤契留意看看，果有一线之明，推情拔了他，也

此开篇所写“功名富贵无凭据”。

周进不是薄情凉血之人。

了我一番心愿。”范进听了，专记在心，去往山东到任。考事行了大半年，才按临兖州府[1]，生童共是三棚，就把这件事忘怀了。直到第二日要发童生案，头一晚才想起来，说道：“你看我办的是甚么事！老师托我汶上县荀玫，我怎么并不照应？大意极了！”慌忙先在生员等第卷子内一查，全然没有。随即在各幕客房里把童生落卷取来[2]，对着名字、坐号，一个一个的细查。查遍了六百多卷子，并不见有个荀玫的卷子。学道心里烦闷道：“难道他不曾考？”又虑着：“若是有在里面，我查不到，将来怎样见老师？还要细查。就是明日不出案也罢[3]。”一会同幕客们吃酒，心里只将这件事委决不下。众幕宾也替疑猜不定。

[**注释**]

[1] 按临：也写作“案临”或“案试”，指提学官莅临某一府州县主持考试考校生员。[2] 落卷：未曾录取的卷子。[3] 出案：提学官将童子试后考取秀才的士人名单公布出来。

内中一个少年幕客蘧景玉说道：“老先生这

件事倒合了一件故事。数年前，有一位老先生点了四川学差，在何景明先生寓处吃酒[1]，景明先生醉后大声道：‘四川如苏轼的文章，是该考六等的了[2]。’这位老先生记在心里，到后典了三年学差回来，再会见何老先生，说：‘学生在四川三年，到处细查，并不见苏轼来考，想是临场规避了。’”说罢，将袖子掩了口笑；又道：“不知这荀玫是贵老师怎么样向老先生说的？”范学道是个老实人，也不晓得他说的是笑话，只愁着眉道：“苏轼既文章不好，查不着也罢了，这荀玫是老师要提拔的人，查不着，不好意思的。”一个年老的幕客牛布衣道[3]：“是汶上县？何不在已取中入学的十几卷内查一查？或者文字好，前日已取了也不可知。”学道道：“有理，有理。”忙把已取的十几卷取来，对一对号簿，头一卷就是荀玫，学道看罢，不觉喜逐颜开，一天愁都没有了。

堂堂学道大考官竟不知苏轼是何人。

［注释］

[1] 何景明：字仲默，号白坡，又号大复山人，明代文学家，前七子之一。　[2] 六等：明清时期，在提学官所主持的岁考中实

行六等黜陟法，即将秀才的岁考成绩分为六等，第四等以下要受到责罚。第六等是最差的一等，也称为“极等”，要受到发充吏员或是罢黜为民的处罚。 [3] 布衣：原指不是官绅阶层的平民。这里的“布衣”是这位姓牛的幕客的字。

次早发出案来，传齐生童发落。先是生员。一等、二等、三等都发落过了；传进四等来，汶上县学四等第一名上来是梅玖，跪着阅过卷，学道作色道：“做秀才的人，文章是本业，怎么荒谬到这样地步！平日不守本分，多事可知！本该考居极等，姑且从宽，取过戒饬来[1]，照例责罚！”梅玖告道：“生员那一日有病，故此文字糊涂，求大老爷格外开恩！”学道道：“朝廷功令，本道也做不得主。左右！将他扯上凳去，照例责罚！”说着，学里面一个门斗已将他拖在凳上[2]。梅玖急了，哀告道：“大老爷！看生员的先生面上开恩罢！”学道道：“你先生是那一个？”梅玖道：“现任国子监司业周蕡轩先生，讳进的，便是生员的业师。”范学道道：“你原来是我周老师的门生。也罢，权且免打。”门斗把他放起来，上来跪下，学道吩咐道：“你既出周

平日惯做欺侮周进那样的事。多行不义必自毙！

曾记否？在薛家集宴上挖空心思侮辱他，现在竟冒称是他的门生、以他作护身符！

老师门下，更该用心读书。像你做出这样文章，岂不有玷门墙桃李？此后须要洗心改过。本道来科考时[3]，访知你若再如此，断不能恕了！”喝声：“赶将出去！”

[注释]

[1] 戒饬（chì）：即戒尺，对士子施行体罚的木尺。　[2] 门斗：儒学里的公役。　[3] 科考：又称为“决科”，是每届乡试之前进行的考试，清制，在科考中考居一等、二等以及三等前列的秀才才有资格参加乡试，称之为“科举生员”。

传进新进儒童来。到汶上县，头一名点着荀玫，人丛里一个清秀少年上来接卷，学道问道：“你和方才这梅玖是同门么？”荀玫不懂这句话，答应不出来。学道又道：“你可是周蒉轩老师的门生？”荀玫道：“这是童生开蒙的师父。”学道道：“是了，本道也在周老师门下。因出京之时，老师吩咐来查你卷子，不想暗中摸索[1]，你已经取在第一，似这少年才俊，不枉了老师一番栽培，此后用心读书，颇可上进。”荀玫跪下谢了。候众人阅过卷，鼓吹送了出去，学道退堂掩门。

吴敬梓《减字木兰花》词八首之四“摸索曹刘谁信道？”也用此典故。

[注释]

[1] 暗中摸索：《东坡志林》载徐陵自诩善识拔人才："若曹刘沈谢辈，暗中摸索，亦合认得。"

荀玫才走出来，恰好遇着梅玖还站在辕门外[1]。荀玫忍不住问道："梅先生，你几时从过我们周先生读书？"梅玖道："你后生家那里知道？想着我从先生时，你还不曾出世！先生那时在城里教书，教的都是县门口房科家的馆，后来下乡来，你们上学，我已是进过了，所以你不晓得。先生最喜欢我的，说是我的文章有才气，就是有些不合规矩，方才学台批我的卷子上也是这话，可见会看文章的都是这个讲究，一丝也不得差。你可知道，学台何难把俺考在三等中间，只是不得发落，不能见面了，特地把我考在这名次，以便当堂发落，说出周先生的话，明卖个情。所以把你进个案首，也是为此。俺们做文章的人，凡事要看出人的细心，不可忽略过了。"两人说着闲话，到了下处。次日送过宗师，雇牲口，一同回汶上县薛家集。

不惜伪造历史，颠倒黑白，给自己贴金。亦严贡生之流无耻之徒。

倚老卖老，意图补谎却越描越黑。

［注释］

[1] 辕门：官署的外门。

此时荀老爹已经没了，只有母亲在堂。荀玫拜见母亲，母亲欢喜道："自你爹去世，年岁不好，家里田地渐渐也花费了，而今得你进个学，将来可以教书过日子。"申祥甫也老了，拄着拐杖来贺喜，就同梅三相商议，集上约会分子，替荀玫贺学，凑了二三十吊钱。荀家管待众人，就借这观音庵里摆酒。

又回到观音庵，回应第二回的小说开头。

那日早晨，梅玖、荀玫先到，和尚接着。两人先拜了佛，同和尚施礼。和尚道："恭喜荀小相公，而今挣了这一顶头巾，不枉了荀老爹一生忠厚，做多少佛面上的事，广积阴功。那咱你在这里上学时还小哩[1]，头上扎着抓角儿[2]。"又指与二位道："这里不是周大老爷的长生牌[3]？"二人看时，一张供桌，香炉、烛台，供着个金字牌位，上写道："赐进士出身，广东提学御史，今升国子监司业周大老爷长生禄位。"左边一行小字，写着"公讳进，字蒉轩，邑人"。右边一行小字“薛家集里人、观音庵僧人同供奉”。两人见是老师的位，恭恭敬敬同拜了几拜。又同和尚走到后边屋里，周先生当年设帐的所在[4]，见两扇门开着，临了水次，那对过河滩塌了几尺，这边长出些来。看那三间屋，用芦席隔着，而今不做学堂了。左边一间，住着一个江西先生，门上贴着“江右陈和甫仙乩神数”[5]。那江西先生不在家，房门关着，只有堂屋中间墙上还是周先生写的联对，红纸都久已贴白了，上面十个字是“正身以俟时；守己而律物”。梅玖指着向和尚道：“还是周大老爷的亲笔，你不该贴在这里，拿些水喷了，揭下来裱一裱，收着才是。”和尚应诺，连忙用水揭下，弄了一会。申祥甫领着众人到齐了，吃了一日酒才散。

应景“三十年河东，三十年河西”。

物以人贵，今非昔比。补足梅玖之势利。

荀家把这几十吊钱赎了几票当，买了几石米，剩下的，留与荀玫做乡试盘费。次年录科[6]，又取了第一。果然英雄出于少年，到省试[7]，高高中了。忙到布政司衙门里领了杯、盘、衣帽、旗匾、盘程[8]，匆匆进京会试，又中了第三名进士。

[注释]

[1] 那咱：即那时候。　[2] 抓角儿：指儿童头上挽的一左一右两只小发髻。　[3] 长生牌：写有某人的姓名，为其祈求福寿的牌位。　[4] 设帐：开馆授徒。东汉马融曾在讲学授徒处设绛纱帐，因有此称。　[5] 仙乩（jī）：扶乩的夸饰之称，一种占卜的方法，也叫"扶鸾""扶箕"。术士将丁字形木架放在沙盘上，由两人分扶横木两端，用仪式请来某位神灵，悬锥会在沙上画成文字，术士将其说成是神灵的指示。神数：术数之学的夸饰称谓，泛指术士根据各种现象，来推测人的气数和命运。　[6] 录科：因故未参加科考或是未通过科考的一些士人可以参加录科考试以获得参加乡试的资格，录科由提学官主持，在乡试年的七月下旬举行。　[7] 省试：即乡试的别称，由于乡试分省举行，故有此称。　[8] 旗匾：新科举人由每省的布政司衙门颁给旗子和匾额，以示荣耀。

明朝的体统：举人报中了进士，即刻在下处摆起公座来升座[1]，长班参堂磕头[2]。这日正磕着头，外边传呼接帖，说："同年同乡王老爷来拜。"荀进士叫长班抬开公座，自己迎了出去。只见王惠须发皓白，走进门，一把拉着手，说道："年长兄，我同你是'天作之合'，不比寻常同年弟兄。"两人平磕了头，坐着，就说起昔年这一梦，"可见你我都是天榜有名。将来'同寅协恭'[3]，多少事业都要同做"。荀玫自小也依

再回应卷首薛家集往事，有历史纵深感，有世事沧桑冷暖炎凉感。

稀记得听见过这句话，只是记不清了，今日听他说来，方才明白，因说道："小弟年幼，叨幸年老先生榜末，又是同乡，诸事全望指教。"王进士道："这下处是年长兄自己赁的？"荀进士道："正是。"王进士道："这甚窄，况且离朝纲又远[4]，这里住着不便。不瞒年长兄说，弟还有一碗饭吃，京里房子也是我自己买的，年长兄竟搬到我那里去住，将来殿试，一切事都便宜些。"说罢，又坐了一会，去了。次日，竟叫人来把荀进士的行李搬在江米巷自己下处同住。传胪那日[5]，荀玫殿在二甲，王惠殿在三甲，都授了工部主事[6]。俸满[7]，一齐转了员外[8]。

似张静斋之拉拢范进。世态如此。

［注释］

[1] 公座：指官员办公的座席。 [2] 参堂：位卑之人参见位尊之人的礼仪，如后辈见长辈、下级见上级等。 [3] 同寅协恭：语出《尚书·皋陶谟》，意为共同在一起为朝廷敬慎办事。同寅，引申为同僚、同事。 [4] 朝纲：此指朝堂所在之处。 [5] 传胪（lú）：殿试后揭晓宣读进士名次的一种仪式。宋代于公布名次之日，皇帝在大殿内宣布一甲三名的姓名，由阁门承接，传到阶下，卫士齐声传名高呼，称之为传胪。清制则由传胪官宣布一甲三名的姓名，宣布时以次接传至丹墀。此外，二甲第一以及三甲第一有时也被称为传胪。 [6] 工部：中央机构所设六部之一，管理国

家的土木兴建、水利工程等事。主事：明清在六部所设司官中置主事一职，是司官中官阶较低的一个职位。 [7] 俸满：官吏任职满一定年限后，可以依例升调。京官与外官俸满要求的年限并不一样。 [8] 员外：即"员外郎"，官名，是六部各司的副主官。本回内以下转入陈和甫扶乩等事，2610字，本书节略不录。

[点评]

从第二回小说正文开始至本回上半回为一结构"板块"，以周进和薛家集诸人始，以周进的薛家集旧人终。各人都经历了一段世事沧桑，很有"史"的纵深感。特以周进与梅玖的关系变化为主轴：想当初周进未取得秀才资格，薛家集的新秀才梅玖残忍地百般侮辱踩踏他；如今周进当了官，梅玖还停留在秀才，岁考不及格要挨杖罚，竟冒称周进是自己业师以之作救身符；回到薛家集观音庵，恭恭敬敬地叩拜周进的长生牌。又一个胡屠户式的前倨后恭，真是"世情看冷暖，人面逐高低"，功名富贵魔力大哉！

范进考了二十多次都不济，一旦经周进因怜悯而让他进了学，旋即中了举，接着"中了进士。授职部属，考选御史。数年之后，钦点山东学道"，一路飙升。而这个当了大考官的学道大人，连苏轼是何人都不知道，还自诩"暗中摸索"都能识拔贤才。真如卷首《蝶恋花》词所云"功名富贵无凭据"。

第十三回　蘧駪夫求贤问业 马纯上仗义疏财[1]

（蘧公孙）那日打从街上走过，见一个新书店里贴着一张整红纸的报帖，上写道：

本坊敦请处州马纯上先生精选三科乡会墨程[2]。凡有同门录及朱卷赐顾者[3]，幸认嘉兴府大街文海楼书坊不误[4]。

由此起至第十五回为“马二先生传”，至第二十回则为“马二匡超人合传”。

［注释］

[1] 本回此前 1630 字与马二无关，不录。以下起写马二先生。 [2] 处州：明代为处州府，在今浙江丽水。 [3] 同门录：即乡试、会试中同科考中的士人和考官的名录，也附载几篇当科中式的文章。 [4] 书坊：编选、刻印并销售书籍的店铺。

公孙心里想道："这原来是个选家[1]，何不来拜他一拜？"急到家换了衣服，写个"同学教弟"的帖子，来到书坊，问道："这里是马先生下处？"店里人道："马先生在楼上。"因喊一声道："马二先生，有客来拜。"楼上应道："来了。"于是走下楼来。

［注释］

[1] 选家：即将科场墨程等所载的八股文章选录出来编成选集的士人。选家要对所选文章加以评、点，供士子学习。

公孙看那马二先生时，身长八尺，形容甚伟，头戴方巾，身穿蓝直裰，脚下粉底皂靴，面皮深黑，不多几根胡子。相见作揖让坐。马二先生看了帖子，说道："尊名向在诗上见过，久仰久仰！"公孙道："先生来操选政[1]，乃文章山斗[2]，小弟仰慕，晋谒已迟。"店里捧出茶来吃了，公孙又道："先生便是处州学[3]，想是高补过的[4]。"马二先生道："小弟补廪二十四年，蒙历任宗师的青目[5]，共考过六七个案首，只是科场不利，不胜惭愧！"公孙道："遇合有时，下科一定是

马二数十年"科场不利"而无怨无悔。

抡元无疑的了[6]。”说了一会，公孙告别。马二先生问明了住处，明日就来回拜。公孙回家向鲁小姐说：“马二先生明日来拜。他是个举业当行，要备个饭留他。”小姐欣然备下。

［**注释**］

[1] 选政：对于编选八股文选集之事的恭维的称呼。 [2] 山斗：也称为“泰斗”，泰山、北斗的省称。比喻德高望重或有卓越成就者如同泰山北斗般为人们所尊重敬仰。 [3] 处州学：处州府学的生员。 [4] 高补：即由增生、附生等增补成为廪膳生员。 [5] 青目：青睐、赏识。 [6] 抡元：指在乡试里考中第一名成为解元。抡，选拔。

次早，马二先生换了大衣服，写了回帖，来到蘧府。公孙迎接进来，说道：“我两人神交已久，不比泛常。今蒙赐顾，宽坐一坐，小弟备个家常饭，休嫌轻慢。”马二先生听罢欣然。公孙问道：“尊选程墨，是那一种文章为主？”马二先生道：“文章总以理法为主，任他风气变，理法总是不变，所以本朝洪、永是一变[1]，成、弘又是一变[2]，细看来，理法总是一般。大约文章既不可带注疏气[3]，尤不可带词赋气[4]。带注疏气不过失之于少文采，带词赋气便有碍于圣贤口气，所以词赋气尤在所忌。”公孙道：“这是做文章了；请问批文章是怎样个道理？”马二先生道：“也是全不可带词赋气。小弟每常见前辈批语[5]，有些风花雪月的字样，被那些后生们看见，便要想到诗词歌赋那条路上去，便要坏了心术。古人说得好，‘作文之心如人目’[6]，凡人目中，尘土屑固不可有，即金玉屑又是着得的么？所以小弟批文章，总是采取《语类》《或问》上的精语[7]。时常一个批语要做半夜，不肯苟且下笔，要那读文章的读了这一篇，就悟想出十几篇的道理，才为有益。将来拙选告成[8]，送来细细请教。”说着，里面捧出饭来，果是家常肴馔：一碗炖鸭，一碗煮鸡，一尾鱼，一大碗煨的稀烂的猪肉。马二先生食量颇高，举起箸来向公孙道：“你我知己相逢，不做客套，这鱼且不必动，倒是肉好。”当下吃了四碗饭，将一大碗烂肉吃得干干净净。里面听见，又添出一碗来，连汤都吃完了。抬开桌子，啜茗清谈。

不敢越朱熹雷池一步。

与后文匡超人的率尔操觚恰成对比。

马二清贫。胃囊缺油。

[注释]

[1] 洪、永：指明太祖洪武年间、明成祖永乐年间。 [2] 成、弘：指明宪宗成化年间、明孝宗弘治年间。 [3] 注疏：注释和解释注解的文字合称注疏。注疏注解的一般是经书中的文字、语意、名物、典制等。 [4] 词赋：本指赋体文学，这里指与科举考试无关的各种诗词歌赋等抒情文学。 [5] 批语：这里指对八股文的评点之语。 [6] 作文之心如人目：指八股文就像人的眼睛一样，容不得半点杂质。语参《景德传灯录》卷第七“如人眼睛上，一物不可住。金屑虽珍宝，在眼亦为病”。 [7]《语类》《或问》：指宋人黎靖德所编的记录朱熹与其弟子问答的语录汇编《朱子语类》以及朱熹所著的《四书或问》两部书。 [8] 拙选：对于自己所选八股文集的谦称。

马二的“举业万岁论”。

马二的“举业做官论”。

马二先生问道：“先生名门，又这般大才，久已该高发了，因甚困守在此？”公孙道：“小弟因先君见背的早，在先祖膝下料理些家务，所以不曾致力于举业。”马二先生道：“你这就差了。举业二字，是从古及今人人必要做的。就如孔子生在春秋时候，那时用‘言扬行举’做官[1]，故孔子只讲得个‘言寡尤，行寡悔，禄在其中’[2]，这便是孔子的举业。讲到战国时，以游说做官，所以孟子历说齐梁，这便是孟子的举业。到汉朝用‘贤良方正’开科[3]，所以公孙弘、董仲舒举贤良方正[4]，这便是汉人的举业。到唐朝用诗赋取士[5]，他们若讲孔孟的话，就没有官做了，所以唐人都会做几句诗，这便是唐人的举业。到宋朝又好了，都用的是些理学的人做官，所以程、朱就讲理学[6]，这便是宋人的举业。到本朝用文章取士，这是极好的法则。就是夫子在而今，也要念文章、做举业，断不讲那'言寡尤，行寡悔'的话。何也？就日日讲究'言寡尤，行寡悔'，那个给你官做？孔子的道也就不行了。"一席话，说得蘧公孙如梦方醒。又留他吃了晚饭，结为性命之交，相别而去。自此，日日往来。

马二尚不忘做官为了"行道"。

［注释］

[1] 言扬行举：语出《礼记·文王世子》："凡语于郊者，必取贤敛才焉：或以德进，或以事举，或以言扬。"指根据人的德行和名声来选拔贤才。　[2] 言寡尤，行寡悔，禄在其中：语出《论语·为政》，意思是言语少犯错误，行动上少作会后悔的事，言行必须谨慎，官职和俸禄就在其中了。　[3] 贤良方正：汉代选拔人才的科目之一，始于汉文帝时。被举者对政治得失要直言极谏，如果表现优异，则会被授予官职。　[4] 公孙弘：西汉名臣。少时为狱吏，四十岁开始研习《春秋》，六十岁时武帝下诏要各地举荐贤良文学士，公孙弘中选。后任丞相，封平津侯。董仲舒：西汉思想家、哲学家。汉武帝时举贤良文学之士，董仲舒通

过对策建议实行“罢黜百家、独尊儒术”，后被任命为江都相之职。 [5] 唐朝用诗赋取士：唐朝科举考试的科目主要有进士、明经、制举等，其中又以进士科最为人所称道。进士科原本只考试策文，到了高宗后期，变为试贴经、杂文以及策文三场。约在天宝年间，杂文中开始专考诗赋，并成为固定的格局。但后世论者往往以为唐代科举就是“以诗赋取士”，并将之视为唐诗繁荣的原因，实际上这是一种误解。 [6] 理学：宋明时期最为重要的儒家哲学思想，以周敦颐、程颢、程颐、朱熹、陆九渊、王守仁等人为代表。也叫“道学”。理学与汉儒偏重章句训诂不同，以讲求儒学经义，探究名理兼谈性命为主。

那日在文海楼，彼此会着，看见刻的墨卷上目录摆在桌上，上写着“历科墨卷持运”[1]，下面一行刻着“处州马静纯上氏评选”。蘧公孙笑着向他说道：“请教先生，不知尊选上面可好添上小弟一个名字，与先生同选，以附骥尾[2]？”马二先生正色道：“这个是有个道理的。站封面亦非容易之事[3]，就是小弟，全亏几十年考校的高[4]，有些虚名，所以他们来请。难道先生这样大名还站不得封面？只是你我两个，只可独站，不可合站，其中有个缘故。”蘧公孙道：“是何缘故？”马二先生道：“这事不过是名利二者。小弟一不肯自己坏了名，自认做趋利。假若把你先

马二迂而直，往往不加讳饰，率真地道出真实思想，让人“洞见儒者之心肝”（鲁迅语）。

生写在第二名，那些世俗人就疑惑刻资出自先生[5]，小弟岂不是个利徒了？若把先生写在第一名，小弟这数十年虚名，岂不都是假的了？还有个反面文章是如此算计，先生自想，也是这样算计。”说着，坊里捧出先生的饭来，一碗熝青菜[6]，两个小菜碟。马二先生道：“这没菜的饭，不好留先生用，奈何？”蘧公孙道：“这个何妨？但我晓得长兄先生也是吃不惯素饭的，我这里带的有银子。”忙取出一块来，叫店主人家的二汉买了一碗熟肉来。两人同吃了。

［注释］

[1] 历科墨卷持运：即将此前各科乡、会试考官所写的程式范文以及中式者的文章进行编选而成的选本。《艺文类聚》所载吴闵鸿的《羽扇赋》中有“于时祝融持运”之语。这里的“持运”应是把持文运之意。以此作为八股选本的书名即标榜自己能够通过编选体现八股文发展的最新动向，以帮助考生获得科名。　[2] 以附骥尾：语出《史记·伯夷列传》：“颜渊虽笃学，附骥尾而行益显。”意指即便只是苍蝇，附在宝马良驹的尾巴上也可以日行千里，比喻依附先辈或是名人以成就声名。　[3] 站封面：作为署名的选编者将名字刻印在书本的封面上。　[4] 考校：指岁考、科考等考试，也便是马二先生之前所说的“小弟补廪二十四年，蒙历任宗师的青目，共考过六七个案首”。　[5] 刻

资：指刊刻书籍所需的费用。 [6] 熝（āo）：一种近似于卤的烹调方法。

望子成龙固天下父母心，但督责过苛不利儿童健康全面发展；况且所课是八股举业，在功名富贵体制下，八股之毒延及妇孺。

公孙别去。在家里，每晚同鲁小姐课子到三四更鼓，或一天遇着那小儿子书背不熟，小姐就要督责他念到天亮，倒先打发公孙到书房里去睡。

双红这小丫头在傍递茶递水，极其小心。他会念诗，常拿些诗来求讲，公孙也略替他讲讲。因心里喜他殷勤，就把收的王观察的个旧枕箱把与他盛花儿针线，又无意中把遇见王观察这一件事向他说了。不想宦成这奴才小时同他有约，竟大胆走到嘉兴，把这丫头拐了去。公孙知道大怒，报了秀水县[1]，出批文拿了回来。两口子看守在差人家，央人来求公孙，情愿出几十两银子与公孙做丫头的身价，求赏与他做老婆。公孙断然不依。差人要带着宦成回官，少不得打一顿板子，把丫头断了回来，一回两回诈他的银子。宦成的银子使完，衣服都当尽了。

[注释]

[1] 秀水县：明清属浙江省嘉兴府，现属浙江嘉兴。

那晚在差人家，两口子商议，要把这个旧枕箱拿出去卖几十个钱来买饭吃。双红是个丫头家，不知人事，向宦成说道："这箱子是一位做大官的老爷的，想是值的银子多，几十个钱卖了，岂不可惜？"宦成问："是蘧老爷的？是鲁老爷的？"丫头道："都不是。说这官比蘧太爷的官大多着哩。我也是听见姑爷说，这是一位王太爷，就接蘧太爷南昌的任，后来这位王太爷做了不知多大的官，就和宁王相与。宁王日夜要想杀皇帝，皇帝先把宁王杀了，又要杀这王太爷。王太爷走到浙江来，不知怎的，又说皇帝要他这个箱子，王太爷不敢带在身边走，恐怕搜出来，就交与姑爷。姑爷放在家里闲着，借与我盛些花，不晓的我带了出来。我想皇帝都想要的东西，不知是值多少钱！你不见箱子里还有王太爷写的字在上？"宦成道："皇帝也未必是要他这个箱子，必有别的缘故。这箱子能值几文！"

无知识丫头的口吻逼真。妙在说不清真相，却让人知晓所言何事。

那差人一脚把门踢开，走进来骂道："你这倒运鬼！放着这样大财不发，还在这里受瘟罪！"宦成道："老爹，我有甚么财发？"差人差人口角宛然活现。

道："你这痴孩子！我要传授了，便宜你的狠哩！老婆白白送你，还可以发得几百银子财，你须要大大的请我，将来银子同我平分，我才和你说。"宦成道："只要有银子，平分是罢了，请是请不起的，除非明日卖了枕箱子请老爷。"差人道："卖箱子？还了得！就没戏唱了！你没有钱我借钱与你。不但今日晚里的酒钱，从明日起，要用同我商量。我替你设法了来，总要加倍还我。"又道："我竟在里面扣除，怕你拗到那里去？"差人即时拿出二百文，买酒买肉，同宦成两口子吃，算是借与宦成的，记一笔账在那里。吃着，宦成问道："老爹说我有甚么财发？"差人道："今日且吃酒，明日再说。"当夜猜三划五[1]，吃了半夜，把二百文都吃完了。

［注释］

[1] 猜三划五：即猜拳、划拳，输的一方要被罚酒。

宦成这奴才吃了个尽醉，两口子睡到日中还不起来。差人已是清晨出门去了，寻了一个老练的差人商议，告诉他如此这般："事还是竟弄破了好，还是‘开弓不放箭’[1]，大家弄几个钱有益？”被老差人一口大啐道：“这个事都讲破！破了还有个大风？如今只是闷着同他讲，不怕他不拿出钱来。还亏你当了这几十年的门户，利害也不晓得！遇着这样事还要讲破，破你娘的头！”骂的这差人又羞又喜，慌跑回来，见宦成还不曾起来，说道：“好快活！这一会像两个狗恋着。快起来和你说话！”宦成慌忙起来，出了房门。差人道：“和你到外边去说话。”两人拉着手，到街上一个僻静茶室里坐下。差人道：“你这呆孩子，只晓得吃酒吃饭，要同女人睡觉。放着这样一注大财不会发，岂不是‘如入宝山空手回’？”宦成道：“老爹指教便是。”差人道：“我指点你，你却不要‘过了庙不下雨’[2]。”

“差人”已经“猾”得够水平，“老差人”更老辣，再连读后文潘三之老练，由此三吏役可略显衙门之黑暗！

差人满口俚语、俗语、谚语、歇后语，活色生香。人物语言的个性化十分出色。

［注释］

[1] 开弓不放箭：比喻先把问题摆出而不把事情一下子讲破做绝。 [2] 过了庙不下雨：指得了好处之后便不回报帮助过自己的人。

说着，一个人在门首过，叫了差人一声“老爹”，走过去了。差人见那人出神，叫宦成坐着，自己悄悄尾了那人去。只听得那人口里抱怨道："白白给他打了一顿，却是没有伤，喊不得冤；待要自己做出伤来，官府又会验的出。"差人悄悄的拾了一块砖头，凶神似的走上去把头一打，打了一个大洞，那鲜血直流出来。那人吓了一跳，问差人道："这是怎的？"差人道："你方才说没有伤，这不是伤么？又不是自己弄出来的，不怕老爷会验，还不快去喊冤哩！"那人倒着实感激，谢了他，把那血用手一抹，涂成一个血脸，往县前喊冤去了。

宦成站在茶室门口望，听见这些话，又学了一个乖。差人回来坐下，说道："我昨晚听见你当家的说，枕箱是那王太爷的。王太爷降了宁王，又逃走了，是个钦犯[1]，这箱子便是个钦赃[2]。他家里交结钦犯，藏着钦赃，若还首出来[3]，就是杀头充军的罪[4]，他还敢怎样你！"宦成听了他这一席话，如梦方醒，说道："老爹，我而今就写呈去首。"差人道："呆兄弟，这又没主意了。你首了，就把他一家杀个精光，与你也无益，弄不着他一个钱，况你又同他无仇。如今只消串出个人来吓他一吓，吓出几百两银子来，把丫头白白送你做老婆，不要身价，这事就罢了。”宦成道：“多谢老爹费心。如今只求老爹替我做主。”差人道：“你且莫慌。”当下还了茶钱，同走出来。差人嘱咐道：“这话，到家在丫头跟前不可露出一字。”宦成应诺了。从此，差人借了银子，宦成大酒大肉。且落得快活。

胸有成竹，久惯牢成。

［注释］

[1] 钦犯：皇帝下旨要缉捕捉拿的犯人。 [2] 钦赃：要奉旨追缴没收的赃物。 [3] 首：出首，检举告发之意。 [4] 充军：一种刑罚，把罪犯发配到边远的地方去当兵或服苦役。

蘧公孙催着回官，差人只腾挪着混他[1]，今日就说明日，明日就说后日，后日又说再迟三五日。公孙急了，要写呈子告差人，差人向宦成道：“这事却要动手了！”因问：“蘧小相平日可有一个相厚的人？”宦成道：“这却不知道。”回去问丫头，丫头道：“他在湖州相与的人多，这里却不曾见，我只听得有个书店里姓马的来往了几次。”宦成将这话告诉差人。差人道：“这就容易了。”便去寻代书写下一张出首叛逆的呈子，带在身边，到大街上一路书店问去。

［注释］

[1] 腾挪：此指借故推脱、拖延。

诚心为朋友，有担当。

问到文海楼，一直进去请马先生说话。马二先生见是县里人，不知何事，只得邀他上楼坐下。差人道：“先生一向可同做南昌府的蘧家蘧小相儿相与[1]？”马二先生道：“这是我极好的弟兄。头翁，你问他怎的？”差人两边一望道：“这里没有外人么？”马二先生道：“没有。”把座子移近跟前，拿出这张呈子来与马二先生看，道：“他家竟有这件事。我们公门里好修行[2]，所以通个信给他，早为料理，怎肯坏这个良心？”马二先生看完，面如土色，又问了备细，向差人道：“这事断断破不得。既承头翁好心，千万将呈子捺下。他却不在家，到坟上修理去了，等他来时商议。”差人道：“他今日就要递。这是犯关节的事，谁人敢捺？”马二先生慌了道：“这个如何了得！”差人道：“先生，你一个‘子曰行’的人[3]，怎这样没主意？自古'钱到公事办，火到猪头烂'。只要破些银子，把这枕箱买了回来，这事便罢了。"马二先生拍手道："好主意！"当下锁了楼门，同差人到酒店里，马二先生做东，大盘大碗请差人吃着，商议此事。只因这一番，有分教：

通都大邑，来了几位选家；僻壤穷乡，出了一尊名士。

名士而用"一尊"，善戏谑哉。作者"炼字"的功夫极佳。

［注释］

[1] 小相：对年龄较轻的成年男子的敬称。 [2] 公门里好修行：公门即官府衙门，官府掌权柄，也是能够行方便、做好事、积德之所。 [3] 子曰行："子曰"是《论语》上的常用语，因此普通百姓用"子曰行"戏称以读书、编书、教书等为业的士人。

毕竟差人要多少银子赎这枕箱，且听下回分解。

［点评］

第十三回至第二十回可谓"马二先生匡超人合传"。

马二的"举业论"既贯古通今，是"举业万岁论"，又能突出核心："举业做官论"，率真地道出八股士之"心肝"。作者的叙述蕴藉含蓄，不露贬词，其褒贬观全书方显。

马二的宣讲，精辟地道出了选拔功令对知识分子所起的指挥棒的作用，他毫无讳饰地讲出了老实话：做举业，就是为了做官。只要能做官，朝廷叫做什么样的举业，就做什么样的举业。至于这种举业是否科学、是否合理，那他是根本不去想的。他创造性地把宋真宗的"劝学"诗与当时的八股文章结合起来，到处宣传说："'书中自有黄金屋，书中自有千钟粟，书中自有颜如玉。'而今甚么是书？就是我们的文章选本了。"他说的"文章"就是八股文，他专门选每次科举考试的中式文章，加以评批，作为范文，让考生模仿，功能与现在范文讲评之类相近。在他看来，他的八股选本就是官场的入场券。所以他诚心诚意地先以此劝蘧公孙，后又诚心诚意地以此劝流落杭州的乡村青年匡超人。

马二的这些思想究竟错在哪里呢？首先，他把做官看作人生的唯一价值，而按朝廷功令做举业，则是做官的唯一正途。他的人生观、价值观是偏狭的。其次，教育的导向不能太短视的功利化。教育是百年树人的事业，是提高人的素质的事业，要培养一代一代健全的人，现在我们叫作德、智、体、美、劳全面发展的人。在过分功利的导向下，教育就会被扭曲，失去原来的意义，走上不健康的道路。古代如此，现代仍然如此。

"枕箱案"之设，主要为表现马二先生之诚笃品性，"血心为朋友"。

第十四回　蘧公孙书坊送良友
马秀才山洞遇神仙

话说马二先生在酒店里同差人商议要替蘧公孙赎枕箱。差人道："这奴才手里拿着一张首呈，就像拾到了有利的票子。银子少了，他怎肯就把这钦赃放出来？极少也要三二百银子。还要我去拿话吓他：'这事弄破了，一来，与你无益；二来，钦案官司，过司由院[1]，一路衙门，你都要跟着走。你自己算计，可有这些闲钱陪着打这样的恶官司？'——是这样吓他，他又见了几个冲心的钱[2]，这事才得了。我是一片本心，特地来报信。我也只愿得无事，落得'河水不洗船'[3]，

老衙门的实情足以吓退小民。

马二先生为人诚笃是“有价值”之处。

但做事也要‘打蛇打七寸’才妙[4]。你先生请上裁[5]！”马二先生摇头道：“二三百两是不能。不要说他现今不在家，是我替他设法；就是他在家里，虽然他家太爷做了几任官，而今也家道中落，那里一时拿的许多银子出来？”差人道：“既然没有银子，他本人又不见面，我们不要耽误他的事，把呈子丢还他，随他去闹罢了。”马二先生道：“不是这样说。你同他是个淡交，我同他是深交，眼睁睁看他有事，不能替他掩下来，这就不成个朋友了。但是要做的来。”差人道：“可又来！你要做的来，我也要做的来！”马二先生道：“头翁，我和你从长商议，实不相瞒，在此选书，东家包我几个月，有几两银子束脩，我还要留着些用。他这一件事，劳你去和宦成说，我这里将就垫二三十两银子把与他，他也只当是拾到的，解了这个冤家罢。”差人恼了道：“这个正合着古语，‘瞒天讨价，就地还钱’[6]。我说二三百银子，你就说二三十两，‘戴着斗笠亲嘴——差着一帽子’[7]。怪不得人说你们‘诗云子曰’的人难讲话。这样看来，你好像‘老鼠尾巴上害疖子——出脓也不多’[8]。倒是我多事，不该来惹这婆子口舌！”说罢，站起身来谢了扰，辞别就往外走。

［注释］

[1] 过司由院：指要经过法司、都察院等一系列官署的审理。　[2] 冲心：动心。　[3] 河水不洗船：船在河中走，河水只管自己流，并不洗船。比喻各不相干、各自省事、不添麻烦。　[4] 打蛇打七寸：七寸是蛇的要害。比喻制敌要击中要害、做事要抓住关键。　[5] 上裁：请对方自做决定的客气说法。　[6] 瞒天讨价，就地还钱：也写作“漫天要价，就地还钱”，要价的开得很高，还价的压得很低，双方提出的价格相差悬殊。　[7] 戴着斗笠亲嘴——差着一帽子：相对于其他帽子，斗笠边沿较宽，戴着斗笠亲嘴，比喻双方之间有较大的阻隔或分歧，难以成事。　[8] 老鼠尾巴上害疖子——出脓也不多：老鼠尾巴很细，其疖子就更小，即便出脓也很少。比喻油水有限、好处不多。

马二先生拉住道：“请坐再说，急怎的？我方才这些话，你道我不出本心么？他其实不在家，我又不是先知了风声，把他藏起，和你讲价钱。况且你们一块土的人[1]，彼此是知道的，蘧公孙是甚么慷慨脚色！这宗银子知道他认不认？几时还我？只是由着他弄出事来，后日懊悔

知其无法找回，而仍要填进去，更显有肝胆有意气。

临事而决，免得后悔。

迟了。总之，这件事，我也是个傍人，你也是个傍人，我如今认些晦气，你也要极力帮些，一个出力，一个出钱，也算积下一个莫大的阴功。若是我两人先参差着，就不是共事的道理了。”差人道：“马老先生，而今这银子我也不问是你出，是他出，你们原是‘毡袜裹脚靴’[2]，但须要我效劳的来。老实一句，‘打开板壁讲亮话’[3]，这事一些半些，几十两银子的话，横竖做不来，没有三百，也要二百两银子，才有商议。我又不要你十两五两，没来由把难题目把你做怎的？”马二先生见他这话说顶了真，心里着急，道：“头翁，我的束脩其实只得一百两银子，这些时用掉了几两，还要留两把作盘费到杭州去。挤的干干净净，抖了包，只挤的出九十二两银子来，一厘也不得多。你若不信，我同你到下处去拿与你看，此外行李箱子内，听凭你搜，若搜出一钱银子来，你把我不当人。就是这个意思，你替我维持去，如断然不能，我也就没法了，他也只好怨他的命。”差人道：“先生，像你这样血心为朋友，难道我们当差的心不是肉做的？自古山水尚

清贫的马二先生能倾囊救友，实在难得！看下文他游西湖时的寒酸，益显此时之难能可贵！

有相逢之日，岂可人不留个相与？只是这行瘟的奴才头高[4]，不知可说的下去？”又想一想道：“我还有个主意，又合着古语说，‘秀才人情纸半张’[5]。现今丫头已是他拐到手了，又有这些事，料想要不回来，不如趁此就写一张婚书，上写收了他身价银一百两，合着你这九十多，不将有二百之数？这分明是有名无实的，却塞得住这小厮的嘴。这个计较何如？”马二先生道：“这也罢了。只要你做的来，这一张纸何难？我就可以做主。”

如前第二、三回，写梅玖服务于写周进，写胡屠户服务于写范进，此回写差人是服务于塑马二，此“三大配角”，既是服务于塑造“三大主角”，而其本身已独具意义，也已是出色的形象塑造。

［注释］

[1] 一块土的人：谓同乡。　[2] 毡袜裹脚靴：毡袜和靴子等都紧穿在脚上，比喻关系密切、难于分拆。　[3] 打开板壁讲亮话：即“打开天窗说亮话”，直截了当地说话。　[4] 头高：意谓欲望大、要价高。　[5] 秀才人情纸半张：秀才送人情只是书写点什么，半张纸而已。此指让马二写的有名无实的一纸“婚书”。

当下说定了，店里会了账，马二先生回到下处候着。差人假作去会宦成，去了半日，回到文海楼。马二先生接到楼上，差人道：“为这件事，不知费了多少唇舌，那小奴才就像我求他的，定要一千八百的乱说，说他家值多少就该给他多少，落后我急了，要带他回官，说：‘先问了你这奸拐的罪，回过老爷，把你纳在监里，看你到那里去出首！’他才慌了，依着我说。我把他枕箱先赚了来，现放在楼下店里。先生快写起婚书来，把银子兑清，我再打一个禀帖，销了案，打发这奴才走清秋大路，免得又生出枝叶来。”马二先生道：“你这赚法甚好，婚书已经写下了。”随即同银子交与差人。差人打开看，足足九十二两，把箱子拿上楼来交与马二先生，拿着婚书、银子去了。

马二先生几个月的束脩被一掳而空！

回到家中，把婚书藏起，另外开了一篇细账，借贷吃用，衙门使费，共开出七十多两，只剩了十几两银子递与宦成。宦成嫌少，被他一顿骂道：“你奸拐了人家使女，犯着官法，若不是我替你遮盖，怕老爷不会打折你的狗腿？我倒替你白白的骗一个老婆，又骗了许多银子，不讨你一声知感，反问我找银子！来！我如今带你去回老爷，先把你这奸情事打几十板子，丫头便传蘧家领去，叫你吃不了的苦，兜着走！”宦成被他骂得闭口无言，忙收了银子，千恩万谢，领着双红，往他州外府寻生意去了。

蘧公孙从坟上回来，正要去问差人，催着回官，只见马二先生来候，请在书房坐下，问了些坟上的事务，慢慢说到这件事上来。蘧公孙初时还含糊，马二先生道："长兄，你这事还要瞒我么？你的枕箱现在我下处楼上。"公孙听见枕箱，脸便飞红了。马二先生遂把差人怎样来说，我怎样商议，后来怎样怎样，"我把选书的九十几两银子给了他，才买回这个东西来，而今幸得平安无事。就是我这一项银子，也是为朋友上一时激于意气，难道就要你还？但不得不告诉你一遍。明日叫人到我那里把箱子拿来，或是劈开了，或是竟烧化了，不可再留着惹事"！公孙听罢大惊，忙取一把椅子放在中间，把马二先生捺了坐下，倒身拜了四拜。请他坐在书房里，自走进去，如此这般，把方才这些话说与乃眷鲁小姐[1]，又道："像这样的才是斯文骨肉朋友[2]，有意气！有肝胆！相与了这样正人君子，也不枉了！像我娄家表叔结交了多少人，一个个出

差人使心用计，布阵排兵，装神弄鬼，巧舌如簧，被写得活灵活现。有论者怀疑吴敬梓何能如此熟悉小人心计，其实，作者写衙役还有翟买办、夏总甲、潘三等；其他小人还有如媒婆、沈大脚、无赖龙三，以及阴阳生余敷余殷、术士陈和甫等三教九流，无不绘声绘影形神兼备，惟妙惟肖出神入化。他确是写人物的高手！

马二先生的人品原是极"有价值"的，可惜沉溺于八股功名，被戕害成"无价值"的。这是悲剧性的。

乖露丑，若听见这样话，岂不羞死！”鲁小姐也着实感激，备饭留马二先生吃过，叫人跟去将箱子取来毁了。

[注释]

[1] 乃眷：他的妻子。 [2] 斯文骨肉朋友：文明的斯文朋友，如同亲骨肉一般。

次日，马二先生来辞别，要往杭州，公孙道：“长兄先生，才得相聚，为甚么便要去？”马二先生道：“我原在杭州选书。因这文海楼请我来选这一部书，今已选完，在此就没事了。”公孙道：“选书已完，何不搬来我小斋住着，早晚请教？”马二先生道：“你此时还不是养客的时候[1]。况且杭州各书店里等着我选考卷[2]，还有些未了的事，没奈何，只得要去。倒是先生得闲来西湖上走走，那西湖山光水色，颇可以添文思。”公孙不能相强，要留他办酒席饯行。马二先生道：“还要到别的朋友家告别。”说罢，去了，公孙送了出来。到次日，公孙封了二两银子，备了些熏肉小菜，亲自到文海楼来送行，要了两部

蘧公孙不还钱，马二也不愠，真难得！

新选的墨卷回去。

[**注释**]

[1] 养客：指养门客。官宦士大夫好养些帮忙的幕客和帮闲的清客，从“战国四公子”到本小说所写的娄三、娄四公子都好养门客。　[2] 选考卷：从科举中式者的朱卷中选编以八股文为主的选本。

马二先生上船，一直来到断河头，问文瀚楼的书坊，——乃是文海楼一家——到那里去住。住了几日，没有甚么文章选，腰里带了几个钱，要到西湖上走走。

以下是被鲁迅激赏的“马二游西湖”。

这西湖乃是天下第一个真山真水的景致！且不说那灵隐的幽深，天竺的清雅，只这出了钱塘门，过圣因寺，上了苏堤，中间是金沙港，转过去就望见雷峰塔，到了净慈寺，有十多里路，真乃五步一楼，十步一阁。一处是金粉楼台，一处是竹篱茅舍，一处是桃柳争妍，一处是桑麻遍野。那些卖酒的青帘高扬，卖茶的红炭满炉，士女游人，络绎不绝，真不数“三十六家花酒店，七十二座管弦楼”。

至今仍是“西湖一日游”的代表性景点。

马二看妇女，就像用非审美的庸陋眼光观察自然美一样，他又用病理学的眼光观察游湖女客，两者异曲同工，各逞其妙，对于马二先生的智能结构都是精确的定性分析。

马二先生独自一个，带了几个钱，步出钱塘门，在茶亭里吃了几碗茶，到西湖沿上牌楼跟前坐下。见那一船一船乡下妇女来烧香的，都梳着挑鬓头[1]，也有穿蓝的，也有穿青绿衣裳的，年纪小的都穿些红绸单裙子；也有模样生的好些的，都是一个大团白脸，两个大高颧骨，也有许多疤、麻、疥、癞的。一顿饭时，就来了有五六船。那些女人后面都跟着自己的汉子[2]，掮着一把伞，手里拿着一个衣包，上了岸，散往各庙里去了。马二先生看了一遍，不在意里，起来又走了里把多路。望着湖沿上接连着几个酒店，挂着透肥的羊肉，柜台上盘子里盛着滚热的蹄子、海参、糟鸭、鲜鱼，锅里煮着馄饨，蒸笼上蒸着极大的馒头。马二先生没有钱买了吃，喉咙里咽唾沫，只得走进一个面店，十六个钱吃了一碗面。肚里不饱，又走到间壁一个茶室吃了一碗茶，买了两个钱处片嚼嚼[3]，倒觉得有些滋味。吃完了出来，看见西湖沿上柳阴下系着两只船，那船上女客在那里换衣裳：一个脱去玄色外套，换了一件水田披风[4]；一个脱去天青外套，换了一件玉

钱都用于救朋友了。

色绣的八团衣服[5]；一个中年的脱去宝蓝缎衫，换了一件天青缎二色金的绣衫[6]。那些跟从的女客，十几个人，也都换了衣裳。这三位女客，一位跟前一个丫鬟，手持黑纱团香扇替他遮着日头，缓步上岸。那头上珍珠的白光，直射多远，裙上环佩，叮叮当当的响。马二先生低着头走了过去，不曾仰视。往前走过了六桥，转个弯，便像些村乡地方，又有人家的棺材厝基[7]，中间走了一二里多路，走也走不清，甚是可厌。

马二又看妇女了，这回竟细看人家换衣服。还好，没有邪念。

回到“非礼勿视”。

西湖山光水色竟都视而不见，所见只有“食”与“色”。难怪，“食色性也”吧。

[注释]

[1] 挑鬓头：以骨针支两鬓使两边隆起的发式。 [2] 汉子：此指丈夫。 [3] 处片：浙江处州（今丽水一带）出产的片状笋干。 [4] 水田披风：明、清流行的一种妇女时装，是用各色锦布拼合缝成的外罩风衣，如同水田界划一般，故有此名。 [5] 玉色：碧玉的那种淡青色。八团衣服：有八个团花图案的衣服。团花也称“球花”，四周呈放射状或旋转式的圆形装饰纹样，衣服、器物上多会用此纹样。 [6] 二色金：深浅两色金线。 [7] 厝（cuò）基：把棺木暂用砖头或土四面封起来以待葬或改葬之封堆。

马二先生欲待回家，遇着一走路的，问道：“前面可还有好顽的所在？”那人道：“转过去便是净慈、雷峰，怎么不好顽？”马二先生又往前走。走到半里路，见一座楼台盖在水中间，隔着一道板桥，马二先生从桥上走过去，门口也是个茶室，吃了一碗茶。里面的门锁着，马二先生要进去看，管门的问他要了一个钱，开了门，放进去。里面是三间大楼，楼上供的是仁宗皇帝的御书，马二先生吓了一跳，慌忙整一整头巾，理一理宝蓝直裰，在靴桶内拿出一把扇子来当了笏板[1]，恭恭敬敬，朝着楼上扬尘舞蹈[2]，拜了五拜。拜毕起来，定一定神，照旧在茶桌子上坐下。傍边有个花园，卖茶的人说是布政司房里的人在此请客，不好进去。那厨房却在外面，那热汤汤的燕窝、海参，一碗碗在跟前捧过去，马二先生又羡慕了一番。

接下来拜御书的传奇性情节发生了：蓦然发现与皇帝有关的东西，幻觉中仿佛来到金銮殿，慌忙要行面君的叩拜大礼。

此举忒像小孩玩“过家家”游戏，而在他是潜意识的不自觉的动作。

天目山樵为马二补足叩拜的言辞：“历考一等案首，臣马纯上见驾，愿吾皇万岁，万岁，万万岁！”

［注释］

[1] 靴桶：即“靴筒”，靴子的筒状部分。笏（hù）板：即朝笏，也称手板，古代大臣朝见皇帝时手执的狭长板子，以玉、象牙或竹、木制成，用来记事或指画。 [2] 扬尘舞蹈：指用正式朝见皇帝的礼仪进行隆重的叩拜。在这样的场合用如此正式的礼仪是很可笑的。

出来过了雷峰，远远望见，高高下下，许多房子，盖着琉璃瓦，曲曲折折，无数的朱红栏杆。马二先生走到跟前，看见一个极高的山门，一个直匾，金字，上写着“敕赐净慈禅寺”，山门傍边一个小门。马二先生走了进去，一个大宽展的院落，地下都是水磨的砖[1]，才进二道山门，两边廊上都是几十层极高的阶级。那些富贵人家的女客，成群逐队，里里外外，来往不绝，都穿的是锦绣衣服，风吹起来，身上的香一阵阵的扑人鼻子。马二先生身子又长，戴一顶高方巾，一幅乌黑的脸，捵着个肚子，穿着一双厚底破靴，横着身子乱跑，只管在人窝子里撞[2]。女人也不看他，他也不看女人，前前后后跑了一交，又出来坐在那茶亭内，上面一个横匾，金书“南屏”两字，吃了一碗茶。柜上摆着许多碟子：橘饼、芝麻糖、粽子、烧饼、处片、黑枣、煮栗子[3]。马二先生每样买了几个钱的，不论好歹，吃了一饱。马二先生也倦了，直着脚跑进清波门，到了下处关门睡了。因为走多了路，在下处睡了一天。

闻香而执意“非礼勿视”。

“食”很诱人，无奈钱袋羞涩。

[注释]

[1] 水磨：经过加水精细打磨，因此磨成的砖石会格外平整光滑。 [2] 人窝子：即人群。 [3] 橘饼：以橘子为原料，经过压榨、腌制、糖煮等程序加工而成的一种食品。

第三日起来，要到城隍山走走，城隍山就是吴山，就在城中，马二先生走不多远，已到了山脚下，望着几十层阶级，走了上去，横过来又是几十层阶级，马二先生一气走上，不觉气喘。看见一个大庙门前卖茶，吃了一碗。进去见是吴相国伍公之庙[1]，马二先生作了个揖，逐细的把匾联看了一遍。又走上去，就像没有路的一般，左边一个门，门上钉着一个匾，匾上“片石居”三个字，里面也像是个花园，有些楼阁。马二先生步了进去，看见窗棂关着。马二先生在门外望里张了一张，见几个人围着一张桌子，摆着一座香炉，众人围着，像是请仙的意思。马二先生想道：“这是他们请仙判断功名大事，我也进去问一问。”站了一会，望见那人磕头起来，傍边人道：“请了一个才女来了。”马二先生听了暗笑。又一会，一个问道：

念念不忘的还是“功名大事”。

“可是李清照[2]？”又一个问道：“可是苏若兰[3]？”又一个拍手道：“原来是朱淑真[4]！”马二先生道：“这些甚么人？料想不是管功名的了，我不如去罢。”又转过两个弯，上了几层阶级，只见平坦的一条大街，左边靠着山，一路有几个庙宇；右边一路，一间一间的房子，都有两进。屋后一进，窗子大开着，空空阔阔，一眼隐隐望得见钱塘江。那房子：也有卖酒的，也有卖要货的[5]，也有卖饺儿的，也有卖面的，也有卖茶的，也有测字算命的。庙门口都摆的是茶桌子。这一条街，单是卖茶就有三十多处，十分热闹。马二先生正走着，见茶铺子里一个油头粉面的女人招呼他吃茶。马二先生别转头来就走，到间壁一个茶室泡了一碗茶，看见有卖的蓑衣饼[6]，叫打了十二个钱的饼吃了，略觉有些意思。走上去，一个大庙，甚是巍峨，便是城隍庙，他便一直走进去，瞻仰了一番。

心心念念“管功名的”，这是前面拜御书的心理基础。不是“管功名的”，都不在意里，连李清照等名才女都闻所未闻。这也是一向排斥“词赋气”所致。

是该“非礼勿视”的妖精。

[**注释**]

[1] 吴相国伍公：春秋时吴国大夫伍子胥，名员，本是楚国人，因其父兄被谗害而逃到吴国。辅佐吴王阖闾击败楚、越等国，

吴国成为一方霸主。后因进谏吴王夫差而被其疏远，终被赐剑自刎。 [2] 李清照：宋代著名女词人，号易安居士，齐州章丘（今属山东）人。 [3] 苏若兰：名蕙，十六国时期前秦女诗人，扶风窦滔的妻子，以回文诗《璇玑图》著名。 [4] 朱淑真：宋代女诗人，号幽栖居士，钱塘（今浙江杭州）人，一作海宁人。有诗集《断肠集》、词集《断肠词》。 [5] 要货：玩具。 [6] 蓑衣饼：杭州传统小吃，用面粉、猪油、白糖等制成，层酥叠起形似蓑衣。

心田终于泛起涟漪。

过了城隍庙，又是一个弯，又是一条小街，街上酒楼、面店都有，还有几个簇新的书店。店里贴着报单，上写："处州马纯上先生精选《三科程墨持运》于此发卖。"马二先生见了欢喜，走进书店坐坐，取过一本来看，问个价钱，又问："这书可还行？"书店人道："墨卷只行得一时，那里比得古书？"马二先生起身出来，因略歇了一歇脚，就又往上走。过这一条街，上面无房子了，是极高的个山冈，一步步上去走到山冈上，左边望着钱塘江，明明白白。那日江上无风，水平如镜，过江的船，船上有轿子，都看得明白。再走上些，右边又看得见西湖、雷峰一带，湖心亭都望见，那西湖里打鱼船，一个一个，如小鸭子浮在水面。马二先生心旷神怡，只管走了上去，

只看见如可食的"小鸭子"。

又看见一个大庙门前摆着茶桌子卖茶，马二先生两脚酸了，且坐吃茶。吃着，两边一望，一边是江，一边是湖，又有那山色一转围着，又遥见隔江的山，高高低低，忽隐忽现。马二先生叹道："真乃'载华岳而不重，振河海而不泄，万物载焉'[1]！"吃了两碗茶，肚里正饿，思量要回去路上吃饭，恰好一个乡里人捧着许多烫面薄饼来卖，又有一篮子煮熟的牛肉，马二先生大喜，买了几十文饼和牛肉，就在茶桌子上尽兴一吃。吃得饱了，自思趁着饱再上去。

搜索枯肠总算找到赞词，却是从举业必读书《中庸》里找出的写"地"的一句话，足以看出八股迷头脑的迂腐僵化。

[注释]

[1] 载华岳而不重，振河海而不泄，万物载焉：语出《礼记·中庸》，意思是载着华山而不觉得重，收取河海的水浪也不会流泻出去，天地万物都装载在里面。

走上一箭多路，只见左边一条小径，莽榛蔓草，两边拥塞。马二先生照着这条路走去，见那玲珑怪石，千奇万状，钻进一个石罅，见石壁上多少名人题咏，马二先生也不看他。过了一个小石桥，照着那极窄的石磴走上去，又是一座大庙，又有一座石桥，甚不好走。马二先生攀藤附葛，走过桥去，见是个小小的祠宇，上有匾额，写着“丁仙之祠”[1]。马二先生走进去，见中间塑一个仙人，左边一个仙鹤，右边竖着一座二十个字的碑。马二先生见有签筒，思量：“我困在此处，何不求个签问问吉凶？”正要上前展拜，只听得背后一人道：“若要发财，何不问我？”马二先生回头一看，见祠门口立着一个人，身长八尺，头戴方巾，身穿茧绸直裰，左手自理着腰里丝绦，右手拄着龙头拐杖，一部大白须，直垂过脐，飘飘有神仙之表。只因遇着这个人，有分教：

［注释］

[1] 丁仙：元代钱塘（今浙江杭州）人丁野鹤在吴山紫阳庵学道，传说他修道成仙、骑鹤飞升，后人在吴山建丁仙祠纪念。

慷慨仗义，银钱去而复来；广结交游，人物久而愈盛。

毕竟此人是谁，且听下回分解。

［点评］

此回先写马二“血心为朋友”，为救拔蘧公孙免受“枕箱案”之灾，不遗余力，是宅心仁厚诚笃热肠的君子。如前所引鲁迅说悲剧将人生有价值的东西毁灭给人看；喜剧将那无价值的撕破给人看。马二人品之笃诚善良，应属“有价值的”。此回的大部分是“马二游西湖”，则是写“那无价值的”。

对西湖风光“全无会心”，对各色食物馋涎欲滴，八股科举制度是摧残人才的制度，马二先生就是从八股科举的模子里铸造出来的典型产品，他顽固地仇视、排斥一切美文学，凡是“有些风花雪月的字样”，他就认为会使后生们“坏了心术”，凡是“带词赋气”，他就认为“有碍于圣贤口气”。封建的蒙昧主义窒息了爱美的天性，戕伐了审美的功能，造成人性的严重异化。再美的景色和乐音对马二先生也没有任何美学意义。他或者视而不见，听而不闻，或者只能引起低俗猥琐的反应，丝毫也引不起美感愉悦和审美想象。吴敬梓如实地描写马二先生对西湖美景的麻木不仁，把八股迷灵魂的庸陋，精神世界的枯朽，准确地揭示出来，“讽刺的生命是真实”，这种揭示就深寓着讽刺。

“马二拜御书”，这是可与“周进撞号板”“范进中举发疯”鼎足而三的带有奇异色彩的绝佳情节。马二蓦见御书，就像周进悲见号板、范进喜见报帖一样，一下子被击中郁积的情结，神经大震动而不由自主地出现迷幻。但此三人的遭际和性格迥异，作为知名的八股选家，马二不像“二进”那么悲苦，作为虔诚的八股信徒，马二无怨无悔，乐呵呵地到处宣教，等待着“出头”之日到来。潜意识中艳羡的“朝为田舍郎，暮登天子堂”的乐境，因偶遇的与“天子”有关的御书，就迷幻成真登“天子堂”行礼的因由，竟至于达成幻觉和现实混淆在一起的迷境。几十年梦寐以求的隆遇，此时突然有了机会，已深入潜意识的功名做官梦，一触即发，他便如白日做梦一般施行了起来，一发而不可收。这里由不和谐构成的可笑是多重的：他面对的只是过往皇帝写的字，并非皇帝本人，而他就像当面朝圣一般跪拜如仪。他是爬不上金銮殿的秀才，但却俨然像朝廷大臣一样，整冠带，秉笏板，仿佛真的在面君参拜，扬尘舞蹈。他的官帽不过是旧的秀才头巾，他的官服不过是褴褛的长布衫，特别有趣的是，他竟从靴桶里拔出一把纸扇当笏板，像孩童玩“过家家”，一本正经地做着面君的仪礼。很难相信神智清醒时的正常成年人能做出这样匪夷所思的举动，作为已过知天命之年的知名选家，他如此诚惶诚恐地行着朝圣大礼就显得越发不和谐。他的姿势是那样僵硬机械、滑稽可笑，具有很强的喜剧性特征。他是迷糊于功名做官梦，在迷幻中过了一把功名做官的瘾。

“拜毕起来，定一定神”，注意，是“定一定神”，才终于回到了现实，“照旧在茶桌子上坐下”。在迷幻与现实的巨大落差中又包含着多少凄怆和悲哀！

第十五回　葬神仙马秀才送丧
思父母匡童生尽孝

话说马二先生在丁仙祠正要跪下求签，后面一人叫一声“马二先生”。马二先生回头一看，那人像个神仙，慌忙上前施礼道：“学生不知先生到此，有失迎接。但与先生素昧平生，何以便知学生姓马？”那人道：“‘天下何人不识君’？先生既遇着老夫，不必求签了，且同到敝寓谈谈。”马二先生道：“尊寓在那里？”那人指道：“就在此处不远。”当下携了马二先生的手，走出丁仙祠，却是一条平坦大路，一块石头也没有，未及一刻功夫，已到了伍相国庙门口，马二先生居然相信有“神仙缩地腾云之法”。

心里疑惑，“原来有这近路，我方才走错了。”又疑惑，“恐是神仙缩地腾云之法也不可知”。来到庙门口，那人道：“这便是敝寓，请进去坐。”

那知这伍相国殿后有极大的地方，又有花园，园里有五间大楼，四面窗子望江望湖。那人就住在这楼上，邀马二先生上楼，施礼坐下。那人四个长随[1]，齐齐整整，都穿着绸缎衣服，每人脚下一双新靴，上来小心献茶。那人吩咐备饭，一齐应诺下去了。马二先生举眼一看，楼中间挂着一张匹纸，上写冰盘大的二十八个大字[2]，一首绝句诗道：

南渡年来此地游，而今不比旧风流。
湖光山色浑无赖，挥手清吟过十洲[3]。

[注释]

[1]长随：随从的仆役。[2]冰盘：指较大的瓷盘。[3]十洲：即祖洲、瀛洲、玄洲、炎洲、长洲、元洲、流洲、生洲、凤麟洲、聚窟洲。据传是神仙居住的地方，因此也泛指仙境。

后面一行写“天台洪憨仙题”。马二先生看过《纲鉴》[1]，知道“南渡”是宋高宗的事[2]，屈指一算，已是三百多年，而今还在，一定是个神仙无疑。因问道："这佳作是老先生的？"那仙人道："憨仙便是贱号[3]。偶尔遣兴之作，颇不足观。先生若爱看诗句，前时在此，有同抚台、藩台及诸位当事在湖上唱和的一卷诗[4]，取来请教。"便拿出一个手卷来[5]。马二先生放开一看，都是各当事的亲笔，一递一首，都是七言律诗，咏的西湖上的景，图书新鲜[6]，着实赞了一回，收递过去。捧上饭来，一大盘稀烂的羊肉，一盘糟鸭，一大碗火腿虾圆杂脍，又是一碗清汤，虽是便饭，却也这般热闹。马二先生腹中尚饱，因不好辜负了仙人的意思，又尽力的吃了一餐。撤下家伙去。

似西湖斗方名士景兰江辈的伎俩。

［注释］

[1]《纲鉴》：在宋朱熹《通鉴纲目》的影响下，明清出现了一批体例相似的历代简史，多取"纲鉴"作为书名，例如明王世贞所编《纲鉴会纂》、明袁黄编《袁了凡纲鉴》以及清吴乘权等编《纲鉴易知录》等。　[2]南渡：指公元1127年北宋灭亡后，宋高宗赵构逃到南方，并最终在临安（今杭州）建都，即南宋。　[3]贱号：对于自己号的谦称。　[4]抚台：对于巡抚的尊称，是省级地方政府的长官，总揽一省的军事、吏治、刑狱、民政等

事务。 [5] 手卷：装裱成横幅长卷的书册，竖窄横长，可卷起来收藏或置于案头，看时边看边卷。 [6] 图书：指图章。

洪憨仙道："先生久享大名，书坊敦请不歇，今日因甚闲暇到这祠里来求签？"马二先生道："不瞒老先生说，晚学今年在嘉兴选了一部文章，送了几十金，却为一个朋友的事垫用去了。如今来到此处，虽住在书坊里，却没有甚么文章选。寓处盘费已尽，心里纳闷，出来闲走走，要在这仙祠里求个签，问问可有发财机会。谁想遇着老先生，已经说破晚生心事，这签也不必求了。"洪憨仙道："发财也不难，但大财须缓一步，目今权且发个小财，好么？"马二先生道："只要发财，那论大小！只不知老先生是甚么道理？"洪憨仙沉吟了一会，说道："也罢，我如今将些须物件送与先生，你拿到下处去试一试。如果有效验，再来问我取讨；如不相干，别作商议。"因走进房内，床头边摸出一个包子来打开，里面有几块黑煤，递与马二先生道："你将这东西拿到下处，烧起一炉火来，取个罐子把他顿在上

血心为朋友而致贫困。

直言求发财。

马二不是不爱财，功名富贵都是梦寐所求，前面迷幻于得功名拜皇帝，此时迷惘于发大财遇神仙。

面[1]，看成些甚么东西，再来和我说。”

［注释］

[1] 顿：炖。

马二先生接着，别了憨仙，回到下处。晚间果然烧起一炉火来，把罐子顿上，那火支支的响了一阵，取罐倾了出来，竟是一锭细丝纹银。马二先生喜出望外，一连倾了六七罐，倒出六七锭大纹银。马二先生疑惑不知可用得，当夜睡了。次日清早，上街到钱店里去看，钱店都说是十足纹银，随即换了几千钱，拿回下处来。马二先生把钱收了，赶到洪憨仙下处来谢。憨仙已迎出门来道：“昨晚之事如何？”马二先生道：“果是仙家妙用！”如此这般，告诉憨仙倾出多少纹银。憨仙道：“早哩！我这里还有些，先生再拿去试试。”又取出一个包子来，比前有三四倍，送与马二先生，又留着吃过饭。别了回来，马二先生一连在下处住了六七日，每日烧炉，倾银子，把那些黑煤都倾完了，上戥子一秤，足有八九十两重。马二先生欢喜无限，一包一包收在那里。

一日，憨仙来请说话，马二先生走来。憨仙道：“先生，你是处州，我是台州[1]，相近，原要算桑里[2]。今日有个客来拜我，我和你要认作中表弟兄[3]，将来自有一番交际，断不可误。”马二先生道：“请问这位尊客是谁？”憨仙道：“便是这城里胡尚书家三公子，名缜，字密之。尚书公遗下宦囊不少，这位公子却有钱癖，思量多多益善，要学我这烧银之法。眼下可以拿出万金来，以为炉火药物之费。但此事须一居间之人，先生大名，他是知道的，况在书坊操选，是有踪迹可寻的人，他更可以放心。如今相会过，订了此事，到七七四十九日之后，成了‘银母’。凡一切铜锡之物，点着即成黄金，岂止数十百万？我是用他不着，那时告别还山，先生得这‘银母’，家道自此也可小康了。”马二先生见他这般神术，有甚么不信，坐在下处，等了胡三公子来。三公子同憨仙施礼，便请问马二先生：“贵乡贵姓？”憨仙道：“这是舍弟，各书坊所贴处州马纯上先生选《三科墨程》的便是。”胡三公子改容相接，施礼坐下。三公子举眼一看，见憨仙人

胡三的个性特征。

马二被作“托”。

物轩昂，行李华丽，四个长随轮流献茶，又有选家马先生是至戚，欢喜放心之极，坐了一会，去了。

［注释］

[1] 台州：即浙江省台州府，西连处州府，即今浙江临海。[2] 桑里：同乡、故乡之意。　[3] 中表兄弟：古代将父亲的姊妹的子女称为外兄弟姊妹，将母亲的兄弟姊妹的子女称为内兄弟姊妹。外为表，内为中，因此外兄弟姊妹与内兄弟姊妹又统称为“中表兄弟”。

次日，憨仙同马二先生坐轿子回拜胡府，马二先生又送了一部新选的墨卷，三公子留着谈了半日，回到下处。顷刻，胡家管家来下请帖两副：一副写洪太爷，一副写马老爷。帖子上是：“明日湖亭一卮小集候教[1]。胡缜拜订。”持帖人说道：“家老爷拜上太爷，席设在西湖花港御书楼旁园子里，请太爷和马老爷明日早些。”憨仙收下帖子。次日，两人坐轿来到花港，园门大开，胡三公子先在那里等候。两席酒，一本戏，吃了一日。马二先生坐在席上，想起前日独自一个看着别人吃酒席，今日恰好人请我也在这里。当下

是马二迷幻功名拜御书之处，其旁又是马二迷幻富贵而作“托”之处。

极丰盛的酒馔点心，马二先生用了一饱。胡三公子约定三五日再请到家写立合同，央马二先生居间，然后打扫家里花园，以为丹室[2]。先兑出一万银子，托憨仙修制药物，请到丹室内住下。三人说定，到晚席散，马二先生坐轿竟回文瀚楼。

[**注释**]

[1] 一卮（zhī）小集：意指只备一杯酒的简单聚会，是请客吃饭的客套语。一卮，即一杯。 [2] 丹室：炼丹的丹房。

的评。

一连四天，不见憨仙有人来请，便走去看他，一进了门，见那几个长随不胜慌张，问其所以，憨仙病倒了，症候甚重，医生说脉息不好，已是不肯下药。马二先生大惊，急上楼进房内去看，已是淹淹一息，头也抬不起来。马二先生心好，就在这里相伴，晚间也不回去。挨过两日多，那憨仙寿数已尽，断气身亡。那四个人慌了手脚，寓处掳一掳，只得四五件绸缎衣服还当得几两银子，其余一无所有，几个箱子都是空的。这几个人也并非长随，是一个儿子，两个侄儿，一个女婿，这时都说出来。马二先生听在肚里，替他着急。此时棺材也不够买。马二先生有良心，赶着下处去取了十两银子来与他们料理。儿子守着哭泣，侄子上街买棺材，女婿无事，同马二先生到间壁茶馆里谈谈。

的评。

马二先生道："你令岳是个活神仙，今年活了三百多岁，怎么忽然又死起来？"女婿道："笑话！他老人家今年只得六十六岁，那里有甚么三百岁！想着他老人家，也就是个不守本分，惯弄玄虚，寻了钱又混用掉了，而今落得这一个收场。不瞒老先生说，我们都是买卖人，丢着生意，同他做这虚头事[1]。他而今直脚去了，累我们讨饭回乡，那里说起！"马二先生道："他老人家床头间有那一包一包的黑煤，烧起炉来，一倾就是纹银。"女婿道："那里是甚么'黑煤'！那就是银子，用煤煤黑了的。一下了炉，银子本色就现出来了。那原是个做出来哄人的，用完了那些，就没的用了。"马二先生道："还有一说，他若不是神仙，怎的在丁仙祠初见我的时候，并不曾认得我，就知我姓马？"女婿道："你又差了。他那日在片石居扶乩出来，看见你坐在书店看书，

马二迂而迷糊。

马二一迷至此！

在片石居扶乩者原来就是此"仙"。

书店问你尊姓，你说，我就是书面上马甚么，他听了知道的。世间那里来的神仙！”

[注释]

[1] 虚头事：虚假的、骗人的事情。

马二先生恍然大悟：“他原来结交我是要借我骗胡三公子，幸得胡家时运高，不得上算[1]。”又想道：“他亏负了我甚么？我到底该感激他。”当下回来，候着他装殓，算还庙里房钱，叫脚子抬到清波门外厝着。马二先生备个牲醴纸钱，送到厝所，看着用砖砌好了。剩的银子，那四个人做盘程，谢别去了。

[注释]

[1] 不得上算：没有中人算计而上当受骗。

马二先生送殡回来，依旧到城隍山吃茶，忽见茶室傍边添了一张小桌子，一个少年坐着拆字[1]。那少年虽则瘦小，却还有些精神；却又古怪，面前摆着字盘笔砚，手里却拿着一本书看。

从此递入“匡超人传”，亦可称“匡超人蜕变史”。

马二先生心里诧异，假作要拆字，走近前一看，原来就是他新选的《三科程墨持运》，马二先生竟走到桌傍板凳上坐下，那少年丢下文章，问道：“是要拆字的？”马二先生道：“我走倒了[2]，借此坐坐。”那少年道：“请坐，我去取茶来。”即向茶室里开了一碗茶，送在马二先生跟前，陪着坐下。马二先生见他乖觉[3]，问道：“长兄，你贵姓？可就是这本城人？”那少年又看见他戴着方巾，知道是学里朋友，便道：“晚生姓匡，不是本城人。晚生在温州府乐清县住[4]。”马二先生见他戴顶破帽，身穿一件单布衣服，甚是褴褛，因说道：“长兄，你离家数百里，来省做这件道路[5]，这事是寻不出大钱来的，连糊口也不足。你今年多少尊庚？家下可有父母妻子？我看你这般勤学，想也是个读书人。”那少年道：“晚生今年二十二岁，还不曾娶过妻子，家里父母俱存，自小也上过几年学，因是家寒无力，读不成了。去年跟着一个卖柴的客人来省城，在柴行里记账。不想客人消折了本钱，不得回家，我就流落在此。前日一个家乡人来，说我父亲在家有病，

匡超人从乡土人伦家庭来到“社会大学”，开修头门课程：八股做官，导师马二先生。

真有孝心。

于今不知个存亡，是这般苦楚。”说着，那眼泪如豆子大掉了下来。马二先生着实恻然，说道：“你且不要伤心。你尊讳尊字是甚么？”那少年收泪道：“晚生叫匡迥，号超人。还不曾请问先生仙乡贵姓。”马二先生道：“这不必问。你方才看的文章，封面上马纯上就是我了。”匡超人听了这话，慌忙作揖，磕下头去，说道：“晚生真乃‘有眼不识泰山’！”马二先生忙还了礼，说道：“快不要如此，我和你萍水相逢，斯文骨肉。这拆字到晚也有限了，长兄何不收了，同我到下处谈谈？”匡超人道：“这个最好。先生请坐，等我把东西收了。”当下将笔砚纸盘收了，做一包背着，同桌凳寄在对门庙里，跟马二先生到文瀚楼。

［注释］

[1] 拆字：将汉字的笔画进行加减，或是用拆开偏旁、打乱字体结构等方法，用得出来的字附会意思，以推算吉凶。也称为测字、相字等。 [2] 走倒了：走疲了、走乏了。 [3] 乖觉：机灵懂事。 [4] 温州府乐清县：地名，在浙江省东南部，即今浙江乐清。 [5] 做这件道路：指走这条道、做这种事情。

马二先生到文瀚楼，开了房门坐下。马二先生问道："长兄，你此时心里可还想着读书上进？还想着家去看看尊公么？"匡超人见问这话，又落下泪来，道："先生，我现今衣食缺少，还拿甚么本钱想读书上进？这是不能的了。只是父亲在家患病，我为人子的，不能回去奉侍，禽兽也不如，所以几回自心里恨极，不如早寻一个死处！"马二先生劝道："快不要如此。只你一点孝思，就是天地也感格的动了[1]。你且坐下，我收拾饭与你吃。"当下留他吃了晚饭，又问道："比如长兄你如今要回家去，须得多少盘程？"匡超人道："先生，我那里还讲多少？只这几天水路搭船，到了旱路上，我难道还想坐山轿不成？背了行李走，就是饭食少两餐也罢，我只要到父亲跟前，死也瞑目！"马二先生道："这也使得。你今晚且在我这里住一夜，慢慢商量。"到晚，马二先生又问道："你当时读过几年书？文章可曾成过篇[2]？"匡超人道："成过篇的。"马二先生笑着向他说："我如今大胆出个题目，你做一篇，我看看你笔下可望得进学。这个

孝心感动马先生。

使得么？”匡超人道：“正要请教先生，只是不通，先生休笑。”马二先生道：“说那里话，我出一题，你明日做。”说罢，出了题，送他在那边睡。

［注释］

[1]感格：指由此达彼的感通。 [2]可曾成过篇：初学八股文，习惯上从“破题”开始，每一部分逐一练习，能照八股文的整个程式作出全篇的，就算成篇。马二先生问文章可曾成过篇，是问会不会写全篇的八股文。

后来以此反讥马二老师。

以无价值为价值。马二凡事认真诚笃，可惜迂而无当。

提一送十，古道热肠。

次日，马二先生才起来，他文章已是停停当当，送了过来。马二先生喜道：“又勤学，又敏捷，可敬可敬！”把那文章看了一遍道：“文章才气是有，只是理法欠些[1]。”将文章按在桌上，拿笔点着，从头至尾，讲了许多虚实反正，吞吐含蓄之法与他。他作揖谢了要去，马二先生道：“休慌。你在此终不是个长策，我送你盘费回去。”匡超人道：“若蒙资助，只借出一两银子就好了。”马二先生道：“不然，你这一到家，也要些须有个本钱奉养父母，才得有功夫读书。我这里竟拿十两银子与你，你回去做些生意，请医生看你尊翁的病。”当下开箱子取出十两一封银子，又寻了一件旧棉袄，一双鞋，都递与他，道：“这银子，你拿家去；这鞋和衣服，恐怕路上冷，早晚穿穿。”匡超人接了衣裳、银子，两泪交流道：“蒙先生这般相爱，我匡迥何以为报。意欲拜为盟兄，将来诸事还要照顾。只是大胆，不知长兄可肯容纳？”

真情怜恤。

此时真感恩，反衬后来忘恩负义。

［注释］

[1] 理法：义理及章法。

马二先生大喜，当下受了他两拜，又同他拜了两拜，结为兄弟。留他在楼上，收拾菜蔬，替他饯行。吃着，向他说道：“贤弟，你听我说，你如今回去，奉事父母，总以文章举业为主。人在世上，除了这事，就没有第二件可以出头。不要说算命、拆字是下等，就是教馆、作幕，都不是个了局。只是有本事进了学，中了举人、进士，即刻就荣宗耀祖。这就是《孝经》上所说的‘显亲扬名’[1]，才是大孝，自身也不得受苦。古语道得好：‘书中自有黄金屋[2]，书中自有千钟粟，

循孝劝学。

这是马先生的人生目标，也是教育路线，应与前番对蘧公孙的宣讲合读。把读书的目标锁定在考八股科举获取功名富贵，这是官定的正途，也是马二的大病！

书中自有颜如玉。’而今甚么是书？就是我们的文章选本了。贤弟，你回去奉养父母，总以做举业为主。就是生意不好，奉养不周，也不必介意，总以做文章为主。那害病的父亲，睡在床上，没有东西吃，果然听见你念文章的声气，他心花开了，分明难过也好过，分明那里疼也不疼了。这便是曾子的‘养志’[3]。假如时运不好，终身不得中举，一个廪生是挣的来的，到后头，做任教官，也替父母请一道封诰。我是百无一能，年纪又大了；贤弟，你少年英敏，可细听愚兄之言，

即一起做官。

图个日后宦途相见。”说罢，又到自己书架上细细检了几部文章，塞在他棉袄里卷着，说道：“这

把垃圾当宝贝。

都是好的，你拿去读下。”匡超人依依不舍，又急于要家去看父亲，只得洒泪告辞。马二先生携着手，同他到城隍山旧下处取了铺盖，又送他出清波门，一直送到江船上。看着上了船，马二先生辞别，进城去了。

[注释]

[1]《孝经》：是儒家经典之一，集中阐述了以孝为诸德之本的儒家思想。相传为孔子所著，更可能当是孔门后学所作。唐玄

宗时列为十三经之一。显亲扬名：《孝经·开宗明义章》："立身行道，扬名于后世，以显父母，孝之终也。"意思是修养自身、奉行道义，让自己名声传扬于后世，从而使得双亲显赫荣耀，这是孝道的终极目标。这段话被概括成"显亲扬名"。[2]"书中自有黄金屋"以下三句：相传出自宋真宗赵恒所写的《劝学文》，意思是财富、俸禄、美眷等世人所渴求的一切都能通过读书得到，欲求功名富贵就要勤勉攻读。[3]曾子：曾参，字子舆，孔子的学生，是儒家思想重要的传承者，被后世奉为"宗圣"。养志：语出《孟子·离娄上》："若曾子，则可谓养志也。"意谓不仅奉养父母而且能承顺父母之志。

匡超人过了钱塘江，要搭温州的船。看见一只船正走着，他就问："可带人？"船家道："我们是抚院大人差上郑老爹的船[1]，不带人的。"匡超人背着行李正待走，船窗里一个白须老者道："驾长[2]，单身客人，带着也罢了，添着你买酒吃。"船家道："既然老爹吩咐，客人你上来罢。"把船撑到岸边，让他下了船。匡超人放下行李，向老爹作了揖，看见舱里三个人：中间郑老爹坐着，他儿子坐在旁边，这边坐着一外府的客人。郑老爹还了礼，叫他坐下。匡超人为人乖巧，在船上不拿强拿，不动强动，一口一声，只叫"老爹"。那郑老爹甚是欢喜，

"乖巧"，的评。

日后的老丈人。

有饭叫他同吃。

［注释］

[1] 抚院：巡抚的别称，清代巡抚例兼都察院右副都御史衔，故又称抚院。　[2] 驾长：对船工的尊称。

饭后行船无事，郑老爹说起：“而今人情浇薄[1]，读书的人，都不孝父母。这温州姓张的，弟兄三个都是秀才，两个疑惑老人把家私偏了小儿子，在家打吵，吵的父亲急了，出首到官。他两弟兄在府、县都用了钱，倒替他父亲做了假哀怜的呈子，把这事销了案。亏得学里一位老师爷持正不依，详了我们大人衙门，大人准了，差了我到温州提这一干人犯去。”那客人道：“这一提了来审实，府、县的老爷不都有碍？”郑老爹道：“审出真情，一总都是要参的！”匡超人听见这话，自心里叹息：“有钱的不孝父母，像我这穷人，要孝父母又不能，真乃不平之事！”过了两日，上岸起旱[2]，谢了郑老爹。郑老爹饭钱一个也不问他要，他又谢了。一路晓行夜宿，来到自己村庄，望见家门。只因这一番，有分教：敦伦

“百善孝为先”，处处突出匡二之孝心。

修行，终受当事之知；实至名归，反作终身之玷。

［注释］

[1] 浇薄：指风气的浇漓浮薄。　[2] 起旱：走陆路。

不知后事如何，且听下回分解。

［点评］

马二沉迷于功名富贵的幻梦中，“拜御书”是在迷幻中实现得功名上金銮殿，“遇神仙”则是在迷惘中实现获富贵发大财。至此，马二的沉迷已写到极致，可以转换话题了。

第十三回至二十回为“马二匡二合传”，此第十五回写马二如何救助匡超人，也是由马二过渡到匡二，此回后即以匡二为主角了，以近五回的篇幅写出“匡超人蜕变史”，其长度在本小说中罕见其匹。

匡超人是贫寒农村青年，在流落杭州的艰难时刻，马二先生主动向他伸出援手，资助盘程，赠予棉衣、鞋子，连回乡后做小生意的本钱都倾情相送。匡超人感激涕零，表示要报恩。

匡二初出现就已显孝心，这让笃厚的马二很有好感，马先生着意要给这个可教的后生指点一条出路。于是循其孝心，把孝养引导到显亲扬名的大孝上，这就为原单纯的农村青年树立起功名富贵的大目标。匡超人捧着马先生的举业读本回乡苦读。一个贫寒的乡村青年，想通过读书上进，改变命运“出头”，从理论上说这是无可非议的，“知识就是力量”，“知识改变命运”，是应当受鼓励的。但马二的举业诱导有个致命的毛病：读书做官论。读书、考试与获得地位名利挂上钩，从正面效应说，可以起激励作用，但人生观错了，同时又产生负面效应，一些人过分追求名利地位，心理失去平衡，诱发出种种人格堕落，匡二就是典型。

第十六回　大柳庄孝子事亲 乐清县贤宰爱士

话说匡超人望见自己家门，心里欢喜，两步做一步，急急走来敲门。母亲听见是他的声音，开门迎了出来，看见道：“小二，你回来了！”匡超人道：“娘，我回来了。”放下行李，整一整衣服，替娘作揖磕头。他娘捏一捏他身上，见他穿着极厚的棉袄，方才放下心，向他说道：“自从你跟了客人去后，这一年多，我的肉身时刻不安！一夜梦见你掉在水里，我哭醒来。一夜又梦见你把腿跌折了。一夜又梦见你脸上生了一个大疙瘩，指与我看，我替你拿手拈，总拈不掉。一

“百善孝为先”，处处突出匡二之孝心。

多么亲切！

细节显母爱。这是马二赠的棉袄。

梦常是潜意识的折射，吴敬梓擅长以梦和幻觉反映复杂心理。匡母的梦一方面表现慈母系念游子的起居安危；另方面又担心他在外改变心性，变坏变质。

夜又梦见你来家望着我哭，把我也哭醒了。一夜又梦见你头戴纱帽，说做了官。我笑着说：‘我一个庄农人家，那有官做？’傍一个人道：‘这官不是你儿子，你儿子却也做了官，却是今生再也不到你跟前来了。’我又哭起来，说：‘若做了官就不得见面，这官就不做他也罢！’就把这句话哭着，吆喝醒了，把你爹也吓醒了。你爹问我，我一五一十把这梦告诉你爹，你爹说我心想痴了。不想就在这半夜，你爹就得了病，半边身子动不得，而今睡在房里。”

以梦作预示和隐喻：做了官把灵魂丢失了，已不是原先的儿子了。

连形身也丢了。这就是民间戏文里说的蔡伯喈式的“弃亲”，匡超人也是，只顾功名富贵，不顾报恩亲情。

亲情重于功名富贵。这与马二指引的路相反。

外边说着话，他父亲匡太公在房里已听见儿子回来了，登时那病就轻松些，觉得有些精神。匡超人走到跟前，叫一声：“爹，儿子回来了！”上前磕了头。太公叫他坐在床沿上，细细告诉他这得病的缘故，说道：“自你去后，你三房里叔子就想着我这个屋。我心里算计，也要卖给他，除另寻屋，再剩几两房价，等你回来，做个小本生意。傍人向我说：‘你这屋是他屋边屋，他谋买你的，须要他多出几两银子。’那知他有钱的人只想便宜，岂但不肯多出钱，照时值估价，还

前一声“娘”、此一声“爹”，亲子之情出于至性血诚。

要少几两，分明知道我等米下锅，要杀我的巧[1]。我赌气不卖给他，他就下一个毒，串出上手业主拿原价来赎我的[2]。——业主，你晓得的，还是我的叔辈，他倚恃尊长，开口就说：‘本家的产业是卖不断的[3]。’我说：‘就是卖不断，这数年的修理也是要认我的。’他一个钱不认，只要原价回赎。那日在祠堂里彼此争论[4]，他竟把我打起来。族间这些有钱的，受了三房里嘱托，都偏为着他[5]，倒说我不看祖宗面上。你哥又没中用，说了几句道三不着两的话[6]。我着了这口气，回来就病倒了。自从我病倒，日用益发艰难。你哥听着人说，受了原价，写过吐退与他[7]。那银子零星收来，都花费了。你哥看见不是事，同你嫂子商量，而今和我分了另吃。我想又没有家私给他[8]，自挣自吃，也只得由他。他而今每早挑着担子在各处赶集，寻的钱，两口子还养不来。我又睡在这里，终日只有出的气，没有进的气，间壁又要房子翻盖，不顾死活，三五天一回人来催，口里不知多少闲话。你又去得不知下落。你娘想着，一场两场的哭！”匡超人道：“爹，这些事

宗族里也是富欺贫、强凌弱。可与第六回严贡生谋夺弟产连读。

儿子回家，年迈双亲喜有倚靠，诉说不尽。

都不要焦心，且静静的养好了病。我在杭州，亏遇着一个先生，他送了我十两银子，我明日做起个小生意，寻些柴米过日子。三房里来催，怕怎的！等我回他。”

有主见，有担当。

［**注释**］

[1] 要杀我的巧：杀我的价，讨我的便宜。 [2] 上手业主：原先的屋主。 [3] 卖不断：本宗族的房子不得卖于外人，本族原先的屋主也可以赎回，因此称为“卖不断”。 [4] 祠堂：宗族祭祀祖宗的庙堂。也是族人聚会商议宗族内重要事务的场所。 [5] 偏为（wèi）：偏向、偏袒。 [6] 道三不着两：指说话颠三倒四、轻重失宜。 [7] 写过吐退：立下同意原价退还房屋的字据。 [8] 家私：家财、家产。

母亲走进来叫他吃饭，他跟了走进厨房，替嫂子作揖。嫂子倒茶与他吃。吃罢，又吃了饭，忙走到集上，把剩的盘程钱买了一只猪蹄来家煨着，晚上与太公吃。买了回来，恰好他哥子挑着担子进门，他向哥作揖下跪，哥扶住了他，同坐在堂屋，告诉了些家里的苦楚。他哥子愁着眉道：“老爹而今有些害发了[1]，说的话道三不着两的。现今人家催房子，挨着总不肯出，带累我受气。

他疼的是你，你来家早晚说着他些。”说罢，把担子挑到房里去。匡超人等菜烂了，和饭拿到父亲面前，扶起来坐着。太公因儿子回家，心里欢喜，又有些荤菜，当晚那菜和饭也吃了许多。剩下的，请了母亲同哥进来，在太公面前，放桌子吃了晚饭。太公看着欢喜，直坐到更把天气[2]，才扶了睡下。匡超人将被单拿来在太公脚跟头睡。次日清早起来，拿银子到集上买了几口猪，养在圈里，又买了斗把豆子。先把猪肩出一个来杀了[3]，烫洗干净，分肌劈理的卖了一早晨[4]；又把豆子磨了一厢豆腐[5]，也都卖了，钱拿来放在太公床底下，就在太公跟前坐着。见太公烦闷，便搜出些西湖上景致，以及卖的各样的吃食东西，又听得各处的笑话，曲曲折折，细说与太公听。太公听了也笑。

以天伦之情温暖双亲。

起码的孝是“孝养”——赡养父母。

此给父母精神慰藉，比“孝养”又进一层，谓之“孝敬”“色养”“娱亲”。

[注释]

[1] 害发了：病得厉害了。　[2] 更把天气：更为古时夜间计时的单位，一夜分为五更，每更约两小时。　[3] 肩：背在肩上，用肩部扛。　[4] 分肌劈理：按牲畜的肌理结构分割开来。[5] 厢：箱。

太公过了一会，向他道："我要出恭[1]，快喊你娘进来。"母亲忙走进来，正要替太公垫布，匡超人道："爹要出恭，不要这样出了，像这布垫在被窝里，出的也不自在。况每日要洗这布，娘也怕熏的慌，不要熏伤了胃气。"太公道："我站的起来出恭倒好了，这也是没奈何！"匡超人道："不要站起来，我有道理。"连忙走到厨下端了一个瓦盆，盛上一瓦盆的灰，拿进去放在床面前，就端了一条板凳放在瓦盆外边，自己扒上床，把太公扶了横过来，两只脚放在板凳上，屁股紧对着瓦盆的灰。他自己钻在中间，双膝跪下，把太公两条腿捧着肩上，让太公睡的安安稳稳，自在出过恭；把太公两腿扶上床，仍旧直过来，又出的畅快，被窝里又没有臭气。他把板凳端开，瓦盆拿出去倒了，依旧进来坐着。

难能可贵！为一般孝子所不能及。此时之至孝正是反衬其蜕变之可叹可悲。

［注释］

[1] 出恭：解大便。

到晚，又扶太公坐起来吃了晚饭。坐一会，伏侍太公睡下，盖好了被，他便把省里带来的一个大铁灯盏装满了油，坐在太公傍边，拿出文章来念。太公睡不着，夜里要吐痰、吃茶，一直到四更鼓，他就读到四更鼓。太公叫一声，就在跟前。太公夜里要出恭，从前没人服侍，就要忍到天亮，今番有儿子在傍伺候，夜里要出就出。晚饭也放心多吃几口。匡超人每夜四鼓才睡[1]，只睡一个更头，便要起来杀猪、磨豆腐。

勤敏。精神头十足。

[注释]

[1] 四鼓：即四更，约夜间一点至三点。

过了四五日，他哥在集上回家的早，集上带了一个小鸡子在嫂子房里煮着，又买了一壶酒，要替兄弟接风，说道："这事不必告诉老爹罢。"匡超人不肯，把鸡先盛了一碗送与父母，剩下的，兄弟两人在堂里吃着。恰好三房的阿叔过来催房子，匡超人丢下酒，向阿叔作揖下跪。阿叔道："好呀！老二回来了。穿的恁厚厚敦敦的棉袄，又在外边学得恁知礼，会打躬作揖。"匡超人道："我到家几日，事忙，还不曾来看得阿叔，就请坐下吃杯便酒罢。"阿叔坐下吃了几杯酒，

与匡大对比着写，以匡大衬出匡二之孝心无微不至。

便提到出房子的话。匡超人道："阿叔莫要性急。放着弟兄两人在此，怎敢白赖阿叔的房子住？就是没钱典房子[1]，租也租两间出去住了，把房子让阿叔。只是而今我父亲病着，人家说，病人移了床，不得就好。如今我弟兄着急请先生替父亲医，若是父亲好了，作速的让房子与阿叔。就算父亲是长病，不得就好，我们也说不得，料理寻房子搬去，只管占着阿叔的，不但阿叔要催，就是我父母两个老人家，住的也不安。"阿叔见他这番话说的中听[2]，又婉委，又爽快，倒也没的说了，只说道："一个自家人，不是我只管要来催，因为要一总拆了修理，既是你恁说，再耽带些日子罢。"匡超人道："多谢阿叔！阿叔但请放心，这事也不得过迟。"那阿叔应诺了要去。他哥道："阿叔再吃一杯酒。"阿叔道："我不吃了。"便辞了过去。

[注释]

[1] 典：将房屋、土地或是物件等抵押给另一方以换取一笔银钱，双方议定年限，到期还款赎回原物。若是过期不赎，则所典当之物归对方所有。 [2] 中（zhòng）听：听起来顺耳。

自此以后，匡超人的肉和豆腐都卖得生意又燥[1]，不到日中就卖完了，把钱拿来家伴着父亲。算计那日赚的钱多，便在集上买个鸡鸭，或是鱼，来家与父亲吃饭。因太公是个痰症[2]，不十分宜吃大荤[3]，所以要买这些东西。或是猪腰子，或是猪肚子，倒也不断，医药是不消说。太公日子过得称心，每日每夜出恭小解都是儿子照顾定了，出恭一定是匡超人跪在跟前，把腿捧在肩头上。太公的病渐渐好了许多，也和两个儿子商议要寻房子搬家，倒是匡超人说："父亲的病才好些，索性等再好几分，扶着起来走得，再搬家也不迟。"那边人来催，都是匡超人支吾过去。

［注释］

[1] 燥（sào）：快速。　[2] 痰症：中医理论中泛指痰涎停留于体内而引发的病症。　[3] 大荤：较为肥腻的肉食，有时就是指猪肉。

这匡超人精神最足：早半日做生意，夜晚伴父亲，念文章，辛苦已极；中上得闲，还溜到门首同邻居们下象棋。那日正是早饭过后，他看着作家熟悉农村生活，写得很细。

太公吃了饭，出门无事，正和一个本家放牛的，在打稻场上将一个稻箩翻过来做了桌子[1]，放着一个象棋盘对着。只见一个白胡老者背剪着手来看，看了半日，在傍边说道："喽！老兄这一盘输了！"匡超人抬头一看，认得便是本村大柳庄保正潘老爹[2]，因立起身来叫了他一声，作了个揖。潘保正道："我道是谁，方才几乎不认得了。你是匡太公家匡二相公。你从前年出门，是几时回来了的？你老爹病在家里？"匡超人道："不瞒老爹说，我来家已是有半年了，因为无事，不敢来上门上户，惊动老爹，我家父病在床上，近来也略觉好些，多谢老爹记念。请老爹到舍下奉茶。"潘保正道："不消取扰。"因走近前替他把帽子升一升，又拿他的手来细细看了，说道："二相公，不是我奉承你，我自小学得些麻衣神相法[3]，你这骨格是个贵相，将来只到二十七八岁，就交上好的运气，妻、财、子、禄，都是有的。现今印堂颜色有些发黄[4]，不日就有个贵人星照命[5]。"又把耳朵边揝着看看，道："却也还有个虚惊，不大碍事，此后运气一年好似一年哩。”匡超人道：“老爹，我做这小生意，只望着不折了本，每日寻得几个钱养活父母，便谢天地菩萨了，那里想甚么富贵轮到我身上？”潘保正摇手道：“不相干，这样事那里是你做的？”说罢，各自散了。

“富贵”二字是关键。此时的匡二尚不存奢望。

［注释］

[1] 稻箩：用竹篾编就装稻谷的大箩筐，穿上绳子后可以肩背。　[2] 保正：清代约一千户为保，设保正即保长一人，承管民间的户口、劳役等事。　[3] 麻衣神相法：一种相术，根据人的面容、气色、骨骼等预测其命运。相传北宋时有麻衣道者精于相术，故后人作相法书多托名于麻衣。　[4] 印堂：相术术语，指两眉之间的部位。　[5] 贵人星照命：指有贵人相助、吉星高照。

三房里催出房子，一日紧似一日，匡超人支吾不过，只得同他硬撑了几句。那里急了，发狠说：“过三日再不出，叫人来摘门下瓦！”匡超人心里着急，又不肯向父亲说出。过了三日，天色晚了，正伏侍太公出了恭起来，太公睡下，他把那铁灯盏点在傍边念文章，忽然听得门外一声响亮，有几十人声一齐吆喝起来。他心里疑惑是三房里叫多少人来下瓦摘门。顷刻，几百人声一齐喊起，一派红光，把窗纸照得通红。他叫一声："不好了！"忙开出去看，原来是本村失火。一家人一齐跑出来说道："不好了！快些搬！"他哥睡的梦梦铳铳[1]，扒了起来，只顾得他一副上集的担子。担子里面的东西又零碎：芝麻糖，豆腐干，腐皮，泥人，小孩子吹的箫，打的叮当，女人戴的锡簪子，拙着了这一件，掉了那一件。那糖和泥人，断的断了，碎的碎了，弄了一身臭汗，才一总捧起来朝外跑。那火头已是望见，有丈把高，一个一个的火团子往天井里滚。嫂子抢了一包被褥、衣裳、鞋脚，抱着哭哭啼啼，反往后走。老奶奶吓得两脚软了，一步也挪不动。那火光照耀得四处通红，两边喊声大震。匡超人想，别的都不打紧，忙进房去抢了一床被在手内，从床上把太公扶起，背在身上，把两只手搂得紧紧的，且不顾母亲，把太公背在门外空处坐着；又飞跑进来，一把拉了嫂子，指与他门外走；又把母亲扶了，背在身上。才得出门，那时火已到门口，几乎没有出路。匡超人道："好了！父母都救出来了！"且在空地下把太公放了睡下，用被

匡大一心只想着琐细的卖钱小物件，想不到父母，惊慌失措手忙脚乱；反衬匡二一心首重父母，而且遇变不慌、镇定有序。

盖好。母亲和嫂子坐在跟前。再寻他哥时，已不知吓的躲在那里去了。

[注释]

[1] 梦梦铳（chòng）铳：即懵懵懂懂，迷糊、糊涂之意。

那火轰轰烈烈，熚熚烞烞，一派红光，如金龙乱舞。乡间失火，又不知救法，水次又远，足足烧了半夜，方才渐渐熄了。稻场上都是烟煤，兀自有焰腾腾的火气。一村人家房子都烧成空地。匡超人没奈何，无处存身，望见庄南头大路上一个和尚庵，且把太公背到庵里，叫嫂子扶着母亲，一步一挨，挨到庵门口。和尚出来问了，不肯收留，说道："本村失了火，凡被烧的都没有房子住，一个个搬到我这庵里时，再盖两进屋也住不下，况且你又有个病人，那里方便呢？"

只见庵内走出一个老翁来，定睛看时，不是别人，就是潘保正。匡超人上前作了揖，如此这般："被了回禄[1]。"潘保正道："匡二相公，原来昨晚的火，你家也在内！可怜！"匡超人又把要借和尚庵住，和尚不肯，说了一遍。潘保正道：

"师父，你不知道，匡太公是我们村上有名的忠厚人。况且这小二相公好个相貌，将来一定发达。你出家人与人方便，自己方便，权借一间屋与他住两天，他自然就搬了去。香钱我送与你。"和尚听见保正老爹吩咐，不敢违拗，才请他一家进去，让出一间房子来。匡超人把太公背进庵里去睡下。潘保正进来问候太公，太公谢了保正。和尚烧了一壶茶来与众位吃。保正回家去了，一会又送了些饭和菜来与他压惊。

以世俗的势利动之。

[注释]

[1] 被了回禄：遭了火灾。回禄，传说中的火神。

直到下午，他哥才寻了来，反怪兄弟不帮他抢东西。匡超人见不是事，托保正就在庵傍大路口替他租了间半屋，搬去住下。幸得那晚原不曾睡下，本钱还带在身边，依旧杀猪、磨豆腐过日子，晚间点灯念文章。太公却因着了这一吓，病更添得重了。匡超人虽是忧愁，读书还不歇。那日读到二更多天，正读得高兴，忽听窗外锣响，许多火把簇拥着一乘官轿过去，后面马蹄一片声

交待得很周到。

作家很会设悬疑。

音，自然是本县知县过，他也不曾住声，由着他过去了。

不想这知县这一晚就在庄上住，下了公馆，心中叹息：“这样乡村地面，夜深时分，还有人苦功读书，实为可敬！只不知这人是秀才是童生，何不传保正来问一问？”当下传了潘保正来，问道：“庄南头庙门傍那一家，夜里念文章的是个甚么人？”保正知道就是匡家，悉把如此这般：“被火烧了，租在这里住。这念文章的是他第二个儿子匡迥，每日念到三四更鼓。不是个秀才，也不是个童生，只是个小本生意人。”知县听罢惨然，吩咐道：“我这里发一个帖子，你明日拿出去致意这匡迥，说我此时也不便约他来会，现今考试在即，叫他报名来应考。如果文章会做，我提拔他。”保正领命下来。

“生意人”养成趋利的习性。乖巧用于趋利，此盖匡超人蜕变的内因。

次日清早，知县进城回衙去了。保正叩送了回来，飞跑走到匡家，敲开了门，说道：“恭喜！”匡超人问道：“何事？”保正帽子里取出一个单帖来递与他，上写：“侍生李本瑛拜”。匡超人看见是本县县主的帖子，吓了一跳，忙问：“老爹，

“行孝”是举荐的重要依据。

这帖是拜那个的？”保正悉把如此这般：“老爷在你这里过，听见你念文章，传我去问。我就说你如此穷苦，如何行孝，都禀明了老爷。老爷发这帖子与你，说不日考校，叫你去应考，是要抬举你的意思。我前日说你气色好，主有个贵人星照命，今日何如？”匡超人喜从天降，捧了这个帖子去向父亲说了，太公也欢喜。到晚，他哥回来，看见帖子，又把这话向他哥说了，他哥不肯信。

过了几天时，县里果然出告示考童生。匡超人买卷子去应考[1]。考过了，发出团案来[2]，取了。复试，匡超人又买卷伺候。知县坐了堂，头一个点名就是他。知县叫住道：“你今年多少年纪了？”匡超人道：“童生今年二十二岁。”知县道：“你文字是会做的。这回复试，更要用心，我少不得照顾你。”匡超人磕头谢了，领卷下去。复试过两次，出了长案[3]，竟取了第一名案首，报到乡里去。匡超人拿手本上来谢，知县传进宅门去见了，问其家里这些苦楚，便封出二两银子来送他：“这是我分俸些须，你拿去奉养父母。

到家并发奋加意用功，府考、院考的时候你再来见我，我还资助你的盘费。”匡超人谢了出来，回家把银子拿与父亲，把官说的这些话告诉了一遍。太公着实感激，捧着银子在枕上望空磕头，谢了本县老爷。到此时，他哥才信了。乡下眼界浅，见匡超人取了案首，县里老爷又传进去见过，也就在庄上，大家约着送过贺分到他家来。太公吩咐借间壁庵里请了一天酒。

［**注释**］

[1] 买卷子：在考试前士人要在买卷处买卷子，并填好自己的姓名、年岁等个人信息，然后将卷子交上去，相当于报名。　[2] 团案：县考初试录取的童生名单称之为“案”，以圆形排列，不分先后名次，故称“团案”。前五十名为第一圈，圈又分为内外两层，也有不分内外层，只列一大圈的。　[3] 长案：县考复试过后，将所有录取的童生排列先后名次发布名单，称“长案”。

这时残冬已过。开印后[1]，宗师按临温州。匡超人叩辞别知县，知县又送了二两银子。他到府，府考过，接着院考。考了出来，恰好知县上辕门见学道，在学道前下了一跪，说：“卑职这取的案首匡迥，是孤寒之士，且是孝子。”就把与马二的评语略似。

他行孝的事细细说了。学道道："'士先器识而后辞章'[2]，果然内行克敦[3]，文辞都是末艺。但昨看匡迥的文字，理法虽略有未清，才气是极好的。贵县请回，领教便了。"只因这一番，有分教：

婚姻缔就，孝便衰于二亲；科第取来，心只系乎两榜[4]。

[注释]

[1] 开印：官府于每年除夕封印，停止办公。年假过后，次年正月选择吉日吉时，穿朝服行礼，开封用印，照常办公。 [2] 士先器识而后辞章：意谓士人须先重其体现德才涵养的器量见识，然后才是文笔辞章。《旧唐书·王勃传》："士之致远，先器识而后文艺。" [3] 克敦：德行敦厚。 [4] 两榜：乡试与会试录取的榜单，其中乡试录取的名单又称为"乙榜"，会试录取名单称为"甲榜"。

未知匡超人这一考得进学否，且听下回分解。

[点评]

传统美德孝，起码之点是"孝养"，赡养父母是为人子女者尽孝的起码责任，父母长亲生老病死时都要悉心照护。在这方面匡超人做得很到位，他勤勤恳恳经营起赡养父母的小营生，养猪卖肉，磨豆卖豆腐，从早到晚不辞辛劳。服侍父亲（匡太公）出恭（大便）一段尤其难能可贵。

传统孝道不仅要“孝养”，而且要“孝敬”“色养”，要努力“娱亲”，满足父母的精神需求。衣食无忧后，精神安抚越来越需要；因为有代沟，故也更加难能可贵。古人就说孝道难在“色养”——对父母经常的和颜悦色。脸色是内心感情的外在表露，真心爱父母、时时心存感恩，孝敬之色才能成为常态。

在这方面，他哥匡大是个衬托：匡大为弟接风买了一只小鸡子兄弟消受，嘱弟不要告诉老爹。匡二不肯，把鸡先盛一碗给父母，剩下的才轮到兄弟俩。本村失火，烧到他家，兄弟俩的表现大异：匡大只顾货郎担里的琐碎，而他全心全力抢救父母。他的“敦伦”孝道相当感人，对哥和嫂也恪守悌道。在伦理氛围浓厚的乡村传统社会里，他是孝悌后生，不仅博得乡亲称赞，而且赢得好官赏识，成为后来膺荐的资本。如果能在虞博士倡导的仁义礼乐环境里成长，他会成为正人君子。可惜不是。

第十七回　匡秀才重游旧地
赵医生高踞诗坛

话说匡太公自从儿子上府去考，尿屎仍旧在床上。他去了二十多日，就如去了两年的一般，每日眼泪汪汪，望着门外。那日向他老奶奶说道："第二个去了这些时总不回来，不知他可有福气挣着进一个学。这早晚我若死了，就不能看见他在跟前送终！"说着，又哭了。老奶奶劝了一回。

叙述有起伏跌宕。

忽听门外一片声打的响，一个凶神的人赶着他大儿子打了来，说在集上赶集，占了他摆摊子的窝子。匡大又不服气，红着眼，向那人乱叫。那人把匡大担子夺了下来，那些零零碎碎东西，撒了一地，筐子都踢坏了。匡大要拉他见官，口里说道："县主老爷现同我家老二相与，我怕你么！我同你回老爷去！"太公听得，忙叫他进来，吩咐道："快不要如此！我是个良善人家，从不曾同人口舌，经官动府。况且占了他摊子，原是你不是。央人替他好好说，不要吵闹，带累我不安。"他那里肯听，气狠狠的又出去吵闹，吵的邻居都来围着看，也有拉的，也有劝的。正闹着，潘保正走来了，把那人说了几声，那人嘴才软了。保正又道："匡大哥，你还不把你的东西拾在担子里，拿回家去哩。"匡大一头骂着，一头拾东西。

匡大未出乡而先势利，匡二离乡后愈趋势利，皆社会机制使然。

父母是孩子的第一任教师，匡二的父母原是良善、不贪富贵的厚道人。

只见大路上两个人，手里拿着红纸帖子，走来问道："这里有一个姓匡的么？"保正认得是学里门斗，说道："好了，匡二相公恭喜进了学了[1]。"便道："匡大哥，快领二位去同你老爹说。"匡大东西才拾完在担子里，挑起担子，领两个门斗来家。那人也是保正劝回去了。门斗进了门，见匡太公睡在床上，道了恭喜，把报帖升贴起来。上写道："捷报贵府相公匡讳迥，蒙提学御史学道大老爷取中乐清县第一名入泮[2]。联科及第[3]。本学公报。”太公欢喜，叫老奶奶烧起茶来，把匡大担子里的糖和豆腐干装了两盘，又煮了十来个鸡子，请门斗吃着。潘保正又拿了十来个鸡子来贺喜，一总煮了出来，留着潘老爹陪门斗吃饭。饭罢，太公拿出二百文来做报钱，门斗嫌少，太公道：“我乃赤贫之人，又遭了回禄。小儿的事，劳二位来，这些须当甚么，权为一茶之敬。”潘老爹又说了一番，添了一百文，门斗去了。

[注释]

[1] 进了学：童生考上了秀才，就在当地的官学中有了名籍。 [2] 入泮：古代学宫前有半月形的水池，称为“泮水”，因此称学校为“泮宫”，将进学称为“入泮”。 [3] 联科及第：报帖上的祝颂语，指接连通过乡试、会试、殿试，成为进士。

叙述非常细致周到。

直到四五日后，匡超人送过宗师，才回家来，穿着衣巾[1]，拜见父母。嫂子是因回禄后就住在娘家去了，此时只拜了哥哥。他哥见他中了个相公，比从前更加亲热些。潘保正替他约齐了分子，择个日子贺学，又借在庵里摆酒。此番不同，共收了二十多吊钱，宰了两个猪和些鸡鸭之类，吃了两三日酒，和尚也来奉承。

[注释]

[1] 衣巾：指秀才所穿的青领衣和方巾。

匡超人同太公商议，不磨豆腐了，把这剩下来的十几吊钱把与他哥，又租了两间屋开个小杂货店。嫂子也接了回来，也不分在两处吃了，每日寻的钱家里盘缠。忙过几日，匡超人又进城去谢知县。知县此番便和他分庭抗礼[1]，留着吃了酒饭，叫他拜做老师[2]。事毕回家，家里那两个门斗又下来到他家说话。他请了潘老爹来陪。门斗说："学里老爷要传匡相公去见，还要进见之礼[3]。"匡超人恼了，道："我只认得我的老师！他这教官，我去见他做甚么？有甚么进见之礼！"潘老爹道："二相公，你不可这样说了。我们县里老爷虽是老师，是你拜的老师，这是私情。这学里老师是朝廷制下的，专管秀才，你就中了状元，这老师也要认的。怎么不去见？你是

一阔脸就变。

个寒士，进见礼也不好争，每位封两钱银子去就是了。”当下约定日子，先打发门斗回去。到那日，封了进见礼去见了学师回来，太公又吩咐买个牲醴到祖坟上去拜奠[4]。

［注释］

[1] 分庭抗礼：以平等之礼节相见，这是秀才的待遇。古代接见宾客时，主人立于庭院东边，客人立于西边，相对行礼，以示平等。 [2] 拜做老师：明清时，秀才可拜入知县、知府等官员的门下，彼此间以师生相称，称之为“拜门生”。 [3] 进见之礼：士人进学之后，就要备贽仪去拜见学校里的教官，贽仪多寡则根据士人的家境而定。 [4] 牲醴：祭祀用的牲畜和甜酒。

那日上坟回来，太公觉得身体不大爽利。从此，病一日重似一日，吃了药也再不得见效，饭食也渐渐少的不能吃了。匡超人到处求神问卜，凶多吉少，同哥商议，把自己向日那几两本钱替太公备后事，店里照旧不动。当下买了一具棺木，做了许多布衣，合着太公的头做了一顶方巾，预备停当。太公淹淹在床，一日昏聩的狠，一日又觉得明白些。那日，太公自知不济，叫两个儿子都到跟前，吩咐道：“我这病犯得拙了！眼见得望天的日子远，入地的日子近。我一生是个无用的人，一块土也不曾丢给你们，两间房子都没有了。第二的侥幸进了一个学，将来读读书，会上进一层也不可知，但功名到底是身外之物，德行是要紧的。我看你在孝弟上用心，极是难得，却又不可因后来日子略过的顺利些，就添出一肚子里的势利见识来，改变了小时的心事。我死之后，你一满了服，就急急的要寻一头亲事，总要穷人家的儿女，万不可贪图富贵，攀高结贵。你哥是个混账人，你要到底敬重他，和奉事我的一样才是！”兄弟两个哭着听了，太公瞑目而逝，合家大哭起来。匡超人呼天抢地，一面安排装殓。因房屋褊窄，停放过了头七，将灵柩送在祖茔安葬，满庄的人都来吊孝送丧。两弟兄谢过了客。匡大照常开店。匡超人逢七便去坟上哭奠。

父亲叮嘱的一条路与马二指引的一条路截然异趋，匡二何去何从？

父亲的担心后来一一成了现实。这是点题之笔。

这是要害。“知子莫若父”，已预卜儿子心性的可能走向。

那一日，正从坟上奠了回来，天色已黑。刚才到家，潘保正走来向他说道：“二相公，你可知道县里老爷坏了？今日委了温州府二太爷来摘了印去了[1]。他是你老师，你也该进城去看看。”匡超人次日换了素服，进城去看。才走进城，那晓得百姓要留这官，鸣锣罢市，围住了摘印的官，要夺回印信，把城门大白日关了，闹成一片。匡超人不得进去，只得回来再听消息。第三日，听得省里委下安民的官来了，要拿为首的人。又过了三四日，匡超人从坟上回来，潘保正迎着道："不好了！祸事到了！"匡超人道："甚么祸事？"潘保正道："到家去和你说。"当下到了匡家坐下，道："昨日安民的官下来，百姓散了，上司叫这官密访为头的人，已经拿了几个。衙门里有两个没良心的差人，就把你也密报了，说老爷待你甚好，你一定在内为头要保留[2]。是那里冤枉的事！如今上面还要密访，但这事那里定得！他若访出是实，恐怕就有人下来拿。依我的意思，你不如在外府去躲避些时，没有官事就罢，若有，我替你维持。"

[注释]

[1] 二太爷：即同知，知府的副职。摘了印：指摘印，对于犯事的地方官，由督抚委派人员紧急收缴印信，并限日离任，也就是停职。　[2] 保留：此指要强行留下被摘印的官员。

匡超人惊得手慌脚忙，说道："这是那里晦气！多承老爹相爱，说信与我，只是我而今那里去好？"潘保正道："你自心里想，那处熟就往那处去。"匡超人道："我只有杭州熟，却不曾有甚相与的。"潘保正道："你要往杭州，我写一个字与你带去。我有个房分兄弟[1]，行三，人都叫他潘三爷，现在布政司里充吏[2]，家里就在司门前山上住。你去寻着了他，凡事叫他照应。他是个极慷慨的人，不得错的。"匡超人道："既是如此，费老爹的心写下书子，我今晚就走才好。"当下潘老爹一头写书，他一面嘱咐哥嫂家里事务，洒泪拜别母亲，拴束行李，藏了书子出门。潘老爹送上大路回去。

[注释]

[1]房分兄弟：堂兄弟。房分指家族中的不同分支。 [2]充吏：在衙门里充任胥吏。

转入"社会大学"的第二门课程：斗方名士的异路功名，课任"导师"景兰江。

匡超人背着行李，走了几天旱路，到温州搭船。那日没有便船，只得到饭店权宿。走进饭店，见里面点着灯，先有一个客人坐在一张桌子上，面前摆了一本书，在那里静静的看。匡超人看那人时，黄瘦面皮，稀稀的几根胡子。那人看书出神，又是个近视眼，不曾见有人进来。匡超人走到跟前，请教了一声“老客”，拱一拱手。那人才立起身来为礼，青绢直身[1]，瓦楞帽子，像个生意人模样。两人叙礼坐下。匡超人问道：“客人贵乡尊姓？”那人道：“在下姓景，寒舍就在这五十里外。因有个小店在省城，如今往店里去，因无便船，权在此住一夜。”看见匡超人戴着方巾，知道他是秀才，便道：“先生贵处那里？尊姓台甫[2]？”匡超人道：“小弟贱姓匡，字超人，敝处乐清，也是要往省城，没有便船。”那景客人道：“如此甚好，我们明日一同上船。”各自睡下。

［注释］

[1]直身：即直裰，古代日常所穿的一种直筒袍子。［2］台甫：用于询问别人表字时的敬辞。

次日早去上船，两人同包了一个头舱。上船放下行李，那景客人就拿出一本书来看。匡超人初时不好问他，偷眼望那书上圈的花花绿绿，是些甚么诗词之类。到上午同吃了饭，又拿出书来看，看一会又闲坐着吃茶。匡超人问道："昨晚请教老客，说有店在省城，却开的是甚么宝店？"景客人道："是头巾店。"匡超人道："老客既开宝店，却看这书做甚么？"景客人笑道："你道这书单是戴头巾做秀才的会看么？我杭城多少名士都是不讲八股的。不瞒匡先生你说，小弟贱号叫做景兰江，各处诗选上都刻过我的诗，今已二十余年。这些发过的老先生[1]，但到杭城，就要同我们唱和[2]。"因在舱内开了一个箱子，取出几十个斗方子来递与匡超人[3]，道："这就是拙刻，正要请教。"匡超人自觉失言，心里惭愧。接过诗来，虽然不懂，假做看完了，瞎赞一回。景兰江又问："恭喜入泮是那一位学台？"匡超人道："就是现在新任宗师。"景兰江道："新学台是湖州鲁老先生同年。鲁老先生就是小弟的诗友。小弟当时联句的诗会[4]，杨执中先生，权勿用先生，嘉兴蘧太守公孙駪夫，还有娄中堂两位公子——三先生、四先生，都是弟们文字至交。可惜有位牛布衣先生只是神交，不曾会面。"匡超人见他

八股士之外有名士，"社会大学"的第二门课与马二老师的第一门课很不同，匡超人开了眼界。

第二门课的辅导教材。

"乖巧"变滑头。

为攀高结贵不惜说谎。是赝名士惯伎。

说这些人，便问道："杭城文瀚楼选书的马二先生，讳叫做静的，先生想也相与？"景兰江道："那是做时文的朋友，虽也认得，不算相与。不瞒先生说，我们杭城名坛中，倒也没有他们这一派。却是有几个同调的人[5]，将来到省，可以同先生相会。"匡超人听罢，不胜骇然[6]。同他一路来到断河头，船近了岸，正要搬行李，景兰江站在船头上，只见一乘轿子歇在岸边。轿里走出一个人来，头戴方巾，身穿宝蓝直裰，手里摇着一把白纸诗扇，扇柄上拴着一个方象牙图书；后面跟着一个人，背了一个药箱。那先生下了轿，正要进那人家去。景兰江喊道："赵雪兄，久违了！那里去？"那赵先生回过头来，叫一声："哎呀！原来是老弟！几时来的？"景兰江道："才到这里，行李还不曾上岸。"因回头望着舱里道："匡先生，请出来。这是我最相好的赵雪斋先生，请过来会会。"匡超人出来，同他上了岸。

[注释]

[1] 发过：指考中过举人或进士。 [2] 唱和：士人之间用诗词相酬答。 [3] 斗方：中国书画所用的一尺见方的纸或一尺见方

的册页书画，此指诗册。　[4] 联句：写诗的一种方式。以两人或数人各写一句或几句，联结成篇。诗会：以做诗吟咏为主的士人聚会。　[5] 同调：指志趣或主张相同。　[6] 骇然：惊讶的样子。

景兰江吩咐船家把行李且搬到茶室里来。当下三人同作了揖，同进茶室。赵先生问道："此位长兄尊姓？"景兰江道："这位是乐清匡先生，同我一船来的。"彼此谦逊了一回坐下，泡了三碗茶来。赵先生道："老弟，你为甚么就去了这些时？叫我终日盼望。"景兰江道："正是为些俗事缠着。这些时可有诗会么？"赵先生道："怎么没有。前月中翰顾老先生来天竺进香[1]，邀我们同到天竺做了一天的诗。通政范大人告假省墓，船只在这里住了一日，还约我们到船上拈题分韵[2]，着实扰了他一天。御史荀老先生来打抚台的秋风，丢着秋风不打，日日邀我们到下处做诗。这些人都问你。现今胡三公子替湖州鲁老先生征挽诗，送了十几个斗方在我那里，我打发不清，你来得正好，分两张去做。"说着，吃了茶，问："这位匡先生想也在庠，是那位学台手里恭喜的？"景兰江道："就是现任学台。"赵先

此即闲序所说"心艳功名富贵"者，梦寐以求攀高结贵。

"斗方诗人"名称之由来。

生微笑道："是大小儿同案。"吃完了茶，赵先生先别，看病去了。景兰江问道："匡先生，你而今行李发到那里去？"匡超人道："如今且拢文瀚楼。"景兰江道："也罢，你拢那里去，我且到店里。我的店在豆腐桥大街上金刚寺前，先生闲着，到我店里来谈。"说罢，叫人挑了行李去了。

［注释］

[1] 中翰：内阁中书的别称。明清时期在内阁设中书舍人一职，职掌撰拟、记载、翻译、缮写等，或由举人考授，或由朝廷特赐，官阶较低，为七品或从七品。　[2] 拈题分韵：古人集会作诗的一种方式，通过拈阄或是自己认定的方式决定写诗的题目和用韵。

匡超人背着行李，走到文瀚楼问马二先生，已是回处州去了。文瀚楼主人认的他，留在楼上住。次日，拿了书子到司前去找潘三爷。进了门，家人回道："三爷不在家，前几日奉差到台州学道衙门办公事去了。"匡超人道："几时回家？"家人道："才去，怕不也还要三四十天功夫。"匡超人只得回来，寻到豆腐桥大街景家方巾店里，景兰江不在店内。问左右店邻，店邻说道："景大先生么？这样好天气，他先生正好到六桥探春光，寻花问柳，做西湖上的诗。绝好的诗题，他怎肯在店里坐着？”匡超人见问不着，只得转身又走。

走过两条街，远远望见景先生同着两个戴方巾的走，匡超人相见作揖。景兰江指着那一个麻子道：“这位是支剑峰先生。”指着那一个胡子道：“这位是浦墨卿先生。都是我们诗会中领袖。”那二人问：“此位先生？”景兰江道：“这是乐清匡超人先生。”匡超人道：“小弟方才在宝店奉拜先生，恰值公出。此时往那里去？”景先生道：“无事闲游。”又道：“良朋相遇，岂可分途，何不到旗亭小饮三杯[1]？”那两位道：“最好。”当下拉了匡超人同进一个酒店，拣一副坐头坐下。酒保来问要甚么菜，景兰江叫了一卖一钱二分银子的杂脍[2]，两碟小吃。那小吃一样是炒肉皮，一样就是黄豆芽。拿上酒来。支剑峰问道：“今日何以不去访雪兄？”浦墨卿道：“他家今日宴一位出奇的客。”支剑峰道：“客罢了，有甚么出奇？”浦墨卿道：“出奇的紧哩！你满饮一杯，我把这

叙述防平淡，故意设悬念。屡用此法。

段公案告诉你。”

［注释］

[1]旗亭：指酒楼，由于酒楼多悬旗为酒招，故有此称。 [2]一卖：现成的单份食物。

当下支剑峰斟上酒，二位也陪着吃了。浦墨卿道：“这位客姓黄，是戊辰的进士，而今选了我这宁波府鄞县知县[1]。他先年在京里同杨执中先生相与。杨执中却和赵爷相好，因他来浙，就写一封书子来会赵爷。赵爷那日不在家，不曾会。”景兰江道：“赵爷官府来拜的也多，会不着他也是常事。”浦墨卿道：“那日真正不在家。次日，赵爷去回拜，会着，彼此叙说起来。——你道奇也不奇？”众人道：“有甚么奇处？”浦墨卿道：“那黄公竟与赵爷生的同年、同月、同日、同时！”众人一齐道：“这果然奇了！”浦墨卿道：“还有奇处。赵爷今年五十九岁，两个儿子，四个孙子，老两个夫妻齐眉，只却是个布衣；黄公中了一个进士，做任知县，却是三十岁上就断了弦[2]，夫人没了，而今儿花女花也无[3]。”支剑峰道："这果然奇！同一个年、月、日、时，一个是这般境界，一个是那般境界，判然不合，可见'五星''子平'都是不相干的[4]。"说着，又吃了许多的酒。

［注释］

[1] 鄞县：明清属浙江省宁波府，现属浙江宁波。　[2] 断了弦：古人以琴瑟和谐比喻夫妻和合，因而将丧妻称为"断弦"，再娶妻则称为"续弦"。　[3] 儿花女花：指儿子和女儿。　[4] 五星、子平：都是星相术语，泛指根据八字算命等。五星是用金、木、水、火、土五大行星与生辰八字相配合来推算人的命运。子平据传是宋代精于星相之学的徐子平，为后世星相之士当作祖师。

浦墨卿道："三位先生，小弟有个疑难在此，诸公大家参一参。比如黄公同赵爷一般的年、月、日、时生的，一个中了进士，却是孤身一人；一个却是子孙满堂，不中进士。这两个人，还是那一个好？我们还是愿做那一个？"三位不曾言语。浦墨卿道："这话让匡先生先说。——匡先生，你且说一说。"匡超人道："'二者不可得兼'[1]。依小弟愚见，还是做赵先生的好。"众人一齐拍手道："有理有理！"浦墨卿道："读书毕

"进士、名士孰优"大讨论。庸俗而故作高深。追求功名不得就改求"异路功名"，书中此两大类实一丘之貉。

匡超人既是领会了一条新路，又是讨好斗方名士。很会看风使舵。

竟中进士是个了局，赵爷各样好了，到底差一个进士。不但我们说，就是他自己心里也不快活的是差着一个进士。而今又想中进士，又想像赵爷的全福，天也不肯！虽然世间也有这样人，但我们如今既设疑难，若只管说要合做两个人，就没的难了。如今依我的主意：只中进士，不要全福；只做黄公，不做赵爷。可是么？”支剑峰道：“不是这样说。赵爷虽差着一个进士，而今他大公郎已经高进了，将来名登两榜，少不得封诰乃尊。难道儿子的进士，当不得自己的进士不成？”浦墨卿笑道：“这又不然。先年有一位老先生，儿子已做了大位[2]，他还要科举。后来点名，监临不肯收他[3]，他把卷子掼在地下，恨道：‘为这个小畜生，累我戴个假纱帽！’这样看来，儿子的到底当不得自己的！”景兰江道：“你们都说的是隔壁账[4]。都斟起酒来满满的吃三杯，听我说。”支剑峰道：“说的不是怎样？”景兰江道：“说的不是，倒罚三杯。”众人道：“这没的说。”当下斟上酒吃着。景兰江道：“众位先生所讲中进士，是为名？是为利？”众人道：“是为名。”景兰江道：

"可知道赵爷虽不曾中进士，外边诗选上刻着他的诗几十处，行遍天下，那个不晓得有个赵雪斋先生？只怕比进士享名多着哩！"说罢，哈哈大笑。众人都一齐道："这果然说的快畅！"一齐干了酒。匡超人听得，才知道天下还有这一种道理。

马二指引的一重天之外还别有一重天。开始眼花缭乱，目迷五色。

[注释]

[1] 二者不可得兼：语出《孟子·告子上》："鱼，我所欲也；熊掌，亦我所欲也；二者不可得兼，舍鱼而取熊掌者也。"即希望得到的两样东西不可能都得到。 [2] 大位：大官。 [3] 监临：明清乡试设监临一职，多由总督、巡按、巡抚等地方大员担任，掌管除批阅试卷之外的纠察、关防等其他各项考场事务。除了正副主考，乡试中的监试、提调、同考官等也由监临委派。 [4] 隔壁账：指与正题不相干的闲话。

景兰江道："今日我等雅集，即拈'楼'字为韵，回去都做了诗，写在一个纸上，送在匡先生下处请教。"当下同出店来，分路而别。只因这一番，有分教：

交游添气色，又结婚姻；文字发光芒，更将进取。

反语，反讽。

不知后事如何，且听下回分解。

[点评]

“功名到底是身外之物，德行是要紧的。……万不可贪图富贵”，这一条是父亲叮嘱的立德做人之路，前回那一条是马二先生指引的八股做官之路，这两条是截然不同的路，他何去何从？匡超人也不是一下子就选定的，像他父亲所预言，他是经历了“后来日子略过的顺利些，就添出一肚子里的势利见识来，改变了小时的心事”——他是一步步蜕变的。

从乡土人伦文化的家庭来到“社会大学”，第一门课程是马二先生主授的八股做官主课；第二门就是景兰江辈执教的斗方名士“异路功名”主课、暨书坊实习的商品牟利辅课。经过“进士、名士孰优”的课堂大讨论，他才知道原来追求功名富贵的路不止马老师指出的那一条。他开始目迷五色失去方向，失去定力，道德防线最先失守了。他是不加选择，不究正邪，只要有路他都走，不仅把马先生的路线修正为到书坊赚现钱，而且跟着景先生们攀高结贵，先谋名待兑利。唯独跟父亲叮嘱的重德之路已经渐行渐远矣。

斗方名士并非仅作为熏染匡超人变色的一个环节，他们自有其独立的意义。《儒林外史》这轴士林画卷，展出的不仅有马二那样的八股迷，而且有形形色色的赝名士，集中呈现的有三群，除西湖斗方名士外，还有莺脰湖名士、莫愁湖名士。

第十八回　约诗会名士携匡二
访朋友书店会潘三

话说匡超人那晚吃了酒，回来寓处睡下。次日清晨，文瀚楼店主人走上楼来，坐下道："先生，而今有一件事相商。"匡超人问是何事。主人道："目今我和一个朋友合本，要刻一部考卷卖[1]，要费先生的心替我批一批，又要批的好，又要批的快。合共三百多篇文章，不知要多少日子就可以批得出来？我如今扣着日子，好发与山东、河南客人带去卖。若出的迟，山东、河南客人起了身，就误了一觉睡[2]。这书刻出来，封面上就刻先生的名号，还多寡有几两选金和几十本

"社会大学"还有门课是辅修课：商品赚钱经。

样书送与先生[3]。不知先生可赶的来？”匡超人道：“大约是几多日子批出来方不误事？”主人道：“须是半个月内有的出来，觉得日子宽些；不然，就是二十天也罢了。”匡超人心里算计，半个月料想还做的来，当面应承了。主人随即搬了许多的考卷文章上楼来，午间又备了四样菜，请先生坐坐，说：“发样的时候再请一回[4]，出书的时候又请一回。平常每日就是小菜饭，初二、十六跟着店里吃‘牙祭肉’[5]；茶水、灯油都是店里供给。”匡超人大喜，当晚点起灯来替他不住手的批，就批出五十篇，听听那樵楼上才交四鼓[6]。匡超人喜道：“像这样那里要半个月！”吹灯睡下，次早起来又批。一日搭半夜，总批得七八十篇。

“乖巧”的小聪明用到粗制滥造以牟利上。

[注释]

[1] 考卷：即从科举中式者的朱卷中选取文章，编成以八股文为主的选本。 [2] 误了一觉睡：意即耽误了一个时机。 [3] 选金：书坊为编选八股文所支付的报酬。 [4] 发样：指将书稿刻好印出清样，准备正式付印。 [5] 牙祭肉：旧时工商业的业主每月初二、十六给店员、雇工吃的肉，称为“牙祭肉”。贫寒人家改善伙食买肉吃也称“打牙祭”。 [6] 樵楼：即“谯楼”，古代城门上的望

楼；后来鼓角、更点也在楼上吹打。

到第四日，正在楼上批文章，忽听得楼下叫一声道："匡先生在家么？"匡超人道："是那一位？"忙走下楼来，见是景兰江，手里拿着一个斗方卷着，见了作揖道："候迟有罪。"匡超人把他让上楼去。他把斗方放开在桌上，说道："这就是前日宴集限'楼'字韵的，同人已经写起斗方来。赵雪兄看见，因未得与，不胜怅怅，因照韵也做了一首。我们要让他写在前面，只得又各人写了一回，所以今日才得送来请教。"匡超人见题上写着"暮春旗亭小集，同限'楼'字"，每人一首诗，后面排着四个名字是："赵洁雪斋手稿""景本蕙兰江手稿""支锷剑峰手稿""浦玉方墨卿手稿"。看见纸张白亮，图书鲜红，真觉可爱，就拿来贴在楼上壁间，然后坐下。匡超人道："那日多扰大醉，回来晚了。"景兰江道："这几日不曾出门？"匡超人道："因主人家托着选几篇文章，要替他赶出来发刻，所以有失问候。"景兰江道："这选文章的事也好。今日我同

此即谓"名士携匡二"，景兰江确乎热心带徒弟。

你去会一个人。”匡超人道：“是那一位？”景兰江道：“你不要管，快换了衣服，我同你去便知。”

当下换了衣服，锁了楼门，同下来走到街上。匡超人道：“如今往那里去？”景兰江道：“是我们这里做过冢宰的胡老先生的公子胡三先生[1]。他今朝小生日[2]，同人都在那里聚会，我也要去祝寿，故来拉了你去。到那里可以会得好些人，方才斗方上几位都在那里。”匡超人道：“我还不曾拜过胡三先生，可要带个帖子去？”景兰江道：“这是要的。”一同走到香蜡店[3]，买了个帖子，在柜台上借笔写“眷晚生匡迥拜”。写完，笼着又走[4]。景兰江走着告诉匡超人道：“这位胡三先生虽然好客，却是个胆小不过的人。先年冢宰公去世之后，他关着门总不敢见一个人，动不动就被人骗一头，说也没处说，落后这几年，全亏结交了我们，相与起来，替他帮门户，才热闹起来，没有人敢欺他。”匡超人道：“他一个冢宰公子，怎的有人敢欺？”景兰江道：“冢宰么，是过去的事了！他眼下又没人在朝，自己不过是个诸生[5]。俗语说得好：‘死知府不如一个活老鼠。’

莺脰湖的娄三、娄四，胞兄在朝，还有人理；胡三已“没人在朝”，“哪个理他”？这是以下种种“小气”的根源。

那个理他？而今人情是势利的！倒是我这雪斋先生诗名大，府、司、院、道，现任的官员，那一个不来拜他！人只看见他大门口，今日是一把黄伞的轿子来[6]，明日又是七八个红黑帽子吆喝了来，那蓝伞的官不算[7]，就不由的不怕。所以近来人看见他的轿子不过三日两日就到胡三公子家去，就疑猜三公子也有些势力。就是三公子那门首住房子的[8]，房钱也给得爽利些。胡三公子也还知感。”

景兰江仰望终身的斗方名士偶像不过尔尔。这就是这批名士企望的“社会效益”。

衡量人的唯一标准是官位，人的价值被官本位所异化。这样哪能有平等观？哪能有人格尊严？这是吴敬梓极力反对的功名富贵观。

[注释]

[1] 冢宰：原本是周代官名，为六卿之首。明清时，由于吏部是六部之首，因此称吏部尚书为“冢宰”。 [2] 小生日：年龄逢十的整岁生日为大生日，其余都为小生日，也称为“散生日”。 [3] 香蜡店：卖香花、蜡烛、纸马、名帖等物的商铺。 [4] 笼着：即袖着，藏在宽袖里。 [5] 诸生：生员（秀才）有廪膳生员、增广生员、附学生员等诸多名色，统称“诸生”。生员的个体也可称诸生。 [6] 黄伞：知府及以上的现任官员所用的仪仗。 [7] 蓝伞：知府以下的官员所用的仪仗。 [8] 住房子的：指租房子住的人家。

正说得热闹，街上又遇着两个方巾阔服的人，景兰江迎着道：“二位也是到胡三先生家拜严贡生又与斗方名士为伍，真是物以类聚，人以群分。他又成为匡超人的新老师，品质比斗方诗人更恶劣。

寿去的？却还要约那位，向那头走？”那两人道：“就是来约长兄。既遇着，一同行罢。”因问：“此位是谁？”景兰江指着那两人向匡超人道：“这位是金东崖先生，这位是严致中先生。”指着匡超人向二位道：“这是匡超人先生。”四人齐作了一个揖，一齐同走。走到一个极大的门楼，知道是冢宰第了，把帖子交与看门的。看门的说：“请在厅上坐。”匡超人举眼看见中间御书匾额“中朝柱石”四个字[1]，两边楠木椅子。四人坐下。

[注释]

[1] 中朝柱石：朝中的梁柱、础石。

少顷，胡三公子出来，头戴方巾，身穿酱色缎直裰，粉底皂靴，三绺髭须，约有四十多岁光景。三公子着实谦光，当下同诸位作了揖。诸位祝寿，三公子断不敢当，又谢了诸位，奉坐。金东崖首座，严致中二座，匡超人三座，景兰江是本地人，同三公子坐在主位。金东崖向三公子谢了前日的扰。三公子向严致中道：“一向驾在京师，几时到的？”严致中道：“前日才到。一向在都门敝亲家国子司业周老先生家做居停[1]，因与通政范公日日相聚。今通政公告假省墓，约弟同行，顺便返舍走走。”胡三公子道：“通政公寓在那里？”严贡生道：“通政公在船上，不曾进城，不过三四日即行。弟因前日进城，会见雪兄，说道三哥今日寿日，所以来奉祝，叙叙阔怀。”三公子道：“匡先生几时到省？贵处那里？寓在何处？”景兰江代答道：“贵处乐清，到省也不久，是和小弟一船来的。现今寓在文瀚楼，选历科考卷。”三公子道：“久仰久仰！”说着，家人捧茶上来吃了。三公子立起身来让诸位到书房里坐。四位走进书房，见上面席间先坐着两个人，方巾白须，大模大样，见四位进来，慢慢立起身。严贡生认得，便上前道：“卫先生、随先生都在这里，我们公揖[2]。”当下作过了揖，请诸位坐。那卫先生、随先生也不谦让，仍旧上席坐了。家人来禀三公子又有客到，三公子出去了。

严贡生又一派谎言。

倨傲的大人物模样。

［注释］

[1]居停：临时寄居的处所。　[2]公揖：向众人行作揖礼，或是众人一起向某人行作揖礼。人数众多时，不用彼此之间两两

作揖，用公揖施礼便可。

举人身份，在此充老大的资本，拿班作势，倨傲异常。

从以与“新选家”匡二同船为荣，到对“老选家”“着实打躬”，可见其内心实是“仰慕”的。初见匡二时贬抑八股和选家，只是在年轻人面前抑彼而扬己，自抬身价而已。

这里坐下，景兰江请教二位先生贵乡。严贡生代答道：“此位是建德卫体善先生[1]，乃建德乡榜[2]；此位是石门随岑庵先生[3]，是老明经[4]。二位先生是浙江二十年的老选家，选的文章，衣被海内的[5]。”景兰江着实打躬，道其仰慕之意。那两个先生也不问诸人的姓名。随岑庵却认得金东崖，是那年出贡进京，到监时相会的。因和他攀话道：“东翁，在京一别，又是数年，因甚回府来走走？想是年满授职[6]？也该荣选了[7]。”金东崖道：“不是。近来部里来投充的人也甚杂[8]，又因司官王惠出去做官，降了宁王，后来朝里又拿问了刘太监[9]，常到部里搜剔卷案[10]。我怕在那里久，惹是非，所以就告假出了京来。”说着，捧出面来吃了。

[注释]

[1] 建德：建德县，明清时属浙江省严州府，即今浙江建德。 [2] 乡榜：曾经名登乡试录取的名榜之意，即乡试中式的举人。 [3] 石门：地名，明时为浙江省崇德县，清康熙时为石门县，今属浙江桐乡。 [4] 明经：明习经学之意，即通过经义取士，是

秦汉以来选举官员的一个科目。唐代科举考试中有明经科、进士科等，明经科的重要性在进士科之下。因此到了明清，用明经来称呼贡生，既是恭维称呼，也显示其地位逊于举人、进士。[5] 衣被海内：天下人都受惠。衣被，指加惠于人。[6] 年满授职：金东崖是胥吏出身。胥吏在做满一定年限后，通过考核，可以被授予官职。[7] 荣选：即通过吏部的铨选，选任官职。[8] 投充：指投往衙门充当胥吏。[9] 刘太监：明朝著名的宦官刘瑾，正德年间出任司礼监掌印太监，并在东厂、西厂之外设立内行厂，一时权倾朝野。正德五年（1510），以谋反罪被处以凌迟之刑。[10] 卷案：即卷宗，衙门里分类归档、保存的文件。

吃过，那卫先生、随先生闲坐着，谈起文来。卫先生道："近来的选事益发坏了[1]！"随先生道："正是。前科我两人该选一部[2]，振作一番。"卫先生估着眼道："前科没有文章！"匡超人忍不住，上前问道："请教先生，前科墨卷，到处都有刻本的，怎的没有文章？"卫先生道："此位长兄尊姓？"景兰江道："这是乐清匡先生。"卫先生道："所以说没有文章者，是没有文章的法则。"匡超人道："文章既是中了，就是有法则了。难道中式之外，又另有个法则？"卫先生道："长兄，你原来不知。文章是代圣贤立言，有个一定的规矩，比不得那些杂览，可以随手乱

"估着眼"即鼓着眼，形象如见。权威断语，口气忒大。

不答其问而要先叩其何许人，妆大倨傲之态一以贯之，是此形象特点。

做的，所以一篇文章，不但看出这本人的富贵福泽，并看出国运的盛衰。洪、永有洪、永的法则，成、弘有成、弘的法则，都是一脉流传，有个元灯[3]。比如主考中出一榜人来，也有合法的[4]，也有侥幸的，必定要经我们选家批了出来，这篇就是传文了。若是这一科无可入选，只叫做没有文章！”随先生道：“长兄，所以我们不怕不中，只是中了出来，这三篇文章要见得人不丑；不然，只算做侥幸，一生抱愧。”又问卫先生道：“近来那马静选的《三科程墨》，可曾看见？”卫先生道：“正是他把个选事坏了！他在嘉兴蘧坦庵太守家走动，终日讲的是些杂学。听见他杂览倒是好的，于文章的理法，他全然不知，一味乱闹，好墨卷也被他批坏了。所以我看见他的选本，叫子弟把他的批语涂掉了读。”说着，胡三公子同了支剑峰、浦墨卿进来，摆桌子，同吃了饭。

邪乎。八股神圣哉！

邪乎。选家神圣！

与马二实情恰恰相反。

［注释］

[1] 选事：将科场墨程等所载的八股文章选录出来编成选集之事。 [2] 前科：指此前刚刚举行过的科举考试。 [3] 元灯：在会试中曾考取第一名即会元者，明代如王鏊、钱福、董玘、唐顺

之等，他们的时文被奉为某一流派规范的渊源，借用佛教的称谓名之曰“元灯”，也称之为元派、元脉、元度等。 [4] 合法：指符合八股文写作的法度。

一直到晚，不得上席[1]，要等着赵雪斋。等到一更天，赵先生抬着一乘轿子，又两个轿夫跟着，前后打着四枝火把，飞跑了来。下了轿，同众人作揖，道及：“得罪，有累诸位先生久候。”胡府又来了许多亲戚、本家，将两席改作三席，大家围着坐了。席散，各自归家。

[注释]

[1] 上席：入酒席开筵。

匡超人到寓所还批了些文章才睡。屈指六日之内，把三百多篇文章都批完了。就把在胡家听的这一席话敷衍起来，做了个序文在上。又还偷着功夫去拜了同席吃酒的这几位朋友。选本已成，书店里拿去看了，回来说道：“向日马二先生在家兄文海楼，三百篇文章要批两个月，催着还要发怒，不想先生批的恁快！我拿给人看，说

道听途说自成文章。

马二批文如其人，迂拙而认认真真；匡二乖巧而粗制滥造，兼且东拼西凑，却惬书坊之意。

只要“生意”赚钱，不顾精神产品质量。商品经济的负面影响匡二。这是他“社会大学”的又一课。

又快又细。这是极好的了！先生住着，将来各书坊里都要来请先生，生意多哩！”因封出二两选金送来，说道：“刻完的时候，还送先生五十个样书。”又备了酒在楼上吃。吃着，外边一个小厮送将一个传单来[1]。匡超人接着开看，是一张松江笺[2]，折做一个全帖的样式，上写道：

与莺脰湖“胜会”人数相当。前会无诗，此会“分韵赋诗”，而其“诗”又是什么货色？

谨择本月十五日，西湖宴集，分韵赋诗。每位各出杖头资二星[3]。今将在会诸位先生台衔开列于后：卫体善先生、随岑庵先生、赵雪斋先生、严致中先生、浦墨卿先生、支剑峰先生、匡超人先生、胡密之先生、景兰江先生，共九位。

[注释]

[1] 传单：指供多人传阅的书面通知。 [2] 松江笺：松江府出产的较为精致的书笺纸。 [3] 杖头资二星：即酒资二钱银子。《晋书·阮修传》：阮修步行出游，杖头挂一百钱，遇酒店就买酒酣饮。后因称酒资为杖头资。星，秤杆上的记数点，银子一钱为一星。

下写“同人公具”。又一行写道：“尊分约齐，送至御书堂胡三老爷收。”匡超人看见各位名下都画了“知”字，他也画了，随即将选金内秤了二钱银子，连传单交与那小使拿去了。到晚无事，因想起明日西湖上须要做诗，我若不会，不好看相，便在书店里拿了一本《诗法入门》[1]，点起灯来看。他是绝顶的聪明，看了一夜，早已会了。次日又看了一日一夜，拿起笔来就做，做了出来，觉得比壁上贴的还好些。当日又看，要已精而益求其精。

六天已成八股选家，再日又成诗人名士，匡二左右逢源，路路通，也证明此二路是同路。

反衬“斗方诗人”之陋。

[注释]

[1]《诗法入门》：明末清初福建建阳人游艺所撰教写诗法的通俗读物。

到十五日早上，打选衣帽，正要出门，早见景兰江同支剑峰来约。三人同出了清波门，只见诸位都坐在一只小船上候。上船一看，赵雪斋还不曾到，内中却不见严贡生，因问胡三公子道：“严先生怎的不见？”三公子道：“他因范通政昨日要开船，他把分子送来，已经回广东去了。”当下一上了船，在西湖里摇着。浦墨卿问三公子道：“严大先生我听见他家为立嗣有甚么家难官交待了却严贡生家讼。

事，所以到处乱跑，而今不知怎样了？”三公子道：“我昨日问他的，那事已经平复，仍旧立的是他二令郎，将家私三七分开，他令弟的妾自分了三股家私过日子。这个倒也罢了。”

“死知府不如一个活老鼠。”

一刻到了花港。众人都倚着胡公子，走上去借花园吃酒。胡三公子走去借，那里竟关着门不肯；胡三公子发了急，那人也不理。景先生拉那人到背地里问，那人道：“胡三爷是出名的悭吝！他一年有几席酒照顾我？我奉承他！况且他去年借了这里摆了两席酒，一个钱也没有！去的时候，他也不叫人扫扫，还说煮饭的米剩下两升，叫小厮背了回去。这样大老官乡绅，我不奉承他！”一席话，说的没法，众人只得一齐走到于公祠一个和尚家坐着[1]。和尚烹出茶来。

[注释]

[1] 于公祠：纪念明代于谦的祠堂。于谦（1398—1457），明浙江钱塘（今浙江杭州）人。土木之变中明英宗被俘，于谦出任兵部尚书，拥立明景帝，在北京保卫战中率军民击退瓦剌大军，保住了明朝的社稷。英宗被释放后，通过夺门之变夺回了帝位，并以谋逆之罪将于谦杀害。弘治年间，明孝宗为于谦平反，并在西湖边为于谦建旌功祠。

分子都在胡三公子身上，三公子便拉了景兰江出去买东西。匡超人道："我也跟去顽顽。"当下走到街上，先到一个鸭子店。三公子恐怕鸭子不肥，拔下耳挖来戳戳脯子上肉厚，方才叫景兰江讲价钱买了。因人多，多买了几斤肉，又买了两只鸡、一尾鱼，和些蔬菜，叫跟的小厮先拿了去。还要买些肉馒头，中上当点心[1]。于是走进一个馒头店，看了三十个馒头。那馒头三个钱一个，三公子只给他两个钱一个，就同那馒头店里吵起来。景兰江在傍劝闹。劝了一回，不买馒头了，买了些索面去下了吃[2]，就是景兰江拿着。又去买了些笋干、咸蛋、熟栗子、瓜子之类，以为下酒之物。匡超人也帮着拿些。来到庙里，交与和尚收拾。支剑峰道："三老爷，你何不叫个厨役伺候，为甚么自己忙？"三公子吐舌道："厨役就费了！"又秤了一块银，叫小厮去买米。

胡三之酸吝，作为东主，比莺脰湖之娄三，又是一茬不如一茬。

［注释］

[1] 中上：中午。 [2] 索面：挂面。

忙到下午，赵雪斋轿子才到了，下轿就叫取

“有诗”是西湖“雅集”胜过莺脰湖之处，但其“诗”是什么货色呢？

箱来。轿夫把箱子捧到，他开箱取出一个药封来[1]，二钱四分，递与三公子收了。厨下酒菜已齐，捧上来众位吃了。吃过饭，拿上酒来。赵雪斋道：“吾辈今日雅集，不可无诗。”当下拈阄分韵，赵先生拈的是“四支”[2]，卫先生拈的是“八齐”，浦先生拈的是“一东”，胡先生拈的是“二冬”，景先生拈的是“十四寒”，随先生拈的是“五微”，匡先生拈的是“十五删”，支先生拈的是“三江”。分韵已定，又吃了几杯酒，各散进城。胡三公子叫家人取了食盒，把剩下来的骨头骨脑和些果子装在里面[3]，果然又问和尚查剩下的米共几升，也装起来，送了和尚五分银子的香资，押家人挑着，也进城去。

[注释]

[1] 药封：医生的诊金。诊金要用红纸包封好送给医生，以示敬意。 [2] 四支：韵书中把同韵的字归在一起成为一部，“四支”及下文的“八齐”“一东”“二冬”“十四寒”“五微”“十五删”“三江”中的数字都是宋刘渊《平水韵》一个平声韵部中排列的次序。士人拈阄拈得哪个韵部，做诗押韵的字就只能从该韵部中选取。 [3] 骨头骨脑：指鸡鸭等没有多少肉可以吃的头、脚等部位。

匡超人与支剑峰、浦墨卿、景兰江同路。四人高兴，一路说笑，勾留顽耍，进城迟了，已经昏黑。景兰江道："天已黑了，我们快些走！"支剑峰已是大醉，口发狂言道："何妨？谁不知道我们西湖诗会的名士！况且李太白穿着宫锦袍[1]，夜里还走，何况才晚？放心走！谁敢来？"正在手舞足蹈高兴，忽然前面一对高灯，又是一对提灯，上面写的字是"盐捕分府"[2]。那分府坐在轿里，一眼看见，认得是支锷，叫人采过他来[3]，问道："支锷！你是本分府盐务里的巡商[4]，怎么黑夜吃得大醉，在街上胡闹？"支剑峰醉了，把脚不稳，前跌后撞，口里还说："李太白宫锦夜行。"那分府看见他戴了方巾，说道："衙门巡商，从来没有生、监充当的[5]，你怎么戴这个帽子！左右的，挝去了[6]！"一条链子锁起来。浦墨卿走上去帮了几句，分府怒道："你既是生员，如何黑夜酗酒？带着送在儒学去！"景兰江见不是事，悄悄在黑影里把匡超人拉了一把，往小巷内两人溜了。转到下处，打开了门，上楼去睡。

自比李太白，忘形之际当头棒喝，当场出丑。这是《儒林外史》惯用的讽刺手法。景兰江辈吹嘘的名士势力，原来如此！

自居于"不讲八股"的名士，却戴方巾假冒秀才。

[注释]

[1] 李太白穿着宫锦袍：《旧唐书·李白传》载，李白曾月夜乘舟从采石去金陵，穿着宫锦袍，“顾瞻笑傲，傍若无人”。 [2] 盐捕分府：明清时期，知府属下分管盐务的同知。 [3] 采：扯、拽。 [4] 巡商：官府在商人中选派的一种职名，负责在规定区域巡缉私盐。 [5] 生、监：即生员、监生。 [6] 挝（zhuā）：抓。

次日出去访访，两人也不曾大受累，依旧把分韵的诗都做了来。匡超人也做了。及看那卫先生、随先生的诗，“且夫”“尝谓”都写在内[1]，其余也就是文章批语上采下来的几个字眼。拿自己的诗比比，也不见得不如他。众人把这诗写在一个纸上，共写了七八张。匡超人也贴在壁上。

连初学写诗的都不如，揭了西湖诗会的老底。

[注释]

[1] “且夫”“尝谓”：都是八股文中常用的关联性的词语，用于散文不适于诗。

又过了半个多月，书店考卷刻成，请先生，那晚吃得大醉。次早睡在床上，只听下面喊道：“匡先生，有客来拜。”只因会着这个人，有分教：

婚姻就处，知为夙世之因；名誉隆时，不比时流之辈。

毕竟此人是谁，且听下回分解。

［点评］

经过“旗亭论辩”，赝名士给自己的附庸风雅找到了最体面的价值，给“做诗”的忙碌找到了最光荣的补偿。不过在这阵喝彩声中，他们的卑琐和丑陋也露了马脚，原来在卖弄风雅的斗方后面，还是一颗艳羡功名富贵的心。

八股士与赝名士同台，景兰江辈对卫体善辈八股士又是“着实打躬”又道敬仰，可见追求“异路功名”者在“体制内功名者”面前还是自低一格直不起腰的。可见景兰江在初见匡二时、在“旗亭论辩”时，抑八股士扬斗方名士的言论，纯属自壮胆的虚张声势。其实“异路功名”只是在求“正途功名”不可得时，不得已而求其次耳。

他们还找到作诗的“社会效益”。被景兰江举作旗帜、代表“杭城名坛”最高成就的赵雪斋，他最高成就的标志是什么呢？——“我这雪斋先生诗名大，府、司、院、道，现任的官员，那一个不来拜他！人只看见他大门口，今日是一把黄伞的轿子来，明日又是七八个红黑帽子吆喝了来，那蓝伞的官不算，就不由的不怕。”——还是要依仗权贵，附庸权势才能让人“怕”，才能见社会效益。这就进一步露出了马脚，原来这批斗方名士还是像闲斋老人序说的：“有假托无意功名富贵自以为高，被人看破耻笑者！”他们仰望终身的最高境界还是脱不了功名富贵。卧评直接点明：“斗方名士，自己不能富贵而慕人之富贵，自己绝无功名而羡人之功名，大则为鸡鸣狗吠之徒，小则受残杯冷炙之苦，……而尤欣欣然自命为名士。岂不悲哉！”（第十七回）

鲁迅说喜剧是：“将那无价值的撕破给人看”（《再论雷峰塔的倒掉》）。本回贯串着对赝名士的“撕破”，也即闲序说的“看破耻笑”，最突出的是支剑峰辈醉熏熏地幻作“李太白宫锦夜行”之际，被“一条链子锁起来”。吹起来的气球被作者戳一个洞。这就是喜剧性的讽刺。

匡超人都见习了如何吹牛撒谎、如何欺世盗名、如何以名兑利、如何攀高结贵依权附势，他从这里领悟的处世秘诀就在其后的生涯中“发扬光大”。

第十九回　匡超人幸得良朋
潘自业横遭祸事

话说匡超人睡在楼上，听见有客来拜，慌忙穿衣起来下楼，见一个人坐在楼下，头戴吏巾[1]，身穿玄缎直裰，脚下虾蟆头厚底皂靴[2]，黄胡子，高颧骨，黄黑面皮，一双直眼。那人见匡超人下来，便问道："此位是匡二相公么？"匡超人道："贱姓匡，请问尊客贵姓？"那人道："在下姓潘，前日看见家兄书子，说你二相公来省。"匡超人道："原来就是潘三哥。"慌忙作揖行礼，请到楼上坐下。潘三道："那日二相公赐顾，我不在家。前日返舍，看见家兄的书信，

眼神是肖像的窗口。

"社会大学"的第四门课"黑道伎俩"开始，导师潘三。

极赞二相公为人聪明，又行过多少好事，着实可敬。”匡超人道：“小弟来省，特地投奔三哥，不想公出。今日会见，欢喜之极。”说罢，自己下去拿茶，又托书店买了两盘点心，拿上楼来。潘三正在那里看斗方，看见点心到了，说道：“哎呀！这做甚么？”接茶在手，指着壁上道：“二相公，你到省里来，和这些人相与做甚么？”匡超人问是怎的。潘三道：“这一班人是有名的呆子。这姓景的开头巾店，本来有两千银子的本钱，一顿诗做的精光。他每日在店里，手里拿着一个刷子刷头巾，口里还哼的是‘清明时节雨纷纷’[3]，把那买头巾的和店邻看了都笑。而今折了本钱，只借这做诗为由，遇着人就借银子，人听见他都怕。那一个姓支的是盐务里一个巡商，我来家在衙门里听见说，不多几日，他吃醉了，在街上吟诗，被府里二太爷一条链子锁去，把巡商都革了，将来只好穷的淌屎[4]！二相公，你在客边要做些有想头的事[5]，这样人同他混缠做甚么[6]？”

匡二的几任“导师”中，景兰江贬损前任马二，潘三又贬损前任景兰江。山外有山，匡二目迷五色，不加分辨，兼容并蓄，步步堕落。

何谓？看他教唆的那些事，都是作奸犯科拿黑钱的事。

[注释]

[1] 吏巾：明代吏员所戴的帽子。 [2] 虾蟆头厚底皂靴：即鞋头状若虾蟆头的黑色高帮厚底鞋子。虾蟆，青蛙和蟾蜍的统称。 [3] 清明时节雨纷纷：《清明》诗的第一句，此诗传为杜牧所作。 [4] 淌屎：淌下屎来，形容程度之不堪。 [5] 有想头的事：此指有实际好处、有实利的事。 [6] 混缠：相混相缠之意。

当下吃了两个点心，便丢下，说道："这点心吃他做甚么，我和你到街上去吃饭。"叫匡超人锁了门，同到街上司门口一个饭店里。潘三叫切一只整鸭，脍一卖海参杂脍，又是一大盘白肉，都拿上来。饭店里见是潘三爷，屁滚尿流，鸭和肉都捡上好的极肥的切来，海参杂脍，加味用作料。两人先斟两壶酒。酒罢用饭，剩下的就给了店里人。出来也不算账，只吩咐得一声："是我的。"那店主人忙拱手道："三爷请便，小店知道。"

黑老大气焰。

惯吃白食。黑老大的举止惟妙惟肖。

走出店门，潘三道："二相公，你而今往那去？"匡超人道："正要到三哥府上。"潘三道："也罢，到我家去坐坐。"同着一直走到一个巷内，一带青墙，两扇半截板门，又是两扇重门。进到厅上，一伙人在那里围着一张桌子赌钱，潘三骂道："你这一班狗才，无事便在我这里胡闹！"众人道："知道三老爹到家几日了，送几个头钱来与老爹接风[1]。"潘三道："我那里要你甚么头钱接风！"又道："也罢，我有个朋友在此，你们弄出几个钱来热闹热闹。"匡超人要同他施礼。他拦住道："方才见过罢了，又作揖怎的？你且坐着。"当下走了进去，拿出两千钱来，向众人说道："兄弟们，这个是匡二相公的两千钱，放与你们，今日打的头钱都是他的。"向匡超人道："二相公，你在这里坐着，看着这一个管子。这管子满了，你就倒出来收了，让他们再丢。"便拉一把椅子叫匡超人坐着，他也在傍边看。

匡二任其摆布，乐得捞钱，毫无操守，毫无定力。

[注释]

[1] 头钱：赌局的主人从赌客的赢钱中所提取的"抽头"。

看了一会，外边走进一个人来，请潘三爷说话。潘三出去看时，原来是开赌场的王老六。潘三道："老六，久不见你，寻我怎的？"老六道："请三爷在外边说话。"潘三同他走了出来，一个僻静茶室里坐下。王老六道："如今有一件事，可以发个小财，一径来和三爷商议。"潘三问是何事。老六道："昨日钱塘县衙门里快手拿着一班光棍在茅家铺轮奸[1]，奸的是乐清县大户人家逃出来的一个使女，叫做荷花。这班光棍正奸得好，被快手拾着了，来报了官。县里王太爷把光棍每人打几十板子放了，出了差，将这荷花解回乐清去。我这乡下有个财主，姓胡，他看上了这个丫头，商量若想个方法瞒的下这个丫头来，情愿出几百银子买他。这事可有个主意？"潘三道："差人是那个？"王老六道："是黄球。"潘三道："黄球可曾自己解去？"王老六道："不曾去，是两个副差去的。"潘三道："几时去的？"王老六道："去了一日了。"潘三道："黄球可知道胡家这事？"王老六道："怎么不知道？他也想在这里面发几个钱的财，只是没有方法。"潘三道："这也不难，你去约黄球来当面商议。"那人应诺去了。

原是匡超人的同乡。

潘三办事简洁干脆，语言也极简短直接，直奔目标。

［注释］

[1] 快手：即捕快，衙门中专司缉捕的差役。

潘三独自坐着吃茶，只见又是一个人，慌慌张张的走了进来，说道："三老爹，我那里不寻你，原来独自坐在这里吃茶！"潘三道："你寻我做甚么？"那人道："这离城四十里外，有个乡里人施美卿卖弟媳妇与黄祥甫，银子都兑了，弟媳妇要守节，不肯嫁。施美卿同媒人商议着要抢。媒人说：'我不认得你家弟媳妇，你须是说出个记认。'施美卿说：'每日清早上是我弟媳妇出来屋后抱柴，你明日众人伏在那里，遇着就抢罢了。'众人依计而行，到第二日抢了家去。不想那一日早，弟媳妇不曾出来，是他乃眷抱柴，众人就抢了去。隔着三四十里路，已是睡了一晚。施美卿来要讨他的老婆，这里不肯。施美卿告了状。如今那边要诉，却因讲亲的时节，不曾写个婚书，没有凭据，而今要写一个，乡里人不在行，来同老爹商议。还有这衙门里事，都托老爹料理，有几两银子送作使费。"潘三道："这是甚么要紧的事，也这般大惊小怪！你且坐着，我等黄头说话哩。"

明冯梦龙《警世通言》第五卷《吕大郎还金完骨肉》、明沈璟《博笑记》第十二至十四出《恶少年误鬻妻室》、清袁枚《子不语》卷十二"镇江某仲"都记类似故事。

作奸犯科久惯牢成，行所无事，是黑老大气派。

须臾，王老六同黄球来到。黄球见了那人道："原来郝老二也在这里。"潘三道："不相干，他是说别的话。”因同黄球另在一张桌子上坐下。王老六同郝老二又在一桌。黄球道：“方才这件事，三老爹是怎个施为？”潘三道：“他出多少银子？”黄球道：“胡家说，只要得这丫头荷花，他连使费一总干净，出二百两银子。”潘三道：“你想赚他多少？”黄球道：“只要三老爹把这事办的妥当，我是好处，多寡分几两银子罢了，难道我还同你老人家争？”潘三道：“既如此，罢了。我家现住着一位乐清县的相公，他和乐清县的太爷最好，我托他去人情上弄一张回批来[1]，只说荷花已经解到，交与本人领去了。我这里再托人向本县弄出一个朱签来[2]，到路上将荷花赶回，把与胡家。这个方法何如？”黄球道：“这好的很了。只是事不宜迟，老爹就要去办。”潘三道：“今日就有朱签，你叫他把银子作速取来。”黄球应诺，同王老六去了。潘三叫郝老二：“跟我家去。”

把个活生生的荷花姑娘推入火坑，不顾其死活。罪孽深重！

［注释］

[1] 回批：对方官府收到差役押解的人犯或物品后签发的收据。　[2] 朱签：官府委办紧急事件发给差役的临时文书，其中某

些重要字句照例用朱笔加圈，故有此称。

当下两人来家，赌钱的还不曾散。潘三看看赌完了，送了众人出去，留下匡超人来道："二相公，你住在此，我和你说话。"当下留在后面楼上，起了一个婚书稿，叫匡超人写了，把与郝老二看，叫他明日拿银子来取。打发郝二去了。吃了晚饭，点起灯来，念着回批，叫匡超人写了。家里有的是豆腐干刻的假印，取来用上。又取出朱笔，叫匡超人写了一个赶回文书的朱签。办毕，拿出酒来对饮，向匡超人道："像这都是有些想头的事，也不枉费一番精神，和那些呆瘟缠甚么！"是夜，留他睡下。次早，两处都送了银子来，潘三收进去，随即拿二十两银子递与匡超人，叫他带在寓处做盘费。匡超人欢喜接了，遇便人也带些家去与哥添本钱。书坊各店也有些文章请他选，潘三一切事都带着他分几两银子，身上渐渐光鲜。果然听了潘三的话，和那边的名士来往稀少。

"写了"，下水了，顷刻间连着三次"写了"。良心既昧，越陷越深，人变成"非人"。

"写了。"

"写了。"

出卖良心的钱。

只看了银子笑，不顾荷花哭。丧尽天良！

不觉住了将及两年。一日，潘三走来道："二相公，好几日不会，同你往街上吃三杯。”匡超人锁了楼门，同走上街。才走得几步，只见潘家一个小厮寻来了，说：“有客在家里等三爷说话。”潘三道：“二相公，你就同我家去。”当下同他到家，请匡超人在里间小客座里坐下。潘三同那人在外边，潘三道：“李四哥，许久不见。一向在那里？”李四道：“我一向在学道衙门前。今有一件事，回来商议，怕三爷不在家，而今会着三爷，这事不愁不妥。”潘三道：“你又甚么事捣鬼话？同你共事，你是‘马蹄刀瓢里切菜——滴水也不漏’[1]，总不肯放出钱来。”李四道：“这事是有钱的。”潘三道：“你且说是甚么事。”李四道：“目今宗师按临绍兴了，有个金东崖，在部里做了几年衙门，挣起几个钱来，而今想儿子进学。他儿子叫做金跃，却是一字不通的，考期在即，要寻一个替身。这位学道的关防又严[2]，须是想出一个新法子来，这事所以要和三爷商议。”潘三道：“他愿出多少银子？”李四道：“绍兴的秀才，足足值一千两一个。他如今走小路，一半也要他五百两。只是眼下且难得这一个替考的

可见早有“旧法子”。

人，又必定是怎样装一个何等样的人进去？那替考的笔资多少[3]？衙门里使费共是多少？剩下的你我怎样一个分法？”潘三道：“通共五百两银子，你还想在这里头分一个份子，这事就不必讲了。你只好在他那边得些谢礼，这里你不必想。”李四道：“三爷，就依你说也罢了。到底是怎个做法？”潘三道：“你总不要管，替考的人也在我，衙门里打点也在我。你只叫他把五百两银子兑出来，封在当铺里，另外拿三十两银子给我做盘费，我总包他一个秀才。若不得进学，五百两一丝也不动。可妥当么？”李四道：“这没的说了。”当下说定，约着日子来封银子。

[注释]

[1] 马蹄刀瓢里切菜——滴水也不漏：歇后语。用马蹄形的刀在瓢里切菜，连水都不会漏下来。形容做事悭吝，一点好处也不留给别人。 [2] 关防：关守防范。 [3] 笔资：动笔的酬金。

百依百顺跟着黑老大，道德红线既已不守，法律底线又告破了。一个好端端青年完全堕落了！

潘三送了李四出去，回来向匡超人说道：“二相公，这个事用的着你了。”匡超人道：“我方才听见的。用着我，只好替考。但是我还是坐在外面做了文章传递，还是竟进去替他考？若要进去替他考，我竟没有这样的胆子。”潘三道：“不妨，有我哩！我怎肯害你？且等他封了银子来，我少不得同你往绍兴去。”当晚别了回寓。

初出茅庐尚需导师指引，下次就可以大胆犯科了。

过了几日，潘三果然来搬了行李同行，过了钱塘江，一直来到绍兴府，在学道门口寻了一个僻静巷子寓所住下。次日，李四带了那童生来会一会。潘三打听得宗师挂牌考会稽了，三更时分，带了匡超人，悄悄同到班房门口[1]。拿出一顶高黑帽，一件青布衣服，一条红搭包来，叫他除了方巾，脱了衣裳，就将这一套行头穿上。附耳低言，如此如此，不可有误。把他送在班房，潘三拿着衣帽去了。

[注释]

[1] 班房：衙门里衙役值班的地方。

交过五鼓，学道三炮升堂[1]，超人手执水火棍[2]，跟了一班军牢夜役，吆喝了进去，排班站在二门口。学道出来点名，点到童生金跃，匡超人递个眼色与他，那童生是照会定了的，便不归号，悄悄站在黑影里。匡超人就退下几步，到那童生跟前，躲在人背后，把帽子除下来与童生戴着，衣服也彼此换过来。那童生执了水火棍，站在那里。匡超人捧卷归号，做了文章，放到三四牌才交卷出去，回到下处，神鬼也不知觉。发案时候，这金跃高高进了。

用“进了”，而不能用“中了”。

[**注释**]

[1] 三炮：童子试的院试由提学官亲自点名，查验是否有冒考顶替者。在提学官升堂之前，要先鸣放三声信炮。 [2] 水火棍：衙门里差役所用的木棍。形状上圆下略扁，上涂黑色，下涂红色；刑责犯人和防身两用。

潘三同他回家，拿二百两银子以为笔资。潘三道：“二相公，你如今得了这一注横财，这就不要花费了，做些正经事。”匡超人道：“甚么正经事？”潘三道：“你现今服也满了，还不曾娶个亲事。我有一个朋友，姓郑，在抚院大人衙门里。这郑老爹是个忠厚不过的人，父子都当衙门[1]。他有第三个女儿，托我替他做个媒，我一向也想着你，年貌也相当。一向因你没钱，我就不曾认真的替你说。如今只要你情愿，我一说就是妥的，你且落得招在他家。一切行财下礼的费用，我还另外帮你些。”匡超人道：“这是三哥极相爱的事，我有甚么不情愿？只是现有这银子在此，为甚又要你费钱？”潘三道：“你不晓得，你这丈人家浅房窄屋的，招进去，料想也不久，要留些银子自己寻两间房子；将来添一个人吃饭，又要生男育女，却比不得在客边了[2]。我和你是一个人，再帮你几两银子，分甚么彼此？你将来发达了，愁为不着我的情也怎的[3]？”匡超人着实感激。潘三果然去和郑老爹说，取了庚帖来，只问匡超人要了十二两银子去换几件首饰，做四件衣服，过了礼去，择定十月十五日入赘。

就个人关系而言，潘三对匡二可谓恩重情深。可是换来的却是忘恩负义。

如此慷爽冀望将来能报答。反衬匡二之负义。

［注释］

[1] 当衙门：在衙门里当差。 [2] 不得在客边了：此指安家有家小了。 [3] 为（wèi）：酬报、酬谢。

到了那日，潘三备了几碗菜，请他来吃早饭。吃着，向他说道：“二相公，我是媒人，我今日送你过去。这一席子酒就算你请媒的了。”匡超人听了也笑。吃过，叫匡超人洗了澡，里里外外都换了一身新衣服，头上新方巾，脚下新靴，潘三又拿出一件新宝蓝缎直裰与他穿上。吉时已到，叫两乘轿子，两人坐了。轿前一对灯笼，竟来入赘。郑老爹家住在巡抚衙门傍一个小巷内，一间门面，到底三间。那日新郎到门，那里把门关了，潘三拿出二百钱来做开门钱，然后开了门。郑老爹迎了出来，翁婿一见，才晓得就是那年回去同船之人，这一番结亲真是夙因。当下匡超人拜了丈人，又进去拜了丈母。阿舅都平磕了头[1]。郑家设席管待，潘三吃了一会，辞别去了。郑家把匡超人请进新房，见新娘端端正正，好个相貌，满心欢喜。合卺成亲[2]，不必细说。次早，潘三又送了一席酒来与他谢亲。郑家请了潘三来陪，吃了一日。

勾连前文，针线细密。一箭都不肯虚发。

[注释]

[1] 阿舅：妻子的弟兄。 [2] 合卺（jǐn）：古代婚礼仪式之一。《礼记·昏义》：“合卺而酳。”孔颖达疏：“以一瓠分为二瓢谓之卺。”新婚夫妇各执一瓢斟酒合饮谓之“合卺”，代指成婚。

荏苒满月，郑家屋小，不便居住。潘三替他在书店左近典了四间屋，价银四十两，又买了些桌椅家伙之类，搬了进去。请请邻居，买两石米，所存的这项银子，已是一空。还亏事事都是潘三帮衬，办的便宜，又还亏书店寻着选了两部文章，有几两选金，又有样书，卖了些将就度日。到得一年有余，生了一个女儿，夫妻相得。

一日，正在门首闲站，忽见一个青衣大帽的人一路问来，问到跟前，说道："这里可是乐清匡相公家？"匡超人道："正是。台驾那里来的？"那人道："我是给事中李老爷差往浙江[1]，有书带与匡相公。"匡超人听见这话，忙请那人进到客位坐下。取书出来看了，才知就是他老师因被参发审，审的参款都是虚情[2]，依旧复任。未及数月，行取进京[3]，授了给事中。这番寄书来约这门生进京，要照看他。匡超人留来人酒饭，写了禀启，说："蒙老师呼唤，不日整理行装，即来趋教。"打发去了。

[注释]

[1] 给事中：明代在中央有吏、户、礼、兵、刑、工六科，六科设官有都给事中，左、右给事中和给事中（为从七品）。负责处理诏旨章奏；充任言官、规谏皇帝；参与议政；监督六部中央官署以及考察官吏等。给事中又称为“给谏”或“给事”。 [2] 参款：被弹劾的条款。 [3] 行取：明代州县地方官中才能出众、政绩突出者，经过推荐保举，由吏部行文调取进京，考选后补授中央机构的御史、给事中或是部属官职。

随即接了他哥匡大的书子，说宗师按临温州，齐集的牌已到，叫他回来应考。匡超人不敢怠慢，向浑家说了，一面接丈母来做伴。他便收拾行装，去应岁考。考过，宗师着实称赞，取在一等第一，又把他题了优行[1]，贡入太学肄业。他欢喜谢了宗师。宗师起马，送过，依旧回省。和潘三商议，要回乐清乡里去挂匾，竖旗杆。到织锦店里织了三件补服：自己一件，母亲一件，妻子一件。制备停当，又在各书店里约了一个会，每店三两，各家又另外送了贺礼。

“优行”的标准是品学兼优，匡超人已是既败德又犯法，却反得优行，真是绝大的讽刺！

[注释]

[1] 优行：是指优贡，标准是“品学兼优”，名额极少，省级的学政三年任期满了才能经考选，一省推选几个人。

正要择日回家，那日景兰江走来候候，就邀在酒店里吃酒。吃酒中间，匡超人告诉他这些话，景兰江着实羡了一回。落后讲到潘三身上来，景兰江道："你不晓得么？"匡超人道："甚么事？我不晓得。"景兰江道："潘三昨晚拿了，已是下在监里。"匡超人大惊道："那有此事！我昨日午间才会着他，怎么就拿了？"景兰江道："千真万确的事。不然，我也不知道。我有一个舍亲在县里当刑房，今早是舍亲小生日，我在那里祝寿，满座的人都讲这话，我所以听见。竟是抚台访牌下来[1]，县尊刻不敢缓，三更天出差去拿，还恐怕他走了，将前后门都围起来，登时拿到。县尊也不曾问甚么，只把访的款单掼了下来，把与他看。他看了也没的辩，只朝上磕了几个头，就送在监里去了。才走得几步，到了堂口[2]，县尊叫差人回来，吩咐寄内号[3]，同大盗在一处。这人此后苦了。你若不信，我同你到舍亲家去看看款单。"匡超人道："这个好极，费先生的心，引我去看一看访的是些甚么事？"当下两人会了账，出酒店，一直走到刑房家。

做贼心虚，他关心的只是莫牵连自己。

[**注释**]

[1] 访牌：官府发出的粘贴有缉捕罪犯的公文的牌子，作为缉捕的凭证。访牌上有时还贴有分款列举罪犯各项犯罪行为的款单。 [2] 堂口：县衙大堂的门口。 [3] 内号：监狱按照区域可分为外号、内号，内号中关押的都是重刑犯，警备也更为森严。

那刑房姓蒋，家里还有些客坐着，见两人来，请在书房坐下，问其来意。景兰江说："这敝友要借县里昨晚拿的潘三那人款单看看。"刑房拿出款单来，这单就粘在访牌上。那访牌上写道：

访得潘自业（即潘三）本市井奸棍，借藩司衙门隐占身体[1]，把持官府，包揽词讼，广放私债，毒害良民，无所不为。如此恶棍，岂可一刻容留于光天化日之下！为此，牌仰该县，即将本犯拿获，严审究报，以便按律治罪。毋违。火速！火速！

[**注释**]

[1] 隐占身体：隐身、藏身之意。

那款单上开着十几款：一、包揽欺隐钱粮若干两；一、私和人命几案；一、短截本县印文及私动朱笔一案；一、假雕印信若干颗；一、拐带人口几案；一、重利剥民，威逼平人身死几案；一、勾串提学衙门，买嘱枪手代考几案[1]；……不能细述。匡超人不看便罢，看了这款单，不觉飕的一声，魂从顶门出去了。只因这一番，有分教：

与“优行”同来的是罪状。“优行”者已蜕变成罪犯了！谁之过？

师生有情意，再缔丝萝；朋友各分张，难言兰臭[2]。

［注释］

[1] 枪手：冒名代考叫枪替，代考者被称为“枪手”或“枪替手”。　[2] 难言兰臭（xiù）：指朋友之间的疏离与决裂。《易·系辞上》有：“同心之言，其臭如兰”，喻朋友同心情投意合，“难言兰臭”则反其意了。

毕竟后事如何。且听下回分解。

［点评］

匡超人面临堕落的关键性课程，导师是在布政司衙门当衙吏的潘三。潘三倚仗政权机构，广结地痞恶棍，织成一个黑社会网。潘三固是黑恶势力，但对匡超人这个进城青年却甚爽快浏亮。在他看来，匡超人相与的那些斗方名士只是“呆瘟”，他教唆这个知识青年要干就要干“有想头的事”。匡超人照样不分黑白“有奶便是娘”，作潘三哥的手脚，从中分得一杯羹。从此匡超人的功利心恶性膨胀，迅速失调失范失控，继道德防线失守之后，法律底线也失守了：充当潘三的帮凶，作奸犯科，一应作案来者不拒：假雕印信、假造公文，把一个青春年少的女性荷花拐卖了，不管荷花姑娘掉入火坑是死是活，他“欢喜接了”二十两白花花的银子，从此“身上渐渐光鲜”。这是二十两，有二百两呢，他就冒坐牢之罪，潜入学道考场，替“一字不通的”童生考取一个秀才。潘三哥分给他这笔钱，帮他典房、帮他娶了抚院衙门差人郑老爹之女为妻、不久生女，有妻有女有房，当稳城里人。而按黄小田的评点，昔日的孝悌人这时已异化堕落成“非人”。施展“非人”之心术，“自丧其天良”，“巧取人间之富厚”（卧评）。吊诡的是，他一边“丧其天良”，一边被“题了优行，贡入太学”！“题了优行”是指优贡，标准是“品学兼优”，匡超人的堕落与“优行”竟是同时到来，这无异于说明当时的考选制度乃至社会体制，黑白已经不辨，甚至颠倒了，堕落就是优行，优行就是堕落，这是尖刻的讽刺。他顺着这个攫取功名富贵的浊流凫泳（不是像王冕那样抗逆浊流），滔滔的浊流把他推涌成“当代英雄”。

第二十回　匡超人高兴长安道　牛布衣客死芜湖关[1]

话说匡超人看了款单，登时面如土色，真是"分开两扇顶门骨，无数凉冰浇下来"。口里说不出，自心下想道："这些事，也有两件是我在里面的，倘若审了，根究起来[2]，如何了得！"当下同景兰江别了刑房，回到街上，景兰江作别去了。

凡事须守住道德红线、法律底线，方能立于不败之地，方能心安理得，"不做亏心事，不怕鬼敲门"。

［注释］

[1] 长安道：汉朝以降长安（今陕西西安）为多朝之京城，遂成为京城的代称。芜湖关：古代在水陆交通要道设关收税，芜湖关便是其一，后径以称该地地名。　[2] 根究：追根究底。

匡超人到家，踌躇了一夜，不曾睡觉，娘子问他怎的，他不好真说，只说：“我如今贡了，要到京里去做官，你独自在这里住着不便，只好把你送到乐清家里去。你在我母亲跟前，我便往京里去做官，做的兴头[1]，再来接你上任。”娘子道：“你去做官罢了，我自在这里，接了我妈来做伴。你叫我到乡里去，我那里住得惯？这是不能的。”匡超人道：“你有所不知。我在家里，日逐有几个活钱，我去之后，你日食从何而来？老爹那边也是艰难日子，他那有闲钱养活女儿？待要把你送在娘家住，那里房子窄，我而今是要做官的，你就是诰命夫人，住在那地方，不成体面，不如还是家去好。现今这房子转的出四十两银子[2]，我拿几两添着进京，剩下的，你带去放在我哥店里，你每日支用。我家那里东西又贱，鸡、鱼、肉、鸭，日日有的，有甚么不快活？”娘子再三再四不肯下乡，他终日来逼，逼的急了，哭喊吵闹了几次。他不管娘子肯与不肯，竟托书店里人把房子转了，拿了银子回来，娘子到底不肯去，他请了丈人、丈母来劝。丈母也不肯。

怕官司追究，也是逼妻子离开杭州的原因，这是他“踌躇了一夜”而作的安排。

只顾自己做官，不顾妻子需要，花言巧语哄她，哄不了就来强制。

那丈人郑老爹见女婿就要做官，责备女儿不知好歹，着实教训了一顿。女儿拗不过，方才允了。叫一只船，把些家伙什物都搬在上。匡超人托阿舅送妹子到家，写字与他哥，说将本钱添在店里，逐日支销。择个日子动身，娘子哭哭啼啼，拜别父母，上船去了。

[注释]

[1] 兴头：兴旺、得意。 [2] 转：此指将房子转手典出。

匡超人也收拾行李来到京师见李给谏。给谏大喜，问着他又补了廪，以优行贡入太学，益发喜极，向他说道："贤契，目今朝廷考取教习[1]，学生料理，包管贤契可以取中。你且将行李搬在我寓处来盘桓几日。"匡超人应诺，搬了行李来。又过了几时，给谏问匡超人可曾婚娶。匡超人暗想，老师是位大人，在他面前说出丈人是抚院的差，恐惹他看轻了笑，只得答道："还不曾。"给谏道："恁大年纪，尚不曾娶，也是男子汉'摽梅之候'[2]。但这事也在我身上。"

进入"社会大学"的第五门课程：官场厚黑学。

以势利衡量人际关系。势利已浸透意识。

说了谎就收不回来了。

[注释]

[1] 教习：在官学机构中担任教职者。贡生能考选教习，在担任教习满一定年限后，可以被任用为知县或是教官。 [2] 摽（biào）梅之候：又称为“摽梅之年”。摽梅，指梅子成熟而落，通常用来比喻女子已到了该结婚的年龄。语出《诗经·召南·摽有梅》：“摽有梅，其实七兮。求我庶士，迨其吉兮。”此语本不适用于男子，在这里李给谏说的是匡超人，所以特意在前面加了“男子汉”三个字。

次晚，遣一个老成管家来到书房里向匡超人说道：“家老爷拜上匡爷。因昨日谈及匡爷还不曾恭喜取过夫人，家老爷有一外甥女，是家老爷夫人自小抚养大的，今年十九岁，才貌出众，现在署中，家老爷意欲招匡爷为甥婿。一切恭喜费用俱是家老爷备办，不消匡爷费心，所以着小的来向匡爷叩喜。”匡超人听见这话，吓了一跳，思量要回他说已经娶过的，前日却说过不曾；但要允他，又恐理上有碍；又转一念道：“戏文上说的蔡状元招赘牛相府[1]，传为佳话，这有何妨！”即便应允了。给谏大喜，进去和夫人说下，择了吉日，张灯结彩，倒赔数百金装奁[2]，把外甥女嫁与匡超人。到那一日，大吹大擂，匡超人纱帽

自知理亏但不肯止步，一转念找出歪理为丑行开脱。这种“一念之差”植根于平素德性。

圆领，金带皂靴，先拜了给谏公夫妇，一派细乐，引进洞房。揭去方巾，见那新娘子辛小姐，真有沉鱼落雁之容，闭月羞花之貌；人物又标致，嫁装又齐整。匡超人此时恍若亲见瑶宫仙子、月下嫦娥[3]，那魂灵都飘在九霄云外去了。自此，珠围翠绕，燕尔新婚，享了几个月的天福。

“书中自有颜如玉”兑现了。

自己的快乐建筑在发妻的痛苦和死亡上。“非人”也！

[注释]

[1] 蔡状元招赘牛相府：《南词叙录·宋元旧篇》著录《蔡伯喈琵琶记》“即旧伯喈弃亲背妇，为暴雷震死”，明祝允明《猥谈》记温州一带流行的戏文《赵贞女蔡二郎》也是唾骂蔡伯喈，宋后的民间说唱亦骂蔡伯喈，故陆游《小舟游近村舍舟步归》之四有“斜阳古柳赵家庄，负鼓盲翁正作场。死后是非谁管得，满村听说蔡中郎。”因历史人物的蔡中郎应是肯定性人物，而民间说唱骂之。是皆非“佳话”也。　[2] 装奁：也写作“妆奁”，原指女子梳妆打扮时所用的镜匣，后泛指嫁妆。　[3] 瑶宫：美玉装饰的宫殿，传说中的神仙居所。

不想教习考取，要回本省地方取结[1]。匡超人没奈何，含着一包眼泪，只得别过了辛小姐，回浙江来。一进杭州城，先到他原旧丈人郑老爹家来。进了郑家门，这一惊非同小可，只见郑老爹两眼哭得通红，对面客位上一人便是他令兄匡

不过短别，就饶有“一包眼泪”，下面惊闻发妻永别，只挤出“几点泪来”。

大，里边丈母嚎天喊地的哭。匡超人吓痴了，向丈人作了揖，便问："哥几时来的？老爹家为甚事这样哭？"匡大道："你且搬进行李来，洗脸吃茶，慢慢和你说。"匡超人洗了脸，走进去见丈母，被丈母敲桌子，打板凳，哭着一场数说："总是你这天灾人祸的，把我一个娇滴滴的女儿生生的送死了！"匡超人此时才晓得郑氏娘子已是死了，忙走出来问他哥。匡大道："自你去后，弟妇到了家里，为人最好，母亲也甚欢喜。那想他省里人，过不惯我们乡下的日子。况且你嫂子们在乡下做的事，弟妇是一样也做不来。又没有个白白坐着，反叫婆婆和嫂子伏侍他的道理，因此心里着急，吐起血来。靠大娘的身子还好[2]，倒反照顾他，他更不过意。一日两，两日三，乡里又没个好医生，病了不到一百天，就不在了。我也是才到，所以郑老爹、郑太太听见了哭。"

血泪控诉！又是以别人的青春生命换来自己的功名富贵。

[注释]

[1] 取结：领取地方官府出具的相关证明文件。 [2] 大娘：指匡超人的母亲。

匡超人听见了这些话，止不住落下几点泪来，便问："后事是怎样办的？"匡大道："弟妇一倒了头，家里一个钱也没有，我店里是腾不出来，就算腾出些须来，也不济事。无计奈何，只得把预备着娘的衣衾棺木都把与他用了。"匡超人道："这也罢了。"匡大道："装殓了，家里又没处停，只得权厝在庙后，等你回来下土。你如今来得正好，作速收拾收拾，同我回去。"匡超人道："还不是下土的事哩。我想如今我还有几两银子，大哥拿回去，在你弟妇厝基上替他多添两层厚砖，砌的坚固些，也还过得几年。方才老爹说的，他是个诰命夫人，到家请会画的替他追个像[1]，把凤冠补服画起来[2]，逢时遇节，供在家里，叫小女儿烧香，他的魂灵也欢喜。就是那年我做了家去与娘的那件补服，若本家亲戚们家请酒，叫娘也穿起来，显得与众人不同。哥将来在家，也要叫人称呼'老爷'，凡事立起体统来，不可自己倒了架子[3]。我将来有了地方，少不得连哥嫂都接到任上同享荣华的。"匡大被他这一番话说得眼花缭乱，浑身都酥了，一总都依他

做官要紧，哪肯回去。

功名富贵的排场要紧，人命不在意下。

一如胡屠户交待范进要立起体统来。

说。晚间，郑家备了个酒，吃过，同在郑家住下。次日上街买些东西。匡超人将几十两银子递与他哥。

[注释]

[1] 追个像：去世后由画师追摹补画逝者的遗像。 [2] 凤冠：贵族妇女或朝廷命妇所戴的有金玉制成凤凰形装饰的礼帽。补服：明清命妇受封，也可以穿补服，补服上的补饰和其丈夫或儿子的品级相符。 [3] 倒了架子：指失了体面。

以“正途出身”压景老师的异路功名。

又过了三四日，景兰江同着刑房的蒋书办找了来说话，见郑家房子浅，要邀到茶室里去坐。匡超人近日口气不同，虽不说，意思不肯到茶室。景兰江揣知其意，说道：“匡先生在此取结赴任，恐不便到茶室里去坐。小弟而今正要替先生接风，我们而今竟到酒楼上去坐罢，还冠冕些。”当下邀二人上了酒楼，斟上酒来。景兰江问道：“先生，你这教习的官，可是就有得选的么？”匡超人道：“怎么不选？像我们这正途出身[1]，考的是内廷教习，每日教的多是勋戚人家子弟[2]。”景兰江道：“也和平常教书一般的么？”

匡超人道："不然！不然！我们在里面也和衙门一般，公座、朱墨、笔、砚，摆的停当。我早上进去，升了公座，那学生们送书上来，我只把那日子用朱笔一点，他就下去了。学生都是荫袭的三品以上的大人[3]，出来就是督、抚、提、镇[4]，都在我跟前磕头。像这国子监的祭酒[5]，是我的老师，他就是现任中堂的儿子，中堂是太老师[6]。前日太老师有病，满朝问安的官都不见，单只请我进去，坐在床沿上，谈了一会出来。"

我是做官！是你巴望而不可得的。

这些都是先生你夸耀的巴结对象。以先生所教反噬先生。

学的就是景兰江、赵雪斋先生的口吻，也酷似严贡生、牛浦郎的口吻。

[注释]

[1] 正途：明清时认为经由科举考试获得的官职才算"正途出身"，通过其他方式为官则是"异途"。一般说来，较之异途，正途的官员更受重视，仕途也往往更好。严格说来，只有成为进士，才是最标准的正途出身，而相对于进士、举人官员，贡生做官也肯定是"异途"。匡超人在这里将自己说成是正途，是自抬身价的意思。　[2] 勋戚：建有功勋和承袭世职的高官以及皇亲国戚。　[3] 荫袭：子孙因先辈功勋而承袭官爵和特权。　[4] 督、抚、提、镇：督即总督，是地方最高行政官员，或管辖一省、两省甚至三省的军政要务，或主管河道、漕运等事务。抚即巡抚。提即提督，是掌管一省军务的高级武官。镇即总兵，是提督节制下的地方高级武官，又称总镇、镇台。　[5] 祭酒：西汉立太学，设五经博士，为首者称为博士仆射，东汉时改称博士祭酒。此后祭酒便成为学官名。明、清两代，设国子监祭酒，为国子监的正

长官。 [6] 太老师：科举考试中，中式者称座师的座师、座师的父亲或父亲的座师为“太老师”。匡超人未参加科举考试，其所说的老师，或是自己拜的老师，或是冒认，这里所谓“太老师”，则指老师的父亲。

蒋刑房等他说完了，慢慢提起来，说：“潘三哥在监里，前日再三和我说，听见尊驾回来了，意思要会一会，叙叙苦情。不知先生你意下何如？”匡超人道：“潘三哥是个豪杰，他不曾遇事时，会着我们，到酒店里坐坐，鸭子是一定两只，还有许多羊肉、猪肉、鸡、鱼。像这店里钱数一卖的菜，他都是不吃的。可惜而今受了累。本该竟到监里去看他一看，只是小弟而今比不得做诸生的时候，既替朝廷办事，就要照依着朝廷的赏罚。若到这样地方去看人，便是赏罚不明了。”蒋刑房道：“这本城的官并不是你先生做着，你只算去看看朋友，有甚么赏罚不明？”匡超人道：“二位先生，这话我不该说，因是知己面前不妨。潘三哥所做的这些事，便是我做地方官，我也是要访拿他的。如今倒反走进监去看他，难道说朝廷处分的他不是？这就不是做臣子的道理

先以潘三往昔之阔绰将你一军。

以高大之官话掩卑小之丑行，其鄙更鄙。

潘三的罪状中有你一份，你不该“访拿”自己么！

了。况且我在这里取结，院里、司里都知道的[1]。如今设若走一走[2]，传的上边知道，就是小弟一生官场之玷。这个如何行得！可好费你蒋先生的心，多拜上潘三哥，凡事心照。若小弟侥幸，这回去就得个肥美地方，到任一年半载，那时带几百银子来帮衬他，倒不值甚么。”两人见他说得如此，大约没得辩他，吃完酒，各自散讫。蒋刑房自到监里回复潘三去了。

虽原是搪塞老师的空头支票，却表露了他做官的信条还是跟王惠一样是“三年清知府，十万雪花银”。可预料他上任后的“政绩”也必超人。

已是“非人”，不可理喻，不可救矣！匡二对潘三的负义与马二对洪憨仙的善后恰成对照。

［注释］

[1] 院：即抚院，指巡抚衙门。司：即臬司，指提刑按察使司衙门。　[2] 设若：假如、倘若。

匡超人取定了结，也便收拾行李上船。那时先包了一只淌板船的头舱[1]，包到扬州[2]，在断河头上船。上得船来，中舱先坐着两个人：一个老年的，茧绸直裰，丝绦朱履；一个中年的，宝蓝直裰，粉底皂靴，都戴着方巾。匡超人见是衣冠人物，便同他拱手坐下，问起姓名。那老年的道：“贱姓牛，草字布衣。”匡超人听见景兰江说过的，便道：“久仰！”又问那一位，牛布衣代答道："此位冯先生，尊字琢庵，乃此科新贵[3]，往京师会试去的。"匡超人道："牛先生也进京么？"牛布衣道："小弟不去，要到江上边芜湖县地方寻访几个朋友，因与冯先生相好，偶尔同船。只到扬州，弟就告别，另上南京船，走长江去了。先生仙乡贵姓？今往那里去的？"匡超人说了姓名。冯琢庵道："先生是浙江选家。尊选有好几部弟都是见过的。"匡超人道："我的文名

小人初得志，趾高气扬。

也够了。自从那年到杭州，至今五六年，考卷、墨卷、房书、行书、名家的稿子[4]，还有《四书讲书》《五经讲书》《古文选本》——家里有个账[5]，共是九十五本。弟选的文章，每一回出，书店定要卖掉一万部，山东、山西、河南、陕西、北直的客人[6]，都争着买，只愁买不到手。还有个拙稿是前年刻的，而今已经翻刻过三副板。不瞒二位先生说，此五省读书的人，家家隆重的是小弟[7]，都在书案上，香火蜡烛，供着'先儒匡

知道错失，还要硬赖着死撑面子狡辩，"红着脸"硬变成"厚着脸"。

子之神位'[8]。"牛布衣笑道："先生，你此言误矣！所谓'先儒'者，乃已经去世之儒者，今先生尚在，何得如此称呼？"匡超人红着脸道：

"不然！所谓'先儒'者，乃先生之谓也！"牛布衣见他如此说，也不和他辩。冯琢庵又问道："操选政的还有一位马纯上，选手何如[9]？"匡超人道："这也是弟的好友。这马纯兄理法有余，才气不足，所以他的选本也不甚行[10]。选本总以行为主，若是不行，书店就要赔本。惟有小弟的选本，外国都有的。"彼此谈着。过了数日，不觉已到扬州。冯琢庵、匡超人换了淮安船[11]，到王家营起旱，进京去了[12]。

"不和他辩"者，不是辩不过，而是辩也无益，他已经不是无知而是无耻。对厚颜无耻者，已不可理喻了。

以马老师昔日对自己的指点反讥马老师。仅为炫耀一下自己，就不惜在众人面前叛卖恩师马二先生。

是了是了，外国也要考八股科举！

[注释]

[1] 淌板船：当时一种载人的长途客船，又称为"躺板船"。[2] 扬州：即扬州府，明代设置的行政区，清代沿置。清辖境相当今江苏宝应以南、长江以北，东台以西、仪征以东之地。[3] 此科新贵：此科新考上的举人。[4] 房书：又称"房稿""房选"，原是考官将新科进士平日所作八股文编选而成的选本，后一些职业选家和书坊主为牟利也编选新科进士平时所写的八股文。行书：又称"行卷"，选的是中式举人的制艺。名家的稿子：也称为"名稿"，编选的是当时八股文名家的文章。[5]《四书讲书》《五经讲书》《古文选本》：都应是供士人准备科举考试之用的科举用书。[6] 北直：即北直隶的简称。明代永乐初移都北京，以直隶北京的地区为北直隶，直隶南京的地区为南直隶。北直隶的辖境相当于今北京、天津二市，河北省大部和河南、山东部分地区。清初以北直隶为直隶省。[7] 隆重：尊崇、器重。[8] 先儒：

本指历代因阐发宣扬儒家经典而被后世尊崇，得以从祀孔庙的著名儒者。后引申泛指古代或已逝的前代儒者。 [9] 选手：即选文章的手段和本事。 [10] 行：行销。 [11] 淮安：即淮安府。辖境相当今江苏的盐城、淮安、洪泽、射阳、建湖、淮阴、涟水等县市。清属江苏省。 [12] “匡超人传”到此完成，本回以下转入牛布衣，1589 字本书不录。

[点评]

匡超人迅速飙升，混到京城，进入官场，来到一个更高的名利场，进修“官场厚黑学”。李给谏派管家探询，拟招他为外甥女婿，他乍听“吓了一跳……要允他，又恐理上有碍”。“恐理上有碍”时，正是守住道德红线的关口，守不住道德底线的人，就会有意无意地寻找借口为逾线开脱。匡超人凭着乖巧品性他悟到，要钻入官场必须投权门作靠山，这送上门的机会哪能放过？凭着他在书坊取巧牟利的经验，凭着他跟着潘三什么坏事都干的惯例，他立即“又转一念”——这“又转一念”就找了个欺心的“理”。于是，他遗弃结发妻子，停妻再娶，帽儿光光，当上给事中的甥女婿。他在京城这边“珠围翠绕，燕尔新婚”，拥着“瑶宫仙子、月下嫦娥”，得意忘形的时候；在老家那边，被抛弃的发妻活活吐血闷死，正如老岳母血泪控诉的：“把我一个娇滴滴的女儿生生的送死了！”匡超人就是这样“报答”当初施恩救拔他脱贫的岳父母。

人异化成“非人”，失去了人之为人的道德底线、法律底线，既丧尽天良，自然也就厚颜无耻，言谈举止不堪入目。他刚刚考取个内廷教习，还没上任呢，回到杭州取结，景兰江老师陪蒋刑房来访，他就以昔日景兰江辈斗方名士的口吻胡吹海吹，返赠景老师；他就以当日潘三爷身教的黑心肠反噬潘三，不仅不念昔日之恩，而且板着面孔以“官话”拒绝潘三求援；他以马二老师教的批时文的本领混饭吃，而仅为了炫耀一下自己，就不惜在众人面前叛卖恩师马二先生。与“慈乌反哺”相反，“豺狼反噬”。匡超人对他人生路上的恩人都在“反噬”：对马二先生、岳父郑老爹、景兰江、潘三，莫不忘恩负义，确已蜕变成“非人”。这也构成对社会的反噬。

真该相信“知子莫若父”，匡超人老父亲的担忧一一应验。经过浊流文化的阵阵冲刷，乡村子弟所秉承的传统美德的底色，已被冲洗殆尽，匡父叮嘱的“德行”“孝悌”，抵挡不住“功名”“富贵”的“势利见识”，这种诱惑是制度性的，是当时整个社会的体制机制布下的天罗地网！匡超人在“社会大学”里每门课都学得又快又好，他是这个社会培养出来的“当代英雄”，他的“成绩”应归功于这个社会。马二的诱导和匡父的叮嘱实质上代表着“功名富贵”同“文行出处”两种做人道路的较量，作者精心设计，让匡超人历经种种浊流文化的熏染，让人看看明清功名富贵的黑染缸会把好端端的青年染成什么货色，并且以匡太公的临终遗言点明立意。

匡母梦中的哭，隐喻味浓，“这官不是你儿子”，灵魂已经全非了，往日“在孝弟上用心”的儿子已经消失得无影无踪了。她“又哭起来”，不仅哭儿子的“肉身”回不来，而且哭儿子的灵魂永远丢失了！这就是匡超人形象以出卖灵魂为代价留下的教训：只求功名富贵不讲文行出处，必致败德失人！

匡超人看似步步成功的“超人”，撕破其光滑的表面，内里却是宵小无耻，是无价值的，是喜剧性的；而实质上如巴尔扎克的小说《高老头》里的拉斯蒂涅，他是“被引诱者”“从善良走向堕落者”，他的淳良天性被毒杀了，原有的价值被毁灭了，这是悲剧性的。这个形象也是喜剧性和悲剧性相融合的创造。

作为“马二匡二合传”，匡超人被熏染的结果如何，也是对马二教育思想的一种“成果检验”，马二自不能负主要责任，但却也宣告了他劝学之路的谬误、人生道路的失策；而对于那个功名富贵体制来说，“匡超人蜕变记”则是一份沉甸甸的控告状！

第三十一回　天长县同访豪杰
赐书楼大醉高朋

回目就点明“豪杰”。这杜少卿是以作者自己为原型的人物。

话说杜慎卿做了这个大会，鲍廷玺看见他用了许多的银子，心里惊了一惊，暗想：“他这人慷慨，我何不取个便，问他借几百两银子，仍旧团起一个班子来做生意过日子？”主意已定，每日在河房里效劳，杜慎卿着实不过意他。那日晚间谈到密处，夜已深了，小厮们多不在眼前，杜慎卿问道：“鲍师父，你毕竟家里日子怎么样过？还该寻个生意才好。”鲍廷玺见他问到这一句话，就双膝跪在地下。杜慎卿就吓了一跳，扶他起来，说道：“这是怎的？”鲍廷玺道：“我在老爷门下，

杜慎卿是杜少卿的堂兄，是以吴敬梓的从兄吴檠为原型的人物。

密室授计。既显露杜慎卿的心术，又由他先介绍杜少卿，为重要人物之出场造势，写法又别于虞博士之出场。

蒙老爷问到这一句话，真乃天高地厚之恩。但门下原是教班子弄行头出身，除了这事，不会做第二样。如今老爷照看门下，除非恳恩借出几百两银子，仍旧与门下做这戏行，门下寻了钱，少不得报效老爷。”杜慎卿道：“这也容易，你请坐下，我同你商议。这教班子弄行头，不是数百金做得来的，至少也得千金。这里也无外人，我不瞒你说，我家虽有几千现银子，我却收着不敢动。为甚么不敢动？我就在这一两年内要中，中了，那里没有使唤处？我却要留着做这一件事。而今你这弄班子的话，我转说出一个人来与你，也只当是我帮你一般，你却不可说是我说的。”鲍廷玺道：“除了老爷，那里还有这一个人？”

志在必中，执着功名富贵。

杜慎卿道：“莫慌，你听我说。我家共是七大房[1]，这做礼部尚书的太老爷是我五房的，七房的太老爷是中过状元的，后来一位大老爷，做江西赣州府知府，这是我的伯父。赣州府的儿子是我第二十五个兄弟，他名叫做仪，号叫做少卿，只小得我两岁，也是一个秀才。我那伯父是个清官，家里还是祖宗丢下的些田地。伯父去世之后，

吴敬梓自况的杜少卿出场前，先写其堂兄慎卿眼中的少卿。

他不上一万银子家私，他是个呆子，自己就像十几万的。纹银九七他都认不得[2]，又最好做大老官。听见人向他说些苦，他就大捧出来给人家用。而今你在这里帮我些时，到秋凉些，我送你些盘缠投奔他去，包你这千把银子手到拿来。”鲍廷玺道：“到那时候，求老爷写个书子与门下去。”杜慎卿道：“不相干。这书断然写不得。他做大老官是要独做，自照顾人，并不要人帮着照顾。我若写了书子，他说我已经照顾了你，他就赌气不照顾你了。如今去先投奔一个人。”鲍廷玺道：“却又投那一个？”杜慎卿道：“他家当初有个奶公老管家[3]，姓邵的，这人你也该认得。”鲍廷玺想起来，道：“是那年门下父亲在日，他家接过我的戏去与老太太做生日。赣州府太老爷，门下也曾见过。”杜慎卿道：“这就是得狠了。如今这邵奶公已死，他家有个管家王胡子，是个坏不过的奴才。他偏生听信他。我这兄弟有个毛病：但凡说是见过他家太老爷的，就是一条狗也是敬重的。你将来先去会了王胡子，这奴才好酒，你买些酒与他吃，叫他在主子跟前说你是太老爷极

己所不欲却施予弟。

明知其“坏”，却授计鲍廷玺与其勾结算计自己弟弟。此人心术如何？

爱屋及乌。观下文，孝思延及父执。

淡泊富贵，厌弃做官的、不屑有钱的。

欢喜的人，他就连三的给你银子用了[4]。他不欢喜人叫他老爷，你只叫他少爷。他又有个毛病，不喜欢人在他跟前说人做官，说人有钱，像你受向太老爷的恩惠这些话，总不要在他跟前说。总说天下只有他一个人是大老官，肯照顾人。他若是问你可认得我，你也说不认得。”一番话，说得鲍廷玺满心欢喜。在这里又效了两个月劳，到七月尽间，天气凉爽起来，鲍廷玺问十七老爷借了几两银子，收拾衣服行李，过江往天长进发。

[注释]

[1] 房：宗族的支派。 [2] 纹银九七：指纯度九七的成色足的纹银，若银子的纯度不到九七，则在给付时还要“贴水”，即给对方补足一定的差额。 [3] 奶公：奶妈的丈夫。 [4] 连三：接二连三之意。

第一日过江，歇了六合县[1]。第二日起早走了几十里路，到了一个地方，叫作四号墩。鲍廷玺进去坐下，正待要水洗脸，只见门口落下一乘轿子来。轿子里走出一个老者来，头戴方巾，身穿白纱直裰，脚下大红绸鞋，一个通红的酒糟鼻，

肖像特征：嗜酒的酒人。

一部大白胡须，就如银丝一般。那老者走进店门，店主人慌忙接了行李，说道："韦四太爷来了！请里面坐。"那韦四太爷走进堂屋，鲍廷玺立起身来施礼，那韦四太爷还了礼。鲍廷玺让韦四太爷上面坐，他坐在下面，问道："老太爷上姓是韦[2]，不敢拜问贵处是那里？"韦四太爷道："贱姓韦，敝处滁州乌衣镇[3]。长兄尊姓贵处？今往那里去的？"鲍廷玺道："在下姓鲍，是南京人，今往天长杜状元府里去的，看杜少爷。"韦四太爷道："是那一位？是慎卿？是少卿？"鲍廷玺道："是少卿。"韦四太爷道："他家兄弟虽有六七十个，只有这两个人招接四方宾客；其余的都闭了门在家，守着田园做举业。我所以一见就问这两个人，两个都是大江南北有名的。慎卿虽是雅人，我还嫌他尚带着些姑娘气。少卿是个豪杰，我也是到他家去的，和你长兄吃了饭一同走。"鲍廷玺道："太爷和杜府是亲戚？"韦四太爷道："我同他家做赣州府太老爷自小同学拜盟的，极相好的。"鲍廷玺听了，更加敬重。

韦四眼中的二杜自有轩轾，称少卿是"豪杰"。

［注释］

[1] 六合县：明属应天府，清属江宁府，今属江苏南京。六合东连仪征市，南接南京市郊，西、北与安徽省来安、天长二县相邻。 [2] 上姓：对于别人姓的尊称。 [3] 滁州：因滁水而得名。明直隶南京，清为直隶州，属安徽省。即今安徽滁州。乌衣镇：地名，在今安徽滁州东南清流河西岸。

当时同吃了饭，韦四太爷上轿。鲍廷玺又雇了一个驴子，骑上同行。到了天长县城门口，韦四太爷落下轿，说道："鲍兄，我和你一同走进府里去罢。"鲍廷玺道："请太爷上轿先行，在下还要会过他管家，再去见少爷。"韦四太爷道："也罢。"上了轿子，一直来到杜府，门上人传了进去。杜少卿慌忙迎出来，请到厅上拜见，说道："老伯，相别半载，不曾到得镇上来请老伯和老伯母的安。老伯一向好？"韦四太爷道："托庇粗安。新秋在家无事，想着尊府的花园，桂花一定盛开了，所以特来看看世兄，要杯酒吃。"杜少卿道："奉过茶，请老伯到书房里去坐。"小厮捧过茶来，杜少卿吩咐："把韦四太爷行李请进来，送到书房里去。轿钱付与他，轿子打发回去

说得潇洒。

对父执毕恭毕敬。

罢。”请韦四太爷从厅后一个走巷内[1]，曲曲折折走进去，才到一个花园。那花园一进朝东的三间。左边一个楼，便是殿元公的赐书楼[2]，楼前一个大院落，一座牡丹台，一座芍药台。两树极大的桂花，正开的好。合面又是三间敞榭，横头朝南三间书房后，一个大荷花池。池上搭了一条桥。过去又是三间密屋，乃杜少卿自己读书之处。

杜府环境。写环境即是写人。

［注释］

[1] 走巷：庭院之间的小巷或通道。　[2] 殿元：殿试的第一名状元的别称。赐书楼：吴敬梓的曾祖吴国对是清顺治十五年（1658）的一甲第三即探花，顺治帝赐予书籍，吴国对在自己的“遗园”中建“赐书楼”藏书。小说所写杜府的赐书楼本于此。

当请韦四太爷坐在朝南的书房里。这两树桂花就在窗槅外[1]。韦四太爷坐下，问道：“娄翁尚在尊府？”杜少卿道：“娄老伯近来多病，请在内书房住，方才吃药睡下，不能出来会老伯。”韦四太爷道：“老人家既是有恙，世兄何不送他回去？”杜少卿道：“小侄已经把他令郎、令孙都接在此侍奉汤药，小侄也好早晚问候。”韦四

平等待人，真情待人。

历数娄老人品之好，这是敬重的重要原因。

太爷道："老人家在尊府三十多年，可也还有些蓄积，家里置些产业？"杜少卿道："自先君赴任赣州，把舍下田地房产的账目，都交付与娄老伯，每银钱出入，俱是娄老伯做主，先君并不曾问。娄老伯除每年修金四十两，其余并不沾一文，每收租时候，亲自到乡里佃户家，佃户备两样菜与老伯吃，老人家退去一样才吃一样。凡他令郎、令孙来看，只许住得两天，就打发回去，盘缠之外，不许多有一文钱，临行还要搜他身上，恐怕管家们私自送他银子。只是收来的租稻利息，遇着舍下困穷的亲戚朋友，娄老伯便极力相助。先君知道也不问。有人欠先君银钱的，娄老伯见他还不起，娄老伯把借券尽行烧去了。到而今，他老人家两个儿子，四个孙子，家里仍然赤贫如洗，小侄所以过意不去。"韦四太爷叹道："真可谓古之君子了！"又问道："慎卿兄在家好么？"杜少卿道："家兄自别后，就往南京去了。"

[注释]

[1] 窗槅：亦作"窗隔""窗格"，窗上纵横交错的格木，可在上面糊纸或纱。

正说着，家人王胡子手里拿着一个红手本，站在窗子外，不敢进来。杜少卿看见他，说道："王胡子，你有甚么话说？手里拿的甚么东西？"王胡子走进书房，把手本递上来，禀道："南京一个姓鲍的，他是领戏班出身。他这几年是在外路生意，才回来家。他过江来叩见少爷。"杜少卿道："他既是领班子的，你说我家里有客，不得见他，手本收下，叫他去罢。"王胡子说道："他说受过先太老爷多少恩德，定要当面叩谢少爷。"杜少卿道："这人是先太老爷抬举过的么？"王胡子道："是。当年邵奶公传了他的班子过江来，太老爷着实喜欢这鲍廷玺，曾许着要照顾他的。"杜少卿道："既如此说，你带了他进来。"韦四太爷道："是南京来的这位鲍兄，我才在路上遇见的。"王胡子出去，领着鲍廷玺捏手捏脚一路走进来。看见花园宽阔，一望无际。走到书房门口一望，见杜少卿陪着客坐在那里，头戴方巾，身穿玉色夹纱直裰，脚下珠履，面皮微黄，两眉剑竖，好似画上关夫子眉毛。王胡子道："这便是我家少爷，你过来见。"鲍廷玺进来跪下叩头。

孝思的延长。

杜少卿肖像，重在关公眉毛。

杜少卿扶住道："你我故人，何必如此行礼？"起来作揖，作揖过了，又见了韦四太爷。杜少卿叫他坐在底下。鲍廷玺道："门下蒙先老太爷的恩典，粉身碎骨难报。又因这几年穷忙，在外做小生意，不得来叩见少爷。今日才来请少爷的安，求少爷恕门下的罪。"杜少卿道："方才我家人王胡子说，我家太老爷极其喜欢你，要照顾你。你既到这里，且住下了，我自有道理。"王胡子道："席已齐了，禀少爷，在那里坐？"韦四太爷道："就在这里好。"杜少卿踌躇道："还要请一个客来。"因叫那跟书房的小厮加爵，"去后门外请张相公来罢"。加爵应诺去了。

第十二回报张铁臂姓名前也先写其貌"几根黄胡子，两只大眼睛"。

少刻，请了一个大眼睛黄胡子的人来，头戴瓦楞帽，身穿大阔布衣服，扭扭捏捏做些假斯文像，进来作揖坐下，问了韦四太爷姓名。韦四太爷说了，便问："长兄贵姓？"那人道："晚生姓张，贱字俊民，久在杜少爷门下。晚生略知医道，连日蒙少爷相约在府里看娄太爷。"因问："娄太爷今日吃药如何？"杜少卿便叫加爵去问，问了回来道："娄太爷吃了药，睡了一觉，醒了。这会觉的清爽些。”张俊民又问：“此位上姓？”杜少卿道：“是南京一位鲍朋友。”说罢，摆上席来，奉席坐下。韦四太爷首席，张俊民对坐，杜少卿主位，鲍廷玺坐在底下。斟上酒来。吃了一会。那肴馔都是自己家里整治的，极其精洁。内中有陈过三年的火腿，半斤一个的竹蟹都剥出来脍了蟹羹，众人吃着，韦四太爷问张俊民道：“你这道谊[1]，自然着实高明的？”张俊民道：“‘熟读王叔和[2]，不如临症多。’不瞒太爷说，晚生在江湖上胡闹，不曾读过甚么医书，却是看的症不少，近来蒙少爷的教训，才晓得书是该念的。所以我有一个小儿，而今且不教他学医，从先生读着书，做了文章，就拿来给杜少爷看。少爷往常赏个批语，晚生也拿了家去读熟了，学些文理。将来再过两年，叫小儿出去考个府、县考，骗两回粉汤、包子吃，将来挂招牌，就可以称儒医。”韦四太爷听他说这话，哈哈大笑了。

自我调侃的语气，是个老江湖。

[注释]

[1] 道谊：指医道、医术。　[2]“熟读王叔和”二句：魏晋医学家王熙，字叔和，著有《脉经》、辑有《伤寒杂病论》等医书。

此句意谓：作为医生，熟读医书不如临症经验更为重要。

王胡子又拿一个帖子进来，禀道："北门汪盐商家明日酬生日请县主老爷，请少爷去做陪客。说定要求少爷到席的。"杜少卿道："你回他我家里有客，不得到席。这人也可笑得紧，你要做这热闹事，不会请县里暴发的举人进士陪？我那得工夫替人家陪官！"王胡子应诺去了。

没工夫陪官，有工夫服侍娄老。与势利眼恰相反。

杜少卿向韦四太爷说："老伯酒量极高的，当日同先君一吃半夜，今日也要尽醉才好。"韦四太爷道："正是。世兄，我有一句话，不好说。你这肴馔是精极的了，只是这酒是市买来的，身分有限。府上有一坛酒，今年该有八九年了，想是收着还在？"杜少卿道："小侄竟不知道。"韦四太爷道："你不知道，是你令先大人在江西到任的那一年，我送到船上，尊大人说：'我家里埋下一坛酒，等我做了官回来，同你老痛饮。'我所以记得。你家里去问。"张俊民笑说道："这话，少爷真正该不知道。"杜少卿走了进去。韦四太爷道："杜公子虽则年少，实算在我们这边

不记富贵，只记一坛酒，显出洒脱。

的豪杰。”张俊民道：“少爷为人好极，只是手太松些，不管甚么人求着他，大捧的银与人用。”鲍廷玺道：“便是门下从不曾见过像杜少爷这大方举动的人。”

再次强调是“豪杰”。明末清初思想家顾炎武等曾呼唤“豪杰”和“豪侠”精神。

杜少卿走进去，问娘子可晓得这坛酒，娘子说不知道；遍问这些家人、婆娘，都说不知道。后来问到邵老丫[1]，邵老丫想起来道：“是有的。是老爷上任那年，做了一坛酒埋在那边第七进房子后一间小屋里，说是留着韦四太爷同吃的。这酒是二斗糯米做出来的二十斤酿，又对了二十斤烧酒，一点水也不搀。而今埋在地下足足有九年零七月了。这酒醉得死人的，弄出来少爷不要吃！”杜少卿道：“我知道了。”就叫邵老丫拿钥匙开了酒房门，带了两个小厮进去，从地下取了出来，连坛抬到书房里，叫道：“老伯，这酒寻出来了！”韦四太爷和那两个人都起身来看，说道：“是了！”打开坛头，舀出一杯来，那酒和曲糊一般，堆在杯子里，闻着喷鼻香。韦四太爷道：“有趣！这个不是别样吃法。世兄，你再叫人在街上买十斤酒来搀一搀，方可吃得。今日已是吃不成了，就放在这里，明日吃他一天，还是二位同享。”张俊民道：“自然来奉陪。”鲍廷玺道：“门下何等的人，也来吃太老爷遗下的好酒，这是门下的造化。”说罢，教加爵拿灯笼送张俊民回家去。鲍廷玺就在书房里陪着韦四太爷歇宿。杜少卿候着韦四太爷睡下，方才进去了。

孝思延及父执。

［注释］

[1] 老丫：安徽方言，即奶妈。

次日，鲍廷玺清晨起来，走到王胡子房里去。加爵又和一个小厮在那里坐着。王胡子问加爵道：“韦四太爷可曾起来？”加爵道：“起来了，洗脸哩。”王胡子又问那小厮道：“少爷可曾起来？”那小厮道：“少爷起来多时了，在娄太爷房里看着弄药。”王胡子道：“我家这位少爷也出奇！一个娄老爹，不过是太老爷的门客罢了，他既害了病，不过送他几两银子，打发他回去。为甚么养在家里当做祖宗看待，还要一早一晚自己伏侍？”那小厮道：“王叔，你还说这话哩！娄太爷吃的粥和菜，我们煨了。他儿子孙子看过

反笔为颂。

不拘主客身份贵贱之等级差别而如此敬重，既是平等待人的态度，又是念旧孝思的延伸。

还不算，少爷还要自己看过了才送与娄太爷吃。人参铫子自放在奶奶房里，奶奶自己煨人参，药是不消说。一早一晚，少爷不得亲自送人参，就是奶奶亲自送人参与他吃，你要说这样话，只好惹少爷一顿骂。”说着，门上人走进来道：“王叔，快进去说声，臧三爷来了，坐在厅上要会少爷。”王胡子叫那小厮道：“你娄老爹房里去请少爷，我是不去问安！”鲍廷玺道：“这也是少爷的厚道处。”

那小厮进去请了少卿出来会臧三爷，作揖坐下。杜少卿道：“三哥，好几日不见。你文会做的热闹？”臧三爷道：“正是。我听见你门上说到远客，……慎卿在南京，乐而忘返了。”杜少卿道：“是乌衣韦老伯在这里。我今日请他，你就在这里坐坐，我和你到书房里去罢。”臧三爷道：“且坐着，我和你说话。县里王父母是我的老师，他在我跟前说了几次，仰慕你的大才，我几时同你去会会他。”杜少卿道：“像这拜知县做老师的事，只好让三哥你们做。不要说先曾祖、先祖，就先君在日，这样知县不知见过多少。他犹如王冕之不应官召。不慕权贵是名士之清高。

果然仰慕我，他为甚么不先来拜我，倒叫我拜他？况且倒运做秀才，见了本处知县就要称他老师；王家这一宗灰堆里的进士[1]，他拜我做老师我还不要，我会他怎的？所以北门汪家今日请我去陪他，我也不去。”臧三爷道：“正是为此。昨日汪家已向王老师说明是请你做陪客，王老师才肯到他家来，特为要会你。你若不去，王老师也扫兴。况且你的客住在家里，今日不陪，明日也可陪。不然，我就替你陪着客，你就到汪家走走。”杜少卿道：“三哥，不要倒熟话[2]。你这位贵老师总不是甚么尊贤爱才，不过想人拜门生受些礼物。他想着我，叫他把梦做醒些！况我家今日请客，煨的有七斤重的老鸭，寻出来的有九年半的陈酒。汪家没有这样好东西吃。不许多话，同我到书房里去顽。”拉着就走。

[注释]

[1] 灰堆：垃圾堆。　[2] 倒熟话：即啰嗦、唠叨之意。

臧三爷道：“站着！你乱怎的？这韦老先生不曾会过，也要写个帖子。”杜少卿道：“这倒使得。”叫小斯拿笔砚帖子出来。臧三爷拿帖子写了个“年家眷同学晚生臧荼”，先叫小厮拿帖子到书房里，随即同杜少卿进来。韦四太爷迎着房门，作揖坐下。那两人先在那里，一同坐下。韦四太爷问臧三爷：“尊字？”杜少卿道：“臧三哥尊字蓼斋，是小侄这学里翘楚[1]，同慎卿家兄也是同会的好友。”韦四太爷道：“久慕，久慕！”臧三爷道：“久仰老先生。幸遇！”张俊民是彼此认得的。臧蓼斋又问：“这位尊姓？”鲍廷玺道：“在下姓鲍，方才从南京回来的。”臧三爷道：“从南京来，可曾认得府上的慎卿先生？”鲍廷玺道：“十七老爷也是见过的。”

［注释］

[1] 翘楚：《诗经·周南·汉广》：“翘翘错薪，言刈其楚。”原指高出杂树丛的荆木，后用来比喻杰出的人物。

当下吃了早饭，韦四太爷就叫把这坛酒拿出来，兑上十斤新酒，就叫烧许多红炭，堆在桂花树边，把酒坛顿在炭上。过一顿饭时，渐渐热了。张俊民领着小厮，自己动手把六扇窗格尽行

韦四太爷的主要情节即是酒人以饮为乐，作者是写其潇洒人生、爽快性格。

下了，把桌子抬到檐内。大家坐下。又备的一席新鲜菜。杜少卿叫小厮拿出一个金杯子来，又是四个玉杯，坛子里舀出酒来吃。韦四太爷捧着金杯，吃一杯，赞一杯，说道："好酒！"吃了半日。

王胡子领着四个小厮，抬到一个箱子来。杜少卿问是甚么。王胡子道："这是少爷与奶奶、大相公新做的秋衣一箱子。才做完了，送进来与少爷查件数。裁缝工钱已打发去了。"杜少卿道："放在这里，等我吃完了酒查。"才把箱子放下，只见那裁缝进来。王胡子道："杨裁缝回少爷的话。"杜少卿道："他又说甚么？"站起身来，只见那裁缝走到天井里，双膝跪下，磕下头去，放声大哭。杜少卿大惊道："杨司务[1]！这是怎的？"杨裁缝道："小的这些时在少爷家做工，今早领了工钱去，不想才过了一会，小的母亲得个暴病死了。小的拿了工钱家去，不想到有这一变，把钱都还了柴米店里，而今母亲的棺材衣服，一件也没有。没奈何，只得再来求少爷借几两银子与小的，小的慢慢做着工算。"杜少卿道："你要多少银子？"裁缝道："小户人家，怎敢望多？

少爷若肯，多则六两，少则四两罢了。小的也要算着除工钱够还。”杜少卿惨然道：“我那里要你还。你虽是小本生意，这父母身上大事，你也不可草草，将来就是终身之恨。几两银子如何使得？至少也要买口十六两银子的棺材，衣服、杂货，共须二十金。我这几日一个钱也没有。——也罢，我这一箱衣服也可当得二十多两银子。王胡子，你就拿去同杨司务当了，一总把与杨司务去用。”又道：“杨司务，这事你却不可记在心里，只当忘记了的。你不是拿了我的银子去吃酒、赌钱，这母亲身上大事。人孰无母？这是我该帮你的。”杨裁缝同王胡子抬着箱子，哭哭啼啼去了。

自己重孝道，也帮助别人克尽孝道。

新做的一箱秋衣，连看都未看就当掉了。轻物重人如此。

[注释]

[1] 司务：对于手艺人、工匠等的尊称。

杜少卿入席坐下。韦四太爷道：“世兄，这事真是难得！”鲍廷玺吐着舌道：“阿弥陀佛！天下那有这样好人！”当下吃了一天酒。臧三爷酒量小，吃到下午就吐了，扶了回去。韦四太爷这几个直吃到三更，把一坛酒都吃完了方才散。

只因这一番，有分教：

轻财好士，一乡多济友朋；月地花天，四海又闻豪杰。

本回第四次称扬“豪杰”。

不知后事如何，且听下回分解。

［点评］

此回中间起至第三十四回上半回，用近四回的篇幅专写杜少卿的“平居豪举”。杜少卿是以吴敬梓自己为原型而创作出来的艺术形象，灌注着作者的思想感情，可以说是作者钟爱的形象，折射出某些思想亮点。

明末清初的思想家顾炎武等就呼唤“豪杰”和“豪侠”精神。本回的回目即“天长县同访豪杰”，回中韦四太爷两次称赞杜少卿是“豪杰”，回末联语又称其为“豪杰”，如此再四强调实罕见。面对萎靡的士风，作者是在呼唤豪杰呀！这当然是贯串在写杜少卿的几回书中，本回作为其开头，着重写他敬待亡父的好友韦四太爷和管家娄太爷。

对于“高朋”韦四太爷，杜少卿恭敬侍候，一者因其为父亲的好友，孝思延及父执，反映出主体的至孝；二者因其嗜酒成趣，至少表面上同魏晋名士有同一种嗜好，杜少卿喜其潇洒放达、爽快开朗，投合自己的豪爽性格，小说写宾主共赏窖藏十年的老酒写出一种审美情趣，写成名士雅趣雅事。

今人有好感的还是他不以等级势利待人，而且颇有平等的色彩。汪盐商家（富）酬生日请他去陪县主老爷（贵），他傲视此种富贵人物，不屑理睬，坚决拒之。而像王胡子所不解的那样，他却把老病的门客娄焕文“养在家里当做祖宗看待，还要一早一晚自己伏侍”，超越贵贱的身份差别，十分尽心尽意。他“不喜欢人叫他老爷”，不以老爷自居，虽有故家乔木的优越感却也不以少爷自居，平素“和尚、道士、工匠、花子都拉着相与”。

至于“轻财”，下一回更详写，统于彼点评。

第三十二回　杜少卿平居豪举
娄焕文临去遗言

话说众人吃酒散了，韦四太爷直睡到次日上午才起来，向杜少卿辞别要去，说道："我还打算到你令叔、令兄各家走走。昨日扰了世兄这一席酒，我心里快活极了！别人家料想也没这样有趣。我要去了，连这臧朋友也不能回拜，世兄，替我致意他罢。"杜少卿又留住了一日。次日，雇了轿夫，拿了一只玉杯和赣州公的两件衣服，亲自送在韦四太爷房里，说道："先君拜盟的兄弟，只有老伯一位了，此后要求老伯常来走走。小侄也常到镇上请老伯安。这一个玉杯，送老伯

看重的是情趣。

父执情深，是孝思之延长，也是真情的温暖。

带去吃酒；这是先君的两件衣服，送与老伯穿着，如看见先君的一般。”韦四太爷欢喜受了。鲍廷玺陪着又吃了一壶酒，吃了饭。杜少卿拉着鲍廷玺，陪着送到城外，在轿前作了揖。韦四太爷去了。两人回来，杜少卿就到娄太爷房里去问候。娄太爷说，身子好些，要打发他孙子回去，只留着儿子在这里伏侍。

杜少卿应了，心里想着没有钱用，叫王胡子来商议道：“我圩里那一宗田[1]，你替我卖给那人罢了。”王胡子道：“那乡人他想要便宜，少爷要一千五百两银子，他只出一千三百两银子，所以小的不敢管。”杜少卿道：“就是一千三百两银子也罢。”王胡子道：“小的要禀明少爷才敢去。卖的贱了，又惹少爷骂小的。”杜少卿道：“那个骂你？你快些去卖，我等着要银子用。”王胡子道：“小的还有一句话要禀少爷：卖了银子，少爷要做两件正经事。若是几千几百的白白的给人用，这产业卖了也可惜。”杜少卿道：“你看见我白把银子给那个用的？你要赚钱罢了，说这许多鬼话！快些替我去！”王胡子道：“小的禀过就

诱使士子人性异化的主要诱因是财（富）和官（贵），以及获至富贵的官定途径八股科举（功名），杜少卿都逆袭之，表向出超逸的强烈倾向。在世人眼中就显得“奇”和“狂”，作者赞之为“平居豪举”。此处先写他慷慨散财。

杜少卿并非毫无觉察，只是不屑于计较这些“疙瘩账”。

是了。”出来悄悄向鲍廷玺道：“好了，你的事有指望了。而今我到圩里去卖田，卖了田回来，替你定主意。”王胡子就去了几天，卖了一千几百两银子，拿稍袋装了来家，禀少爷道：“他这银子是九五兑九七色的[2]，又是市平[3]，比钱平小一钱三分半。他内里又扣了他那边中用二十三两四钱银子[4]，画字去了二三十两[5]：这都是我们本家要去的[6]。而今这银子在这里，拿天平来请少爷当面兑[7]。”杜少卿道：“那个耐烦你算这些疙瘩账[8]！既拿来，又兑甚么，收了进去就是了！”王胡子道：“小的也要禀明。”

明知少爷不耐烦疙瘩账，偏要装出一丝不苟、一尘不染的样子，而且激出他的表态，让手续完备。

[注释]

[1] 圩（wéi）：江淮一带低洼地区防水护田的堤，堤里的田一般都较为肥沃。 [2] 九五兑九七色：九五即纯度为九五的成色不足的银子，兑是掺杂、混合之意，即这些银子中既有成色足的银子，也掺杂、混合了成色不足的银子，卖田实际所得要少于前面所说的一千三百两银子。 [3] 市平：市场上商人所用的天平，其重量标准要低于官定的“钱平”。平，是称银子所用的天平。 [4] 中用：指买卖田地的中介所得的佣金。 [5] 画字：证人等相关人员在买卖文契上面签字。 [6] 本家：同族的宗亲。 [7] 兑：用天平称银子。 [8] 疙瘩账：难算的、算不清的麻烦账。

杜少卿收了这银子，随即叫了娄太爷的孙子到书房里，说道："你明日要回去？"他答应道："是，老爹叫我回去。"杜少卿道："我这里有一百两银子给你，你瞒着不要向你老爹说。你是寡妇母亲，你拿着银子回家去做小生意养活着。你老爹若是好了，你二叔回家去，我也送他一百两银子。"娄太爷的孙子欢喜接着，把银子藏在身边，谢了少爷。次日辞回家去，娄太爷叫只称三钱银子与他做盘缠，打发去了。

杜少卿送了回来，一个乡里人在敞厅上站着，见他进来，跪下就与少爷磕头。杜少卿道："你是我们公祠堂里看祠堂的黄大？你来做甚么？"黄大道："小的住的祠堂旁边一所屋，原是太老爷买与我的。而今年代多，房子倒了。小的该死，把坟山的死树搬了几颗回来添补梁柱，不想被本家这几位老爷知道，就说小的偷了树，把小的打了一个臭死，叫十几个管家到小的家来搬树，连不倒的房子多拉倒了。小的没处存身，如今来求少爷向本家老爷说声，公中弄出些银子来，把这房子收拾收拾，赏小的住。"杜少卿道：

“本家！向那个说？你这房子既是我家太老爷买与你的，自然该是我修理。如今一总倒了，要多少银子重盖？”黄大道：“要盖须得百两银子；如今只好修补，将就些住，也要四五十两银子。”杜少卿道：“也罢，我没银子，且拿五十两银子与你去。你用完了再来与我说。”拿出五十两银子递与黄大，黄大接着去了。

门上拿了两副帖子走进来，禀道：“臧三爷明日请少爷吃酒，这一副帖子，说也请鲍师父去坐坐。”杜少卿道：“你说拜上三爷，我明日必来。”次日，同鲍廷玺到臧家。臧蓼斋办了一桌齐整菜，恭恭敬敬，奉坐请酒，席间说了些闲话。到席将终的时候，臧三爷斟了一杯酒，高高奉着，走过席来，作了一个揖，把酒递与杜少卿，便跪了下去，说道：“老哥，我有一句话奉求。”杜少卿吓了一跳，慌忙把酒丢在桌上，跪下去拉着他，说道：“三哥，你疯了？这是怎说？”臧蓼斋道：“你吃我这杯酒，应允我的话，我才起来。”杜少卿道：“我也不知道你说的是甚么话，你起来说。”鲍廷玺也来帮着拉他起来。臧蓼斋道：“你应允了？”

平等还礼。

杜少卿道："我有甚么不应允？"臧蓼斋道："你吃了这杯酒。"杜少卿道："我就吃了这杯酒。"臧蓼斋道："候你干了。"站起来坐下。杜少卿道："你有甚话，说罢。"臧蓼斋道："目今宗师考庐州[1]，下一棚就是我们。我前日替人管着买了一个秀才，宗师有人在这里揽这个事，我已把三百两银子兑与了他，后来他又说出来：'上面严紧，秀才不敢卖，倒是把考等第的开个名字来补了廪罢。'我就把我的名字开了去，今年这廪是我补。但是这买秀才的人家要来退这三百两银子，我若没有还他，这件事就要破！身家性命关系，我所以和老哥商议，把你前日的田价借三百与我打发了这件，我将来慢慢的还你。你方才已是依了。"杜少卿道："呸！我当你说甚么话，原来是这个事，也要大惊小怪，磕头礼拜的，甚么要紧？我明日就把银子送来与你。"鲍廷玺拍着手道："好爽快！好爽快！拿大杯来再吃几杯！"当下拿大杯来吃酒。

撒钱财如草芥，三百两都不当回事。

篾片之所为，也为自己预留机会。

［注释］

[1] 宗师考庐州：提学官考校庐州的士人，既包括童生考秀才的童子试，也包括用六等黜陟法考校秀才，也就是下文所说的"考

等第”。

杜少卿醉了，问道：“臧三哥，我且问你，你定要这廪生做甚么？”臧蓼斋道：“你那里知道！廪生，一来中的多，中了就做官。就是不中，十几年贡了，朝廷试过，就是去做知县、推官[1]，穿螺蛳结底的靴[2]，坐堂，洒签，打人，像你这样大老官来打秋风，把你关在一间房里，给你一个月豆腐吃，蒸死了你！”杜少卿笑道：“你这匪类，下流无耻极矣！”鲍廷玺又笑道：“笑谈，笑谈！二位老爷都该罚一杯。”当夜席散。

又写他鄙弃科举做官。此虽是嬉笑言之，也反映他对科举做官的极端鄙弃。

典型的帮闲篾片行径。

[注释]

[1] 推官：知府的佐贰官，执掌勘问、刑狱等事。 [2] 螺蛳结底的靴：一种官靴，靴底线纹呈套圈形的螺蛳结形。

次早，叫王胡子送了这一箱银子去。王胡子又讨了六两银子赏钱，回来在鲜鱼面店里吃面，遇着张俊民在那里吃，叫道：“胡子老官，你过来，请这里坐。”王胡子过来坐下，拿上面来吃。张俊民道：“我有一件事托你。”王胡子道：“甚么事？医好了娄老爹，要谢礼？”张俊民道：“不相干，娄老爹的病是不得好的了。”王胡子道：“还有多少时候？”张俊民道：“大约不过一百天。——这话也不必讲他，我有一件事托你。”王胡子道：“你说罢了。”张俊民道：“而今宗师将到，我家小儿要出来应考，怕学里人说是我冒籍[1]，托你家少爷向学里相公们讲讲。”王胡子摇手道：“这事共总没中用。我家少爷，从不曾替学里相公讲一句话，他又不欢喜人家说要出来考。你去求他，他就劝你不考。”张俊民道：“这是怎样？”王胡子道：“而今倒有个方法。等我替你回少爷说，说你家的确是冒考不得的，但凤阳府的考棚是我家先太老爷出钱盖的[2]，少爷要送一个人去考，谁敢不依？这样激着他，他就替你用力，连贴钱都是肯的。”张俊民道：“胡子老官，这事在你作法便了。做成了，少不得‘言身寸’[3]。”王胡子道：“我那个要你谢！你的儿子，就是我的小侄，人家将来进了学，穿戴着簇新的方巾、蓝衫，替我老叔子多磕几个头就是了。”说罢，张俊民还了面钱，一齐出来。

劝人不考科举。

王胡子就是这么里应外合算计主人的。杜少卿的此类“豪举”，多出于扭曲的反抗意识，已多有矫枉过正之瑕。对此，卧评曰：“美玉以无瑕为贵，而有瑕正见其为真玉。……人不患其有毛病，但问其有何如之毛病。”

[注释]

[1] 冒籍：考生只能在户籍所在地参加童子试、乡试等，冒充其地户籍参加其地考试，便是“冒籍”。 [2] 考棚：举行院试、府试等的考场。 [3] 言身寸：拆字法将一“谢”字分拆为三字。

王胡子回家，问小子们道：“少爷在那里？”小子们道：“少爷在书房里。”他一直走进书房，见了杜少卿，禀道：“银子已是小的送与臧三爷收了，着实感激少爷，说又替他免了一场是非，成全了功名。其实这样事别人也不肯做的。”杜少卿道：“这是甚么要紧的事，只管跑了来倒熟了！”胡子道：“小的还有话禀少爷。像臧三爷的廪是少爷替他补，公中看祠堂的房子是少爷盖，眼见得学院不日来考，又要寻少爷修理考棚。我家太老爷拿几千银子盖了考棚，白白便益众人，少爷就送一个人去考，众人谁敢不依？”杜少卿道：“童生自会去考的，要我送怎的？”王胡子道：“假使小的有儿子，少爷送去考，也没有人敢说？”杜少卿道：“这也何消说。这学里秀才，未见得好似奴才！”王胡子道：“后门口张二爷，他那儿子读书，少爷何不叫他考一考？”

鄙视秀才。如程传所说“独嫉时文士如仇”。

杜少卿道："他可要考？"胡子道："他是个冒籍，不敢考。"杜少卿道："你和他说，叫他去考。若有廪生多话，你就向那廪生说，是我叫他去考的。"王胡子道："是了。"应诺了去。

这几日，娄太爷的病渐渐有些重起来了，杜少卿又换了医生来看，在家心里忧愁。忽一日，臧三爷走来，立着说道："你晓得有个新闻？县里王公坏了，昨晚摘了印，新官押着他就要出衙门，县里人都说他是个混账官，不肯借房子给他住，在那里急的要死。"杜少卿道："而今怎样了？"臧蓼斋道："他昨晚还赖在衙门里，明日再不出，就要讨没脸面。那个借屋与他住？只好搬在孤老院[1]！"杜少卿道："这话果然么？"叫小厮叫王胡子来，向王胡子道："你快到县前向工房说，叫他进去禀王老爷，说王老爷没有住处，请来我家花园里住。他要房子甚急，你去！"王胡子连忙去了。臧蓼斋道："你从前会也不肯会他，今日为甚么自己借房子与他住？况且他这事有拖累，将来百姓要闹他，不要把你花园都拆了？"杜少卿道："先君有大功德在于乡里，人

杜少卿的"前倨后恭"恰与胡屠户的相反。

人知道。就是我家藏了强盗，也是没有人来拆我家的房子。这个，老哥放心。至于这王公，他既知道仰慕我，就是一点造化了。我前日若去拜他，便是奉承本县知县，而今他官已坏了，又没有房子住，我就该照应他。他听见这话，一定就来，你在我这里候他来，同他谈谈。”

他绝不趋炎附势奉承官，却要接济困窘，恰与势利反其道。

[注释]

[1] 孤老院：地方上专门收容孤贫老废之人的一种慈善机构。

说着，门上人进来禀道：“张二爷来了。”只见张俊民走进来，跪下磕头。杜少卿道：“你又怎的？”张俊民道：“就是小儿要考的事，蒙少爷的恩典。”杜少卿道：“我已说过了。”张俊民道：“各位廪生先生听见少爷吩咐，都没的说，只要门下捐一百二十两银子修学宫[1]。门下那里捐的起？故此，又来求少爷商议。”杜少卿道：“只要一百二十两，此外可还再要？”张俊民道：“不要了。”杜少卿道：“这容易，我替你出。你就写一个愿捐修学宫求入籍的呈子来。臧三哥，你替他送到学里去，银子在我这里来取。”臧三爷道："今日有事，明日我和你去罢。"张俊民谢过，去了。正迎着王胡子飞跑来道："王老爷来拜，已到门下轿了。"杜少卿和臧蓼斋迎了出去。

［注释］

[1] 学宫：地方官办的学校，即官学。

那王知县纱帽便服，进来作揖再拜，说道："久仰先生，不得一面。今弟在困厄之中，蒙先生慨然以尊斋相借，令弟感愧无地；所以先来谢过，再细细请教。恰好臧年兄也在此。"杜少卿道："老父台，些小之事，不足介意。荒斋原是空闲，竟请搬过来便了。"臧蓼斋道："门生正要同敝友来候老师，不想反劳老师先施。"王知县道："不敢，不敢。"打恭上轿而去。

反让做官的来拜谢他，满足了真名士的自尊心。

杜少卿留下臧蓼斋，取出一百二十两银子来递与他，叫他明日去做张家这件事。臧蓼斋带着银子去了。次日，王知县搬进来住。又次日，张俊民备了一席酒送在杜府，请臧三爷同鲍师父陪。王胡子私向鲍廷玺道："你的话也该发动了[1]。我在这里算着，那话已有个完的意思。若再遇个人来求些去，你就没账了。你今晚开口。”

[**注释**]

[1] 你的话：“你的话”指代你的事。下文那“话”指代那笔银子。

当下客到齐了，把席摆到厅旁书房里，四人上席。张俊民先捧着一杯酒谢过了杜少卿，又斟酒作揖谢了臧三爷，入席坐下。席间谈这许多事故。鲍廷玺道：“门下在这里大半年了，看见少爷用银子像淌水，连裁缝都是大捧拿了去。只有门下是七八个月的养在府里白浑些酒肉吃吃[1]，一个大钱也不见面。我想这样干篾片也做不来[2]，不如揩揩眼泪，别处去哭罢。门下明日告辞。”杜少卿道：“鲍师父，你也不曾向我说过，我晓得你甚么心事，你有话说不是？”鲍廷玺忙斟一杯酒递过来，说道：“门下父子两个都是教戏班子过日，不幸父亲死了。门下消折了本钱，不能替父亲争口气；家里有个老母亲，又不能养活。门下是该死的人，除非少爷赏我个本钱，才可以回家养活母亲。”杜少卿道：“你一个梨园

也用王胡子的反激法，是否王胡子教授或密谋的？

以孝打动少卿。

中的人，却有思念父亲孝敬母亲的念，这就可敬的狠了。我怎么不帮你。”鲍廷玺站起来道：“难得少爷的恩典。”杜少卿道：“坐着，你要多少银子？”鲍廷玺看见王胡子站在底下，把眼望着王胡子。王胡子走上来道：“鲍师父，你这银子要用的多哩，连叫班子，买行头，怕不要五六百两。少爷这里没有，只好将就弄几十两银子给你，过江舞起几个猴子来，你再跳。”杜少卿道：“几十两银子不济事。我竟给你一百两银子，你拿过去教班子。用完了，你再来和我说话。”鲍廷玺跪下来谢。杜少卿拉住道：“不然我还要多给你些银子，——因我这娄太爷病重，要料理他的光景——我好打发你回去。”当晚臧张二人都赞杜少卿的慷慨。吃罢散了。

王胡子惯用反激法，一激就中，杜少卿的弱点被他掌握。然而也正显出杜少卿胸无渣滓，率性为人。

［注释］

[1] 白浑：即白混之意。　[2] 干篾片：指白白地做篾片效劳，却没有捞到实际好处者。篾片，是投富贵人家之所好，帮闲凑趣、从中图取一些好处之人，也称“帮闲”。

自此之后，娄太爷的病一日重一日。那日，

杜少卿坐在他跟前，娄太爷说道："大相公，我从前挨着，只望病好，而今看这光景，病是不得好了，你要送我回家去！"杜少卿道："我一日不曾尽得老伯的情，怎么说要回家？"娄太爷道："你又呆了！我是有子有孙的人，一生出门在外，今日自然要死在家里。难道说你不留我？"杜少卿垂泪道："这样说，我就不留了。老伯的寿器是我备下的，如今用不着，是不好带去了，另拿几十两银子合具寿器。衣服、被褥是做停当的，与老伯带去。"娄太爷道："这棺木衣服，我受你的。你不要又拿银子给我家儿子孙子。我在这三日内就要回去，坐不起来了，只好用床抬了去。你明日早上到令先尊太老爷神主前祝告，说娄太爷告辞回去了。我在你家三十年，是你令先尊一个知心的朋友。令先尊去后，大相公如此奉事我，我还有甚么话？你的品行、文章，是当今第一人，你生的个小儿子，尤其不同，将来好好教训他成个正经人物。但是你不会当家，不会相与朋友，这家业是断然保不住的了！像你做这样慷慨仗义的事，我

真情至性。

是真心称许，并非面谀。

心里喜欢；只是也要看来说话的是个甚么样人。像你这样做法，都是被人骗了去，没人报答你的。虽说施恩不望报，却也不可这般贤否不明。你相与这臧三爷、张俊民，都是没良心的人。近来又添一个鲍廷玺，他做戏的，有甚么好人，你也要照顾他？若管家王胡子，就更坏了！银钱也是小事，我死之后，你父子两人事事学你令先尊的德行，德行若好，就没有饭吃也不妨。你平生最相好的是你家慎卿相公，慎卿虽有才情，也不是甚么厚道人。你只学你令先尊，将来断不吃苦。你眼里又没有官长，又没有本家，这本地方也难住。南京是个大邦，你的才情到那里去，或者还遇着个知己，做出些事业来。这剩下的家私是靠不住的了！大相公，你听信我言，我死也瞑目！”杜少卿流泪道：“老伯的好话，我都知道了。”忙出来吩咐雇了两班脚子，抬娄太爷过南京到陶红镇。又拿出百十两银子来付与娄太爷的儿子回去办后事。第三日，送娄太爷起身。只因这一番，有分教：

京师池馆，又看俊杰来游；江北江乡，不见

娄太爷看得很清楚，杜少卿“都是被人骗了去”，但仍认为他的“品行、文章，是当今第一人”，这是为什么？这关涉品评人物的深层标准，少卿学的是魏晋风度，一方面是为人率真，不存芥蒂，另方面是不以钱财为意。

不以官阶衡量人，不以功名富贵衡量人。

希望有所作为。呼应后文杜少卿辞鸿博时说“走出去做不出甚么事业”。

又称扬“俊杰”“英贤豪举”。

英贤豪举。

毕竟后事如何，且听下回分解。

［点评］

杜少卿作为真名士，继承发展了魏晋名士的风度，追求遗世绝俗的人格自立。他鄙弃琐屑的世务、外在的功名富贵，讲求超逸的风貌、内在的才性，表现出纵心肆志、恣情任性的意趣，反映了个体人格的觉醒和追求。杜慎卿所讥议的“钱财散尽”，正是杜少卿“平居豪举”之一端。看到那些“钱癖与宝精”的丑陋，他怀着很强的逆反心理进行逆袭，你们嗜钱如命，我就反其道而行，舍之散之，以此放达来宣泄个性，达到自我的实现和满足。这是种扭曲的反抗方式，难免有矫枉过正之瑕。他清高脱俗，遗落物务，对钱财持超脱的潇洒态度。古今都有人訾议杜少卿接济人时贤否不明，是的，他确有此弱点，作者写得也瑕瑜杂糅兼现，犹如血气方刚少年郎的任性。总的说此弱点是其任心畅情的伴生物，被接济者之或贤或否哪里是杜少卿所屑于一顾的？钱财、“疙瘩账”，并不在他计较之列，何须考察是贤是否？他体现的是慷慨超脱不为物累的名士风度，他追求的是鄙视流俗卓然不群的清高傲岸，他呈现的是任情率性纵心畅意的率真坦荡，作者用了反笔为颂的写法，似乎在讥笑：“俗人怎么得知！”（虞博士语）他既不汲汲于富贵，也不戚戚于贫贱，家财散尽后，布衣蔬食，心里淡然，安于山川朋友之乐。作者赞赏其主导方面是一种“通脱”“豪放”，一种不为外物所囿的超拔，一种以审美的人生态度逆袭唯功名富贵是求的人生态度，一种始终以主体为本体的豪杰情怀。

第三十三回　杜少卿夫妇游山
迟衡山朋友议礼

话说杜少卿自从送了娄太爷回家之后，自此就没有人劝他，越发放着胆子用银子。前项已完，叫王胡子又去卖了一分田来，二千多银子，随手乱用。又将一百银子把鲍廷玺打发过江去了。王知县事体已清，退还了房子，告辞回去。杜少卿在家又住了半年多，银子用的差不多了，思量把自己住的房子并与本家[1]，要到南京去住，和娘子商议，娘子依了。人劝着他，总不肯听。足足闹了半年，房子归并妥了。除还债赎当，还落了有千把多银子，和娘子说道："我先到南京会过卢家表侄，寻定了房子，再来接你。”

［注释］

[1] 并：由于本宗族的房子不得卖于外人，因此将产业卖给本家称为“并”。

当下收拾了行李，带着王胡子，同小厮加爵过江。王胡子在路见不是事，拐了二十两银子走了，杜少卿付之一笑，只带了加爵过江。到了仓巷里外祖卢家，表侄卢华士出来迎请表叔进去，到厅上见礼。杜少卿又到楼上拜了外祖、外祖母的神主。见了卢华士的母亲，叫小厮拿出火腿、茶叶土仪来送过[1]。卢华士请在书房屋摆饭，请出一位先生来，是华士今年请的业师。那先生出来见礼，杜少卿让先生首席坐下。杜少卿请问：“先生贵姓？”那先生道：“贱姓迟，名均，字衡山。请问先生贵姓？”卢华士道：“这是学生天长杜家表叔。”迟先生道：“是少卿？先生是海内英豪，千秋快士！只道闻名不能见面，何图今日邂逅高贤！”站起来，重新见礼。杜少卿看那先生细瘦，通眉长爪，双眸炯炯，知他不是庸流，

不计怨尤。

迟衡山是祭泰伯祠的首倡者和祭礼的拟定者。从此，参祭人员渐渐聚拢。

“英豪”“快士”与第三十一回之“豪杰”同调。

古貌古心。

便也一见如故。吃过了饭，说起要寻房子来住的话，迟衡山喜出望外，说道："先生何不竟寻几间河房住？"杜少卿道："这也极好。我和你借此先去看看秦淮。"迟先生叫华士在家好好坐着，便同少卿步了出来。

先看秦淮，真名士的雅兴。

［注释］

[1] 土仪：作为礼品赠送的土特产。

走到状元境，只见书店里贴了多少新封面，内有一个写道："《历科程墨持运》，处州马纯上、嘉兴蘧駪夫同选。"杜少卿道："这蘧駪夫是南昌蘧太守之孙，是我敝世兄。既在此，我何不进去会会他？"便同迟先生进去。蘧駪夫出来叙了世谊，彼此道了些相慕的话。马纯上出来叙礼，问："先生贵姓？"蘧駪夫道："此乃天长殿元公孙杜少卿先生，这位是句容迟衡山先生，皆江南名坛领袖。小弟辈恨相见之晚。"吃过了茶，迟衡山道："少卿兄要寻居停，此时不能久谈，要相别了。"同走出来，只见柜台上伏着一个人在那里看诗，指着书上道："这一首诗就是我的。"四个人走过来，看见他傍边放着一把白纸诗扇。蘧駪夫打开一看，款上写着“兰江先生”。蘧駪夫笑道：“是景兰江。”景兰江抬起头来看见二人，作揖问姓名。杜少卿拉着迟衡山道：“我每且去寻房子[1]，再来会这些人。”

杜少卿、蘧駪夫皆不以斗方诗人为然。

[注释]

[1] 我每：我们。

当下走过淮清桥，迟衡山路熟，找着房牙子，一路看了几处河房，多不中意，一直看到东水关。这年是乡试年，河房最贵，这房子每月要八两银子的租钱。杜少卿道：“这也罢了，先租了住着，再买他的。”南京的风俗是要付一个进房，一个押月[1]。当下房牙子同房主人跟到仓巷卢家写定租约，付了十六两银子。卢家摆酒留迟衡山同杜少卿坐坐，到夜深，迟衡山也在这里宿了。

[注释]

[1] 要付一个进房，一个押月：要先交两个月的租金，其中一个月的租金为押租，叫“进房”；另一个月租金是预付，叫“押月”。

次早才洗脸，只听得一人在门外喊了进来：“杜少卿先生在那里？”杜少卿正要出去看，那人已走进来，说道：“且不要通姓名，且等我猜一猜着！”定了一会神，走上前，一把拉着少卿道：“你便是杜少卿。”杜少卿笑道：“我便是杜少卿。这位是迟衡山先生，这是舍表侄。先生，你贵姓？”那人道：“少卿天下豪士，英气逼人，小弟一见丧胆，不似迟先生老成尊重，所以我认得不错。小弟便是季苇萧。”迟衡山道：“是定梨园榜的季先生？久仰久仰！”季苇萧坐下，向杜少卿道：“令兄已是北行了。”杜少卿惊道：“几时去的？”季苇萧道：“才去了三四日。小弟送到龙江关，他加了贡，进京乡试去了。少卿兄挥金如土，为甚么躲在家里用，不拿来这里我们大家顽顽？”杜少卿道：“我如今来了。现看定了河房，到这里来居住。”季苇萧拍手道：“妙！妙！我也寻两间河房同你做邻居，把贱内也接来同老嫂作伴。这买河房的钱，就出在你！”杜少卿道：“这个自然。”须臾，卢家摆出饭来，留季苇萧同吃。吃饭中间，谈及哄慎卿看道士的这一件事，

又是“豪士”称杜。对迟也不冷落，帮闲人物乖巧圆到。

帮闲人物揩油。

众人大笑，把饭都喷了出来。才吃完了饭，便是马纯上、蘧駪夫、景兰江来拜。会着谈了一会，送出去。才进来，又是萧金铉、诸葛天申、季恬逸来拜。季苇萧也出来同坐。谈了一会，季苇萧同三人一路去了。杜少卿写家书，打发人到天长接家眷去了。

次日清晨，正要回拜季苇萧这几个人，又是郭铁笔同来道士来拜。杜少卿迎了出来，看见道士的模样，想起昨日的话，又忍不住笑。道士足恭了一回，拿出一卷诗来。郭铁笔也送了两方图书。杜少卿都收了。吃过茶，告别去了。杜少卿方才出去回拜这些人，一连在卢家住了七八天，同迟衡山谈些礼乐之事[1]，甚是相合。家眷到了，共是四只船，拢了河房。

泰伯祠礼乐大祭先声逗起，迟衡山是首倡，杜少卿是首位支持人、参与发起。

［注释］

[1] 礼乐：儒家重教化，把礼乐作为治国的基本方略，刘向《说苑·修文》："礼乐者，行化之大者也。"制礼作乐成为儒士的本分。

杜少卿辞别卢家，搬了行李去。次日，众人

来贺。这时三月初旬，河房渐好，也有箫管之声。杜少卿备酒请这些人，共是四席。那日，季苇萧、马纯上、蘧駪夫、季恬逸、迟衡山、卢华士、景兰江、诸葛天申、萧金铉、郭铁笔、来霞士都在席。金东崖是河房邻居，拜往过了，也请了来。来日茶厨先到，鲍廷玺打发新教的三元班小戏子来磕头，见了杜少卿、杜娘子，赏了许多果子去了。随即房主人家荐了一个卖花堂客叫做姚奶奶来见，杜娘子留他坐着。到上昼时分[1]，客已到齐，将河房窗子打开了。众客散坐，或凭栏看水，或啜茗闲谈，或据案观书，或箕踞自适[2]，各随其便。只见门外一顶轿子，鲍廷玺跟着，是送了他家王太太来问安。王太太下轿进去了，姚奶奶看见他，就忍笑不住，向杜娘子道："这是我们南京有名的王太太，他怎肯也到这里来？"王太太见杜娘子，着实小心，不敢抗礼，杜娘子也留他坐下。杜少卿进来，姚奶奶、王太太又叩见了少爷。鲍廷玺在河房见了众客，口内打诨说笑。闹了一会，席面已齐，杜少卿出来奉席坐下，吃了半夜酒，各自散讫。鲍廷玺自己打着灯笼，照

泰伯祠大祭前的一次预聚会，良莠并俱，是杜少卿式的不拘礼节的聚会。与莺脰湖、西湖、莫愁湖三次"名士雅集"都不同。

"箕踞"是魏晋名士阮籍辈的特征性姿态。"各随其便"的聚会颇有自由散诞色彩，别具一格。吴敬梓当年搬进秦淮水亭，欢宴友朋，写《买陂塘》词"身将隐矣，召阮籍嵇康，披襟箕踞"，就是生活原型。

阮籍和陶渊明是魏晋风度的两大范型。杜少卿近于阮籍型，后面的虞博士则近于陶潜型。

王太太坐了轿子，也回去了。

［注释］

[1] 上昼：临近黄昏的时候。　[2] 箕踞：是一种不拘礼仪的随便坐姿：两腿伸直岔开，形似簸箕。是魏晋名士具有特征性的坐姿。

又过了几日，娘子因初到南京，要到外面去看看景致。杜少卿道："这个使得。"当下叫了几乘轿子，约姚奶奶做陪客，两三个家人婆娘都坐了轿子跟着。厨子挑了酒席，借清凉山一个姚园。这姚园是个极大的园子，进去一座篱门。篱门内是鹅卵石砌成的路，一路朱红栏杆，两边绿柳掩映。过去三间厅，便是他卖酒的所在，那日把酒桌子都搬了。过厅便是一路山径，上到山顶，便是一个八角亭子。席摆在亭子上。娘子和姚奶奶一班人上了亭子，观看景致。一边是清凉山，高高下下的竹树；一边是灵隐观，绿树丛中，露出红墙来，十分好看。坐了一会，杜少卿也坐轿子来了。轿里带了一只赤金杯子，摆在桌上，斟起酒来，拿在手内，趁着这春光

杜少卿偕妻游园。

色彩搭配。

外在气候和内在心情相谐和。

“竟”字大有讲究。

惊世骇俗的行止。

融融，和气习习，凭在栏杆上，留连痛饮。这日杜少卿大醉了，竟携着娘子的手，出了园门，一手拿着金杯，大笑着，在清凉山冈子上走了一里多路。背后三四个妇女嘻嘻笑笑跟着，两边看的人目眩神摇，不敢仰视。杜少卿夫妇两个上了轿子去了。姚奶奶和这几个妇女采了许多桃花插在轿子上，也跟上去了。

杜少卿回到河房，天色已晚。只见卢华士还在那里坐着，说道：“北门桥庄表伯听见表叔来了，急于要会。明日请表叔在家坐一时，不要出门，庄表伯来拜。”杜少卿道：“绍光先生是我所师事之人[1]。我因他不耐同这一班词客相聚，所以前日不曾约他。我正要去看他，怎反劳他到来看我？贤侄，你作速回去，打发人致意，我明日先到他家去。”华士应诺去了。

［**注释**］

[1] 师事：以尊重的师礼相待。

杜少卿送了出去。才关了门，又听得打的门响。小厮开门出去，同了一人进来，禀道：“娄大相公来了。”杜少卿举眼一看，见娄焕文的孙子穿着一身孝，哭拜在地，说道：“我家老爹去世了，特来报知。”杜少卿道：“几时去世的？”娄大相公道：“前月二十六日。”杜少卿大哭了一场，吩咐连夜制备祭礼。次日清晨，坐了轿子，往陶红镇去了。季苇萧打听得姚园的事，绝早走来访问，知道已往陶红，怅怅而返。

杜少卿到了陶红，在娄太爷柩前大哭了几次，拿银子做了几天佛事，超度娄太爷生天。娄家把许多亲戚请来陪。杜少卿一连住了四五日，哭了又哭。陶红一镇上的人，人人叹息，说：“天长杜府厚道。”又有人说：“这老人家为人必定十分好，所以杜府才如此尊重报答他。为人须像这个老人家，方为不愧。”杜少卿又拿了几十两银子交与他儿子、孙子，买地安葬娄太爷。娄家一门，男男女女都出来拜谢。杜少卿又在柩前恸哭了一场，方才回来。

至情至性，超越了贵贱等级。

到家，娘子向他说道：“自你去的第二日，巡抚一个差官，同天长县的一个门斗，拿了一角文书来寻，我回他不在家。他住在饭店里，称奇设悬念。

日日来问，不知为甚事。”杜少卿道：“这又奇了！”正疑惑间，小斯来说道：“那差官和门斗在河房里要见。”杜少卿走出去，同那差官见礼坐下。差官道了恭喜，门斗送上一角文书来。那文书是拆开过的。杜少卿拿出来看，只见上写道：

巡抚部院李，为举荐贤才事：钦奉圣旨，采访天下儒修[1]。本部院访得天长县儒学生员杜仪，品行端醇，文章典雅。为此饬知该县儒学教官，即敦请该生即日束装赴院，以便考验，申奏朝廷，引见擢用。毋违！速速！

[注释]

[1] 儒修：儒士中的贤能之人。

杜少卿看了道：“李大人是先祖的门生，原是我的世叔，所以荐举我[1]。我怎么敢当？但大人如此厚意，我即刻料理起身，到辕门去谢。”留差官吃了酒饭，送他几两银子作盘程，门斗也给了他二两银子，打发先去了。

［注释］

[1] 荐举：又称"察举"，三公九卿、封疆大吏等高级官员根据考察，把品德高尚、才干出众的士人或下级官吏推荐给朝廷，授予他们官职或提高其官位。察举制度产生于汉代，隋唐后为科举制度取代，但即使在科举制极盛的明清两代，也间或会举行察举，作为科举考试的补充，选拔官员。

在家收拾，没有盘缠，把那一只金杯当了三十两银子，带一个小厮，上船往安庆去了。到了安庆，不想李大人因事公出，过了几日才回来。杜少卿投了手本，那里开门请进去，请到书房里。李大人出来，杜少卿拜见，请过大人的安，李大人请他坐下。李大人道："自老师去世之后，我常念诸位世兄。久闻世兄才品过人，所以朝廷仿古征辟大典[1]，我学生要借光，万勿推辞。"杜少卿道："小侄菲才寡学，大人误采虚名，恐其有玷荐牍[2]。"李大人道："不必太谦，我便向府县取结。"杜少卿道："大人垂爱，小侄岂不知？但小侄麋鹿之性[3]，草野惯了，近又多病，还求大人另访。"李大人道："世家子弟，怎说得不肯做官？我访的不差，是要荐的！"杜少卿就不敢

以自谦的方式表达向往自由生活的愿望和品性。李大人立即领悟这是"不肯做官"。作者的叙写极其简洁。

再说了。李大人留着住了一夜，拿出许多诗文来请教。

［注释］

[1] 征辟（bì）：也是一种选拔官员的制度，汉代曾征召未仕的士人为官。由皇帝征召称为“征”，三公以下请召称为“辟”。受征聘的人称为“征君”。明清的荐举和博学鸿词与它性质类同，故此称“仿古征辟”，庄绍光也称“征君”。 [2] 荐牍：荐举的文书。 [3] 麋鹿之性：像麋鹿一样，喜欢草野优游、无所拘束。《宋史·朱敦儒传》，朱敦儒被召到京，欲任其为学官，他以“麋鹿之性，自乐闲旷，爵禄非所愿也”之语推辞。宋苏轼《次韵孔文仲推官见赠》：“我本麋鹿性，谅非伏辕姿。”

次日辞别出来。他这番盘程带少了，又多住了几天，在辕门上又被人要了多少喜钱去，叫了一只船回南京，船钱三两银子也欠着。一路又遇了逆风，走了四五天，才走到芜湖。到了芜湖，那船真走不动了，船家要钱买米煮饭。杜少卿叫小厮寻一寻，只剩了五个钱。杜少卿算计要拿衣服去当。心里闷，且到岸上去走走，见是吉祥寺，因在茶桌上坐着，吃了一开茶。又肚里饿了，吃了三个烧饼，倒要六个钱，还走不出茶馆门。只见一个道士在面前走过去，杜少卿不曾认得清。那道士回头一看，忙走近前道："杜少爷，你怎么在这里？"杜少卿笑道："原来是来霞兄！你且坐下吃茶。"来霞士道："少老爷，你为甚么独自在此？"杜少卿道："你几时来的？"来霞士道："我自叨扰之后，因这芜湖县张老父台写书子接我来做诗，所以在这里。我就寓在识舟亭，甚有景致，可以望江。少老爷到我下处去坐坐。"杜少卿道："我也是安庆去看一个朋友，回来从这里过，阻了风。而今和你到尊寓顽顽去。"来霞士会了茶钱，两人同进识舟亭。

来霞士一再追问，少卿总避而不答，不愿张扬被荐之荣也。此正与严贡生辈相反。

庙里道士走了出来，问那里来的尊客。来道士道："是天长杜状元府里杜少老爷。"道士听了，着实恭敬，请坐拜茶。杜少卿看见墙上贴着一个斗方，一首识舟亭怀古的诗，上写"霞士道兄教正"，下写"燕里韦阐思玄稿"。杜少卿道："这是滁州乌衣镇韦四太爷的诗。他几时在这里的？"道士道："韦四太爷现在楼上。"杜少卿向来霞士道："这样，我就同你上楼去。"便一同上楼来，道士先喊道："韦四太爷，天长杜少老爷

由墙上贴的诗引出人来，既自然又见其人品性。

来了！”韦四太爷答应道：“是那个？”要走下楼来看。杜少卿上来道：“老伯！小侄在此。”韦四太爷两手抹着胡子，哈哈大笑，说道：“我当是谁，原来是少卿！你怎么走到这荒江地面来？且请坐下，待我烹起茶来，叙叙阔怀[1]。你到底从那里来？”杜少卿就把李大人的话告诉几句，又道：“小侄这回盘程带少了，今日只剩的五个钱，方才还吃的是来霞兄的茶，船钱饭钱都无。”韦四太爷大笑道：“好，好！今日大老官毕了[2]！但你是个豪杰，这样事何必焦心？且在我下处坐着吃酒。我因有教的一个学生住在芜湖，他前日进了学，我来贺他，他谢了我二十四两银子。你在我这里吃了酒，看风转了，我拿十两银子给你去。”杜少卿坐下，同韦四太爷、来霞士三人吃酒。直吃到下午，看着江里的船在楼窗外过去，船上的定风旗渐渐转动[3]。韦四太爷道：“好了！风云转了！”大家靠着窗子看那江里，看了一回，太阳落了下去，返照照着几千根桅杆半截通红。杜少卿道：“天色已晴，东北风息了，小侄告辞老伯下船去。”韦四太爷拿出十两银子递与杜少

韦四总有爽朗笑声。

“豪杰”不为钱事焦心。

吴敬梓很有画家的眼光，写景很注重构图，也注意色彩。

卿，同来霞士送到船上。来霞士又托他致意南京的诸位朋友。说罢别过，两人上岸去了。

［注释］

[1] 阔怀：阔别之怀。　[2] 毕："瘪"的借音字。即没有银钱之意。　[3] 定风旗：装在桅杆上用来测风向的旗子。

杜少卿在船歇宿。是夜五鼓，果然起了微微西南风，船家扯起篷来，乘着顺风，只走了半天，就到白河口。杜少卿付了船钱，搬行李上岸，坐轿来家。娘子接着，他就告诉娘子前日路上没有盘程的这一番笑话，娘子听了也笑。

次日，便到北门桥去拜庄绍光先生。那里回说："浙江巡抚徐大人请了游西湖去了，还有些日子才得来家。"杜少卿便到仓巷卢家去会迟衡山。卢家留着吃饭。迟衡山闲话说起："而今读书的朋友，只不过讲个举业，若会做两句诗赋，就算雅极的了，放着经史上礼、乐、兵、农的事，全然不问！我本朝太祖定了天下，大功不差似汤武，却全然不曾制作礼乐。少卿兄，你此番征辟了去，替朝廷做些正经事，方不愧我辈所

正面点明社会理想：礼乐兵农。

制作礼乐是正宗儒者的本色，儒者的原本职能。

杜少卿说出辞征辟的原因。迟衡山仍持“真儒”经世的宗旨，而杜少卿已持超世隐逸之志，二人对征辟的态度完全不同。

泰伯祠大祭的序幕。

这是儒家经邦济世的正宗原旨。

杜少卿的社会理想仍未脱儒家正统。

学。”杜少卿道：“这征辟的事，小弟已是辞了。正为走出去做不出甚么事业，徒惹高人一笑，所以宁可不出去的好。”迟衡山又在房里拿出一个手卷来[1]，说道：“这一件事，须是与先生商量。”杜少卿道：“甚么事？”迟衡山道：“我们这南京，古今第一个贤人是吴泰伯[2]，却并不曾有个专祠。那文昌殿、关帝庙，到处都有。小弟意思要约些朋友，各捐几何，盖一所泰伯祠，春秋两仲[3]，用古礼古乐致祭。借此大家习学礼乐，成就出些人才，也可以助一助政教。但建造这祠，须数千金。我裱了个手卷在此，愿捐的写在上面。少卿兄，你愿出多少？”杜少卿大喜道：“这是该的！”接过手卷，放开写道：“天长杜仪捐银三百两。”迟衡山道：“也不少了。我把历年做馆的修金节省出来，也捐二百两。”就写在上面，又叫：“华士，你也勉力出五十两。”也就写在卷子上。迟衡山卷起收了，又坐着闲谈。只见杜家一个小厮走来禀道：“天长有个差人在河房里要见少爷，请少爷回去。”杜少卿辞了迟衡山回来。只因这一番，有分教：

[注释]

[1] 手卷：此指用来签名的长卷。　[2] 吴泰伯：泰伯是西周太王的长子，按嫡长子继承制，他理所当然地是王位的继承人。当他觇知太王属意于三弟季历之子姬昌（即后来的周文王）时，便主动与二弟仲雍一道出走，避到今无锡一带的吴地，而把王位让给季历再传给姬昌，此被孔子赞为“三以天下让”的“至德”，他成为推行礼治的偶像。他弃冕旒而奔荆蛮的行为，同时又颇有点许由逃箕山那样古代高人的风貌。　[3] 春秋两仲：指仲春、仲秋，在农历的二月和八月。

一时贤士，同辞爵禄之縻[1]；两省名流，重修礼乐之事。

[注释]

[1] 縻：束缚，牵制。

不知后事如何，且听下回分解。

[点评]

杜少卿不但尊重自己的个性，而且也尊重别人的个性。他初搬到秦淮河房，与友朋聚会的情景，就很有自由放恣的气氛：“将河房窗子打开了。众客散坐，或凭栏看水，或啜茗闲谈，或据案观书，或箕踞自适，各随其便。”“箕踞”是两脚伸张开坐，形状像箕。《礼记·曲礼上》谓：“坐毋箕”，古时，箕踞是一种恣意肆情、忘形失礼甚至倨傲不敬的坐相。讲究礼仪的孟子就曾因妻子在家中箕踞而欲休妻。魏晋名士不拘礼节、任诞放达，箕踞成为他们具有特征性的坐姿。吴敬梓移家南京时写《移家赋》他把自己比作：

阮籍之哭穷途，肆彼猖狂。

搬进秦淮水亭，欢宴友朋，写《买陂塘》词说：

身将隐矣，召阮籍嵇康，披襟箕踞，把酒共沉醉。

小说中杜少卿的河房之会就是据作者亲历亲为而创作的，同样突出箕踞，确是很放诞的。

小说中多以反笔写杜少卿，对别人的非议，作者都不置可否，甚至还让这种口气融进作者的叙述笔调里，在叙述他游姚园时，写他“竟携着娘子的手”，这里“竟”字的语调似乎在说：光天化日，众目昭彰，竟然如此，成何体统！而杜少卿不理睬拙目，当着两边看的人，大笑着，情驰神纵，遗世绝俗地走了一里多路，在当时这确是惊世骇俗的带有挑战意味的举动。

他的妇女观也较开明，对纳妾风之猖獗很不满意。沈琼枝不甘为妾，逃到南京，自谋生计，庄非熊说她“奇”，武书也说她“奇”，都心存猜疑不解。杜少卿也称她“希奇”，却认为“可敬的极了”，可见不是出于怜悯，而是出于尊重，赞扬的不是她的姿色和才情，而是她蔑视富贵奢华、不畏权势、不可亵玩的“豪侠”精神，她也钦佩杜少卿“是个豪杰”。真是“惺惺惜惺惺”，表现了奇人之间精神的投契。他的朦胧的平等意识也曾推衍到社会资源的分配上。他说娶妾的事“最伤天理。天下不过是这些人，一个人占了几个妇人，天下必有几个无妻之客”。他是从社会资源的合理配置着眼，反对一个人占有多妻妾，致使有人无妻。所以迟衡山赞扬说：“宰相若肯如此用心，天下可立致太平！”——引申到治国平天下的高度。

第三十四回　议礼乐名流访友 备弓旌天子招贤[1]

小厮的语言，却也道出了实质——做官，这正是少卿所忌讳的。

话说杜少卿别了迟衡山出来，问小厮道："那差人他说甚么？"小厮道："他说少爷的文书已经到了，李大老爷吩咐县里邓老爷请少爷到京里去做官，邓老爷现住在承恩寺。差人说，请少爷在家里，邓老爷自己上门来请。"杜少卿道："既如此说，我不走前门家去了，你快叫一只船，我从河房栏杆上上去。"当下小厮在下浮桥雇了一只凉篷[2]，杜少卿坐了来家。忙取一件旧衣服、一顶旧帽子，穿戴起来，拿手帕包了头，睡在床上，叫小厮："你向那差人说，我得了暴病，请邓老爷不用来，我病好了，慢慢来谢邓老爷。”小厮打发差人去了。娘子笑道：“朝廷叫你去做官，你为甚么妆病不去？”杜少卿道：“你好呆！放着南京这样好顽的所在，留着我在家，春天秋天，同你出去看花吃酒，好不快活！为甚么要送我到京里去？假使连你也带往京里，京里又冷，你身子又弱，一阵风吹得冻死了，也不好。还是不去的妥当。”

同样是向妻子解说辞征辟的原由，名士杜少卿的戏语与儒者庄绍光的说辞又各具身份。

[注释]

[1] 弓旌：《左传·昭公二十年》：“旃以招大夫，弓以招士。”旃与旌同为一种旗帜。弓旌联用泛指招聘士大夫的礼仪。 [2] 凉篷：一种敞篷小船。

小厮进来说：“邓老爷来了，坐在河房里，定要会少爷。”杜少卿叫两个小厮搀扶着，做个十分有病的模样，路也走不全，出来拜谢知县，拜在地下，就不得起来。知县慌忙扶了起来。坐下就道：“朝廷大典，李大人专要借光，不想先生病得狼狈至此。不知几时可以勉强就道？”杜少卿道：“治晚不幸大病[1]，生死难保，这事断

妆病辞征辟。

不能了。总求老父台代我恳辞。”袖子里取出一张呈子来递与知县。知县看这般光景，不好久坐，说道：“弟且别了先生，恐怕劳神。这事，弟也只得备文书详覆上去，看大人意思何如。”杜少卿道：“极蒙台爱，恕治晚不能躬送了。”知县作别上轿而去，随即备了文书，说：“杜生委系患病，不能就道。”申详了李大人。恰好李大人也调了福建巡抚，这事就罢了。杜少卿听见李大人已去，心里欢喜道：“好了！我做秀才，有了这一场结局，将来乡试也不应，科、岁也不考，逍遥自在，做些自己的事罢！”

与科举——功名富贵分道扬镳，甚为决绝。末二句“逍遥自在，做些自己的事”直可谓杜少卿的自由宣言。

［注释］

[1] 治晚：治下晚生的略语。

杜少卿因托病辞了知县，在家有许多时不曾出来。这日，鼓楼街薛乡绅家请酒。杜少卿辞了不到，迟衡山先到了。那日在坐的客是马纯上、蘧駪夫、季苇萧，都在那里坐定。又到了两位客：一个是扬州萧柏泉，名树滋；一个是采石余夔，字和声。是两个少年名士。这两人，面如傅粉，唇若涂朱，举止风流，芳兰竟体[1]。这两个名士独有两个绰号：一个叫“余美人”，一个叫“萧姑娘”。两位会了众人，作揖坐下。薛乡绅道：“今日奉邀诸位先生小坐，淮清桥有一个姓钱的朋友，我约他来陪诸位顽顽，他偏生的今日有事，不得到。”季苇萧道：“老伯，可是那做正生的钱麻子[2]？”薛乡绅道：“是。”迟衡山道：“老先生同士大夫宴会，那梨园中人也可以许他一席同坐的么？”薛乡绅道：“此风也久了。弟今日请的有高老先生，那高老先生最喜此人谈吐，所以约他。”迟衡山道：“是那位高老先生？”季苇萧道：“是六合的现任翰林院侍读。”

两人是互补的组合。

预示着两种不同观念者要当面对阵了。

[注释]

[1] 芳兰竟体：遍体散发芳香。　[2] 正生：戏曲角色名，在戏中扮演男主角者。

说着，门上人进来禀道：“高大老爷到了。”薛乡绅迎了出去。高老先生纱帽蟒衣，进来与众人作揖，首席坐下，认得季苇萧，说道：“季年兄，前日枉顾，有失迎迓。承惠佳作，尚不曾捧读。”

迟衡山的对手到了。

便问："这两位少年先生尊姓？"余美人、萧姑娘各道了姓名。又问马、蘧二人。马纯上道："书坊里选《历科程墨持运》的便是晚生两个。"余美人道："这位蘧先生是南昌太守公孙。先父曾在南昌做府学，蘧先生和晚生也是世弟兄。"问完了，才问到迟先生。迟衡山道："贱姓迟，字衡山。"季苇萧道："迟先生有制礼作乐之才，乃是南邦名宿。"高老先生听罢，不言语了。吃过了三遍茶，换去大衣服，请在书房里坐。这高老先生虽是一个前辈，却全不做身分，最好顽要，同众位说说笑笑，并无顾忌，才进书房，就问道："钱朋友怎么不见？"薛乡绅道："他今日回了不得来。"高老先生道："没趣！没趣！今日满座欠雅矣！"

失去信仰的假儒对正宗儒者既厌又畏，道不同不相为谋。

他以与戏子玩乐为雅，不以"制礼作乐之才"迟衡山为雅。

薛乡绅摆上两席，奉席坐下。席间谈到浙江这许多名士，以及西湖上的风景，娄氏弟兄两个许多结交宾客的故事。余美人道："这些事我还不爱，我只爱虢夫家的双红姐，说着还齿颊生香。"季苇萧道："怪不得，你是个美人，所以就爱美人了。"萧柏泉道："小弟生平最喜修补纱

预提双红之名，伏脉千里。

帽[1]，可惜鲁编修公不曾会着，听见他那言论丰采，到底是个正经人。若会着，我少不得着实请教他。可惜已去世了。”蘧駪夫道：“我娄家表叔那番豪举，而今再不可得了。”季苇萧道：“駪兄，这是甚么话？我们天长杜氏弟兄，只怕更胜于令表叔的豪举！”迟衡山道：“两位中是少卿更好。”高老先生道：“诸位才说的，可就是赣州太守的乃郎[2]？”迟衡山道：“正是。老先生也相与？”高老先生道：“我们天长、六合是接壤之地，我怎么不知道？诸公莫怪学生说，这少卿是他杜家第一个败类！他家祖上几十代行医，广积阴德，家里也挣了许多田产。到了他家殿元公，发达了去，虽做了几十年官，却不会寻一个钱来家。到他父亲，还有本事中个进士，做一任太守，——已经是个呆子了。做官的时候，全不晓得敬重上司，只是一味希图着百姓说好；又逐日讲那些‘敦孝弟，劝农桑’的呆话[3]。这些话是教养题目文章里的词藻，他竟拿着当了真，惹的上司不喜欢，把个官弄掉了。他这儿子就更胡说，混穿混吃，和尚、道士、工匠、花子，都拉

“两阵对圆”的话题是杜少卿。

反笔为颂：从反面反照杜少卿已逸出封建正轨。

“上司”与“百姓”竟是两端，只要上司这一端。

已经丧失信仰，做官只是像做戏，一切正经言论均是“呆话”、只是装潢的“词藻”而已，不能当真。

超越贵贱等级界限。

像防瘟疫一样防异端。

科举幸运儿一切以科第为衡量标准。

迟衡山与高翰林是对立面。迟衡山评价少卿是“奇人”，其义甚深。马二站在迟、高二人的中间，各有依违。季苇萧等帮闲则不愿辨是非，无是无非，只顾揩油。

着相与，却不肯相与一个正经人！不到十年内，把六七万银子弄的精光。天长县站不住，搬在南京城里，日日携着乃眷上酒馆吃酒，手里拿着一个铜盏子，就像讨饭的一般。不想他家竟出了这样子弟！学生在家里，往常教子侄们读书，就以他为戒。每人读书的桌子上写一纸条贴着，上面写道：‘不可学天长杜仪。’”迟衡山听罢，红了脸道：“近日朝廷征辟他，他都不就。”高老先生冷笑道：“先生，你这话又错了。他果然肚里通，就该中了去！”又笑道：“征辟难道算得正途出身么！”萧柏泉道：“老先生说的是。”向众人道：“我们后生晚辈，都该以老先生之言为法。”当下又吃了一会酒，说了些闲话。席散，高老先生坐轿先去了。众位一路走，迟衡山道：“方才高老先生这些话，分明是骂少卿，不想倒替少卿添了许多身分。众位先生，少卿是自古及今难得的一个奇人！”马二先生道：“方才这些话，也有几句说的是。”季苇萧道：“总不必管他。他河房里有趣，我们几个人，明日一齐到他家，叫他买酒给我们吃！”余和声道：“我们两个人也去拜他。”

当下约定了。

［注释］

[1] 修补纱帽：或语含双关，意指翰林院的修撰、编修等官员。　[2] 乃郎：对于他人的儿子的称呼。　[3] 敦孝弟（tì），劝农桑：劝勉百姓孝顺父母敬爱兄长、努力农耕和蚕织。这些敦俗务本之举，原为正统儒家视作地方官的基本职守。

次日，杜少卿才起来，坐在河房里，邻居金东崖拿了自己做的一个《四书讲章》来请教，摆桌子在河房里看。看了十几条，落后金东崖指着一条问道："先生，你说这'羊枣'是甚么[1]？羊枣，即羊肾也。俗语说：'只顾羊卵子[2]，不顾羊性命。'所以曾子不吃。"杜少卿笑道："古人解经也有穿凿的，先生这话就太不伦了。"正说着，迟衡山、马纯上、蘧𫘧夫、萧柏泉、季苇萧、余和声一齐走了进来，作揖坐下。杜少卿道："小弟许久不曾出门，有疏诸位先生的教，今何幸群贤毕至！"便问："二位先生贵姓？"余、萧二人各道了姓名。杜少卿道："兰江怎的不见？"蘧𫘧夫道："他又在三山街开了个头巾

真率，直讲真话。

店做生意。”小厮奉出茶来。季苇萧道：“不是吃茶的事，我们今日要酒。”杜少卿道：“这个自然，且闲谈着。”迟衡山道：“前日承见赐《诗说》[3]，极其佩服。但吾兄说诗大旨，可好请教一二？”萧柏泉道：“先生说的可单是拟题[4]？”马二先生道：“想是在《永乐大全》上说下来的[5]。”迟衡山道：“我们且听少卿说。”

从各人的谈吐可以辨出各人的思想性格。马二只知道拿官定的举业读本解经。

[注释]

[1] 羊枣：《孟子·尽心下》：“曾皙嗜羊枣，而曾子不忍食羊枣。”羊枣是一种软的小甜枣，成熟的果实又小又圆，像羊屎球，故又称“羊屎枣”。曾子之父曾皙喜吃羊枣，他逝后，曾子每吃羊枣都会想起父亲，因此不忍吃。 [2]“只顾羊卵子”二句：谓只顾取羊的睾丸，而不顾羊是死是活。金东崖误认为“羊枣”是羊的睾丸，因此曾子不吃。羊卵子，即“羊肾”，公羊的睾丸。 [3]《诗说》：杜少卿的原型吴敬梓有经学著作《文木山房诗说》，现存四十三则，一万一千余字，此处所述《诗说》内容均在其中。 [4] 拟题：指根据科举考试中八股文的出题要求模拟的试题，既供平时练习之用，也有预先押题的意思。此是讽刺萧柏泉不懂经学，关心的只有八股制艺。 [5]《永乐大全》：指明朝永乐年间官修的两种举业读本《五经大全》和《四书大全》。此是讽刺马二先生不知经学为何物，只知举业。

杜少卿道：“朱文公解经[1]，自立一说，也是要后人与诸儒参看。而今丢了诸儒，只依朱注，这是后人固陋[2]，与朱子不相干。小弟遍览诸儒之说，也有一二私见请教。即如《凯风》一篇[3]，说七子之母想再嫁，我心里不安，古人二十而嫁，养到第七个儿子，又长大了，那母亲也该有五十多岁，那有想嫁之理！所谓‘不安其室’者，不过因衣服饮食不称心，在家吵闹，七子所以自认不是。这话前人不曾说过。”迟衡山点头道：“有理。”杜少卿道：“《女曰鸡鸣》一篇[4]，先生们说他怎么样好？”马二先生道：“这是《郑风》，只是说他‘不淫’，还有甚么别的说？”迟衡山道：“便是，也还不能得其深味。”杜少卿道：“非也。但凡士君子横了一个做官的念头在心里，便先要骄傲妻子。妻子想做夫人，想不到手，便事事不遂心，吵闹起来。你看这夫妇两个，绝无一点心想到功名富贵上去，弹琴饮酒，知命乐天。这便是三代以上修身齐家之君子。这个前人也不曾说过。”蘧駪夫道：“这一说果然妙了！”杜少卿道：“据小弟看来，《溱洧》之诗[5]，也只是夫妇同游，并非淫乱。”季苇萧道：“怪道前日老哥

“朱注”已列入朝廷功令，杜少卿竟敢质疑甚至反驳，足见敢越雷池。

杜少卿著书务要说出“前人不曾说过”的见解，这是人格自立的组成成分。

借说诗道出杜少卿和作者自己理想的生活态度和理想的世风。

为杜少卿和作者自己的名士行径张目。

同老嫂在姚园大乐！这就是你弹琴饮酒，采兰赠芍的风流了。”众人一齐大笑。迟衡山道：“少卿妙论，令我闻之如饮醍醐[6]。”余和声道：“那边醍醐来了！”众人看时，见是小厮捧出酒来。

余和声只是插科打诨。

［注释］

[1] 朱文公：朱熹，字元晦，号晦庵，南宋人，是理学集大成者，著有《四书章句集注》《诗经集传》等。谥号为“文”，世称朱文公，尊称为朱子。 [2] 固陋：固塞鄙陋，见识浅薄。宋陆游《上赵参政启》：“某固陋不通，迂疏寡合。” [3]《凯风》：《诗经・邶风》中的一首。此诗众说不一，有认为写的是一个有七个儿子的母亲不安于室，要改嫁，因此七子通过此诗既极言母亲将他们养大的辛劳，同时也自责不能宽慰母心，并暗含劝谏母亲不要改嫁之意。 [4]《女曰鸡鸣》：《诗经・郑风》中的一首，写的是一对夫妻之间的对话。 [5]《溱洧（zhēn wěi）》：《诗经・郑风》中的一首，写青年男女到溱、洧两河边春游，相互谈笑并赠送香草的情景。 [6] 如饮醍醐：此指听了对方的话有如喝到醍醐，使人豁然开窍有所领悟。醍醐，佛经中指从牛乳中经过层层提炼所得到的精华，用以比喻最高的佛法。另外，醍醐也作美酒的别称，下文说“那边醍醐来了”，便是指酒，语带双关。

当下摆齐酒肴，八位坐下小饮。季苇萧多吃了几杯，醉了，说道：“少卿兄，你真是绝世风流。据我说，镇日同一个三十多岁的老嫂子看花饮酒，也觉得扫兴。据你的才名，又住在这样的好地方，何不娶一个标致如君，又有才情的，才子佳人，及时行乐？”杜少卿道：“苇兄，岂不闻晏子云：‘今虽老而丑[1]，我固及见其姣且好也？’况且娶妾的事，小弟觉得最伤天理。天下不过是这些人，一个人占了几个妇女，天下必有几个无妻之客。小弟为朝廷立法：人生须四十无子，方许娶一妾；此妾如不生子，便遣别嫁。是这等样，天下无妻子的人或者也少几个。也是培补元气之一端。”萧柏泉道：“先生说得好一篇风流经济[2]！”迟衡山叹息道：“宰相若肯如此用心，天下可立致太平！”当下吃完了酒，众人欢笑，一同辞别去了。

如季苇萧自己和杜慎卿之流假名士之所为。

从社会资源的合理配置着眼，真有经世济民的韬略。

正是赞其有经世之心。

[注释]

[1]“今虽老而丑”二句：《晏子春秋·内篇杂下第六》，齐景公想把自己的爱女嫁给晏子，在晏子家喝酒看到晏子妻后说她又老又丑，不如自己的女儿年轻美貌，晏子应该娶自己的女儿。晏子则推辞道：“现今她虽然又老又丑，可我已经亲见过她的年轻美貌啊！”　[2] 经济：经世济民。

过了几日，迟衡山独自走来，杜少卿会着。

再次提出大祭泰伯的礼乐事业。中经“庄绍光传”“虞博士传”，众贤人汇聚后才正式举行大典。

迟衡山道：“那泰伯祠的事，已有个规模了。将来行的礼乐，我草了一个底稿在此，来和你商议，替我斟酌起来。”杜少卿接过底稿看了，道：“这事还须寻一个人斟酌。”迟衡山道：“你说寻那个？”杜少卿道：“庄绍光先生。”迟衡山道：“他前日浙江回来了。”杜少卿道：“我正要去。我和你而今同去看他。”

以下递入庄绍光。

当下两人坐了一只凉篷船，到了北门桥，上了岸，见一所朝南的门面房子，迟衡山道：“这便是他家了。”两人走进大门，门上的人进去禀了主人，那主人走了出来。这人姓庄名尚志，字绍光，是南京累代的读书人家。这庄绍光十一二岁就会做一篇七千字的赋，天下皆闻。此时已将及四十岁，名满一时，他却闭户著书，不肯妄交一人。这日听见是这两个人来，方才出来相会。只见头戴方巾，身穿宝蓝夹纱直裰，三绺髭须，黄白面皮，出来恭恭敬敬同二位作揖坐下。庄绍光道：“少卿兄，相别数载，却喜卜居秦淮[1]，为三山二水生色[2]。前日又多了皖江这一番缠绕[3]，你却也辞的爽快。”杜少卿道：“前番正要来相会，恰遇故友之丧，只得去了几时，回来时，先生已浙江去了。”庄绍光道：“衡山兄常在家里，怎么也不常会？”迟衡山道：“小弟为泰伯祠的事，奔走了许多日子，今已略有规模，把所订要行的礼乐送来请教。”袖里拿出一个本子来递了过去。

［注释］

[1] 卜居：选择地方做居住之所。 [2] 三山二水：指南京的山水，语出李白的诗《登金陵凤凰台》：“三山半落青天外，二水中分白鹭洲。” [3] 皖江这一番缠绕：皖江即长江的支流皖河，借指皖江流经的安徽地区。庄绍光所指是前述杜少卿膺荐鸿博赴安庆应考之事。

庄绍光接过，从头细细看了，说道：“这千秋大事，小弟自当赞助效劳。但今有一事，又要出门几时，多则三月，少则两月便回，那时我们细细考订。”迟衡山道：“又要到那里去？”庄绍光道：“就是浙抚徐穆轩先生，今升少宗伯，他把贱名荐了，奉旨要见，只得去走一遭。”迟衡山道：“这是不得就回来的。”庄绍光道：“先生放心，小弟就回来的，不得误了泰伯祠的大祭。”

把礼乐祭祀看作“千秋大事”。

杜少卿愿他“早回”，与衡山不同。

插叙庄绍光辞征辟的全过程，虽为“庄绍光传”，实亦为衬出“礼失而求诸野”、民间大祭泰伯祠兴行礼乐之必要性。

杜少卿道：“这祭祀的事，少了先生不可，专候早回。”迟衡山叫将邸抄借出来看。小厮取了出来，两人同看。上写道：

礼部侍郎徐，为荐举贤才事。奉圣旨，庄尚志着来京引见。钦此。

两人看了，说道：“我们且别，候入都之日，再来奉送。”庄绍光道：“相晤不远，不劳相送。”说罢出来，两人去了。

儒者与“山林隐逸”之间的界限。

庄绍光晚间置酒与娘子作别。娘子道：“你往常不肯出去，今日怎的闻命就行？”庄绍光道：“我们与山林隐逸不同，既然奉旨召我，君臣之礼是傲不得的。你但放心，我就回来，断不为老莱子之妻所笑[1]。”次日，应天府的地方官都到门来催迫。庄绍光悄悄叫了一乘小轿，带了一个小厮，脚子挑了一担行李，从后门老早就出汉西门去了。

［注释］

[1] 老莱子之妻：老莱子是春秋时楚国的隐士。刘向《列女传》“楚老莱妻”载：楚王亲自拜访隐居的老莱，请他为官，老莱答应了。老莱的妻子知道此事后，对老莱的决定表示不满。老莱遂放

弃了做官的念头，与妻子一起来到江南归隐。

庄绍光从水路过了黄河，雇了一辆车，晓行夜宿，一路来到山东地方。过兖州府四十里，地名叫做辛家驿，住了车子吃茶。这日天色未晚，催着车夫还要赶几十里地。店里说道："不瞒老爷说，近来咱们地方上响马甚多[1]，凡过往的客人，须要迟行早住。老爷虽然不比有本钱的客商，但是也要小心些。"庄绍光听了这话，便叫车夫："竟住下罢。"小厮拣了一间房，把行李打开，铺在炕上，拿茶来吃着。只听得门外骡铃乱响，来了一起银鞘[2]，有百十个牲口。内中一个解官，武员打扮。又有同伴的一个人，五尺以上身材，六十外岁年纪，花白胡须，头戴一顶毡笠子，身穿箭衣，腰插弹弓一张，脚下黄牛皮靴。两人下了牲口，拿着鞭子，一齐走进店来，吩咐店家道："我们是四川解饷进京的，今日天色将晚，住一宿，明日早行。你们须要小心伺候。"店里连忙答应。

贴合身份的妆束。

［注释］

[1] 响马：结伙拦路抢劫的绿林强盗。由于抢劫时会预先放响箭为号，故有此称。 [2] 银鞘（qiào）：又称为“饷鞘”，一种用于解饷的银子的盛放物，用木头制成，中间剖空，将银锭封在里面。此处借代解送银鞘的人。

那解官督率着脚夫将银鞘搬入店内，牲口赶到槽上，挂了鞭子，同那人进来，向庄绍光施礼坐下。庄绍光说：“尊驾是四川解饷来的？此位想是贵友。不敢拜问尊姓大名？”解官道：“在下姓孙，叨任守备之职。敝友姓萧，字昊轩，成都府人。”因问庄绍光进京贵干。庄绍光道了姓名，并赴召进京的缘故。萧昊轩道：“久闻南京有位庄绍光先生是当今大名士，不想今日无意中相遇。”极道其倾倒之意。庄绍光见萧昊轩气宇轩昂，不同流俗，也就着实亲近，因说道：“国家承平日久，近来的地方官办事，件件都是虚应故事。像这盗贼横行，全不肯讲究一个弭盗安民的良法。听见前路响马甚多，我们须要小心防备。”萧昊轩笑道：“这事先生放心。小弟生平有一薄技，百步之内，用弹子击物，百发百中。响

萧云仙之父。

庄绍光了解地方官的窳败和民不安生。

萧云仙的打弹技术系家传。

马来时，只消小弟一张弹弓，叫他来得去不得，人人送命，一个不留！”孙解官道：“先生若不信敝友手段，可以当面请教一二。”庄绍光道：“急要请教，不知可好惊动？”萧昊轩道：“这有何妨！正要献丑。”遂将弹弓拿了，走出天井来，向腰间锦袋中取出两个弹丸拿在手里。庄绍光同孙解官一齐步出天井来看，只见他把弹弓举起，向着空阔处先打一丸弹子，抛在空中，续将一丸弹子打去，恰好与那一丸弹子相遇，在半空里打得粉碎。庄绍光看了，赞叹不已。连那店主人看了，都吓一跳。萧昊轩收了弹弓，进来坐下，谈了一会，各自吃了夜饭住下。

急于作秀，招致后患。

伏笔。

次早天色未明，孙解官便起来催促骡夫、脚子搬运银鞘，打发房钱上路。庄绍光也起来洗了脸，叫小厮拴束行李，会了账，一同前行。一群人众行了有十多里路，那时天色未明，晓星犹在。只见前面林子里黑影中有人走动。那些赶鞘的骡夫一齐叫道：“不好了！前面有贼！”把那百十个骡子都赶到道旁坡子下去。萧昊轩听得，疾忙把弹弓拿在手里，孙解官也拔出腰刀拿在马上。

只听得一枝响箭，飞了出来。响箭过处，就有无数骑马的从林子里奔出来，萧昊轩大喝一声，扯满弓，一弹子打去，不想刮喇一声，那条弓弦迸为两段。那响马贼数十人，齐声打了一个忽哨，飞奔前来。解官吓得拨回马头便跑。那些骡夫、脚子，一个个爬伏在地，尽着响马贼赶着百十个牲口，驮了银鞘，往小路上去了。庄绍光坐在车里，半日也说不出话来，也不晓得车外边这半会做的是些甚么勾当。

萧昊轩因弓弦断了，使不得力量，拨马往原路上跑，跑到一个小店门口，敲开了门。店家看见，知道是遇了贼，因问："老爷昨晚住在那个店里？"萧昊轩说了。店家道："他原是贼头赵大一路做线的[1]，老爷的弓弦必是他昨晚弄坏了。"萧昊轩省悟，悔之无及。一时人急智生，把自己头发拔下一绺，登时把弓弦续好，飞马回来，遇着孙解官，说贼人已投向东小路而去了。那时天色已明，萧昊轩策马飞奔，赶了不多路，望见贼众拥护着银鞘慌忙的前走。他便加鞭赶上，手执弹弓，好像暴雨打荷叶的一般，打的那些贼人一个个抱头鼠窜，丢了银鞘，如飞的逃命去了。他依旧把银鞘同解官慢慢的赶回大路，会着庄绍光，述其备细。庄绍光又赞叹了一会。

［注释］

[1] 一路：一伙的。做线的：做眼线的，即充当耳目打探消息的。

同走了半天，庄绍光行李轻便，遂辞了萧、孙二人，独自一辆车子先走。走了几天，将到卢沟桥，只见对面一个人骑了骡子来，遇着车子，问："车里这位客官尊姓？"车夫道："姓庄。"那人跳下骡子，说道："莫不是南京来的庄征君么？"庄绍光正要下车，那人拜倒在地。只因这一番，有分教：

朝廷有道，修大礼以尊贤；儒者爱身，遇高官而不受。

此联语深有蕴含。

毕竟后事如何，且听下回分解。

［点评］

杜少卿在纵心肆志、恣情任性的魏晋风度表现形态里，注入更多个性解放的自由思想成分，吹进明清时代人文思潮的新鲜气息。

一般士人把膺荐举、受征辟当作最高荣誉，他却坚决谢绝李巡抚的荐举和征辟，理由是："麋鹿之性，草野惯了。"想方设法（包括妆病）辞掉"爵禄之縻"后，他高兴地说，从此要"逍遥自在，做些自己的事"——这简直可以视为杜少卿追求人格自立、精神自适的宣言。为此他既摆脱了钱财俗务的羁绊，又冲破八股举业的牢笼，超越了功名境界，冲出功名富贵的"围城"，热衷于在逍遥自适的人生境界中体验着自己的真实生命。他妻子问他：为什么妆病不去做官？他戏答道："你好呆！放着南京这样好顽的所在，留着我在家，春天秋天，同你出去看花吃酒，好不快活！为甚么要送我到京里去？"虽出以亲昵的戏言，却表现了和魏晋名士一样反对羁束而回归自然、以自然山水为精神家园的审美情致。

但要在南京"做些自己的事"，还得要有一股蔑弃礼法、横对陋俗的劲头才行。他虽不是那种以自己的历史主动性和英勇行为揭开新时代序幕的完整意义上的"新人"，但他是敢于傲视庸众的物议走自己的路的颖脱不羁者。他携着娘子的手游园的特异行为，今人看来很平常，但却唐突了那个时代行之已久的习俗规矩，嘲弄了普遍的封建观念，背离了"从来如此"的生活方式。"竟"敢如此？就是敢如此！

不仅敢于挑战封建礼俗，他还敢于对某些官定权威提出大胆的挑战。当朱熹对经书的注释被钦定为标准答案的时候，他敢于挺身说只依朱注是"固陋"，他写了一部《诗说》，竟敢质疑朱熹，说出"前人不曾说过"的话，表现出通过学术自立体现人格自立的可贵勇气。朱熹的《诗集传》说《溱洧》是“淫奔者自叙之词”，他反驳说：“《溱洧》之诗，也只是夫妇同游，并非淫乱。”季苇萧立即联想，道：“怪道前日老哥同老嫂在姚园大乐！这就是你弹琴饮酒，采兰赠芍的风流了。”的确这不是在追寻一点微小的学究式的胜利，这是在批驳理学教条，捍卫自己的行为方式，表达自己的生活信念。他对《女曰鸡鸣》的解释宣说着一种弃却功名富贵、怡然自乐的心态，并把其主人公提升到“三代以上”的理想时代中“知命乐天”的人生境界。这是一种顺应自然回归真朴的生活态度。

杜少卿的恣情任性带有狂诞不经的色调，充满愤世嫉俗的情怀，表现出激而为怒的“狂”的特征。这使他的名士风度具有了不满封建黑暗的深刻的一面。“狂”是强烈的不满在受压抑情况下的爆发形态，是一种喷射式的宣泄。他和作者本人一样“独嫉时文士如仇”，愤激填膺，一触即发。一提到县里的秀才，他就骂他们是奴才。臧荼对他谈举业的好处是可以做官，他嘻骂道：“你这匪类，下流无耻极矣！”他之所以反对做官是由于不满现实的政教，不肯降心顺俗，同流合污。小说里的正面人物几乎都是否定做官的，王冕的母亲临终嘱咐儿子：“不要出去做官。我死了，口眼也闭。”不要儿子做官竟成了老妇人唯一的遗愿！蘧太守甚至说，他儿子蘧景玉短寿，恐怕还是自己“做官的报应”。（这些令人想起嵇康等魏晋名士把做官当作避之唯恐不及的事，表现了对封建统治者的鄙夷和疏离。）人家议论为子孙发富发贵要找好风水迁祖宗的坟墓，杜少卿发作道：“那要迁坟的，就依子孙谋杀祖父的律，立刻凌迟处死！”凡此种种都露出他“狂”的面目。儒者庄绍光接到征召之旨就晋京，他自觉地意识到，“我们与山林隐逸不同，既然奉旨召我，君臣之礼是傲不得的”。真名士杜少卿则不同，他不把自己纳入什么“君臣之礼”中，竟冒欺君之罪，装病辞征辟，根本不去。并且从此连秀才籍都抛弃掉，再不参加科举的各类考试，鄙弃八股功名，不守家声祖业，背离了科举世家和封建阶级为他设置的人生道路，被高翰林视作“杜家的第一个败类”。

前回和本回后半回奏起了泰伯祠大祭的前奏先声，随即递入“庄绍光辞爵还家”，统见下一回点评。往后再经“虞博士传”请出这位“名贤”主祭，是贤人礼乐事业上升的过程，至第三十七回正式举行泰伯祠大祭，达于结构顶点；而后是下降的过程，直到第四十八回“泰伯祠遗贤感旧”：整个仿佛是部“贤人礼乐事业兴衰史”。

第三十五回　圣天子求贤问道
庄征君辞爵还家

话说庄征君看见那人跳下骡子，拜在地下，慌忙跳下车来跪下，扶住那人，说道："足下是谁？我一向不曾认得。"那人拜罢起来，说道："前面三里之遥便是一个村店，老先生请上了车，我也奉陪了回去，到店里谈一谈。"庄征君道："最好。"上了车子。那人也上了骡子，一同来到店里，彼此见过了礼坐下。那人道："我在京师里算着征辟的旨意到南京去，这时候该是先生来的日子了，所以出了彰仪门，遇着骡轿车子，一路问来，果然问着。今幸得接大教[1]。"庄征君

既设悬念又贴合需密谈的情景。

道："先生尊姓大名？贵乡何处？"那人道："小弟姓卢，名德，字信侯，湖广人氏，因小弟立了一个志向，要把本朝名人的文集都寻遍了，藏在家里。二十年了，也寻的不差甚么的了。只是国初四大家[2]，只有高青丘是被了祸的[3]，文集人家是没有，只有京师一个人家收着。小弟走到京师，用重价买到手，正要回家去，却听得朝廷征辟了先生。我想前辈已去之人，小弟尚要访他文集，况先生是当代一位名贤，岂可当面错过？因在京候了许久，一路问的出来。"庄征君道："小弟坚卧白门[4]，原无心于仕途，但蒙皇上特恩，不得不来一走。却喜邂逅中得见先生，真是快事！但是我两人才得相逢，就要分手，何以为情！今夜就在这店里权住一宵，和你连床谈谈。"又谈到名人文集上，庄征君向卢信侯道："像先生如此读书好古，岂不是个极讲求学问的？但国家禁令所在，也不可不知避忌。青丘文字，虽其中并无毁谤朝廷的言语，既然太祖恶其为人，且现在又是禁书，先生就不看他的著作也罢。小弟的愚见，读书一事，要由博而返之约[5]，总以心

不触犯国家禁令。

对做学问的见解。

得为主。先生如回贵府，便道枉驾过舍，还有些拙著慢慢的请教。”卢信侯应允了。次早分别，卢信侯先到南京等候。

[注释]

[1] 大教：对于对方教诲的尊称，作为客套话用在与人的交往中。　[2] 国初四大家：明初文学家高启、杨基、张羽、徐贲四人的合称，四人又被称为“吴中四杰”。　[3] 高青丘：高启，字季迪，自号青丘子。明初入仕，曾任翰林院编修等职，辞官回到吴淞江的青丘，以教书为业。后苏州知府魏观在张士诚宫址旧基上修建府衙，高启为他写了一篇《上梁文》，招致明太祖的不满，被处腰斩。　[4] 白门：南朝宋都城建康南面正门宣阳门的俗称。后用作南京的别称。　[5] 由博而返之约：语出《论语·雍也》：“子曰：‘君子博学于文，约之以礼。’”简称为由博返约。指做学问从广博出发，继而务精深，最终达到简约。

庄征君进了彰仪门，寓在护国寺。徐侍郎即刻打发家人来候，便亲自来拜。庄征君会着。徐侍郎道：“先生途路辛苦？”庄征君道：“山野鄙性，不习车马之劳，兼之‘蒲柳之姿，望秋先零’[1]，长途不觉委顿，所以不曾便来晋谒，反劳大人先施。”徐侍郎道：“先生速为料理，恐三五日内就要召见。”

[注释]

[1] 蒲柳之姿，望秋先零：《世说新语 · 言语第二》载，顾悦与晋简文帝同岁，简文帝问顾悦为何头发早白，顾悦便以“蒲柳之姿，望秋先零”对答。意思是蒲柳（即水杨）不耐寒，未入秋就枝叶零落了，自己如蒲柳般体质虚弱，未老先衰。

这时是嘉靖三十五年十月初一日[1]。过了三日，徐侍郎将内阁抄出圣旨送来[2]。上写道：

十月初二日，内阁奉上谕[3]：朕承祖宗鸿业，寤寐求贤，以资治道。朕闻师臣者王[4]，古今通义也。今礼部侍郎徐基所荐之庄尚志，着于初六日入朝引见，以光大典。钦此。

[注释]

[1] 嘉靖：明世宗的年号（1522—1566）。 [2] 内阁：明代创设的中枢机构。为加强君主集权，明洪武十三年（1380）废中书省，罢宰相之职，洪武十五年（1382）设立华盖殿、武英殿、文华殿、文渊殿、东阁等大学士，统称“殿阁大学士”，作为皇帝处理政务时的顾问。明成祖即位后，正式创立了内阁制度，使得内阁具备了协助皇帝参决政事以及草拟诏敕的职能。此后内阁的地位越来越高，职权也越来越重，成为凌驾于六部之上的最高机构，而内阁中最重要的官员则往往被视为“无宰相之名，能行宰相之实”的内阁首辅。 [3] 上谕：皇帝的诏令。 [4] 师臣者王：《晋书 · 陈元达传》：陈元达屡进谏言，刘渊问他：“该是身为臣下

的你畏惧贵为天子的我，怎么现在反而是我畏惧你呢？”陈元达答以“师臣者王，友臣者霸”，意思是能够将臣下当成老师或朋友的君主能够成就王霸之业。

到了初六日五鼓，羽林卫士摆列在午门外[1]，卤簿全副设了[2]，用的传胪的仪制，各官都在午门外候着。只见百十道火把的亮光，知道宰相到了，午门大开，各官从掖门进去[3]。过了奉天门[4]，进到奉天殿[5]，里面一片天乐之声，隐隐听见鸿胪寺唱[6]：“排班。”净鞭响了三下[7]，内官一队队捧出金炉，焚了龙涎香，宫女们持了宫扇，簇拥着天子升了宝座，一个个嵩呼舞蹈[8]。庄征君戴了朝巾[9]，穿了公服，跟在班末，嵩呼舞蹈，朝拜了天子。当下乐止朝散，那二十四个驮宝瓶的象，不牵自走，真是：“花迎剑佩星初落[10]，柳拂旌旗露未干。”各官散了。

煞有介事。

［注释］

[1] 羽林：即皇帝的禁卫军，汉武帝时设立，明代的禁军中有羽林左卫、羽林右卫等。午门：紫禁城的正门，由于此门居中向阳，位当子午，故称午门。是群臣待朝或候旨之地，每逢重大典礼或重要节日，也要在此陈设体现皇帝威严的仪仗。　[2] 卤簿：

指皇帝的车驾、护卫等组成的仪仗队。 [3] 掖门：正门两旁的门。 [4] 奉天门：紫禁城内外朝宫殿的正门，也是最大的宫门，即现在故宫的太和门。始建于明永乐年间，初称奉天门。 [5] 奉天殿：明代皇帝举行各种盛大典礼的正殿，现故宫太和殿的前身。 [6] 鸿胪寺：掌管朝仪、款宾、官吏引见以及国家大典礼等的机构。朝仪时的礼仪赞唱由鸿胪寺中担任“鸣赞”一职的官员负责。 [7] 净鞭：也称“静鞭”或“鸣鞭”，一种皇帝的仪仗，打在地上发出巨响，提醒大家肃静。 [8] 嵩呼：也作“山呼”。《汉书·武帝纪》：汉武帝登中岳嵩山，吏卒都听到三声呼“万岁”的声音。后成为朝仪时百官朝见皇帝三呼万岁的一种仪注。 [9] 朝巾：即上朝时所戴之冠。 [10]“花迎剑佩星初落”二句：唐岑参《奉和中书贾至舍人早朝大明宫》诗中的颈联，描述早朝时的景象。

庄征君回到下处，脱去衣服，徜徉了一会，只见徐侍郎来拜。庄征君便服出来会着。茶罢，徐侍郎问道：“今日皇上升殿，真乃旷典[1]。先生要在寓静坐，恐怕不日又要召见。”过了三日，又送了一个抄的上谕来：

细写优礼有加，仿佛敬贤。

庄尚志着于十一日便殿朝见[2]，特赐禁中乘马[3]。钦此。

[注释]

[1] 旷典：罕见难逢的盛典。 [2] 便殿：正殿以外的别殿，

皇帝的休息之所，有时也用来召见臣下。 [3] 特赐禁中乘马：禁中即紫禁城，官员在紫禁城外就要下马下轿。“特赐禁中乘马”又称为“赏朝马”，是皇帝给予个别臣下的一种特殊礼遇。

到了十一那日，徐侍郎送了庄征君到了午门。徐侍郎别过，在朝房候着[1]。庄征君独自走进午门去。只见两个太监，牵着一匹御用的马，请庄征君上去骑着。两个太监跪着坠蹬[2]。候庄征君坐稳了，两个太监笼着缰绳，那扯手都是赭黄颜色[3]，慢慢的走过了乾清门[4]。到了宣政殿的门外[5]，庄征君下了马。那殿门口又有两个太监，传旨出来，宣庄尚志进殿。

[注释]

[1] 朝房：官员上朝前等候休息之所。 [2] 坠蹬：执役之人向下拉正马镫，以方便尊长踩镫上马。 [3] 扯手：即缰绳。赭黄颜色：原为皇家专用，显示对庄绍光优礼有加。 [4] 乾清门：北京故宫内廷正门，过此门后便是乾清宫。内廷是帝后寝宫以及嫔妃、皇子等居住生活的区域。 [5] 宣政殿：原是唐代都城长安大明宫中的大殿，这里应是借指乾清宫。乾清宫既是皇帝的寝宫，也是皇帝平日批阅奏章、召见官员，处理日常政事的地方。

庄征君屏息进去，天子便服坐在宝座。庄征

借皇帝口道出世弊。

面君之典，作者不想褒又不容贬，只好用个象征手法来处理。

君上前朝拜了。天子道："朕在位三十五年，幸托天地祖宗，海宇升平，边疆无事。只是百姓未尽温饱，士大夫亦未见能行礼乐。这教养之事，何者为先？所以特将先生起自田间，望先生悉心为朕筹画，不必有所隐讳。"庄征君正要奏对，不想头顶心里一点疼痛，着实难忍，只得躬身奏道："臣蒙皇上清问，一时不能条奏；容臣细思，再为启奏。"天子道："既如此，也罢。先生务须为朕加意，只要事事可行，宜于古而不戾于今罢了[1]。"说罢，起驾回宫。

[注释]

[1] 戾：违逆。

象征手法。"我道不行"才是真意。

庄征君出了勤政殿，太监又笼了马来，一直送出午门。徐侍郎接着，同出朝门。徐侍郎别过去了。庄征君到了下处，除下头巾，见里面有一个蝎子。庄征君笑道："臧仓小人[1]，原来就是此物！看来我道不行了！"次日起来，焚香盥手，自己揲了一个蓍[2]，筮得"天山遁"[3]。庄征君道："是了。"便把教养的事，细细做了十策[4]，又写了一道“恳求恩赐还山”的本，从通政司送了进去。

［注释］

[1] 臧仓小人：据《孟子·梁惠王下》，臧仓是鲁平公的宠臣，曾进谗阻拦鲁平公去拜访孟子。后世遂以之代指进谗嫉贤的小人。这里以蝎子作象征。 [2] 揲（shé）了一个蓍（shī）：即用“揲蓍”的方式占了一卦。所谓“揲蓍”是指古人以五十根蓍草的六次分合定阴爻或阳爻，以求得不同的卦象。 [3] 天山遁：《周易》“遁卦”的一个卦象。旧说此卦象是示人应该挂冠悬笏，自甘退隐，以远离小人。 [4] 策：一种文体，也称为“对策”，作文者需根据政事、经义等方面的设问，进行对答。

自此以后，九卿六部的官，无一个不来拜望请教。庄征君会的不耐烦，只得各衙门去回拜。大学士太保公向徐侍郎道：“南京来的庄年兄，皇上颇有大用之意，老先生何不邀他来学生这里走走？我欲收之门墙，以为桃李[1]。”侍郎不好唐突，把这话婉婉向庄征君说了。庄征君道：“世无孔子[2]，不当在弟子之列。况太保公屡主礼闱[3]，翰苑门生不知多少[4]，何取晚生这一个野人？这就不敢领教了。”侍郎就把这话回了太保，

培植党羽，结党营私。

太保不悦。

［注释］

[1] 收之门墙，以为桃李：收入门下，成为自己的门生弟子。这里其实是党羽。 [2]“世无孔子”二句：《韩昌黎文集》卷一八《答吕毉山人书》：“世无孔子，不当在弟子之列。”指现今世上没有孔子这样的圣人作为老师，自己也就不轻列于弟子了。 [3] 礼闱：科举考试中的会试由礼部主持，因称“礼闱”。 [4] 翰苑：即翰林院。明清时，只有最优秀的进士才能进入翰林院，同时翰林院也是高级官员的储备机构。

既如此，搞“征召”是为什么？

又过了几天，天子坐便殿，问太保道：“庄尚志所上的十策，朕细看，学问渊深。这人可用为辅弼么[1]？”太保奏道：“庄尚志果系出群之才，蒙皇上旷典殊恩，朝野胥悦。但不由进士出身，骤跻卿贰[2]，我朝祖宗无此法度，且开天下以幸进之心[3]。伏候圣裁。”天子叹息了一回，随教大学士传旨：

庄尚志允令还山，赐内帑银五百两[4]，将南京玄武湖赐与庄尚志著书立说，鼓吹休明[5]。

［注释］

[1]辅弼：辅佐君主之大臣。 [2]卿贰：泛指朝廷高官。 [3]幸

进：不通过正途，而通过侥幸之途为官。　[4] 内帑：皇室的金银公款。　[5] 鼓吹休明：赞美、宣扬盛世的美好清明。

传出圣旨来，庄征君又到午门谢了恩，辞别徐侍郎，收拾行李回南。满朝官员都来饯送，庄征君都辞了，依旧叫了一辆车，出彰仪门来。

那日天气寒冷，多走了几里路，投不着宿头，只得走小路，到一个人家去借宿。那人家住着一间草房，里面点着一盏灯，一个六七十岁的老人家站在门首。庄征君上前和他作揖道："老爹，我是行路的，错过了宿头，要借老爹这里住一夜，明早拜纳房金。"那老爹道："客官，你行路的人，谁家顶着房子走？借住不妨。只是我家只得一间屋，夫妻两口住着，都有七十多岁。不幸今早又把个老妻死了，没钱买棺材，现停在屋里。客官却在那里住？况你又有车子，如何拿得进来？"庄征君道："不妨，我只须一席之地，将就过一夜，车子叫他在门外罢了。"那老爹道："这等，只有同我一床睡。"庄征君道："也好。"

帝辇之下，平民一贫至此。

当下走进屋里，见那老妇人尸首直僵僵停

着，傍边一张土炕。庄征君铺下行李，叫小厮同车夫睡在车上，让那老爹睡在炕里边。庄征君在炕外睡下，翻来覆去睡不着。到三更半后，只见那死尸渐渐动起来。庄征君吓了一跳，定睛细看，只见那手也动起来了，竟有一个坐起来的意思。庄征君道："这人活了！"忙去推那老爹，推了一会，总不得醒。庄征君道："年高人怎的这样好睡！"便坐起来看那老爹时，见他口里只有出的气，没有进的气，已是死了。回头看那老妇人，已站起来了，直着腿，白瞪着眼。原来不是活，是走了尸。庄征君慌了，跑出门来，叫起车夫，把车拦了门，不放他出去。

研治易经的学者，思维都离不开易经。

庄征君独自在门外徘徊，心里懊悔道："'吉凶悔吝生乎动'[1]，我若坐在家里，不出来走这一番，今日也不得受这一场虚惊！"又想道："生死亦是常事，我到底义理不深，故此害怕。"定了神，坐在车子上。一直等到天色大亮，那走的尸也倒了，一间屋里，只横着两个尸首。庄征君感伤道："这两个老人家就穷苦到这个地步！我虽则在此一宿，我不殡葬他，谁人殡葬？"因叫小斯、车夫前去寻了一个市井，庄征君拿几十两银子来买了棺木，市上雇了些人抬到这里，把两人殓了。又寻了一块地，也是左近人家的，庄征君拿出银子去买。买了，看着掩埋了这两个老人家。掩埋已毕，庄征君买了些牲醴纸钱，又做了一篇文。庄征君洒泪祭奠了。一市上的人，都来罗拜在地下[2]，谢庄征君。

泰伯祠行祭礼，此处行葬礼。

[注释]

[1] 吉凶悔吝生乎动：《周易·系辞下》："吉凶悔吝者，生乎动者也"，意思是好坏、祸福、得失、烦恼忧愁、艰难困苦等都是由于人的行动而产生的。　[2] 罗拜：围绕着下拜行礼。

庄征君别了台儿庄，叫了一只马溜子船[1]，船上颇可看书。不日来到扬州，在钞关住了一日，要换江船回南京。次早才上了江船，只见岸上有二十多乘齐整轿子歇在岸上，都是两淮总商来候庄征君[2]，投进帖子来。庄征君因船中窄小，先请了十位上船来。内中几位本家，也有称叔公的，有称尊兄的，有称老叔的，作揖奉坐。那在坐第二位的就是萧柏泉。众盐商都说是："皇上要重

学者本色，不忘看书。

用台翁，台翁不肯做官，真乃好品行。”萧柏泉道：“晚生知道老先生的意思。老先生抱负大才，要从正途出身，不屑这征辟，今日回来，留待下科抡元。皇上既然知道，将来鼎甲可望。”庄征君笑道：“征辟大典，怎么说不屑？若说抡元，来科一定是长兄。小弟坚卧烟霞[3]，静听好音。”萧柏泉道：“在此还见见院、道么[4]？”庄征君道：“弟归心甚急，就要开船。”说罢，这十位作别上去了，又做两次会了那十几位。庄征君甚不耐烦。随即是盐院来拜，盐道来拜[5]，分司来拜[6]，扬州府来拜，江都县来拜，把庄征君闹的急了，送了各官上去，叫作速开船。当晚总商凑齐六百银子到船上送盘缠，那船已是去的远了，赶不着，银子拿了回去。

“坚卧烟霞”传统意指高隐不仕。道家喜高标烟霞。这种人生态度已近道家。小说结尾词有“江左烟霞……写入残编总断肠”，盖指庄绍光辈。

不恋钱财。

［注释］

[1] 马溜子船：航行于运河的一种较大的快船。 [2] 两淮总商：指两淮盐商中的大户首领，充当官商之间的联络人，受官府委派，负责代官府督促其他盐商按时纳税等事。 [3] 坚卧烟霞：指坚不出仕，隐逸山林烟霞之中。 [4] 院、道：即指下面所说的盐院、盐道。 [5] 盐道：即负责管理盐务的两淮都转盐运使司盐运使。 [6] 分司：指盐运使属下的运司、运判等官员。

庄征君遇着顺风，到了燕子矶，自己欢喜道："我今日复见江山佳丽了！"叫了一只凉篷船，载了行李，一路荡到汉西门。叫人挑着行李，步行到家，拜了祖先，与娘子相见，笑道："我说多则三个月，少则两个月便回来，今日如何？我不说谎么？"娘子也笑了，当晚备酒洗尘。

以在自然界中逍遥自在为快，这已近杜少卿境界。

次早起来，才洗了脸，小厮进来禀道："六合高大老爷来拜。"庄征君出去会。才会了回来，又是布政司来拜，应天府来拜，驿道来拜[1]，上、江二县来拜[2]，本城乡绅来拜，哄庄征君穿了靴又脱，脱了靴又穿。庄征君恼了，向娘子道："我好没来由！朝廷既把玄武湖赐了我，我为甚么住在这里和这些人缠？我们作速搬到湖上去受用！"当下商议料理，和娘子连夜搬到玄武湖去住。

钦赐的隐居所。

［注释］

[1] 驿道：即掌管驿传道的官员，驿传道是主管驿传交通的官署。　[1] 上、江二县：指上元、江宁二县的知县。

这湖是极宽阔的地方，和西湖也差不多大。

左边台城望见鸡鸣寺。那湖中菱、藕、莲、芡，每年出几千石。湖内七十二只打鱼船，南京满城每早卖的都是这湖鱼。湖中间五座大洲：四座洲贮了图籍；中间洲上一所大花园，赐与庄征君住，有几十间房子。园里合抱的老树，梅花、桃、李，芭蕉、桂、菊，四时不断的花。又有一园的竹子，有数万竿。园内轩窗四启，看着湖光山色，真如仙境。门口系了一只船，要往那边，在湖里渡了过去。若把这船收过，那边飞也飞不过来。庄征君就住在花园。

仿佛世外桃源。

一日，同娘子凭栏看水，笑说道："你看这些湖光山色都是我们的了！我们日日可以游玩，不像杜少卿要把尊壶带了清凉山去看花[1]。"闲着无事，又斟酌一樽酒，把杜少卿做的《诗说》，叫娘子坐在傍边，念与他听。念到有趣处，吃一大杯，彼此大笑。庄征君在湖中着实自在。

在自然界中逍遥自在，已与杜少卿同调，特标示读杜少卿的《诗说》。

［注释］

[1] 尊壸（kǔn）：对别人妻子的敬称。"壸"本是妇女居住的内室，借指妇女。此指杜少卿的妻子。

忽一日，有人在那边岸上叫船。这里放船去渡了过来，庄征君迎了出去。那人进来拜见，便是卢信侯。庄征君大喜道："途间一别，渴想到今。今日怎的到这里？"卢信侯道："昨日在尊府，今日我方到这里。你原来在这里做神仙，令我羡杀！"庄征君道："此间与人世绝远，虽非武陵，亦差不多。你且在此住些时，只怕再来就要迷路了。"当下备酒同饮。吃到三更时分，小厮走进来，慌忙说道："中山王府里发了几百兵[1]，有千把枝火把，把七十二只鱼船都拿了，渡过兵来，把花园团团围住！"庄征君大惊。又有一个小厮进来道："有一位总兵大老爷进厅上来了。"庄征君走了出去。那总兵见庄征君施礼。庄征君道："不知舍下有甚么事？"那总兵道："与尊府不相干。"便附耳低言道："因卢信侯家藏《高青丘文集》，乃是禁书，被人告发。京里说这人有武勇，所以发兵来拿他。今日尾着他在大老爷这里[2]，所以来要这个人，不要使他知觉走了。"庄征君道："总爷，找我罢了。我明日叫他自己投监，走了都在我。"那总兵听见这话，

欣慕神仙境界："与人世绝远"的世外桃源。

清廷的文字狱。

道："大老爷说了，有甚么说！我便告辞。"庄征君送他出门，总兵号令一声，那些兵一齐渡过河去了。卢信侯已听见这事，道："我是硬汉，难道肯走了带累先生？我明日自投监去！"庄征君笑道："你只去权坐几天，不到一个月，包你出来，逍遥自在。"卢信侯投监去了。

一再强调"逍遥自在"。

［注释］

[1] 中山王府：即二十二回所说的国公府。 [2] 尾：尾随，跟踪。

庄征君悄悄写了十几封书子，打发人进京去遍托朝里大老，从部里发出文书来，把卢信侯放了，反把那出首的人问了罪。卢信侯谢了庄征君，又留在花园住下。

过两日，又有两个人在那边叫渡船渡过湖来。庄征君迎出去，是迟衡山、杜少卿。庄征君欢喜道："有趣！'正欲清谈闻客至'[1]。"邀在湖亭上去坐。迟衡山说要所订泰伯祠的礼乐。庄征君留二位吃了一天的酒，将泰伯祠所行的礼乐商订的端端正正，交与迟衡山拿去了。

[注释]

[1] 正欲清谈闻客至：陆游《幽居书事》："正欲清言闻客至，偶思小饮报花开。"

转眼过了年。到二月半间，迟衡山约同马纯上、蘧駪夫、季苇萧、萧金铉、金东崖，在杜少卿河房里商议祭泰伯祠之事。众人道："却是寻那一位做个主祭？"迟衡山道："这所祭的是个大圣人，须得是个圣贤之徒来主祭，方为不愧。如今必须寻这一个人。"众人道："是那一位？"迟衡山叠着指头，说出这个人来。只因这一番，有分教：

先要铺垫足了，"圣贤之徒"才出场。真是"书中第一人"，与众不同。

千流万派，同归黄河之源；玉振金声[1]，尽入黄钟之管[2]。

[注释]

[1] 玉振金声：《孟子·万章下》："集大成也者，金声而玉振之也。"意思是以钟发声，以磬收韵，奏乐从始至终都洪亮而振扬，也用来比喻文章道德之盛。　[2] 黄钟：古代乐律十二律中六种阳律的第一律，也被视为音之本，声调最宏大响亮。

毕竟此人是谁，且听下回分解。

[点评]

写庄绍光辞爵还家，由于其矛头是直指最高当局的，在“避席畏闻文字狱”的时代，吴敬梓不得不隐而不露地闪烁其词，甚至用象征手法和反语，暗含讥讽。

且看庄绍光应征召到朝廷时，皇帝和权臣太保公的一系列表演：

皇帝又是用“传胪的仪制”举行朝见大典，又是便殿召见亲自垂询，“特赐禁中乘马”，真是求贤若渴，旷典殊恩！这引起权臣太保公的重视，让人传语庄绍光：“欲收之门墙，以为桃李。”谁都知道这是朝中权臣拉帮结派培植亲信的重要方式，若匡超人辈“竟进”之徒，卖身投靠唯恐不及；但庄绍光却断然拒绝权臣的招致，他明知这一拒绝无异断送自己的仕宦前程，他还是毫不犹豫地这么做了，作者采用象征手法，写他不能容忍螫头顶心的“蝎子”，决不与这种“臧仓小人”为伍，并由此悟出：“看来我道不行了！”贤人出山，为了行道，这是最高的政治理想；“我道不行”，则是最深的政治失望，话说得很含蓄、冷静，分量却很重，对于坚持出处操守的真儒，已别无选择，只有“恳求恩赐还山”——被逼走上原先以为自己不是的“山林隐逸”之路，去“坚卧烟霞”了。

皇帝呢，虽然认定庄绍光“学问渊深”，却听凭太保公所奏，“不由进士出身，骤跻卿贰，我朝祖宗无此法度”，于是降旨“允令还山”。这里的自相矛盾是显而易见的：既然要恪守必须由进士出身的“法度”，又何必煞有介事地搞什么求贤的征辟大典？可见这只是一种装潢、一种表演，是对尊贤理想的一种嘲弄。“有道尊贤”是假，无道拒贤才是真。

在庄绍光晋京和返里途中，作者用“背面敷粉”法写出：山东道上响马劫银、皇皇京师城门外老人贫病而死无人收殓、卢信侯无辜遭文字狱牵连，隐约含蓄地透露出导致贤人在野的社会危机和政治危机，这哪里像“朝廷有道”的升平景象？经过这一番不情愿的“社会视察”，庄绍光的去意更决，对功名富贵更淡泊乃至厌弃，把官场的拜往周旋视为苦海。离京时“满朝官员都来饯送，庄征君都辞了”。离京途中夜宿遇到走尸，虚惊一场，又以《周易·系辞下》“吉凶悔吝者，生乎动者也”的话自解，其义与老子《道德经》“天地之间，其犹橐籥乎？虚而不屈，动而愈出。多言数穷，不如守中”的意思相通：多“动”、“多言”，“不如守中”。到扬州需换江船，“岸上有二十多乘齐整轿子”来迎送，“总商凑齐六百银子到船上送盘缠”，庄征君的船早已远遁！这些都是又富又贵的光采，是景兰江辈巴望终生而不可得的呀。回至南京，从布政司到府州县官员都来拜，“庄征君恼了，……连夜搬到玄武湖去住”。躲到这块钦赐的与世隔绝的世外桃源里去，一边饮酒，一边读杜少卿写的《诗说》。至此，这位儒士已由“出”转到“处”。“穷则独善其身，达则兼济天下”，一些士大夫，正是从儒家的这条“独善”之路，找到了通往道家思想之门，在按照儒学出仕治国平天下而受到挫折的时候，往往转向道家，以道家的人生哲学作补充，寻求一种超越和解脱。儒和道就这样走向了互补，相反而又相成。庄绍光形象需从儒道互补的文化大背景中才能觉察其变异的端倪。从赴征辟到辞爵还家，再到辞爵还家后的解脱和超越，一步步强化这样的意识：以在世外桃源的自然界中“坚卧烟霞”“逍遥自在”为快，这已接近道家向往的人生境界，这位原本的儒者，已走上儒道互补之途了。吴敬梓已让庄绍光走到名士的篱笆跟前，难怪他与名士杜少卿互相引为知己。同时作家还让道家的思想血液流淌到虞博士以及其他真名士的形象里。

第三十六回　常熟县真儒降生 泰伯祠名贤主祭

话说应天苏州府常熟县有个乡村，叫做麟绂镇[1]，镇上有二百多人家，都是务农为业。只有一位姓虞，在成化年间，读书进了学，做了三十年的老秀才，只在这镇上教书。这镇离城十五里，虞秀才除应考之外，从不到城里去走一遭，后来直活到八十多岁，就去世了。他儿子不曾进过学，也是教书为业。到了中年，尚无子嗣，夫妇两个到文昌帝君面前去求，梦见文昌亲手递一纸条与他，上写着《易经》一句："君子以果行育德[2]。"当下就有了娠。到十个月满足，生下这位虞博士

《儒林外史》一般是在一些人物活动中，顺势牵挽出一个新主人公登场，"事与其来俱起"（鲁迅《中国小说史略》），不作源源本本的交代。但对虞博士的写法却与全书惯例迥异。前回就一路层层铺垫，至此才隆重推出，并且从他的源头里籍、家世、师承写起。写他的降生地名"麟绂"，又同孔圣人降生的灵异相合，暗寓这是"《外史》中之圣人"。

来。太翁去谢了文昌，就把这新生的儿子取名育德，字果行。

[注释]

[1] 麟绂镇：传说孔子未出生时，有麒麟停在阙里人家，口吐玉书云："水精之子孙，衰周而素王。"孔子的母亲知其为神异，就用绣绂系在麒麟的角上，隔两夜麒麟才飞去。吴敬梓煞费苦心地以孔子降生传说中的"麟绂"为虞博士的降生地命名，是为了烘托虞博士是"《外史》中之圣人"。 [2] 君子以果行育德：语出《易经 · 蒙卦》，意思是君子必须行动果断，才能培育出良好的品德。可以诠释为君子应以勇于践行的精神培育自己的品德。

这虞博士三岁上就丧了母亲，太翁在人家教书，就带在馆里，六岁上替他开了蒙。虞博士长到十岁，镇上有一位姓祁的祁太公包了虞太翁家去教儿子的书，宾主甚是相得。教了四年，虞太翁得病去世了，临危把虞博士托与祁太公，此时虞博士年方十四岁。祁太公道："虞小相公比人家一切的孩子不同，如今先生去世，我就请他做先生教儿子的书。"当下写了自己祁连的名帖，到书房里来拜，就带着九岁的儿子来拜虞博士做先生。虞博士自此总在祁家教书。

常熟是极出人文的地方[1]。此时有一位云晴川先生，古文诗词，天下第一。虞博士到了十七八岁，就随着他学诗文。祁太公道："虞相公，你是个寒士，单学这些诗文无益，须要学两件寻饭吃的本事。我少年时也知道地理[2]，也知道算命，也知道选择[3]，我而今都教了你，留着以为救急之用。"虞博士尽心听受了。祁太公又道："你还该去买两本考卷来读一读，将来出去应考，进个学，馆也好坐些[4]。"虞博士听信了祁太公，果然买些考卷看了，到二十四岁上出去应考，就进了学。次年，二十里外杨家村一个姓杨的包了去教书，每年三十两银子。正月里到馆，到十二月仍旧回祁家来过年。

经济上能自立，人格自立才有基础。

在营造基本生活条件的基础上，精神升华超越。

[注释]

[1] 人文：此指人才。　[2] 地理：即看风水。　[3] 选择：指星相术中的择日。　[4] 馆也好坐些：比较容易找到坐馆教书的机会。

又过了两年，祁太公说："尊翁在日，当初替你定下的黄府上的亲事，而今也该娶了。"当时就把当年余下十几两银子馆金，又借了明年的十几两银子的馆金，合起来就娶了亲。夫妇两个，仍旧借住在祁家。满月之后，就去到馆。又做了两年，积趱了二三十两银子的馆金[1]，在祁家傍边寻了四间屋，搬进去住，只雇了一个小小厮。虞博士到馆去了，这小小厮每早到三里路外镇市上买些柴米油盐小菜之类，回家与娘子度日。娘子生儿育女，身子又多病，馆钱不能买医药，每日只吃三顿白粥，后来身子也渐渐好起来。虞博士到三十二岁上，这年没有了馆。娘子道："今年怎样？"虞博士道："不妨。我自从出来坐馆，每年大约有三十两银子。假使那年正月里说定只得二十几两，我心里焦不足，到了那四五月的时候，少不得又添两个学生，或是来看文章，有几两银子补足了这个数。假使那年正月多讲得几两银子，我心里欢喜道：'好了，今年多些。'偏家里遇着事情出来，把这几两银子用完了。可见有个一定，不必管他。"

以非常平实的笔调，毫不张皇地叙述他平凡的经历。用的几乎都是极简短的陈述句："就进了学"，"就娶了亲"，"就去到馆"，笔调与人物性情一致，一派顺乎自然的安详气韵。所选的一些细事，都围绕着他的"天怀淡定"，没有耸动视听的情节。

安贫乐道，颇有"一箪食，一瓢饮，在陋巷，人不堪其忧，回也不改其乐"的"孔颜乐处"味道。

由乐天知命而达观。

[注释]

[1] 积趱（zǎn）：积攒。

过了些时，果然祁太公来说，远村上有一个姓郑的人家请他去看葬坟。虞博士带了罗盘[1]，去用心用意的替他看了地。葬过了坟，那郑家谢了他十二两银子。虞博士叫了一只小船回来。那时正是三月半天气，两边岸上，有些桃花、柳树，又吹着微微的顺风，虞博士心里舒畅。又走到一个僻静的所在，一船鱼鹰在河里捉鱼。虞博士伏着船窗子看，忽见那边岸上一个人跳下河里来。虞博士吓了一跳，忙叫船家把那人救了起来。救上了船，那人淋淋漓漓一身的水。幸得天气尚暖，虞博士叫他脱了湿衣，叫船家借一件干衣裳与他换了，请进船来坐着，问他因甚寻这短见。那人道："小人就是这里庄农人家，替人家做着几块田，收些稻，都被田主斛的去了[2]，父亲得病死在家里，竟不能有钱买口棺木。我想我这样人还活在世上做甚么，不如寻个死路！"虞博士道："这是你的孝心，但也不是寻死的事。我这里有十二两银子，也是人送我的；不能一总给你，我还要留着做几个月盘缠。我而今送你四两银子，你拿去和邻居亲戚们说说，自然大家相帮。你去

他既不像吝啬汉一毛不拔，也没有杜少卿式的倾囊以付、不暇后顾的豪举，他是量力行善，并且老老实实地告诉被救的农夫："我这里有十二两银子，……不能一总给你"，既不怕人家因知他未倾囊相助而说他不慷慨，更不夸张吹嘘自己如何倾其所有，他做得适中，无过无不及。这是种清醒冷静、情理交融、灵肉合一的中庸心态。

殡葬了你父亲，就罢了。”当下在行李里拿出银子，称了四两，递与那人。那人接着银子，拜谢道：“恩人尊姓大名？”虞博士道：“我姓虞，在麟绂村住。你作速料理你的事去，不必只管讲话了。”那人拜谢去了。

他也照实回答，压根儿没想要造就“施恩不留名”的阴德或美誉。一切都做得非常安详自然，仿佛至性所至，毫不经意。

[注释]

[1] 罗盘：看风水所用的测定方位的仪器。 [2] 斛：原本是量器，这里作动词用，强取之意。

虞博士回家，这年下半年又有了馆。到冬底生了个儿子，因这些事都在祁太公家做的，因取名叫做感祁。一连又做了五六年的馆。虞博士四十一岁这年乡试，祁太公来送他，说道：“虞相公，你今年想是要高中。”虞博士道：“这也怎见得？”祁太公道：“你做的事有许多阴德。”虞博士道：“老伯，那里见得我有甚阴德？”祁太公道：“就如你替人葬坟，真心实意；我又听见人说，你在路上救了那葬父亲的人。这都是阴德。”虞博士笑道：“阴骘就像耳朵里响，只是自己晓得，别人不晓得。而今这事，老伯已是知道了，那里还是阴德？”祁太公道：“到底是阴德，你今年要中。”当下来南京乡试过回家，虞博士受了些风寒，就病起来。放榜那日，报录人到了镇上，祁太公便同了来，说道：“虞相公，你中了。”虞博士病中听见，和娘子商议，拿几件衣服当了，托祁太公打发报录的人。过几日，病好了，到京去填写亲供回来[1]，亲友东家都送些贺礼。

与范进在得知中举时的表现恰成鲜明对比。他非常平静，既没有不屑一顾，也没有欢喜得失去平衡和谐。遇到最可气的事他也不动气，遇到最可喜的事他也不大喜，“纵浪大化中，不喜亦不惧”（陶渊明语）。喜怒哀乐等感情未发固符合“中”的原则；发而中节，符合礼度，恰如其分，处于和谐状态，谓之“和”。“中和”是中庸的又一核心内容。

［注释］

[1] 亲供：自己书写的履历。

料理去上京会试，不曾中进士。恰好常熟有一位大老康大人放了山东巡抚，便约了虞博士一同出京，住在衙门里，代做些诗文，甚是相得。衙门里同事有一位姓尤，名滋，字资深，见虞博士文章品行，就愿拜为弟子，和虞博士一房同住，朝夕请教。那时正直天子求贤，康大人也要想荐一个人。尤资深道：“而今朝廷大典，门生意思要求康大人荐了老师去。”虞博士笑道：“这征辟之事，我也不敢当。况大人要荐人，但凭大人的主意。我们若去求他，这就不是品行了。”尤

讲究文行。

资深道："老师就是不愿，等他荐到皇上面前去，老师或是见皇上，或是不见皇上，辞了官爵回来，更见得老师的高处。"虞博士道："你这话又说错了。我又求他荐我，荐我到皇上面前，我又辞了官不做。这便求他荐不是真心，辞官又不是真心。这叫做甚么？"说罢，哈哈大笑。在山东过了两年多，看看又进京会试，又不曾中。就上船回江南来，依旧教馆。

真心就是诚。诚讲究内心道德的真，真实不欺是做人的根本。诚的对立面是伪，讲人格首辨诚伪。真，才可能是善、美。

又过了三年，虞博士五十岁了，借了杨家一个姓严的管家跟着，再进京去会试。这科就中了进士，殿试在二甲，朝廷要将他选做翰林。那知这些进士，也有五十岁的，也有六十岁的，履历上多写的不是实在年纪。只有他写的是实在年庚，五十岁。天子看见，说道："这虞育德年纪老了，着他去做一个闲官罢。"当下就补了南京的国子监博士[1]。虞博士欢喜道："南京好地方，有山有水，又和我家乡相近。我此番去，把妻儿老小接在一处，团圞着[2]，强如做个穷翰林。"当下就去辞别了房师、座师，和同乡这几位大老。翰林院侍读有位王老先生，托道："老先生到南

诚，既是君子追求的道德境界，又是达于天人合一的天地境界，它是虞博士的基本秉性。

京去，国子监有位贵门人，姓武，名书，字正字，这人事母至孝，极有才情。老先生到彼，照顾照顾他。”虞博士应诺了。收拾行李，来南京到任，打发门斗到常熟接家眷。此时公子虞感祁已经十八岁了，跟随母亲一同到南京。

[注释]

[1] 国子监博士：国子监中分管教学的官员。 [3] 团圞：团聚、团圆之意。

虞博士去参见了国子监祭酒李大人，回来升堂坐公座。监里的门生，纷纷来拜见，虞博士看见帖子上有一个武书。虞博士出去会着，问道："那一位是武年兄讳书的？"只见人丛里走出一个矮小人，走过来答道："门生便是武书。"虞博士道："在京师久仰年兄克敦孝行，又有大才。"从新同他见了礼，请众位坐下。武书道："老师文章山斗，门生辈今日得沾化雨[1]，实为侥幸。"虞博士道："弟初到此间，凡事俱望指教。年兄在监几年了？"武书道："不瞒老师说，门生少孤，奉事母亲在乡下住。只身一人，又无弟兄，衣服饮食，

重视孝，是虞博士的又一秉性。孝是爱心的萌发处和基石，是"德之本也，教之所由生也"（孔子语）。仁爱之心、忠恕情怀，都是这种自然爱心的推衍和升华，从而也是教化的起点。

都是门生自己整理。所以先母在日，并不能读书应考。及不幸先母见背，一切丧葬大事，都亏了天长杜少卿先生相助。门生便随着少卿学诗。”虞博士道：“杜少卿先生，向日弟曾在尤资深案头见过他的诗集，果是奇才。少卿就在这里么？”武书道：“他现住在利涉桥河房里。”虞博士道：“还有一位庄绍光先生，天子赐他玄武湖的，他在湖中住着么？”武书道：“他就住在湖里。他却轻易不会人。”虞博士道：“我明日就去求见他。”

虞博士也称杜少卿为“奇才”。

[注释]

[1] 化雨：语出《孟子·尽心上》：“有如时雨化之者。”比喻像时雨滋润草木一样潜移默化的熏陶和教化。

武书道：“门生并不会作八股文章，因是后来穷之无奈，求个馆也没得做，没奈何，只得寻两篇念念，也学做两篇，随便去考，就进了学。后来这几位宗师，不知怎的，看见门生这个名字，就要取做一等第一，补了廪。门生那文章，其实不好，屡次考诗赋，总是一等第一。前次一位宗师合考八学[1]，门生又是八学的一等第一，所以送进监里来。门生觉得自己时文到底不在行。”虞博士道：“我也不耐烦做时文。”武书道：“所以门生不拿时文来请教。平日考的诗赋，还有所作的《古文易解》，以及各样的杂说，写齐了来请教老师。”虞博士道：“足见年兄才名，令人心服。若有诗赋古文更好了，容日细细捧读。——令堂可曾旌表过了么[2]？”武书道：“先母是合例的[3]。门生因家寒，一切衙门使费无出，所以迟至今日。门生实是有罪。”虞博士道：“这个如何迟得？”便叫人取了笔砚来，说道：“年兄，你便写起一张呈子节略来[4]。”即传书办到面前，吩咐道：“这武相公老太太节孝的事，你作速办妥了，以便备文申详。上房使用[5]，都是我这里出。”书办应诺下去。武书叩谢老师。众人多替武书谢了，辞别出去。虞博士送了回来。

不喜欢八股也不热衷举业，只把它当作谋生的手段。

重视孝道，是行教化的必然。这是正面形象的共性。

[注释]

[1] 八学：指应天府学以及所属的七县县学。　[2] 旌表：古代的一种表彰方式。由地方申报义夫、节妇、孝子等，获得朝廷批准后对其进行表彰，并通过立牌坊、赐匾额等加以彰显。　[3] 合例：即符合旌表的条件。　[4] 节略：是种文体的名称。事主提供

概要大略供撰写正式文件。 [5] 上房：办理出纳银两。

次日，便往玄武湖去拜庄征君，庄征君不曾会。虞博士便到河房去拜杜少卿，杜少卿会着。说起当初杜府殿元公在常熟过，曾收虞博士的祖父为门生。殿元乃少卿曾祖，所以少卿称虞博士为世叔。彼此谈了些往事。虞博士又说起仰慕庄征君，今日无缘，不曾会着。杜少卿道："他不知道，小侄和他说去。"虞博士告别去了。

杜少卿、虞博士的关系以原型人物吴敬梓、吴蒙泉的关系为素材。

次日，杜少卿走到玄武湖，寻着了庄征君，问道："昨日虞博士来拜，先生怎么不会他？"庄征君笑道："我因谢绝了这些冠盖，他虽是小官，也懒和他相见。"杜少卿道："这人大是不同，不但无学博气[1]，尤其无进士气。他襟怀冲淡，上而伯夷、柳下惠[2]，下而陶靖节一流人物[3]。你会见他便知。"庄征君听了，便去回拜，两人一见如故。虞博士爱庄征君的恬适，庄征君爱虞博士的浑雅，两人结为性命之交。

道出了作者设计这个理想人物的范型，虞博士出仕的态度确是按柳下惠、陶渊明的范型来塑造的，这是理解这一人物的指路标。他既执着现实，又能超越，以儒为主以道为补，儒道互补统一，内化于心。

[注释]

[1] 学博：包括国学以及地方官学所有学官在内的泛称。

[2] 伯夷：商末孤竹君的长子（伯），谥号“夷”，故称“伯夷”。其父以次子叔齐为继承人，父逝后，伯夷、叔齐互让君位，遂先后逃到周地（似泰伯之让袭）。周武王伐纣时，二人曾叩马谏阻。武王灭商后，二人不食周粟，饿死在隐居的首阳山。柳下惠：姓展名获，春秋时鲁国的大夫，封地在柳下（地名），谥号“惠”，故称“柳下惠”。柳下惠是既出仕做官，谋得衣食，又能相对保持人格自立、心灵自适的身仕而心隐的高士。　[3] 陶靖节：陶渊明，东晋文学家，又名潜，私谥“靖节”。曾任彭泽县令等职，后辞官归隐，被视为“千古隐逸之宗”。他通过自己的诗，把恬淡自适、真率无拘的精神气韵表现得真淳而饱满。

又过了半年，虞博士要替公子毕姻。这公子所聘就是祁太公的孙女，本是虞博士的弟子，后来连为亲家，以报祁太公相爱之意。祁府送了女儿到署完姻，又赔了一个丫头来[1]，自此，孺人才得有使女听用[2]。喜事已毕，虞博士把这使女就配了姓严的管家，管家拿进十两银子来交使女的身价。虞博士道：“你也要备些床帐衣服。这十两银子，就算我与你的，你拿去备办罢。”严管家磕头谢了下去。

［注释］

[1] 赔了一个丫头：“赔”即陪嫁，女方家随嫁到男方家中的

婢女。　[2] 孺人：明清时为七品官之母或妻的诰封，也用作妇女的尊称。这里指虞博士的妻子。

转眼新春二月，虞博士去年到任后，自己亲手栽的一树红梅花，今已开了几枝。虞博士欢喜，叫家人备了一席酒，请了杜少卿来，在梅花下坐，说道："少卿，春光已见几分，不知十里江梅如何光景？几时我和你携罇去探望一回。"杜少卿道："小侄正有此意，要约老叔同庄绍光兄作竟日之游。"说着，又走进两个人来。这两人就在国子监门口住，一个姓储，叫做储信；一个姓伊，叫做伊昭，是积年相与学博的。虞博士见二人走了进来，同他见礼让坐。那二人不僭杜少卿的坐。坐下，摆上酒来，吃了两杯。储信道："荒春头上[1]，老师该做个生日，收他几分礼，过春天。"伊昭道："禀明过老师，门生就出单去传。"虞博士道："我生日是八月，此时如何做得？"伊昭道："这个不妨。二月做了，八月可以又做。"虞博士道："岂有此理！这就是笑话了！二位且请吃酒。"杜少卿也笑了。虞博士道："少卿，有一

诚的对立面——弄虚作假。这与虞博士水火不能容。

句话和你商议。前日中山王府里说，他家有个烈女，托我作一篇碑文，折了个杯缎裱礼银八十两在此。我转托了你，你把这银子拿去作看花买酒之资。”杜少卿道：“这文难道老叔不会作？为甚转托我？”虞博士笑道：“我那里如你的才情！你拿去做做。”因在袖里拿出一个节略来递与杜少卿，叫家人把那两封银子交与杜老爷家人带去。家人拿了银子出来，又禀道：“汤相公来了。”虞博士道：“请到这里来坐。”家人把银子递与杜家小厮，便进去了。虞博士道：“这来的是我一个表侄。我到南京的时候，把几间房子托他住着，他所以来看看我。”

徐达的三女儿徐妙锦为抗拒明成祖的谕旨诏聘，削发出家为尼，民间赞之为烈女。此“烈女”与王玉辉三女儿那样传统意义上的烈女完全不同。所以虞博士杜少卿才肯为她写碑文。

[注释]

[1] 荒春：指陈粮已尽、新粮未收的青黄不接的春季。

说着，汤相公走了进来，作揖坐下。说了一会闲话，便说道：“表叔那房子，我因这半年没有钱用，是我拆卖了。”虞博士道：“怪不得你。今年没有生意，家里也要吃用，没奈何卖了，又老远的路来告诉我做嗄[1]？”汤相公道：“我拆了房子，就没处住，所以来同表叔商量，借些银子去当几间屋住。”虞博士又点头道：“是了，你卖了就没处住。我这里恰好还有三四十两银子，明日与你拿去典几间屋住也好。”汤相公就不言语了。

此表现儒家讲的恕道。详回末点评。

[注释]

[1] 嗄：同“啥”，做嗄即做什么。

杜少卿吃完了酒，告别了去。那两人还坐着，虞博士进来陪他。伊昭问道：“老师与杜少卿是甚么的相与？”虞博士道：“他是我们世交，是个极有才情的。”伊昭道：“门生也不好说。南京人都知道他本来是个有钱的人，而今弄穷了，在南京躲着，专好扯谎骗钱。他最没有品行！”虞博士道：“他有甚么没品行？”伊昭道：“他时常同乃眷上酒馆吃酒，所以人都笑他。”虞博士道：“这正是他风流文雅处，俗人怎么得知。”储信道：“这也罢了。倒是老师下次有甚么有钱的诗文，不要寻他做。他是个不应考的人，做出来的东西，好也有限，恐怕坏了老师的名。我们这监里有多少考的起来的朋友，老师托他们做，又不要钱，又好。”虞博士正色道：“这倒不然。他的才名，是人人知道的，做出来的诗文，人无有不服。每常人在我这里托他做诗，我还沾他的光。就如今日这银子是一百两，我还留下二十两给我表侄。”两人不言语了，辞别出去。

坦白——诚。

次早，应天府送下一个监生来，犯了赌博，来讨收管[1]。门斗和衙役把那监生看守在门房里，进来禀过，问：“老爷，将他锁在那里？”虞博士道：“你且请他进来。”那监生姓端，是个乡里人，走进来，两眼垂泪，双膝跪下，诉说这些冤枉的事。虞博士道：“我知道了。”当下把他留在书房里，每日同他一桌吃饭，又拿出行李与他睡觉。次日，到府尹面前替他辩明白了这些冤枉的事，将那监生释放。那监生叩谢，说道：“门生虽粉身碎骨，也难报老师的恩。”虞博士道：“这有甚么要紧？你既然冤枉，我原该替你辩白。”那监生道：“辩白固然是老师的大恩，只是门生初来收管时，心中疑惑，不知老师怎样处置，门斗怎样要钱，把门生关到甚么地方受罪。

一“锁”一“请”，两种不同的待人态度。

怎想老师把门生待作上客！门生不是来收管，竟是来享了两日的福。这个恩典，叫门生怎么感激的尽！”虞博士道：“你打了这些日子的官司，作速回家看看罢，不必多讲闲话。”那监生辞别去了。

不图人说好，尽性而已。

[注释]

[1] 收管：这里指押解犯人交验后给予对方的证明文书，下文所说的“收管”则是收押看管。

又过了几日，门上传进一副大红连名全帖，上写道：“晚生迟均、马静、季萑、蘧来旬，门生武书、余夔，世侄杜仪同顿首拜。”虞博士看了道：“这是甚么缘故？”慌忙出去会这些人。只因这一番，有分教：

先圣祠内，共观大礼之光；国子监中，同仰斯文之主。

毕竟这几个人来做甚么，且听下回分解。

[点评]

写小说人物，写文人难于写粗人，写正人君子难于写小人或“中间人物”，写形而上的内在意识难于写形而下的外在行径。本回要“纯用正笔、直笔，不用一旁笔、曲笔”写出“纯正无疵”的“书中第一人”（卧评），其难可知。何况要写出他的难于形击的意识形态。

吴敬梓总要从平淡的日常生活中搜寻出“奇”点来“传奇”。于虞博士他也写了：

两桩奇事、礼让忠恕

其一，虞博士的表侄借他的房屋住，竟然擅自把屋拆了变卖掉，居然还有脸再跑来向他索要银子租屋住。对此无赖之举，他非但不动气，反而点头道：“是了，你卖了就没处住。我这里恰好还有三四十两银子，明日与你拿去典几间屋住也好。”

其二，（在下一回）一个秀才考试作弊，不小心把夹带的经文放在试卷里一起缴给监考官虞博士。虞博士不揭破他。考毕，那秀才来道谢，虞博士佯推不认得他，说并没有这事。

不止一个论者认为这是吴敬梓讽刺虞博士。果其然乎？《东观汉记》有一段记淳于恭的“让”德云：

淳于恭以谦俭推让为节，家有山田橡树，人有盗取之者，恭助为收拾。载之归，乃知是恭，其盗还橡，恭不受。人又有盗刈恭禾者，恭见之，念其愧，因伏草中，至去乃起。

淳于恭的这两件事与虞博士的两件事何其相似！第一件，都是人家损害他们，他们非但不指责，反而帮助人家。第二件，都是人家干缺德事，他们发觉了，不但不揭破，反而有意避开，装着不知。为什么呢？淳于恭是“念其愧”；虞博士自己解释得很明白：“读书人全要养其廉耻，他没奈何来谢我，我若再认这话，他就无容身之地了。”二人完全一致。

他们的行为，在封建时代并不被认为具有讽刺意味，相反，是备受推崇的。《东观汉记》就以上述两件事说明“淳于恭以谦俭推让为节”；《后汉书》淳于恭传也首列此二事褒美传主，并说它们使“里落化之”，起到了以礼让化俗的作用；《艺文类聚》也举此二事作为历代“让”德的典型事例。吴敬梓在《移家赋》里慨叹“淳于恭之自棰不见”，对淳于恭是很赞赏的。

仁政和礼治是儒家政治思想的核心。古代儒家讲“礼”，都重视“让”；讲“仁”，都提倡忠恕。“恕”是一种推己及人的道德原则，“己欲达而达人”，“己所不欲，勿施于人”，凡事设身处地地为别人着想。《儒林外史》提倡礼让、忠恕，以作为医治争夺功名富贵之病的药方，大写虞博士为表侄、门生着想，践履礼让、忠恕，上举两件事都正是这位“圣人之徒”礼治德化的实践，作家是诚心诚意要通过它们来颂美虞博士的，歌颂犹恐不够，遑论“讽刺”。你看，他还特地让肯定性人物余二先生赞叹道：“看虞博士那般举动，他也不要禁止人怎样，只是被了他的德化，那非礼之事，人自然不能行出来。”从今人的观念看，虞博士的举动也许有点是非不分，那倒不是吴敬梓有意讽刺他，而是古人讲的礼让恕道本身，就存在着因不分是非、矫枉过正而近于可笑的成分，连天目山樵都评曰：“仁而近愚。”

天人合一、乐天知命

虞博士形象体现了中国传统的天人合一、乐天知命的宇宙观和人生观。他从十四岁就开始坐馆教书糊口，每年大约有三十两银子，逢到少了或多了，他都乐天知命。

“知天命”不是叫人消极地“听天由命”，而是要“尽人事听天命”：要竭尽全力把应当和可能做的都做了，至于结果达到何种程度，那就只有听凭客观必然性——“天命”的许可了。虞博士也在不断“尽人事”，除了学诗文，还要“学两件寻饭吃的本事”，提高生存的能力，为此还去考秀才，二十四岁成了秀才后，每年馆金可得三十两银子，而周进没有秀才方巾前每年馆金只有十二两银子。孔子的“知天命”中含有一种自知自信。虞博士的乐天知命中也含有“天无绝人之路”的旷达和自信，同时又不对现实作超过客观可能性的过高要求，只把自己的欲愿限制在必然性许可的范围内，从而获得一定的自由感觉。这也就是能动地适应、遵循自然和社会规律而不作非分之求。虞博士的乐天知命是以天人合一宇宙观为基础的，是天人合一落实到心态上的表现。所以虞博士被称赞为“天怀淡定”。

儒道互补、中庸之道

虞博士身为执掌教化的学官，社会思想是儒家的礼乐仁政，人格修养虽仍以儒家为主，但这并不妨碍他具有道家的某些情愫。小说中以吴敬梓自己为原型的人物杜少卿说：“（虞博士）襟怀冲淡，上而伯夷、柳下惠，下而陶靖节一流人物。”这道出了作者设计这个理想人物的范型，是理解这一人物的指路标。从汉代扬雄开始，“夷惠”就并称，代表“不屈其意，不累其身”的清高廉洁之士。柳下惠是圣人中比较随和的人，襟怀宽大，随遇而安。靖节是陶渊明的私谥，像封建时代一般士大夫那样，他只有或仕或耕二途，他出仕是因为“亲老家贫”，为了养家，只好以仕代耕，但心境是恬淡的。他吸取了道家尤其是庄子的人格自立、个性舒张的积极内核，扬弃了乖违人情的外部特征，表现得素朴真淳、智慧澄明、平淡冲和、安详和谐，成为唐宋以降士大夫心仪的一种人格范型。陈寅恪说他“惟求融合精神于运化之中，即与大自然为一体……实外儒而内道”(《陶渊明之思想与清谈之关系》)。李泽厚说他“是典型的儒道互补和交融”(《华夏美学》第三章)。虞博士的人生态度尤其是出仕的心态很像陶渊明，在南京任满晋京，杜少卿单独送他上船时，他说：“每年积几两俸金，……养着我夫妻两个不得饿死，就罢了。……我要做这官怎的？”只求以仕代耕，以不执不拒对待功名仕途，身仕而心隐，把道家精神渗透于儒家生涯中，很富于“大隐隐于朝”的真精神。

在天人合一宇宙观和人生境界理想的基础上，中庸之道成为至高的人生准则和方法论原则。这也是虞博士性格的核心。他既不像周进、范进那样热衷科第，又不像杜少卿那样对时文士嫉之如仇。他不以科名介怀却始终不放弃进身之阶的科举；他不追慕做官，又不拒绝做官，只是“以仕代农”，欲而不贪；他既无傲慢的进士气，又无狂妄的名士气，既非图权牟利的禄蠹，又无不食人间烟火的仙风，他只是襟怀冲淡，真实本色。

虞博士所表征的文化精神，持中贵和，让人把胸中块垒搓碎揉平，以理统情，自我节制，一切都消融在安宁平静的超越之中，永远保持情与理、灵与肉、身心与自然的中和、统一、稳定、和谐，但却缺少内在的爆破力、冲击力和崇高感。

达到这样的境界也就达到《中庸》所要求的“极高明而道中庸”：虽有宏深的认识，而表现出来并没有矫异之处，寓高明于平常之中。

所以朱熹说中庸是“平常之理”，但一般人又很难做到。虞博士就是这种观念的体现。表面看来，一切都很平常，既无奇功伟业，又无特言异行，小说只把他放在平凡的现实“伦常日用”中，以非常平实的笔调，毫不张皇地叙述他平凡的经历，笔调与人物性情一致，一派顺乎自然的安详气韵。所选的一些细事，都围绕着他的“天怀淡定”，少有耸动视听的情节。虞博士的平凡人生，蕴含着不平凡的觉解，他平凡却非浅薄，是寓高明于平凡之中，是修养到家而不见修炼的痕迹了，是炉火纯青看不到红焰了，是汰尽浮华归复天然了，是达到“极高明”与“道中庸”的统一了。这些确乎难能矣，可惜老人气颇多，缺少刚猛精进的朝气和锐气。

就像传统文化之复杂一样，作为其表征的虞博士形象也颇复杂，其中积淀着传统文化的许多优点和弱点、积极因素和消极因素，需要我们作两重性的剖析。

第三十七回　祭先圣南京修礼 送孝子西蜀寻亲

话说虞博士出来会了这几个人，大家见礼坐下。迟衡山道："晚生们今日特来，泰伯祠大祭商议主祭之人。公中说，祭的是大圣人，必要个贤者主祭，方为不愧，所以特来公请老先生。"虞博士道："先生这个议论，我怎么敢当？只是礼乐大事，自然也愿观光[1]。请问定在几时？"迟衡山道："四月初一日。先一日就请老先生到来祠中斋戒一宿[2]，以便行礼。"虞博士应诺了，拿茶与众位吃。吃过，众人辞了出来，一齐到杜少卿河房里坐下。迟衡山道："我们司事的人[3]，

点明礼乐大事，极为重视。

只怕还不足。”杜少卿道：“恰好敝县来了一个敝友。”便请出臧荼，与众位相见，一齐作了揖。迟衡山道：“将来大祭也要借先生的光。”臧蓼斋道：“愿观盛典。”说罢，作别去了。

［注释］

[1] 观光：观览盛德光辉之意，是参加祭祀的谦语。 [2] 斋戒：指在祭祀前不喝酒、不吃荤，并且沐浴独宿、整洁身心，以示诚心致敬之意。 [3] 司事的人：指在祭祀中担任职司的人。

到三月二十九日，迟衡山约齐杜仪、马静、季萑、金东崖、卢华士、辛东之、蘧来旬、余夔、卢德、虞感祁、诸葛佑、景本蕙、郭铁笔、萧鼎、储信、伊昭、季恬逸、金寓刘、宗姬、武书、臧茶，一齐出了南门，随即庄尚志也到了。众人看那泰伯祠时，几十层高坡上去，一座大门，左边是省牲之所[1]。大门过去，一个大天井。又几十层高坡上去，三座门。进去一座丹墀。左右两廊，奉着从祀历代先贤神位[2]。中间是五间大殿，殿上泰伯神位，面前供桌、香炉、烛台。殿后又一个丹墀，五间大楼。左右两傍，一边三间书房。

良莠不齐，都是教化的对象。不放弃对有瑕疵人物的教化。

重在习行。

众人进了大门，见高悬着金字一匾“泰伯之祠”。从二门进东角门走，循着东廊一路走过大殿，抬头看楼上，悬着金字一匾“习礼楼”三个大字。众人在东边书房内坐了一会。迟衡山同马静、武书、蘧来旬开了楼门，同上楼去，将乐器搬下楼来；堂上的摆在堂上，堂下的摆在堂下。堂上安了祝版[3]，香案傍树了麾[4]，堂下树了庭燎[5]，二门傍摆了盥盆、盥帨[6]。

［注释］

[1] 省（xǐng）牲：一种仪式，祭祀前主祭和助祭之人视察牛、羊、豕等祭品的整治情况，以示诚敬。 [2] 从祀：指配享、附祭，也称为祔祀。 [3] 祝版：祭祀时要用到的插在架子上贴有祝文的木版，也写作“祝板”。 [4] 香案：祭祀所用的放置香炉、烛台等物的条桌。麾（huī）：指挥祭祀时音乐起止的小旗子。 [5] 庭燎：祭祀中设在庭院里用以照明的火炬。 [6] 盥（guàn）盆：洗手的水盆。盥帨（shuì）：擦手的布。

金次福、鲍廷玺两人领了一班司球的、司琴的、司瑟的、司管的、司鼗鼓的、司柷的、司敔的、司笙的、司镛的、司箫的、司编钟的、司编磬的[1]，和六六三十六个佾舞的孩子[2]，进来见了众人。迟衡山把籥、翟交与这些孩子[3]。下午时分，虞博士到了。庄绍光、迟衡山、马纯上、杜少卿迎了进来。吃过了茶，换了公服，四位迎到省牲所去省了牲。众人都在两边书房里斋宿。

［注释］

[1] 球：玉磬。“球”以下至“编磬”，是祭祀中奏乐所用的十二种古代乐器。鼗（táo）鼓：长柄的摇鼓，俗称拨浪鼓。柷（zhù）：形如上宽下窄的方形木箱的打击乐器，用木棒撞其内壁发声，在乐曲开始时击奏。敔（yǔ）：一种拨击乐器，状如伏虎，虎背上有二十七栉齿，用一端破成数根细茎的竹筒，逆刮虎背上的栉齿发声响，在乐曲结束时击奏。镛（yōng）：大钟。编钟：古代大型打击乐器。由青铜铸成，顶端铸有半环，悬在木架上，钟数有多至十六枚的，按照大小顺序排列，各应律吕，按谱敲打，能奏出乐曲。编磬：古代打击乐器，将十六面用石制或玉制的磬悬挂在木架上，每一面磬也都各应律吕，演奏时用小木槌敲打，能够发出不同的音响。　[2] 佾（yì）舞：古代祭祀活动中的一种乐舞，纵横行列的跳舞人数都要相等。天子用八列，六十四人，称之为“八佾”；诸侯用六列，三十六人，称之为“六佾”；大夫用四列，十六人；士用二列，四人。　[3] 籥（yuè）、翟（dí）：籥是古代的管乐器，翟是山鸡尾，都是舞具。佾舞时，跳舞之人左手执籥，右手执翟。

次日五鼓，把祠门大开了，众人起来，堂上、堂下、门里、门外、两廊，都点了灯烛，庭燎也点起来。迟衡山先请主祭的博士虞老先生，亚献的征君庄老先生[1]；请到三献的，众人推让，说道："不是迟先生，就是杜先生。"迟衡山道："我两人要做引赞[2]。马先生系浙江人，请马纯上先生三献。"马二先生再三不敢当，众人扶住了马二先生，同二位老先生一处。迟衡山、杜少卿先引这三位老先生出去，到省牲所拱立。迟衡山、杜少卿回来，请金东崖先生大赞[3]；请武书先生司麾；请臧荼先生司祝；请季萑先生、辛东之先生、余夔先生司尊[4]；请蘧来旬先生、卢德先生、虞感祁先生司玉[5]；请诸葛佑先生、景本蕙先生、郭铁笔先生司帛[6]；请萧鼎先生、储信先生、伊昭先生司稷[7]；请季恬逸先生、金寓刘先生、宗姬先生司馔[8]。请完，命卢华士跟着大赞金东崖先生，将诸位一齐请出二门外。

[注释]

[1] 亚献：古代祭祀大典需要举行三次献奉供品的仪式，第一次叫初献，由主祭人执行；第二次叫亚献，第三次叫三献或终献，均由助祭人执行。 [2] 引赞：类似于今之司仪，在祭祀中职掌引导主祭、亚献、三献，以及三次献奉供品时的赞礼等。 [3] 大

赞：除了引赞负责的赞礼之外，大赞职掌祭祀中其他部分的赞礼。 [4] 司尊：负责祭祀中酒尊的献奉准备。 [5] 司玉：负责祭祀中玉石制品的献奉准备。 [6] 司帛：负责祭祀中丝织物的献奉准备。 [7] 司稷：负责祭祀中农作物粟的献奉准备。 [8] 司馔：负责祭祀中食物的献奉准备。

当下祭鼓发了三通，金次福、鲍廷玺两人领着一班司球的、司琴的、司瑟的、司管的、司鼗鼓的、司柷的、司敔的、司笙的、司镛的、司箫的、司编钟的、司编磬的，和六六三十六个佾舞的孩子，都立在堂上堂下。

金东崖先进来到堂上，卢华士跟着。金东崖站定，赞道："执事者，各司其事！"这些司乐的都将乐器拿在手里。金东崖赞："排班。"司麾的武书，引着司尊的季萑、辛东之、余夔，司玉的蘧来旬、卢德、虞感祁，司帛的诸葛佑、景本蕙、郭铁笔，入了位，立在丹墀东边；引司柷的臧荼上殿，立在祝版跟前；引司稷的萧鼎、储信、伊昭，司馔的季恬逸、金寓刘、宗姬，入了位，立在丹墀西边。武书捧了麾，也立在西边众人下。金东崖赞："奏乐。"堂上堂下，乐声俱起。金东崖赞："迎神。"迟均、杜仪各捧香烛，向门外躬身迎接。金东崖赞："乐止。"堂上堂下，一齐止了。

金东崖赞："分献者[1]，就位。"迟均、杜仪出去引庄征君、马纯上进来，立在丹墀里拜位左右两边。金东崖赞："主祭者，就位。"迟均、杜仪出去引虞博士上来，立在丹墀里拜位中间。迟均、杜仪一左一右，立在丹墀里香案傍。迟均赞："盥洗。"同杜仪引主祭者盥洗了上来。迟均赞："主祭者诣香案前。"香案上一个沉香筒，里边插着许多红旗。杜仪抽一枝红旗在手，上有"奏乐"二字。虞博士走上香案前。迟均赞道："跪。升香[2]。灌地[3]。拜，兴[4]；拜，兴；拜，兴；拜，兴。复位[5]。"杜仪又抽出一枝旗来："乐止。"金东崖赞："奏乐神之乐[6]。"金次福领着堂上的乐工，奏起乐来。奏了一会，乐止。

[注释]

[1] 分献者：即二献、三献之人。 [2] 升香：上香。 [3] 灌地：祭祀时的一种仪式，将酒洒在地上。 [4] 兴：行完礼后站起身。 [5] 复位：回到原来站立的位置。 [6] 乐神：传说中的掌

管音乐的神。

金东崖赞："行初献礼。"卢华士在殿里抱出一个牌子来，上写"初献"二字。迟均、杜仪引着主祭的虞博士，武书持麾在迟均前走。三人从丹墀东边走，引司尊的季萑、司玉的蘧来旬、司帛的诸葛佑，一路同走；引着主祭的从上面走。走过西边，引司稷的萧鼎、司馔的季恬逸，引着主祭的从西边下来，在香案前转过东边上去。进到大殿，迟均、杜仪立于香案左右。季萑捧着尊，蘧来旬捧着玉，诸葛佑捧着帛，立在左边；萧鼎捧着稷，季恬逸捧着馔，立在右边。迟均赞："就位。跪。"虞博士跪于香案前。迟均赞："献酒。"季萑跪着递与虞博士献上去。迟均赞："献玉。"蘧来旬跪着递与虞博士献上去。迟均赞："献帛。"诸葛佑跪着递与虞博士献上去。迟均赞："献稷。"萧鼎跪着递与虞博士献上去。迟均赞："献馔。"季恬逸跪着递与虞博士献上去。献毕，执事者退了下来。迟均赞："拜，兴；拜，兴；拜，兴；拜，兴。"

金东崖赞："一奏至德之章，舞至德之容。"堂上乐细细奏了起来。那三十六个孩子，手持籥、翟，齐上来舞。乐舞已毕，金东崖赞："阶下与祭者，皆跪。读祝文。"臧荼跪在祝版前，将祝文读了。金东崖赞："退班。"迟均赞："平身[1]。复位。"武书、迟均、杜仪、季萑、蘧来旬、诸葛佑、萧鼎、季恬逸引着主祭的虞博士，从西边一路走了下来。虞博士复归主位，执事的都复了原位[2]。

[**注释**]

[1] 平身：跪拜后站起身。 [2] 以下"行亚献礼""行终献礼"1089 字是把"行初献礼"重复一遍，本书删却不录。

金东崖赞："行侑食之礼[1]。"迟均、杜仪又从主祭位上引虞博士从东边上来，香案前跪下。金东崖赞："奏乐。"堂上堂下乐声一齐大作。乐止。迟均赞："拜，兴；拜，兴；拜，兴；拜，兴。平身。"金东崖赞："退班。"迟均、杜仪引虞博士从西边走下去，复了主祭的位。迟均、杜仪也复了引赞的位。金东崖赞："撤馔[2]。"杜仪抽出一枝红旗来，上有"金奏"二字[3]。当下乐声又一齐大作起来。迟均、杜仪从主位上引了虞博士，奏着乐，从东边走上殿去，香案前跪下。迟均赞："拜，兴；拜，兴；拜，兴；拜，兴。平身。"金东崖赞："退班。"迟均、杜仪引虞博士从西边走下去，复了主祭的位。迟均、杜仪也复了引赞的位。杜仪又抽出一枝红旗来："止乐。"金东崖赞："饮福受胙[4]。"迟均、杜仪引主祭的虞博士、亚献的庄征君，终献的马二先生，都跪在香案前，饮了福酒，受了胙肉。金东崖赞："退班。"三人退下去了。金东崖赞："焚帛。"司帛的诸葛佑、景本蕙、郭铁笔，一齐焚了帛。金东崖赞："礼毕。"众人撤去了祭器、乐器，换去了公服，齐往后面楼下来。金次福、鲍廷玺带着堂上堂下的乐工和佾舞的三十六个孩子，都到后面两边书房里来。

［注释］

[1] 侑（yòu）食：祭祀中的一种仪式，为神灵享受酒食供物助兴。　[2] 撤馔：祭祀中的一种仪式，在祭礼将要结束时，将献奉的食物撤下来。　[3] 金奏：先敲击钟、镈，然后其他乐器一起演奏，表示已到了祭祀的最后阶段。　[4] 饮福受胙：祭祀

中的一种仪式，祭祀者饮用献奉的酒，即福酒；食用献奉的肉，即胙肉。

重新梳理一遍，郑重其事。

这一回大祭，主祭的虞博士，亚献的庄征君，终献的马二先生，共三位。大赞的金东崖，副赞的卢华士[1]，司柷的臧荼，共三位。引赞的迟均、杜仪，共二位。司麾的武书一位。司尊的季萑、辛东之、余夔，共三位。司玉的蘧来旬、卢德、虞感祁，共三位。司帛的诸葛佑、景本蕙、郭铁笔，共三位。司稷的萧鼎、储信、伊昭，共三位。司馔的季恬逸、金寓刘、宗姬，共三位。金次福、鲍廷玺二人领着司球的一人、司琴的一人、司瑟的一人、司管的一人、司鼗鼓的一人、司柷的一人、司敔的一人、司笙的一人、司镛的一人、司萧的一人、司编钟的、司编磬的二人，和佾舞的孩子，共是三十六人。——通共七十六人。

［注释］

[1] 副赞：大赞的副手，在祭祀中不开口赞礼，只在“初献”“亚献”“终献”三个步骤抱出相应的牌子，引导祭祀的进行。

当下厨役开剥了一条牛、四副羊，和祭品的肴馔菜蔬都整治起来，共备了十六席：楼底下摆了八席，二十四位同坐；两边书房摆了八席，款待众人。吃了半日的酒，虞博士上轿先进城去。这里众位也有坐轿的，也有走的；见两边百姓，扶老携幼，挨挤着来看，欢声雷动。马二先生笑问："你们这是为甚么事？"众人都道："我们生长在南京，也有活了七八十岁的，从不曾看见这样的礼体，听见这样的吹打！老年人都说这位主祭的老爷是一位神圣临凡，所以都争着出来看。"众人都欢喜，一齐进城去了。

一再渲染虞博士是"圣人""神圣"。"士希贤，贤希圣，圣希天"，圣人比贤人还高一层。

又过了几日，季萑、萧鼎、辛东之、金寓刘来辞了虞博士，回扬州去了。马纯上同蘧駪夫到河房里来辞杜少卿，要回浙江。二人走进河房，见杜少卿、臧荼又和一个人坐在那里。蘧駪夫一见，就吓了一跳，心里想道："这人便是在我娄表叔家弄假人头的张铁臂！他如何也在此？"彼此作了揖。张铁臂见蘧駪夫，也不好意思，脸上出神。吃了茶，说了一会辞别的话，马纯上、蘧駪夫辞了出来。杜少卿送出大门。蘧駪夫问道：

于高潮汇聚后，各各散回。

至此才揭明第三十一回又出现的"大眼睛黄胡子"的张俊民就是第十二回"几根黄胡子，两只大眼睛"的张铁臂。

"这姓张的，世兄因如何和他相与？"杜少卿道："他叫做张俊民，他在敝县天长住。"蘧駪夫笑着把他本来叫做张铁臂，在浙江做的这些事，略说了几句，说道："这人是相与不得的，少卿须要留神。"杜少卿道："我知道了。"两人别过自去。杜少卿回河房来问张俊民道："俊老，你当初曾叫做张铁臂么？"张铁臂红了脸，道："是小时有这个名字。"别的事含糊说不出来。杜少卿也不再问了。张铁臂见人看破了相，也存身不住，过几日，拉着臧蓼斋回天长去了。萧金铉三个人欠了店账和酒饭钱，不得回去，来寻杜少卿耽带。杜少卿替他三人赔了几两银子，三人也各回家去了。宗先生要回湖广去，拿行乐来求杜少卿题[1]。杜少卿当面题罢，送别了去。

［注释］

[1] 行乐：指行乐图，是古代多涉及男女生活的人物画幅。

恰好遇着武书走了来，杜少卿道："正字兄，许久不见。这些时在那里？"武书道："前日监里六堂合考[1]，小弟又是一等第一。"杜少卿道：

“这也有趣的紧。”武书道：“倒不说有趣，内中弄出一件奇事来。”杜少卿道：“甚么奇事？”武书道：“这一回朝廷奉旨要甄别在监读书的人，所以六堂合考。那日上头吩咐下来，解怀脱脚[2]，认真搜检，就和乡试场一样。考的是两篇《四书》，一篇经文。有个习《春秋》的朋友竟带了一篇刻的经文进去。他带了也罢，上去告出恭，就把这经文夹在卷子里，送上堂去。天幸遇着虞老师值场，大人里面也有人同虞老师巡视。虞老师揭卷子，看见这文章，忙拿了藏在靴桶里。巡视的人问是什么东西，虞老师说：‘不相干。’等那人出恭回来，悄悄递与他：‘你拿去写。但是你方才上堂不该夹在卷子里拿上来。幸得是我看见，若是别人看见，怎了？’那人吓了个臭死。发案考在二等，走来谢虞老师。虞老师推不认得，说：‘并没有这句话。你想是昨日错认了，并不是我。’那日小弟恰好在那里谢考，亲眼看见。那人去了，我问虞老师：‘这事老师怎的不肯认？难道他还是不该来谢的？’虞老师道：‘读书人全要养其廉耻，他没奈何来谢我，我若再认这话，

作者意在写虞博士之善于教化，但如前一回回末点评所云，从今人的观念看，虞博士的举动有点是非不分，不过那倒不是吴敬梓有意讽刺他，而是古人讲的礼让恕道本身，就存在着因不分是非、矫枉过正而近于可笑的成分。

他就无容身之地了。’小弟却认不的这位朋友，彼时问他姓名，虞老师也不肯说。先生，你说这一件奇事可是难得？”杜少卿道：“这也是老人家常有的事。”武书道：“还有一件事，更可笑的紧！他家世兄赔嫁来的一个丫头，他就配了姓严的管家了。那奴才看见衙门清淡，没有钱寻，前日就辞了要去。虞老师从前并不曾要他一个钱，白白把丫头配了他。他而今要领丫头出去，要是别人，就要问他要丫头身价，不知要多少。虞老师听了这话，说道：‘你两口子出去也好，只是出去，房钱、饭钱都没有。’又给了他十两银子，打发出去，随即把他荐在一个知县衙门里做长随。你说好笑不好笑？”杜少卿道：“这些做奴才的有甚么良心！但老人家两次赏他银子，并不是有心要人说好，所以难得。”当下留武书吃饭[3]。

贵在源于至性，而非为邀名。

[注释]

[1] 六堂：国子监的监生按照成绩的高下依次分为率性、修道、诚心、正义、崇志、广业六堂，明初曾规定，监生若从广业堂最后升至率性堂，就可以和进士一样铨选京职。 [2] 解怀

脱脚：即把考生的衣服解开、鞋子脱下，检查他们有无夹带舞弊。　[3] 以下转入郭孝子寻亲，在本回的 784 字本书不录。

[点评]

在古代“礼”的基本特点便是以每个个体的外在的行为、动作、仪式来标志和履行其特定的社会地位、职能、权利、义务。礼在主宰、规范、制约人的外在方面的同时，还对人的内在心理起着陶冶作用。孔子教一般学生以“六艺”，礼、乐、射、御、书、数，礼居其首，乐是配合礼的。他非常注重礼的形式（包括仪式、服制、器物等）的教育，赋予它以规范行动、陶冶性情的重要意义。这样的思想成了儒家的一个重要传统。

儒者尤重祭礼，祭礼是神圣的仪式，祭礼的仪式本身具有崇高的意义。泰伯祠大祭不惜笔墨细写礼仪的全过程，正是体现了儒家重视礼仪尤其重祭礼的传统。祖籍靠近徽州的黄小田评此回曰：“此段看似繁重，其实皆（朱）文公（家礼）。吾乡丧祭所常用者也。”可见清末皖南还沿袭此礼。

这种描写的目标和归宿虽落在“礼”上，而途径却重在“习”。迟衡山说建泰伯祠的目的是“习学礼乐”，泰伯祠前高悬金字一匾曰“习礼楼”，强调的都是“习”。这样的思想与清初重“习行”、讲“实用”的颜李学派一脉相承。针对理学的一味静坐诵读的弊端，颜元特别强调习行、实践，所以他以“习斋”名自己的书斋。他主持漳南书院时以古器教学生跪拜如仪。《儒林外史》此回写“习礼楼”下的活动，也贯穿着注重习行的精神，在庄严的至德祠中，奏的是“至德之章”，舞的是“至德之容”，与祭者各安其位，各司其事，先后有序，进退有节，肃肃穆穆，诚诚敬敬，就像颜元所理想的那样，按照古礼古乐，连祭器、乐器也由迟衡山考究古制而制成，严格贯彻颜元等人所提倡的“见之事”“征诸物”的精神，在和谐而神圣的礼仪中“尽其性，践其形”，接受规范和陶冶。

第四十回　萧云仙广武山赏雪
沈琼枝利涉桥卖文[1]

萧云仙上船，到了扬州，在钞关上挤马头。正挤的热闹，只见后面挤上一只船来，船头上站着一个人，叫道："萧老先生！怎么在这里？"萧云仙回头一看，说道："呵呀！原来是沈先生！你几时回来的？"忙叫拢了船。那沈先生跳上船来。萧云仙道："向在青枫城一别，至今数年。是几时回南来的？"沈先生道："自蒙老先生青目，教了两年书，积下些修金，回到家乡，将小女许嫁扬州宋府上，此时送他上门去。"萧云仙道："令爱恭喜，少贺。"因叫跟随的人封了一两

由萧云仙经沈父过渡至沈琼枝。

银子，送过来做贺礼，说道："我今番押运北上，不敢停泊，将来回到敝署，再请先生相会罢。"作别开船去了。

这先生领着他女儿琼枝，岸上叫了一乘小轿子抬着女儿，自己押了行李，到了缺口门，落在大丰旗下店里。那里伙计接着，通报了宋盐商。那盐商宋为富打发家人来吩咐道："老爷叫把新娘就抬到府里去，沈老爷留在下店里住着，叫账房置酒款待。"沈先生听了这话，向女儿琼枝道："我们只说到了这里，权且住下，等他择吉过门，怎么这等大模大样？看来这等光景，竟不是把你当作正室了。这头亲事，还是就得就不得？女儿，你也须自己主张。"沈琼枝道："爹爹，你请放心。我家又不曾写立文书，得他身价，为甚么肯去伏低做小！他既如此排场，爹爹若是和他吵闹起来，倒反被外人议论。我而今一乘轿子，抬到他家里去，看他怎模样看待我。"

沈先生只得依着女儿的言语，看着他装饰起来。头上戴了冠子，身上穿了大红外盖，拜辞了父亲，上了轿。那家人跟着轿子，一直来到河

与"三从"的首从"在家从父"相悖，居然要她"自己主张"。她也确实要自己掌握自己的命运。

不肯"伏低做小"，要自尊自立。

明知山有虎，偏向虎山行。敢于探虎穴。

好似披挂上阵。

下，进了大门。几个小老妈抱着小官在大墙门口同看门的管家说笑话，看见轿子进来，问道："可是沈新娘来了？请下了轿，走水巷里进去。"沈琼枝听见，也不言语，下了轿，一直走到大厅上坐下。说道："请你家老爷出来！我常州姓沈的，不是甚么低三下四的人家！他既要娶我，怎的不张灯结彩，择吉过门？把我悄悄的抬了来，当做娶妾的一般光景。我且不问他要别的，只叫他把我父亲亲笔写的婚书拿出来与我看，我就没的说了！"老妈同家人都吓了一跳，甚觉诧异，慌忙走到后边报与老爷知道。

"诧异"者奇也。

那宋为富正在药房里看着药匠弄人参，听了这一篇话，红着脸道："我们总商人家，一年至少也娶七八个妾，都像这般淘气起来，这日子还过得？他走了来，不怕他飞到那里去！"踌躇一会，叫过一个丫环来，吩咐道："你去前面向那新娘说：'老爷今日不在，新娘权且进房去。有甚么话，等老爷来家再说。'"丫环来说了，沈琼枝心里想着："坐在这里也不是事，不如且随他进去。"便跟着丫头走到厅背后左边，一个小

富商骄奢淫佚，如此豪横。

敢于只身犯险。作者要把她写成一扫"弱女子"种种顾忌的、敢于自己掌握自己命运的"奇女子"。

圭门里进去[2]，三间楠木厅，一个大院落，堆满了太湖石的山子。沿着那山石走到左边一条小巷，串入一个花园内。竹树交加，亭台轩敞，一个极宽的金鱼池，池子旁边，都是朱红栏杆，夹着一带走廊。走到廊尽头处，一个小小月洞[3]，四扇金漆门。走将进去，便是三间屋，一间做房，铺设的齐齐整整，独自一个院落。妈子送了茶来。沈琼枝吃着，心里暗说道："这样极幽的所在，料想彼人也不会赏鉴，且让我在此消遣几天。"那丫鬟回去回覆宋为富道："新娘人物倒生得标致，只是样子觉得忿赖[4]，不是个好惹的。"

蔑视富商。作者是加意写她身临险境仍从容。就当时的社会现实而言，这种夸张已属过当，难免瑕疵之评。

[注释]

[1] 本回前三分之二均系"萧云仙广武山赏雪"，本书不录。 [2] 圭门：指边门，门框的形状像古代玉制礼器圭，上尖下方，故有此称。 [3] 月洞：形似满月的门，又称为"月门"。 [4] 忿赖：泼辣难缠。

过了一宿，宋为富叫管家到下店里，吩咐账房中兑出五百两银子送与沈老爷："叫他且回府，着姑娘在这里，想没的话说。"沈先生听了这话，说道："不好了！他分明拿我女儿做妾，这还了得！"一径走到江都县喊了一状。那知县看了呈子，说道："沈大年既是常州贡生，也是衣冠中人物，怎么肯把女儿与人做妾？盐商豪横一至于此！"将呈词收了。宋家晓得这事，慌忙叫小司客具了一个诉呈[1]，打通了关节。次日，呈子批出来，批道：

沈大年既系将女琼枝许配宋为富为正室，何至自行私送上门？显系做妾可知。架词混渎[2]，不准。

[注释]

[1] 诉呈：百姓递交给官府的应对官司的一种呈文。　[2] 架词：架词设讼，通过以轻为重或是以无为有的方式提起诉讼。混渎：蒙混、胡乱。

那诉呈上批道：

已批示沈大年词内矣。

沈大年又补了一张呈子。知县大怒，说他是个刁健讼棍[1]，一张批，两个差人，押解他回常州去了。

沈大年只起衬托作用，衬托沈琼枝的自主敢担当。

［注释］

[1] 刁健：狡悍。讼棍：惯于借打官司从中获利之人。

沈琼枝在宋家过了几天，不见消息，想道："彼人一定是安排了我父亲，再来和我歪缠[1]。不如走离了他家，再作道理。"将他那房里所有动用的金银器皿、真珠首饰，打了一个包袱，穿了七条裙子，扮做小老妈的模样，买通了那丫环，五更时分，从后门走了，清晨出了钞关门上船。那船是有家眷的。沈琼枝上了船，自心里想道："我若回常州父母家去，恐惹故乡人家耻笑。"细想："南京是个好地方，有多少名人在那里，我又会做两句诗，何不到南京去卖诗过日子？或者遇着些缘法出来也不可知。"立定主意，到仪征换了江船，一直往南京来。只因这一番，有分教：

敢作敢为，不陷陷阱，进出自如。

敢于闯入大社会，自立谋生。那时的社会是禁锢女子不出闺门的，她之大胆确实"奇"！

卖诗女士，反为逋逃之流；科举儒生，且作风流之客。

［注释］

[1] 歪缠：即胡搅蛮缠。

毕竟后事如何，且听下回分解。

［**点评**］

长期的封建社会对女性重重禁锢，形成“弱女子”的种种顾忌（包括贞节的提防），吴敬梓着意要把沈琼枝塑造成一位抖落了封建灰尘、扫除了旧女子性格的“奇女子”，她摒弃积习，蔑弃物议，敢于脱颖而出，把命运掌握在自己手里。作者写她处处自主，关关主动，满怀自信，敢作敢为。以当时的习俗常情观之，确有不合之处，这不是吴敬梓的失误，而是他的创意，他蓄意要塑造敢于突破现有礼俗的奇女子。妇女解放的程度是社会文明程度的标志之一，妇女观的解放程度也是思想解放程度的标志之一。吴敬梓的妇女观表现了他的思想锋芒已经射出多远。

第四十一回　庄濯江话旧秦淮河 沈琼枝押解江都县

以抒情散文的笔调写出南京的“清明上河图”“秦淮四月半”。

话说南京城里，每年四月半后，秦淮景致渐渐好了。那外江的船，都下掉了楼子，换上凉篷，撑了进来。船舱中间，放一张小方金漆桌子，桌上摆着宜兴沙壶[1]，极细的成窑、宣窑的杯子[2]，烹的上好的雨水毛尖茶[3]。那游船的备了酒和肴馔及果碟到这河里来游，就是走路的人[4]，也买几个钱的毛尖茶，在船上煨了吃，慢慢而行。到天色晚了，每船两盏明角灯，一来一往，映着河里，上下明亮。自文德桥至利涉桥、东水关，夜夜笙歌不绝。又有那些游人买了水老鼠花在河内放[5]。那水花直站在河里，放出来就和一树梨花一般，每夜直到四更时才歇。

[注释]

[1]沙壶：即砂壶，宜兴的紫砂壶最为有名。 [2]成窑、宣窑：明代成化以及宣德年间官窑烧制的瓷器，以精致美观著称，颇为名贵。 [3]雨水毛尖茶：用雨水泡的毛尖茶。 [4]走路的人：过路的旅客。 [5]水老鼠花：一种花炮，可在水上燃放，点燃后在水面乱窜，也可喷出彩花。

国子监的武书，是四月尽间生辰，他家中穷，请不起客。杜少卿备了一席果碟，沽几斤酒，叫了一只小凉篷船，和武书在河里游游。清早请了武书来，在河房里吃了饭，开了水门，同下了船。杜少卿道："正字兄，我和你先到冷淡处走走。"叫船家一路荡到进香河，又荡了回来，慢慢吃酒。吃到下午时候，两人都微微醉了。荡到利涉桥，上岸走走，见马头上贴着一个招牌，上写道：

毗陵女士沈琼枝[1]，精工顾绣[2]，写扇作诗。寓王府塘手帕巷内。赐顾者幸认"毗陵沈"招牌便是。

[注释]

[1] 毗（pí）陵：常州的别称。 [2] 顾绣：原指明代上海露香园顾名世家的刺绣，由于针刺纤细如毫毛，针法多样，并且配色精妙、别具心裁，而声名大振，其后人和门徒传承之，被称为“顾绣”，后成为江南一带刺绣品的通称。

武书看了，大笑道：“杜先生，你看南京城里偏有许多奇事！这些地方，都是开私门的女人住[1]。这女人眼见的也是私门了，却挂起一个招牌来，岂不可笑！”杜少卿道：“这样的事，我们管他怎的？且到船上去煨茶吃。”便同下了船，不吃酒了，煨起上好的茶来，二人吃着闲谈。过了一回，回头看见一轮明月升上来，照得满船雪亮，船就一直荡上去。到了月牙池，见许多游船在那里放花炮，内有一只大船，挂着四盏明角灯，铺着凉簟子[2]，在船上中间摆了一席。上面坐着两个客；下面主位上坐着一位，头戴方巾，身穿白纱直裰，脚下凉鞋，黄瘦面庞，清清疏疏三绺白须；横头坐着一个少年，白净面皮，微微几根胡子，眼张失落，在船上两边看女人。

“清风朗月不用一钱买”，需要诗人情怀方能“买”得。秦淮月夜点染得如诗如画。

一个特征性动作，就显示一个形象。

［注释］

[1] 开私门：指做暗娼。　[2] 簟（diàn）子：竹席。

这小船走近大船眼前，杜少卿同武书认得那两个客，一个是卢信侯，一个是庄绍光，却认不得那两个人。庄绍光看见二人，立起身来道："少卿兄，你请过来坐。"杜少卿同武书上了大船。主人和二位见礼，便问："尊姓？"庄绍光道："此位是天长杜少卿兄。此位是武正字兄。"那主人道："天长杜先生，当初有一位做赣州太守的，可是贵本家？"杜少卿惊道："这便是先君。"那主人道："我四十年前与尊大人终日相聚。叙祖亲，尊翁还是我的表兄。"杜少卿道："莫不是庄濯江表叔么？"那主人道："岂敢，我便是。"杜少卿道："小侄当年年幼，不曾会过。今幸会见表叔，失敬了。"从新同庄濯江叙了礼。武书问庄绍光道："这位老先生可是老先生贵族？"庄征君笑道："这还是舍侄。却是先君受业的弟子[1]。我也和他相别了四十年，近日才从淮扬来。"武书又问："此位？"庄濯江道："这便是小儿。”也过来见了礼，齐坐下。

[**注释**]

[1] 受业：传授学业。

提供时间推算。

奇人之雅。

庄濯江叫从新拿上新鲜酒来，奉与诸位吃。庄濯江就问：“少卿兄几时来的？寓在那里？”庄绍光道：“他已经在南京住了八九年了。尊居现在这河房里。”庄濯江惊道：“尊府大家，园亭花木甲于江北，为甚么肯搬在这里？”庄绍光便把少卿豪举，而今黄金已随手而尽，略说了几句。庄濯江不胜叹息，说道：“还记得十七八年前，我在湖广，乌衣韦四先生寄了一封书子与我，说他酒量越发大了，二十年来，竟不得一回恸醉，只有在天长赐书楼吃了一坛九年的陈酒，醉了一夜，心里快畅的紧，所以三千里外寄信告诉我。我彼时不知府上是那一位做主人，今日说起来，想必是少卿兄无疑了。”武书道：“除了他，谁人肯做这一个雅东？”杜少卿道：“韦老伯也是表叔相好的？”庄濯江道：“这是我髫年的相与了[1]。尊大人少时，无人不敬仰是当代第一位贤公子。我至今想起，形容笑貌，还如在目前。”卢信侯又同武书谈到泰伯祠大祭的事。庄濯江拍膝嗟叹道：“这样盛典，可惜来迟了，不得躬逢其盛。我将来也要怎的寻一件大事，屈诸位先生大家会一会，我就有趣了。”

泰伯祠大祭的回响。

［注释］

[1] 髫（tiáo）年：古时童年垂髫，称垂髫之年，即髫年。

当下四五人谈心话旧，一直饮到半夜。在杜少卿河房前观那河里灯火阑珊，笙歌渐歇，耳边忽听得玉箫一声。众人道：“我们各自分手罢。”武书也上了岸去。庄濯江虽年老，事庄绍光极是有礼。当下杜少卿在河房前过，上去回家。庄濯江在船上一路送庄绍光到北门桥，还自己同上岸，家人打灯笼，同卢信侯送到庄绍光家，方才回去。庄绍光留卢信侯住了一夜，次日，依旧同往湖园去了。庄濯江次日写了“庄洁率子非熊”的帖子，来拜杜少卿。杜少卿到莲花桥来回拜，留着谈了一日。

杜少卿又在后湖会着庄绍光。庄绍光道：“我这舍侄，亦非等闲之人，他四十年前，在泗州同人合本开典当。那合本的人穷了，他就把他自己经营的两万金和典当拱手让了那人，自己一肩行李，跨一个疲驴，出了泗州城。这十数年来，往来楚越，转徙经营，又自致数万金，才置了产业，南京来住。平日极是好友敦伦，替他尊人治丧，不曾要同胞兄弟出过一个钱，俱是他一人独任；多少老朋友死了无所归的，他就殡葬他。又极遵先君当年的教训，最是敬重文人，流连古迹。现今拿着三四千银子在鸡鸣山修曹武惠王庙[1]。等他修成了，少卿也约衡山兄来替他做一个大祭。”杜少卿听了，心里欢喜。说罢，辞别去了。

[注释]

[1] 曹武惠王：北宋开国名将曹彬，曾率兵灭南唐，并生俘南唐后主李煜，曾禁止将士杀掠，官至枢密使、忠武军节度使，死后追封济阳郡王，谥“武惠”。

南京秋俗图。

转眼长夏已过，又是新秋，清风戒寒，那秦淮河另是一番景致。满城的人都叫了船，请了大和尚在船上悬挂佛像，铺设经坛，从西水关起，一路施食到进香河，十里之内，降真香烧的有如烟雾溟蒙[1]。那鼓钹梵呗之声[2]，不绝于耳。到晚，做的极精致的莲花灯，点起来浮在水面上。又有极大的法船[3]，照依佛家中元地狱赦罪之说，超度这些孤魂升天，把一个南京秦淮河，变做西域天竺国[4]。到七月二十九日，清凉山地藏胜会，——人都说地藏菩萨一年到头都把眼闭着[5]，只有这一夜才睁开眼，若见满城都摆的香花灯烛，他就只当是一年到头都是如此，就欢喜这些人好善，就肯保佑人。所以这一夜，南京人各家门户都搭起两张桌子来，两枝通宵风烛[6]，一座香斗[7]，从大中桥到清凉山，一条街有七八里路，点得像一条银龙，一夜的亮，香烟不绝，大风也吹不熄。倾城士女都出来烧香看会。

[注释]

[1] 降真香：一种香的名字，烧香时烟直上，据传能够引鹤降，故有此名，在宗教活动中常使用此香。另据说降真香能够辟邪，也是日常生活中的用品。　[2] 梵呗（bài）：佛教歌赞。泛指僧人做法事时的诵经声。　[3] 法船：用来超度亡灵的纸船。　[4] 天竺国：印度的古称。　[5] 地藏菩萨：也称为地藏王菩萨，因他“安忍不动如大地，静虑深密如秘藏”，故有“地藏”之名。佛经中

说，释迦佛将弥勒佛出生之前度化众生的重任交给了地藏菩萨，因此地藏菩萨常现身于地狱中，拯救苦难。传说七月三十日是地藏菩萨的诞生日，所以各地寺庙多在次日举行法会，称为地藏法会或地藏胜会。 [6] 风烛：可以防止被风吹灭的蜡烛。 [7] 香斗：亦称为“斗香”，将很多束香扎成宝塔的形状，顶上加一个彩纸做的斗，用来供奉神佛。

回到沈琼枝。在美妙的背景中出现。

沈琼枝住在王府塘房子里，也同房主人娘子去烧香回来。沈琼枝自从来到南京，挂了招牌，也有来求诗的，也有来买斗方的，也有来托刺绣的。那些好事的恶少，都一传两，两传三的来物色，非止一日。这一日烧香回来，人见他是下路打扮[1]，跟了他后面走的就有百十人。庄非熊却也顺路跟在后面，看见他走到王府塘那边去了。庄非熊心里有些疑惑，次日来到杜少卿家，说：“这沈琼枝在王府塘，有恶少们去说混话，他就要怒骂起来。此人来路甚奇，少卿兄何不去看看？”杜少卿道：“我也听见这话，此时多失意之人，安知其不因避难而来此地？我正要去问他。”当下便留庄非熊在河房看新月。又请了两个客来：一个是迟衡山，一个是武书。庄非熊见了，说些闲话，又讲起王府塘沈琼枝卖诗文的

奇。

事。杜少卿道："无论他是怎样，果真能做诗文，这也就难得了。"迟衡山道："南京城里是何等地方！四方的名士还数不清，还那个去求妇女们的诗文？这个明明借此勾引人。他能做不能做，不必管他。"武书道："这个却奇。一个少年妇女，独自在外，又无同伴，靠卖诗文过日子，恐怕世上断无此理。只恐其中有甚么情由。他既然会做诗，我们便邀了他来做做看。"说着，吃了晚饭，那新月已从河底下斜挂一钩，渐渐的照过桥来。杜少卿道："正字兄，方才所说，今日已迟了，明日在舍间早饭后，同去走走。"武书应诺，同迟衡山、庄非熊都别去了。

奇。

月、河、桥，构图极佳，画家的眼光。

[注释]

[1] 下路：即下江，长江下游地区。

次日，武正字来到杜少卿家，早饭后，同到王府塘来。只见前面一间低矮房屋，门首围着一二十人在那里吵闹。杜少卿同武书上前一看，里边便是一个十八九岁妇人，梳着下路绺鬏[1]，穿着一件宝蓝纱大领披风，在里面支支喳喳的嚷。杜少卿同武书听了一听，才晓得是人来买绣香囊，地方上几个喇子想来拿囮头[2]，却无实迹，倒被他骂了一场。两人听得明白，方才进去。那些人看见两位进去，也就渐渐散了。沈琼枝看见两人气概不同，连忙接着，拜了万福。坐定，彼此谈了几句闲话。武书道："这杜少卿先生是此间诗坛祭酒[3]，昨日因有人说起佳作可观，所以来请教。"沈琼枝道："我在南京半年多，凡到我这里来的，不是把我当作倚门之娼，就是疑我为江湖之盗。两样人皆不足与言。今见二位先生，既无狎玩我的意思，又无疑猜我的心肠。我平日听见家父说：'南京名士甚多，只有杜少卿先生是个豪杰。'这句话不错了。但不知先生是客居在此，还是和夫人也同在南京？"杜少卿道："拙荆也同寄居在河房内[4]。"沈琼枝道："既如此，我就到府拜谒夫人，好将心事细说。"杜少卿应诺，同武书先别了出来。

"豪杰"比"名士"更高一层。

[**注释**]

[1] 绺鬏：女子分股梳盘的发髻。 [2] 拿囮（é）头：即拿住人的把柄进行敲诈。囮，同"讹"。 [3] 诗坛祭酒：诗坛领袖。

汉代有博士祭酒之职，为博士之首，后代则在国学设国子监祭酒，是国子监的主管官。因此以“祭酒”来称呼文坛、诗坛等领域的领袖人物。　[4] 拙荆：对于自己妻子的谦称。

武书对杜少卿说道：“我看这个女人实有些奇。若说他是个邪货，他却不带淫气；若是说他是人家遣出来的婢妾，他却又不带贱气。看他虽是个女流，倒有许多豪侠的光景。他那般轻倩的装饰[1]，虽则觉得柔媚，只一双手指却像讲究勾、搬、冲的[2]。论此时的风气，也未必有车中女子同那红线一流人[3]。却怕是负气斗狠，逃了出来的。等他来时，盘问盘问他，看我的眼力如何。”

奇。

豪侠。

[注释]

[1] 轻倩：灵巧轻便而又美好。　[2] 像讲究勾、搬、冲的：勾、搬、冲都是拳法术语，意思即像是练过武功的。　[3] 车中女子：唐传奇中的一个人物，出自《原化记》，是一个容色甚佳却又武功高超的女子。红线：也是唐传奇中的人物，出自《甘泽谣》，是潞州节度使薛嵩家的婢女，也身怀绝技。

说着，已回到杜少卿家门首，看见姚奶奶背着花笼儿来卖花。杜少卿道：“姚奶奶，你来的正好。我家今日有个希奇的客到，你就在这里看看。”让武正字到河房里坐着，同姚奶奶进去，和娘子说了。

少刻，沈琼枝坐了轿子，到门首下了进来，杜少卿迎进内室，娘子接着，见过礼，坐下奉茶。沈琼枝上首，杜娘子主位，姚奶奶在下面陪着，杜少卿坐在窗槅前。彼此叙了寒暄。杜娘子问道：“沈姑娘，看你如此青年，独自一个在客边，可有个同伴的？家里可还有尊人在堂？可曾许字过人家？”沈琼枝道：“家父历年在外坐馆，先母已经去世。我自小学了些手工针黹[1]，因来到这南京大邦去处，借此糊口。适承杜先生相顾，相约到府，又承夫人一见如故，真是天涯知己了。”姚奶奶道：“沈姑娘出奇的针黹。昨日我在对门葛来官家，看见他相公娘买了一幅绣的‘观音送子’，说是买的姑娘的，真个画儿也没有那画的好！”沈琼枝道：“胡乱做做罢了，见笑的紧。”须臾，姚奶奶走出房门外去。沈琼枝在杜娘子面前，双膝跪下。娘子大惊，扶了起来。沈琼枝便把盐商骗他做妾，他拐了东西逃走的话，说了一遍：“而今只怕他不能忘情，还要追踪而来。夫

自小学了些手艺，有自立的能力。

出奇的。

只在亲人面前道出底细，自知是被追捕的人犯。

人可能救我？”杜少卿道：“盐商富贵奢华，多少士大夫见了就销魂夺魄；你一个弱女子，视如土芥，这就可敬的极了！但他必要追踪，你这祸事不远。却也无甚大害。”

杜少卿知她底细后不但不嫌弃，而是赞赏她蔑视富贵，不仅是奇，而且是可敬至极！

［注释］

[1] 针黹（zhǐ）：即针线、纺织、刺绣等女红。

正说着，小厮进来请少卿：“武爷有话要说。”杜少卿走到河房里，只见两个人垂着手，站在槅子门口，像是两个差人。少卿吓了一跳，问道：“你们是那里来的？怎么直到这里边来？”武书接应道：“是我叫进来的。奇怪！如今县里据着江都县缉捕的文书在这里拿人，说他是宋盐商家逃出来的一个妾。我的眼色如何？”少卿道：“此刻却在我家。我家与他拿了去，就像是我家指使的；传到扬州去，又像我家藏留他。他逃走不逃走都不要紧，这个倒有些不妥帖。”武正字道：“小弟先叫差人进来，正为此事。此刻少卿兄莫若先赏差人些微银子，叫他仍旧到王府塘去；等他自己回去，再做道理拿他。”少卿依着武书，赏了差人四钱银子。差人不敢违拗，去了。

少卿复身进去，将这一番话向沈琼枝说了。娘子同姚奶奶倒吃了一惊。沈琼枝起身道："这个不妨。差人在那里？我便同他一路去。"少卿道："差人我已叫他去了，你且用了便饭。武先生还有一首诗奉赠，等他写完。"当下叫娘子和姚奶奶陪着吃了饭，自己走到河房里检了自己刻的一本诗集，等着武正字写完了诗，又称了四两银子，封做程仪[1]，叫小厮交与娘子，送与沈琼枝收了。

镇定从容。

武书的原型是吴敬梓好友宁楷，宁楷《修洁堂初稿》卷八有诗《避雨文木山房赠茸城女子歌》。

［注释］

[1] 程仪：送给外出远行者的财物，也称为"程敬"。

沈琼枝告辞出门，上了轿，一直回到手帕巷。那两个差人已在门口，拦住说道："还是原轿子抬了走，还是下来同我们走？进去是不必的了！"沈琼枝道："你们是都堂衙门的[1]？是巡按衙门的？我又不犯法，又不打钦案的官司，那里有个拦门不许进去的理！你们这般大惊小怪，只好吓那乡里人！"说着，下了轿，慢慢的走了

临捕不惊。

进去。两个差人倒有些让他。沈琼枝把诗同银子收在一个首饰匣子里，出来叫："轿夫，你抬我到县里去。"轿夫正要添钱，差人忙说道："千差万差，来人不差，我们清早起，就在杜相公家伺候了半日，留你脸面，等你轿子回来。你就是女人，难道是茶也不吃的？"沈琼枝见差人想钱，也只不理，添了二十四个轿钱，一直就抬到县里来。

哪儿像犯人？简直是贵人。

［注释］

[1] 都堂衙门：都察院衙门，与下文"巡按衙门"都是负责审理重大要案甚至是奉旨办理的钦案的衙门。

差人没奈何，走到宅门上回禀道："拿的那个沈氏到了。"知县听说，便叫带到三堂回话[1]。带了进来，知县看他容貌不差，问道："既是女流，为甚么不守闺范，私自逃出，又偷窃了宋家的银两，潜踪在本县地方做甚么？"沈琼枝道："宋为富强占良人为妾，我父亲和他涉了讼，他买嘱知县，将我父亲断输了，这是我不共戴天之仇。况且我虽然不才，也颇知文墨，怎么肯

正义在手，理直气壮。

把一个张耳之妻去事外黄佣奴[2]？故此逃了出来。这是真的。”知县道：“你这些事，自有江都县问你，我也不管。你既会文墨，可能当面做诗一首？”沈琼枝道：“请随意命一个题，原可以求教的。”知县指着堂下的槐树，说道：“就以此为题。”沈琼枝不慌不忙，吟出一首七言八句来，又快又好。知县看了赏鉴，随叫两个原差到他下处取了行李来，当堂查点。翻到他头面盒子里，一包碎散银子，一个封袋上写着“程仪”，一本书，一个诗卷。知县看了，知道他也和本地名士倡和。签了一张批，备了一角关文，吩咐原差道：“你们押送沈琼枝到江都县，一路须要小心，不许多事，领了回批来缴。”那知县与江都县同年相好，就密密的写了一封书子，装入关文内，托他开释此女，断还伊父，另行择婿。此是后事不题。

袁枚《随园诗话》卷四：“余宰江宁时，有松江女张氏……名宛玉，嫁淮北程家，……私行脱逃……余点解时，宛玉堂上献诗云‘五湖深处素馨花，误入淮西估客家，……”此盖沈琼枝原型之一。

［注释］

[1] 三堂：官府设大堂、二堂、三堂，一些机密案件或涉及妇女的案件会在里面相对隐秘些的三堂审理。 [2] 张耳之妻：《史记·张耳陈余列传》载，战国末年张耳曾在魏国的外黄地方避难，

外黄有个出身富室之女，不甘被嫁作佣奴之妻，便改嫁被称为“贤夫”的张耳。后来张耳追随刘邦建立了汉朝，被封为赵王。

当下沈琼枝同两个差人出了县门，雇轿子抬到汉西门外，上了仪征的船。差人的行李放在船头上，锁伏板下安歇[1]。沈琼枝搭在中舱，……过了一会，船家来称船钱[2]。两个差人啐了一口，拿出批来道：“你看！这是甚么东西！我们办公事的人，不问你要贴钱就够了，还来问我们要钱！”船家不敢言语，向别人称完了，开船到了燕子矶。一夜西南风，清早到了黄泥滩。差人问沈琼枝要钱，沈琼枝道：“我昨日听得明白，你们办公事不用船钱的。”差人道：“沈姑娘，你也太拿老了[3]！叫我们管山吃山，管水吃水，都像你这一毛不拔，我们喝西北风！”沈琼枝听了，说道：“我便不给你钱，你敢怎么样！”走出船舱，跳上岸去，两只小脚就是飞的一般，竟要自己走了去。两个差人慌忙搬了行李，赶着扯他，被他一个四门斗里打了一个仰八叉[4]。扒起来，同那个差人吵成一片。吵的船家同那戴

据理不让，不畏强横。

会武艺防身自卫。原型二人均未见有武术。

破毡帽的汉子做好做歹，雇了一乘轿子，两个差人跟着去了[5]。

捕役成了跟从。

[注释]

[1] 锁伏板：桅舱前面可以掀起的船板。 [2] 称船钱：即收船费，由于是银子，要称分量，因此叫“称船钱”。 [3] 拿老：既摆老资格。 [4] 四门斗里：一种拳法，即少林武术中的四门斗拳，没有窜、蹦、跳、跃及高踢、飞腿等花招，以朴实无华，套路短小精悍著称。 [5] 删节本回此下与沈琼枝无关的 240 字。

[点评]

新近发现的吴敬梓好友严长明辑《八表停云录》卷二有吴敬梓《后新乐府》第四首《茸城女·伤仳离也》：

茸城有女子，姓沈名珠树。父为莲幕宾，母似蓝桥妪。女生非冶容，聪明有才具。手爪工织缣，心情悦坟素。早年嫁浙西，琴弦断中路。骨月都飘零，独与小姑住。小姑初长成，轻盈倾众嫭。昔富今已贫，聘与盐商娶。盐商竟豪奢，渔色复沉酗。佳人俦小星，寂寞流年度。小姑情不欢，羞与驵侩聚。再依茸城女，潜来桃叶渡。垂帘绣花枝，开门卖诗句。踪迹信可疑，疆暴亦思逻。商人捕逋妾，囚系同禁锢。板桥香雾浓，人指茸城寓。呜咽玉箫声，吹向三春莫。何处夕阳舡，花艳惊人顾。

吴敬梓这首《茸城女》写的茸城（松江的别称）女子沈珠树与其小姑（即袁枚所说的松江女子张宛玉）是

沈琼枝故事的原型。吴敬梓把姑嫂二人的经历融为一体，作为塑造沈琼枝形象的基干。沈琼枝的命名取予沈珠树（“珠树”与“琼枝”语义相近），沈琼枝从盐商家逃出这一主要事迹实来自沈珠树的小姑张宛玉。

在中国古代漫长的男权社会中，女性被禁锢在家庭，受夫权的支配。在反映婚姻家庭生活的现实主义作品中的女性，或是“在家从父，出嫁从夫”的淑女贤妻，或是自哀自怜满腹幽怨的怨妇弃妇。即便奋起抗争，想要主宰自己的命运，也难以被社会认同和接受，更不会得到官府的支持和保护。除了唐传奇中的侠女之外，女性企图冲破婚姻家庭牢笼的抗争通常以悲剧结局。

吴敬梓敢于逆袭，立意塑造个反传统的“奇女子”，沈琼枝形象同他写的《茸城女》中的两个原型相比，也有诸多改造升华：她不是因为“昔富今已贫，聘与盐商娶”，而是被富商骗娶为妾，这就使其反抗有了道义的前提，从而自操胜算、自主赴阵；她不是“佳人俦小星，寂寞流年度”，已成怨妇之后才逃离，而是知道陷阱后，敢于只身犯险，自探虎穴，从容与横霸较量，然后进出自如，抗骗抗婚卷财而走；到南京后不是“依”哪个亲戚，而是自谋营生，自立门户；即便被捕，也不是“呜咽玉箫声”，“囚系同禁锢”，而是先以诗才自呈，赢得知县同情，继以武艺自卫，慑服捕役，而屏蔽了“伤仳离”的哀情；整个说来，她就不是个被侮辱被欺凌的弱女子，而是一路英姿飒爽，自己掌握自己命运，自操胜算、自主赴阵，自探虎穴、自如进出，自谋营生、自立门户，自呈以诗，自卫以武，敢作敢为无所畏惧的侠女形象。在吴敬梓看来，杜少卿能够独具慧眼敬重她，正是豪杰识豪杰。这是吴敬梓的创造、吴敬梓思想的闪光。

第四十八回　徽州府烈妇殉夫
泰伯祠遗贤感旧

话说余大先生在虞府坐馆，早去晚归，习以为常。那日早上起来，洗了脸，吃了茶，要进馆去。才走出大门，只见三骑马进来，下了马，向余大先生道喜。大先生问："是何喜事？"报录人拿出条子来看，知道是选了徽州府学训导。余大先生欢喜，待了报录人酒饭，打发了钱去，随即虞华轩来贺喜，亲友们都来贺。余大先生出去拜客，忙了几天，料理到安庆领凭，领凭回来，带家小到任。大先生邀二先生一同到任所去。二先生道："哥寒毡一席[1]，初到任的时候，只怕孝悌为本。

日用还不足。我在家里罢。”大先生道：“我们老弟兄相聚得一日是一日。从前我两个人各处坐馆，动不动两年不得见面。而今老了，只要弟兄两个多聚几时，那有饭吃没饭吃，也且再商量。料想做官自然好似坐馆，二弟，你同我去。”二先生应了，一同收拾行李，来徽州到任。

［**注释**］

[1] 寒毡：唐代诗人杜甫写给时任教官郑虔的《戏简郑广文虔，兼呈苏司业源明》一诗中有“才名四十年，坐客寒无毡”之语，后人因此以“寒毡”来形容清贫的教官生活。

大先生本来极有文名，徽州人都知道。如今来做官，徽州人听见，个个欢喜。到任之后，会见大先生胸怀坦白，言语爽利，这些秀才们，本不来会的，也要来会会，人人自以为得明师。又会着二先生谈谈，谈的都是些有学问的话，众人越发钦敬，每日也有几个秀才来往。

那日，余大先生正坐在厅上，只见外面走进一个秀才来，头戴方巾，身穿旧宝蓝直裰，面皮深黑，花白胡须，约有六十多岁光景。那秀才自己手里拿着帖子，递与余大先生。余大先生看帖子上写着“门生王蕴”。那秀才递上帖子，拜了下去。余大先生回礼，说道：“年兄莫不是尊字玉辉的么？”王玉辉道：“门生正是。”余大先生道：“玉兄，二十年闻声相思，而今才得一见。我和你只论好弟兄，不必拘这些俗套。”遂请到书房里去坐，叫人请二老爷出来。二先生出来，同王玉辉会着，彼此又道了一番相慕之意，三人坐下。

王玉辉道：“门生在学里也做了三十年的秀才，是个迂拙的人。往年就是本学老师，门生也不过是公堂一见而已。而今因大老师和世叔来，是两位大名下，所以要时常来聆老师和世叔的教训。要求老师不认做大概学里门生[1]，竟要把我做个受业弟子才好。”余大先生道：“老哥，你我老友，何出此言！”二先生道：“一向知道吾兄清贫，如今在家可做馆？长年何以为生？”王玉辉道：“不瞒世叔说，我生平立的有个志向，要纂三部书嘉惠来学。”余大先生道：“是那三部？”王玉辉道：“一部礼书，一部字书，一部乡约书。”

其迂拙也有两面，一方面不逐利变迁使乖弄巧，而是执一敬守；另方面不辨精糟，不识良莠，偏执沉迷。

际遇明师，甘执弟子礼。

这是王玉辉平生心心念念、矢志以从的事业、信仰。

二先生道："礼书是怎么样？"王玉辉道："礼书是将三礼分起类来[2]，如事亲之礼，敬长之礼等类。将经文大书，下面采诸经子史的话印证，教子弟们自幼习学。"大先生道："这一部书该颁于学宫，通行天下。请问字书是怎么样？"王玉辉道："字书是七年识字法。其书已成，就送来与老师细阅。"二先生道："字学不讲久矣，有此一书，为功不浅。请问乡约书怎样？"王玉辉道："乡约书不过是添些仪制，劝醒愚民的意思。门生因这三部书，终日手不停披，所以没的工夫做馆。"大先生道："几位公郎？"王玉辉道："只得一个小儿，倒有四个小女。大小女守节在家里，那几个小女，都出阁不上一年多。"说着，余大先生留他吃了饭，将门生帖子退了不受，说道："我们老弟兄要时常屈你来谈谈，料不嫌我苜蓿风味怠慢你[3]。"弟兄两个一同送出大门来，王先生慢慢回家。他家离城有十五里。

当真注重习学践行，与高翰林、王德王仁不同。

是结合徽州农村实际，把礼仪制化、普及化。

本已清贫又放弃坐馆谋生，为信仰和事业甘愿穷苦。

受教出来的信徒。

仿效"明师良契"之相得。

[注释]

[1] 大概：这里是普通、一般之意。 [2] 三礼：儒家经典《周礼》《仪礼》《礼记》三书的合称。 [3] 苜蓿风味：这里的苜蓿指

金花菜，又名黄花苜蓿或南苜蓿，是一种可食用的野生植物，寒士或贫民往往用于餐桌上充当菜肴。唐人薛令之开元年间在太子宫中教读，生活清苦，曾作《自悼》诗道："盘中何所有，苜蓿长阑干。"后来便以苜蓿盘或是苜蓿风味比喻教官或学师的清苦生活。

王玉辉回到家里，向老妻和儿子说余老师这些相爱之意。次日，余大先生坐轿子下乡，亲自来拜，留着在草堂上坐了一会，去了。又次日，二先生自己走来，领着一个门斗，挑着一石米，走进来，会着王玉辉，作揖坐下。二先生道："这是家兄的禄米一石。"又手里拿出一封银子来道："这是家兄的俸银一两，送与长兄先生，权为数日薪水之资。"王玉辉接了这银子，口里说道："我小侄没有孝敬老师和世叔，怎反受起老师的惠来？"余二先生笑道："这个何足为奇！只是贵处这学署清苦，兼之家兄初到。虞博士在南京几十两的拿着送与名士用，家兄也想学他。"王玉辉道："这是'长者赐，不敢辞'[1]，只得拜受了。"备饭留二先生坐，拿出这三样书的稿子来，递与二先生看。二先生细细看了，不胜叹息。坐

余大先生立意效法虞博士，但境况已不如。

修礼践礼。

到下午时分，只见一个人走进来说道："王老爹，我家相公病的狠，相公娘叫我来请老爹到那里去看看。请老爹就要去。"王玉辉向二先生道："这是第三个小女家的人，因女婿有病，约我去看。"二先生道："如此，我别过罢。尊作的稿子，带去与家兄看，看毕再送过来。"说罢起身。那门斗也吃了饭，挑着一担空箩，将书稿子丢在箩里，挑着跟进城去了。

［注释］

[1] 长者赐，不敢辞：《礼记·曲礼上》："长者赐，少者贱者不敢辞。"意思是尊长赐予的东西不应推辞。

王先生走了二十里，到了女婿家，看见女婿果然病重，医生在那里看，用着药总不见效。一连过了几天，女婿竟不在了，王玉辉恸哭了一场。见女儿哭的天愁地惨，候着丈夫入过殓，出来拜公婆，和父亲道："父亲在上，我一个大姐姐死了丈夫，在家累着父亲养活，而今我又死了丈夫，难道又要父亲养活不成？父亲是寒士，也养活不来这许多女儿！"王玉辉道："你如今要怎样？"

三姑娘道："我而今辞别公婆、父亲，也便寻一条死路，跟着丈夫一处去了！"公婆两个听见这句话，惊得泪下如雨，说着："我儿，你气疯了！自古蝼蚁尚且贪生，你怎么讲出这样话来！你生是我家人，死是我家鬼，我做公婆的怎的不养活你，要你父亲养活？快不要如此！"三姑娘道："爹妈也老了，我做媳妇的不能孝顺爹妈，反累爹妈，我心里不安，只是由着我到这条路上去罢。只是我死还有几天工夫，要求父亲到家替母亲说了，请母亲到这里来，我当面别一别，这是要紧的。"王玉辉道："亲家，我仔细想来，我这小女要殉节的真切，倒也由着他行罢。自古'心去意难留'。"因向女儿道："我儿，你既如此，这是青史上留名的事，我难道反拦阻你？你竟是这样做罢。我今日就回家去叫你母亲来和你作别。"

三姑娘讲的是做女儿和媳妇的不忍反累双方老人。

王玉辉看中的是"殉节"。

忠孝节义都是青史留名的事。

　　亲家再三不肯。王玉辉执意，一径来到家里，把这话向老孺人说了。老孺人道："你怎的越老越呆了！一个女儿要死，你该劝他，怎么倒叫他死？这是甚么话说！"王玉辉道："这样事，你们是不晓得的。"老孺人听见，痛哭流涕，连忙

自己平日就是这么教导女儿的，以此不能违背。

从正常人性人情来看，王玉辉是"呆"，而且"越呆了"。

叫了轿子，去劝女儿，到亲家家去了。王玉辉在家，依旧看书写字，候女儿的信息。老孺人劝女儿，那里劝的转。一般每日梳洗，陪着母亲坐，只是茶饭全然不吃。母亲和婆婆着实劝着，千方百计，总不肯吃。饿到六天上，不能起床。母亲看着，伤心惨目，痛入心脾，也就病倒了，抬了回来，在家睡着。

这是正常人性人情，反衬其夫的反常。

又过了三日，二更天气，几把火把，几个人来打门，报道："三姑娘饿了八日，在今日午时去世了！"老孺人听见，哭死了过去，灌醒回来，大哭不止。王玉辉走到床面前说道："你这老人家真正是个呆子！三女儿他而今已是成了仙了，你哭他怎的？他这死的好，只怕我将来不能像他这一个好题目死哩！"因仰天大笑道："死的好！死的好！"大笑着，走出房门去了。

这是他数十年"修礼"——实是按理学弊端修行所追求的。犹如范进数十年所追求的中举。

似范进知中举时"拍着手大笑道：'噫！好！我中了！'笑着，不由分说，就往门外飞跑"。

次日，余大先生知道，大惊，不胜惨然，即备了香楮三牲[1]，到灵前去拜奠。拜奠过，回衙门，立刻传书办备文书请旌烈妇。二先生帮着赶造文书，连夜详了出去。二先生又备了礼来祭奠。

"惨然"说明正常人性人情未泯灭。

学官身份需按官定的理学弊端行事。

三学的人，听见老师如此隆重，也就纷纷来祭奠的，不计其数。过了两个月，上司批准下来，制主入祠，门首建坊。到了入祠那日，余大先生邀请知县，摆齐了执事，送烈女入祠。阖县绅衿，都穿着公服，步行了送。当日入祠安了位，知县祭，本学祭，余大先生祭，阖县乡绅祭，通学朋友祭，两家亲戚祭，两家本族祭，祭了一天，在明伦堂摆席[2]。通学人要请了王先生来上坐，说他生这样好女儿，为伦纪生色[3]。王玉辉到了此时，转觉心伤，辞了不肯来。众人在明伦堂吃了酒，散了。

现实中的徽州贞节牌坊何其多！

这种祭礼已与泰伯祠大祭异味异旨，这是理学弊端的“杀人祭”。“礼”已变味。

正常人性人情未泯灭，与官定的理学弊端相矛盾，自发进行反抗。

[注释]

[1] 香楮：祭祀用的香烛和纸钱。　[2] 明伦堂：文庙、书院、太学以及府州县学的大堂。这里指徽州府学的大堂。　[3] 伦纪：伦常纲纪。

次日，王玉辉到学署来谢余大先生。余大先生、二先生都会着，留着吃饭。王玉辉说起：“在家日日看见老妻悲恸，心下不忍，意思要到外面去作游几时。又想，要作游，除非到南京去，那里有极大的书坊，还可逗着他们刻这三部书。”余大先生道：“老哥要往南京，可惜虞博士去了。若是虞博士在南京，见了此书，赞扬一番，就有书坊抢的刻去了。”二先生道：“先生要往南京，哥如今写一封书子去，与少卿表弟和绍光先生。这人言语是值钱的。”大先生欣然写了几封字，庄征君、杜少卿、迟衡山、武正字都有。

人性人情回归，愈益悲悼女儿。

书要送知音看。

王玉辉老人家不能走旱路，上船从严州西湖这一路走。一路看着水色山光，悲悼女儿，凄凄惶惶。一路来到苏州，正要换船，心里想起：“我有一个老朋友住在邓尉山里，他最爱我的书，我何不去看看他？”便把行李搬到山塘一个饭店里住下，搭船往邓尉山。那还是上昼时分，这船到晚才开。王玉辉问饭店的人道：“这里有甚么好顽的所在？”饭店里人道：“这一上去，只得六七里路便是虎丘，怎么不好顽！”王玉辉锁了房门，自己走出去。

初时街道还窄，走到三二里路，渐渐阔了。路旁一个茶馆，王玉辉走进去坐下，吃了一碗茶。看见那些游船，有极大的，里边雕梁画柱，焚着香，摆着酒席，一路游到虎丘去。游船过了多少，又有几只堂客船，不挂帘子，都穿着极鲜艳的衣服，在船里坐着吃酒。王玉辉心里说道："这苏州风俗不好。一个妇人家不出闺门，岂有个叫了船在这河内游荡之理！"又看了一会，见船上一个少年穿白的妇人，他又想起女儿，心里哽咽，那热泪直滚出来。王玉辉忍着泪，出茶馆门，一直往虎丘那条路上去。只见一路卖的腐乳、席子、耍货，还有那四时的花卉，极其热闹，也有卖酒饭的，也有卖点心的。王玉辉老人家足力不济，慢慢的走了许多时，才到虎丘寺门口。循着阶级上去，转弯便是千人石，那里也摆着有茶桌了。王玉辉坐着吃了一碗茶，四面看看，其实华丽。那天色阴阴的，像个要下雨的一般，王玉辉不能久坐，便起身来，走出寺门。走到半路，王玉辉饿了，坐在点心店里，那猪肉包子六个钱一个，王玉辉吃了，交钱出店门。慢慢走回饭店，天已昏黑，船上人催着上船。王玉辉将行李拿到船上，幸亏雨不曾下的大，那船连夜的走。

触景生情，热泪冲破理学教条对真情的禁锢，漫上强装的笑脸。

似马二游西湖，景不入心，老是喝茶。

一直来到邓尉山，找着那朋友家里。只见一

带矮矮的房子，门前垂柳掩映，两扇门关着，门上贴了白。王玉辉就吓了一跳，忙去敲门，只见那朋友的儿子，挂着一身的孝，出来开门，见了王玉辉，说道："老伯如何今日才来？我父亲那日不想你！直到临回首的时候，还念着老伯不曾得见一面，又恨不曾得见老伯的全书。"王玉辉听了，知道这个老朋友已死，那眼睛里热泪纷纷滚了出来，说道："你父亲几时去世的？"那孝子道："还不曾尽七。"王玉辉道："灵柩还在家哩？"那孝子道："还在家里。"王玉辉道："你引我到灵柩前去。"那孝子道："老伯，且请洗了脸，吃了茶，再请老伯进来。"当下就请王玉辉坐在堂屋里，拿水来洗了脸。王玉辉不肯等吃了茶，叫那孝子领到灵柩前。孝子引进中堂。只见中间奉着灵柩，面前香炉、烛台、遗像、魂旛，王玉辉恸哭了一场，倒身拜了四拜。那孝子谢了。王玉辉吃了茶，又将自己盘费买了一副香纸牲礼，把自己的书一同摆在灵柩前祭奠，又恸哭了一场。住了一夜，次日要行，那孝子留他不住，又在老朋友灵柩前辞行，又大哭了一场，含泪上船。

"最爱我的书"的人已死。也含象征意味。

礼书只能作祭品了。又是象征。

王玉辉原也是性情中人，观其悼友之痛，知其为深情朴厚之"古君子"；只是在"殉节"等方面人性被异化，变得迂呆。

那孝子直送到船上，方才回去。

王玉辉到了苏州，又换了船，一路来到南京水西门上岸，进城寻了个下处，在牛公庵住下。次日，拿着书子去寻了一日回来。那知因虞博士选在浙江做官，杜少卿寻他去了；庄征君到故乡去修祖坟；迟衡山、武正字都到远处做官去了：一个也遇不着。王玉辉也不懊悔，听其自然，每日在牛公庵看书。过了一个多月，盘费用尽了，上街来闲走走。才走到巷口，遇着一个人作揖，叫声："老伯怎的在这里？"王玉辉看那人，原来是同乡人，姓邓，名义，字质夫。这邓质夫的父亲是王玉辉同案进学，邓质夫进学又是王玉辉做保结[1]，故此称是老伯。王玉辉道："老侄，几年不见，一向在那里？"邓质夫道："老伯寓在那里？"王玉辉道："我就在前面这牛公庵里，不远。"邓质夫道："且同到老伯下处去。"

杜少卿踪迹。

心情已呈疲惫麻木状态，再也无力挣扎，但也无怨无悔。

绝处逢生。

［注释］

[1] 保结：这里指在童生参加童子试的时候，需要找廪生出结担保其不是冒籍并且身家清白，具备考试资格，俗称"廪保"。

到了下处，邓质夫拜见了，说道："小侄自别老伯，在扬州这四五年。近日是东家托我来卖上江食盐[1]，寓在朝天宫。一向记念老伯，近况好么？为甚么也到南京来？"王玉辉请他坐下，说道："贤侄，当初令堂老夫人守节，邻家失火，令堂对天祝告，反风灭火，天下皆闻。那知我第三个小女，也有这一番节烈。"因悉把女儿殉女婿的事说了一遍。"我因老妻在家哭泣，心里不忍。府学余老师写了几封书子与我来会这里几位朋友，不想一个也会不着。"邓质夫道："是那几位？"王玉辉一一说了。邓质夫叹道："小侄也恨的来迟了！当年南京有虞博士在这里，名坛鼎盛，那泰伯祠大祭的事，天下皆闻。自从虞博士去了，这些贤人君子，风流云散。小侄去年来，曾会着杜少卿先生，又因少卿先生在玄武湖拜过庄征君。而今都不在家了。老伯这寓处不便，且搬到朝天宫小侄那里寓些时。"王玉辉应了，别过和尚，付了房钱，叫人挑行李，同邓质夫到朝天宫寓处住下。邓质夫晚间备了酒肴，请王玉辉吃着，又说起泰伯祠的话来。王玉辉道："泰伯

徽州号称"程朱阙里"，"节烈"成风，这是产生王玉辉这个理学弊端畸形产儿的典型环境。

不断回顾虞博士泰伯祠之盛，往事如烟，今景惨然！

祠在那里？我明日要去看看。”邓质夫道：“我明日同老伯去。”

［注释］

[1] 上江：长江上游地区。

次日，两人出南门，邓质夫带了几分银子把与看门的。开了门，进到正殿，两人瞻拜了。走进后一层，楼底下，迟衡山贴的祭祀仪注单和派的执事单还在壁上。两人将袖子拂去尘灰看了。又走到楼上，见八张大柜关锁着乐器、祭器，王玉辉也要看。看祠的人回：“钥匙在迟府上。”只得罢了。下来两廊走走，两边书房都看了，一直走到省牲所，依旧出了大门，别过看祠的。两人又到报恩寺顽顽，在琉璃塔下吃了一壶茶，出来寺门口酒楼上吃饭。王玉辉向邓质夫说：“久在客边烦了，要回家去，只是没有盘缠。”邓质夫道：“老伯怎的这样说！我这里料理盘缠，送老伯回家去。”便备了饯行的酒，拿出十几两银子来，又雇了轿夫，送王先生回徽州去。又说道：“老伯，你虽去了，把这余先生的书交与小侄，

久矣无人光顾，礼乐式微，礼崩乐坏。

等各位先生回来，小侄送与他们，也见得老伯来走了一回。”王玉辉道：“这最好。”便把书子交与邓质夫，起身回去了[1]。

［注释］

[1]本回的最后165字系转入下一单元的过渡文字，本书不录。

［点评］

儒家一向认为，人生中有比生命、生存更宝贵的价值，为了实现仁爱理想和道义原则必要时应当不惜牺牲自己宝贵的生命，这就是孔子说的“杀身以成仁”，孟子说的“舍身而取义”“以身殉道”，这样就“青史留名”。“青史留名”本来是好事，如文天祥之“留取丹心照汗青”，但王玉辉却错把违反人性的殉夫看作“是青史上留名的事”，“只怕我将来不能像他这一个好题目死哩”！他自以为这是深得理学精髓、深明生死大义，是自己追求的目标，也是教育女儿的成果。当女儿死讯传来时，老妻哭得死去活来，他却“仰天大笑道：‘死的好！死的好！’”这使人想到范进听到中举的喜讯，拍手大笑：“我中了！”“我中了！”这都是他们毕生追求的目标，是饱含文化意义与生命意义的特异言行。

他教女儿习礼、殉礼的理念实现了，但是，当三姑娘神主入节孝祠，阖县绅衿在明伦堂大张筵席，同声称赞他生这样好女儿，“为伦纪生色”时，他却“转觉心伤，辞了不肯来”。这表明他不是“礼教吃人”人肉筵上的食客，他并不想以女儿的生命为自己沽名钓誉，他与那些借名教以邀名或售奸的伪君子品性是不同的。他是真心服膺理学，不但以理教人，而且以理律己，即使这样做将损害自己的利益和感情，需要作出极大的牺牲，他也要强制自己忍苦殉教，至虔至诚，结果成了中毒最深而又受害最烈的牺牲品！作为理学的笃信者，他不能违背他自己平日用以教育女儿的理学教条；但作为老父亲，亲情使他不能不“悲悼”。《儒林外史》就从这一矛盾裂缝操刀抉剔，把解剖的利刃伸进人物最深的精神褶缝里去，写出人物灵魂的颤栗。女儿死后，在家见老妻悲恸，他的自然人性也逐渐苏醒，“心下不忍”，出外排遣，但怎么排遣也排遣不开：“一路看着水色山光，悲悼女儿，凄凄惶惶”；到了苏州，“见船上一个少年穿白的妇人，他又想起女儿，心里哽咽，那热泪直滚出来”。这真是“追魂摄魄之笔”！（天评）前面的“仰天大笑”和这里的“热泪直滚”是表和里两个层面的聚焦之点，“热泪”是自然真情的真实流露，“大笑”则是“以理灭欲”的理念强制。以封建理念来强制压抑自然天性，终难免于矫情，“仰天大笑”是强颜装笑，但仍然掩饰不住内心的痉挛。这种不自然是“以理灭欲”本身的不自然，而不是其人品质的虚伪。“矫情者决裂于一时，岂能持久？”（天评）当他回归常态时，亲子的天性也回归原位，热泪终于漫上强装的笑脸“直滚出来”。从矫情的笑到真情的哭，从理学教条到人伦真情，层层剥露，展现人物内心观念与情感的反复搏斗。“五四”运动时期的钱玄同，就准确地掌握住王玉辉形象的典型意义，赞叹说：“描写王玉辉的天良发现，何等深刻！”(《〈儒林外史〉新叙》)。鲁迅在《中国小说史略》里推荐钱玄同的说法，并概括为："描写良心与礼教之冲突，殊极刻深。”应当说这两位大家对王玉辉形象特质的体认是正确的，吴敬梓正是抓住“良心与礼教之冲突”这一裂缝撕开去，通过王玉辉被扭曲的心态，通过王玉辉的痛苦痉挛，形象地、有血有肉地显示出，以偏颇的理学教条压抑人性，是违反自然的；正常人性、人情是灭不了也不当灭的。这种思想与明中叶后逐渐苏醒的自然人性论同调，是走向近代的。当我们看到王德、王仁打着纲常的旗号攫取私利时，我们感悟到的是撕破伪君子言伪行污的喜剧性，恨的是其人品质的卑鄙。而当我们看到王玉辉忍苦殉教致死女儿时，我们感悟到的是毁灭“古君子”正常人性的悲剧性，恨的是他所笃行的理学礼教弊端的不人道。两种批判指向、两种审美范畴是不应当混淆的。

王玉辉是《儒林外史》最后几回的重要人物，并处在主题结构的中心线上，他的辛酸经历，在小说的后半部是体现作者创作意图和构思的重要组成部分。为践礼而让女儿殉节他作出牺牲了，忍苦书成而爱他书的朋友死了，能支持他出书的贤人散了，象征礼乐事业的泰伯祠凋敝了，为出书奔走异乡盘缠用尽濒临绝境了，他无可奈何但无怨无悔，如果让他重新选择他还是会这样做，这是他迂呆品性决定的，他别无选择！围绕着他展开的是礼乐的悲歌、挽歌，是悲剧的色调，而不是讽刺伪妄的喜剧色调。

泰伯祠的凋敝代表贤人礼乐事业的式微。“贤人礼乐场的萧瑟”至此告一段落,(到第55回“弹一曲高山流水”还有余音缭绕)。如果从解说系统来看,此后宜为杜少卿、沈琼枝、市井四奇人等的奇人系列,其中杜少卿的主要情节已见于此前的第31至34回;写沈琼枝的第40至41回可挪到此回之后与第55回连读。这只是对研究性阅读的建议。

第五十五回　添四客述往思来
弹一曲高山流水

吴敬梓很有豪侠情结，故此以豪侠与贤人并提。

话说万历二十三年，那南京的名士都已渐渐销磨尽了。此时虞博士那一辈人，也有老了的，也有死了的，也有四散去了的，也有闭门不问世事的。花坛酒社，都没有那些才俊之人；礼乐文章，也不见那些贤人讲究。论出处，不过得手的就是才能 [1]，失意的就是愚拙 [2]；论豪侠，不过有余的就会奢华，不足的就见萧索。凭你有李、杜的文章，颜、曾的品行 [3]，却是也没有一个人来问你。所以那些大户人家，冠、昏、丧、祭 [4]，乡绅堂里，坐着几个席头，无非讲的是些升、迁、调、降的官场；就是那贫贱儒生，又不过做的是些揣合逢迎的考校[5]。那知市井中间，又出了几个奇人。

市井奇人。吴敬梓探寻的目光从士林拓向"市井中间"，这是了不起的超越。

［注释］

[1] 得手：指考取科名获得功名富贵。才能：有才能的人。[2] 失意：指没考取科名没获得功名富贵。愚拙：愚昧笨拙的人。[3] 颜、曾：孔子的弟子贤人颜回和曾参，两人成为品行高洁的代表。　[4] 冠、昏、丧、祭：泛指各种礼仪。冠，指冠礼，古代男子成年时举行的加冠仪式。昏，通"婚"，即婚礼。丧，即丧礼。祭，指各种祭祀的仪式。　[5] 揣合逢迎：揣摩迎合奉承。

一个是会写字的。这人姓季，名遐年，自小儿无家无业，总在这些寺院里安身。见和尚传板上堂吃斋[1]，他便也捧着一个钵，站在那里，随堂吃饭。和尚也不厌他。他的字写的最好，却又不肯学古人的法帖[2]，只是自己创出来的格调，由着笔性写了去。但凡人要请他写字时，他三日前，就要斋戒一日，第二日磨一天的墨，却又不许别人替磨。就是写个十四字的对联，也要用墨半碗。用的笔，都是那人家用坏了不要的，他才用。到写字的时候，要三四个人替他拂着纸，他

无家无业的城市贫民。

个性自立。

夸张描写艺术家个性，以见奇人之出奇。

轻蔑权贵和钱财。

才写。一些拂的不好，他就要骂、要打。却是要等他情愿，他才高兴。他若不情愿时，任你王侯将相，大捧的银子送他，他正眼儿也不看。他又不修边幅，穿着一件稀烂的直裰，靸着一双破不过的蒲鞋[3]。每日写了字，得了人家的笔资，自家吃了饭，剩下的钱就不要了，随便不相识的穷人，就送了他。

似杜少卿疏财。

[注释]

[1] 传板：寺院中敲击悬板，作为开饭等事情的信号。 [2] 法帖：汇集名家书法墨迹的拓本、印本，是学习书法的范本。 [3] 蒲鞋：用蒲草编制而成的鞋子。

那日大雪里，走到一个朋友家，他那一双稀烂的蒲鞋，踹了他一书房的滋泥。主人晓得他的性子不好，心里嫌他，不好说出，只得问道："季先生的尊履坏了，可好买双换换？"季遐年道："我没有钱。"那主人道："你肯写一幅字送我，我买鞋送你了。"季遐年道："我难道没有鞋，要你的？"主人厌他腌臜[1]，自己走了进去，拿出一双鞋来，道："你先生且请略换换，恐怕脚底下冷。”季遐年恼了，并不作别，就走出大门，嚷道：“你家甚么要紧的地方！我这双鞋就不可以坐在你家！我坐在你家，还要算抬举你。我都希罕你的鞋穿！”一直走回天界寺，气哺哺的又随堂吃了一顿饭。

［注释］

[1] 腌臜（ā za）：肮脏。

吃完，看见和尚房里摆着一匣子上好的香墨，季遐年问道：“你这墨可要写字？”和尚道：“这是昨日施御史的令孙老爷送我的。我还要留着转送别位施主老爷，不要写字。”季遐年道：“写一幅好哩。”不由分说，走到自己房里，拿出一个大墨荡子来[1]，拣出一锭墨，舀些水，坐在禅床上替他磨将起来。和尚分明晓得他的性子，故意的激他写。他在那里磨墨，正磨的兴头，侍者进来向老和尚说道：“下浮桥的施老爷来了。”和尚迎了出去。那施御史的孙子已走进禅堂来，看见季遐年，彼此也不为礼，自同和尚到那边叙寒温。季遐年磨完了墨，拿出一张纸来，铺在桌

越是听说不要写，越要写。

上，叫四个小和尚替他按着。他取了一管败笔，蘸饱了墨，把纸相了一会[2]，一气就写了一行。那右手后边小和尚动了一下，他就一凿，把小和尚凿矮了半截，凿的杀喳的叫。老和尚听见，慌忙来看，他还在那里急的嚷成一片。老和尚劝他不要恼，替小和尚按着纸，让他写完了。施御史的孙子也来看了一会，向和尚作别去了。

［注释］

[1] 墨荡子：磨贮墨汁的小盆。 [2] 相：端详。

次日，施家一个小厮走到天界寺来，看见季遐年，问道："有个写字的姓季的可在这里？"季遐年道："问他怎的？"小厮道："我家老爷叫他明日去写字。"季遐年听了，也不回他，说道："罢了。他今日不在家，我明日叫他来就是了。"次日，走到下浮桥施家门口，要进去。门上人拦住道："你是甚么人，混往里边跑！"季遐年道："我是来写字的。"那小厮从门房里走出来看见，道："原来就是你！你也会写字？"带他走到敞厅上，小厮进去回了。施御史的孙子刚在走出屏风，季遐年迎着脸大骂道："你是何等之人，敢来叫我写字！我又不贪你的钱，又不慕你的势，又不借你的光，你敢叫我写起字来！"一顿大嚷大叫，把施乡绅骂的闭口无言，低着头进去了。那季遐年又骂了一会，依旧回到天界寺里去了。

不慕钱财不畏权势，憋着一肚子气。

这就是反抗行为。

又一个是卖火纸筒子的[1]。这人姓王，名太，他祖代是三牌楼卖菜的，到他父亲手里，穷了，把菜园都卖掉了。他自小儿最喜下围棋。后来父亲死了，他无以为生，每日到虎踞关一带卖火纸筒过活。

卖火纸筒子的小贩，地位低微。

[注释]

[1] 火纸筒子：旧时将表芯纸搓成细纸卷，用来点火、引火等。也称"捻子""媒子"。是贱价的平民用品。

那一日，妙意庵做会。那庵临着乌龙潭。正是初夏的天气，一潭簇新的荷叶，亭亭浮在水上。这庵里曲曲折折，也有许多亭榭，那些游人都进来顽耍。王太走将进来，各处转了一会，走到柳阴树下，一个石台，两边四条石凳，三四个大老官簇拥着两个人在那里下棋。一个穿宝蓝的道：

大老官们。

“我们这位马先生前日在扬州盐台那里[1]，下的是一百一十两的彩，他前后共赢了二千多银子。”一个穿玉色的少年道：“我们这马先生是天下的大国手，只有这卞先生受两子还可以敌得来。只是我们要学到卞先生的地步，也就着实费力了。”王太就挨着身子上前去偷看。小厮们看见他穿的褴褛，推推搡搡，不许他上前。底下坐的主人道：“你这样一个人，也晓得看棋？”王太道：“我也略晓得些。”撑着看了一会，嘻嘻的笑。

大老官拥着大国手，气势就要压扁小贩。

［**注释**］

[1] 盐台：即盐道，此指两淮盐运使司，是有权有钱的阔衙门。

那姓马的道：“你这人会笑，难道下得过我们？”王太道：“也勉强将就。”主人道：“你是何等之人，好同马先生下棋！”姓卞的道：“他既大胆，就叫他出个丑何妨！才晓得我们老爷们下棋不是他插得嘴的！”王太也不推辞，摆起子来，就请那姓马的动着。旁边人都觉得好笑。那姓马的同他下了几着，觉的他出手不同。下了半盘，站起身来道：“我这棋输了半子了！”那

被歧视、被贱视。

些人都不晓得。姓卞的道："论这局面，却是马先生略负了些。"众人大惊，就要拉着王太吃酒。王太大笑道："天下那里还有个快活似杀矢棋的事[1]！我杀过矢棋，心里快活极了，那里还吃的下酒！"说毕，哈哈大笑，头也不回，就去了。

为被贱视者出口气。这就是反抗意识。

［注释］

[1] 矢：同"屎"。

一个是开茶馆的。这人姓盖[1]，名宽，本来是个开当铺的人。他二十多岁的时候，家里有钱，开着当铺，又有田地，又有洲场[2]。那亲戚本家都是些有钱的。他嫌这些人俗气，每日坐在书房里做诗看书，又喜欢画几笔画。后来画的画好，也就有许多做诗画的来同他往来。虽然诗也做的不如他好，画也画的不如他好，他却爱才如命。遇着这些人来，留着吃酒吃饭，说也有，笑也有。这些人家里有冠、婚、丧、祭的紧急事，没有银子，来向他说，他从不推辞，几百几十拿与人用。那些当铺里的小官，看见主人这般举动，都说他有些呆气，在当铺里尽着做弊，本钱渐渐消折了。

又一个似杜少卿般"呆"的疏财者，可见这是作者的偏好。

“败家”的经历也像杜少卿。

田地又接连几年都被水淹，要赔种赔粮，就有那些混账人来劝他变卖。买田的人嫌田地收成薄，分明值一千的只好出五六百两。他没奈何，只得卖了。卖来的银子，又不会生发[3]，只得放在家里秤着用。能用得几时？又没有了，只靠着洲场利钱还人。不想伙计没良心，在柴院子里放火，命运不好，接连失了几回火，把院子里的几万担柴尽行烧了。那柴烧的一块一块的，结成就和太湖石一般，光怪陆离。那些伙计把这东西搬来给他看。他看见好顽，就留在家里。家里人说：“这是倒运的东西，留不得！”他也不肯信，留在书房里顽。伙计见没有洲场，也辞出去了。

[注释]

[1] 盖（Gě）：姓氏。 [2] 洲场：指江中涨起的沙洲，在上面种植可作为燃料出售的柴草等。 [3] 生发：经营牟利。

又过了半年，日食艰难，把大房子卖了，搬在一所小房子住。又过了半年，妻子死了，开丧出殡，把小房子又卖了。可怜这盖宽带着一个儿子，一个女儿，在一个僻净巷内，寻了两间房子开茶馆。把那房子里面一间与儿子、女儿住；外一间摆了几张茶桌子，后檐支了一个茶炉子，右边安了一副柜台，后面放了两口水缸，满贮了雨水。他老人家清早起来，自己生了火，扇着了，把水倒在炉子里放着，依旧坐在柜台里看诗画画。柜台上放着一个瓶，插着些时新花朵，瓶旁边放着许多古书。他家各样的东西都变卖尽了，只有这几本心爱的古书是不肯卖的。人来坐着吃茶，他丢了书就来拿茶壶、茶杯。茶馆的利钱有限，一壶茶只赚得一个钱，每日只卖得五六十壶茶，只赚得五六十个钱。除去柴米，还做得甚么事？

那日正坐在柜台里，一个邻居老爹过来同他谈闲话。那老爹见他十月里还穿着夏布衣裳，问道："你老人家而今也算十分艰难了，从前有多少人受过你老人家的惠，而今都不到你这里来走走。你老人家这些亲戚本家，事体总还是好的，你何不去向他们商议商议，借个大大的本钱，做些大生意过日子？"盖宽道："老爹，'世情看冷暖，人面逐高低'。当初我有钱的时候，身上穿

"市井四奇人"外还有此老和于老者。

也似杜少卿般家道中落。看够势利眼，老了，火气消减了。

的也体面，跟的小厮也齐整，和这些亲戚本家在一块，还搭配的上。而今我这般光景，走到他们家去，他就不嫌我，我自己也觉得可厌。至于老爹说有受过我的惠的，那都是穷人，那里还有得还出来！他而今又到有钱的地方去了，那里还肯到我这里来！我若去寻他，空惹他们的气，有何趣味！”邻居见他说的苦恼，因说道：“老爹，你这个茶馆里冷清清的，料想今日也没甚人来了，趁着好天气，和你到南门外顽顽去。”盖宽道：“顽顽最好，只是没有东道，怎处？”邻居道：“我带个几分银子的小东，吃个素饭罢。”盖宽道：“又扰你老人家。”

说着，叫了他的小儿子出来看着店，他便同那老爹一路步出南门来。教门店里，两个人吃了五分银子的素饭。那老爹会了账，打发小菜钱，一径踱进报恩寺里。大殿南廊，三藏禅林，大锅，都看了一回。又到门口买了一包糖，到宝塔背后一个茶馆里吃茶。邻居老爹道：“而今时世不同，报恩寺的游人也少了，连这糖也不如二十年前买的多。”盖宽道：“你老人家七十多岁年纪，不知见过多少事，而今不比当年了。像我也会画两笔画，要在当时虞博士那一班名士在，那里愁没碗饭吃！不想而今就艰难到这步田地！”那邻居道：“你不说我也忘了。这雨花台左近有个泰伯祠，是当年句容一个迟先生盖造的。那年请了虞老爷来上祭，好不热闹！我才二十多岁，挤了来看，把帽子都被人挤掉了。而今可怜那祠也没人照顾，房子都倒掉了。我们吃完了茶，同你到那里看看。”

泰伯祠大祭的回声。

说着，又吃了一卖牛首豆腐干[1]，交了茶钱，走出来，从冈子上踱到雨花台左首，望见泰伯祠的大殿，屋山头倒了半边[2]。来到门前，五六个小孩子在那里踢球，两扇大门倒了一扇，睡在地下。两人走进去，三四个乡间的老妇人在那丹墀里挑荠菜[3]，大殿上槅子都没了。又到后边，五间楼直桶桶的，楼板都没有一片。两个人前后走了一交，盖宽叹息道：“这样名胜的所在，而今破败至此，就没有一个人来修理。多少有钱的，拿着整千的银子去起盖僧房道院，那一个肯来修理圣贤的祠宇！”邻居老爹道：“当年迟先生买

比王玉辉来时更加破败。细写荒凉景象，深具象征意味。

礼乐事业已无人关心。

了多少的家伙，都是古老样范的，收在这楼底下几张大柜里，而今连柜也不见了！”盖宽道：“这些古事，提起来令人伤感，我们不如回去罢！”两人慢慢走了出来。

已经礼崩乐坏。

[注释]

[1] 牛首豆腐干：南京西南牛首山一带所产的豆腐干，是当时著名的小吃。 [2] 屋山头：屋脊。 [3] 挑：挖。

邻居老爹道：“我们顺便上雨花台绝顶。”望着隔江的山色，岚翠鲜明，那江中来往的船只，帆樯历历可数；那一轮红日，沉沉的傍着山头下去了。两个人缓缓的下了山，进城回去。盖宽依旧卖了半年的茶。次年三月间，有个人家出了八两银子束脩，请他到家里教馆去了。

江山依旧而落日西沉，一个时代无可挽回地沉沦了！感慨唏嘘！

一个是做裁缝的。这人姓荆，名元，五十多岁，在三山街开着一个裁缝铺。每日替人家做了生活，余下来工夫就弹琴写字，也极喜欢做诗。朋友们和他相与的问他道：“你既要做雅人，为甚么还要做你这贵行？何不同些学校里人相与相与？”他道：“我也不是要做雅人，也只为性情

手工业者裁缝。

相近，故此时常学学。至于我们这个贱行，是祖父遗留下来的，难道读书识字，做了裁缝就玷污了不成？况且那些学校中的朋友，他们另有一番见识，怎肯和我们相与？而今每日寻得六七分银子，吃饱了饭，要弹琴，要写字，诸事都由得我；又不贪图人的富贵，又不伺候人的颜色，天不收，地不管，倒不快活？”朋友们听了他这一番话，也就不和他亲热。

反诘“士农工商”的封建等级排序，为手工业者抱不平、争地位，蕴含着反抗意识、平等要求，这是新思想因素。

人格自立，精神自适。连胡适先生都赞赏“这是真自由真平等”。

一日，荆元吃过了饭，思量没事，一径踱到清凉山来。这清凉山是城西极幽静的所在。他有一个老朋友，姓于，住在山背后。那于老者也不读书，也不做生意，养了五个儿子，最长的四十多岁，小儿子也有二十多岁。老者督率着他五个儿子灌园[1]。那园却有二三百亩大，中间空隙之地，种了许多花卉，堆着几块石头。老者就在那旁边盖了几间茅草房，手植的几树梧桐，长到三四十围大。老者看看儿子灌了园，也就到茅斋生起火来，煨好了茶，吃着，看那园中的新绿。这日，荆元步了进来，于老者迎着道：“好些时不见老哥来，生意忙的紧？”荆元道：“正是。

吴敬梓诗自诩曰“亦有却聘人，灌园葆贞素”（《左伯桃墓》）。

今日才打发清楚些，特来看看老爹。”于老者道：“恰好烹了一壶现成茶，请用杯。”斟了送过来。荆元接了，坐着吃，道：“这茶，色、香、味都好，老爹，却是那里取来的这样好水？”于老者道：“我们城西不比你们城南，到处井泉都是吃得的。”荆元道：“古人动说桃源避世，我想起来，那里要甚么桃源！只如老爹这样清闲自在，住在这样城市山林的所在，就是现在的活神仙了！”于老者道：“只是我老拙一样事也不会做，怎的如老哥会弹一曲琴，也觉得消遣些。近来想是一发弹的好了，可好几时请教一回？”荆元道：“这也容易。老爹不厌污耳，明日我把琴来请教。”说了一会，辞别回来。

大隐隐于朝，中隐隐于市。

[注释]

[1] 灌园：灌溉园圃，泛指农事劳动，隐士亦常为。

次日，荆元自己抱了琴来到园里，于老者已焚下一炉好香，在那里等候。彼此见了，又说了几句话。于老者替荆元把琴安放在石凳上。荆元席地坐下，于老者也坐在旁边。荆元慢慢的和了弦[1]，弹起来，铿铿锵锵，声振林木，那些鸟雀闻之，都栖息枝间窃听。弹了一会，忽作变徵之音[2]，凄清宛转。于老者听到深微之处，不觉凄然泪下。自此，他两人常常往来。当下也就别过了。

于老者（“余老者”的谐音）与裁缝荆元，“弹一曲高山流水”，在“凄清宛转”中期盼着知音！余音缭绕，知音难觅，“不觉凄然泪下”。

［注释］

[1] 和了弦：调试了琴弦。　[2] 变徵（zhǐ）：古代七声音中的第四音阶，比徵低半音，多用来表现激越悲凉的情绪。

看官！难道自今以后，就没一个贤人君子可以入得《儒林外史》的么？词曰：

记得当时，我爱秦淮[1]，偶离故乡。向梅根冶后[2]，几番啸傲；杏花村里[3]，几度徜徉[4]。凤止高梧，虫吟小榭，也共时人较短长。今已矣！把衣冠蝉蜕[5]，濯足沧浪[6]。　无聊且酌霞觞[7]，唤几个新知醉一场。共百年易过，底须愁闷[8]？千秋事大[9]，也费商量。江左烟霞[10]，淮南耆旧[11]，写入残编总断肠！从今后，伴药炉经卷，自礼空王[12]。

无论五十六回本还是五十五回本，均以此《沁园春》词作结，本书只选第五十五回，仍以此词作结，因其重要也。

[注释]

[1] 秦淮：即秦淮河，代指南京。 [2] 梅根冶：《[康熙] 贵池县志》卷四有“梅根冶”条、卷一有“梅根浦”“秋浦”条，唐时这一带冶铜冶银业很发达，与杏花村同为贵池名胜。李白在这一带漫游时写有《秋浦歌》十七首等。 [3] 杏花村：吴敬梓《金陵景物图诗 · 杏花村》诗序：“贵池有杏花村，以杜牧‘牧童遥指’之句得名也。金陵亦有杏花村，在城中西南隅凤凰台下，无所谓村也。”这里应以杏花村泛指吴敬梓在贵池、南京一带曾流连游赏的名胜。 [4] 徜徉：安闲自得的样子。 [5] 衣冠蝉蜕：即换掉表示功名的衣巾，洁身高蹈，避世隐居。 [6] 濯足沧浪：《孟子 · 离娄上》：“有孺子歌曰：‘沧浪之水清兮，可以濯我缨；沧浪之水浊兮，可以濯我足。”这里也指归隐，不与俗世同流合污。 [7] 霞觞：即“霞杯”，盛满美酒的酒杯，代指美酒。 [8] 底须：何须，何必。 [9] 千秋：指“千秋定论”，将来的历史公论。 [10] 江左烟霞：江左指江东，指长江下游以东的地区。烟霞，《儒林外史》第三十五回“辞爵还家”的庄绍光称自己“坚卧烟霞”，吴敬梓诗《伯兄自山中来，夜话山居之胜，因忆去秋省兄，未及十日而别，诗以志感，得二十韵》“地本烟霞窟，兄为巢许伦”，此处烟霞代指有烟霞之气的高士。 [11] 淮南：指淮水以南的地区，现在安徽、江苏两省长江以北、淮河以南的地区。耆旧：故老。 [12] 空王：佛教对于佛的尊称。由于佛教主张诸法皆空，故有此称。

[点评]

吴敬梓时代他生活的南京、扬州等城市相当繁荣，也涌现出许多各种人才。但市井小民在封建社会受到种种压迫，包括精神上的压迫、文化上的歧视。哪里有压迫，哪里就有反抗。于是在部分市民中萌发出反抗意识。你们看不起卖火纸筒子的，王太就要把你个倨傲的“大国手”煞煞威风，替卑贱者出口气，这就是反抗意识。你们想役使季遐年？滚一边去吧！季遐年迎着脸大骂施御史的孙子：“你是何等之人，敢来叫我写字！我又不贪你的钱，又不慕你的势，又不借你的光，你敢叫我写起字来！”他也像虞华轩一样激而为怒，一顿大嚷大叫，把施乡绅骂得闭口无言。这是点爆的反抗。“他的字写的最好，却又不肯学古人的法帖，只是自己创出来的格调，由着笔性写了去。”图的个人格自立、精神自适。你们看不起裁缝，荆元偏以此“贱行”为荣，难道做了裁缝就玷污了读书识字不成？——这是对封建等级制的挑战！他进而自豪地称：“诸事都由得我；又不贪图人的富贵，又不伺候人的颜色，天不收，地不管，倒不快活？”连生活在20世纪并熟悉西方自由平等观念的胡适先生都承认“这是真自由真平等”(《吴敬梓传》，1920年上海亚东图书馆版《儒林外史》卷首)。

“市井四奇人”名为四人，实际上共同表达了一种生活情趣，都是吴敬梓自己性情的投影。这种人生境界有几个要点：第一，不屑功名富贵，傲视富贵者，维护平民的人格尊严。第二，有文化素养、文化情怀，也就是王冕所说的“文行”，以寄情“琴棋书画”、讲求内在精神的自足，与追求功名富贵的外在显赫者大异其趋。第三，他们都有独立营生的能耐，能够自食其力，不依赖别人，像鲍文卿说的“须是骨头里挣出来的钱才做得肉”，自己找到安身立命的支点，过着自以为快的日子。正是由于没有依附性，所以可以人格自立、精神自适地发展。此中盖已渗入了商品经济发达的城市市民的意识，至少是其萌芽。

篇末的《沁园春》词重要，黄小田评：“以词作结，无限感慨，先生之志，如是而已。”卧评：“缀以词句，如太史公自序。”实际上是，大约1749年前后，作者小说基本完成，这首词自述创作、自述平生、自抒怀抱，借以收束全书。写得深沉而且含蓄低调，需要知人论世。“诗无达诂”，我从较积极面诠释，聊备一说。

他自己回顾平生，分三个阶段：

“记得当时，我爱秦淮，偶离故乡”。此云“偶离故乡”，可见此之“当时”并非“逝将去汝”移家南京之时，这是第一阶段。

“梅根冶后”和“杏花村里”都不是单纯的风景地名。作者在《金陵景物图诗·杏花村》小序里说：“贵池有杏花村，以杜牧‘牧童遥指’之句得名也。金陵亦有杏花村，在城中西南隅凤凰台下，无所谓村也。”吴敬梓特别点出杜牧、贵池。贵池唐时属池州，杜牧于会昌四年（844）起任池州刺史两年多，《池州府志》说：“杏花村在池州城西里许，杜牧‘借问’句即指此。”这才是以产酒著名的诗酒自遣之所，也即杜牧“徜徉”之地。梅根冶也在贵池，清李愈昌修、梁国标重辑《[康熙]贵池县志》卷四“冶场”中有“梅根冶”条：同书卷一“梅根浦”：“在城东四十五里……孟浩然诗曰：‘水溢梅根冶。’罗隐兄弟皆寓于此，有诗。在宋以后梅根赋吟尤盛。”（清康熙三十一年［1692］刊本）。这一带唐时盛产铜、银，“冶”

铜“冶”银业很发达，与杏花村同成为贵池的突出的古迹。同上书同卷与“梅根浦”条并排有“秋浦”条，李白失意离开长安后，于天宝十三载（754）前后，在贵池秋浦一带“啸傲”，写有《秋浦歌》十七首等许多诗作，描绘过赧郎（冶炼工人）的面貌和冶炼场面，宣泄过“白发三千丈，缘愁似个长”的壮志难伸的悒郁之气。吴敬梓“偶离故乡”除了爱到秦淮之外，也曾到过贵池，对梅根冶、杏花村的旧游人李白、杜牧有强烈共鸣，也就“几番啸傲”，“几度徜徉”，这成为他在“当时”有代表性的心态。所以此词中的“梅根冶后”“杏花村里”，不是单纯的地名而是一种诗的意象，已融注进诗人所感受到的文化内涵。

瑞鸟高栖，作者以“凤止高梧”高自期许，轻鄙“虫吟小榭”般的低俗之辈，但他“当时”仍未能超越，仍“也共时人较短长”。

“今已矣”，了结第一阶段，“把衣冠蝉蜕，濯足沧浪”。“蝉蜕”语出《史记·屈原贾生列传》“蝉蜕于浊秽，以浮游尘埃之外”。“衣冠蝉蜕”比喻解脱标志功名的衣冠的束缚。“濯足沧浪”，此用《楚辞·渔父》“沧浪之水浊兮，可以濯我足”渔父表示隐逸之意，比喻洗去尘世的浊秽，清高自守。

从此进入第二阶段：写作《儒林外史》。作者认为，人生百年，需要抓紧时日，何须耽溺愁闷，窘极无奈时与知己以“霞觞”自遣，但决不自弃。千秋事大，也费大家商量，我能做的是叙写“江左烟霞，淮南耆旧”，写他们写出一代文人之厄，确实让人心痛断肠，但必须写出他们的运命，好让人探求疗救之道，这是我的“千秋事大”！

《儒林外史》所写地域，就在作者生平和小说所写的中心地带——长江下游左岸、淮河以南的苏南苏北、安徽全椒、浙江杭州一带。人物呢，重心是“耆旧”故人和有“烟霞”之气的高士。这里“烟霞”不是指风景，作者不避“霞”字与仅仅前几句之“霞觞”重复，可见这是无可替代的有意强调。小说第三十五回“辞爵还家”的庄绍光说自己“坚卧烟霞”，传统意指高隐不仕，如《新唐书·田游岩传》载：游岩有方外志，后入箕山，居许由祠旁，自号“由东邻”，频召不赴。高宗亲临其窟，问其佳否，对曰：“臣所谓泉石膏肓，烟霞痼疾者。”巢父许由在诗文中代表隐居不仕者。《南史·张充传》“独浪（飧）烟霞，高卧风月”。吴敬梓自己的诗《伯兄自山中来，夜话山居之胜，因忆去秋省兄，未及十日而别，诗以志感，得二十韵》一开头就说“地本烟霞窟，兄为巢许伦”。《题王溯山左茅右蒋图》称王溯山高隐处“两山翠色烟云绕，中有草堂深窈窕……高怀那许尘容扰”。而《金陵诗征》卷十三顾国泰《王溯山东庄幽居落成》诗中写其居处也是“三峰出没烟云际，餐霞饵术隐仙人”。王溯山和程廷祚（庄绍光的原型），都是吴敬梓在南京（江左）的好友，“江左烟霞”正是代指此类人。

“从今后”，是想象今后的第三阶段的人生态度。道家从炼丹到以药养身，“药炉”都是标志意象；佛家注重虚空养心，尊称佛为“空王”。小说创作基本完成后，作者有意放松一下：以道养身、以佛修心，过自由自在的日子。这说的是一种生活态度，而不是具体说今后要做什么事。从词意上说，药炉和经卷分别指代道、佛两家，但总体上表达的是超然尘俗的人生态度。实际上吴敬梓晚年仍专心致志以治经立命，继续发挥生命的能量，立言传世，真是孜孜矻矻终身不懈，并未沾染佛道的遁空虚无之消极面也。其实治经，将精神从尘世俗务转到研治经典上，也是一种超然。

主要参考文献

儒林外史汇校汇评 （清）吴敬梓著 李汉秋辑校 上海古籍出版社 1984 至 2021 年重印十几次，儒林外史的重要版本和评点已涵括在内，此不再列出

儒林外史研究资料集成 李汉秋编著 上海古籍出版社 2017 年出版，儒林外史研究的重要文献资料多已选录，此不再列出

吴敬梓集系年校注 （清）吴敬梓著 李汉秋、项东昇校注 中华书局 2011 至 2021 年重印多次

儒林外史研究论集 作家出版社 1955 年版

浮世画廊——儒林外史的人间 张国风著 江苏古籍出版社、中华书局（香港有限公司）1988 年版

《儒林外史》试论 张国风著 中华书局 2002 年版

吴敬梓评传 陈美林著 南京大学出版社 1990 年版

士人心态话儒林 陈文新著 华中理工大学出版社 1994 年版

礼与十八世纪的文化转折——《儒林外史》研究　商伟著　严蓓雯译　生活·读书·新知三联书店 2012 年版

《儒林》士风（《周月亮集》卷五）周月亮著　江苏文艺出版社 2015 年版

《儒林》人物论（《周月亮集》卷六）周月亮著　江苏文艺出版社 2015 年版

《中华传统文化百部经典》已出版图书

书　　名	解读人	出版时间
周易	余敦康	2017 年 9 月
尚书	钱宗武	2017 年 9 月
诗经（节选）	李　山	2017 年 9 月
论语	钱　逊	2017 年 9 月
孟子	梁　涛	2017 年 9 月
老子	王中江	2017 年 9 月
庄子	陈鼓应	2017 年 9 月
管子（节选）	孙中原	2017 年 9 月
孙子兵法	黄朴民	2017 年 9 月
史记（节选）	张大可	2017 年 9 月
传习录	吴　震	2018 年 11 月
墨子（节选）	姜宝昌	2018 年 12 月
韩非子（节选）	张　觉	2018 年 12 月
左传（节选）	郭　丹	2018 年 12 月
吕氏春秋（节选）	张双棣	2018 年 12 月
荀子（节选）	廖名春	2019 年 6 月
楚辞	赵逵夫	2019 年 6 月
论衡（节选）	邵毅平	2019 年 6 月
史通（节选）	王嘉川	2019 年 6 月
贞观政要	谢保成	2019 年 6 月
战国策（节选）	何　晋	2019 年 12 月
黄帝内经（节选）	柳长华	2019 年 12 月
春秋繁露（节选）	周桂钿	2019 年 12 月
九章算术	郭书春	2019 年 12 月
齐民要术（节选）	惠富平	2019 年 12 月
杜甫集（节选）	张忠纲	2019 年 12 月
韩愈集（节选）	孙昌武	2019 年 12 月
王安石集（节选）	刘成国	2019 年 12 月
西厢记	张燕瑾	2019 年 12 月

书　　名	解读人	出版时间
聊斋志异（节选）	马瑞芳	2019 年 12 月
礼记（节选）	郭齐勇	2020 年 12 月
国语（节选）	沈长云	2020 年 12 月
抱朴子（节选）	张松辉	2020 年 12 月
陶渊明集	袁行霈	2020 年 12 月
坛经	洪修平	2020 年 12 月
李白集（节选）	郁贤皓	2020 年 12 月
柳宗元集（节选）	尹占华	2020 年 12 月
辛弃疾集（节选）	王兆鹏	2020 年 12 月
本草纲目（节选）	张瑞贤	2020 年 12 月
曲律	叶长海	2020 年 12 月
孝经	汪受宽	2021 年 6 月
淮南子（节选）	陈　静	2021 年 6 月
太平经（节选）	罗　炽	2021 年 6 月
曹操集	刘运好	2021 年 6 月
世说新语（节选）	王能宪	2021 年 6 月
欧阳修集（节选）	洪本健	2021 年 6 月
梦溪笔谈（节选）	张富祥	2021 年 6 月
牡丹亭	周育德	2021 年 6 月
日知录（节选）	黄　珅	2021 年 6 月
儒林外史（节选）	李汉秋	2021 年 6 月
商君书	蒋重跃	2022 年 6 月
新书	方向东	2022 年 6 月
伤寒论	刘力红	2022 年 6 月
水经注（节选）	李晓杰	2022 年 6 月
王维集（节选）	陈铁民	2022 年 6 月
元好问集（节选）	狄宝心	2022 年 6 月
赵氏孤儿	董上德	2022 年 6 月
王祯农书（节选）	孙显斌	2022 年 6 月
三国演义（节选）	关四平	2022 年 6 月
文史通义（节选）	陈其泰	2022 年 6 月

书　名	解读人	出版时间
汉书（节选）	许殿才	2022 年 12 月
周易略例	王锦民	2022 年 12 月
后汉书（节选）	王承略	2022 年 12 月
通典（节选）	杜文玉	2022 年 12 月
资治通鉴（节选）	张国刚	2022 年 12 月
张载集（节选）	林乐昌	2022 年 12 月
苏轼集（节选）	周裕锴	2022 年 12 月
陆游集（节选）	欧明俊	2022 年 12 月
徐霞客游记（节选）	赵伯陶	2022 年 12 月
桃花扇	谢雍君	2022 年 12 月
法言	韩敬、梁涛	2023 年 12 月
颜氏家训	杨世文	2023 年 12 月
大唐西域记（节选）	王邦维	2023 年 12 月
法书要录（节选） 历代名画记	祝　帅	2023 年 12 月
耶律楚材集（节选）	刘　晓	2023 年 12 月
水浒传（节选）	黄　霖	2023 年 12 月
西游记（节选）	刘勇强	2023 年 12 月
乐律全书（节选）	李　玫	2023 年 12 月
读通鉴论（节选）	向燕南	2023 年 12 月
孟子字义疏证	徐道彬	2023 年 12 月
嵇康集	崔富章	2024 年 12 月
白居易集（节选）	陈才智	2024 年 12 月
李清照集（节选）	诸葛忆兵	2024 年 12 月
近思录	查洪德	2024 年 12 月
林则徐集	杨国桢	2024 年 12 月